MA COMPIL' de spécialités

Physique-Chimie SVT

NOUVEAU BAC

Tle

Objectif BAC

W0220152

Physique-Chimie

Cédric DÉTRÉ
Professeur certifié de Physique-Chimie

Rudy LATCHIMY
Professeur certifié de Physique-Chimie

Étienne LOUGUES
Professeur agrégé de Physique-Chimie

Ginaud NARALINGOM
Professeur certifié de Physique-Chimie

Sébastien ZARDET
Professeur certifié de Physique-Chimie

SVT

Maxime CAUCHOIS
Professeur agrégé de SVT

Manon CORBIN
Professeure agrégée de SVT

Grand Oral

Conseils généraux

Isabelle DE LISLE
Professeure agrégée de Lettres modernes

Sylvie BEAUTHIER
Professeure agrégée de Lettres classiques

Exemples de questions de Physique-Chimie

Rudy LATCHIMY

Exemples de questions de SVT

Maxime CAUCHOIS
Manon CORBIN

Maths complémentaires

Pascal CHAMAND
Professeur agrégé de Mathématiques

hachette ÉDUCATION

AVANT-PROPOS

Nous avons sélectionné pour vous **les savoirs et savoir-faire indispensables** pour aborder en toute confiance vos deux épreuves de spécialité, ainsi que l'épreuve du Grand Oral en lien avec ces spécialités.

Pour chaque spécialité, vous trouverez dans cet ouvrage :

- **les rappels de cours détaillés** des chapitres au programme du Bac, avec tout ce que vous devez connaître ;
- **les exercices types incontournables du Bac,** dont il faut maîtriser la résolution, accompagnés de leurs corrigés expliqués pas à pas.
- **des sujets du Bac,** et leurs corrigés commentés, pour vous entraîner.

Pour réussir votre Grand Oral, cet ouvrage vous propose :

- **les méthodes** pour construire vos questions ;
- **les conseils indispensables** pour convaincre le jury, adopter la bonne posture et contrôler votre stress ;
- **des exemples de questions traitées** dans chacune de vos deux spécialités.

Enfin, pour travailler toute l'année **votre Option Maths complémentaires,** vous trouverez ici :

- **les rappels de cours détaillés** du programme ;
- **des exercices d'entraînement** et leurs corrigés commentés.

En vous souhaitant de bonnes révisions et une excellente réussite au Bac,

Les auteurs

Conception graphique
Couverture : Stéphanie Benoit
Intérieur : Manon Guérin

Composition et mise en pages : Grafatom et Médiamax
Schémas : Grafatom (physique-chimie et maths complémentaires), STDI (SVT)
Illustrations du Grand Oral : Julien Flamand
Édition : Emmanuel Meier

Crédits photographiques : © shutterstock : pp. 3 et 5, guteksk7 ; pp. 3 et 205, StevanZZ ; pp. 3 et 421, fizkes ; pp. 3 et 445, BEST-BACK-GROUNDS ; p. 14, Ekaterina43 ; p. 51, Nitr ; p. 72, Chesky ; p. 98, Bildagentur Zoonar Gmbh ; p. 149, Yellow Cat ; p. 181, Pierre-Olivier ; p. 186, Kim Christensen. © Photothèque Hachette : p. 179 ; p. 184 ; p. 187.

I.S.B.N. 978-2-01-787742-4

Achevé d'imprimer en Septembre 2022 en Pologne par Drukarnia Dimograf
Dépôt légal : juillet 2021 - Édition 02
31/8241/2

www.parascolaire.hachette-education.com

SOMMAIRE

PHYSIQUE-CHIMIE

SCIENCES DE LA VIE ET DE LA TERRE

GRAND ORAL

OPTION MATHS COMPLÉMENTAIRES

PHYSIQUE-CHIMIE

- Tous les chapitres au programme du Bac
- Les exercices types du Bac entièrement résolus et commentés
- 16 sujets du Bac et leurs corrigés détaillés

SOMMAIRE

CHAPITRES 1 À 16

COURS / EXERCICES TYPES CORRIGÉS / SUJETS DU BAC / CORRIGÉS

CONSTITUTION ET TRANSFORMATIONS DE LA MATIÈRE

MOUVEMENT ET INTERACTIONS

L'ÉNERGIE : CONVERSIONS ET TRANSFERTS

ONDES ET SIGNAUX

DÉFINITION DE L'ÉPREUVE

■ L'épreuve de spécialité de physique-chimie comporte deux parties : une **partie écrite** et une **partie pratique** (appelée *évaluation des compétences expérimentales*, ECE).

■ Les **thématiques** des sujets portent sur le **programme de Terminale** et les **notions, les contenus, les capacités et les compétences** sont ceux du **cycle terminal (Première et Terminale)**.

> **Attention !**
> Compte tenu du calendrier de l'épreuve, **certaines notions sont exclues du programme des parties écrite et pratique.**

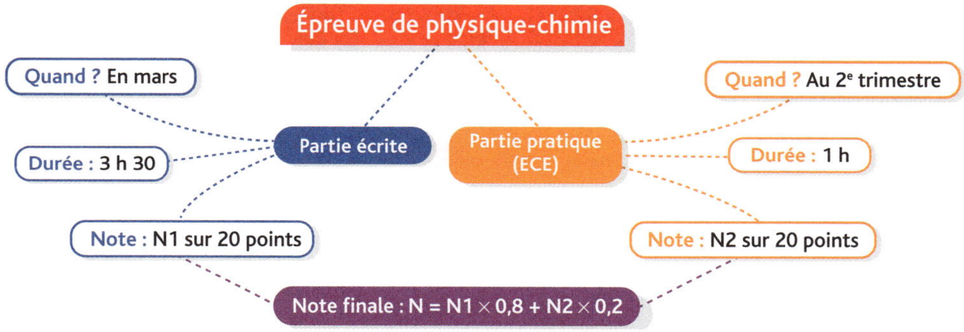

La note finale est comptabilisée avec un **coefficient 16** dans la **note totale du bac.**

1. La partie écrite

■ **Le sujet :**

– comporte **trois exercices indépendants** ;
– s'appuie de manière équilibrée sur les quatre thèmes du programme (*Constitution et transformations de la matière, Mouvement et interactions, L'énergie : conversions et transferts, Ondes et signaux*) ;
– exclut de l'épreuve écrite les chapitres du programme indiqués sur fond jaune dans notre sommaire (*cf.* Bulletin officiel spécial n° 2 du 13 février 2020) ;
– accorde une **place significative à la modélisation et à la résolution de problèmes** ;
– peut inclure des questions relevant des capacités expérimentales ou numériques ;
– précise si l'usage de la calculatrice est autorisé.

2. La partie pratique

Elle vise à évaluer les compétences expérimentales. **Les capacités expérimentales mobilisées sont celles du cycle terminal.**

■ **Le sujet :**

– se présente sous la forme d'une problématique assortie de documents ;
– induit l'élaboration ou la mise en œuvre d'un ou plusieurs protocoles ;
– nécessite la réalisation d'une ou plusieurs expériences ;
– invite le candidat à communiquer ses résultats et à les valider.

■ **Comment se fait le choix du sujet ?**

– **Une banque nationale, accessible en ligne à tous, regroupe toutes les situations d'évaluation.**
– Chaque académie retient des situations d'évaluation dans cette banque.
– Chaque lycée choisit un certain nombre d'entre elles.
– **Le candidat tire au sort son sujet parmi un sous-ensemble d'au moins quatre de ces situations (50 % à dominante physique, 50 % à dominante chimie).**

CONSEILS GÉNÉRAUX

1. La partie écrite

■ Faire un **découpage du temps** : si le premier exercice est noté sur 5 points, par exemple, il faut y consacrer le quart de la durée de l'épreuve (environ 50 minutes donc). Tous les exercices seront ainsi traités et cela prévient l'impasse qui proviendrait d'un temps de composition mal géré.

■ **Lors de l'entame d'un exercice**, il est préférable de ne pas « foncer » vers les questions :
– faire une **première lecture rapide** de l'énoncé, afin de fixer des informations et d'appréhender le cadre de l'exercice : quelle(s) thématique(s) ? quelles notions ? quel(s) document(s) support(s) ?
– **refaire une lecture, attentive** cette fois, en faisant ressortir les mots-clés (soulignés, surlignés) pour affiner ce cadre ;
– s'aider d'un **support graphique** si besoin (schéma, carte mentale) ;
– **repérer les données nécessaires** (notamment les constantes).

■ **Pour les questions,** il est indispensable de **s'assurer de bien avoir compris la consigne avant d'y répondre** (procéder comme lors de l'entame d'un exercice si nécessaire).

■ **Ne pas aligner les formules et les calculs** : il s'agit d'une composition. Il faut donc aussi **rédiger**, avec concision et précision, afin de rendre le propos et le raisonnement explicites.

> **Rappel**
> **Lors de l'utilisation d'une formule :** écrire l'expression littérale, isoler la grandeur à calculer, faire l'application numérique (en veillant à utiliser les bonnes unités), écrire le résultat (symbole de la grandeur, valeur en respectant le nombre de chiffres significatifs, unité).

■ Très souvent, l'enchaînement dans un exercice est tel qu'une réponse sert de levier aux questions suivantes. En cas de blocage, se relire à rebours (revoir éventuellement les éléments mis en évidence dans l'énoncé) peut s'avérer utile.

■ Le sujet peut comporter des **problèmes à résoudre. Trouver la problématique si elle n'est pas indiquée et l'écrire sur la copie**. Préciser également les documents utilisés pour étayer le propos. La justesse du résultat est un critère de réussite, mais il y en a d'autres : le raisonnement, l'argumentation, la qualité rédactionnelle…

2. La partie pratique

■ L'autonomie, l'initiative et la démarche scientifique sont notamment évaluées.

■ **Il est donc primordial d'être actif et réflexif** lors des activités menées en classe. **Ne pas faire d'impasse** durant le cycle de formation, mais profiter de ce temps pour **remédier aux difficultés**. Cette discipline évidente est un gage de réussite.

Les transformations acide-base

CHAPITRE 1

La notion de pH a été introduite au collège, ainsi que celle d'acide et de base. Mais qu'est-ce qui différencie dans leur structure un acide et une base ?

1 Transfert d'ions H^+

A. Mise en évidence expérimentale

■ Mélangeons de l'acide éthanoïque CH_3COOH et de l'eau H_2O. L'analyse des espèces chimiques en solution montre que les produits de cette transformation sont les ions oxonium H_3O^+ et les ions éthanoate CH_3COO^-. L'équation associée à cette transformation est donc :

$$CH_3COOH(\ell) + H_2O(\ell) \rightarrow CH_3COO^-(aq) + H_3O^+$$

Ainsi, il semble que cette transformation se fait par un transfert d'ion hydrogène H^+ entre l'acide éthanoïque et l'eau : l'eau récupère cet ion cédé par l'acide éthanoïque.

■ L'atome d'hydrogène ${}^1_1H$ est constitué d'un proton et d'un électron, l'ion hydrogène H^+ est donc un proton.

B. Acide et base de Brønsted

■ Il existe différentes définitions pour un acide et une base. La plus fréquemment utilisée est celle développée par Joannes Brønsted (chimiste danois, 1879-1947) en 1923 :

– **Un acide est une entité (molécule ou ion) susceptible de libérer en solution un ou plusieurs protons (H^+). On l'écrit généralement AH.**

L'équation de libération d'un proton en solution s'écrit : $AH \rightarrow A^- + H^+$.

L'acide éthanoïque CH_3COOH est donc un acide, car $CH_3COOH \rightarrow CH_3COO^- + H^+$.

Exemples d'acides :

l'acide sulfurique H_2SO_4 : $H_2SO_4 \rightarrow HSO_4^- + H^+$;

l'eau H_2O : $H_2O \rightarrow HO^- + H^+$;

l'ion ammonium NH_4^+ : $NH_4^+ \rightarrow NH_3 + H^+$;

l'ion hydrogénocarbonate HCO_3^- : $HCO_3^- \rightarrow CO_3^{2-} + H^+$.

– **Une base est une entité (molécule ou ion) susceptible de capter en solution un ou plusieurs protons (H^+). On l'écrit généralement B.**

L'équation correspondant à la capture d'un proton en solution s'écrit :

$B + H^+ \rightarrow BH^+$.

L'eau H_2O est donc une base car $H_2O + H^+ \rightarrow H_3O^+$.

Exemples de bases :
L'ion hydroxyde HO^- : $HO^- + H^+ \rightarrow H_2O$; l'ammoniac NH_3 : $NH_3 + H^+ \rightarrow NH_4^+$; l'ion carbonate CO_3^{2-} : $CO_3^{2-} + H^+ \rightarrow HCO_3^-$.

C. Couples acide/base

■ Considérons l'acide AH. AH peut donc libérer en solution un proton H^+ : on a alors $AH \rightarrow A^- + H^+$. Par conséquent, l'espèce A^- est capable de capturer un proton H^+ selon $A^- + H^+ \rightarrow AH$. A^- est donc une base, c'est la **base conjuguée** de l'acide AH. On parle de **couple acido-basique** AH/A^-.

■ Considérons la base B. B peut donc capturer en solution un proton H^+ : on a alors $B + H^+ \rightarrow BH^+$. Par conséquent, l'espèce BH^+ est capable de libérer un proton H^+ selon $BH^+ \rightarrow B + H^+$. BH^+ est donc un acide, c'est l'**acide conjugué** de la base B. On parle de **couple acido-basique** BH^+/B.

■ Par conséquent, à chaque acide correspond une base qui lui est associée et réciproquement, formant ainsi un couple acido-basique. On notera chaque couple **acide/base**. L'équation associée à la transformation de l'un en l'autre est une **demi-équation acido-basique**, que l'on écrit **Acide $\leftrightarrows$ Base + H^+**.

Exemples de couples acido-basiques :

Acide éthanoïque/ion éthanoate	$CH_3COOH(aq)/CH_3COO^-(aq)$
Chlorure d'hydrogène/ion chlorure	$HC\ell(g)/C\ell^-(aq)$
Acide sulfurique/ion hydrogénosulfate	$H_2SO_4(\ell)/HSO_4^-(aq)$
Acide phosphorique/ion dihydrogénophosphate	$H_3PO_4(\ell)/H_2PO_4^-(aq)$
Acide benzoïque/ion benzoate	$C_6H_5COOH(aq)/C_6H_5COO^-(aq)$
Acide carbonique/ion hydrogénocarbonate	$CO_2,H_2O/HCO_3^-(aq)$
Ion ammonium/ammoniaque	$NH_4^+(aq)/NH_3(aq)$

D. Réactions acido-basiques

Une réaction acido-basique a lieu si un acide d'un couple Acide1/Base1 cède à une base d'un autre couple Acide2/Base2 un **seul proton**.
On obtient alors l'équation suivante :

Acide1 $\leftrightarrows$ Base1 + H^+ *Produits*
Acide 2 $\leftrightarrows$ Base2 + H^+ *Réactifs*

Acide1 + Base2 + H^+ $\rightarrow$ Acide 2 + Base1 + H^+

Soit **Acide1 + Base2 $\rightarrow$ Acide2 + Base1**.
Au cours d'une réaction acido-basique, aucun proton n'est formé ni consommé : il y a autant de protons libérés par l'acide Acide1 que de protons captés par la base Base2.

2 Structure

Rappel : La représentation de Lewis d'une molécule est la représentation faisant intervenir tous les doublets (liants et non liants) de cette molécule.

Molécule ou ion	Formule semi-développée	Formule de Lewis
Acide carboxylique	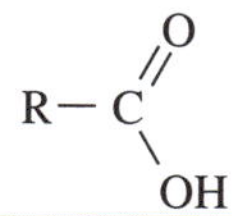	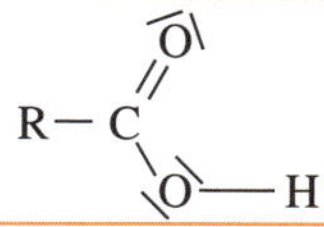
Ion carboxylate	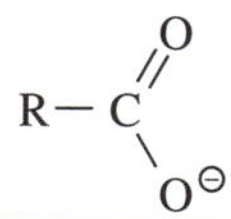	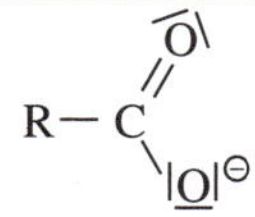
Amine	R— NH_2	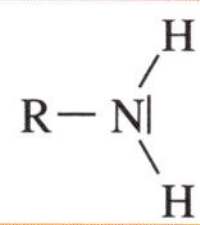
Ion ammonium	R— NH_3^+	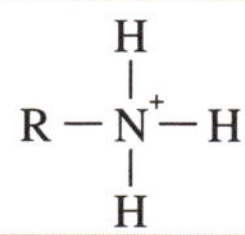

R est une chaîne carbonée quelconque ne comportant que des atomes de carbone et d'hydrogène.

3 Espèces amphotères

■ L'eau appartient à deux couples acido-basiques : H_3O^+/H_2O et H_2O/HO^-. Cela signifie que l'eau peut réagir comme un acide si elle est en présence d'une base, ou comme une base si elle est en présence d'un acide. Une telle espèce présente un caractère **amphotère**. On dit que c'est un **ampholyte**.

Exemples :

– Action de l'acide éthanoïque sur l'eau (couples CH_3COOH/CH_3COO^- et H_3O^+/H_2O) : $CH_3COOH + H_2O \rightarrow CH_3COO^- + H_3O^+$.

– Action des ions dihydrogénophosphate sur l'eau (couples H_3PO_4 /$H_2PO_4^{2-}$ et H_2O/HO^-) : $H_2PO_4^{2-} + H_2O \rightarrow H_3PO_4 + HO^-$.

■ La dissolution du dioxyde de carbone en solution donne naissance à une solution d'acide carbonique CO_2, H_2O. La base conjuguée de cet acide, l'ion hydrogénocarbonate HCO_3^-, est lui aussi un ampholyte, car il appartient aux deux couples acido-basiques $CO_2,H_2O/\mathbf{HCO_3^-}$ et $\mathbf{HCO_3^-}/CO_3^{2-}$.

■ Les acides α-aminés NH_2–CHR–COOH sont aussi des espèces ampholytes.

Rappel

Un acide aminé est une molécule qui porte à la fois les groupements amine et carboxyle. Il est dit α-aminé si ces deux fonctions sont portées par le même atome de carbone.

EXERCICES TYPES

1 Identifier des couples acide/base

EXERCICE TYPE

Parmi les espèces suivantes, déterminer les couples acido-basiques que l'on peut écrire :
HF ; HSO_3^- ; HOOC–COO$^-$; SO_3^{2-} ; HOOC–COOH ; F^- ; H_2SO_3.

CORRIGÉ COMMENTÉ

Un couple acide/base est fait de deux espèces dont les formules diffèrent seulement d'un proton H^+.
– **HF :** considérons que cette espèce est un acide. Ainsi, sa base conjuguée est F^- (Comment faire 1). On a donc un premier couple **HF/F^-**.
Considérons maintenant que cette espèce est une base. Son acide conjugué est donc H_2F^+ (Comment faire 2). Cette espèce n'est pas proposée !
– **HSO_3^- :** considérons que cette espèce est un acide. Ainsi, sa base conjuguée est SO_3^{2-}. On a donc le couple **HSO_3^-/SO_3^{2-}**.
Considérons maintenant que cette espèce est une base. Son acide conjugué est donc H_2SO_3. On a ainsi le couple **H_2SO_3 / HSO_3^-**.
– **HOOC–COO$^-$:** considérons que cette espèce est un acide. Ainsi, sa base conjuguée est $^-$OOC–COO$^-$. Cette espèce n'est pas proposée !
Considérons maintenant que cette espèce est une base. Son acide conjugué est donc HOOC–COOH. On a ainsi le couple **HOOC–COOH/HOOC–COO$^-$**.

À RETENIR

- On peut rapidement savoir si deux espèces forment un couple acide/base si les formules diffèrent d'un seul atome d'hydrogène. L'acide est alors celui qui a le plus d'hydrogène.
- Un acide porte toujours une charge positive supplémentaire par rapport à sa base conjuguée.

2 Établir l'équation d'une réaction acido-basique

EXERCICE TYPE

L'acide propanoïque $C_2H_5–COOH$ réagit avec l'ion hydroxyde HO^-. Quelle est l'équation de la réaction acido-basique entre ces deux espèces ?

CORRIGÉ COMMENTÉ

• Il faut, dans un premier temps, établir les couples acide-base impliqués dans la réaction :
– la base conjuguée de l'acide propanoïque est l'ion propanoate $C_2H_5–COO^-$, d'où le couple acido-basique $C_2H_5–COOH/C_2H_5–COO^-$;
– l'acide conjugué de la base hydroxyde HO^- est l'eau H_2O, d'où le couple acido-basique H_2O/HO^-.

• Il faut ensuite écrire les deux demi-équations acido-basiques correspondant à ces couples :

– $\boxed{C_2H_5–COOH} \leftrightarrows C_2H_5–COO^- + H^+$;

– $H_2O \leftrightarrows \boxed{HO^-} + H^+$.

• On additionne membre à membre les deux demi-équations en mettant du même côté les réactifs (encadrés en rouge dans les demi-équations ci-dessus) et de l'autre côté les produits : $\mathbf{C_2H_5–COOH + HO^- \rightarrow C_2H_5–COO^- + H_2O}$.

À RETENIR

• Il y a autant d'ions H^+ de part et d'autre de la flèche dans l'équation, c'est pour cela qu'on ne les écrit pas.

• L'équation de la réaction s'obtient en faisant la somme des deux demi-équations.

• Pour repérer réactifs et produits, on doit s'aider des indications du texte. Ainsi, les expressions « on mélange », « réagit avec » ou « on ajoute » nous donneront les réactifs, alors que « on obtient », « donnent » ou « forment » indiquent les produits.

Remarque

Le nombre de protons échangés dans une transformation acido-basique étant toujours de 1, on peut utiliser la règle dite « Règle du γ ».

– Pour cela, il faut placer les deux couples acido-basiques l'un sous l'autre, en commençant par le couple de l'acide qui réagit.

Dans notre exemple, cela donne : $C_2H_5–COOH / C_2H_5–COO^-$
H_2O / HO^-

– On trace un γ : $C_2H_5–COOH / C_2H_5–COO^-$
H_2O / HO^-

– On écrit l'équation en ajoutant les diagonales : $C_2H_5–COOH + HO^- \rightarrow H_2O + C_2H_5–COO^-$.

SUJET DU BAC

Exercice 30 min **10 points**

L'acide citrique au quotidien

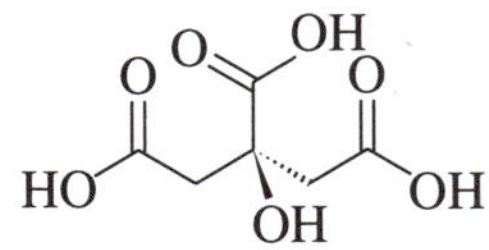

Représentation de la molécule d'acide citrique

L'acide citrique est un triacide présent en abondance dans le citron. Dans le monde, la synthèse de cet acide approche deux millions de tonnes par an. Il est utilisé dans les boissons, les cosmétiques, en pharmacie, etc.

Dans le commerce, on peut le trouver sous forme de poudre blanche anhydre ou monohydratée.

Document : Représentations des différentes espèces acido-basiques des couples de l'acide citrique.

a. 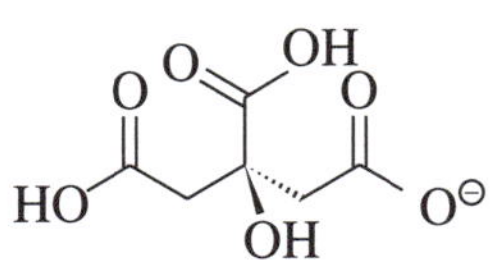

b. 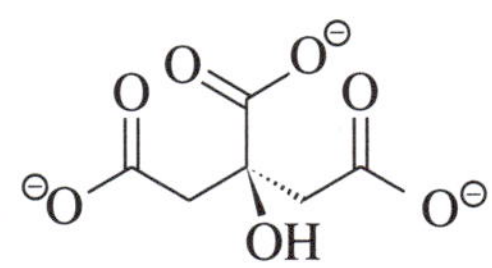

c. 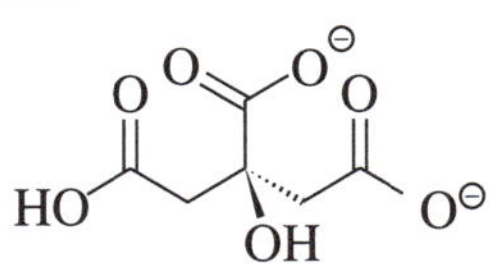

d. 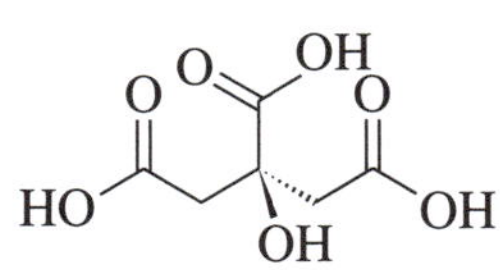

Étude des propriétés acido-basiques de l'acide citrique

1. [1 pt] Rappeler ce qu'est un acide selon Brønsted.

2. [1 pt] Expliquer pourquoi l'acide citrique est qualifié de « triacide ».

3. [3 pt] Parmi les quatre espèces acido-basiques (a, b, c, d), indiquer les couples acide/base que l'on peut former.

4. [4 pt] Représenter les quatre espèces a, b, c et d en représentation de Lewis.

5. [1 pt] Que peut-on dire des espèces a et c ?

→ *Corrigé p. 15*

CORRIGÉ

Exercice → *Énoncé p. 14*

1. Selon Brønsted, un acide est une espèce chimique capable de céder un ou plusieurs protons H^+.

2. L'acide citrique est qualifié de « triacide », car, étant donné qu'il possède 3 groupes carboxyle, il peut céder 3 protons H^+.

> **Rappel**
> Le groupe carboxyle peut facilement perdre un proton : il est donc responsable de l'acidité d'une molécule.

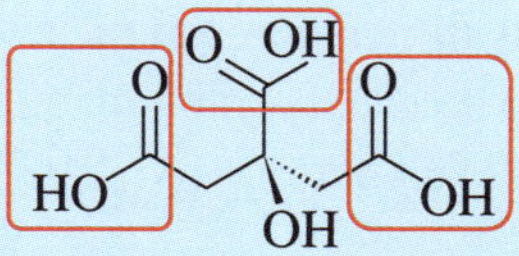

3. Les espèces a, b, c et d diffèrent par le nombre d'atomes d'hydrogène. Les couples que l'on peut former sont d/a, a/c et c/b.

4. a : 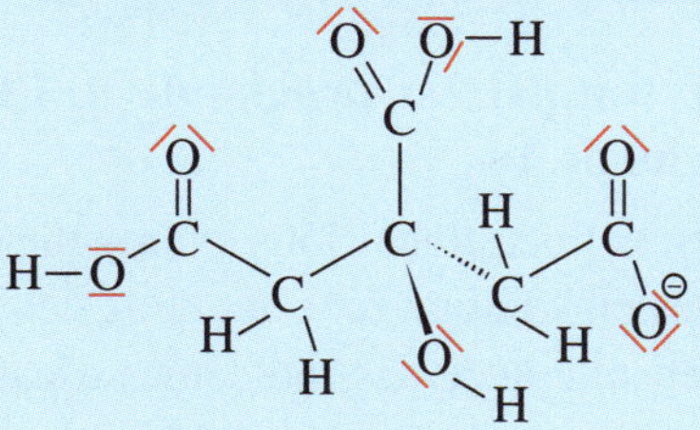

b : 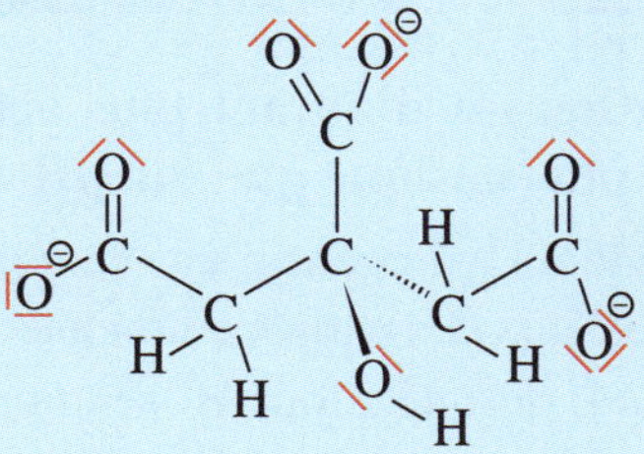

c : 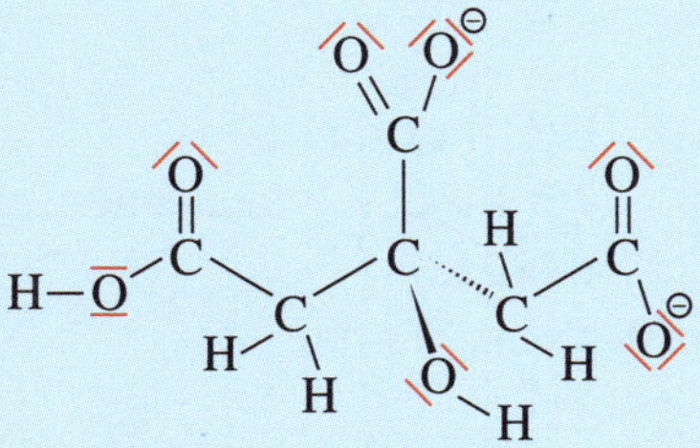

d : 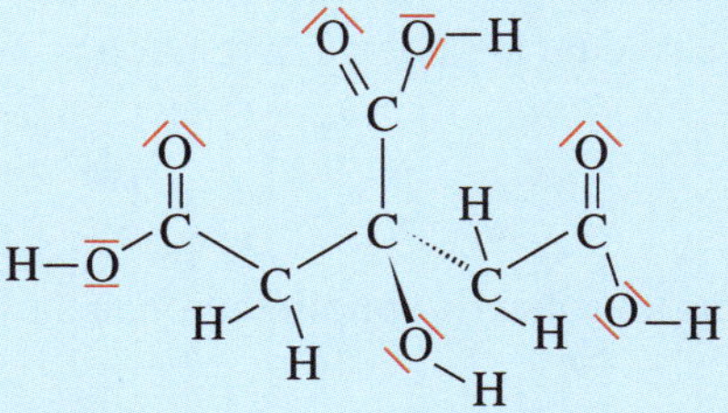

5. Les espèces a et c appartiennent toutes deux à deux couples acide/base différents, ce sont donc des ampholytes.

CHAPITRE 2 Analyser un système par des méthodes physiques

1 pH d'une solution

■ **Le pH est une grandeur sans dimension qui mesure l'acidité ou la basicité d'une solution aqueuse.** Il rend compte de la concentration en ions H_3O^+ et en ions HO^-.
Ainsi, à 25 °C, on a l'échelle pH suivante :

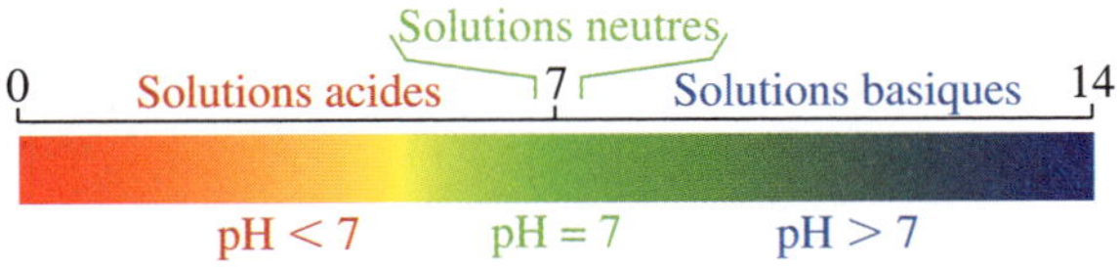

- $pH < 7 : [H_3O^+] > [HO^-]$;
- $pH = 7 : [H_3O^+] = [HO^-]$;
- $pH > 7 : [H_3O^+] < [HO^-]$.

Une solution est d'autant plus acide que son pH est proche de 0. Elle est d'autant plus basique que son pH est proche de 14.

■ Le **p**otentiel **H**ydrogène d'une solution traduit la libération d'ions hydrogène H^+ par une ou plusieurs des entités chimiques présentes en solution (ce sont donc des acides de Brønsted), lesquels ions H^+ se combinent ensuite avec des molécules d'eau pour donner des ions oxonium H_3O^+.
Il se calcule à l'aide de la relation :

$$pH = -\log\frac{[H_3O^+]}{C_0}$$

$[H_3O^+]$ en $mol.L^{-1}$
$C_0 = 1\ mol.L^{-1}$ (concentration standard)

Dans un souci de simplification, cette relation sera notée par la suite :

$$pH = -\log[H_3O^+]$$

On peut également calculer la concentration en ions oxonium à partir du pH en utilisant la fonction réciproque de logarithme :

$$[H_3O^+] = 10^{-pH}$$

Domaine de validité de cette relation : il faut que $[H_3O^+] \leqslant 5{,}0 \times 10^{-2}\ mol.L^{-1}$.

2 Des lois pour déterminer une concentration ou une quantité de matière

A. Loi de Beer-Lambert

■ **Les solutions absorbent certaines radiations lumineuses de façon plus ou moins importante.** C'est l'absorption d'une partie de la lumière par les entités présentes dans le milieu qui donne à la solution sa couleur perçue.

On introduit ainsi l'**absorbance** A, grandeur sans dimension qui caractérise la capacité qu'a une solution à absorber une radiation de longueur d'onde donnée λ.
Plus la valeur de l'absorbance est élevée, plus cette radiation a été absorbée.

■ **La courbe $A = f(\lambda)$ pour une solution donnée en constitue le spectre d'absorption.**

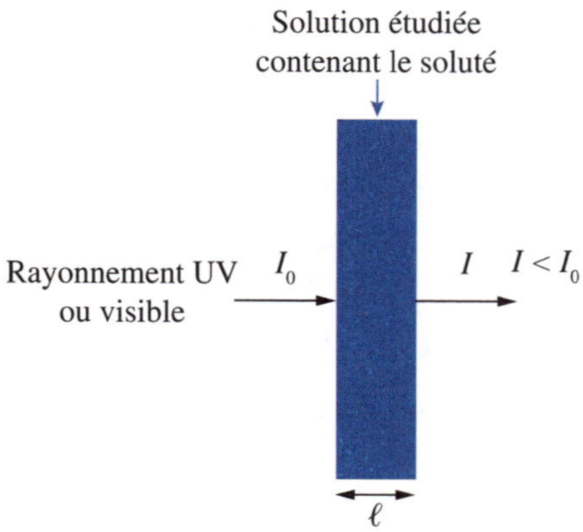

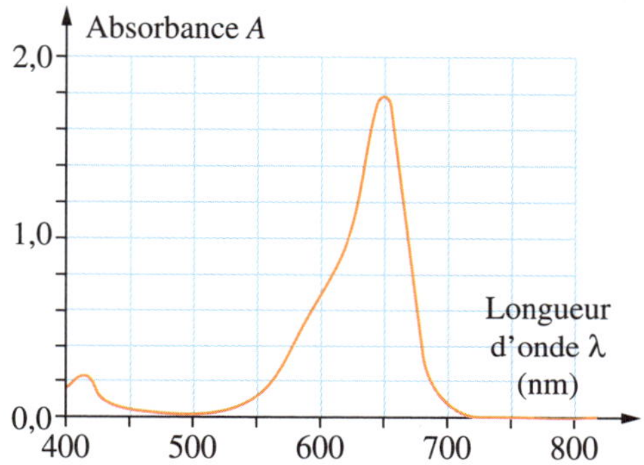

Spectre d'absorption d'un colorant alimentaire (bleu patenté – E131)

Plus le rapport $\frac{I}{I_0}$ est petit, plus l'absorbance est élevée.

On parle de spectroscopie UV-visible, car les radiations utilisées appartiennent à ces domaines du spectre électromagnétique.

■ L'absorbance A et la concentration en quantité de matière C sont liées par la relation :

$$A = \varepsilon \times \ell \times C$$

avec A : absorbance de la solution, sans unité ;
ε : coefficient d'extinction molaire, en litre par mole par centimètre ($L.mol^{-1}.cm^{-1}$) ;
ℓ : épaisseur de la cuve, en centimètre (cm) ;
C : concentration en quantité de matière, en mole par litre ($mol.L^{-1}$).

Cette relation constitue la loi de Beer-Lambert.

■ Le coefficient d'extinction molaire dépend de la longueur d'onde de la radiation traversant la solution et de la nature du solvant.
Dans le cas d'étude fréquent où l'épaisseur de la cuve et le solvant sont fixés, et la lumière utilisée monochromatique, cette relation se simplifie en :

$$A = k \times C$$

($k = \varepsilon \times \ell$ et s'exprime donc en $L.mol^{-1}$.)
Domaine de validité de cette loi : il faut que $C \leqslant 5{,}0 \times 10^{-2}$ mol.L^{-1}.

B. Loi de Kohlrausch

■ Dans une solution, c'est la **présence d'ions qui permet le passage du courant électrique**. Intuitivement, **plus la concentration de ces ions est élevée, plus grande est la conductivité de la solution.**

Tous les porteurs de charges participent à la conductivité. Il faut donc tenir compte de tous les ions présents en solution.
Enfin, les différents ions présents ne contribuent pas de la même manière à la conduction électrique.
C'est cela que traduit la **loi de Kohlrausch** :

$$\sigma = \sum_i \lambda_i \times [X_i]$$

avec σ : conductivité de la solution, en siemens par mètre ($S.m^{-1}$) ;
λ_i : conductivité molaire ionique, en siemens mètre carré par mole ($S.m^2.mol^{-1}$) ;
$[X_i]$: concentration en quantité de matière, en mole par mètre cube ($mol.m^{-3}$) ;
Les conductivités molaires ioniques dépendent du solvant et de la température.

Domaine de validité de cette loi : il faut que $[X_i] \leqslant 1,0 \times 10^{-2}$ mol.L^{-1}.

Ion	λ ($mS.m^2.mol^{-1}$)
ion sodium Na^+	5,01
ion argent Ag^+	6,19
ion potassium K^+	7,35
ion calcium Ca^{2+}	11,90
ion oxonium H_3O^+	35,0
ion éthanoate $CH_3CO_2^-$	4,09
ion permanganate MnO_4^-	6,10
ion nitrate NO_3^-	7,14
ion chlorure $C\ell^-$	7,63
ion sulfate SO_4^{2-}	16,0
ion hydroxyde HO^-	19,9

C. Loi des gaz parfaits

■ La loi des gaz parfaits, également appelée équation d'état des gaz parfaits, permet de déterminer la quantité de matière d'un **gaz ayant un comportement de gaz parfait et se trouvant dans un système fermé** (sans échange de matière avec le milieu extérieur) :

$$P \times V = n \times \mathrm{R} \times T$$

avec P : pression dans le système, en pascal (Pa) ;
V : volume du système, en mètre cube (m^3) ;
n : quantité de matière du gaz parfait, en mole (mol) ;
R : constante des gaz parfaits (8,314 $J.mol^{-1}.K^{-1}$) ;
T : température dans le système, en kelvin (K).

Domaine de validité de cette loi : gaz ayant un comportement de gaz parfait et se trouvant dans des conditions usuelles de température et de pression.

■ Dans le cas où le système renferme plusieurs gaz, cette relation devient :

$$PV = \sum_i n_i RT$$

3 Spectroscopie infrarouge

■ Certaines molécules sont capables d'absorber des radiations électromagnétiques situées dans le domaine des infrarouges, en fonction des atomes les constituant et de la multiplicité des liaisons covalentes liant ces atomes. Cela conduit à la vibration de certaines de ces liaisons.

■ **La détermination des longueurs d'onde pour lesquelles ces absorptions se produisent et l'importance de ces dernières permettent de tracer le spectre infrarouge de la molécule et d'identifier des groupes d'atomes présents dans celle-ci. On dit que le spectre comporte des bandes d'absorption.**

Exemple : spectre IR de l'hexan-1-ol (famille des alcools)

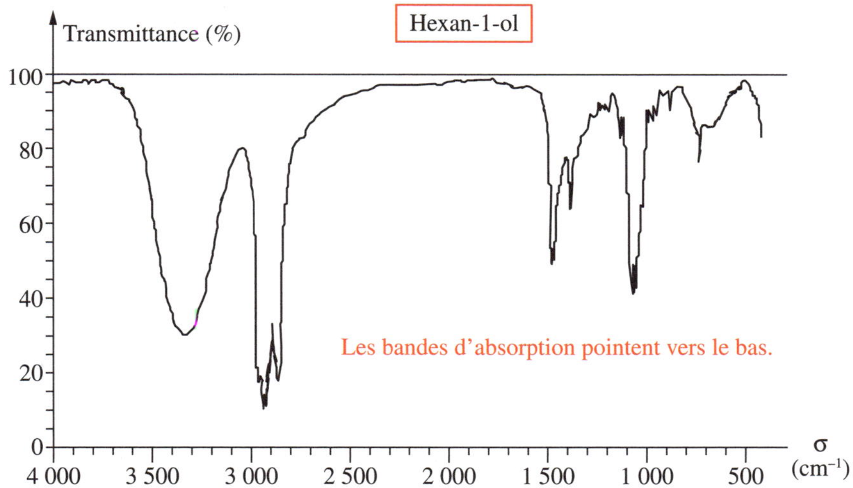

Décryptons les grandeurs au niveau des axes :

• en abscisse : **nombre d'onde σ** (en cm^{-1}) **qui est égal à l'inverse de la longueur d'onde λ** (en cm) ;

• en ordonnée : **transmittance *T*** en %. Plus l'absorption à une longueur d'onde est importante, plus la transmittance est faible.

La position des bandes et leur forme (largeur, longueur) permettent d'identifier des groupes d'atomes et notamment des groupes caractéristiques au sein de la molécule. Cette analyse nécessite l'utilisation de tables (voir p. 22).

Par exemple, sur le spectre ci-dessus, on retrouve vers 3 400 cm^{-1} une bande large qui correspond à la vibration de la liaison O–H caractéristique des alcools.

EXERCICES TYPES

1 Calculer la valeur du pH d'une solution à partir de sa concentration en ions oxonium et inversement

EXERCICE TYPE

L'acide fluorhydrique est très utilisé dans l'industrie, par exemple pour le traitement de surface des composants électroniques.

On prépare un volume $V = 10$ L de cette solution par dissolution d'une quantité de matière $n = 2{,}0 \times 10^{-2}$ mol de fluorure d'hydrogène gazeux.

L'équation-bilan de la réaction de dissolution est :

$$HF(g) + H_2O(\ell) \rightarrow F^-(aq) + H_3O^+(aq)$$

Cette réaction est totale.

1. Calculer le pH de la solution ainsi préparée.

2. On procède ensuite à la dissolution de cette solution. Le pH de la solution fille obtenue vaut alors $pH_{fille} = 4{,}0$. Calculer la valeur du facteur de dilution F.

CORRIGÉ COMMENTÉ

1. La réaction étant totale, on a :

$n(H_3O^+) = n(HF) = 2{,}0 \times 10^{-2}$ mol.

On en déduit la concentration en ions H_3O^+.

$$[H_3O^+] = \frac{n(H_3O^+)}{V} = \frac{2{,}0 \times 10^{-2}}{10} = 2{,}0 \times 10^{-3} \text{ mol.L}^{-1}$$

> **Rappel**
> Pour calculer le pH, il faut déterminer au préalable la valeur de la concentration en ions oxonium $[H_3O^+]$.

D'où la valeur du pH :

$$pH = -\log [H_3O^+] = -\log(2{,}0 \times 10^{-3})$$

$$\mathbf{pH = 2{,}7.}$$

2. Déterminons la nouvelle concentration en ions oxonium dans la solution fille.

$$[H_3O^+]_{fille} = 10^{-pH_{fille}} = 10^{-4{,}0}$$

$$[H_3O^+]_{fille} = 1{,}0 \times 10^{-4} \text{ mol.L}^{-1}.$$

Le facteur de dilution vaut alors :

$$F = \frac{[H_3O^+]}{[H_3O^+]_{fille}} = \frac{2{,}0 \times 10^{-3}}{1{,}0 \times 10^{-4}}$$

$$\mathbf{F = 20.}$$

> **Rappel**
> Lors de la dilution d'une espèce, on a la relation : $C_{mère} \times V_{mère} = C_{fille} \times V_{fille}$
> Il est pratique en laboratoire de travailler avec le facteur de dilution F.
> $F = \frac{C_{mère}}{C_{fille}} = \frac{V_{fille}}{V_{mère}}$

À RETENIR

- Déterminer au préalable la valeur de la concentration en ions oxonium permet d'accéder au pH.
- Dans une réaction faisant intervenir les ions H_3O^+, la valeur du pH permet de déterminer la composition du système (en dressant un tableau d'avancement).

2 Exploiter un spectre infrarouge

EXERCICE TYPE

On considère deux molécules organiques A et B dont les formules semi-développées sont :

Ⓐ 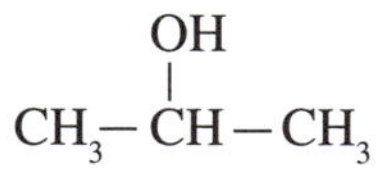

Ⓑ 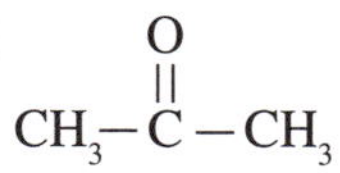

Donnée : voir table de spectroscopie IR p. suivante.

1. Nommer ces deux molécules.
2. Attribuer à chaque molécule son spectre infrarouge. Justifier.

Spectre 1

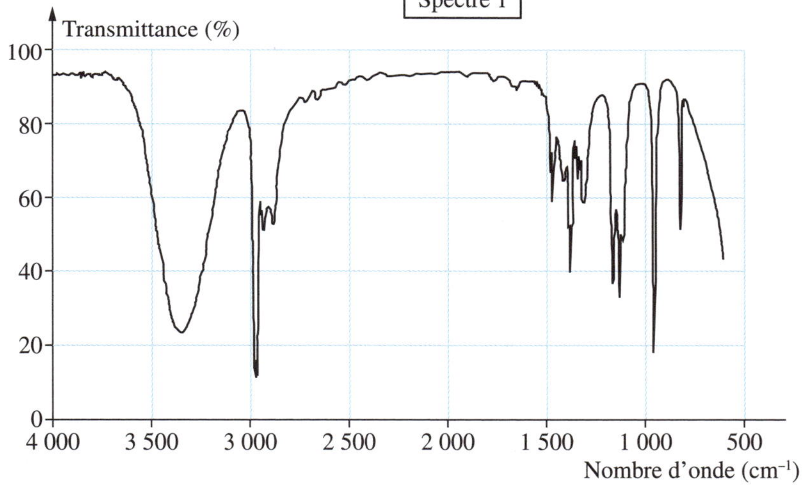

Spectre 2

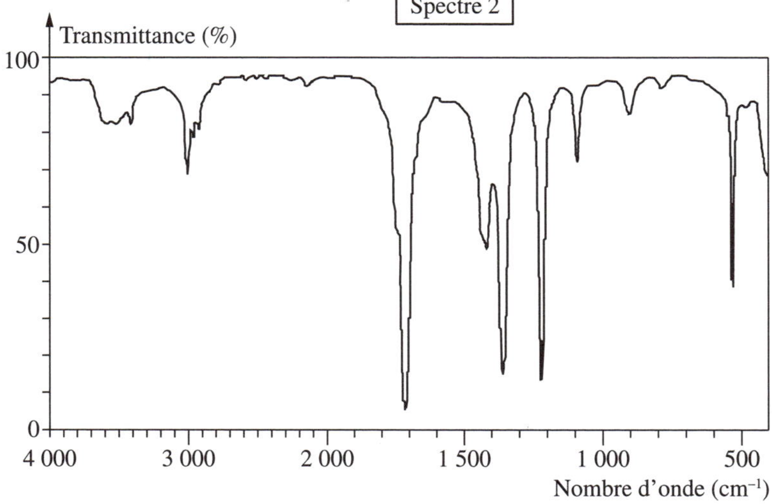

CORRIGÉ COMMENTÉ

> **Remarque**
> Pour le composé B, il n'y a pas plusieurs possibilités pour positionner la fonction cétone. La précision propan-**2**-one est donc inutile.

1. A : **propan-2-ol** ;
B : **propanone**.

2. La molécule A est un **alcool** (groupe hydroxyle). D'après les tables, on doit avoir une **bande d'intensité faible et fine entre 3 580 et 3 670 cm^{-1} s'il n'y a pas de liaison hydrogène ou une bande forte et large entre 3 200 et 3 400 cm^{-1} en cas de liaisons hydrogène.** Le spectre 1 présente une **bande forte et large vers 3 400 cm^{-1}**, ce qui n'est pas le cas du spectre 2. Il s'agit donc du spectre du propan-1-ol.
(Ce spectre nous indique également l'existence de liaisons hydrogène.)
La molécule B est une **cétone** (groupe carbonyle). Au niveau du spectre IR, cela doit se traduire par l'apparition d'une **bande forte entre 1 650 et 1 730 cm^{-1}**. Le spectre 2 présente bien une **bande forte vers 1 700 cm^{-1}**.

À RETENIR

• Pour analyser un spectre IR, il faut : identifier les bandes caractéristiques au niveau du spectre ; s'appuyer sur les tables de données pour retrouver le(s) groupe(s) caractéristique(s) présent(s) dans la molécule ; recouper les informations récoltées le cas échéant.
• Pour attribuer un spectre à une molécule, il faut : repérer le(s) groupe(s) caractéristiques(s) présent(s) dans la molécule ; rechercher les bandes associées à ce(s) groupe(s) en s'appuyant sur les tables de données ; identifier des éléments de différenciation dans le cas de molécules quasi similaires.

Liaison	**Nombre d'onde en cm^{-1}**	**Intensité F : forte ; m : moyenne ; f : faible**
O–H (sans liaison hydrogène)	3 580-3 670	**f** ; fine
O–H (avec liaison hydrogène)	3 200-3 400	**F** ; large
N–H amine	3 100-3 500	**m**
N–H amide	3 100-3 500	**F**
$C_{②}$–H	3 300-3 310	**m** ou **F**
$C_{③}$–H	3 000-3 100	**m**
$C_{④}$–H	2 800-3 000	**F**
$C_{③}$–H aldéhyde	2 750-2 900	**m**
O–H acide carboxylique	2 500-3 200	**F** à **m** ; large
C≡C	2 100-2 250	**f**
C=O anhydride	1 700-1 840	**F** ; 2 bandes

Liaison	**Nombre d'onde en cm^{-1}**	**Intensité F : forte ; m : moyenne ; f : faible**
C=O ester	1 700-1 740	**F**
C=O aldéhyde et cétone	1 650-1 730	**F**
C=O acide carboxylique	1 680-1 710	**F**
C=O amide	1 650-1 700	**F**
C=C	1 625-1 685	**m**
C=C aromatique	1 450-1 600	variable ; 3 ou 4 bandes
N–H amine ou amide	1 560-1 640	**F** ou **m**
$C_{④}$–H	1 415-1 470	**F**
$C_{④}$–H (CH_3)	1 365-1 385	**F** ; 2 bandes
C–O	1 050-1 450	**F**
C–N	1 000-1 400	**F**
C–C	1 000-1 250	**F**

Remarque : $C_{②}$: carbone digonal ; $C_{③}$: carbone trigonal ; $C_{④}$: carbone tétraédrique.

SUJET DU BAC

Exercice 25 min 10 points

Lors d'un banquet donné en l'honneur de Marc Antoine, Cléopâtre aurait dissous une perle de grande valeur qu'elle portait comme boucle d'oreilles dans une coupe remplie de vinaigre.

Le vinaigre a été utilisé dès le début de l'Antiquité comme condiment et pour la conservation, mais aussi à des fins thérapeutiques.

Il s'agit d'une solution aqueuse d'acide acétique dont l'obtention, à partir du jus de raisin par exemple, s'effectue en deux étapes.

Le Banquet d'Antoine et de Cléopâtre, Jacob Jordaens, XVIIe siècle (© The Metropolitan Museum of Art, New York, Rogers Fund, 1963)

Étape 1 : fermentation alcoolique

Le glucose de formule brute $C_6H_{12}O_6$, contenu dans le jus de raisin, est transformé en éthanol C_2H_6O et en dioxyde de carbone CO_2, sous l'action de levures.

Lorsque la vinification est terminée, la <u>teneur en dioxyde de carbone dans le vin est comprise entre 200 et 700 mg.L^{-1}</u>.

On procède à la vérification de cette teneur par spectrophotométrie.

Étape 2 : fermentation acétique

Sous l'action de *Micoderma Acetii*, l'éthanol est ensuite oxydé en acide acétique suivant l'équation-bilan :

$$C_2H_6O(aq) + O_2(g) \rightarrow C_2H_4O_2(aq) + H_2O(\ell)$$

Données : $M(CO_2) = 44{,}0$ g.mol^{-1} ;
$\lambda(H_3O^+) = 35{,}0$ mS.m^2.mol^{-1} ; $\lambda(CH_3COO^-) = 4{,}09$ mS.m^2.mol^{-1} ;
table de nombres d'onde dans le domaine des infrarouges :

Liaison	Famille chimique	Nombre d'onde (en cm^{-1})
C–H	alcane alcène	2 480 – 3 000 $>$ 3 000
O–H	alcool acide carboxylique	3 200 – 3 400 2 500 – 3 300
C=O	acide carboxylique ester aldéhyde ou cétone amide	1 700 – 1 725 1 700 – 1 750 1 650 – 1 740 1 650 – 1 695

PARTIE 1 : On considère ici un échantillon de vin dont l'absorbance vaut A = 0,048.

Les conditions de l'expérience sont telles que le dioxyde de carbone est la seule espèce à absorber et que la loi de Beer-Lambert est vérifiée.

1. [1 pt] Écrire l'équation-bilan de la réaction se produisant lors de la fermentation alcoolique.

2. [2,5 pts] Une solution étalon de concentration en dioxyde de carbone C_0 = 10,0 mmol.L^{-1} a une absorbance A_0 = 0,041 dans les mêmes conditions de mesure. Calculer la concentration en quantité de matière C de dioxyde de carbone dans ce vin.

3. [1,5 pt] Vérifier que cette valeur est cohérente avec l'information soulignée dans l'énoncé.

PARTIE 2 : À l'issue de la fermentation acétique, on obtient un vinaigre dont la conductivité vaut σ = 0,196 mS.cm^{-1}.

Cette conductivité est due au fait que l'acide acétique réagit avec l'eau pour donner des ions acétate CH_3COO^-(aq) et des ions oxonium H_3O^+(aq), en égale quantité.

4. [1,5 pt] Écrire les formules semi-développées de l'éthanol et de l'acide acétique. Entourer et nommer les groupes caractéristiques présents dans ces molécules.

5. [1 pt] Attribuer le spectre ci-après à l'une de ces deux espèces en justifiant.

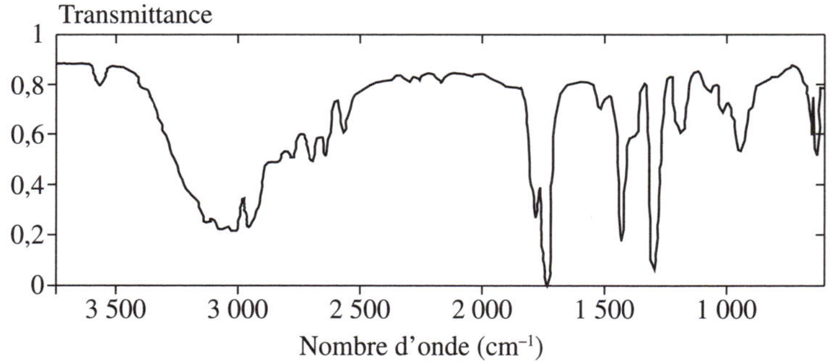

6. [2,5 pts] Calculer le pH de ce vinaigre en vous appuyant sur la loi de Kohlrausch.

→ Corrigé p. 25

CORRIGÉ

Exercice → *Énoncé p. 23*

1. $\mathbf{C_6H_{12}O_6(aq) \rightarrow 2\ C_2H_6O(aq) + 2\ CO_2(g)}$

2. La mesure avec la solution étalon permet de calculer la valeur du coefficient de proportionnalité dans la loi de Beer-Lambert.

$A_0 = k \times C_0$.

$$k = \frac{A_0}{C_0} = \frac{0{,}041}{10{,}0 \times 10^{-3}}$$

$k = 4{,}1\ \text{L.mol}^{-1}$.

On peut maintenant calculer la valeur de la concentration C.

$$C = \frac{A}{k} = \frac{0{,}048}{4{,}1}$$

$\boldsymbol{C = 1{,}2 \times 10^{-2}\ \text{mol.L}^{-1}}$.

3. Déterminons la teneur en dioxyde de carbone dans ce vin. Il s'agit donc de la concentration en masse γ.

$\gamma = C \times M(CO_2) = 1{,}2 \times 10^{-2} \times 44{,}0$

$\boldsymbol{\gamma = 5{,}2 \times 10^{-1}\ \text{g.L}^{-1}}$.

Soit une teneur de 520 mg par litre, valeur qui est bien comprise dans l'encadrement précisé dans l'énoncé.

4.

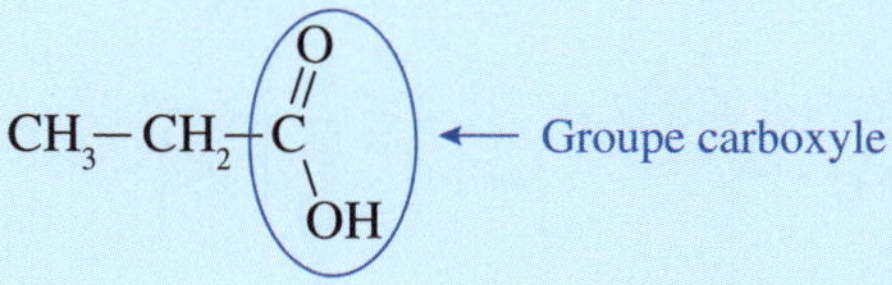

5.

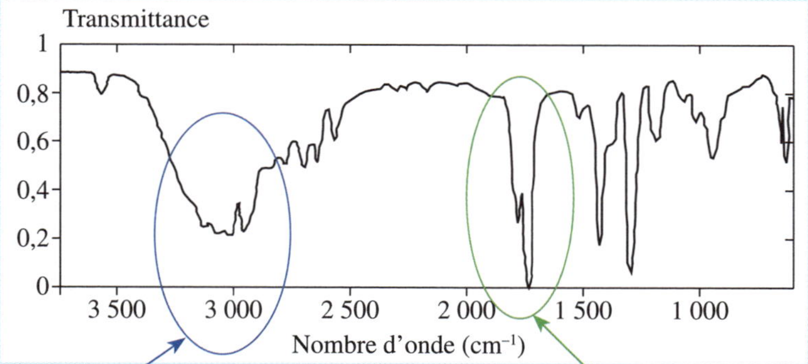

Vers 3 000 cm^{-1} : bande moyenne et large correspondant à la vibration de la liaison O-H du groupe carboxyle (pour un alcool, cette bande se trouve « plus à gauche »)

Vers 1 700 cm^{-1} : bande forte et fine correspondant à la vibration de la liaison C=O du groupe carboxyle

Il s'agit donc du spectre IR de l'acide acétique.

6. On considère ici que les seuls ions présents en solution sont les ions acétate et les ions oxonium.
D'après la loi de Kohlrausch, l'expression de la conductivité de ce vinaigre est :
$\sigma = \lambda(CH_3COO^-) \times [CH_3COO^-] + \lambda(H_3O^+) \times [H_3O^+]$
D'après l'énoncé, $[CH_3COO^-] = [H_3O^+]$.
Donc :
$\sigma = \lambda(CH_3COO^-) \times [H_3O^+] + \lambda(H_3O^+) \times [H_3O^+]$
$\sigma = \left(\lambda(CH_3COO^-) + \lambda(H_3O^+)\right) \times [H_3O^+]$.
Soit :
$$[H_3O^+] = \frac{\sigma}{\lambda(CH_3COO^-) + \lambda(H_3O^+)} = \frac{1{,}96 \times 10^{-2}}{35{,}0 \times 10^{-3} + 4{,}09 \times 10^{-3}}$$
$[H_3O^+] = 5{,}01 \times 10^{-1}\ mol.m^{-3}$.
On exprime cette concentration en mole par litre :
$[H_3O^+] = 5{,}01 \times 10^{-4}\ mol.L^{-1}$.
On en déduit la valeur du pH :
$pH = -\log [H_3O^+] = -\log (5{,}01 \times 10^{-4})$
pH = 3,3.

Remarque
Attention à l'unité de la conductivité !
$\sigma = 0{,}196\ mS.cm^{-1}$
$= 0{,}196 \times 10^2\ mS.m^{-1}$
$= 0{,}196 \times 10^2 \times 10^{-3}\ S.m^{-1}$
$= 0{,}196 \times 10^{-1}\ S.m^{-1}$
$\sigma = 1{,}96 \times 10^{-2}\ S.m^{-1}$

Analyser un système par des méthodes chimiques

CHAPITRE 3

1 Réalisation d'une solution par dilution d'une solution concentrée

Exemple : Préparons 0,200 L d'acide chlorhydrique molaire à partir d'une solution d'acide chlorhydrique commerciale. Sur la bouteille figurent les informations suivantes : densité $d = 1,17$ et 37 % en masse. On donne $M(HC\ell) = 36,5\ g.mol^{-1}$.

A. Détermination du volume de solution mère à prélever

■ Déterminons tout d'abord la masse d'un litre de solution à partir de la densité et de la masse volumique.
La densité d'un corps est le rapport entre la masse volumique de la solution donnée et la masse volumique de l'eau :

$$d = \frac{\rho}{\rho_{eau}} \text{ (avec } \rho_{eau} = 1\ 000\ g.L^{-1}) .$$

Ici, $\rho = d \times \rho_{eau}$

$$\rho = 1,17 \times 1\ 000 = 1\ 170\ g.L^{-1}.$$

Pour un litre de solution, on a donc :

$$m = \rho \times V = 1\ 170 \times 1 = 1\ 170\ g.$$

■ Déterminons ensuite la masse d'acide présente dans de la solution mère :
La solution est à 37 % en masse d'acide chlorhydrique, cela veut dire qu'on a 37 g d'acide chlorhydrique pour 100 g de solution :

$$m_{acide} = 1\ 170 \times 0,37 = 433\ g.$$

■ On va maintenant déterminer la quantité d'acide présente dans un litre de solution :

$$n(HC\ell) = \frac{m(HC\ell)}{M(HC\ell)} = \frac{433}{36,5} = 11,9\ mol.$$

■ Le volume de solution étant de 1 litre, la concentration en acide de la solution mère sera de $11,9\ mol.L^{-1}$. Appliquons la formule de dilution :

$$C_m \times V_m = C_f \times V_f$$

où C_m et V_m sont respectivement la concentration et le volume prélevé de la solution mère, et C_f et V_f représentent la concentration et le volume de la solution fille.
Le volume à prélever sera donc :

$$V_m = \frac{C_f \times V_f}{C_m} = \frac{1,0 \times 0,200}{11,9} = 17 \times 10^{-3}\ L = 17\ mL.$$

B. Protocole de dilution

– Verser un volume suffisant de solution mère V_m dans un bécher.
– Prélever, à l'aide d'une pipette graduée munie d'une propipette ou d'un pipeteur, le volume de solution nécessaire.
– Verser le volume prélevé dans une fiole jaugée de 200 mL dans laquelle vous allez au préalable placer un peu d'eau distillée.
– Verser ensuite l'eau distillée jusqu'au trait de jauge. Homogénéiser.

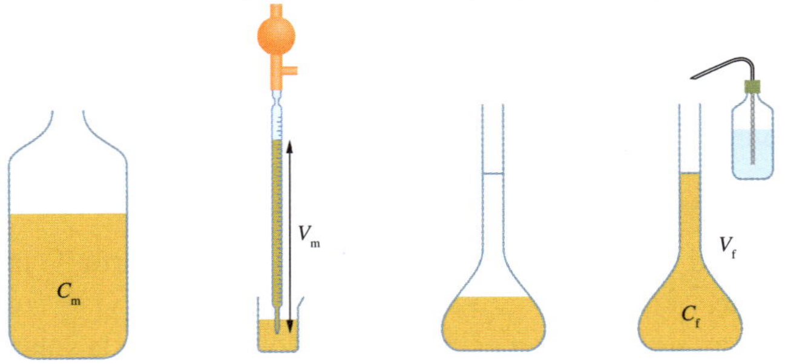

2 Principe d'un dosage par titrage

■ Lors de la réalisation d'un dosage, on cherche à déterminer précisément la quantité de matière ou la concentration molaire d'une espèce titrée présente en solution.

■ Un dosage par titrage s'appuie sur une réaction entre le réactif titré (dont la concentration est inconnue) et l'espèce titrante. Cette réaction support du dosage doit être **rapide**, **unique** et **totale.**
Lorsque l'espèce titrée et l'espèce titrante sont introduites en proportions stœchiométriques, on parle d'**équivalence.**

■ Le repérage de cette équivalence va dépendre de la technique de dosage utilisée.

3 Titrage suivi par pH-métrie

■ Un titrage par pH-métrie permet, à l'aide d'un pH-mètre, de suivre l'évolution du pH de la solution titrée lors de l'ajout de solution titrante. La réaction support est une réaction acido-basique.

■ Le tracé de la courbe obtenue, appelée **courbe de titrage pH-métrique,** relie les variations du pH et le volume de solution titrante versée.
Elle est notée $pH = f(V_{solution\ titrante})$.

A. Montage expérimental et courbe obtenue

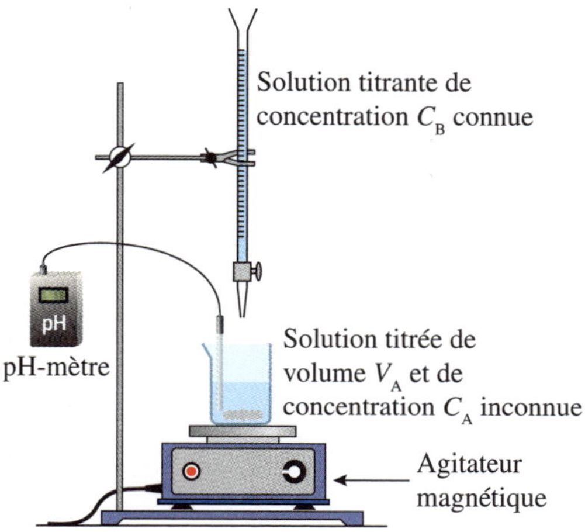

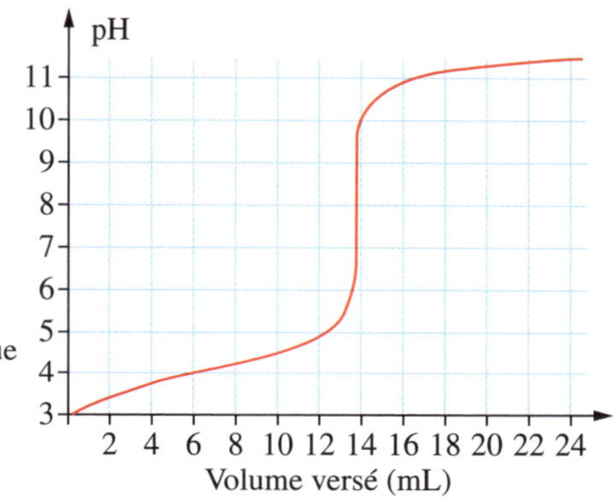

B. Exploitation de la courbe

■ **Avant l'équivalence :** le réactif titrant est en défaut, car il est consommé instantanément. C'est le réactif limitant de l'équation support du titrage. Le pH est imposé par l'espèce titrée.

■ **À l'équivalence :** le réactif titrant et le réactif titré sont introduits dans les proportions stœchiométriques. On observe alors une brusque variation de pH appelée « saut de pH ».
Le point d'équivalence peut être déterminé par deux méthodes :

Méthode des tangentes

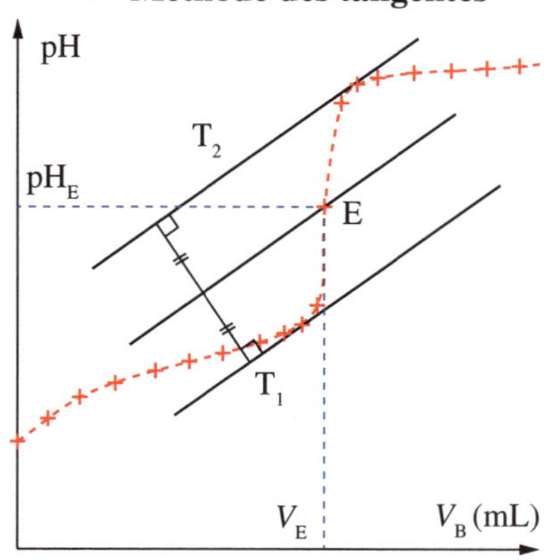

Méthode de la courbe dérivée

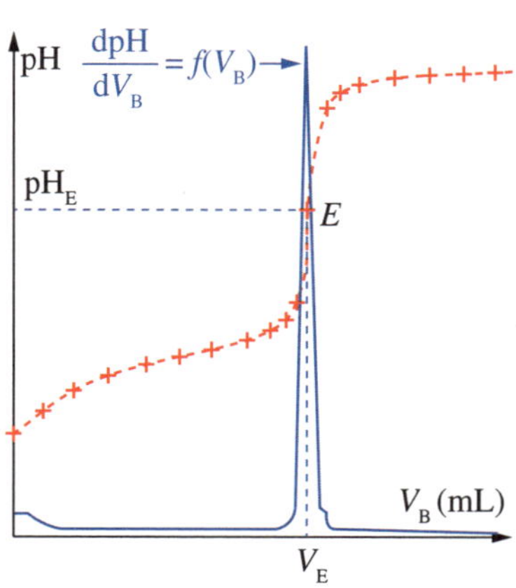

Méthode des tangentes

– On trace une première tangente T_1 à la courbe avant le saut de pH.
– On trace une seconde tangente T_2 à la courbe après le saut de pH et parallèle à T_1.
– On trace ensuite un segment orthogonal aux deux tangentes.
– On trace alors la médiatrice à ce segment ; le point d'intersection entre cette médiatrice et la courbe pH = $f(V)$ donne le point d'équivalence E et donc le volume équivalent V_E.

Méthode de la courbe dérivée

On trace la dérivée du pH en fonction du volume de réactif titrant versé.
Cette courbe présente un extremum dont l'abscisse donne le volume équivalent V_E.

Méthode

La méthode à privilégier est celle de la courbe dérivée, qui est plus précise.

À ce moment du titrage, les espèces titrée et titrante (acide et base) ont été introduites dans les proportions stœchiométriques :

$$n(\text{AH}) = n(\text{OH}^-)$$

■ **Après l'équivalence :** le réactif titré est le réactif en défaut. Le réactif titrant s'accumule dans le mélange réactionnel. Le pH est imposé par l'espèce titrante.

4 Titrage avec suivi conductimétrique

A. Principe de la conductimétrie

■ Un conductimètre permet de mesurer la conductivité σ d'une solution, grandeur physique liée à la concentration des espèces ioniques présentes dans la solution. Elle s'exprime en siemens par mètre (S.m^{-1}).

■ La **loi de Kohlrausch** indique ainsi qu'il y a proportionnalité entre la conductivité σ et la concentration molaire des espèces ioniques :

$$\sigma = \boldsymbol{k} \times \boldsymbol{C}$$

avec σ en S.m^{-1}, k en $\text{S.m}^2\text{.mol}^{-1}$, C en mol.m^{-3}.
Attention : ici, la concentration s'exprime en mol.m^{-3}.

■ Si la solution contient plusieurs ions, la conductivité est donnée par la formule :

$$\sigma = \sum_{\text{ions}} \lambda_i \times [X_{i(\text{aq})}] \quad \begin{cases} \lambda_i = \text{conductivité molaire ionique de l'ion } X_i \text{ (en S.m}^2\text{.mol}^{-1}) \\ [X_{i(\text{aq})}] = \text{concentration molaire de l'ion } X_i \text{ (en mol.m}^{-3}) \end{cases}$$

La conductivité molaire ionique λ est une grandeur caractéristique de chaque ion.
Tous les ions, même spectateurs, participent à la conductivité de la solution.
Attention ! Cette relation n'est valable que pour des solutions diluées de concentration inférieure à 10^{-2} mol.L^{-1}.

B. Application au titrage

■ Lors de l'ajout d'une solution titrante à la solution titrée, la conductance σ évolue. Le titrage conductimétrique consiste à suivre cette évolution.
La courbe de titrage obtenue, $\sigma = f(V_{\text{solution titrante}})$, donne donc la variation de la conductivité en fonction du volume de solution titrante ajoutée.

■ Pour éviter le phénomène de dilution et obtenir une évolution linéaire de la conductivité, il faut un volume initial de solution à titrer important par rapport au volume de solution titrée ajoutée.

Montage expérimental

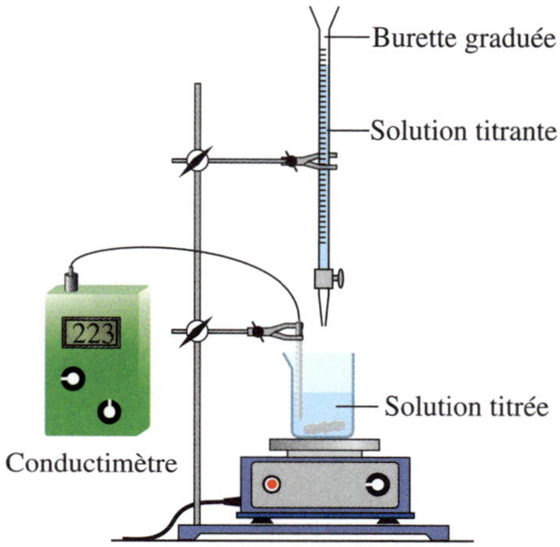

Courbe de titrage

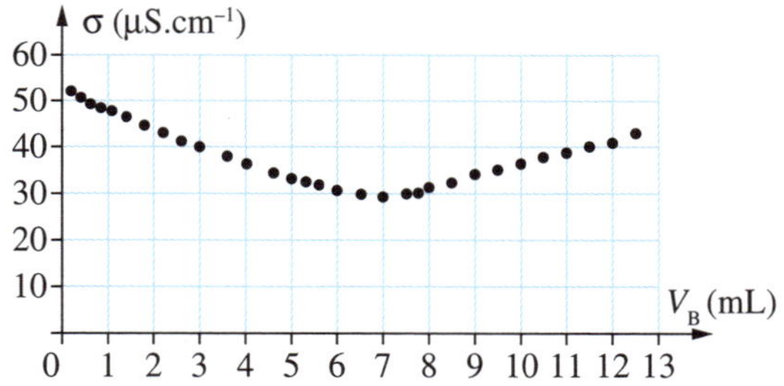

C. Exploitation de la courbe

■ **Avant l'équivalence :** la conductivité molaire varie, soit par disparition d'un ion, soit par ajout d'un ion de conductivité molaire ionique plus faible.
Parfois, lors du titrage d'un acide faible par une base forte, des ions sont formés (base faible) et font augmenter la conductivité de la solution.

■ **À l'équivalence :** le réactif titrant et le réactif titré sont introduits en proportions stœchiométriques.

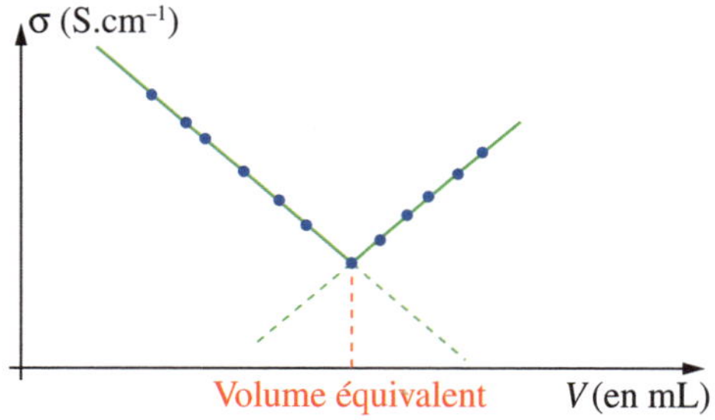

Exemple d'une courbe d'un titrage conductimétrique

■ **Après l'équivalence :** les ions apportés par la solution titrante ne réagissent plus et font augmenter la conductivité de la solution.

L'intersection des deux droites (avant et après l'équivalence) donne un point dont l'abscisse correspond au volume équivalent V_E.

EXERCICES TYPES

1 Effectuer un titrage suivi par pH-métrie

EXERCICE TYPE

On dose 20,0 mL d'une solution d'acide chlorhydrique $H_3O^+(aq)$ et $C\ell^-(aq)$ de concentration inconnue par une solution d'hydroxyde de sodium $Na^+(aq)$ et $OH^-(aq)$ de concentration $C_B = 1,0 \times 10^{-1}$ mol.L^{-1}. Le suivi se fait à l'aide d'un pH-mètre.
La réaction support de du dosage est :

$$H_3O^+(aq) + OH^-(aq) \rightarrow 2H_2O(\ell)$$

On obtient les courbes suivantes :

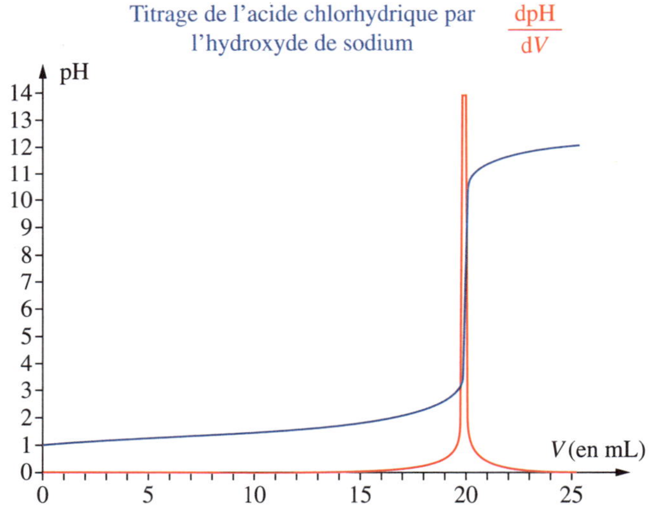

1. Qu'est-ce qu'un dosage ?

2. Quel est le réactif titrant ? le réactif titré ? Pourquoi la réaction support du dosage est-elle adaptée ?

3. Schématiser le dispositif expérimental.

4. Quel est le pH initial ?

5. Que se passe-t-il avant l'équivalence ? Quel est le réactif limitant ?

6. Après avoir défini l'équivalence, déterminer le volume équivalent.

7. Déterminer la concentration de la solution d'acide titrée.

8. Que se passe-t-il après l'équivalence ? Quel est le réactif limitant ?

CORRIGÉ COMMENTÉ

1. Un dosage est la détermination expérimentale de la quantité de matière ou de la concentration d'un réactif présent en solution.

2. Le réactif titrant est le réactif présent dans la burette : il s'agit de l'ion hydroxyde OH^-. Le réactif titré est le réactif présent dans le bécher : il s'agit de l'ion oxonium H_3O^+. La réaction entre ces ions est une réaction totale, unique et rapide.

3.

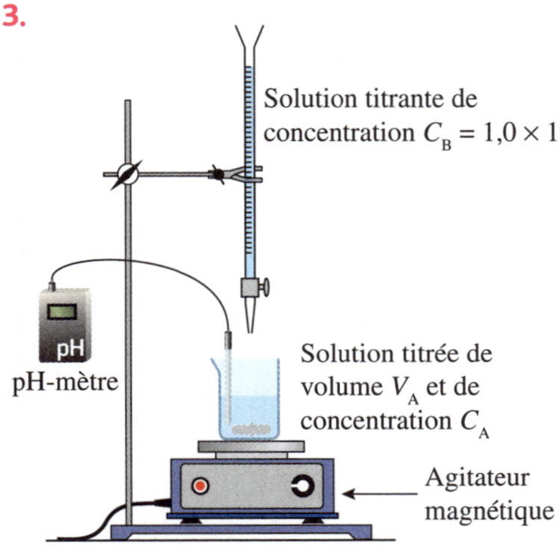

Conseil

Annoter toujours vos schémas en précisant les concentrations et volumes des différentes solutions.

4. La lecture graphique donne un pH initial de 1. La solution titrée est donc l'acide chlorhydrique.

5. Avant l'équivalence, les ions hydroxyde versés réagissent immédiatement avec les ions oxonium et disparaissent : l'hydroxyde de sodium est donc le réactif limitant.

6. À l'équivalence, le réactif titré et le réactif titrant sont dans les proportions stœchiométriques de l'équation support. Le volume équivalent se lit graphiquement grâce la courbe $\frac{\mathrm{dpH}}{\mathrm{d}V_B}$. On lit $V_E = 20$ mL.

7. Déterminons la quantité d'hydroxyde de sodium versée :

$$n(OH^-) = C_B \times V_E = 1,0 \times 10^{-1} \times 20 \times 10^{-3} = 2,0 \times 10^{-3} \text{ mol.}$$

D'après la définition de l'équivalence,

$$n(OH^-) = n(H_3O^+).$$

Donc :

$$C_A \times V_A = n(H_3O^+)$$

$$C_A = \frac{n\left(H_3O^+\right)}{V_A} = \frac{2,0 \times 10^{-3}}{20 \times 10^{-3}} = 1,0 \times 10^{-1} \text{ mol.L}^{-1}.$$

La concentration de la solution d'acide chlorhydrique est de $1,0 \times 10^{-1}$ mol.L^{-1}.

8. Après l'équivalence, le réactif titré a entièrement disparu ; le réactif titrant (ions hydroxyde) s'accumule dans le mélange réactionnel. Le dosage est terminé.

À RETENIR

• Un dosage sert à déterminer une concentration molaire, massique, une masse ou une quantité de matière.
• Un dosage par titrage s'appuie sur une réaction chimique rapide, totale et unique.
• Lors d'un titrage pH-métrique, on suit l'évolution du pH, à l'aide d'un pH-mètre, lors de l'ajout de réactif titrant dans un bécher contenant le réactif titré.
• Lorsque les réactifs titrant et titré sont introduits dans les proportions stœchiométriques de l'équation support du dosage, on parle d'équivalence.
• Cette équivalence se caractérise par un saut de pH. On repère le volume équivalent par la méthode des tangentes ou la méthode de la courbe dérivée.

2 Effectuer un titrage suivi par conductimétrie

EXERCICE TYPE

On dose, par titrage conductimétrique, une solution d'hydroxyde de sodium, $Na^+(aq) + HO^-(aq)$, par une solution d'acide chlorhydrique, $H_3O^+(aq) + C\ell^-(aq)$, de concentration $C_A = 1{,}0 \times 10^{-1}$ mol.L^{-1}.

Pour cela, on prélève un volume $V_B = 20{,}0$ mL de la solution à doser et on complète avec un volume suffisant d'eau déminéralisée. On négligera par la suite l'effet de cette dilution.

L'équation support de la réaction de titrage est :

$$H_3O^+(aq) + OH^-(aq) \rightarrow 2H_2O(\ell)$$

Le suivi du titrage par conductimétrie permet de tracer le graphe $\sigma = f(V_A)$ ci-après :

Titrage d'une solution de soude par une solution d'acide chlorhydrique

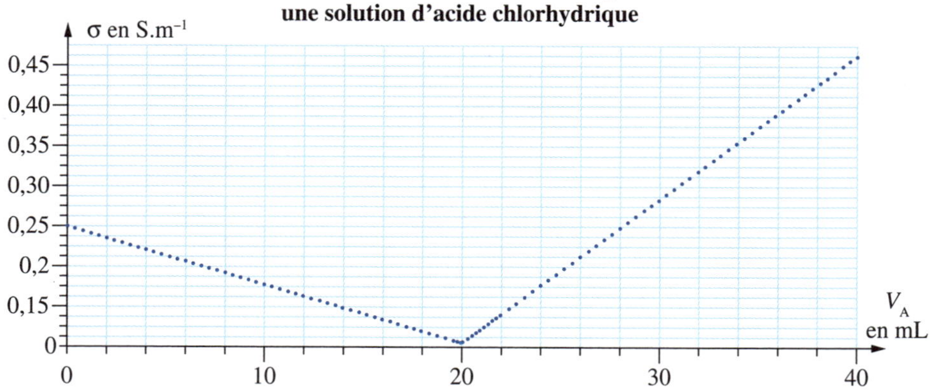

On donne les conductivités molaires ioniques : $\lambda(OH^-) = 19{,}8$ mS.m².mol^{-1} ; $\lambda(H_3O^+) = 35{,}0$ mS.m².mol^{-1} ; $\lambda(Na^+) = 5{,}01$ mS.m².mol^{-1} ; $\lambda(C\ell^-) = 7{,}63$ mS.m².mol^{-1}.

1. Faire un schéma légendé du dispositif de titrage.
2. On se place avant l'équivalence.
a) Quel est le réactif limitant ? Faire le bilan des espèces présentes.
b) À l'aide des conductivités molaires ioniques, établir l'expression de la conductivité σ.
c) Justifier l'évolution de la conductivité σ.
3. Déterminer le volume équivalent V_E du titrage et la concentration de la solution titrée.
4. On se place maintenant après l'équivalence.
a) Le réactif limitant est-il le même qu'avant l'équivalence ? Justifier.
b) Justifier l'évolution de la conductivité de la solution contenue dans le bécher après l'équivalence du titrage.

CORRIGÉ COMMENTÉ

1. Montage expérimental

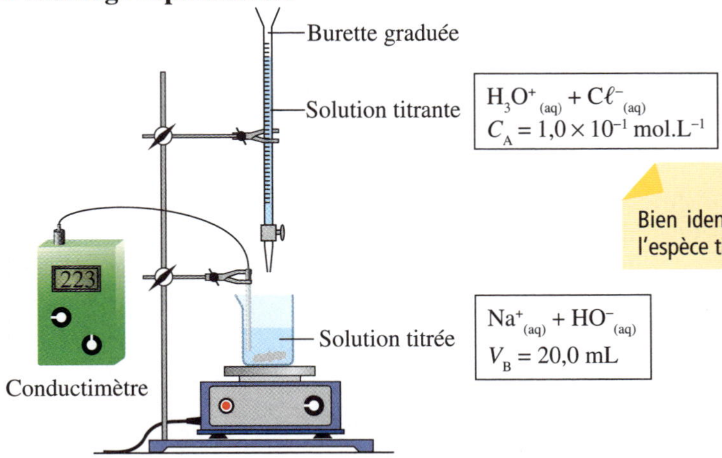

> **Conseil**
> Bien identifier l'espèce titrée et l'espèce titrante.

2. a) Le réactif limitant est ici l'ion oxonium H_3O^+, car c'est l'espèce titrante qui réagit. Les espèces présentes sont H_3O^+, HO^-, Na^+, $C\ell^-$, H_2O.

b) Avant l'équivalence, la conductivité σ s'écrit :

$$\sigma = \sum_{\text{ions}} \lambda_i \times [X_{i(aq)}]$$

$$\sigma = \lambda(HO^-) \times [HO^-] + \lambda(Na^+) \times [Na^+] + \lambda(C\ell^-) \times [C\ell^-].$$

> **Remarque**
> Les ions oxonium réagissent dès leur introduction et n'apparaissent donc pas dans le calcul de σ.

c) D'après l'équation support du titrage, les ions hydroxyde OH^-, de conductivité molaire ionique importante, réagissent avec les ions H_3O^+ pour former de l'eau, espèce non conductrice. Ils sont remplacés par les ions chlorure apportés par la solution titrante, mais de plus faible conductivité molaire ionique. La conductivité de la solution décroît au fur et à mesure des ajouts de solution acide jusqu'à disparition totale des ions hydroxyde.

3. Le point équivalent se situe à l'intersection des deux droites. Le volume équivalent est donné par l'abscisse de ce point. Ici, $V_E = 20$ mL.
Pour déterminer la concentration de la solution titrée, il faut tout d'abord calculer la quantité d'ions H_3O^+ versés.

$$n(H_3O^+) = [H_3O^+] \times V_E = 1{,}0 \times 10^{-1} \times 20 \times 10^{-3}$$

$$n(H_3O^+) = 2{,}0 \times 10^{-3} \text{ mol.}$$

D'après la définition de l'équivalence, $n(OH^-) = n(H_3O^+)$.
Donc :

$$C_B \times V_B = n(OH^-)$$

$$C_B = \frac{n(OH^-)}{V_B} = \frac{2{,}0 \times 10^{-3}}{20 \times 10^{-3}} = 1{,}0 \times 10^{-1} \text{ mol.L}^{-1}.$$

La concentration de la solution d'hydroxyde de sodium est de $1{,}0 \times 10^{-1}$ mol.L^{-1}.

4. a) Après l'équivalence, le réactif titré a été entièrement consommé : l'ion hydroxyde est donc devenu le réactif limitant.

b) Le changement de réactif limitant induit un changement de pente. En effet, les ions oxonium introduits dans le mélange ne réagissent plus et leur forte conductivité molaire ionique entraîne une augmentation de la conductivité σ.

À RETENIR

• Un titrage conductimétrique consiste à suivre l'évolution de la conductivité σ de la solution titrée au cours de l'ajout de la solution titrante.
La **conductivité** σ d'une solution dépend de la nature et des concentrations des ions X_i qu'elle contient :

$$\sigma = \sum \lambda_i \times [X_{i(aq)}]$$

• La courbe de titrage obtenue, $\sigma = f(V_{\text{Sol. titrante versée}})$, donne les variations de la conductivité σ en fonction du volume de solution titrante versée.
Le volume équivalent est repéré par un changement de pente de la courbe.

Exercice 25 min **10 points**

Titrage de l'acide ascorbique par suivi pH-métrique

On souhaite vérifier l'indication figurant sur une boîte de comprimés de vitamine C vendue en pharmacie : le fabricant annonce que la masse d'acide ascorbique ($C_6H_8O_6$) est de 500 mg par comprimé.

Un comprimé de vitamine C est écrasé dans un mortier. La poudre est ensuite dissoute dans une fiole jaugée de 200,0 mL que l'on complète avec de l'eau distillée jusqu'au trait de jauge en homogénéisant le mélange. On obtient la solution S.

On prélève 10,0 mL de cette solution que l'on titre avec une solution d'hydroxyde de sodium ($Na^+(aq) + HO^-(aq)$) de concentration molaire $1,00 \times 10^{-2}$ mol.L^{-1}.

On suit le titrage par pH-métrie.

Le graphique représentant l'évolution du pH en fonction du volume de solution d'hydroxyde de sodium versé est représenté ci-dessous.

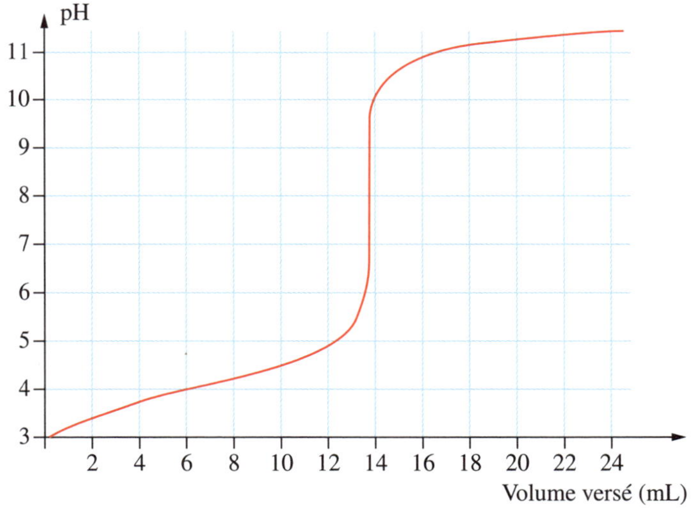

L'acide ascorbique sera noté AH dans la suite de l'exercice.

1. [1,5 pt] Réaliser un schéma annoté du montage expérimental nécessaire à la mise en œuvre du titrage.

2. [1 pt] Écrire l'équation de la réaction support du titrage.

3. [1,5 pt] À partir du protocole mis en œuvre et des résultats obtenus, déterminer la masse d'acide ascorbique contenu dans le comprimé.

4. [1 pt] Préciser les sources d'erreurs possibles. Calculer l'écart relatif entre la masse théorique et la masse expérimentale. Commenter la valeur obtenue.

Titrage conductimétrique

On envisage d'effectuer le titrage conductimétrique d'une solution S′ d'acide ascorbique, dont la concentration molaire est de l'ordre de 6×10^{-3} mol.L^{-1}, par une solution d'hydroxyde de sodium de concentration $C'_B = 1{,}00 \times 10^{-1}$ mol.L^{-1}.

On dispose de pipettes jaugées de 10,0 mL ; 20,0 mL et 25,0 mL, ainsi que de fioles jaugées de 50,0 mL ; 100 mL ; 200,0 mL et 250,0 mL.

5. [1,5 pt] Expliquer pourquoi il n'est pas pertinent de titrer la solution d'acide ascorbique S′ par la solution d'hydroxyde de sodium de concentration molaire C'_B.

6. [2 pts] À partir des réactifs proposés, établir un protocole expérimental permettant d'effectuer le titrage conductimétrique, en précisant :

- les éventuelles adaptations effectuées au niveau des concentrations ;
- le volume de solution d'acide ascorbique prélevé.

7. [1,5 pt] Plusieurs allures de courbes modélisant ce titrage sont proposées ci-dessous. En argumentant, identifier la courbe qui peut correspondre au titrage conductimétrique de l'acide ascorbique par la solution d'hydroxyde de sodium.

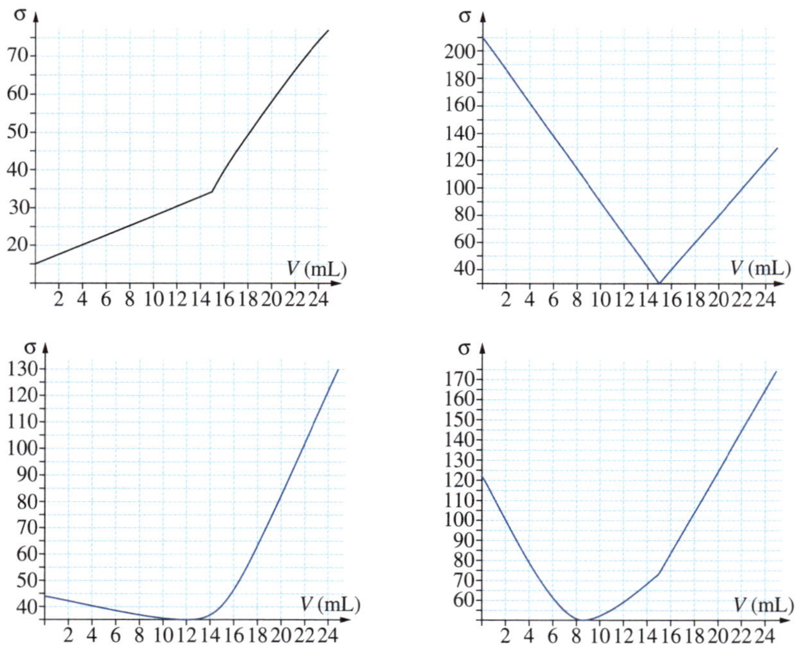

Données :

- Masses molaires atomiques : $M(\text{H}) = 1{,}0$ g.mol^{-1} ; $M(\text{C}) = 12{,}0$ g.mol^{-1} ; $M(\text{O}) = 16{,}0$ g.mol^{-1}.
- Conductivités molaires ioniques à 25 °C :
$\lambda(\text{HO}^-) = 19{,}8$ mS.m^2.mol^{-1} ; $\lambda(\text{Na}^+) = 5{,}01$ mS.m^2.mol^{-1} ;
$\lambda(\text{ion ascorbate A}^-) = 2{,}5$ mS.m^2.mol^{-1}.

→ Corrigé p. 39

CORRIGÉ

Exercice → Énoncé p. 37

1.

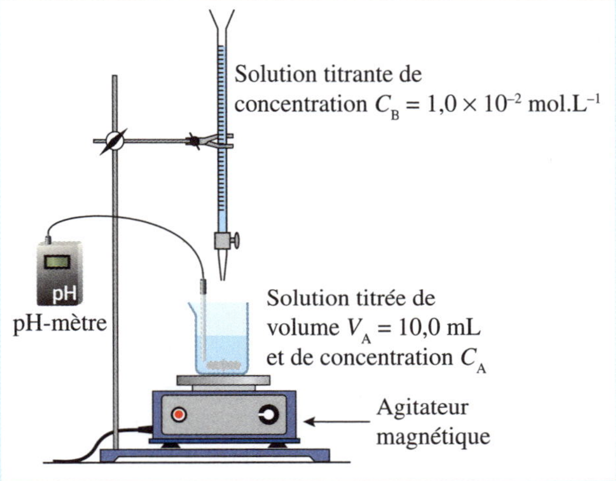

2. La solution titrée est composée d'acide ascorbique. La solution titrante est une solution d'hydroxyde de sodium.
L'équation support du titrage est donc : $AH(aq) + HO^-(aq) \rightarrow A^-(aq) + H_2O(\ell)$

3. • Déterminons tout d'abord la quantité d'acide présente dans la solution :
À l'équivalence, le réactif titrant et le réactif titré ont été introduits dans les proportions stœchiométriques. Dans un premier temps, déterminons graphiquement le volume équivalent par la méthode des tangentes :

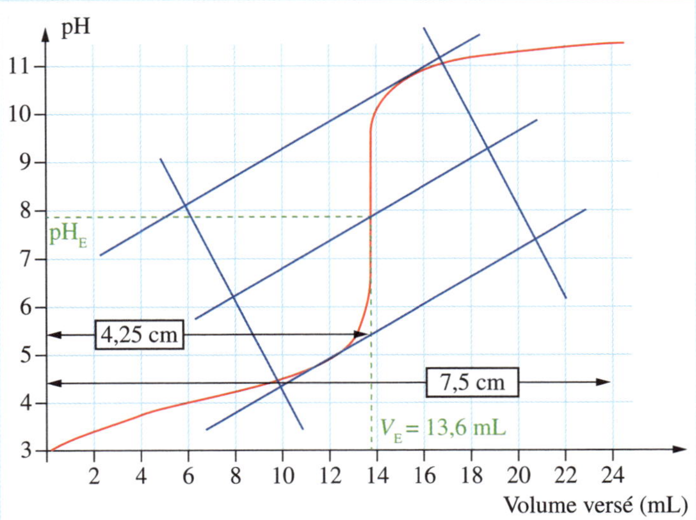

Méthode
V_E mesure 4,25 cm.
L'échelle est de 7,5 cm pour 24 mL.
Donc $V_E = \dfrac{4{,}25 \times 24}{7{,}5} = 13{,}6$ mL.

On lit $V_E = 13{,}6$ mL.

• Déterminons maintenant la quantité d'hydroxyde versée à l'équivalence :

$$n(OH^-) = C_B \times V_E = 1{,}00 \times 10^{-2} \times 13{,}6 \times 10^{-3} = 1{,}36 \times 10^{-4} \text{ mol.}$$

D'après la définition de l'équivalence,

$$n(OH^-) = n(AH)$$

$$n(AH) = 1{,}36 \times 10^{-4} \text{ mol.}$$

• Nous pouvons maintenant calculer la masse d'acide ascorbique présente dans la solution de 10,0 mL :

$$m(AH) = n(AH) \times M(AH)$$

$$m(AH) = 1{,}36 \times 10^{-4} \times (6 \times 12 + 8 \times 1 + 6 \times 16) = 2{,}4 \times 10^{-2} \text{ g.}$$

Le volume de la solution mère (0,200 L) est 20 fois plus important que le volume de la prise d'essai.

La masse initiale est donc de :

$$m(AH)_i = 20 \times m(AH) = 0{,}479 \text{ g.}$$

4. Écart relatif :

$$\frac{\left|m(AH)_{\text{titré}} - m(AH)_{\text{théorique}}\right|}{m(AH)_{\text{théorique}}} = \frac{|479 - 500|}{500} = 4{,}2\,\%.$$

L'écart relatif est inférieur à 5 %, donc acceptable.

Les causes d'erreur peuvent être :

– perte de solide lors de la dissolution,

– incertitude sur la fiole jaugée

– incertitude sur la lecture du volume équivalent (lecture graphique).

5. Lors d'un dosage par suivi conductimétrique, l'équation support du dosage reste la même.

Calculons le volume équivalent théorique :

Appelons C'_A la concentration en acide de la solution titrée et V'_A son volume. D'après la verrerie présentée, le volume maximum de la prise d'essai est de 25 mL.

Calculons tout d'abord la quantité d'acide présent théoriquement :

$$n(AH) = C'_A \times V'_A = 6{,}00 \times 10^{-3} \times 25 \times 10^{-3} = 1{,}5 \times 10^{-4} \text{ mol.}$$

Nous pouvons maintenant estimer le volume équivalent théorique V_E.

$$V_E = \frac{n(OH^-)}{C_B} = \frac{n(H_3O^+)}{C_B}$$

$$= \frac{1{,}5 \times 10^{-4}}{1{,}0 \times 10^{-1}} = 1{,}5 \times 10^{-3} \text{ L}$$

$$V_E = 1{,}5 \text{ mL.}$$

Ce volume est trop faible et le risque d'erreur est trop important.

Il faut diluer la solution titrante, par exemple d'un facteur 10.

6. Mode opératoire :

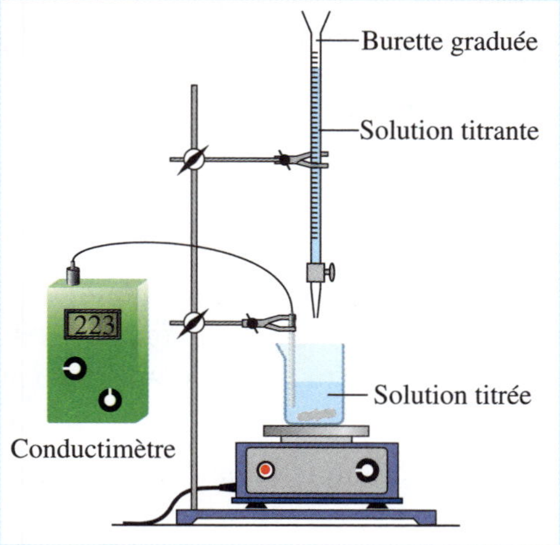

– Verser dans un bécher 25,0 mL de solution d'acide ascorbique et compléter avec un volume suffisant d'eau (pour obtenir un volume total de 200 mL, par exemple).
– Placer le bécher sur un agitateur magnétique et y incorporer la cellule conductimétrique et un barreau aimanté.
– Remplir la burette avec la solution d'hydroxyde de sodium diluée.
– Verser progressivement la solution titrante et relever la conductivité σ en fonction du volume versé.
– On trace $\sigma = f(V_{\text{sol titrante}})$. Il apparaît deux droites dont l'abscisse du point d'intersection donne V_E.

7. Interprétation des courbes :
• Avant l'équivalence : les ions hydroxyde réagissent avec la molécule d'acide ascorbique. Ils disparaissent, mais il se forme des ions A^- participant à la conductivité de la solution. Les ions sodium Na^+ ajoutés participent eux aussi à la conductivité. La conductivité σ augmente et la courbe obtenue a un coefficient directeur positif.
• Après l'équivalence : les ions hydroxyde versés ne réagissent plus, car tout l'acide a réagi. Ces ions et les ions Na^+ font augmenter la conductivité, mais la conductivité molaire ionique des ions OH^- étant supérieure à celle des ions A^-, le coefficient directeur de cette droite est supérieur à celui de la droite précédente.
La courbe 1 correspond à cette description.

CHAPITRE 4 Évolution temporelle d'une transformation chimique

1 Cinétique chimique

■ **La cinétique chimique étudie l'évolution temporelle d'un système chimique**. Elle permet notamment de quantifier la vitesse d'une transformation chimique, c'est-à-dire d'attribuer un caractère plus ou moins rapide au déroulement d'une réaction chimique en s'appuyant sur des grandeurs physico-chimiques.

■ On distingue **trois types de transformations chimiques d'un point de vue cinétique** :
– **rapide (ou instantanée)** : l'état final du système est atteint quelques dixièmes de seconde tout au plus après que les réactifs ont été mis en contact (réactions de précipitation, explosions) ;
– **lente** : la durée d'évolution varie de quelques secondes à plusieurs jours (dismutation de l'eau oxygénée, les estérifications) ;
– **infiniment lente** : la réaction chimique est à ce point lente qu'elle semble ne pas se produire. Les durées s'étalent de quelques années (formation de la rouille, vieillissement du vin) à plusieurs millions d'années (formation du pétrole).

2 Notions de vitesse volumique et de temps de demi-réaction

■ **Considérons une transformation chimique modélisée par une réaction dont l'équation-bilan s'écrit : $aA + bB \rightarrow cC + dD$.**

Pour rendre compte de l'évolution du système, le chimiste est très souvent amené à considérer les courbes $n_i = f(t)$ ou $C_i = f(t)$, courbes représentant l'évolution des quantités de matière ou des concentrations en quantité de matière en fonction du temps.

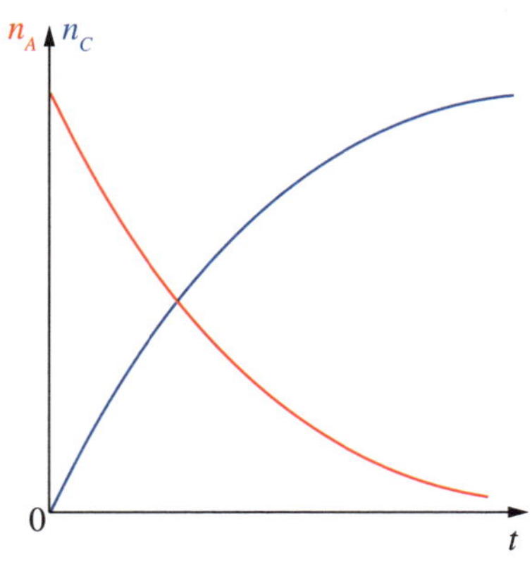

Intéressons-nous à l'allure de ces courbes pour l'un des réactifs (A) et l'un des produits (C).
Évidemment, la quantité de matière de A diminue au cours du temps et celle de C augmente.
D'autres points sont plus remarquables :
• la quantité de matière de A diminue assez rapidement à la date $t = 0$, puis bien plus lentement en fin de réaction ;

• la quantité de matière de C augmente assez rapidement au début et de plus en plus lentement à mesure que l'on se rapproche de l'état final.

■ **Pour rendre compte de cette différence de comportement en fonction de la date considérée, on introduit la notion de vitesse volumique.**

– **Vitesse volumique de disparition d'un réactif $v_{\text{réactif}}$** :

$$v_{\text{réactif}} = -\frac{\mathrm{d}[\text{réactif}]}{\mathrm{d}t}$$

Elle est égale à l'opposée de la dérivée temporelle de la concentration en quantité de matière de ce réactif et s'exprime en mole par litre par seconde ($mol.L^{-1}.s^{-1}$).

– **Vitesse volumique d'apparition d'un produit v_{produit}** :

$$v_{\text{produit}} = \frac{\mathrm{d}[\text{produit}]}{\mathrm{d}t}$$

Elle est égale à la dérivée temporelle de la concentration en quantité de matière de ce produit et s'exprime également en mole par litre par seconde ($mol.L^{-1}.s^{-1}$).

■ **Les vitesses de formation et d'apparition pour les espèces chimiques présentes dans le système ne sont pas égales, mais proportionnelles suivant les égalités :**

$$\frac{v_A}{a} = \frac{v_B}{b} = \frac{v_C}{c} = \frac{v_D}{d}$$

■ Pour savoir si une réaction est instantanée, lente, ou infiniment lente, on peut déterminer son **temps de demi-réaction, noté $t_{1/2}$. Il s'agit du temps au bout duquel l'avancement de la réaction x a atteint la moitié de sa valeur finale.**

3 Facteurs cinétiques

■ Rappelons que lors d'une réaction chimique, au niveau microscopique, se produisent des **chocs entre les réactifs** permettant une **recombinaison atomique conduisant aux produits**.

■ **Un facteur cinétique est un paramètre qui influe sur la vitesse d'une transformation chimique**. La vitesse d'une réaction augmente avec :

– **la température** : l'agitation des entités chimiques permet d'augmenter le nombre de chocs efficaces ;

– **la concentration des réactifs** : la fréquence des chocs augmente, car les entités par unité de volume sont plus nombreuses ;

– **l'utilisation d'un catalyseur** : il s'agit d'une substance chimique qui accélère considérablement la réaction, mais qui n'intervient pas dans son équation-bilan.

4 Loi de vitesse d'ordre 1

■ La vitesse d'une réaction est donc fonction de la concentration des réactifs. Il existe de nombreux cas de figure pour la relation entre ces grandeurs.
Cette étude cinétique peut permettre de déterminer l'énergie nécessaire au déroulement d'une réaction et son mécanisme réactionnel, en plus de donner l'évolution temporelle de la concentration des différentes espèces chimiques présentes dans le système.

■ **Nous nous bornerons ici à la loi de vitesse d'ordre 1**, qui constitue un cas simple d'étude cinétique.
Considérons à nouveau la réaction $aA + bB \rightarrow cC + dD$.
Si elle est d'ordre 1 par rapport à A (**lorsque B est introduit en excès ou constitue le solvant par exemple**), on a la relation suivante :

$$\frac{v_A}{a} = k \times [A]^1 = k \times [A]$$

***k* est appelé constante de vitesse** et s'exprime en s^{-1}.

■ **De cette égalité découle une équation différentielle linéaire du premier ordre. Nous n'en verrons pas la résolution ici, mais allons nous focaliser sur les différentes méthodes possibles pour identifier une loi de vitesse d'ordre 1, en fonction des données.**

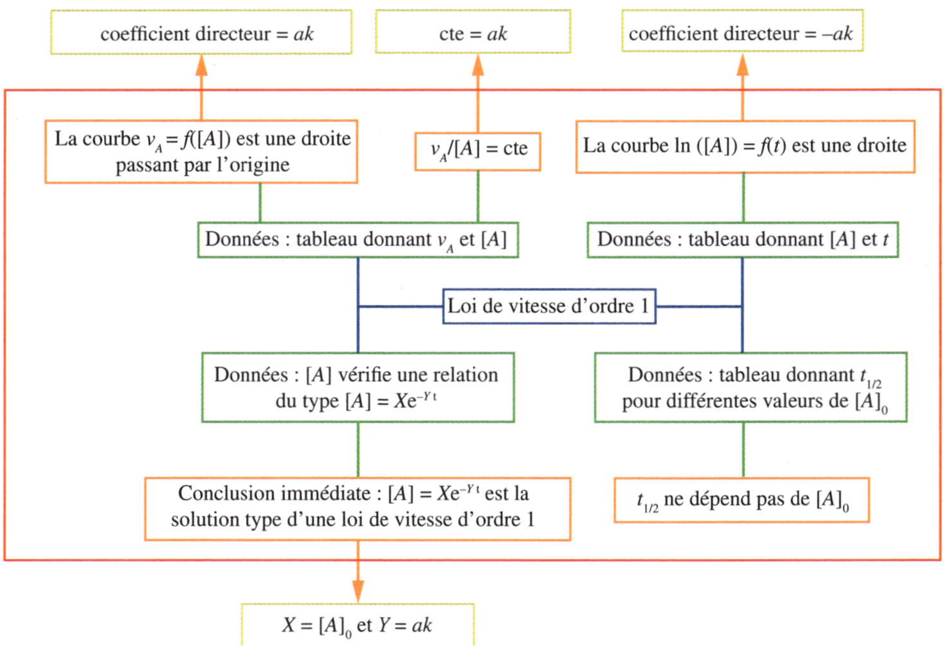

5 Mécanisme réactionnel

■ **Un mécanisme réactionnel montre ce qu'il se passe au niveau microscopique lors d'une réaction chimique.**

Comprenons-en les grands principes à travers un exemple simple : l'hydratation du propène.

Étape 1

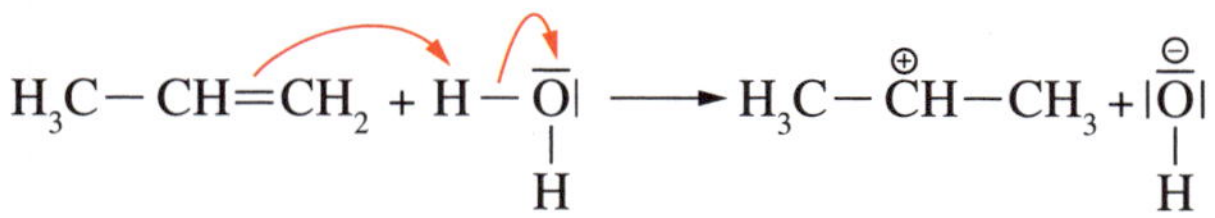

Étape 2

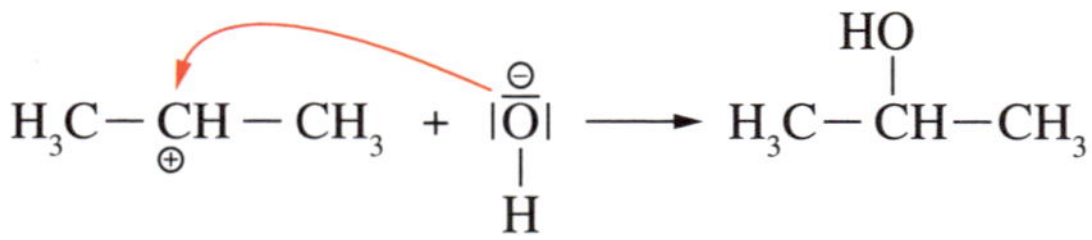

Il comporte **plusieurs étapes** correspondant à des **actes élémentaires** de la réaction chimiques.

– Chaque acte élémentaire fait intervenir une ou deux espèces chimiques.

– Chaque étape comporte **une ou deux flèches courbes qui montrent les ruptures et formations de liaisons.**

– **Une flèche est toujours orientée d'un site nucléophile** (donneur d'électrons : double liaison, doublet non liant, charge négative) **vers un site électrophile** (accepteur d'électrons : charge positive, lacune électronique).

Étape 1

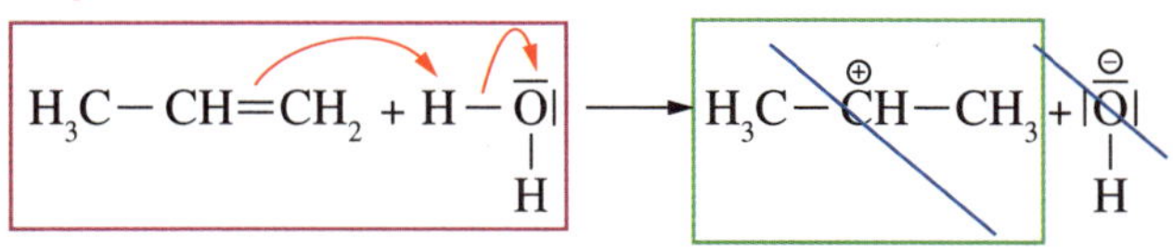

Réactifs — Intermédiaire réactionnel

Étape 2

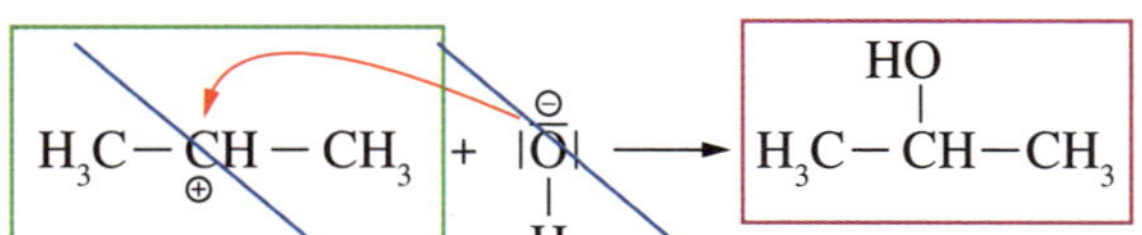

Produit

– L'équation-bilan de la réaction se déduit en additionnant toutes les étapes (en pratique, barrer comme ci-contre les « redondances » afin de parvenir rapidement à son écriture).

– **Les espèces chimiques qui ne sont ni des réactifs, ni des produits, sont appelées *intermédiaires réactionnels*.**

Équation-bilan : $H_3C-CH=CH_2 + H_2O \longrightarrow H_3C-CH(OH)-CH_3$

EXERCICES TYPES

1 Calculer des grandeurs cinétiques

EXERCICE TYPE

On introduit dans un bécher, à la date $t = 0$, un volume $V_1 = 50{,}0$ mL d'eau oxygénée H_2O_2 de concentration $C_1 = 1{,}7 \times 10^{-2}$ mol.L^{-1}, un volume $V_2 = 40{,}0$ mL d'iodure de potassium ($K^+(aq) + I^-(aq)$) de concentration $C_2 = 5{,}0 \times 10^{-2}$ mol.L^{-1} et un volume $V_3 = 10{,}0$ mL d'acide sulfurique ($2H^+(aq) + SO_4^{2-}(aq)$) de concentration $C_3 = 1{,}0$ mol.L^{-1}. On observe une coloration du milieu réactionnel due à la formation de diiode. L'équation-bilan de la réaction s'écrit :

$$H_2O_2(aq) + 2\,I^-(aq) + 2\,H^+(aq) \rightarrow 2\,H_2O(\ell) + I_2(aq)$$

À différentes dates, la concentration en diiode dans le milieu est déterminée par spectrophotométrie. On obtient alors la courbe suivante :

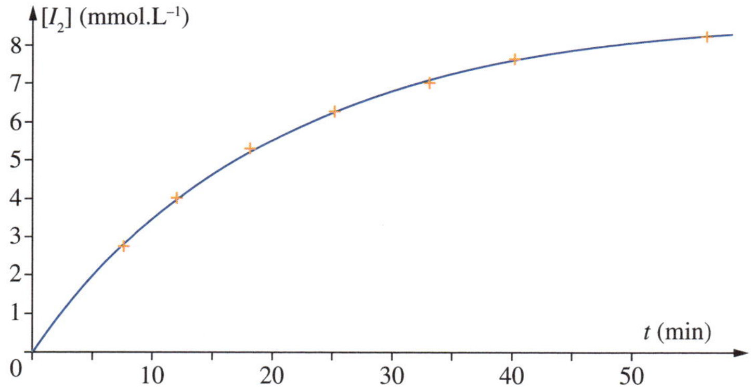

1. Calculer la vitesse volumique d'apparition du diiode à l'instant initial et à $t = 25$ min.

2. En déduire la valeur de la vitesse volumique de disparition des ions iodure aux mêmes dates.

3. Déterminer la valeur du temps de demi-réaction sachant qu'il s'agit d'une réaction totale.

CORRIGÉ COMMENTÉ

1. On a $v_{I_2} = \dfrac{d[I_2]}{dt}$.

Traçons les deux tangentes afin d'en déterminer la pente.

> **Rappel**
> $\dfrac{d[I_2]}{dt}$ représente la pente de la tangente à la courbe $[I_2] = f(t)$ à la date considérée.

• À $t = 0$: $v_{I_2}(0) = \left(\frac{d[I_2]}{dt}\right)_{t=0}$

Déterminons la pente de la tangente à la courbe à $t = 0$.

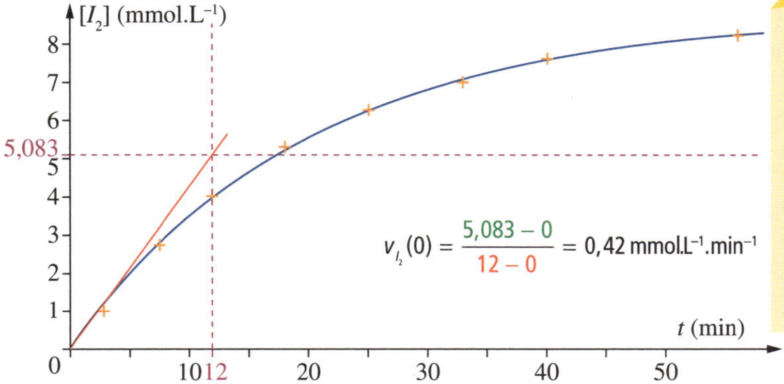

Rappel

Pour calculer une pente, on choisit deux points de la droite et on effectue le calcul $\frac{\Delta y}{\Delta x}$ en faisant attention au signe.
Ici, les deux points choisis sont (0 ; 0) et (12 ; 5,083).

Remarques

- Pour les unités, sauf indication contraire de l'énoncé, il est pratique de se cantonner à celles indiquées au niveau de la courbe (ici, le temps est exprimé en minute et la concentration en millimole par litre, et donc la vitesse en millimole par litre par minute) ou du tableau de valeurs.
- Les coordonnées affichées ici sont d'une précision exagérée au regard du nombre de chiffres significatifs des mesures et de la précision du tracé. Le prendre en considération lors de l'écriture du résultat.

• À $t = 25$ min : $v_{I_2}(25) = \left(\frac{d[I_2]}{dt}\right)_{t=25}$

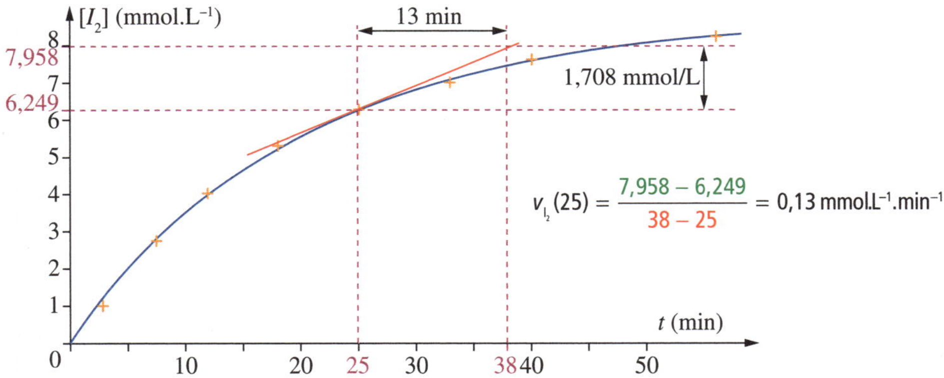

2. Calculons maintenant la vitesse de disparition des ions iodure.
Rappelons l'équation-bilan :
$H_2O_2(aq) + 2\ I^-(aq) + 2\ H^+(aq) \rightarrow 2\ H_2O(\ell) + 1\ I_2(aq)$
On a :

$$\frac{v_{I^-}}{2} = \frac{v_{I_2}}{1}$$

Donc, $v_{I^-} = 2 \times v_{I_2}$.

$\mathbf{v_{I^-}(0) = 2 \times v_{I_2}(0) = 2 \times 0,42}$
$\mathbf{= 0,85 \text{ mmol.L}^{-1}\text{.min}^{-1}}$

$\mathbf{v_{I^-}(25) = 2 \times v_{I_2}(25) = 2 \times 0,13}$
$\mathbf{= 0,26 \text{ mmol.L}^{-1}\text{.min}^{-1}}$

Rappel

Le résultat du premier calcul peut surprendre. Pourquoi 0,85 et pas 0,84 ? Lorsqu'on l'effectue, il faut tenir compte de la valeur de $v_{I_2}(0)$ avec toutes les décimales (0,42358333….).
$2 \times 0,4235833... = 0,8471666..$

3. • Établissons le tableau d'avancement de cette réaction :

Équation de la réaction		$H_2O_2(aq)$ +	$2\ I^-(aq)$	$+ 2\ H^+(aq)$	$\rightarrow 2\ H_2O(\ell)$ +	$I_2(aq)$
État du système	Avancement (mol)	Quantités de matière (mol)				
Initial	$x = 0$	$n_i(H_2O_2)$	$n_i(I^-)$	EXCÈS	EXCÈS	0
Intermédiaire	x	$n_i(H_2O_2) - x$	$n_i(I^-) - 2x$	EXCÈS	EXCÈS	x
Final	x_{max}	$n_i(H_2O_2) - x_{max}$	$n_i(I^-) - 2x_{max}$	EXCÈS	EXCÈS	x_{max}

$n_i(H_2O_2) = C_1 \times V_1 = 1,7 \times 10^{-2} \times 50,0 \times 10^{-3}$
$n_i(H_2O_2) = 8,5 \times 10^{-4}$ mol.

$n_i(I^-) = C_2 \times V_2 = 5,0 \times 10^{-2} \times 40,0 \times 10^{-3}$
$n_i(I^-) = 2,0 \times 10^{-3}$ mol.

Remarque

Ici, l'avancement final est égal à l'avancement maximal, car la réaction est totale comme précisé dans la question.

• Déterminons maintenant le réactif limitant.

– Si H_2O_2 est le réactif limitant, on aura : $n_i(H_2O_2) - x_{max1} = 0$
$x_{max1} = n_i(H_2O_2) = 8,5 \times 10^{-4}$ mol.

– Si I^- est le réactif limitant, on aura : $n_i(I^-) - 2x_{max2} = 0$

$$x_{max2} = \frac{n_i(I^-)}{2} = \frac{2,0 \times 10^{-3}}{2} = 1,0 \times 10^{-3} \text{ mol.}$$

$x_{max1} < x_{max2}$

Le réactif limitant est H_2O_2 et $x_{max} = x_{max1} = 8,5 \times 10^{-4}$ mol.

• Par définition, lorsque $t = t_{1/2}$, l'avancement a atteint la moitié de sa valeur finale. On en déduit la valeur de la concentration en quantité de matière du diiode à cet instant.

$$[I_2](t = t_{1/2}) = \frac{x(t_{1/2})}{V_{total}} = \frac{\frac{x_{max}}{2}}{(V_1 + V_2 + V_3)} = \frac{8,5 \times 10^{-4}}{2 \times (50,0 + 40,0 + 10,0) \times 10^{-3}}$$

$[I_2]_{t_{1/2}} = 4,2 \times 10^{-3}$ mol.L^{-1} = 4,2 mmol.L^{-1}.

Par détermination graphique, on recherche l'antécédent de cette valeur de $[I_2]$.

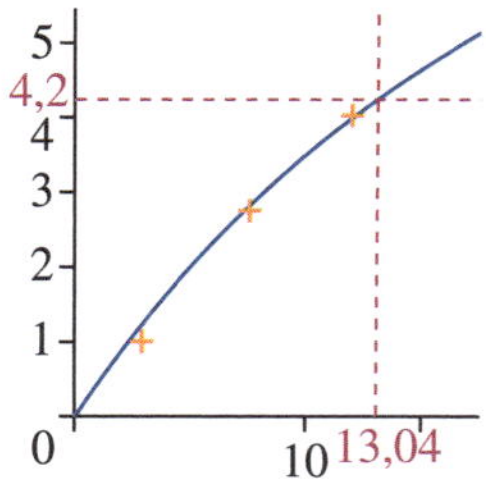

On a $t_{1/2}$ = 13 min.

À RETENIR

• Utiliser la courbe $C = f(t)$ pour déterminer graphiquement une vitesse volumique d'apparition d'un produit (ou de disparition d'un réactif), en déterminant la pente de la tangente à la courbe (ou son opposé) à la date considérée.

• Pour déterminer un temps de demi-réaction, il faut trouver la date à laquelle l'avancement a atteint la moitié de sa valeur finale. **Dans le cas d'une réaction totale et si la concentration en quantité de matière du réactif limitant dans le mélange réactionnel à $t = 0$ vaut C_0, on aura $C = \frac{C_0}{2}$ à $t = t_{1/2}$. Il est également aisé de raisonner avec les produits de la réaction en considérant leurs concentrations finales C_{f_i} : $C = \frac{C_{f_i}}{2}$ à $t = t_{1/2}$.**

2 Reconnaître une loi de vitesse d'ordre 1

EXERCICE TYPE

L'eau oxygénée, de formule H_2O_2, est utilisée pour ses propriétés oxydantes et décolorantes. Il s'agit d'une solution aqueuse instable, car cette espèce chimique peut se dismuter selon l'équation-bilan : $2\ H_2O_2(aq) \rightarrow 2\ H_2O(\ell) + O_2(g)$.
On suit l'évolution de la concentration d'une solution d'eau oxygénée telle que $[H_2O_2]_0 = 1{,}0$ mol.L^{-1} en réalisant un titrage manganimétrique toutes les minutes.
Les volumes équivalents mesurés sont saisis dans un tableur, et sont calculées la concentration en quantité de matière de l'eau oxygénée et sa vitesse volumique de disparition $v_{H_2O_2}$. On obtient alors le tableau suivant :

t (min)	0	1	2	3	4	5	6	7	8	9	10
$[H_2O_2]$ (mol.L^{-1})	1,0	0,97	0,94	0,92	0,88	0,86	0,83	0,81	0,79	0,76	0,74
$v_{H_2O_2}$ (mol.L^{-1}.min^{-1})	0,031	0,029	0,028	0,027	0,026	0,027	0,025	0,024	0,023	0,022	0,021

1. Quelle précaution doit être prise avec chaque fraction d'eau oxygénée devant être titrée ?

2. Montrer que l'évolution de la concentration suit une loi de vitesse d'ordre 1. En déduire la valeur de la constante de vitesse k.

3. La courbe $\ln [H_2O_2] = f(t)$ a été tracée. Vérifier qu'elle conforte les réponses à la question précédente.

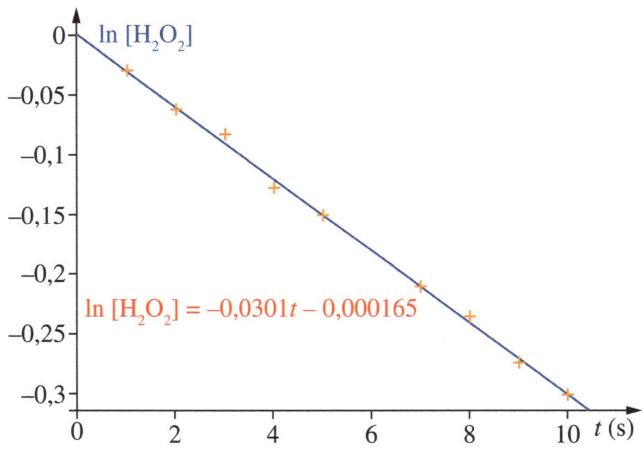

CORRIGÉ COMMENTÉ

1. Chaque fraction titrée doit être figée d'un point de vue chimique. Il faut donc ajouter de l'eau glacée à chaque fraction afin de bloquer la dismutation de l'eau oxygénée pendant le titrage. On dit que l'on a effectué une trempe du système.

Remarque
La température et la concentration sont des facteurs cinétiques. Diluer la fraction titrée avec de l'eau glacée permet d'agir sur ces deux facteurs en même temps.

2. Si la réaction est d'ordre 1, on a alors :

$$\frac{v_{H_2O_2}}{2} = k \times [H_2O_2].$$

Ajoutons au tableau une grandeur calculée :

$$Q = \frac{v_{H_2O_2}}{2 \times [H_2O_2]}.$$

Si la réaction est bien d'ordre 1, on a $Q = k = \text{cte}$.

Remarque
Il est également possible de tracer la courbe $v_{H_2O_2} = f([H_2O_2])$.
Si la réaction est d'ordre 1, on obtient une droite qui passe par l'origine et dont la pente vaut $2k$.

t (min)	0	1	2	3	4	5	6	7	8	9	10
$[H_2O_2]$ (mol.L^{-1})	1,0	0,97	0,94	0,92	0,88	0,86	0,83	0,81	0,79	0,76	0,74
$v_{H_2O_2}$ (mol.L^{-1}.min^{-1})	0,031	0,029	0,028	0,027	0,026	0,027	0,025	0,024	0,023	0,022	0,021
Q (min^{-1})	0,016	0,015	0,015	0,015	0,015	0,016	0,015	0,015	0,015	0,014	0,014

On s'aperçoit que $Q \approx \text{cte}$. L'évolution de la concentration en eau oxygénée suit bien une loi de vitesse d'ordre 1 et $k = 0{,}015$ min^{-1}.

3. La courbe $\ln [H_2O_2] = f(t)$ est une droite. Cette concentration suit donc bien une loi de vitesse d'ordre 1. L'équation de cette droite est :

$\ln [H_2O_2] = -0{,}0301t - 0{,}000165$.

$-ak = -0{,}0301$ avec $a = 2$ (coefficient stœchiométrique affecté à H_2O_2 dans l'équation-bilan).

$$k = \frac{-0{,}0301}{-2} = 0{,}015 \text{ min}^{-1}.$$

Remarque
Procéder par identification pour déterminer la valeur de la constante de vitesse.

À RETENIR

• Pour montrer qu'une concentration suit une loi de vitesse d'ordre 1, utiliser l'une des méthodes suivantes **en fonction des données de l'énoncé** :

- ▸ $\frac{v_A}{[A]} = \text{cte}$ (graphiquement, la courbe $v_A = f([A])$ est une droite passant par l'origine) ;
- ▸ la courbe $\ln[A] = f(t)$ est une droite ;
- ▸ la courbe $[A] = f(t)$ a pour équation $[A] = [A]_0 \times e^{-akt}$;
- ▸ le temps de demi-réaction $t_{1/2}$ ne dépend pas de la concentration initiale $[A]_0$.

SUJET DU BAC

Exercice 30 min **10 points**

« Un sucre inverti vaut-il deux sucres ?
Vous avez peut-être constaté sur certaines étiquettes de pâtisseries ou de confiseries la présence d'un ingrédient mystérieux : le sucre inverti. Ça vous dit de lever ce mystère ?
Qu'est-ce que le sucre inverti ? C'est un mélange "équimolaire", comme disent les chimistes, de sirop de glucose et de sirop de fructose. Il se présente sous la forme d'une pâte translucide un peu blanchâtre. Il a un "pouvoir sucrant" plus fort que le sucre en poudre : 100 g de sucre inverti donne une saveur sucrée équivalente à 125 g de sucre en poudre environ. Le miel contient du sucre inverti. »

extrait de *https://www.monjardinchocolate.com/quest-ce-que-le-sucre-inverti/*

Le sucre est constitué de molécules de saccharose de formule $C_{12}H_{22}O_{11}$ et est extrait de la canne à sucre ou de la betterave sucrière.

Son hydrolyse en milieu acide est une réaction totale formant deux produits : le glucose et le fructose, de même formule brute $C_6H_{12}O_6$.

$$\text{saccharose(aq)} + H_2O(\ell) \rightarrow \text{glucose(aq)} + \text{fructose (aq)}$$

On écrit plus simplement :

$$S(aq) + H_2O(\ell) \rightarrow G(aq) + F(aq)$$

On effectue le suivi cinétique de cette réaction chimique, dans un milieu tamponné tel que pH = 5, après avoir dissous dans un volume V = 500 mL d'eau une masse m = 68,4 g de saccharose.

On obtient les résultats suivants pour la concentration en saccharose :

***t* (h)**	0	100	250	500	750	1 000
[S] (mol.L^{-1})	0,400	0,346	0,280	0,196	0,140	0,100

Cela a permis de tracer les courbes [S] = $f(t)$ et ln [S] = $f(t)$:

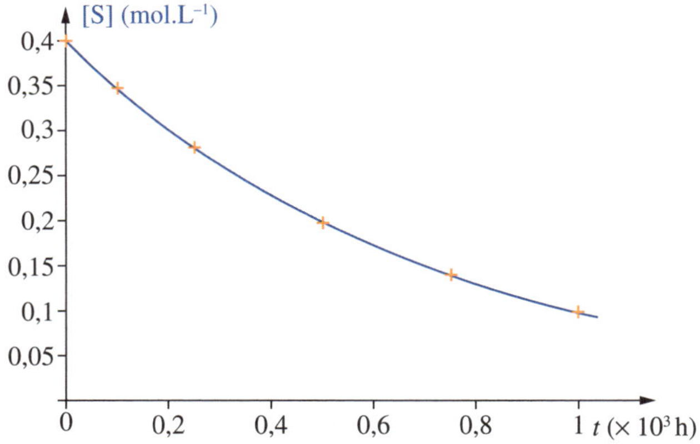

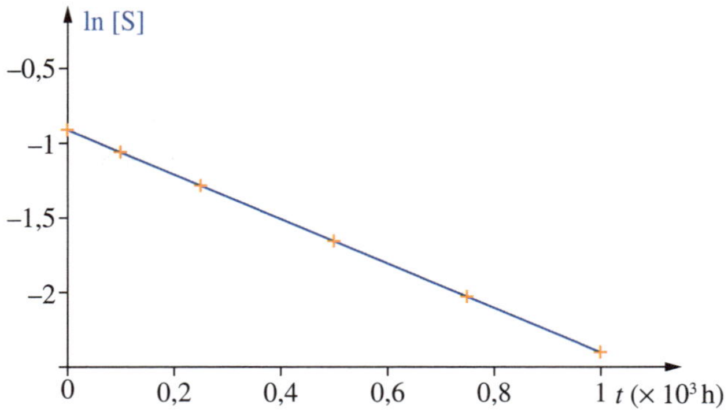

Données : M(S) = 342,0 g.mol^{-1} ; M(G) = 180,0 g.mol^{-1} ; M(F) = 180,0 g.mol^{-1}.

1. [0,5 pt] Justifier de manière qualitative que l'hydrolyse du saccharose permet l'obtention de sucre inverti.

2. [1,5 pt] Retrouver par le calcul la valeur de la concentration initiale $[S]_0$.

3. [0,5 pt] Donner l'expression de la vitesse volumique de disparition v_s du saccharose à un instant quelconque.

4. [1 pt] Montrer que la concentration en saccharose suit une loi de vitesse d'ordre 1.

5. [1,5 pt] Définir le temps de demi-réaction $t_{1/2}$. Déterminer graphiquement sa valeur pour la réaction étudiée ici, en prenant soin de justifier et faire apparaître le tracé.

6. [0,5 pt] Tracer sur le premier graphique (page précédente) l'allure qu'aurait la courbe si l'hydrolyse avait été réalisée à une température plus élevée.

7. [0,5 pt] Quel rôle jouent les ions H^+ lors de cette réaction chimique ?

8. [1 pt] En plus des facteurs cinétiques abordés aux questions **6** et **7**, quelle autre grandeur pourrait-on modifier (et dans quel sens) pour accélérer la réaction ?

9. [3 pts] Calculer la masse de sucre inverti m_i obtenue lorsque $t = 2t_{1/2}$. En déduire la masse $m_{éq}$ de saccharose donnant une saveur sucrée équivalente à m_i.

→ *Corrigé p. 53*

CORRIGÉ

Exercice → Énoncé p. 51

1. L'équation-bilan montre que l'hydrolyse d'une mole de saccharose conduit à la formation d'une mole de glucose et également d'une mole de fructose. Il s'agit donc d'un mélange équimolaire de glucose et de fructose, ce qu'est le sucre inverti.

2. $$[S]_0 = \frac{n}{v} = \frac{\frac{m}{M(S)}}{V} = \frac{m}{M(S) \times V} = \frac{68{,}4}{342{,}0 \times 500 \times 10^{-3}} = 0{,}400 \text{ mol.L}^{-1}.$$

On retrouve bien la valeur du tableau.

3. L'expression de la vitesse volumique de disparition du saccharose est :

$$v_s = -\frac{d[S]}{dt}$$

4. Si la concentration en saccharose suit une loi de vitesse d'ordre 1, alors la courbe ln [S] = $f(t)$ est une droite, ce qui est bien le cas ici.

5. Le temps de demi-réaction est le temps au bout duquel l'avancement de la réaction a atteint la moitié de sa valeur finale.

Pour cette hydrolyse qui est une réaction totale, lorsque $t = t_{1/2}$, on a :

$$[S] = \frac{[S]_0}{2} = \frac{0{,}400}{2} = 0{,}200 \text{ mol.L}^{-1}.$$

Ici, $\boldsymbol{t_{1/2}}$ **= 497 h.**

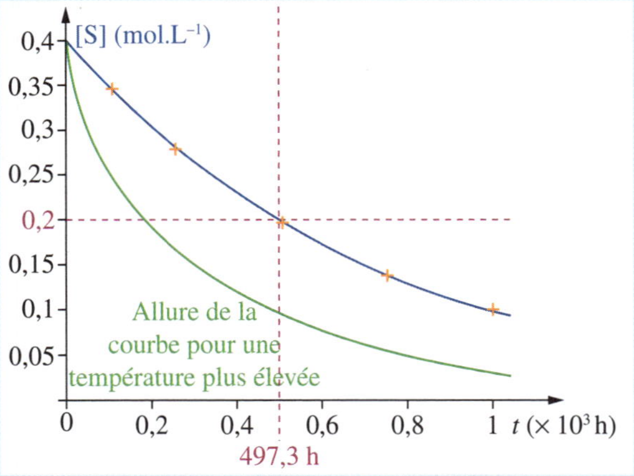

6. La température est un facteur cinétique. Si elle augmente, le nombre de chocs efficaces entre les molécules de saccharose augmente également. Sa vitesse de disparition est plus élevée au début de la réaction. Cela s'atténue par la suite du fait de la forte diminution du nombre de molécules de saccharose dans le milieu réactionnel. (voir courbe verte ci-dessus).

7. Les ions H^+ sont un catalyseur de cette réaction et l'accélèrent donc.

8. La concentration est un facteur cinétique, comme la température et l'utilisation d'un catalyseur.

L'augmentation de la concentration initiale en saccharose permettrait d'avoir une hydrolyse plus rapide.

9. On a vu que $[S](t_{1/2}) = 0{,}200 \text{ mol.L}^{-1}$.

On peut retrouver la valeur de la concentration à $t = 2t_{1/2}$ graphiquement, ou plus simplement : $[S](2t_{1/2}) = \dfrac{[S](t_{1/2})}{2} = 0{,}100 \text{ mol.L}^{-1}$.

> **Remarque**
> À chaque fois que le temps augmente de $t_{1/2}$, la concentration se trouve divisée par deux. Ainsi, $[S](3t_{1/2}) = 0{,}050 \text{ mol.L}^{-1}$.

Déterminons la valeur de l'avancement de la réaction à cette date sachant que :

$n(S) = n_0(S) - x$

$x = n_0(S) - n(S)$.

En divisant par le volume, on obtient la relation :

$$\frac{x}{V} = [S]_0 - [S]$$

Soit : $x = ([S]_0 - [S]) \times V = (0{,}400 - 0{,}100) \times 500 \times 10^{-3} = 0{,}150 \text{ mol}$.

D'après l'équation-bilan, on a $n(G) = n(F) = x$.

On en déduit la masse de sucre inverti m_i.

$$m_i = m(G) + m(F) = n(G) \times M(G) + n(F) \times M(F) = x \times M(G) + x \times M(F)$$
$$= 0{,}150 \times 180{,}0 + 0{,}150 \times 180{,}0$$

$\boldsymbol{m_i = 54{,}0 \text{ g}}$.

D'après l'énoncé, pour avoir une saveur sucrée équivalente à 100 g de sucre inverti, il faut 125 g de sucre, soit 1,25 fois plus.

$m_{éq} = m_i \times 1{,}25 = 54{,}0 \times 1{,}25$

$\boldsymbol{m_{éq} = 67{,}5 \text{ g}}$.

Évolution spontanée d'un système chimique

CHAPITRE 5

1 Qu'est-ce qu'un état d'équilibre ?

■ On considère un système comportant initialement $n_i(A)$ moles d'une espèce A et $n_i(B)$ moles d'une espèce B.
Ce système se transforme avec formation de deux espèces C et D de quantité respective $n(C)$ et $n(D)$ selon l'équation-bilan :

$aA(\text{aq}) + bB(\text{aq}) = cC(\text{aq}) + dD(\text{aq})$ (a, b, c, d coefficients stœchiométriques)

■ Cette transformation est caractérisée, à chaque instant, par le quotient de réaction Q_r défini par :

$$Q_r = \frac{[C]^c \times [D]^d}{[A]^a \times [B]^b}$$

Par convention :
– Si l'eau intervient dans la réaction et qu'elle est aussi solvant, alors sa concentration est remplacée par 1.
– Si un ou plusieurs solides interviennent dans la réaction, alors leur concentration est remplacée par 1.
– Les concentrations s'expriment en mol.L^{-1} mais Q_r n'a pas d'unité

■ Les transformations dans lesquelles au moins un des réactifs disparaît totalement sont dites totales, mais, dans de nombreux cas, les réactifs et les produits coexistent dans un état appelé **état d'équilibre.** Cela signifie que, lorsque les espèces A et B réagissent pour former les espèces C et D (dans le sens appelé sens direct), celles-ci réagissent simultanément pour former les espèces A et B (sens inverse). Les vitesses de disparition et d'apparition des réactifs sont égales et les quantités de matières de chaque espèce restent ainsi constantes.

Remarque : Un équilibre chimique dans lequel les paramètres macroscopiques (pH, concentrations…) n'évoluent plus, mais dont les réactions directes et inverses se déroulent à vitesse égale est appelé **équilibre dynamique**.
Alors, l'équilibre est caractérisé par une valeur particulière de Q_r :

$$Q_{r,\text{éq}} = \frac{[C]^c_{\text{éq}} \times [D]^d_{\text{éq}}}{[A]^a_{\text{éq}} \times [B]^b_{\text{éq}}} = \text{K}$$

Cette valeur est notée **K** et est appelée **constante d'équilibre**. Elle ne dépend que de la température T.

2 Évolution d'un système chimique

■ Spontanément, un système évolue vers son état d'équilibre, c'est-à-dire que Q_r va tendre vers la valeur K.
Trois cas de figure peuvent se présenter :

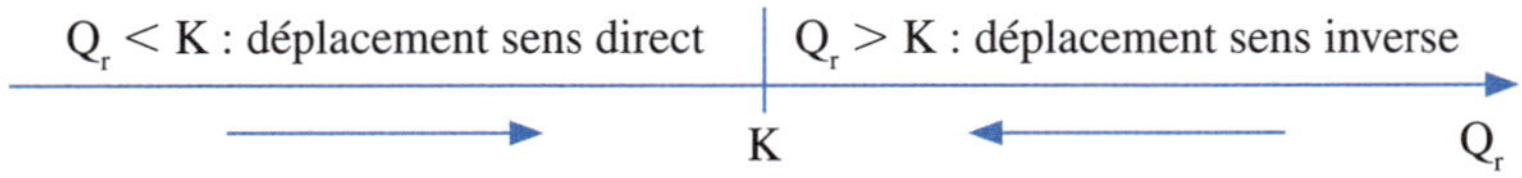

$Q_r < K$: la transformation va évoluer dans le sens direct.
$Q_r > K$: la transformation évolue dans le sens inverse.
$Q_r = K$: la transformation est à l'équilibre : elle n'évolue plus au niveau macroscopique

3 Taux d'avancement final d'une transformation

■ Le taux d'avancement τ se définit comme le quotient de l'avancement final x_f sur l'avancement maximal x_{max}.

$$\tau = \frac{x_f}{x_{max}}$$

L'avancement maximal se calcule grâce au tableau d'avancement

■ L'avancement final se détermine grâce aux paramètres expérimentaux (mesure de pH, conductimétrie…)
Si $\tau = 1$, la transformation est totale : au moins un des réactifs a entièrement disparu.
Si $\tau < 1$, la transformation est équilibrée.

EXERCICES TYPES

1 Définir un équilibre chimique

EXERCICE TYPE

On se propose d'étudier la réaction d'estérification en faisant réagir 0,40 mole d'acide éthanoïque CH_3COOH avec 0,40 mole de propanol $CH_3CH_2CH_2OH$ et quelques gouttes d'acide sulfurique agissant comme catalyseur. Il se forme un ester E et de l'eau. Le volume total est de 50 mL.

1. Écrire l'équation-bilan de cette transformation.

2. Calculer les concentrations initiales des réactifs.

À la transformation étudiée, on associe la constante d'équilibre K = 3,7.

3. Donner l'expression de Q_r, puis de K.

4. Calculer l'avancement maximal x_{max}.

Au bout de quelques minutes, l'avancement x atteint la valeur de 0,15.

5. Calculer le quotient de réaction Q_r à cet instant de la transformation.

6. La transformation est-elle finie ? Sinon, dans quelle sens évolue-t-elle ?

7. Quelle sera la valeur du quotient réactionnel lorsque l'équilibre sera atteint ?

CORRIGÉ COMMENTÉ

1. $CH_3CO_2H(\ell) + CH_3CH_2CH_2OH(\ell) = E(\ell) + H_2O(\ell)$

2. Pour l'acide éthanoïque : $[CH_3CO_2H] = \frac{n(CH_3CH_2CH_2OH)}{V} = \frac{0,40}{50 \times 10^{-3}} = 8,0 \text{ mol.L}^{-1}$.

Pour le propanol : $[CH_3CH_2CH_2OH] = \frac{n(C_3H_8O)}{V} = \frac{0,40}{50 \times 10^{-3}} = 8,0 \text{ mol.L}^{-1}$.

3. Expression du quotient de réaction : $Q_r = \frac{[E] \times [H_2O]}{[C_2H_4O_2] \times [C_3H_8O]}$.

À l'équilibre : $K = \frac{[E]_{éq} \times [H_2O]_{éq}}{[C_2H_4O_2]_{éq} \times [C_3H_8O]_{éq}}$.

> **Attention !**
> Ici, H_2O est un produit de la réaction et non le solvant ; on doit en tenir compte dans l'écriture de Q_r.

4. Faisons un tableau d'avancement :

Équation de la réaction		$CH_3CO_2H(\ell)$ +	$C_3H_8O(\ell)$ =	$E(\ell)$ +	$H_2O(\ell)$
État du système	**Avancement (mol)**	Quantités de matière (mol)			
État initial	$x = 0$	0,40	0,40	0	0
État intermédiaire	x	$0,40 - x$	$0,40 - x$	x	x
État final si transformation totale	x_{max}	$0,40 - x_{max}$	$0,40 - x_{max}$	x_{max}	x_{max}
État final réel	x_f	$0,40 - x_f$	$0,40 - x_f$	x_f	x_f

Calculons x_{max} : $0{,}40 - x_{max} = 0$; $x_{max} = 0{,}40$ mol.

5. On prend l'expression de Q_r donnée à la question **3.** et on y intègre la valeur donnée de l'avancement $x = 0{,}15$ mol.

$$Q_r = \frac{(0{,}15)(0{,}15)}{(0{,}40 - 0{,}15)(0{,}40 - 0{,}15)} = 0{,}36.$$

6. Q_r a une valeur inférieure à K, donc la réaction n'est pas terminée et évolue dans le sens direct.

7. À l'équilibre, $Q_r = K$.

À RETENIR

• La réaction $aA(aq) + bB(aq) = cC(aq) + dD(aq)$
est caractérisée par une grandeur nommée quotient de réaction telle que :

$$Q_r = \frac{[C]^c \times [D]^d}{[A]^a \times [B]^b}$$

• Si les réactifs n'ont pas totalement disparu, mais que les concentrations des réactifs et des produits n'évoluent plus, le système a atteint l'état d'équilibre, caractérisé par une constante K dite constante d'équilibre :

$$K = Q_{r,éq} = \frac{[C]_{éq}^c \times [D]_{éq}^d}{[A]_{éq}^a \times [B]_{éq}^b}$$

2 Déterminer l'évolution d'un système chimique

EXERCICE TYPE

On verse 0,60 mol d'iodure de potassium (KI) et 0,30 mol de nitrate de plomb ($PbNO_3$) dans 50 mL d'eau distillée. La constante K associée à cet équilibre vaut $7{,}4 \times 10^7$ à 25 °C. Il se forme un précipité d'iodure de plomb selon l'équation :

$$Pb^{2+}(aq) + 2I^-(aq) = PbI_2(s)$$

1. Donner l'expression du quotient de réaction Q_r. Calculer $Q_{r,i}$ le quotient de réaction à l'état initial.

2. La réaction va-t-elle évoluer ? Si oui, dans le sens direct ou inverse ?

CORRIGÉ COMMENTÉ

1. Le quotient de réaction $Q_{r,i}$ se calcule à l'aide des concentrations initiales. Ici, PbI_2 est un solide et sa concentration est remplacée par 1.

$$Q_r = \frac{1}{[Pb^{2+}] \times [I^-]^2}.$$

Calculons d'abord les concentrations initiales des réactifs :

$$[Pb^{2+}] = \frac{n(Pb^{2+})}{V} = \frac{0,30}{50 \times 10^{-3}} = 6,0 \text{ mol.L}^{-1}$$

$$[I^{-}] = \frac{n(I^{-})}{V} = \frac{0,60}{50 \times 10^{-3}} = 12 \text{ mol.L}^{-1}.$$

$$Q_{r,i} = \frac{1}{[Pb^{2+}]_i \times [I^{-}]_i^2} = \frac{1}{6,0 \times 12^2} = 1,2 \times 10^{-3}.$$

2. $Q_{r,i} < K$: la réaction va évoluer dans le sens direct.

À RETENIR

• Pour connaître le sens d'évolution spontanée d'une réaction chimique, il convient de comparer le quotient de réaction Q_r à la constante d'équilibre K.

Pour la réaction $aA(aq) + bB(aq) = cC(aq) + dD(aq)$, trois cas de figure se présentent :

$Q_r < K$, la transformation évolue dans le sens direct : la quantité de matière des espèces *C* et *D* augmente.

$Q_r > K$, la transformation évolue dans le sens inverse : la quantité de matière des espèces *A* et *B* augmente.

$Q_r = K$, la transformation est à l'équilibre ; les quantités de matière n'évoluent pas.

SUJET DU BAC

Exercice 50 min **10 points**

Données :

pK_a des couples acide/base :

acide méthanoïque $HCOOH(aq)$/ion méthanoate $HCOO^-(aq)$: $pK_{a_1} = 3,8$;

acide benzoïque $C_6H_5COOH(aq)$/ion benzoate $C_6H_5COO^-(aq)$: $pK_{a_2} = 4,2$.

1. Étude de solutions aqueuses d'acide méthanoïque et d'acide benzoïque de même concentration

On dispose de deux béchers contenant respectivement 10 mL d'acide méthanoïque et 10 mL d'acide benzoïque en solution aqueuse. La concentration des deux acides est identique : $1,0 \times 10^{-2}$ mol.L^{-1}. Elle sera notée C.

On mesure le pH de ces deux solutions :

– solution aqueuse d'acide méthanoïque : $pH_1 = 2,9$;

– solution aqueuse d'acide benzoïque : $pH_2 = 3,9$.

La réaction des deux acides avec l'eau

1. [1 pt] Écrire l'équation bilan de la réaction de l'acide méthanoïque sur l'eau.

2. [2 pts] À l'aide d'un tableau d'avancement, calculer l'avancement maximal, puis l'avancement final.

3. [1,5 pt] En déduire le taux d'avancement final de cette transformation. Est-elle totale ou équilibrée ?

4. [1,5 pt] Répondre aux mêmes questions avec l'acide benzoïque. Quelle est la réaction la plus avancée ?

2. Évolution d'un système chimique

Soit la réaction chimique suivante :

$$HCOOH(aq) + C_6H_5COO^-(aq) = HCOO^-(aq) + C_6H_5COOH(aq)$$

5. [2 pts] Exprimer la constante d'équilibre de cette réaction, puis calculer sa valeur en fonction de K_{a_1} et K_{a_2}.

On mélange maintenant les deux solutions précédentes et on y ajoute 20,0 mL d'une solution contenant un mélange équimolaire de méthanoate de sodium et de benzoate de sodium de concentration $C' = 2,5 \times 10^{-3}$ mol.L^{-1}.

6. [0,5 pt] Calculer le quotient de réaction dans l'état initial $Q_{r,i}$. Le système chimique est-il à l'équilibre ? Sinon, comment va-t-il évoluer ?

→ *Corrigé p. 61*

CORRIGÉ

Exercice
→ Énoncé p. 60

1. La réaction des deux acides avec l'eau

1. L'équation de la réaction s'écrit : $HCOOH(aq) + H_2O(\ell) = HCOO^-(aq) + H_3O^+(aq)$

2. Construisons le tableau d'avancement :

Équation de la réaction		$HCOOH(aq)$ +	$H_2O(\ell)$	$= HCOO^-(aq)$ +	$H_3O^+(aq)$
État du système	**Avancement (mol)**	Quantités de matière (mol)			
État initial	$x = 0$	$n = C \times V$	excès	0	0
État intermédiaire	x	$C \times V - x$	excès	x	x
État final si transformation totale	x_{max}	$C \times V - x_{max}$	excès	x_{max}	x_{max}
État final réel	x_f	$C \times V - x_f$	excès	x_f	x_f

• Calculons maintenant l'avancement maximal x_{max} :

$C \times V - x_{max} = 0$

$x_{max} = C \times V = 1{,}0 \times 10^{-2} \times 10 \times 10^{-3}$

$x_{max} = 1{,}0 \times 10^{-4}$ mol.

• Calculons l'avancement final :

$x_f = n(H_3O^+)_f = [H_3O^+]_f \times V = 10^{-pH} \times V$

$x_f = 10^{-2{,}9} \times 10 \times 10^{-3}$

$x_f = 1{,}3 \times 10^{-5}$ mol.

3. Nous pouvons maintenant calculer le taux d'avancement τ :

$$\tau = \frac{x_f}{x_{max}} = \frac{10^{-pH} \times V}{C \times V} = \frac{10^{-pH}}{C} = \frac{10^{-2{,}9}}{1{,}0 \times 10^{-2}} = 0{,}13.$$

Le taux d'avancement est nettement inférieur à 1, donc la réaction n'est pas totale.

4. À l'aide de la formule du taux d'avancement trouvée à la question précédente, calculons celui de la réaction de dissociation de l'acide benzoïque dans l'eau :

$$\tau = \frac{10^{-3{,}9}}{1{,}0 \times 10^{-2}} = 1{,}3 \times 10^{-2}.$$

La réaction entre l'acide méthanoïque et l'eau est donc la plus avancée.

2. Évolution d'un système chimique

5. La constante d'équilibre de la réaction vaut :

$$K = \frac{[C_6H_5COOH]_{éq} \times [HCOO^-]_{éq}}{[C_6H_5COO^-]_{éq} \times [HCOOH]_{éq}}$$

Soit la réaction de dissociation de l'acide méthanoïque avec l'eau :

$HCOOH(aq) + H_2O(\ell) = HCOO^-(aq) + H_3O^+(aq)$

La constante d'équilibre de cette réaction s'écrit :

$$K_{a_1} = \frac{[HCOO^-]_{éq} \times [H_3O^+]_{éq}}{[HCOOH]_{éq}}$$

Appliquons le même raisonnement à l'acide benzoïque :

$C_6H_5COOH(aq) + H_2O(\ell) = C_6H_5COO^-(aq) + H_3O^+(aq)$

$$K_{a_2} = \frac{[C_6H_5COO^-]_{éq} \times [H_3O^+]_{éq}}{[C_6H_5COOH]_{éq}}$$

Point maths

Multiplier par $\frac{[H_3O^+]}{[H_3O^+]}$ équivaut à multiplier par 1.

Reprenons l'expression de K et multiplions par $\frac{[H_3O^+]}{[H_3O^+]}$:

$$K = \frac{[C_6H_5COOH]_{éq} \times [HCOO^-]_{éq}}{[C_6H_5COO^-]_{éq} \times [HCOOH]_{éq}} \times \frac{[H_3O^+]}{[H_3O^+]}$$

$$= \frac{[C_6H_5COOH]_{éq}}{[C_6H_5COO^-]_{éq} \times [H_3O^+]} \times \frac{[HCOO^-]_{éq} \times [H_3O^+]}{[HCOOH]_{éq}}$$

$$= \frac{1}{K_{a_2}} \times K_{a_1} = \frac{K_{a_1}}{K_{a_2}}$$

$$\text{Donc } K = \frac{K_{a_1}}{K_{a_2}} = \frac{10^{-pK_{a_1}}}{10^{-pK_{a_2}}} = 10^{(pK_{a_2} - pK_{a_1})}$$

$K = 10^{4,2 - 3,8} = 10^{0,4} = \mathbf{2,5}$.

6. Reprenons la réaction précédente :

$$Q_{r,i} = \frac{[C_6H_5COOH]_i \times [HCOO^-]_i}{[C_6H_5COO^-]_i \times [HCOOH]_i}$$

$$= \frac{\frac{C \times V}{V_T} \times \frac{C' \times V'}{V_T}}{\frac{C' \times V'}{V_T} \times \frac{C \times V}{V_T}} = 1.$$

$Q_{r,i} < K$: le système n'est pas à l'équilibre et évolue dans le sens direct.

Fonctionnement d'une pile

CHAPITRE 6

PHYSIQUE-CHIMIE SVT GRAND ORAL MATHS COMPLÉMENTAIRES

1 Réaction d'oxydoréduction par contact entre réactifs

On considère le système chimique obtenu par immersion d'une lame de zinc dans une solution contenant des ions cuivre (II) Cu^{2+}.

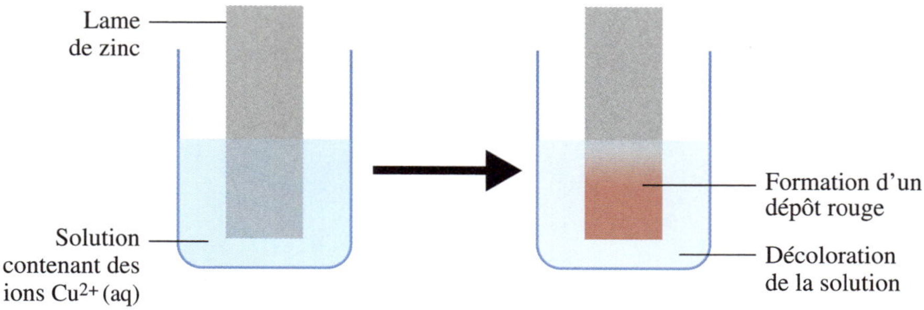

■ La décoloration de la solution et la formation du dépôt rouge s'expliquent par la **réduction** des ions cuivre (II) Cu^{2+} en métal cuivre Cu suivant la demi-équation électronique : $Cu^{2+}(aq) + 2\ e^- \leftrightarrows Cu(s)$.

■ Ces électrons captés par les ions cuivre (II) sont cédés par le métal zinc Zn qui subit une réaction d'**oxydation** : $Zn(s) \leftrightarrows Zn^{2+}(aq) + 2\ e^-$.

■ **La transformation qui s'opère ici est spontanée et modélisée par une réaction d'oxydoréduction.**

Rappelons que, lors d'une telle réaction, le réducteur (ici, **Zn**) d'un couple oxydant/réducteur ($Zn^{2+}(aq)$/**Zn(s)**) cède un (des) électron(s) à l'oxydant (**Cu^{2+}**) d'un autre couple oxydant/réducteur (**$Cu^{2+}(aq)$**/Cu(s)).

■ L'équation-bilan de cette réaction s'obtient en combinant les deux demi-équations électroniques de manière à ne pas faire apparaître d'électrons.

$$\begin{array}{l|l} Cu^{2+}(aq) + 2\ e^- \leftrightarrows Cu(s) & \times 1 \\ Zn(s) \leftrightarrows Zn^{2+}(aq) + 2\ e^- & \times 1 \\ \hline Cu^{2+}(aq) + Zn(s) \rightarrow Cu(s) + Zn^{2+}(aq) & \end{array}$$

2 Réaction d'oxydoréduction par l'intermédiaire d'un circuit extérieur

On reprend les espèces chimiques précédentes mais en modifiant le dispositif expérimental de la manière suivante :

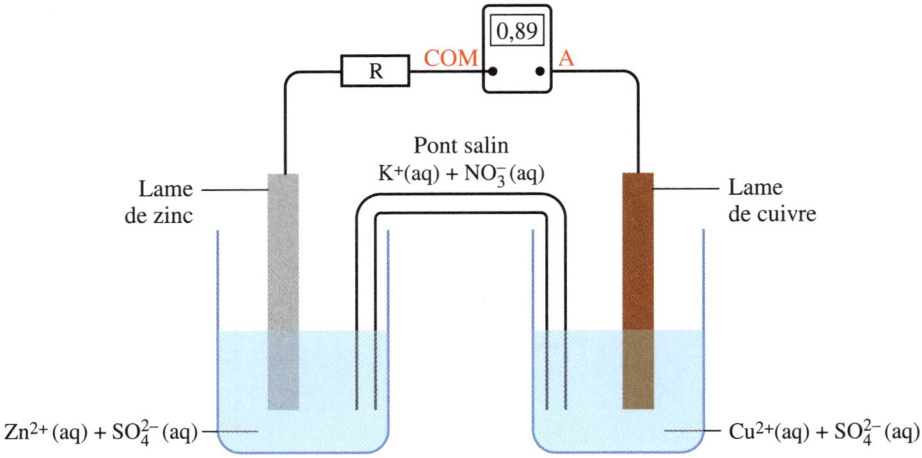

■ L'ampèremètre indique une valeur non nulle : **un courant électrique circule dans cet ensemble** qui constitue ainsi un circuit électrique fermé. La valeur positive de cette intensité indique que le courant électrique est orienté de la lame de cuivre (qui constitue donc le pôle positif) à la lame de zinc (pôle négatif), à l'extérieur du circuit.

■ **Ce dispositif qui génère un courant électrique est une pile** (plus généralement appelée **générateur électrochimique**).

■ Chaque bécher contenant un cation et son réducteur métallique associé est appelé **demi-pile**.

■ **Les porteurs de charge dans les parties métalliques (lames, fils électriques) sont des électrons**. Cette circulation d'électrons est assurée par l'oxydation du métal zinc en ions zinc (II) : $Zn(s) \leftrightarrows Zn^{2+}(aq) + \mathbf{2\ e^-}$; par la réduction des ions cuivre (II) en métal cuivre : $Cu^{2+}(aq) + \mathbf{2\ e^-} \leftrightarrows Cu(s)$.
Ces électrons circulent dans le sens inverse du sens conventionnel du courant électrique.

■ **Dans les autres parties du circuit, ce sont les ions qui assurent le passage du courant électrique**. Les cations (Zn^{2+}, Cu^{2+} et K^+) se déplacent dans le sens du courant électrique et les anions (SO_4^{2-}, NO_3^-) dans le sens inverse.

■ Résumons le sens de déplacement des porteurs de charge dans cette pile :

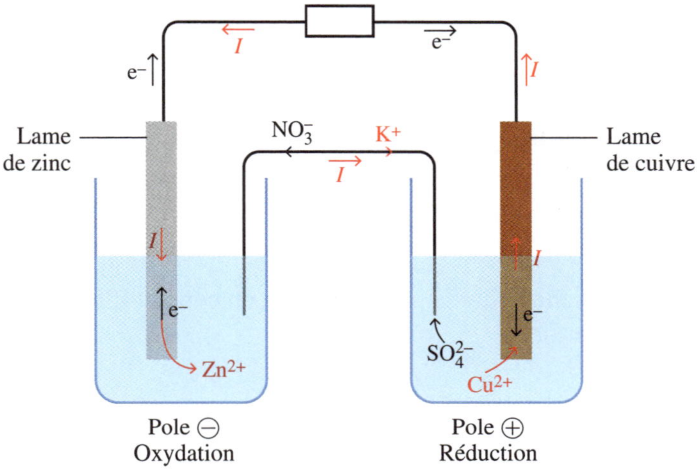

■ **Une pile est donc l'association de deux demi-piles reliées par un pont salin.** Le pont salin permet de fermer le circuit électrique, mais également d'assurer l'électroneutralité de chaque demi-pile par migration de ses ions constitutifs. Dans certains dispositifs (pile à combustible, par exemple), **une membrane est utilisée à la place du pont salin.**

■ **C'est une réaction d'oxydoréduction qui permet à une pile de débiter.** Son équation-bilan s'obtient en combinant les demi-équations électroniques des réactions électrochimiques se produisant à chaque électrode.

$$\text{Pôle} \ominus \text{(oxydation)} : Zn(s) \leftrightarrows Zn^{2+}(aq) + 2\,e^- \quad | \times 1$$

$$\text{Pôle} \oplus \text{(réduction)} : Cu^{2+}(aq) + 2\,e^- \leftrightarrows Cu(s) \quad | \times 1$$

$$Cu^{2+}(aq) + Zn(s) \rightarrow Cu(s) + Zn^{2+}(aq)$$

La réaction chimique est donc la même que celle qui a été vue en 1 mais le dispositif ainsi constitué permet une conversion d'énergie chimique en énergie électrique.

■ **L'électrode où se produit une oxydation est appelée anode. La cathode est le siège d'une réduction.**

3 Tension à vide, capacité électrique et usure d'une pile

■ **La tension à vide**, caractéristique importante d'une pile, **correspond à la différence de potentiel entre ses deux électrodes, en l'absence de charge**. On l'appelle également force électromotrice (f.é.m) de la pile. Elle s'exprime en volt (V) et est notée E. On la mesure à l'aide d'un voltmètre.

■ Lors de son fonctionnement, une pile fait circuler des électrons (chaque électron portant une charge $q = -e = -1{,}6 \times 10^{-19}$ C) et donc une certaine quantité d'électricité.

■ La quantité d'électricité Q et la quantité de matière d'électrons échangés $n(e^-)$ lorsque la pile a débité sont reliées par la relation :

$$Q = n(e^-) \times F$$

avec Q : quantité d'électricité, en coulomb (C) ;
$n(e^-)$: quantité de matière d'électrons échangés, en mole (mol) ;
F : le faraday (charge portée par une mole d'électrons), $F = 9{,}65 \times 10^4$ coulombs par mole ($C.mol^{-1}$).

■ La quantité d'électricité Q d'une pile qui débite un courant d'intensité constante I pendant une durée Δt vaut :

$$Q = I \times \Delta t$$

avec Q : quantité d'électricité, en coulomb (C) ;
I : intensité du courant électrique dans la pile, en ampère (A) ;
Δt : durée de fonctionnement de la pile, en seconde (s).

Attention !
La quantité d'électricité est souvent exprimée en « ampère-heure » (unité de symbole Ah).
Si l'on reprend la formule précédente, I est en ampère et Δt en heure.
Pour passer d'une unité à l'autre : 1 Ah = 3 600 C.

■ Une pile est le siège d'une réaction chimique. On peut donc calculer le quotient de réaction associée Q_r. Une pile débite tant que $Q_r \neq K$, K étant la constante d'équilibre de la réaction, suivant les critères d'évolution spontanée énoncés dans le chapitre 5.
À l'équilibre, on aura $Q_{r,éq} = K$. La pile ne débite plus : elle est dite usée et $I_{éq} = 0$.

■ La **capacité électrique d'une pile**, autre caractéristique importante, est la quantité maximale d'électricité qu'elle peut faire circuler. On la notera Q_{max}.

4 Forcer le sens d'évolution d'un système : exemple de l'électrolyse

■ Considérons une pile, siège d'une réaction d'oxydoréduction se déroulant suivant le sens direct de l'équation-bilan suivante :

$$Ox_1 + Réd_2 \rightarrow Réd_1 + Ox_2$$

Cela correspond au sens d'évolution spontanée de ce système électrochimique.
Si l'on relie les électrodes constituant cette pile à un générateur de tension continue, sous certaines conditions, on peut avoir un déroulement de cette réaction dans l'autre sens. Cela aboutit à la régénération des espèces Ox_1 et $Réd_2$. Il y a conversion d'énergie électrique en énergie chimique.
On dit que l'on a forcé le système. C'est le principe des électrolyses.

■ Lors d'une électrolyse (décomposition d'un composé chimique sous l'effet d'un courant électrique), un générateur va imposer le sens du courant et induire le comportement du système électrochimique qui lui est relié.

■ Un dispositif d'électrolyse peut être schématisé de la façon suivante :

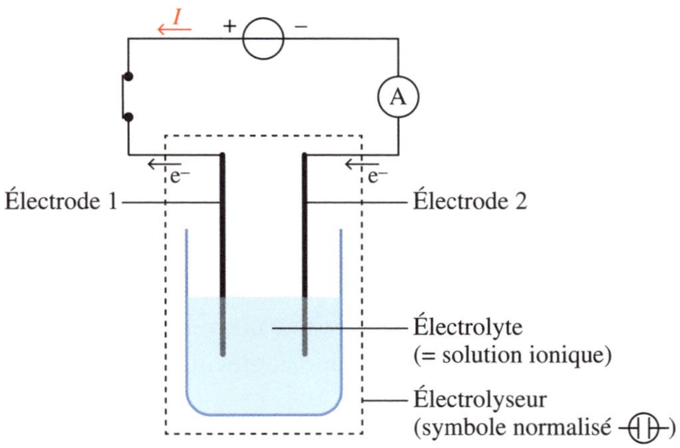

– des électrons partent de l'électrode 1, qui est donc le siège d'une oxydation ;
– ces électrons entrent dans l'électrode 2 où se déroule une réduction ;
– la connaissance de l'intensité du courant I et de la durée de fonctionnement Δt permet de déterminer les quantités de matière consommées ou formées.

■ Similitudes et différences :

<table>
<tr><th>Pile</th><th>Électrolyseur</th></tr>
<tr><th>Comportement de générateur</th><th>Comportement de récepteur</th></tr>
<tr><td>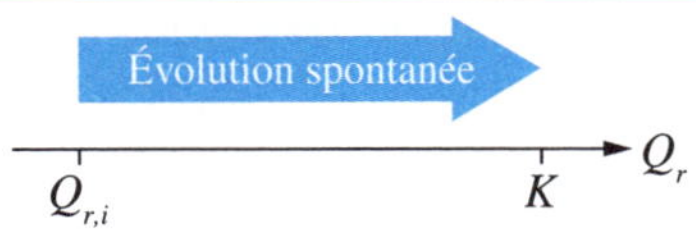</td><td>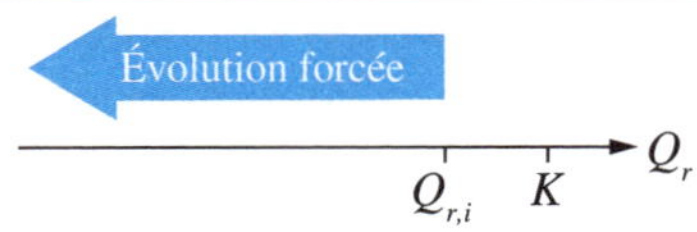</td></tr>
<tr><td>Anode : constitue la borne ⊖ de la pile
Cathode : constitue la borne ⊕ de la pile</td><td>Anode : reliée à la borne ⊕ du générateur
Cathode : reliée à la borne ⊖ du générateur</td></tr>
<tr><td colspan="2">Anode : réaction d'oxydation
Cathode : réaction de réduction</td></tr>
<tr><td colspan="2">Formules à utiliser pour décrire le système électrochimique :
$Q = n(e^-) \times F$ $Q = I \times \Delta t$</td></tr>
<tr><td>Conversion d'énergie chimique en énergie électrique</td><td>Conversion d'énergie électrique en énergie chimique</td></tr>
</table>

■ Certains systèmes électrochimiques, comme la batterie d'un téléphone portable par exemple, se comportent tantôt comme un générateur, tantôt comme un récepteur. Ce sont des accumulateurs appelés plus communément, de manière impropre, « piles rechargeables ».

EXERCICES TYPES

1 Modéliser et schématiser le fonctionnement d'une pile

EXERCICE TYPE

On associe deux demi-piles par l'intermédiaire d'un pont salin contenant une solution gélifiée de nitrate de potassium ($K^+(aq) + NO_3^-(aq)$).

La première demi-pile est constituée d'une lame de cuivre plongeant dans une solution de sulfate de cuivre (II) ($Cu^{2+}(aq) + SO_4^{2-}(aq)$), la seconde d'un fil d'argent plongeant dans une solution de nitrate d'argent ($Ag^+(aq) + NO_3^-(aq)$).

Le circuit est fermé à l'aide d'une résistance et d'un ampèremètre, après avoir pesé au préalable les deux électrodes. Au bout d'un certain temps, une nouvelle pesée montre une diminution de la masse pour la lame de cuivre et une augmentation pour le fil d'argent.

1. Écrire les demi-équations électroniques se produisant dans chaque demi-pile.

2. En déduire la polarité de cette pile, le sens du courant et le sens de déplacement de tous les ions présents.

3. Écrire l'équation-bilan de la réaction de fonctionnement de cette pile.

4. Faire le schéma de cette pile. Indiquer notamment les bornes de l'ampèremètre, le sens du courant et celui de déplacement des électrons.

Données : couples oxydant/réducteur : $Cu^{2+}(aq)/Cu(s)$; $Ag^+(aq)/Ag(s)$.

CORRIGÉ COMMENTÉ

1. Dans la **demi-pile avec le cuivre**, la masse du métal diminue. On en déduit le sens dans lequel écrire la demi-équation électronique impliquant le couple oxydant/réducteur $Cu^{2+}(aq)/Cu(s)$.

$Cu(s) \leftrightharpoons Cu^{2+}(aq) + 2\,e^-$

Il s'agit d'une **oxydation**.

Dans la **demi-pile avec l'argent**, du métal se forme.

$Ag^+(aq) + e^- \leftrightharpoons Ag(s)$

C'est une **réduction**.

2. D'après les deux demi-équations, les électrons circulent de la lame de cuivre au fil d'argent. Le cuivre constitue donc la borne négative de cette pile et le fil d'argent sa borne positive.

> **Remarque**
> Dans un énoncé, des informations permettront toujours d'identifier la demi-pile siège d'une oxydation et celle où se produit une réduction. Ici, c'est la précision sur la masse des électrodes qui guide le raisonnement.

> **Rappel**
> Les électrons circulent de la borne négative à la borne positive, à l'extérieur du circuit. Le courant est orienté dans le sens inverse.

Le courant électrique est donc orienté du fil d'argent à la lame de cuivre, à l'extérieur du circuit.
Les cations (Cu^{2+}, K^+ et Ag^+) se déplacent dans le sens du courant et les anions (NO_3^- et SO_4^{2-}) dans le sens inverse.

3. Pôle ⊖ (oxydation) : $Cu(s) \leftrightarrows Cu^{2+}(aq) + 2\,e^-$ $\quad | \times 1$

Pôle ⊕ (réduction) : $Ag^+(aq) + e^- \leftrightarrows Ag(s)$ $\quad | \times 2$

$$2\,Ag^+(aq) + Cu(s) \rightarrow 2\,Ag(s) + Cu^{2+}(aq)$$

> **Rappel**
> Les demi-équations doivent être combinées de manière à ce que les électrons n'apparaissent pas dans l'équation-bilan.

4.

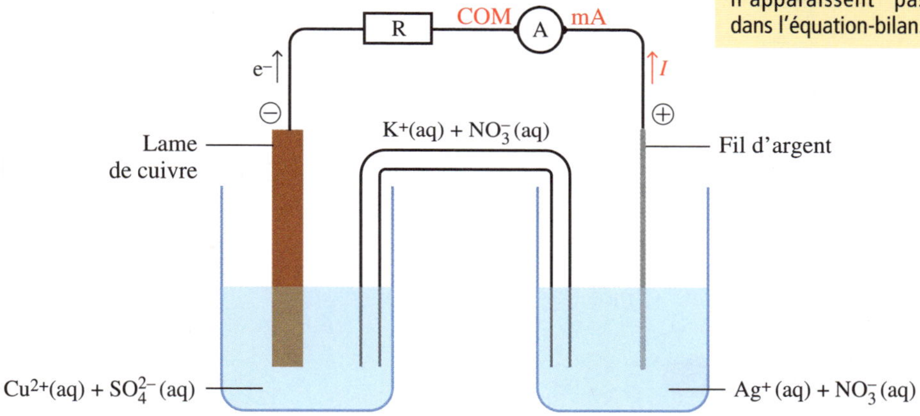

> **Rappel**
> Il faut impérativement brancher l'ampèremètre en série et de telle manière que le courant entre par la borne « mA » (ou « A ») et sorte par la borne « COM ».

À RETENIR

- Il faut respecter la conservation des éléments et la conservation de la charge électrique pour équilibrer les demi-équations électroniques.
- On s'appuie sur le sens de déplacement des électrons pour déterminer la polarité de la pile étudiée : les électrons sortent de la borne ⊖ pour entrer dans la borne ⊕.
- On positionne toujours à gauche, par convention, la demi-pile correspondant à la borne négative.

2 Déterminer la capacité électrique d'une pile

EXERCICE TYPE

La réaction de fonctionnement d'une pile constituée des couples $Cu^{2+}(aq)/Cu(s)$ et $Zn^{2+}(aq)/Zn(s)$ correspond au sens direct de l'équation :

$$Cu^{2+}(aq) + Zn(s) \rightarrow Cu(s) + Zn^{2+}(aq)$$

Les concentrations initiales en quantité de matière des cations métalliques sont $[Cu^{2+}]_i = [Zn^{2+}]_i = 1{,}0 \times 10^{-2}$ mol.L^{-1}, chaque demi-pile contenant un volume $V = 50{,}0$ mL de solution.

L'électrode de zinc a une masse $m_i(Zn) = 10{,}7$ g et celle de cuivre $m_i(Cu) = 13{,}4$ g.

1. Déterminer les quantités de matière initiales en réactifs.

2. Construire le tableau d'avancement de cette réaction et calculer la valeur de l'avancement maximal.

3. En déduire la capacité de cette pile.

Donnée : $F = 9{,}65 \times 10^4$ C.mol^{-1}.

CORRIGÉ COMMENTÉ

1. Déterminons les quantités de matière initiales.

- $n_i(Cu^{2+}) = [Cu^{2+}]_i \times V$
  $= 1{,}0 \times 10^{-2} \times 50{,}0 \times 10^{-3}$
  $\boldsymbol{n_i(Cu^{2+}) = 5{,}0 \times 10^{-4}}$ **mol**

> **Rappel**
> Effectuer les conversions nécessaires afin d'utiliser les bonnes unités dans les formules.

- $n_i(Zn) = \dfrac{m_i(Zn)}{M(Zn)}$
  $= \dfrac{10{,}7}{65{,}4}$
  $\boldsymbol{n_i(Zn) = 1{,}64 \times 10^{-1}}$ **mol**

2. Dressons le tableau d'avancement correspondant à cette réaction.

Équation de la réaction		$Cu^{2+}(aq)$ +	$Zn(s)$ →	$Cu(s)$ +	$Zn^{2+}(aq)$
État du système	**Avancement (en mol)**	Quantités de matière (mol)			
Initial	$\boldsymbol{x = 0}$	$n_i(Cu^{2+})$	$n_i(Zn)$	$\boldsymbol{n_i(Cu)}$	$\boldsymbol{n_i(Zn^{2+})}$
Intermédiaire	$\boldsymbol{x}$	$n_i(Cu^{2+}) - x$	$n_i(Zn) - x$	$n_i(Cu) + x$	$n_i(Zn^{2+}) + x$
Final	$\boldsymbol{x_{max}}$	$n_i(Cu^{2+}) - x_{max}$	$n_i(Zn) - x_{max}$	$n_i(Cu) + x_{max}$	$n_i(Zn^{2+}) + x_{max}$

Déterminons maintenant le réactif limitant.

- Si Cu^{2+} est le réactif limitant, on aura :
  $n_i(Cu^{2+}) - x_{max1} = 0$
  $x_{max1} = n_i(Cu^{2+})$
  $x_{max1} = 5{,}0 \times 10^{-4}$ mol
- Si Zn est le réactif limitant, on aura :
  $n_i(Zn) - x_{max2} = 0$
  $x_{max2} = n_i(Zn)$
  $x_{max2} = 1{,}64 \times 10^{-1}$ mol

Rappel
Le système contient du cuivre et des ions zinc (II), produits de la réaction étudiée, à l'état initial. Il faut y penser lors du remplissage du tableau.

$x_{max1} < x_{max2}$

Le réactif limitant est Cu^{2+} et $x_{max} = x_{max1} = 5{,}0 \times 10^{-4}$ mol.

3. Écrivons la demi-équation électronique concernant le réactif limitant.

$1\ Cu^{2+}(aq) + 2\ e^- \leftrightarrows Cu(s)$

Celle-ci montre que lorsque 1 mole d'ions Cu^{2+} a réagi, 2 moles d'électrons ont circulé, soit 2 fois plus.

$n(e^-) = 2 \times n(Cu^{2+})_{\text{ayant réagi}}$

Rappel
Pour ce type de question, il faut impérativement établir une relation entre la quantité de matière d'une espèce chimique et la quantité de matière des électrons ayant circulé. S'appuyer sur l'une des demi-équations électroniques pour cela.

La capacité d'une pile correspond à la quantité d'électricité maximale qu'elle peut faire circuler.

Lorsque cette valeur est atteinte, la pile n'est plus capable de débiter : le réactif limitant a totalement disparu.

On aura alors :

$n(Cu^{2+})_{\text{ayant réagi}} = x_{max}$

Soit $n(e^-) = 2 \times n(Cu^{2+})_{\text{ayant réagi}} = 2x_{max}$

On peut maintenant déterminer la valeur de la capacité de cette pile.

$Q_{max} = n(e^-) \times F$
$= 2x_{max} \times F$
$= 2 \times 5{,}0 \times 10^{-4} \times 9{,}65 \times 10^4$

Q_{max} **= 96 C**

À RETENIR

- Construire un tableau d'avancement permet de déterminer le réactif limitant et la valeur de l'avancement maximal x_{max}.
- Calculer la capacité nécessite de considérer l'état final du système : le réactif limitant a alors disparu et $x = x_{max}$.
- Pour établir une relation entre $n(e^-)$ et x_{max}, on s'appuie sur une demi-équation électronique.

SUJET DU BAC

Exercice 30 min **10 points**

La batterie au plomb, utilisée dans les voitures, est constituée par la mise en série de plusieurs accumulateurs dans un électrolyte contenant de l'acide sulfurique. On considère ici son fonctionnement lors de la décharge (générateur).

L'une des électrodes est faite de plomb et l'autre de plomb recouvert d'oxyde de plomb PbO_2. Ces deux électrodes ne sont pas inertes : ces espèces interviennent donc dans la transformation chimique mise en jeu.
Les caractéristiques de cette batterie sont :
tension : 12 V ; capacité : 55 Ah ; intensité au démarrage : 460 A.

Données : couples oxydant/réducteur : $PbO_2(s)/Pb^{2+}(aq)$ et $Pb^{2+}(aq)/Pb(s)$;
puissance consommée par un appareil en courant continu : $P = U \times I$, où U est la tension entre ses bornes et I l'intensité du courant qui le traverse ;
$M(\text{Pb}) = 207{,}2\ \text{g.mol}^{-1}$.

1. [1 pt] Écrire la demi-équation électronique de la réaction qui se produit à l'électrode recouverte d'oxyde de plomb. Indiquer s'il s'agit de la borne positive ou de la borne négative de la batterie.

2. [1 pt] Même question pour l'électrode de plomb.

3. [0,5 pt] Établir l'équation-bilan de la réaction de fonctionnement de la batterie.

4. On considère une batterie dans laquelle $[H^+] = 7{,}4\ \text{mol.L}^{-1}$ et $[Pb^{2+}] = 2{,}0 \times 10^{-6}\ \text{mol.L}^{-1}$.
a) [0,5 pt] Expliquer pourquoi il faut manipuler cette batterie avec précaution.
b) [1 pt] Calculer le quotient de réaction pour cet état du système.
c) [0,5 pt] Comment évolue le quotient de réaction lorsque la pile débite ?

5. [1,5 pt] Calculer la durée de vie de la batterie si elle fournit en permanence son courant maximal.

6. Un conducteur oublie d'éteindre les deux phares de sa voiture. Il reprend le volant 2 heures après.
Les caractéristiques pour une lampe sont :
tension : 12 V ; puissance nominale : 60 W.
a) [2 pts] La batterie est-elle déchargée au moment où il reprend le volant ?
b) [2 pts] Calculer la masse de plomb qui a réagi pendant ces 2 heures de fonctionnement.

→ *Corrigé p. 73*

CORRIGÉ

Exercice → Énoncé p. 72

1. PbO_2 est l'oxydant du couple $PbO_2(s)/Pb^{2+}(aq)$. Il va donc subir une réduction selon :

$$\mathbf{PbO_2(s) + 4\,H^+(aq) + 2\,e^- \leftrightarrows Pb^{2+}(aq) + 2\,H_2O(\ell)}$$

Cette électrode est donc une cathode et constitue la **borne positive** de la batterie.

2. On considère maintenant le couple $Pb^{2+}(aq)/Pb(s)$. Le plomb va être oxydé :

$$\mathbf{Pb(s) \leftrightarrows Pb^{2+}(aq) + 2\,e^-}$$

Il constitue la **borne négative**.

3. Combinons les deux demi-équations pour écrire l'équation-bilan.

$$Pb(s) \leftrightarrows Pb^{2+}(aq) + 2\,e^- \quad | \times 1$$

$$PbO_2(s) + 4\,H^+(aq) + 2\,e^- \leftrightarrows Pb^{2+}(aq) + 2\,H_2O(\ell) \quad | \times 1$$

$$\mathbf{PbO_2(s) + Pb(s) + 4\,H^+(aq) \rightarrow 2\,Pb^{2+}(aq) + 2\,H_2O(\ell)}$$

4. a) La concentration en ions H^+ est élevée, donc la valeur du pH très faible. **La solution est très corrosive.**

b) Donnons l'expression du quotient de réaction Q_r.

$$Q_r = \frac{[Pb^{2+}]^2}{[H^+]^4}$$

Avec les valeurs indiquées, on a :

$$Q_r = \frac{(2{,}0 \times 10^{-6})^2}{7{,}4^4}$$

$$\mathbf{Q_r = 1{,}3 \times 10^{-15}}$$

> **Rappel**
> Les espèces PbO_2 et Pb n'apparaissent pas dans l'expression de Q_r car elles sont solides. Le solvant, ici H_2O, ne doit pas non plus y figurer.

c) Lorsque la pile débite, le **quotient de réaction augmente jusqu'à atteindre la valeur de la constante d'équilibre de la réaction**.

5. Le courant maximal correspond à l'intensité au démarrage : $I_{max} = 460$ A.
La capacité vaut $Q_{max} = 55$ Ah.
Convertissons cette capacité en coulomb.

$$Q_{max} = 55 \times 3\,600 = 2{,}0 \times 10^5 \text{ C}$$

$$Q_{max} = I_{max} \times \Delta t$$

$$\Delta t = \frac{Q_{max}}{I_{max}} = \frac{2{,}0 \times 10^5}{460}$$

$$\mathbf{\Delta t = 4{,}3 \times 10^2 \text{ s}}$$

Ce qui représente environ 7 minutes de fonctionnement.

6. a) Calculons l'intensité du courant I qui traverse une lampe.
On sait que $P = 60$ W et que $U = 12$ V.
On applique la formule $P = U \times I$, soit, en isolant I :

$$I = \frac{P}{U} = \frac{60}{12}$$

$I = 5{,}0$ A

On en déduit la quantité d'électricité Q nécessaire pour une durée de fonctionnement $\Delta t = 2$ h.

$$Q = I \times \Delta t = 5{,}0 \times 2$$

$Q = 10$ Ah

Il y a deux lampes. Calculons la quantité d'électricité totale Q_T.

$Q_T = 2 \times Q = 2 \times 10 = 20$ Ah

La capacité de la batterie vaut $Q_{max} = 55$ Ah.

$\boldsymbol{Q_T < Q_{max}}$

La batterie n'est pas déchargée au moment où il reprend le volant.

> **Remarque**
> On suppose ici que la charge de la batterie est maximale avant l'arrêt du véhicule. Cela n'est jamais le cas, l'alternateur n'étant plus programmé pour recharger constamment la batterie. De plus, l'électronique embarquée (plus de 100 capteurs par exemple) est également à prendre en considération. Cependant, la valeur de Q_T est suffisamment éloignée de celle de Q_{max} pour pouvoir conclure.

b) On a $Q_T = 20$ Ah.
Convertissons cette valeur en coulomb.

$Q_T = 20 \times 3\,600$

$Q_T = 7{,}2 \times 10^4$ C

Calculons maintenant la quantité de matière d'électrons ayant circulé $n(e^-)$.

$$Q_T = n(e^-) \times F$$

$$n(e^-) = \frac{Q_T}{F}$$

$$n(e^-) = \frac{7{,}2 \times 10^4}{9{,}65 \times 10^4}$$

$n(e^-) = 0{,}75$ mol

Déterminons enfin la masse de plomb qui a réagi.
D'après la demi-équation écrite à la question 2, $n(\text{Pb}) = \dfrac{n(e^-)}{2}$.

$$m(\text{Pb}) = n(\text{Pb}) \times M(\text{Pb})$$

$$m(\text{Pb}) = \frac{n(e^-)}{2} \times M(\text{Pb})$$

$$m(\text{Pb}) = \frac{0{,}75}{2} \times 207{,}2$$

$\boldsymbol{m(\text{Pb}) = 77}$ **g**

La force des acides et des bases

CHAPITRE 7

1 L'eau, solvant ampholyte

L'eau est une **espèce ampholyte**, c'est-à-dire qu'elle est à la fois une espèce acide (dans le couple H_2O/HO^-) et une espèce basique (dans le couple H_3O^+/H_2O). Deux molécules d'eau vont donc pouvoir réagir ensemble selon l'équation :

$$H_2O + H_2O \leftrightarrows OH^- + H_3O^+$$

$$2\ H_2O \leftrightarrows OH^- + H_3O^+$$

Une des molécules d'eau joue ici de rôle de base (selon la définition de Brønsted) et perd un proton H^+, tandis que l'autre joue le rôle d'acide et le récupère. On obtient donc des ions oxonium et hydroxyde. Cette réaction équilibrée s'appelle **autoprotolyse** de l'eau et est caractérisée par une constante de réaction K_e, appelée produit ionique de l'eau telle que :

$$K_e = [OH^-] \times [H_3O^+]$$

À 25 °C, $K_e = 1{,}0 \times 10^{-14}$.

On définit le pK_e tel que :

$$pK_e = -\log K_e$$

À 25 °C, $pK_e = 14$.

Remarque : cette réaction est très limitée : la concentration de ces ions dans l'eau pure vaut 10^{-7} mol.L^{-1}, d'où une valeur de pH de 7.

2 Acide fort, base forte

- **Un acide AH est dit « fort »** s'il réagit totalement avec l'eau selon l'équation :

$$AH(aq) + H_2O(\ell) \rightarrow A^-(aq) + H_3O^+(aq)$$

La quantité d'acide $n(AH)$ restante est considérée comme nulle.

Le pH d'une solution d'acide fort de concentration C_0 est donné par la relation :

$$pH = -\log [H_3O^+] = -\log C_0$$

Inversement, on peut déterminer la concentration en ions oxonium si l'on connaît le pH grâce à la relation :

$$[H_3O^+] = 10^{-pH}.$$

Exemples d'acides forts : acide chlorhydrique $HC\ell$, acide nitrique HNO_3, acide sulfurique H_2SO_4.

■ **Une base est dite « forte »** si elle réagit totalement avec l'eau selon l'équation :

$$A^-(aq) + H_2O(\ell) \rightarrow AH(aq) + OH^-(aq)$$

La quantité de base $n(A^-)$ restante est considérée comme nulle.

Exemples de bases fortes : hydroxyde de sodium (soude) NaOH, ion amidure NH_2^-.

Le pH d'une solution de base forte de concentration C_0 est donné par la relation :

$$pH = -\log \frac{K_e}{C_0} = pK_e + \log C_0$$

À 25 °C, pH = 14 + log C_0.

3 Acide faible, base faible

A. Définitions

■ **Un acide AH est dit « faible »** s'il réagit partiellement avec l'eau :

$$AH(aq) + H_2O(\ell) \leftrightarrows A^-(aq) + H_3O^+(aq)$$

Pour savoir si un acide AH est faible, on calcule, à partir du pH mesuré, la concentration en ions H_3O^+ grâce la relation $[H_3O^+] = 10^{-pH}$. Si cette concentration est inférieure à la concentration initiale d'acide AH, l'acide est faible.

■ **Une base B est dite « faible »** si elle réagit partiellement avec l'eau :

$$B(aq) + H_2O(\ell) \leftrightarrows BH^+(aq) + OH^-(aq)$$

Pour savoir si une base B est faible, on calcule, à partir du pH mesuré et du K_e, la concentration en ions HO^-. Si cette concentration est inférieure à la concentration initiale de base B, la base est faible.

B. Constante d'acidité K_a

■ Soit un couple acide/base AH/A^-. Mis en solution, l'acide réagit avec l'eau selon l'équation :

$$AH(aq) + H_2O(\ell) \leftrightarrows A^-(aq) + H_3O^+(aq)$$

La constante d'équilibre associée à cette réaction, notée K_a, est définie par :

$$K_a = \frac{[A^-]_{éq} \times [H_3O^+]_{éq}}{[AH]_{éq}}$$

Cette constante est sans unité et ne dépend que de la température. Les concentrations sont celles lorsque l'équilibre est atteint.

■ Pour définir un couple acide/base, on utilise souvent le **pK_a** :

$$pK_a = -\log K_a \text{ ou } K_a = 10^{-pK_a}$$

Ainsi, plus le pK_a d'un couple est grand, plus l'acide AH est faible.

C. Relations entre pH, pK_a, concentrations d'acide et de base conjuguée

Pour un couple AH/A^-, on peut écrire :

$$pK_a = -\log K_a = -\log \frac{[A^-] \times [H_3O^+]}{[AH]}.$$

En utilisant les propriétés de la fonction logarithme, on obtient :

$$pK_a = -\log [H_3O^+] - \log \frac{[A^-]}{[AH]}$$

Soit :

$$pH = pK_a + \log \frac{[A^-]}{[AH]}$$

> **Point maths**
> $\log (a \times b) = \log a + \log b$.
> $\log \frac{a}{b} = \log a - \log b$.
> Si $a < 1$, alors $\log a < 0$.
> Si $a > 1$, alors $\log a > 0$.
> Si $a = 1$, alors $\log a = 0$.

D. Diagramme de prédominance

La relation précédente fait apparaître trois cas de figure :

- si $[AH] = [A^-]$, alors $pH = pK_a$, car $\frac{[A^-]}{[AH]} = 1$: les deux espèces sont présentes dans les mêmes quantités.
- si $[AH] > [A^-]$, alors $pH < pK_a$, car $\frac{[A^-]}{[AH]} < 1$: l'espèce acide AH est majoritaire (elle prédomine).
- si $[AH] < [A^-]$, alors $pH > pK_a$, car $\frac{[A^-]}{[AH]} > 1$: l'espèce basique A^- est majoritaire (elle prédomine).

On résume ces informations sur un diagramme de prédominance : sur un axe de pH, on indique le domaine d'existence de chacune des formes du couple acide/base considéré en fonction du pH ainsi que du pK_a du couple.

E. Solution tampon

Les **solutions tampon** sont des solutions dont le pH varie peu lors d'ajout de faibles quantités d'acide, de base ou lors d'une dilution modérée.

Le pH d'une telle solution est donnée par la relation de Henderson-Hasselbalch :

$$pH = pK_a + \log \frac{[A^-]_{éq}}{[AH]_{éq}}.$$

Le sang est une solution tamponnée dont le pH ne varie qu'entre 7,35 et 7,45.

1 Utiliser le produit ionique de l'eau

EXERCICE TYPE

Pour une solution aqueuse à 25 °C :

1. Calculer $[HO^-]$ si $[H_3O^+] = 10^{-1}$ mol.L^{-1}.
2. Calculer $[H_3O^+]$ si $[HO^-] = 10^{-3}$ mol.L^{-1}.

Donnée : $K_e = 10^{-14}$.

CORRIGÉ COMMENTÉ

1. Nous sommes en présence d'une solution aqueuse, nous allons donc pouvoir utiliser le produit ionique de l'eau :

$$K_e = [OH^-] \times [H_3O^+]$$
$$[OH^-] = \frac{K_e}{[H_3O^+]}$$
$$[OH^-] = \frac{10^{-14}}{10^{-1}}$$
$$\mathbf{[OH^-]} = 10^{-14+1} = \mathbf{10^{-13}\ mol.L^{-1}}.$$

> **Rappel**
> $\frac{10^a}{10^b} = 10^{a-b}$

2. Comme précédemment, on utilise le produit ionique de l'eau :

$$K_e = [OH^-] \times [H_3O^+]$$
$$[H_3O^+] = \frac{K_e}{[OH^-]}$$
$$[H_3O^+] = \frac{10^{-14}}{10^{-3}}$$
$$\mathbf{[OH^-]} = 10^{-14+3} = \mathbf{10^{-11}\ mol.L^{-1}}.$$

> **Rappel**
> Dans l'eau pure, les concentrations en ions hydroxyde et oxonium sont égales :
> $K_e = [H_3O^+] \times [OH^-] = [H_3O^+]^2 = 1{,}0 \times 10^{-14}$
> $pH = -\log [H_3O^+] = -\frac{1}{2} \log K_e$
> $pH = \frac{1}{2} pK_e = 7$

À RETENIR

En solution aqueuse, les concentrations des ions H_3O^+ et OH^- sont liées par la relation :

$$K_e = [OH^-] \times [H_3O^+]$$

K_e est appelé produit ionique de l'eau.
À 25 °C, ce produit vaut $1{,}0 \times 10^{-14}$.

2 Calculer le pH de solutions d'acides et de bases forts

EXERCICE TYPE

Soit une solution aqueuse d'acide chlorhydrique préparée en dissolvant $4{,}0 \times 10^{-3}$ mol de chlorure d'hydrogène dans 100 mL d'eau pure.
Le pH de la solution obtenue vaut 1,4.

1. Écrire l'équation de dissolution de l'acide dans l'eau.
2. Déterminer la concentration initiale en acide de la solution.
3. Quelle est la concentration en ions oxonium H_3O^+ ?
4. La réaction de dissolution de l'acide chlorhydrique est-elle totale ? Justifier à l'aide d'un tableau d'avancement.
5. Quel serait le pH de cette solution si on la diluait 5 fois ?
6. Quel serait le pH d'une solution aqueuse d'hydroxyde de sodium NaOH de concentration $5{,}0 \times 10^{-2}$ mol.L^{-1} ?
7. En déduire la concentration en ions oxonium de cette solution.
8. Quelle serait la nouvelle concentration en ions oxonium et quel pH obtiendrait-on si l'on diluait 10 fois la solution précédente ?

Donnée : $K_e = 1{,}0 \times 10^{-14}$.

CORRIGÉ COMMENTÉ

1. Le chlorure d'hydrogène, en solution, va réagir avec l'eau pour former les ions oxonium et chlorure selon :

$$\mathbf{HC\ell(aq) + H_2O(\ell) \rightarrow H_3O^+(aq) + C\ell^-(aq)}$$

2. Calculons la concentration initiale en utilisant la relation liant concentration, quantité de matière et volume :

$$C(\text{HC}\ell) = \frac{n(\text{HC}\ell)}{V}$$

$$C(\text{HC}\ell) = \frac{4{,}0 \times 10^{-3}}{0{,}100}$$

$$= \mathbf{4{,}0 \times 10^{-2}\ mol.L^{-1}}.$$

> **Conseil**
> Penser à convertir le volume de solution en litre.

3. La concentration en ions oxonium H_3O^+ est donnée par la relation : $[H_3O^+] = 10^{-pH}$.
Donc $\mathbf{[H_3O^+]} = 10^{-1,4} = \mathbf{4{,}0 \times 10^{-2}\ mol.L^{-1}}$.

4. Construisons le tableau d'avancement de la réaction :

Équation de la réaction		$HC\ell(aq)$	$+ H_2O(\ell) \rightarrow$	$H_3O^+(aq)$	$+ C\ell^-(aq)$
État du système	**Avancement (en mol)**	Quantité de matière (en mol)			
État initial	$x = 0$	$n(HC\ell) = 4{,}0 \times 10^{-3}$	excès	0	0
État intermédiaire	x	$4{,}0 \times 10^{-3} - x$	excès	x	x
État final si transformation totale	x_{max}	0	excès	$x_{max} = 4{,}0 \times 10^{-3}$	$x_{max} = 4{,}0 \times 10^{-3}$
État final réel	x_f	$4{,}0 \times 10^{-3} - x_f$	excès	$x_f = [H_3O^+] \times V$	x_f

Calculons maintenant l'avancement final :

$x_f = [H_3O^+] \times V = 10^{-pH} \times V$

$= 10^{-1,4} \times 0{,}100$

$= 4{,}0 \times 10^{-3}$ mol.L^{-1}.

Déterminons la quantité de chlorure d'hydrogène restante :

$n(HC\ell)_f = 4{,}0 \times 10^{-3} - x_f = 0$.

La quantité finale de chlorure d'hydrogène finale étant nulle, **la réaction est totale**.

Remarque

Pour répondre à cette question, nous pouvons aussi calculer le taux d'avancement τ :

$$\tau = \frac{x_f}{x_{max}} = 1.$$

Comme le taux d'avancement vaut 1, la réaction est totale.

5. Calculons la concentration en ions oxonium de la solution diluée :

$$[H_3O^+]' = \frac{[H_3O^+]}{5} = \frac{10^{-1,4}}{5} = 8{,}0 \times 10^{-3} \text{ mol.L}^{-1}.$$

Nous pouvons maintenant calculer le pH de la solution en utilisant la relation $pH = -\log [H_3O^+]$:

$$\mathbf{pH} = -\log[H_3O^+]' = -\log\left(\frac{10^{-1,4}}{5}\right) \mathbf{= 2{,}1}.$$

6. Commençons par écrire l'équation de dissolution de l'hydroxyde de sodium dans l'eau :

$$NaOH(s) \rightarrow Na^+(aq) + HO^-(aq)$$

L'hydroxyde de sodium est une base forte, sa réaction avec l'eau est totale. Donc $[OH^-] = 5{,}0 \times 10^{-2}$ mol.L^{-1}.

Calculons maintenant le pH de la solution :

$$\mathbf{pH} = 14 + \log C = 14 + \log (5{,}0 \times 10^{-2}) \mathbf{= 12{,}7}.$$

7. Pour calculer $[H_3O^+]$, utilisons le produit ionique de l'eau :

$$K_e = [OH^-] \times [H_3O^+].$$

Exprimons la concentration en ions oxonium en fonction de K_e et $[OH^-]$:

$$\mathbf{[H_3O^+]} = \frac{K_e}{[OH^-]} = \frac{1{,}0 \times 10^{-14}}{5{,}0 \times 10^{-2}} \mathbf{= 2{,}0 \times 10^{-13}\ mol.L^{-1}}.$$

8. Si la solution est diluée par 10, la concentration en ions hydroxyde est aussi divisée par 10 :

$$[OH^-]' = \frac{[OH^-]}{10} = 5{,}0 \times 10^{-3}\ mol.L^{-1}.$$

Comme précédemment :

$$[H_3O^+]' = \frac{K_e}{[OH^-]'} = \frac{1{,}0 \times 10^{-14}}{5{,}0 \times 10^{-3}} = 2{,}0 \times 10^{-12}\ mol.L^{-1}.$$

On peut maintenant calculer le pH de la solution :

$$\mathbf{pH} = -\log[H_3O^+] = -\log(2{,}0 \times 10^{-12}) \mathbf{= 11{,}7}.$$

Remarque

Le pH étant une échelle logarithmique, une dilution par 10 d'une solution acide ou basique n'entraînera une variation que d'une unité de pH.

À RETENIR

• Un acide de concentration C_0 est fort s'il réagit totalement avec l'eau selon l'équation :

$$AH(aq) + H_2O(\ell) \rightarrow A^-(aq) + H_3O^+(aq)$$

Le pH de cette solution est donné par la relation :

$$pH = -\log [H_3O^+] = -\log C_0.$$

La concentration en ions oxonium est alors donnée par la relation :

$$[H_3O^+] = 10^{-pH}.$$

• Une base de concentration C_0 est « forte » si elle réagit totalement avec l'eau selon l'équation :

$$A^-(aq) + H_2O(\ell) \rightarrow AH(aq) + OH^-(aq)$$

Le pH de cette solution est donné par la relation :

$$pH = 14 + \log C_0.$$

SUJET DU BAC

Exercice 50 min **12 points**

Un aquarium et tout ce qu'il contient forment un système complexe à l'équilibre fragile. De nombreux facteurs peuvent provoquer un déséquilibre dangereux pour la vie et la santé des poissons. En particulier, le pH de l'eau est une grandeur à mesurer régulièrement et à réguler si nécessaire. Il ne doit pas varier de plus de 0,5 unité de pH.
Un aquariophile débutant n'arrive pas à réguler le pH de son aquarium qui contient des plantes et des poissons (scalaires, néons cardinal et guppys). Le matin, le pH de l'eau est d'environ 6,7 et le soir de 7,5.
Cet exercice a pour but d'aider l'aquariophile à réguler le fonctionnement de son aquarium.
Sur les forums d'aquariophilie, on peut trouver quatre techniques d'ajustement du pH :

Technique n° 1. Ajouter un peu d'acide sulfurique, commercialisé, par exemple, sous la dénomination « pH minus ». Il s'agit d'un acide fort, la variation du pH sera rapide et peut-être plus importante que souhaitée.

Technique n° 2. Injecter du dioxyde de carbone dans l'eau.
Pour injecter du dioxyde de carbone dans un aquarium, le plus simple est d'utiliser un kit comprenant un bulleur, un détendeur et une bouteille pressurisée.
Ce système peut être couplé à une électrovanne programmable permettant de choisir les horaires des périodes d'injection du dioxyde de carbone.
Le système peut encore être optimisé en combinant un pH-mètre à l'installation, permettant une gestion automatisée de la régulation du pH.

D'après *http://www.aqua-planete.com/CO2.php*

Technique n° 3. Ajouter une solution contenant des ions hydroxyde de formule HO^-. L'ajout doit être modéré car, si l'eau devient trop basique, les ions ammonium présents dans l'eau pourraient se transformer en ammoniac, un gaz dissous particulièrement toxique pour les poissons.

Technique n° 4. Ajouter de la craie dans l'eau de l'aquarium.

Données :

• Les craies traditionnelles sont composées presque exclusivement de carbonate de calcium, un solide ionique constitué d'ions calcium Ca^{2+} et carbonate CO_3^{2-}.
• Masse molaire du carbonate de calcium : $M(CaCO_3) = 100\ g.mol^{-1}$.
• Masse d'un bâton de craie : environ 10 g.

Couples acide/base	pK_a
H_2CO_3/HCO_3^-	6,3
HCO_3^-/CO_3^{2-}	10,3

Consommation et production de dioxyde de carbone et de dioxygène par les plantes aquatiques et les poissons

De jour comme de nuit, les poissons respirent ; ils absorbent donc du dioxygène et rejettent du dioxyde de carbone.

En ce qui concerne les plantes, deux phénomènes sont à prendre en compte :
– de jour comme de nuit, elles respirent ;
– de jour, lorsqu'elles reçoivent de la lumière, les plantes réalisent la photosynthèse : elles captent du dioxyde de carbone et produisent du glucose. La photosynthèse est modélisée par la réaction d'équation suivante :

$$6\,CO_2 + 6\,H_2O \xrightarrow{h\nu} C_6H_{12}O_6 + 6\,O_2$$

Globalement, lorsqu'elle reçoit suffisamment de lumière, une plante absorbe plus de dioxyde de carbone par la photosynthèse qu'elle n'en rejette par la respiration.

1. [1 pt] Une solution « pH minus » vendue pour faire baisser le pH dans un aquarium contient des ions H_3O^+ à la concentration de 3,0 mol.L^{-1}. Pour mettre en œuvre une des techniques, un aquariophile conseille sur un forum de prélever de l'eau de l'aquarium dans un récipient propre afin de diluer 50 fois la solution de « pH minus » avant de l'introduire dans l'aquarium. Déterminer la valeur du pH de la solution versée dans l'aquarium.

2. Une des techniques propose d'injecter du dioxyde de carbone. Le dioxyde de carbone se dissout dans l'eau et y forme l'acide carbonique H_2CO_3 selon la réaction d'équation suivante :

$$CO_2(aq) + H_2O(\ell) \leftrightarrows H_2CO_3(aq)$$

a) [1 pt] À l'aide des couples acide/base mis en jeu, écrire l'équation de la réaction intervenant entre l'acide carbonique et l'eau.

b) [2 pts] Quel est l'effet de cette injection de dioxyde de carbone sur la valeur du pH de l'eau de l'aquarium ? Cette injection est-elle à conseiller à l'aquariophile débutant ?

c) [1,5 pt] Tracer, sur un axe gradué, les domaines de prédominance des espèces acido-basiques H_2CO_3, HCO_3^- et CO_3^{2-}. Déterminer l'espèce prédominante le matin et le soir dans l'eau de l'aquarium étudié.

3. On considère un aquarium de volume 100 L dont l'eau a une valeur de pH égale à 3,0. On se propose d'étudier l'effet de l'ajout de craie dans l'eau comme proposé dans l'une des techniques.

a) [2 pts] L'ajout d'un quart de bâton de craie permettra-t-il d'obtenir une solution neutre ?

Pour répondre à cette question, on modélisera la transformation par la réaction intervenant entre les ions carbonate CO_3^{2-} présents dans la craie et les ions oxonium H_3O^+ de l'aquarium formant de l'acide carbonique et de l'eau. On considèrera cette réaction comme totale.

b) **[1 pt]** Déterminer l'espèce prédominante après traitement. La modélisation choisie est-elle pertinente ?

4. **[1 pt]** Quelles sont les techniques proposées sur Internet permettant de faire diminuer ou augmenter le pH ?

5. **[2,5 pts]** Synthèse.

En s'appuyant, entre autres, sur les équilibres acide/base mis en jeu, rédiger un paragraphe expliquant :

– la variation de pH de 6,7 à 7,5 observée en journée.

– laquelle des quatre techniques convient pour réguler le pH dans l'aquarium considéré.

→ *Corrigé p. 85*

CORRIGÉ

Exercice → Énoncé p. 82

> **Remarque**
> Lorsqu'on dilue une solution acide ou basique, son pH évolue vers 7.

1. Dans la solution « pH minus », on a $[H_3O^+]_0 = 3{,}0$ mol.L^{-1}.
$pH = -\log [H_3O^+]$
Lorsqu'on dilue la solution 50 fois, on obtient une solution de concentration en ions oxonium $[H_3O^+] = \dfrac{[H_3O^+]_0}{50}$

$pH = -\log \dfrac{[H_3O^+]_0}{50}$

pH = 1,2.

2. a) $\mathbf{H_2CO_3(aq) + H_2O(\ell) \leftrightarrow HCO_3^-(aq) + H_3O^+(aq)}$

b) Le dioxyde de carbone forme de l'acide carbonique H_2CO_3. Celui-ci réagit avec les molécules d'eau et forme des ions oxonium H_3O^+. Ainsi, $[H_3O^+]$ augmente et entraîne une diminution du pH dans le milieu.
Cette méthode est à conseiller à l'aquariophile, mais elle doit être couplée à un système automatique (électrovanne et pH–mètre)

c)

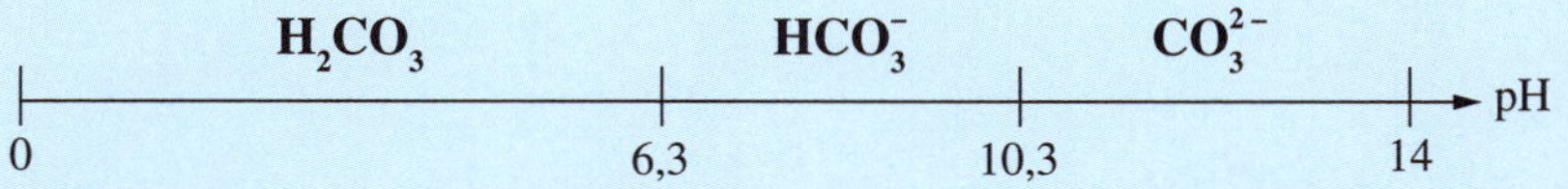

Avec un pH évoluant en journée entre 6,7 et 7,5, on est dans le domaine de pH où **HCO_3^- est prédominant**.

3. a) Soit l'équation de dissolution du carbonate dans l'eau (supposée totale) :

$$CaCO_3(s) \rightarrow Ca^{2+}(aq) + CO_3^{2-}(aq).$$

D'après cette équation, $n(CO_3^{2-}) = n(CaCO_3)$.
Donc $n(CO_3^{2-}) = n(CaCO_3)$

$$= \frac{m(CaCO_3)}{M(CaCO_3)} = \frac{2{,}5}{100} = 2{,}5 \times 10^{-2} \text{ mol.}$$

Ces ions carbonate réagissent avec les ions oxonium présents dans le milieu selon :

$$2\,H_3O^+(aq) + CO_3^{2-}(aq) \rightarrow H_2CO_3(aq) + 2\,H_2O(\ell)$$

D'après cette équation, $n(H_3O^+) = 2 \times n(CO_3^{2-}) = 5{,}0 \times 10^{-2}$ mol.
Calculons la quantité d'ions oxonium restant après la dissolution totale de la craie :

$$n(H_3O^+)_f = n(H_3O^+)_i - n(H_3O^+)$$

$$n(H_3O^+)_f = 10^{-pH} \times V - n(H_3O^+)$$

$$n(H_3O^+)_f = 10^{-3{,}0} \times 100 - 5{,}0 \times 10^{-2}$$

$$n(H_3O^+)_f = 5{,}0 \times 10^{-2} \text{ mol.}$$

Calculons le pH final :

$$pH = -\log [H_3O^+]_f = -\log \frac{n(H_3O^+)_f}{V} = -\log \frac{5,0 \times 10^{-2}}{100} = 3,3$$

pH = 3,3.

La solution reste acide.

b) D'après le diagramme de prédominance, à un pH de 3,3, c'est la forme acide H_2CO_3 qui prédomine. **La modélisation n'est pas pertinente.**

4. Les techniques 1 et 2 vont permettre d'abaisser le pH.
Les deux autres vont au contraire l'augmenter.

5. En conclusion :

En journée, les plantes réalisent la photosynthèse, consomment du CO_2 et font baisser la concentration en ions oxonium. Le pH augmente.

Il faut donc utiliser une méthode faisant baisser le pH :

– ajout d'acide sulfurique concentré ;

– injection de CO_2.

La première solution est risquée, car elle pourrait entraîner une baisse trop brutale du pH. La meilleure méthode reste donc l'ajout de CO_2.

Synthèses organiques

CHAPITRE 8

1 Structure et propriétés

A. Formule topologique

■ Il existe différentes représentations possibles pour une même molécule. La plus simple est la formule brute, qui indique uniquement les atomes présents, ainsi que leur nombre. La plus détaillée est la représentation de Lewis, qui montre tous les doublets liants entre atomes, ainsi que les doublets non liants s'il y en a.

■ Il existe une représentation intermédiaire, la **formule topologique**. Dans celle-ci, on s'intéresse uniquement au **squelette carboné** de la molécule, c'est-à-dire qu'on retire de la molécule tous les atomes d'hydrogène. On ne représente que les doublets liants entre les atomes de carbone et les autres atomes. Cette représentation ne comporte donc que des segments et les atomes autres que ceux de carbone.

Exemple : molécule d'éthanamine :

Formule brute	Formule semi-développée	Formule topologique
C_2H_7N	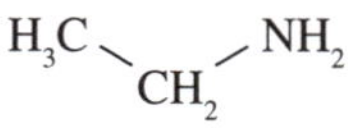	

B. Groupes caractéristiques et nomenclature

■ Les propriétés des molécules dépendent essentiellement des hétéroatomes présents dans la molécule, ainsi que de l'environnement de ces atomes. On définit ainsi des arrangements particuliers, qu'on appelle **groupes caractéristiques** (ou fonctionnels). Ce sont ces groupes qui permettent de nommer les molécules.

Nom	Groupe caractéristique	Famille
hydroxyle	– OH	**alcools**
carbonyle		si l'un des groupements R est un atome d'hydrogène : **aldéhydes**
		sinon : **cétones**
carboxyle	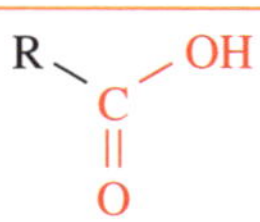	**acides carboxyliques**

Nom	Groupe caractéristique	Famille
amine	$-NH_2$	**amines**
ester	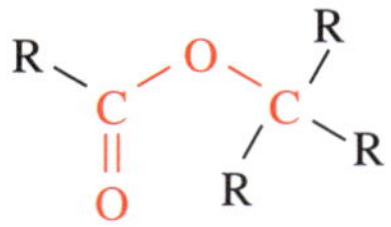	**esters**
amide	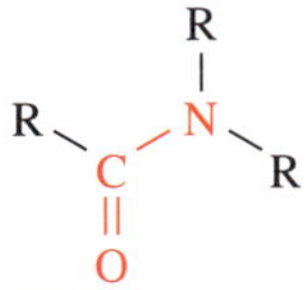	**amides**
halogène	$-X$ avec X halogène	**halogénoalcanes**

■ Nomenclature :

• **Halogénoalcanes :** pour les nommer, on nomme l'alcane correspondant et on rajoute le nom de l'halogène en indiquant sa position, qui doit être la plus petite possible.

Exemple : le 2-iodobutane $CH_3-\underset{\displaystyle I}{\underset{|}{CH}}-CH_2-CH_3$.

• **Amines :** il existe trois types d'amines : les amines primaires R–NH_2, secondaires R–NH–R′ et tertiaires $R-\underset{\displaystyle R'}{\underset{|}{N}}-R''$, et leur nom dépend du type d'amine :

– Amines primaires : on nomme la chaîne carbonée et on rajoute « amine » à la fin.

Exemples : éthanamine  ; 2-méthylpropanamine .

– Amines secondaires : la chaîne la plus longue donne le nom de l'amine et on considère la chaîne la plus courte comme étant un substituant de l'azote. On l'indique alors, précédée de la lettre N.

Exemples : N-méthyl-éthanamine  ;

N-méthyl-2-méthylpropanamine .

– Amines tertiaires : la chaîne la plus longue donne le nom de l'amine et on considère les deux autres chaînes comme étant des substituants de l'azote.

Exemples : N-éthyl N-méthylpropanamine 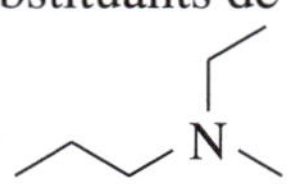 ;

N,N-diméthyléthanamine 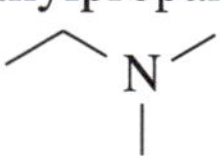.

• **Esters :** un ester est composé de deux parties distinctes. On nomme la chaîne carbonée attachée au groupement C=O en la terminant par « oate de », puis on nomme la chaîne attachée à l'atome O et on la termine par « yle ».

Exemples : butanoate d'éthyle $H_3C-CH_2-CH_2-C(=O)-O-CH_2-CH_3$;
4 atomes de carbone : butane — 2 atomes de carbone : éthane

3-méthylbutanoate de propyle 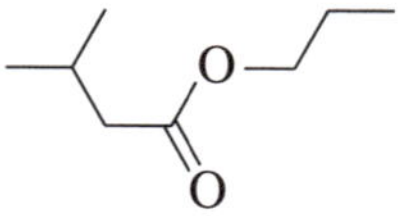 .

• **Amides :** le nom des amides est obtenu à partir du nom de l'acide carboxylique dont ils dérivent, en remplaçant la terminaison « oïque » par « amide ».

Exemple : butanamide 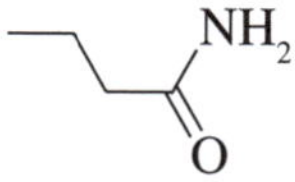 .

Si l'azote est substitué, on nomme les substituants comme pour les amines secondaires ou tertiaires.

Exemples : N-éthylpropanamide 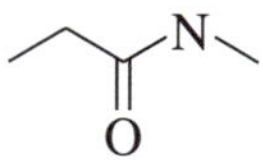 ;

N-éthyl N-méthylpropanamide 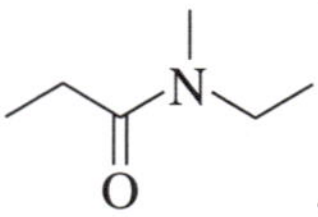 .

C. Isomères de constitution

À une même formule brute peuvent correspondre plusieurs formules développées différentes. On parle alors d'**isomérie**. Il existe différents types d'isomérie :

• **Isomérie de position** si la position d'un substituant diffère le long de la chaîne carbonée.

Exemples : avec la formule brute C_3H_8O, on peut avoir soit le propan-2-ol 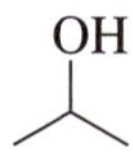, soit le propan-1-ol .

• **Isomérie de constitution** si les enchaînements d'atomes sont différents.

Exemples : avec la formule brute $C_4H_8O_2$, on peut avoir soit l'acide butanoïque 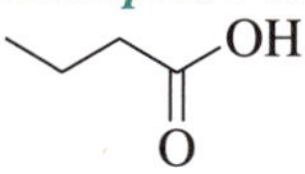 soit le propanoate de méthyle 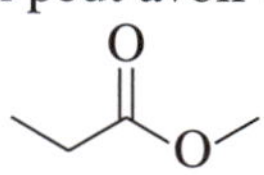.

2 Optimisation d'une étape de synthèse

■ On rappelle qu'une **synthèse chimique** est le processus d'enchaînement de réactions chimiques permettant d'obtenir un produit souhaité.

■ On peut optimiser une synthèse en travaillant sur deux axes :

• **Un axe cinétique.** On peut augmenter (ou diminuer) la vitesse d'une transformation en jouant sur les facteurs cinétiques tels que la concentration initiale des réactifs et la température. On peut aussi ajouter un catalyseur.

• **Un axe quantitatif.** Si l'on introduit un réactif en excès, on déplace l'équilibre de la transformation dans le sens de formation des produits, augmentant ainsi le rendement. Dans ce cas, le réactif en excès sera celui qui est le moins cher, ou bien celui qu'on peut le plus facilement récupérer. On peut aussi éliminer l'un des produits au fur et à mesure de sa formation, augmentant ainsi le rendement par déplacement d'équilibre.

3 Stratégies de synthèses*

A. Types de chaînes

■ Il existe trois types de chaînes carbonées :

• les chaînes linéaires pour lesquelles les atomes de carbone sont sur une seule chaîne.

Exemple : l'hexane C_6H_{14} .

• les chaînes ramifiées pour lesquelles des atomes d'hydrogène sont remplacés par des atomes de carbone.

Exemple : le 2,3-diméthylbutane C_6H_{14} 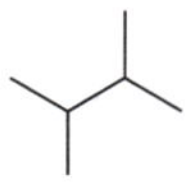.

• les chaînes cycliques.

Exemple : le cyclohexane C_6H_{12} .

■ Chacune de ces chaînes peut aussi être saturée ou insaturée (présence ou non de double liaison).

> **À savoir**
> On appelle insaturation une double ou triple liaison.

B. Types de réactions

■ Il existe différents types de réactions, en fonction des réactifs et des produits :

• **réaction acide-base** s'il y a un échange de proton H^+ entre les réactifs.

Exemple : CH_3–COOH + $H_2O \rightarrow CH_3$–COO^- + H_3O^+.

• **réaction d'oxydo-réduction** s'il y a échange d'électrons entre les réactifs.

Exemple : Cu^{2+} + Fe $\rightarrow$ Cu + Fe^{2+}.

• **réaction de substitution** si un atome ou groupe d'atomes (lié à un carbone par une liaison simple) est remplacé par un autre.

Exemples : 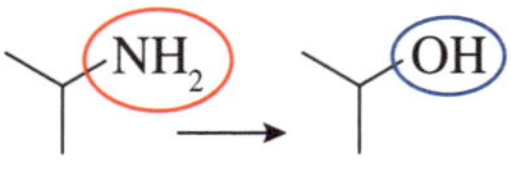

; 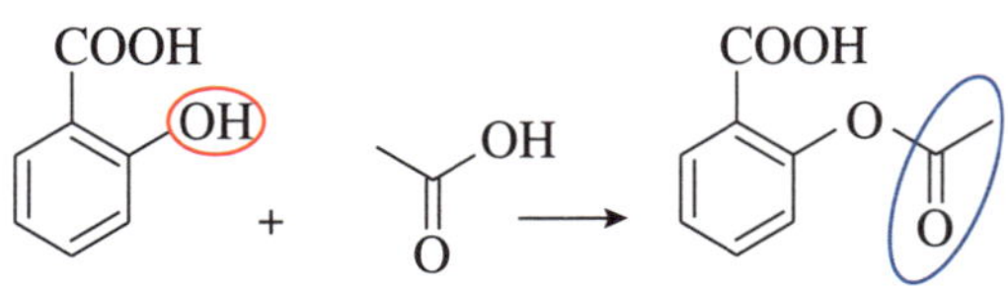

(acide salicylique + acide éthanoïque → acide acétylsalicylique, ou aspirine).

> **À savoir**
> Lors de l'étude de synthèses organiques, les équations chimiques ne sont pas forcément équilibrées, car on se concentre uniquement sur les espèces qui nous intéressent.

*Ce paragraphe ne pourra pas faire l'objet d'une question à l'épreuve écrite du Bac.

• **réaction d'addition** si des atomes ou groupes d'atomes sont ajoutés à une molécule possédant une insaturation.

Exemples : 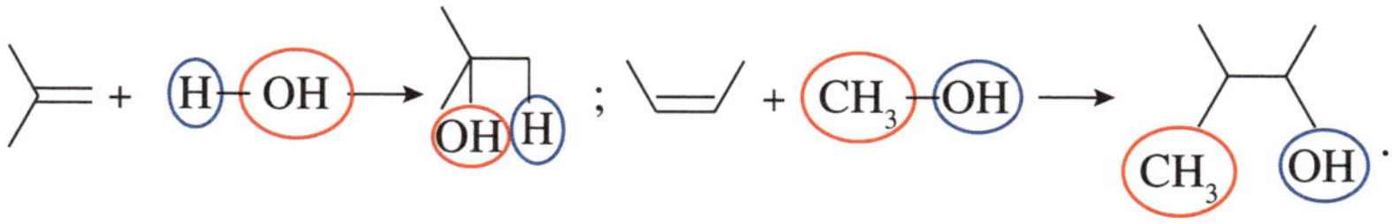

• **réaction d'élimination** si des atomes ou groupes d'atomes sont ôtés à une molécule en créant une insaturation ou une cyclisation.

Exemples : 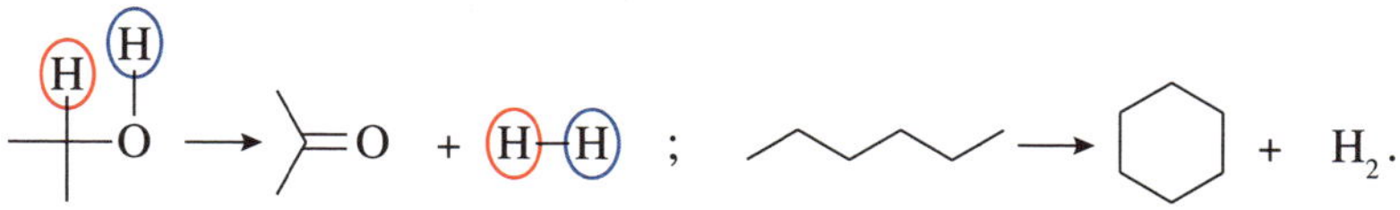

C. Modifications

Modification de chaîne

On réalise une modification de chaîne si la transformation utilisée **modifie la chaîne carbonée** de la molécule. On a 3 possibilités de modification :

• avec conservation du nombre d'atomes de carbone. C'est alors le type de chaîne qui est modifié.

Exemple : 

• avec diminution du nombre d'atomes de carbone. On a un raccourcissement de la chaîne.

Exemple : 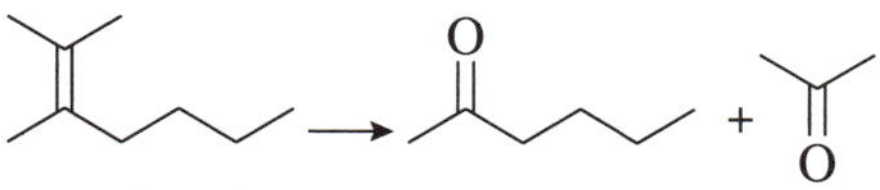

• avec augmentation du nombre d'atomes de carbone. On a alors un allongement de la chaîne carbonée.

Exemple : synthèse du polystyrène à partir du styrène :

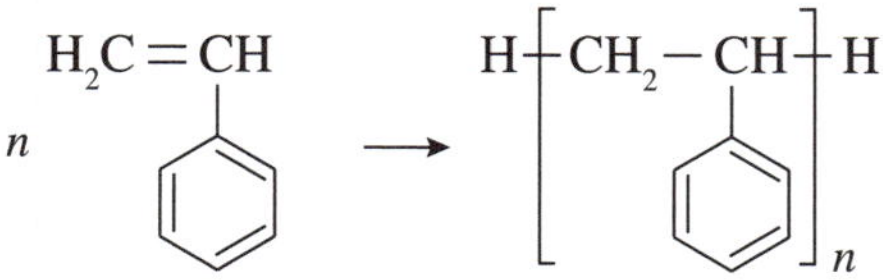

Modification de groupe caractéristique

On réalise une modification de groupe caractéristique lorsque la transformation utilisée ajoute, enlève ou remplace, un groupe caractéristique sans modifier la chaîne.

Exemple : 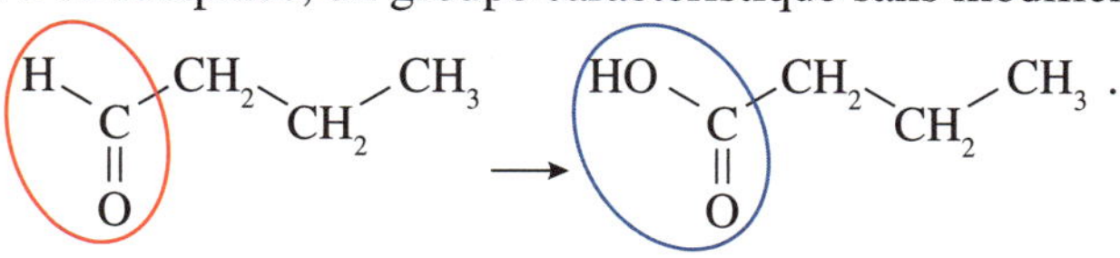

D. Polymérisation

Par réactions d'addition successives en très grand nombre de la même molécule, qu'on appelle monomère, on obtient un **polymère**. En fonction du monomère, on obtient différents polymères aux propriétés différentes :

Monomère	Polymère	Utilisation
éthylène $H_2C=CH_2$	polyéthylène PE $H\left[CH_2-CH_2\right]_nH$	emballages
propylène 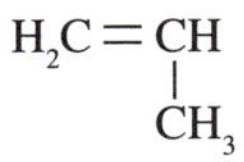	polypropylène PP 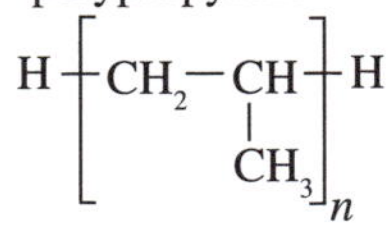	plomberie
chlorure de vinyle 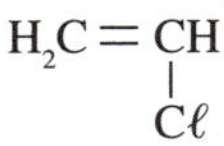	polychlorure de vinyle PVC 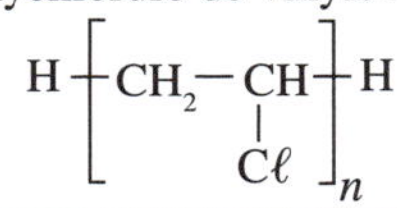	tubes, vêtements
tétrafluoroéthylène 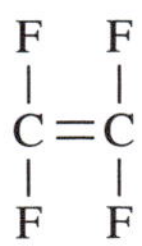	polytétrafluoroéthylène PTFE 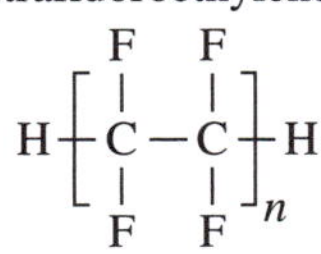	plus connu sous le nom de Téflon®
styrène 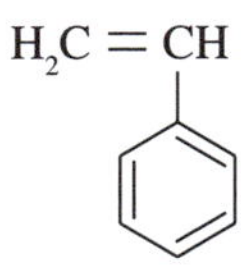	polystyrène PS 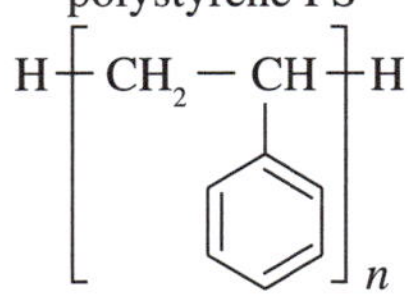	emballages
méthacrylate de méthyle 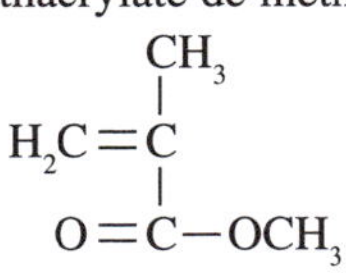	polyméthacrylate de méthyle PMMA 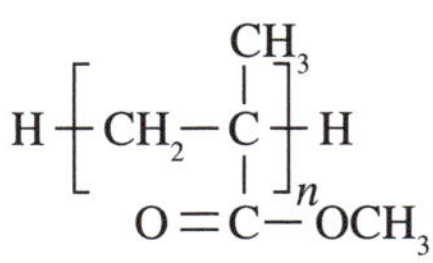	fabrication du Plexiglas®
acides aminés H_2N-CH_2-COOH	polyamides 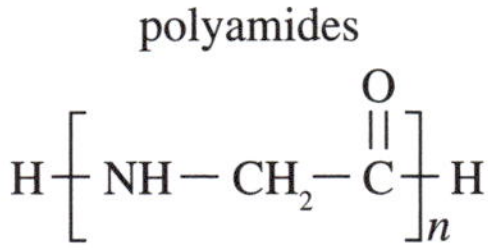	fibres synthétiques, dont le nylon

Dans la formule du polymère, *n* est appelé degré de polymérisation, c'est-à-dire le nombre de fois où le monomère se répète dans la macromolécule (*n* très grand).

PHYSIQUE-CHIMIE
SVT
GRAND ORAL
MATHS COMPLÉMENTAIRES

E. Protection et déprotection

Au cours des différentes étapes d'une synthèse, on peut avoir besoin de ne modifier qu'une partie de la molécule. Malheureusement, le réactif utilisé peut réagir avec plusieurs fonctions. On doit alors protéger les fonctions qu'on ne veut pas modifier. On va ainsi utiliser des réactions réversibles pour protéger les fonctions que l'on souhaite garder, puis faire réagir celles que l'on veut modifier. Une fois la transformation faite, on doit déprotéger les fonctions que l'on a bloquées.

Exemple : pour protéger les fonctions carboxyles, on peut les transformer en fonction ester en les faisant réagir avec un alcool. Il suffit ensuite, pour les déprotéger, de faire réagir la fonction ester avec de l'eau, et on régénère les fonctions carboxyles.

4 Synthèses écoresponsables *

Afin d'avoir des synthèses plus soucieuses de l'environnement, on recherche de nouvelles voies de synthèse qui permettent d'économiser les atomes en limitant le nombre de réactifs, d'utiliser des solvants moins polluants et en plus petite quantité, d'économiser l'énergie nécessaire grâce à l'emploi, par exemple, de biocatalyseurs.

On essaiera le plus possible d'utiliser des agroressources, de valoriser les sous-produits et d'imaginer des voies de recyclage, en s'appuyant tant que faire se peut sur la chimie verte.

*Ce paragraphe ne pourra pas faire l'objet d'une question à l'épreuve écrite du Bac.

EXERCICES TYPES

1 Nommer une espèce chimique

EXERCICE TYPE

Nommer les molécules suivantes :

1. 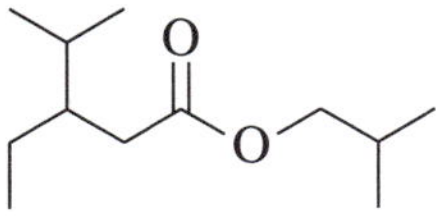

2. 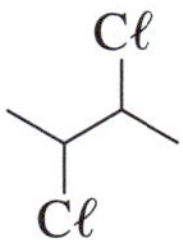

3. 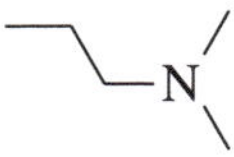

4. 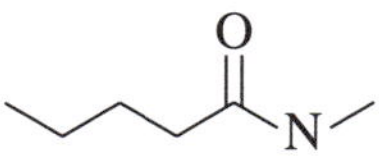

CORRIGÉ COMMENTÉ

1. La fonction (ou groupe caractéristique) portée par cette molécule est la **fonction ester** ; cette molécule est donc 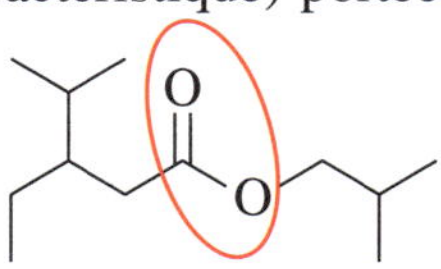. Le nom de cette molécule est donc composé de deux parties, la partie bleue et la partie verte : 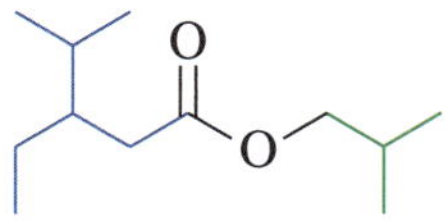.

– La chaîne carbonée bleue est constituée de 5 atomes de carbone, c'est donc un pentane. 2 atomes d'hydrogène sont substitués par un groupement éthyle (2 C) sur le carbone 3 et un groupement méthyle (1 C) sur le carbone 4 :

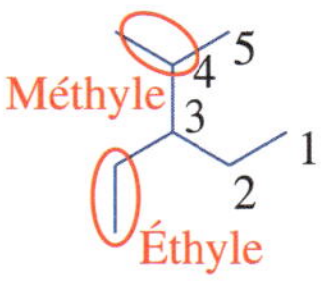

3-éthyl-4-méthylpentane.

> **À savoir**
> Dans un ester, le carbone porteur de la fonction ester est obligatoirement le carbone n° 1.

– La chaîne carbonée verte est constituée de 3 atomes de carbone, c'est donc un propane. Un atome d'hydrogène est substitué par un groupement méthyle (1 C) sur le carbone 2 : 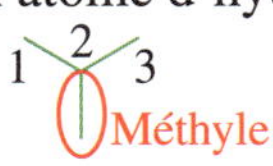

2-méthylpropane.

La molécule est donc du **3-éthyl-4-méthylpentanoate de 2-méthylpropanyle**.

2. Cette molécule porte deux substituants chlore : c'est donc un **halogénoalcane**. La chaîne carbonée la plus longue est de 4 atomes de carbone : c'est donc un butane. Les 2 atomes de chlore sont situés sur les carbones 2 et 3 : la molécule est donc du **2,3-dichlorobutane**.

> **À savoir**
> Si une molécule possède deux substituants identiques, on précède le nom du substituant par « di », sans oublier d'indiquer la position.

3. La fonction portée par cette molécule est la **fonction amine**, cette molécule est donc une **amine** : 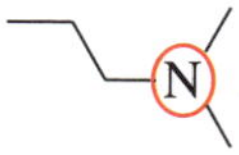 . L'atome d'azote porte 3 chaînes carbonées, c'est donc une amine tertiaire.

– La chaîne carbonée la plus longue (bleue) compte 3 atomes de carbone : c'est du propane.
– Les deux autres chaînes (vertes) ne comptent qu'un seul atome de carbone : ce sont des méthyles.

La molécule est donc du **N,N-diméthyl-propanamine**.

4. La fonction portée par cette molécule est la **fonction amide**, cette molécule est donc un **amide** : 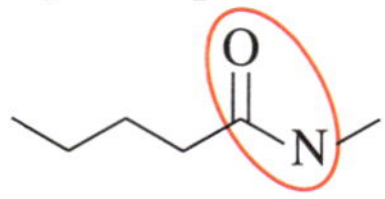 . La chaîne carbonée contenant la fonction comporte 5 atomes de carbone (chaîne bleue) : c'est donc du pentane. L'atome d'azote porte un substituant constitué d'un seul atome de carbone (en vert), groupement méthyle.

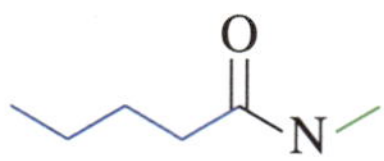

La molécule est donc du **N-méthyl-pentanamide**.

À RETENIR

- Il faut commencer par identifier la fonction (ou groupe caractéristique) de la molécule, puis identifier la chaîne carbonée la plus longue contenant la fonction.
- On identifie ensuite les différents substituants en repérant le carbone qui les porte.
- Les substituants sont rangés par ordre alphabétique.

2 Représenter une espèce chimique

EXERCICE TYPE

Donner la formule semi-développée des molécules suivantes.

1. 2-chloro-3-iodopentane.
2. N-éthyl,N-méthyl-2-éthyl-3-méthylbutanamide.
3. N-éthyl-2-méthylpropanamine.
4. Propanoate de 2-méthylbutyle.

CORRIGÉ COMMENTÉ

1. La molécule de 2-chloro-3-iodopentane est un halogénoalcane (chloro et iodo). La chaîne carbonée la plus longue contient 5 atomes de carbone (pentane). Cette chaîne est disubstituée sur les atomes de carbone 2 et 3. On obtient donc la représentation suivante : 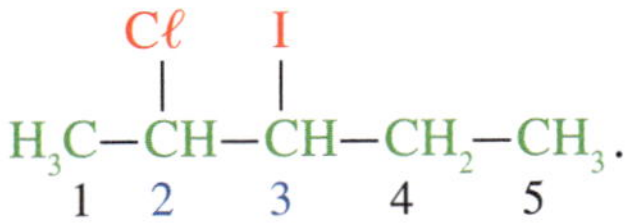.

2. La molécule de N-éthyl,N-méthyl-2-éthyl-3-méthylbutan**amide** est un amide : elle comporte donc la fonction amide 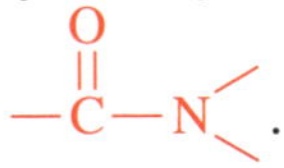.

> **Rappel**
> Les substituants portés par l'azote sont précédés de la lettre N.

N-éthyl,N-méthyl-2-éthyl-3-méthylbutanamide

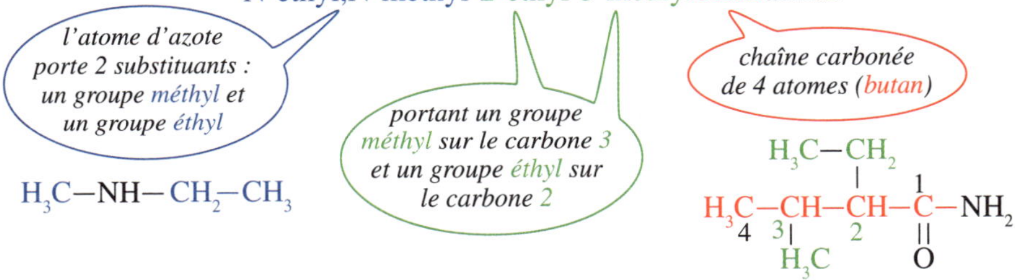

La représentation de la molécule est donc : 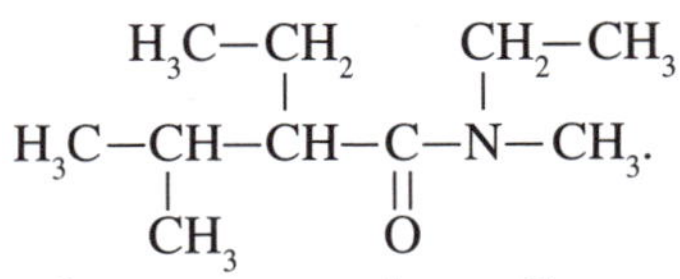.

3. La molécule de N-éthyl-2-méthylpropan**amine** est une **amine** : elle comporte donc la fonction **amine C–NH$_2$**.

N-éthyl-2-méthylpropanamine

La représentation de la molécule est donc : 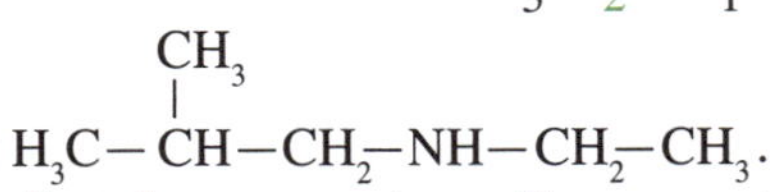.

4. La molécule de propan**oate** de 2-méthylbut**yle** est un **ester** : elle comporte donc la fonction **ester** 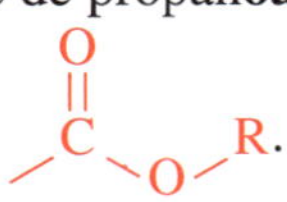.

propanoate de 2-méthylbutyle

La représentation de la molécule est donc : $H_3C-CH_2-C(=O)-O-CH_2-CH(CH_3)-CH_2-CH_3$.

À RETENIR

- Il faut commencer par identifier la fonction de la molécule, puis représenter la chaîne carbonée la plus longue contenant la fonction.
- On ajoute ensuite les différents substituants sur les atomes qui les portent.

SUJET DU BAC

Exercice 30 min **10 points**

L'acide cinnamique

L'acide cinnamique est utilisé dans l'industrie des parfums, des saveurs, des cosmétiques et dans l'industrie pharmaceutique. Il est présent dans certaines plantes comme le xuan shen (*Scrophularia ningpoensis*) ; il s'agit d'une plante vivace qui pousse en Asie et principalement en Chine. L'acide cinnamique peut également être facilement synthétisé en laboratoire à faible coût.

Données :

Espèce chimique	Caractéristiques	Formule
benzaldéhyde	– masse molaire : 106 $g.mol^{-1}$ – masse volumique à 20 °C : $\rho = 1,04\ g.mL^{-1}$	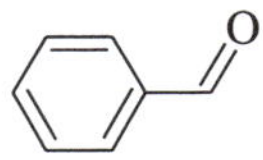
acide malonique	masse molaire : 104 $g.mol^{-1}$	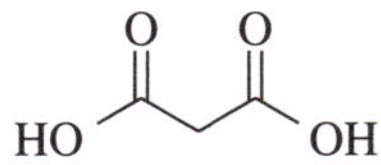
acide cinnamique	masse molaire : 148 $g.mol^{-1}$	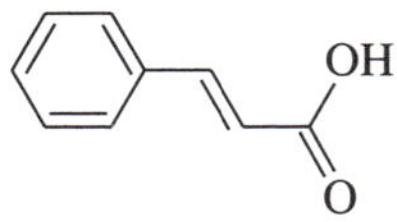

A. Étude de la molécule d'acide cinnamique

1. [2 pts] Recopier la formule de la molécule d'acide cinnamique. Entourer le groupe caractéristique et nommer la fonction chimique correspondante.

B. Synthèse de l'acide cinnamique au laboratoire

La synthèse de l'acide cinnamique peut se faire à partir du benzaldéhyde et de l'acide malonique selon la réaction d'équation suivante :

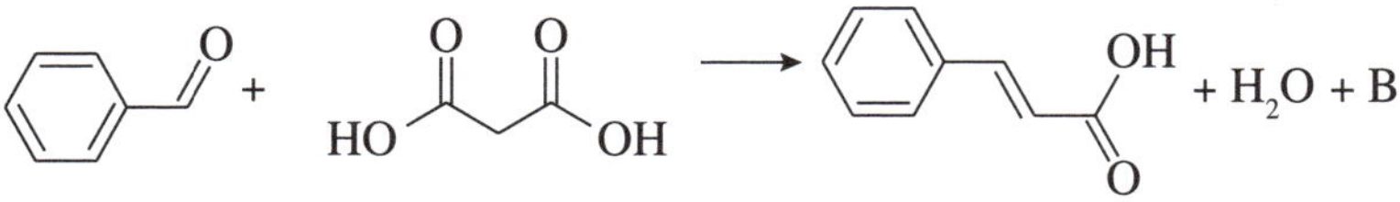

Le protocole expérimental de cette synthèse est le suivant.
– Dans un ballon à fond rond, introduire 25,0 g d'acide malonique, 10,0 mL de benzaldéhyde, en présence de bêta-alanine et de pyridine. Placer un barreau aimanté.
– Chauffer à reflux à 130 °C et agiter pendant une heure et demie.
– Laisser refroidir, ajouter 130 mL d'eau froide, puis de l'acide chlorhydrique concentré (H_3O^+, $C\ell^-(aq)$) pour amener la valeur du pH du mélange à 1. L'acide cinnamique précipite.

2. [1 pt] Déterminer la formule brute de la molécule notée B.

3. [2 pts] Choisir le nom, en nomenclature officielle, de l'acide malonique parmi les trois propositions suivantes : acide 2-méthylpropanoïque, acide propanedioïque, acide 3-hydroxypropanoïque. Justifier.

4. [1 pt] De quel type de réaction s'agit-il ?

Dans l'une des étapes de la synthèse, la pyridine réagit avec l'acide cinnamique dès sa formation suivant la réaction d'équation :

$$C_6H_5\text{–}CH{=}CH\text{–}COOH + C_5H_5N \rightarrow C_6H_5\text{–}CH{=}CH\text{–}COO^- + C_5H_5NH^+$$

5. [2 pts] Quelle est la nature de la réaction ? Justifier.

6. [2 pts] Lors de la synthèse, des étudiants ont obtenu 11,6 g d'acide cinnamique. Déterminer la valeur du rendement de la réaction.

➔ *Corrigé p. 100*

CORRIGÉ

Exercice → *Énoncé p. 98*

1. 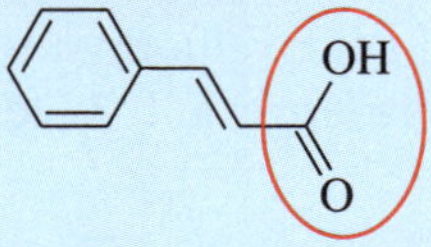 : c'est la **fonction carboxyle**.

2. Dans les réactifs, il y a 10 atomes de carbone, 5 atomes d'oxygène et 10 atomes d'hydrogène. Dans les produits, il y a, hors B, 9 atomes de carbone, 3 atomes d'oxygène et 10 atomes d'hydrogène. Ainsi, la formule brute de la molécule B est $\mathbf{CO_2}$: c'est le dioxyde de carbone.

3. Le nom, en nomenclature officielle, de l'acide malonique est l'**acide propanedioïque**. L'acide 2-méthylpropanoïque est 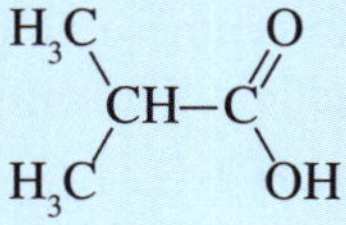 et l'acide 3-hydroxypropanoïque est 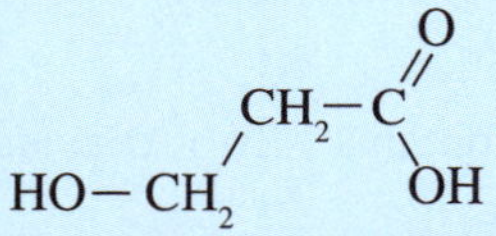.

4. Il s'agit d'une réaction de **substitution**.

5. C'est une réaction **acide/base**. L'acide cinnamique a donné un proton à la pyridine.

6. Déterminons les quantités de matière des réactifs :

– Acide malonique : $n_{\text{malonique}} = \dfrac{m_{\text{malonique}}}{M_{\text{malonique}}} = \dfrac{25{,}0}{104} = 0{,}240$ mol.

– Benzaldéhyde :

$$n_{\text{benzaldéhyde}} = \frac{m_{\text{benzaldéhyde}}}{M_{\text{benzaldéhyde}}} = \frac{\rho \times V_{\text{benzaldéhyde}}}{M_{\text{benzaldéhyde}}} = \frac{1{,}04 \times 10{,}0}{106} = 9{,}81 \times 10^{-2} \text{ mol.}$$

> **Rappel**
>
> La masse volumique d'un corps correspond à la masse par unité de volume : $\rho_{\text{espèce}} = \dfrac{m_{\text{espèce}}}{V_{\text{espèce}}}$, avec $m_{\text{espèce}}$ la masse de l'espèce et $V_{\text{espèce}}$ le volume occupé par cette espèce. L'unité officielle dans le SI de la masse volumique est le kg.m^{-3}, mais on utilise plus souvent le g.mL^{-1} ou le g.L^{-1}.

Les coefficients stœchiométriques des deux réactifs étant égaux et comme $n_{\text{benzaldéhyde}} < n_{\text{malonique}}$, le benzaldéhyde est le réactif limitant.

Les coefficients stœchiométriques du benzaldéhyde et de l'acide cinnamique étant égaux, il se formera donc au maximum $n_{\text{acide max}} = n_{\text{benzaldéhyde}} = 9{,}81 \times 10^{-2}$ mol, soit une masse de $m_{\text{théorique}} = n_{\text{acide max}} \times M_{\text{acide}} = 9{,}81 \times 10^{-2} \times 148 = 14{,}5$ g.

Le rendement de cette réaction est donc $r = \dfrac{m_{\text{expérimentale}}}{m_{\text{théorique}}} = \dfrac{11{,}6}{14{,}5} = 0{,}799$, soit **79,9 %**.

Mouvement d'un système

CHAPITRE 9

1 Décrire un mouvement

A. Repère, référentiel

■ La notion d'immobilité ou de mouvement n'a de sens que si l'on se sert d'un objet comme référence. Si l'on associe à cet objet de référence trois axes gradués, alors on définit un **repère**. Si ce repère est muni d'un appareil permettant la mesure du temps, on définit alors un **référentiel**. Si l'on considère un système ponctuel, alors les coordonnées de ce système sont au nombre de quatre : les trois coordonnées spatiales *x, y* et *z* et une coordonnée temporelle *t*.

■ On définira ainsi, en se servant de l'origine *O* du référentiel $(O, \vec{i}, \vec{j}, \vec{k})$, le **vecteur position** $\overrightarrow{OM}(t)$ que l'on écrira, en fonction de ses coordonnées :

$$\overrightarrow{OM}(t)\begin{pmatrix} x(t) \\ y(t) \\ z(t) \end{pmatrix} \text{ ou encore } \overrightarrow{OM}(t) = x(t)\vec{i} + y(t)\vec{j} + z(t)\vec{k}$$

B. Vecteurs vitesse et accélération

■ On définit la vitesse comme étant la rapidité de déplacement d'un objet. La vitesse moyenne correspond au rapport de la distance parcourue *d* par la durée de ce parcours Δt : $v = \dfrac{d}{\Delta t}$. Si l'on veut savoir de façon plus précise quelle est la vitesse réelle d'un système à un instant donné, il faut déterminer la distance parcourue par ce système pendant une durée très petite centrée sur l'instant voulu. Pour être encore plus précis, il faut déterminer la limite, lorsque Δt tend vers 0, du rapport $\dfrac{d}{\Delta t}$. On calcule alors une dérivée et, par définition, **le vecteur vitesse instantanée $\vec{v}(t)$ correspond à la dérivée par rapport au temps du vecteur position.**

$$\vec{v}(t) = \frac{\mathrm{d}\overrightarrow{OM}(t)}{\mathrm{d}t}$$

■ Les **coordonnées du vecteur vitesse** sont :

$$\vec{v}(t)\begin{pmatrix} v_x(t) \\ v_y(t) \\ v_z(t) \end{pmatrix} \quad \text{soit} \quad \vec{v}(t) = v_x(t)\vec{i} + v_y(t)\vec{j} + v_z(t)\vec{k}$$

ou encore :

$$\vec{v}(t) = \frac{\mathrm{d}x(t)}{\mathrm{d}t}\vec{i} + \frac{\mathrm{d}y(t)}{\mathrm{d}t}\vec{j} + \frac{\mathrm{d}z(t)}{\mathrm{d}t}\vec{k}$$

car $v_x(t) = \frac{\mathrm{d}x(t)}{\mathrm{d}t}$, $v_y(t) = \frac{\mathrm{d}y(t)}{\mathrm{d}t}$ et $v_z(t) = \frac{\mathrm{d}z(t)}{\mathrm{d}t}$, où $\frac{\mathrm{d}x(t)}{\mathrm{d}t}$ représente la dérivée par rapport au temps de la coordonnée $x(t)$ du vecteur position, $\frac{\mathrm{d}y(t)}{\mathrm{d}t}$ représente la dérivée par rapport au temps de la coordonnée $y(t)$ du vecteur position et $\frac{\mathrm{d}z(t)}{\mathrm{d}t}$ représente la dérivée par rapport au temps de la coordonnée $z(t)$ du vecteur position.

■ On définit l'**accélération** comme étant la rapidité à laquelle la vitesse change. Elle correspond à la variation de la vitesse Δv par unité de temps Δt : $a = \frac{\Delta v}{\Delta t}$. Ainsi, si l'on veut connaître de façon plus précise l'accélération à un instant donné, on doit déterminer la variation de vitesse pendant une durée très petite centrée sur l'instant voulu. Pour être encore plus précis, il faut déterminer la limite, lorsque Δt tend vers 0, du rapport $\frac{\Delta v}{\Delta t}$. On définit alors la dérivée et, par définition, **le vecteur accélération $\vec{a}(t)$ correspond à la dérivée par rapport au temps du vecteur vitesse.**

$$\vec{a}(t) = \frac{\mathrm{d}\vec{v}(t)}{\mathrm{d}t}$$

■ Le vecteur vitesse étant égal au vecteur dérivé par rapport au temps du vecteur position, on a aussi : $\vec{a}(t) = \frac{\mathrm{d}}{\mathrm{d}t}\left(\frac{\mathrm{d}\overrightarrow{OM}(t)}{\mathrm{d}t}\right) = \frac{\mathrm{d}^2\overrightarrow{OM}(t)}{\mathrm{d}t^2}$, où $\frac{\mathrm{d}^2\overrightarrow{OM}(t)}{\mathrm{d}t^2}$ est la dérivée seconde du vecteur position par rapport au temps. Les coordonnées du vecteur accélération sont ainsi :

$$\vec{a}(t)\begin{pmatrix} a_x(t) \\ a_y(t) \\ a_z(t) \end{pmatrix} \quad \text{soit} \quad \vec{a}(t) = a_x(t)\vec{i} + a_y(t)\vec{j} + a_z(t)\vec{k},$$

ou encore :

$$\vec{a}(t) = \frac{\mathrm{d}v_x(t)}{\mathrm{d}t}\vec{i} + \frac{\mathrm{d}v_y(t)}{\mathrm{d}t}\vec{j} + \frac{\mathrm{d}v_z(t)}{\mathrm{d}t}\vec{k} = \frac{\mathrm{d}^2x(t)}{\mathrm{d}t^2}\vec{i} + \frac{\mathrm{d}^2y(t)}{\mathrm{d}t^2}\vec{j} + \frac{\mathrm{d}^2z(t)}{\mathrm{d}t^2}\vec{k}$$

où $\frac{\mathrm{d}v_x(t)}{\mathrm{d}t}$ représente la dérivée par rapport au temps de la coordonnée $v_x(t)$ du vecteur vitesse, $\frac{\mathrm{d}^2x(t)}{\mathrm{d}t^2}$ représente la dérivée seconde par rapport au temps de la coordonnée $x(t)$ du vecteur position, etc.

C. Repère de Frenet

On rappelle qu'un mouvement est dit **circulaire** si sa trajectoire est un arc de cercle.

■ Dans le cas de mouvements circulaires, les repères cartésiens sont plus difficiles à utiliser. On leur préférera alors un repère « tournant », qui se déplace en même temps que le système sur sa trajectoire. Ce repère, dit **repère de Frenet**, est noté $(M, \vec{u}_t, \vec{u}_n)$, avec M (position du mobile à l'instant t) comme origine ; $\vec{u}_t$ (ou vecteur tangentiel) vecteur unitaire tangent à la trajectoire et dans le sens du mouvement ; $\vec{u}_n$ (ou vecteur normal) vecteur unitaire dirigé vers le centre de la trajectoire

■ Le vecteur vitesse étant toujours tangent à la trajectoire, il est dirigé suivant $\vec{u}_t$. D'où $\vec{v}(t)\begin{pmatrix} v_t = v \\ v_n = 0 \end{pmatrix}$, ou encore :

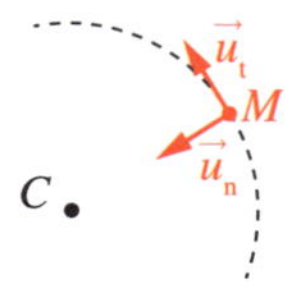

$$\vec{v}(t) = v \times \vec{u}_t$$

■ Les coordonnées du vecteur accélération dans ce repère sont :

$$\vec{a}(t)\begin{pmatrix} a_t = \dfrac{dv}{dt} \\ a_n = \dfrac{v^2}{R} \end{pmatrix} \quad \text{soit} \quad \vec{a}(t) = \frac{dv}{dt}\vec{u}_t + \frac{v^2}{R}\vec{u}_n$$

où R est le rayon de la trajectoire, $\dfrac{dv}{dt}$ la dérivée par rapport au temps de la vitesse et v la norme du vecteur vitesse.

Remarque : Si le mouvement circulaire se fait à vitesse constante, alors on parle de **mouvement circulaire uniforme** et les coordonnées du vecteur accélération sont $\vec{a}(t)\begin{pmatrix} a_t = 0 \\ a_n = \dfrac{v^2}{R} \end{pmatrix}$, car $\dfrac{dv}{dt}$ est nulle.

D. Quelques mouvements particuliers

Mouvements	Caractéristiques du vecteur accélération
Rectiligne	Le vecteur accélération garde une direction constante, celle de la trajectoire.
Rectiligne uniforme	Le vecteur accélération est égal au vecteur nul.
Rectiligne uniformément accéléré	Le vecteur accélération est égal à un vecteur constant dont la direction est celle de la trajectoire. Si le mouvement est accéléré, les vecteurs vitesse et accélération sont dans le même sens. Si le mouvement est ralenti, ils sont en sens opposés.
Circulaire	Le vecteur accélération est dirigé vers l'intérieur de la trajectoire. Si le mouvement est accéléré, l'angle entre les vecteurs vitesse et accélération est inférieur à 90°. Si le mouvement est ralenti, l'angle est supérieur à 90°.
Circulaire uniforme	Le vecteur accélération est dirigé vers le centre de la trajectoire et est normal au vecteur vitesse.

2 Deuxième loi de Newton

A. Centre de masse

Le centre de masse correspond au point particulier du système où s'applique le poids. Dans la plupart des études, le centre de masse va correspondre au centre d'inertie du système.

Rappel : Le centre d'inertie correspond au point d'application des forces qui s'exercent à distance.

B. Référentiel galiléen

■ Un **référentiel galiléen** est un référentiel dans lequel le principe d'inertie s'applique, c'est-à-dire que si aucune force ne s'applique sur un corps, ou si celles-ci se compensent, le mouvement de ce corps est un mouvement rectiligne uniforme.

Remarque : L'immobilité est un cas particulier de mouvement rectiligne uniforme pour lequel la vitesse est nulle.

■ Tous les référentiels galiléens sont en mouvement de translation rectiligne les uns par rapport aux autres. Tous les référentiels usuels ne sont pas galiléens dans l'absolu, mais ils peuvent être considérés comme quasiment galiléens pour des durées variant de cinq minutes pour le référentiel terrestre à une journée pour le référentiel géocentrique.

C. Principe fondamental de la dynamique

■ La **deuxième loi de Newton**, ou **principe fondamental de la dynamique**, permet de déterminer quel va être le mouvement d'un système si l'on connaît les forces qui agissent sur lui, ou bien de prédire quelles sont les forces qui agissent sur un système par la connaissance de son mouvement. Il s'énonce de la manière suivante :

Dans un référentiel galiléen, la somme vectorielle des forces extérieures qui s'appliquent sur un système est égale au produit de la masse du système par le vecteur accélération du centre d'inertie du système :

$$\sum \vec{F}_{ext} = m \times \vec{a}$$

■ Ainsi, la première loi de Newton, ou principe d'inertie, est un cas particulier de la deuxième loi de Newton. En effet, si les forces se compensent, alors la somme vectorielle de ces forces est égale au vecteur nul, et donc l'accélération est égale au vecteur nul, donc le mouvement est rectiligne uniforme.

EXERCICES TYPES

1 Trouver les coordonnées du vecteur vitesse à partir du vecteur position

EXERCICE TYPE

On considère un objet ponctuel M en mouvement de coordonnées $M(t)(2t + 3\ ;\ 4t)$ dans le repère cartésien $(O, \vec{i}, \vec{j})$.
Quelles sont les coordonnées de son vecteur vitesse ?

CORRIGÉ COMMENTÉ

Les coordonnées du point M sont $M(2t + 3\ ;\ 4t)$. Par conséquent, les coordonnées du vecteur position sont $\overrightarrow{OM}(t)\begin{pmatrix} x(t) = 2t + 3 \\ y(t) = 4t \end{pmatrix}$. Sachant que le vecteur vitesse est égal à la dérivée par rapport au temps du vecteur position, $\vec{v}(t) = \dfrac{\mathrm{d}\overrightarrow{OM}(t)}{\mathrm{d}t}$, on a :

$$\boldsymbol{\vec{v}(t)\begin{pmatrix} v_x(t) = \dfrac{\mathrm{d}x(t)}{\mathrm{d}t} \\ \\ v_y(t) = \dfrac{\mathrm{d}y(t)}{\mathrm{d}t} \end{pmatrix}}.$$

> **Point maths**
>
> La notation $\dfrac{\mathrm{d}}{\mathrm{d}t}$ se lit « dérivée de … par rapport au temps ». Les systèmes physiques pouvant varier suivant des grandeurs spatiales ou temporelles, on doit préciser par rapport à quoi on dérive.

Par conséquent :

- $v_x(t) = \dfrac{\mathrm{d}x(t)}{\mathrm{d}t} = \dfrac{\mathrm{d}(2t + 3)}{\mathrm{d}t} = 2$;
- $v_y(t) = \dfrac{\mathrm{d}y(t)}{\mathrm{d}t} = \dfrac{\mathrm{d}(4t)}{\mathrm{d}t} = 4$.

Ainsi, les coordonnées du vecteur vitesse sont :

$$\boldsymbol{\vec{v}(t)\begin{pmatrix} 2 \\ 4 \end{pmatrix}}.$$

À RETENIR

Les coordonnées du vecteur vitesse sont obtenues en dérivant par rapport au temps chacune des coordonnées du vecteur position.

2 Trouver les coordonnées du vecteur accélération à partir du vecteur vitesse

EXERCICE TYPE

On considère un objet ponctuel M en mouvement dans le repère cartésien $(O, \vec{i}, \vec{j}, \vec{k})$.

Les coordonnées de son vecteur vitesse sont $\vec{v}(t)\begin{pmatrix} 4t^3 + 3t^2 - 6t + 2 \\ -2t^2 + 1 \\ 5 \end{pmatrix}$.

Quelles sont les coordonnées de son vecteur accélération ?

CORRIGÉ COMMENTÉ

Sachant que le vecteur accélération est égal à la dérivée par rapport au temps du vecteur vitesse, $\vec{a}(t) = \dfrac{\mathrm{d}\vec{v}(t)}{\mathrm{d}t}$, on a : $\vec{\boldsymbol{a}}(t)\begin{pmatrix} \boldsymbol{a_x(t) = \dfrac{dv_x}{dt}} \\ \boldsymbol{a_y(t) = \dfrac{dv_y}{dt}} \\ \boldsymbol{a_z(t) = \dfrac{dv_z}{dt}} \end{pmatrix}$.

Ainsi :

$$a_x(t) = \frac{\mathrm{d}v_x}{\mathrm{d}t} = \frac{\mathrm{d}\left(4t^3 + 3t^2 - 6t + 2\right)}{\mathrm{d}t} = 12t^2 + 6t - 6\,;$$

$$a_y(t) = \frac{\mathrm{d}v_y}{\mathrm{d}t} = \frac{\mathrm{d}\left(-2t^2 + 1\right)}{\mathrm{d}t} = -4t\,;$$

$$a_z(t) = \frac{\mathrm{d}v_z}{\mathrm{d}t} = \frac{\mathrm{d}(5)}{\mathrm{d}t} = 0.$$

Ainsi, les coordonnées du vecteur accélération sont : $\vec{\boldsymbol{a}}(t)\begin{pmatrix} \boldsymbol{12t^2 + 6t - 6} \\ \boldsymbol{-4t} \\ \boldsymbol{0} \end{pmatrix}$.

Point maths

La dérivée d'une fonction polynôme $a \times x^n$ par rapport à x, avec a constante et n entier, se calcule de la façon suivante : $\dfrac{\mathrm{d}(ax^n)}{\mathrm{d}x} = n \times a \times x^{n-1}$.

À RETENIR

Les coordonnées du vecteur accélération sont obtenues en dérivant par rapport au temps chacune des coordonnées du vecteur vitesse.

SUJET DU BAC

Exercice 40 min **13 points**

Cet exercice étudie un modèle très simplifié du mouvement du centre d'inertie G d'un skieur dans différentes phases de son parcours. Le skieur est considéré comme un solide.

Données : masse du skieur et de son équipement : $m = 80$ kg ;
intensité de pesanteur terrestre : $g = 9{,}8\ \text{N.kg}^{-1}$;
record du monde de vitesse à ski : $255\ \text{km.h}^{-1}$.

Montée et plat

L'ensemble des forces de frottement est assimilé à une force unique, de sens opposé au vecteur vitesse, de norme constante $F = 50$ N. Le skieur reste constamment en contact avec le sol.

Afin de monter au sommet de la piste, le skieur se présente sur l'aire de départ, horizontale, d'un téléski. Initialement immobile, il s'accroche à une perche formant un angle constant α égal à 45° avec l'horizontale. La perche exerce une force de traction dirigée suivant sa propre direction.

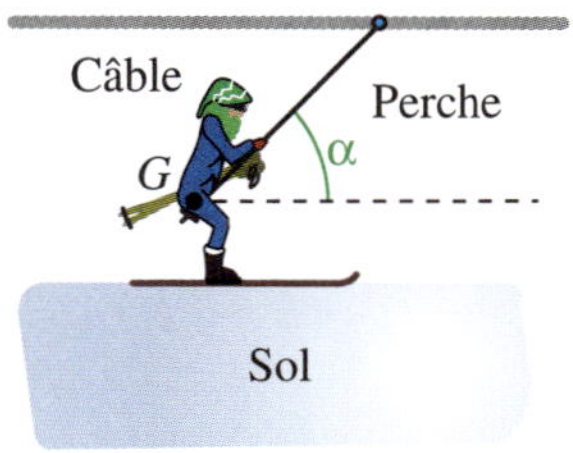

Après un parcours de longueur $\ell = 8{,}0$ m qui dure 8,0 s, la vitesse se stabilise à la valeur $v = 2{,}0\ \text{m.s}^{-1}$.

1. [2 pts] Faire l'inventaire de toutes les forces s'exerçant sur le skieur pendant la phase de démarrage.
Les représenter sur un schéma sans souci d'échelle.

2. [1 pt] Calculer l'accélération du skieur durant la phase de démarrage.

3. [2 pts] Déterminer l'expression littérale puis la valeur numérique de la force constante $\vec{T}$ exercée par la perche sur le skieur.

4. [2 pts] Le skieur, toujours tiré par la perche, monte à la vitesse constante $v = 2\ \text{m.s}^{-1}$ une pente rectiligne inclinée d'un angle $\beta = 40°$ par rapport à l'horizontale. La perche elle-même forme un angle $\delta = 30°$ avec le sol.
Après avoir schématisé le skieur, déterminer littéralement puis numériquement l'intensité de la force $\vec{T}$ exercée par la perche sur le skieur.

Descente

Le skieur, participant à un concours de vitesse, s'élance à partir d'une position de repos sur une piste rectiligne inclinée d'un angle $\beta' = 28°$ par rapport à l'horizontale.

5. [2 pts] En admettant l'existence de force de frottement de même valeur qu'à la montée, quelle vitesse atteindrait-il après 10 s ?

6. [1 pt] La vitesse mesurée n'est en réalité que de 107 $km.h^{-1}$. En déduire l'intensité moyenne de la force de frottement supposée constante qui s'exerce sur le skieur au cours de la descente.

7. [1 pt] La valeur F de la force de frottement varie en réalité avec la vitesse suivant la loi $F = k \times v^2$ avec un coefficient $k = 0,33$ SI. Déterminer l'unité de k.

8. [2 pts] Si l'accélération du skieur pouvait s'annuler, pour quelle valeur de la vitesse cela se produirait-il ? On suppose que cette vitesse est la vitesse limite vers laquelle tend celle du skieur au bout d'un temps très long. Peut-il espérer battre le record du monde sur cette piste ?

→ *Corrigé p. 109*

CORRIGÉ

Exercice → *Énoncé p. 107*

1. Les forces s'exerçant sur le skieur pendant la phase de démarrage sont le poids $\vec{P}$, la réaction du support $\vec{R}$, les forces de frottement $\vec{F}$ et la force de traction $\vec{T}$.

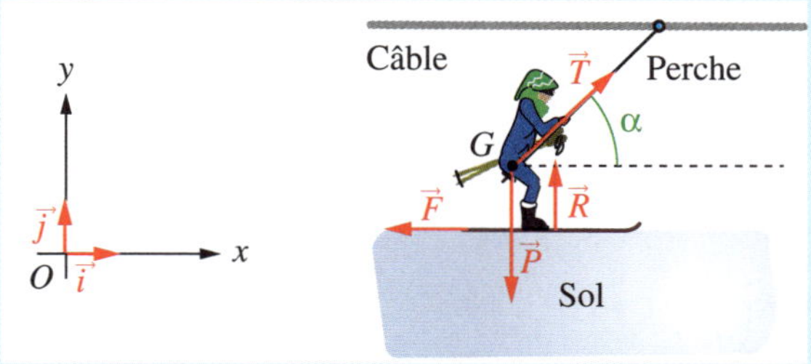

2. L'accélération pendant la phase de démarrage est déterminée en calculant l'accélération moyenne $a = \dfrac{\Delta v}{\Delta t}$, avec Δv la variation de vitesse et Δt la durée.

Ainsi, $\boldsymbol{a} = \dfrac{2{,}0 - 0}{8{,}0 - 0} = \mathbf{0{,}25\ m.s^{-2}}$.

3. Référentiel d'étude : référentiel terrestre, supposé galiléen.
Système : skieur et son équipement, de masse $m = 80$ kg.
Bilan des forces : voir question **1**.
En utilisant le repère indiqué sur le schéma, on détermine les coordonnées des différentes forces présentes : $\vec{P}\begin{pmatrix} 0 \\ -P \end{pmatrix}$, $\vec{R}\begin{pmatrix} 0 \\ R \end{pmatrix}$, $\vec{F}\begin{pmatrix} -F \\ 0 \end{pmatrix}$ et $\vec{T}\begin{pmatrix} T \times \cos\alpha \\ T \times \sin\alpha \end{pmatrix}$.

À l'aide de la deuxième loi de Newton, ou principe fondamental de la dynamique, on sait que la somme vectorielle des forces extérieures qui s'appliquent au système est égale au produit de la masse du système par le vecteur accélération du centre de masse du système : $\sum \vec{F}_{\text{ext}} = m \times \vec{a}$, soit $\vec{P} + \vec{R} + \vec{F} + \vec{T} = m \times \vec{a}$.

Ainsi, $\vec{P}\begin{pmatrix} 0 \\ -P \end{pmatrix} + \vec{R}\begin{pmatrix} 0 \\ R \end{pmatrix} + \vec{F}\begin{pmatrix} -F \\ 0 \end{pmatrix} + \vec{T}\begin{pmatrix} T \times \cos\alpha \\ T \times \sin\alpha \end{pmatrix} = m \times \vec{a}\begin{pmatrix} a_x \\ a_y \end{pmatrix} = m \times \vec{a}\begin{pmatrix} a \\ 0 \end{pmatrix}$
car le mouvement est horizontal.
En utilisant la coordonnée horizontale, on a alors $0 + 0 - F + T \times \cos\alpha = m \times a$, ce qui conduit à $\boldsymbol{T} = \dfrac{\boldsymbol{m \times a + F}}{\boldsymbol{\cos\alpha}}$.

Application numérique : $\boldsymbol{T} = \dfrac{80 \times 0{,}25 + 50}{\cos 45°} = \mathbf{99\ N}$.

4. En utilisant le repère indiqué sur le schéma page suivante, on a les coordonnées suivantes pour les quatre forces : $\vec{P}\begin{pmatrix} -P \times \sin\beta \\ -P \times \cos\beta \end{pmatrix}$, $\vec{R}\begin{pmatrix} 0 \\ R \end{pmatrix}$, $\vec{F}\begin{pmatrix} -F \\ 0 \end{pmatrix}$ et $\vec{T}\begin{pmatrix} T \times \cos\delta \\ T \times \sin\delta \end{pmatrix}$.

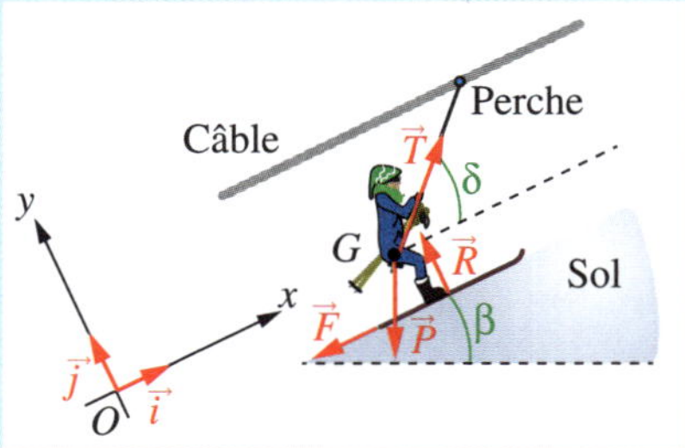

Le mouvement étant rectiligne uniforme, le vecteur accélération est égal au vecteur nul, et donc l'application de la deuxième loi de Newton conduit à $\vec{P} + \vec{R} + \vec{F} + \vec{T} = \vec{0}$, soit :

$$\vec{P}\begin{pmatrix} -P \times \sin\beta \\ -P \times \cos\beta \end{pmatrix} + \vec{R}\begin{pmatrix} 0 \\ R \end{pmatrix} + \vec{F}\begin{pmatrix} -F \\ 0 \end{pmatrix} + \vec{T}\begin{pmatrix} T \times \cos\delta \\ T \times \sin\delta \end{pmatrix} = \vec{0}.$$

En considérant les coordonnées suivant (Ox), on a ainsi :

$-P \times \sin\beta + 0 - F + T \times \cos\delta = 0,$

soit : $\boldsymbol{T = \dfrac{F + P \times \sin\beta}{\cos\delta}}$.

Application numérique : $\boldsymbol{T} = \dfrac{50 + 80 \times 9{,}8 \times \sin 40°}{\cos 30°}$ $\mathbf{= 6{,}4 \times 10^2\ N.}$

5. À l'aide du schéma ci-contre, on déduit les coordonnées des trois forces qui agissent sur le système :

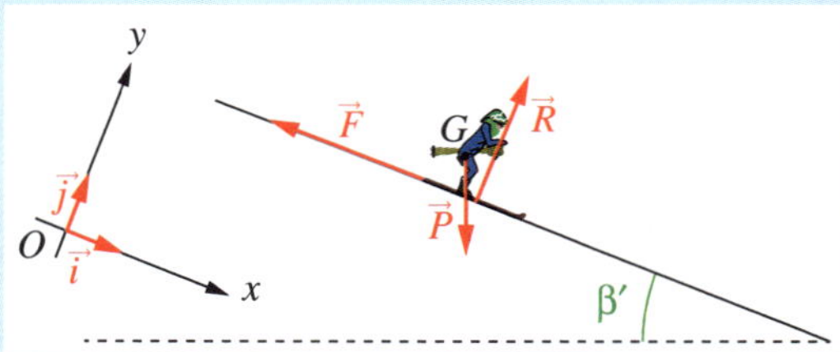

$$\vec{P}\begin{pmatrix} P \times \sin\beta' \\ -P \times \cos\beta' \end{pmatrix}, \vec{R}\begin{pmatrix} 0 \\ R \end{pmatrix}, \vec{F}\begin{pmatrix} -F \\ 0 \end{pmatrix}.$$

Grâce à la deuxième loi de Newton, on sait que la somme vectorielle des forces extérieures qui s'appliquent au système est égale au produit de la masse du système par le vecteur accélération du centre de masse du système :

$\sum \vec{F}_{\text{ext}} = \vec{F} + \vec{P} + \vec{R} = m \times \vec{a}.$

En passant aux coordonnées, on obtient :

$$\vec{P}\begin{pmatrix} P \times \sin\beta' \\ -P \times \cos\beta' \end{pmatrix} + \vec{R}\begin{pmatrix} 0 \\ R \end{pmatrix} + \vec{F}\begin{pmatrix} -F \\ 0 \end{pmatrix} = m \times \vec{a}\begin{pmatrix} a_x \\ a_y \end{pmatrix}$$

soit $\begin{pmatrix} P \times \sin\beta' + 0 - F \\ -P \times \cos\beta' + R + 0 \end{pmatrix} = \begin{pmatrix} P \times \sin\beta' - F \\ -P \times \cos\beta' + R \end{pmatrix} = \begin{pmatrix} m \times a_x \\ m \times a_y \end{pmatrix}.$

Le mouvement étant rectiligne le long de la piste, $a_y = 0$ et donc :

$$\begin{pmatrix} P \times \sin\beta' - F \\ -P \times \cos\beta' + R \end{pmatrix} = \begin{pmatrix} m \times a_x \\ 0 \end{pmatrix}.$$

Ainsi, $P \times \sin\beta' - F = m \times a_x = m \times a$, d'où $\boldsymbol{a = \dfrac{P \times \sin\beta' - F}{m}}$.

L'accélération est donc constante, le mouvement est donc un mouvement rectiligne uniforme et donc $\Delta v = a \times \Delta t$, soit $\Delta v = \dfrac{P \times \sin\beta' - F}{m} \times \Delta t$.

Ainsi, $v(10) - v(0) = \dfrac{P \times \sin\beta' - F}{m} \times (10 - 0)$, et donc :

$$\boldsymbol{v(10) = \dfrac{P \times \sin\beta' - F}{m} \times 10.}$$

Application numérique : $\boldsymbol{v(10)} = \dfrac{80 \times 9{,}8 \times \sin 28° - 50}{80} \times 10 =$ **40 m.s⁻¹.**

6. En considérant que la vitesse est plus faible que celle calculée (30 m.s^{-1} contre 40 m.s^{-1}), on utilise la relation précédente, et on a $\boldsymbol{F = P \times \sin\beta' - m \times \dfrac{v(10)}{10}}$.

Application numérique :

$$F = 80 \times 9{,}8 \times \sin 28° - 80 \times \dfrac{30}{10}$$

$$\boldsymbol{F = 1{,}3 \times 10^2\ \mathrm{N}.}$$

Méthode

Pour passer de la vitesse en km.h^{-1} à la vitesse en m.s^{-1}, on peut utiliser le schéma ci-dessous :

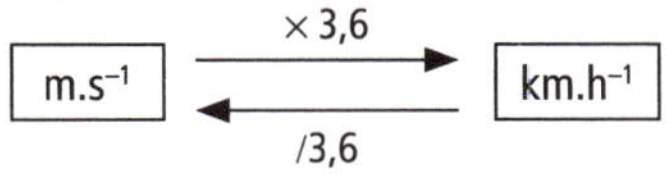

7. De $F = k \times v^2$, on tire $k = \dfrac{F}{v^2}$. Par analyse dimensionnelle, on obtient donc :

$$[k] = \left[\dfrac{F}{v^2}\right] = \dfrac{[F]}{[v^2]} = \dfrac{[F]}{[v]^2} = \dfrac{\mathrm{kg} \times \mathrm{m} \times \mathrm{s}^{-2}}{(\mathrm{m} \times \mathrm{s}^{-1})^2} = \dfrac{\mathrm{kg} \times \mathrm{m} \times \mathrm{s}^{-2}}{\mathrm{m}^2 \times \mathrm{s}^{-2}} = \mathrm{kg} \times \mathrm{m}^{-1}.$$

8. Si l'accélération du skieur pouvait s'annuler, alors l'équation obtenue à la question **5.** deviendrait $P \times \sin\beta' - F = m \times a = m \times 0 = 0$, soit $P \times \sin\beta' = F$.
En reportant dans cette équation l'expression de F, on a $P \times \sin\beta' = k \times v^2$, d'où $\boldsymbol{v = \sqrt{\dfrac{P \times \sin\beta'}{k}}}$.

Application numérique : $\boldsymbol{v} = \sqrt{\dfrac{80 \times 9{,}8 \times \sin 28°}{0{,}33}} =$ **33 m.s⁻¹**.

Le record du monde étant de 255 km.h^{-1}, soit 71 m.s^{-1}, **le skieur ne le battra pas sur cette piste** !

CHAPITRE 10

Relier les actions appliquées à un système à son mouvement

1 Deux exemples de champ uniforme

■ La notion de champ en physique, très présente, associe à chaque point de l'espace une grandeur physique. On parle de **champ vectoriel** lorsque la grandeur décrite est un vecteur.

■ Un **champ uniforme** est un champ dont les caractéristiques (direction, sens et norme) ne dépendent pas du point de l'espace considéré.

A. Champ de pesanteur

■ Soit $\vec{P}$ le poids d'un objet de masse m.
Le vecteur **champ de pesanteur** $\vec{g}$ est défini par :

$$\vec{g} = \frac{\vec{P}}{m}$$

La valeur de g s'exprime en N.kg^{-1}, celle de P en N et m en kg.

■ Localement, le champ de pesanteur est **uniforme**. Il est vertical, orienté vers le bas et sa valeur moyenne à la surface de la Terre est $g = 9{,}8$ N.kg^{-1}.

B. Champ électrique créé par un condensateur plan

■ Un **condensateur plan** est constitué de deux armatures conductrices planes, parallèles et face à face. Lorsqu'une tension U est appliquée entre ces deux armatures, il règne dans l'espace situé entre les deux un **champ électrique** $\vec{E}$.

■ Ce champ est **uniforme** (sauf à proximité des extrémités des armatures) et il est orienté de l'armature positive vers l'armature négative. Sa valeur dépend de la valeur de la tension U appliquée (en volt) et de la distance d (en mètre) qui sépare les deux armatures. On a :

$$E = \frac{|U|}{d}$$

avec E en V.m^{-1}, U en V et d en m.

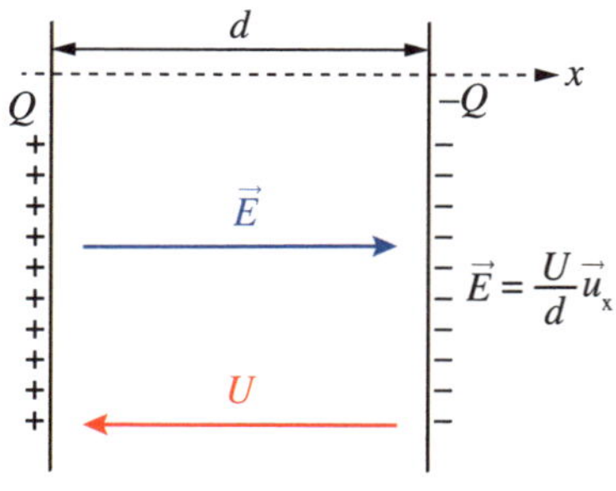

■ Le champ électrique est d'autant plus important que :
- la tension appliquée est grande ;
- la distance entre les armatures est faible.

■ Une particule de charge q placée dans une région de l'espace où règne un champ électrique $\vec{E}$ est soumise à une **force électrostatique** : $\vec{F} = q \times \vec{E}$
Le **vecteur champ électrique** $\vec{E}$ est donc défini par :

$$\vec{E} = \frac{\vec{F}}{q}$$

2 Mouvement dans le champ de pesanteur

A. Étude du mouvement

■ Un objet de masse m, modélisé par son centre de gravité G, est lancé en l'air avec une vitesse initiale $\vec{v_0}$. L'étude se fait dans un repère orthonormé $\left(O, \vec{i}, \vec{j}, \vec{k}\right)$ choisi tel que la vitesse initiale soit dans le plan vertical $\left(O, \vec{i}, \vec{j}\right)$. À la date $t = 0$, l'objet se trouve à l'origine du repère.

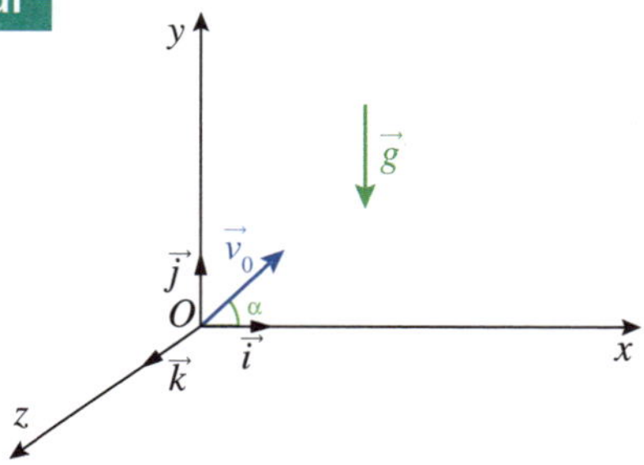

Référentiel	Terrestre considéré galiléen
Système	Objet de masse m
Bilan des forces	Poids de l'objet : $\vec{P} = m \times \vec{g} = -m \times g \times \vec{j}$ On néglige l'action de l'air sur l'objet.
2e loi de Newton	$\vec{P} = m \times \vec{a}_M = m \times \left(a_x\vec{i} + a_y\vec{j} + a_z\vec{k}\right)$ Soit $\vec{g} = -g \times \vec{j} = a_x\vec{i} + a_y\vec{j} + a_z\vec{k}$

On connaît donc les coordonnées du vecteur accélération :

$$\vec{a}\begin{pmatrix} 0 \\ -g \\ 0 \end{pmatrix}$$

Le champ est uniforme, donc g est constant.

■ Pour connaître les coordonnées du vecteur vitesse, il faut rechercher la primitive par rapport au temps de chaque coordonnée du vecteur accélération en tenant compte de la vitesse initiale ($\vec{v_0} = v_0 \times \cos\alpha \times \vec{i} + v_0 \times \sin\alpha \times \vec{j}$) :

$$\vec{v}\begin{pmatrix} v_0 \times \cos\alpha \\ -gt + v_0 \times \sin\alpha \\ 0 \end{pmatrix}$$

■ Pour connaître les coordonnées du vecteur position, il faut rechercher la primitive par rapport au temps de chaque coordonnée du vecteur vitesse en tenant compte de la position initiale ($\overrightarrow{OG_0} = \vec{0}$).

$$\overrightarrow{OG}\begin{pmatrix} v_0 \times \cos\alpha \times t \\ -\frac{1}{2}gt^2 + v_0 \times \sin\alpha \times t \\ 0 \end{pmatrix}$$

On obtient ainsi les coordonnées du vecteur position $x(t)$, $y(t)$ et $z(t)$, qui sont appelées les **équations horaires du mouvement**.

■ **La coordonnée z est constamment nulle, ce qui signifie que le mouvement est plan** : il s'effectue dans le plan $\left(O, \vec{i}, \vec{j}\right)$.

B. Trajectoire

L'équation de la trajectoire dans le repère $\left(O, \vec{i}, \vec{j}\right)$ est de la forme $y = f(x)$.

De l'équation de $x(t)$, on tire $t = \dfrac{x}{v_0 \times \cos\alpha}$, que l'on substitue dans $y(t)$. On obtient :

$$y = -\frac{1}{2}g\left(\frac{x}{v_0 \times \cos\alpha}\right)^2 + v_0 \sin\alpha \times \frac{x}{v_0 \times \cos\alpha}$$
$$= -\frac{1}{2}g\left(\frac{x}{v_0 \times \cos\alpha}\right)^2 + \tan\alpha \times x\,.$$

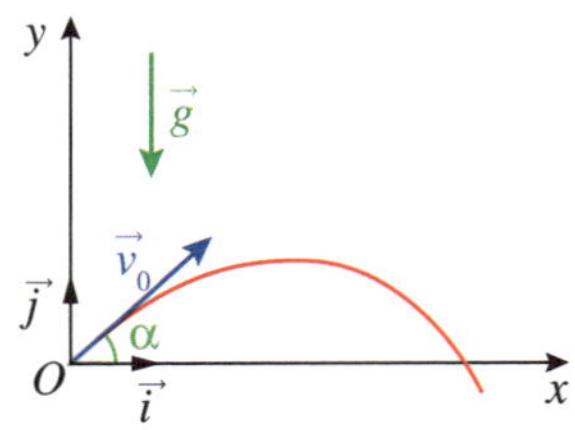

La trajectoire est une **portion de parabole**, représentée en rouge sur le schéma ci-contre.

C. Aspect énergétique

Dans le cas du mouvement dans le champ de pesanteur uniforme, si les frottements sont négligeables, il y a **conservation de l'énergie mécanique**.

La variation d'énergie mécanique au cours du mouvement est donc nulle :

$$\Delta E_m = \Delta E_c + \Delta E_p = 0$$

Rappel de Première

Énergie cinétique : $E_c = \frac{1}{2}mv^2$

Énergie potentielle de pesanteur : $E_p = mgy$

Il y a transfert de l'énergie potentielle de pesanteur en énergie cinétique, ou inversement.

3 Mouvement d'une particule chargée dans un champ électrique

A. Équations horaires et trajectoire

■ Une particule M supposée ponctuelle, de masse m et de charge électrique q, est placée dans un champ électrique uniforme $\vec{E}$ avec une vitesse initiale $\overrightarrow{v_0}$. L'étude se fait dans un repère orthonormé $\left(O, \vec{i}, \vec{j}, \vec{k}\right)$ choisi tel que la vitesse initiale soit dans le plan vertical $\left(O, \vec{i}, \vec{j}\right)$. À la date $t = 0$, la particule se trouve à l'origine du repère.

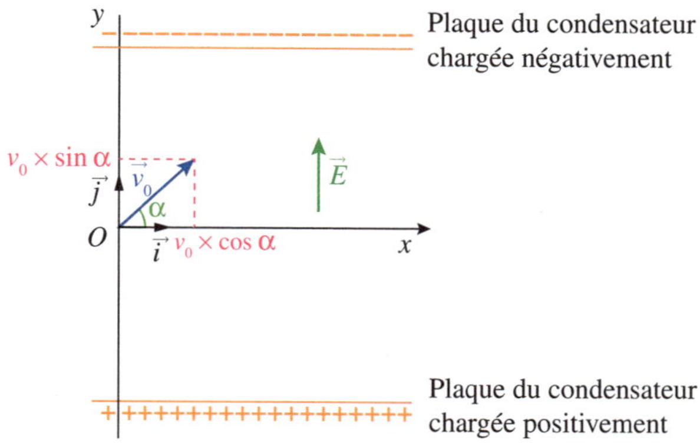

Référentiel : Terrestre considéré galiléen

Système : Particule de masse m, de charge q

Bilan des forces : Force électrique : $\vec{F} = q \times \vec{E} = q \times E \times \vec{j}$
Les valeurs du poids $\vec{P}$ et des forces exercées par l'air sur la particule sont très faibles devant la force électrique : on les néglige.

2e loi de Newton : $\vec{F} = q\vec{E} = m \times \left(a_x\vec{i} + a_y\vec{j} + a_z\vec{k}\right)$
Soit $q \times \dfrac{E}{m} \times \vec{j} = a_x\vec{i} + a_y\vec{j} + a_z\vec{k}$.

On connaît donc les coordonnées du vecteur accélération :

$$\vec{a}\begin{pmatrix} 0 \\ \dfrac{qE}{m} \\ 0 \end{pmatrix}$$

Par un raisonnement identique au cas du champ de pesanteur, on obtient les équations horaires du mouvement, puis l'équation de la trajectoire :

$$\vec{a}\begin{pmatrix} 0 \\ \dfrac{qE}{m} \\ 0 \end{pmatrix} \xrightarrow{\text{Primitive}} \vec{v}\begin{pmatrix} v_0 \times \cos\alpha \\ \dfrac{qE}{m}t + v_0 \times \sin\alpha \\ 0 \end{pmatrix} \xrightarrow{\text{Primitive}} \overrightarrow{OM}\begin{pmatrix} v_0 \times \cos\alpha \times t \\ \dfrac{qE}{2m}t^2 + v_0 \times \sin\alpha \times t \\ 0 \end{pmatrix}$$

- **La coordonnée** z **est constamment nulle,** ce qui signifie que **le mouvement est plan** : il s'effectue dans le plan $\left(O, \vec{i}, \vec{j}\right)$.
- On obtient $y = \dfrac{qE}{2m}\left(\dfrac{x}{v_0 \times \cos\alpha}\right)^2 + \tan\alpha \times x$.

La trajectoire est une portion de parabole, représentée en rouge sur le schéma ci-contre dans le cas d'une particule chargée négativement.

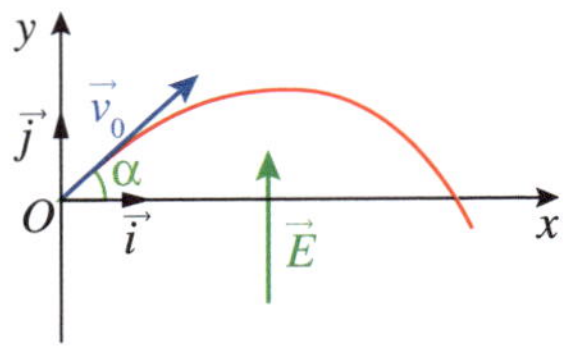

B. Accélérateur de particules

■ Dans un **accélérateur linéaire de particules**, le champ électrique $\vec{E}$ et la vitesse initiale de la particule $\vec{v_0}$ sont colinéaires (la vitesse initiale peut être nulle).

■ Dans le cas ci-contre, $\vec{v_0} = v_0\vec{i}$ et $\vec{E} = -E\vec{i}$
Une étude similaire au cas précédent donne :

$$x(t) = -\frac{qE}{2m}t^2 + v_0 \times t.$$

Dans le référentiel terrestre supposée galiléen, le théorème de l'énergie cinétique appliquée à la particule entre O et B s'écrit, si la seule force prise en compte est la force électrique :

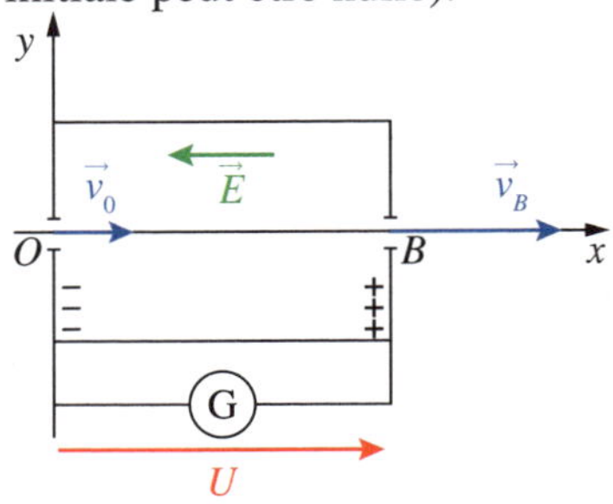

Cas d'une particule chargé négativement

$$E_c(B) - E_c(O) = W_{OB}(\vec{F}) = |q| \times E \times OB$$
$$= |q| \times \frac{U_{OB}}{OB} \times OB = |q|U_{BO} = |q|(V_B - V_O)$$

Application : Si la vitesse de la particule est nulle à l'entrée, on peut trouver la vitesse à la sortie de l'accélérateur, qui vaut : $v_B = \sqrt{\frac{2|q|U}{m}}$. Plus la tension est élevée, plus la vitesse en sortie est grande.

Rappel de Première

Si la force $\vec{F}$ est constante, colinéaire au vecteur $\overrightarrow{AB}$ et de même sens alors :
$W_{AB}(\vec{F}) = \vec{F}\cdot\overrightarrow{AB} = F \times AB$

4 Mouvement dans un champ de gravitation

A. Lois de Kepler

Les lois de Kepler (astronome allemand, 1571-1630) ont été formulées historiquement pour décrire le mouvement des planètes autour du Soleil.

■ **Première loi de Kepler**
Dans le référentiel héliocentrique, la trajectoire du centre de gravité d'une planète est une **ellipse** dont le centre de gravité du Soleil est l'un des foyers.

■ **Deuxième loi de Kepler**
Le segment de droite reliant le centre du Soleil à celui de la planète balaie des aires égales pendant des durées égales.

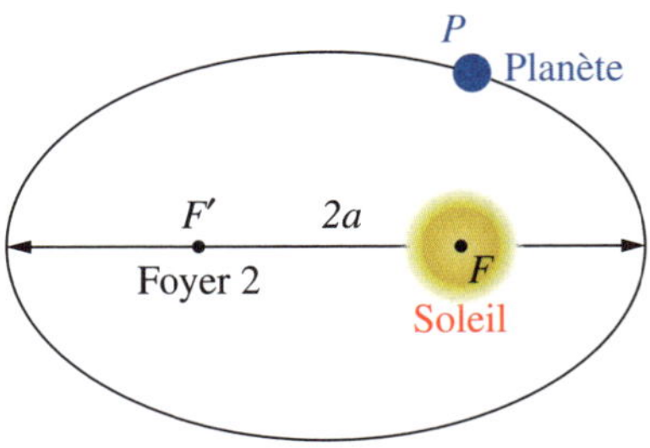

a est le demi-grand axe de l'ellipse

■ **Troisième loi de Kepler**

Pour toutes les planètes du système solaire, le rapport entre le carré de la période de révolution T et le cube du demi-grand axe est égal à une constante :

$$\frac{T^2}{a^3} = \text{constante}$$

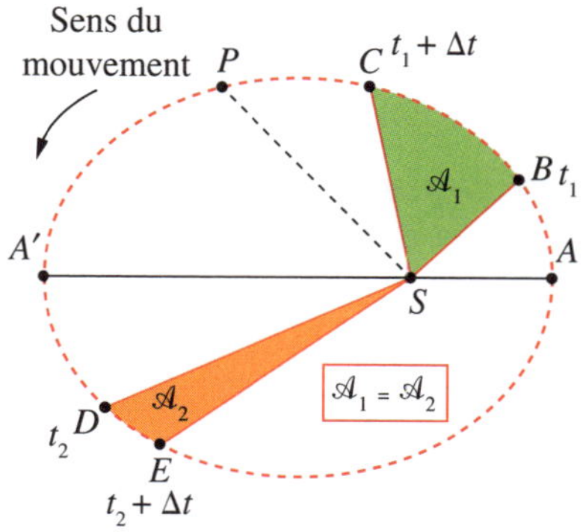

Généralisation : Les trois lois de Kepler énoncées dans le cas de planètes en orbite autour du Soleil peuvent être généralisées à tout satellite ou planète en orbite autour d'un astre de masse M.

Exemple : On souhaite calculer la période de révolution de la planète Mars autour du Soleil.

	Demi-grand axe de l'orbite elliptique	Période de révolution
Terre	$1{,}50 \times 10^8$ km	365,3 jours
Mars	$2{,}28 \times 10^8$ km	?

On utilise la troisième loi de Kepler : $\dfrac{T^2_{\text{Terre}}}{a^3_{\text{Terre}}} = \dfrac{T^2_{\text{Mars}}}{a^3_{\text{Mars}}}$.

D'où $T_{\text{Mars}} = T_{\text{Terre}}\sqrt{\dfrac{a^3_{\text{Mars}}}{a^3_{\text{Terre}}}} = 365{,}3 \times \sqrt{\dfrac{2{,}28^3}{1{,}50^3}} = 684{,}6$ jours.

■ Dans certains cas, les foyers de l'ellipse sont suffisamment proches pour que l'on puisse approximer l'orbite elliptique par une orbite circulaire de rayon R. La troisième loi de Kepler, qui sera démontrée dans ce cas particulier, s'écrit alors :

$$\frac{T^2}{R^3} = \text{constante}$$

B. Cas du mouvement circulaire

■ **Champ de gravitation**

On étudie le mouvement d'un satellite S de masse m, assimilé à un point matériel, en orbite autour de la Terre de centre O et de masse M_T. On se place dans le cadre de l'approximation d'une orbite circulaire de rayon $r = OS$.

La force d'attraction gravitationnelle exercée par la Terre $\vec{F}_{T/S}$ a pour expression :

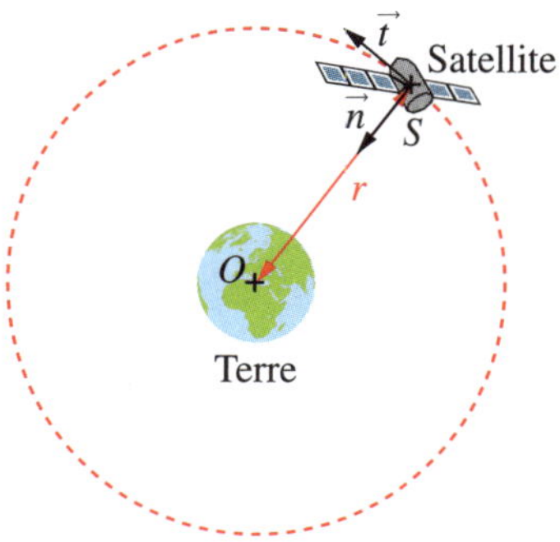

$$\vec{F}_{T/S} = G \times \frac{m \times M_T}{r^2}\vec{n}$$

On définit le **champ de gravitation** par : $\vec{\mathcal{G}} = \dfrac{\vec{F}_{T/S}}{m} = G \times \dfrac{M_T}{r^2}\vec{n}$.

Vitesse et accélération

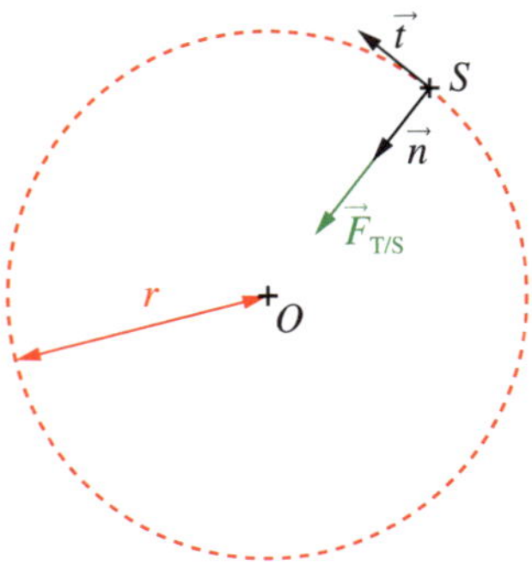

Pour étudier le mouvement du satellite autour de la Terre, on applique la démarche habituelle.

Référentiel : Géocentrique considéré galiléen. On utilise le repère de Frenet $(S, \vec{n}, \vec{t})$, adapté aux mouvements circulaires.

Système : Satellite S de masse m

Bilan des forces : Force de gravitation :

$$\vec{F}_{T/S} = G \times \frac{m \times M_T}{r^2}\vec{n}$$

On néglige l'action des autres astres sur le satellite.

2e loi de Newton :

$$\vec{F}_{T/S} = G \times \frac{m \times M_T}{r^2}\vec{n} = m \times \vec{a}$$

Soit $\vec{a} = G \times \frac{M_T}{r^2}\vec{n}$.

On utilise l'expression de l'accélération dans la base de Frenet : $\vec{a} = \frac{dv}{dt}\vec{t} + \frac{v^2}{r}\vec{n}$.

On en déduit, en identifiant les deux expressions de l'accélération, les coordonnées du vecteur accélération :

$$\vec{a}\begin{pmatrix} a_n = \frac{v^2}{r} = G \times \frac{M_T}{r^2} \\ a_t = \frac{dv}{dt} = 0 \end{pmatrix}$$

Par conséquent :

- **le vecteur accélération est centripète** : il est dirigé vers le centre de la trajectoire.
- le fait que $\frac{dv}{dt} = 0$ implique que la vitesse du satellite est constante : **le mouvement est circulaire uniforme**.
- l'égalité $\frac{v^2}{r} = G \times \frac{M_T}{r^2}$ permet de trouver la vitesse du satellite sur son orbite circulaire : $v = \sqrt{\frac{G \times M_T}{r}}$.

■ Période de révolution

La durée T pour effectuer un tour complet est appelée **période de révolution**. Elle est égale au périmètre de la trajectoire circulaire divisé par la valeur de la vitesse pour un mouvement uniforme :

$$T = \frac{2\pi r}{v}$$

En utilisant l'expression de la vitesse du satellite, on obtient :

$$T = \frac{2\pi r}{v} = \frac{2\pi r}{\sqrt{\mathrm{G} \times \frac{M_\mathrm{T}}{r}}} = 2\pi\sqrt{\frac{r^3}{\mathrm{G} \times M_\mathrm{T}}}$$

En élevant cette relation au carré, on retrouve la troisième loi de Kepler dans le cas du mouvement circulaire :

$$\frac{T^2}{r^3} = \frac{4\pi^2}{\mathrm{G} \times M_\mathrm{T}}$$

■ Satellite géostationnaire

Dans le référentiel géocentrique, la période de révolution T d'un satellite géostationnaire est égale à la période propre de rotation de la Terre, soit 23 h 56 min 4 s (jour sidéral).

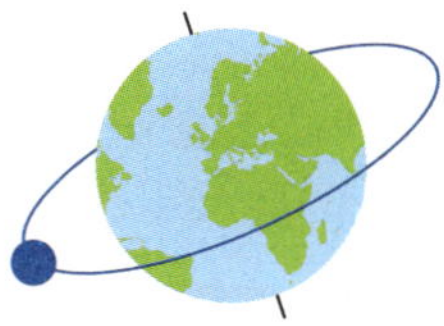

Un satellite géostationnaire reste à la verticale d'un point fixe de la surface de la Terre.

Tous les satellites géostationnaires évoluent à une altitude voisine de 35 800 km, suivant une trajectoire circulaire dans le plan de l'équateur terrestre.

EXERCICES TYPES

1 Établir et utiliser les équations horaires du mouvement

EXERCICE TYPE

Une personne de masse $m = 80$ kg fait du saut à l'élastique. Elle se laisse tomber verticalement sans vitesse initiale par rapport au pont d'où elle saute. Durant la première phase du saut, tant que l'élastique n'est pas tendu, on considère qu'il s'agit d'une chute libre (les frottements dus à l'air seront négligés). La hauteur du pont par rapport au fond de la rivière est $H = 50$ m.

On choisit un repère représenté par un axe (Oz) orienté vers le haut, son origine O prise au niveau de la rivière. Le champ de pesanteur terrestre g est $\vec{g} = -g\overrightarrow{u_z}$, avec $g = 9{,}8$ m.s^{-1}.

1. Définir le système et le référentiel d'étude.

2. Déterminer les coordonnées du vecteur accélération du système.

3. Déterminer les équations horaires de la vitesse et de la position du système. Montrer que le mouvement est accéléré.

4. L'élastique mesure $L = 15$ m lorsqu'il n'est pas étiré. Calculer la vitesse du sauteur à l'instant où l'élastique commence à se tendre.

CORRIGÉ COMMENTÉ

1. Le système étudié est **le sauteur** (M), le référentiel d'étude est **le référentiel terrestre**, considéré galiléen.

2. Durant la première phase du saut, on considère qu'il s'agit d'une chute libre : la seule force exercée sur le sauteur est donc son poids $\vec{P} = m \times \vec{g}$.

D'après la deuxième loi de Newton, on a $\vec{P} = m \times \vec{a} = m \times \vec{g}$.

Dans un repère où l'axe (Oz) est ascendant et son origine prise au niveau de la rivière, on a donc la seule composante non nulle de l'accélération qui est a_z, soit :

$$\vec{a}\begin{pmatrix} 0 \\ 0 \\ -g \end{pmatrix}$$

> **Remarque**
> La deuxième loi de Newton, vectorielle, donne trois équations scalaires.

3. En intégrant une première fois en tenant compte du fait que la vitesse initiale du sauteur est nulle, on obtient :

$$\vec{v}\begin{pmatrix} 0 + v_{0x} \\ 0 + v_{0y} \\ -gt + v_{0z} \end{pmatrix}, \text{ soit } \vec{v}\begin{pmatrix} 0 \\ 0 \\ -gt \end{pmatrix}.$$

> **Attention !**
> La composante selon (Oz) de v est négative car la vitesse est orientée vers le bas alors que l'axe (Oz) est orienté vers le haut.

En intégrant la vitesse, on obtient la position du sauteur pendant cette première phase en tenant compte de sa position initiale qui est, à $t = 0$, $z_0 = H$.

$$\overrightarrow{OM}\begin{pmatrix} 0 + x_0 \\ 0 + y_0 \\ -\dfrac{1}{2}gt^2 + z_0 \end{pmatrix}, \text{ soit } \overrightarrow{\boldsymbol{OM}}\begin{pmatrix} \mathbf{0} \\ \mathbf{0} \\ -\dfrac{\mathbf{1}}{\mathbf{2}}\boldsymbol{gt^2} + \boldsymbol{H} \end{pmatrix}.$$

On calcule le produit scalaire $\vec{a}\cdot\vec{v} = g^2 \times t > 0$: **le mouvement est accéléré**.

> **Point maths**
>
> Si $\vec{u}\begin{pmatrix} x \\ y \\ z \end{pmatrix}$ et $\vec{v}\begin{pmatrix} x' \\ y' \\ z' \end{pmatrix}$, alors :
>
> $\vec{u}\cdot\vec{v} = xx' + yy' + zz'$

4. On peut calculer l'instant t qui correspond à une longueur d'élastique de 15 m : cela correspond à une valeur de z égale à 35 m ($H - L$), car on a pris l'origine du repère au niveau de la rivière. Ensuite, on reporte cette durée dans l'expression de la vitesse.

$H - L = -\dfrac{1}{2}gt^2 + H$, soit $t = \sqrt{\dfrac{2L}{g}}$.

$$|v| = g \times \sqrt{\frac{2L}{g}} = \sqrt{2gL} = \sqrt{2 \times 9{,}8 \times 15} = \mathbf{17\ m.s^{-1}} = \mathbf{62\ km.h^{-1}}$$

À RETENIR

- On applique la deuxième loi de Newton après avoir choisi un référentiel d'étude et le système puis effectué le bilan des forces.
- On projette l'équation vectorielle obtenue.
- On tient compte des conditions initiales pour trouver les constantes lors de la recherche des primitives.

2 Utiliser trajectoire et énergie mécanique pour résoudre un problème

EXERCICE TYPE

Le poisson archer est une espèce d'une dizaine de centimètres de long, originaire de la Polynésie française. Il peut, en projetant un puissant jet d'eau avec sa bouche, faire tomber des proies en surface avant de les attraper. Le comportement du jet d'eau sera assimilé à celui d'une goutte d'eau de masse m.

On note $\overrightarrow{v_0}$ le vecteur vitesse initiale du centre d'inertie incliné d'un angle α par rapport à l'horizontale.

Une mouche est posée sur une feuille située à une hauteur $H = 75$ cm au-dessus de la surface de l'eau. Le poisson archer utilise son jet d'eau et percute l'insecte au moment où l'eau atteint le sommet de sa trajectoire.

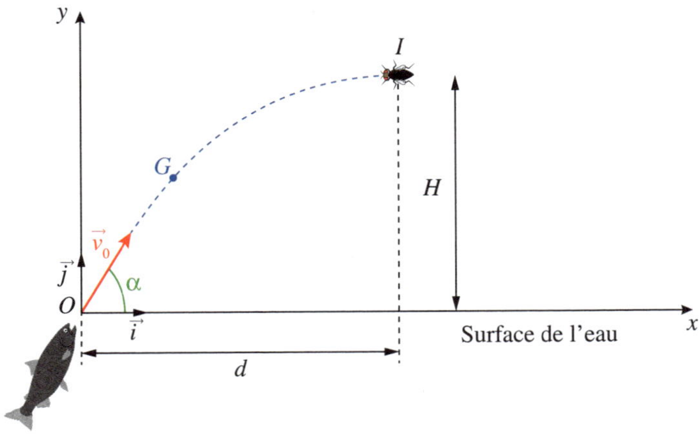

Données : intensité du champ de pesanteur : $g = 9{,}81$ m.s^{-2} ;
$v_0 = 4{,}0$ m.s^{-1}.

1. En appliquant la deuxième loi de Newton, déterminer les coordonnées du vecteur accélération $\overrightarrow{a_G}$ du centre de gravité de la goutte d'eau.

2. Exprimer les coordonnées du vecteur vitesse $\vec{v}$ du centre de gravité de la goutte d'eau au cours du mouvement.

3. Établir l'équation de la trajectoire de la goutte d'eau.

4. Quelle relation peut-on déduire de l'information soulignée dans l'énoncé ?

5. Exprimer l'énergie mécanique de la goutte d'eau en fonction de m, v_0, g, α et H au point O, puis au point d'impact avec l'insecte. On choisira comme origine des énergies potentielles la surface de l'eau : $E_p(y = 0) = 0$.

6. En déduire que la valeur de l'angle permettant au jet d'eau d'atteindre la mouche est telle que $\sin\alpha = \dfrac{\sqrt{2gH}}{v_0}$. Calculer la valeur de cet angle.

CORRIGÉ COMMENTÉ

1. On choisit un référentiel terrestre supposé galiléen. Le système étudié sera la goutte d'eau, qui est soumise à une seule force dans ce cas : son poids $\vec{P} = m \times \vec{g} = -m \times g\vec{j}$. L'action de l'air sur la goutte d'eau est négligée. La deuxième loi de Newton appliquée à la goutte s'écrit : $\vec{P} = m \times \vec{a}_G$.
Les coordonnées du vecteur accélération sont donc : $\vec{\boldsymbol{a}}_G \begin{pmatrix} \mathbf{0} \\ -\boldsymbol{g} \end{pmatrix}$.

2. Les coordonnées du vecteur vitesse sont obtenues par intégration en tenant compte de la vitesse initiale projetée dans la base $(O, \vec{i}, \vec{j})$: $\overrightarrow{v_0} = v_0 \times \cos\alpha \times \vec{i} + v_0 \times \sin\alpha \times \vec{j}$.

Soit $\vec{\boldsymbol{v}} \begin{pmatrix} \boldsymbol{v_0} \times \cos\boldsymbol{\alpha} \\ -\boldsymbol{gt} + \boldsymbol{v_0} \times \sin\boldsymbol{\alpha} \end{pmatrix}$.

3. Pour obtenir l'équation de la trajectoire, il faut d'abord obtenir les équations horaires en intégrant une nouvelle fois. On tient compte du fait que la goutte d'eau est à l'origine du repère à l'instant initial. On a :

$$\overrightarrow{OG}\begin{pmatrix} v_0 \times \cos\alpha \times t \\ -\frac{1}{2}gt^2 + v_0 \times \sin\alpha \times t \end{pmatrix}$$

De l'équation $x(t)$, on tire $t = \frac{x}{v_0 \times \cos\alpha}$, que l'on substitue dans $y(t)$.

On obtient $\boldsymbol{y = -\frac{1}{2}g\left(\frac{x}{v_0 \times \cos\alpha}\right)^2 + \tan\alpha \times x}$ et on reconnaît l'équation d'une parabole.

4. L'indication de l'énoncé implique que le point I est le sommet de la parabole. La tangente en ce point, donc à la trajectoire, est horizontale : la vitesse de la goutte d'eau en ce point est donc horizontale. Elle vaut donc $\boldsymbol{v_0 \times \cos\alpha}$.

5. L'énergie mécanique en O vaut :

$E_m(O) = \frac{1}{2}mv_0^2$ car $y(t = 0) = 0$, donc $E_p(O) = 0$.

L'énergie mécanique en I vaut :

$$E_m(I) = \frac{1}{2}mv_I^2 + mgH = \frac{1}{2}mv_0^2 \times \cos^2\alpha + mgH.$$

Comme les frottements ne sont pas pris en compte, l'énergie mécanique se conserve au cours du mouvement. On obtient :

$$\frac{1}{2}mv_0^2 = \frac{1}{2}mv_0^2 \times \cos^2\alpha + mgH.$$

En utilisant la relation mathématique $1 = \cos^2\alpha + \sin^2\alpha$, on obtient la relation donnée par l'énoncé : $\boldsymbol{\sin\alpha = \frac{\sqrt{2gH}}{v_0}}$.

Application numérique : $\sin\alpha = \frac{\sqrt{2 \times 9{,}8 \times 0{,}75}}{4{,}0} = 0{,}96$, d'où $\boldsymbol{\alpha \approx 74°}$.

Point maths

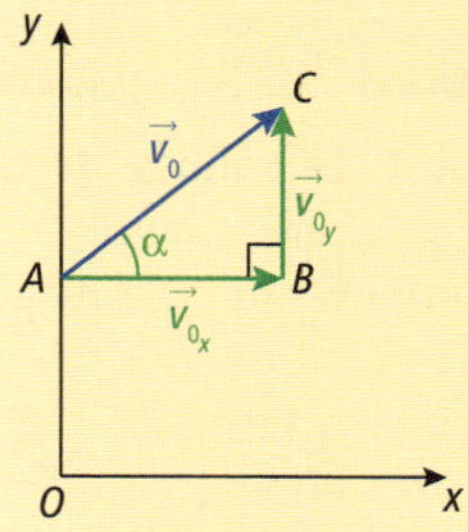

$$\cos\alpha = \frac{AB}{AC} = \frac{v_{0_x}}{v_0}$$

$$\sin\alpha = \frac{BC}{AC} = \frac{v_{0_y}}{v_0}$$

Remarque

Comme $\vec{g}$ est vertical, la composante horizontale de la vitesse reste constante.

À RETENIR

- Pour obtenir l'équation de la trajectoire, il faut d'abord rechercher les équations horaires du mouvement.
- Les compétences mathématiques sur l'étude des fonctions et de leurs courbes représentatives sont utiles pour résoudre ce type d'exercice.
- La conservation de l'énergie mécanique peut s'écrire pour un objet en mouvement dans le champ de pesanteur uniforme s'il y a absence de frottement.

SUJET DU BAC

Exercice 45 min **11 points**

Partie 1. Décollage de la fusée Ariane 5

Pour son lancement, la fusée Ariane 5 a une masse totale M. Sa propulsion est assurée par un ensemble de dispositifs fournissant une force de poussée verticale constante $\vec{F}$. Tout au long du décollage, on admet que la valeur du champ de pesanteur g est également constante. On étudie le mouvement du système {fusée} dans le référentiel terrestre supposé galiléen et on choisit un repère $(O, \vec{j})$ dans lequel $\vec{j}$ est un vecteur unitaire vertical dirigé vers le haut et porté par l'axe (Oy).

À l'instant $t_0 = 0$ s, Ariane 5 est immobile et son centre d'inertie G est confondu avec l'origine O.

On utilise les notations :

a, valeur de l'accélération du centre d'inertie de la fusée, avec $\vec{a} = a_y\vec{j} = a\vec{j}$;

v, valeur de la vitesse de son centre d'inertie, avec $\vec{v} = v_y\vec{j} = v\vec{j}$;

y, valeur de la position de son centre d'inertie, avec $\overrightarrow{OG} = y\vec{j}$.

Données : masse totale de la fusée : $M = 7{,}3 \times 10^5$ kg ;

force de poussée : $F = 1{,}16 \times 10^7$ N ;

intensité de pesanteur : $g = 10$ m.s^{-2}.

Dans ce cas, on supposera que seuls le poids $\vec{P}$ et la force de poussée $\vec{F}$ agissent sur la fusée. Pendant la durée de fonctionnement, on admettra que la masse de la fusée reste constante.

1. [0,5 pt] Sans faire de calcul, représenter ces forces sur un schéma pendant le décollage.

2. [0,5 pt] En appliquant une loi de Newton au système {fusée}, trouver l'expression littérale de la valeur a de l'accélération dès que la fusée a quitté le sol.

3. [0,5 pt] Calculer la valeur de cette accélération a.

4. [1 pt] Pendant le lancement, on suppose que la valeur de l'accélération reste constante. Déterminer l'équation horaire de la valeur $v(t)$ de la vitesse.

5. [1 pt] En déduire l'équation horaire de la valeur $y(t)$ de la position.

6. [0,5 pt] La trajectoire ascensionnelle de la fusée reste verticale jusqu'à la date $t_1 = 6{,}0$ s. Quelle distance la fusée a-t-elle parcourue depuis son décollage ?

7. [0,5 pt] Au cours de ce lancement, Ariane 5 a en réalité parcouru un peu moins de 90 m pendant les 6 premières secondes. Citer un phénomène permettant d'interpréter cette donnée.

Dans la suite de l'exercice, on suppose que la Terre est une sphère de centre T, de masse M_T, de rayon R_T et qu'elle présente une répartition de masse à symétrie sphérique. On assimile par ailleurs le satellite à son centre d'inertie S. L'étude de son mouvement se fait dans un référentiel géocentrique supposé galiléen.

Données : masse de la Terre : $M_T = 6{,}0 \times 10^{24}$ kg ;

rayon de la Terre : $R_T = 6{,}4 \times 10^3$ km ;

constante de gravitation universelle : $G = 6{,}67 \times 10^{-11}$ kg^{-1}.m^3.s^{-2}.

Partie 2. Mise en orbite basse du satellite

La mise en orbite complète du satellite MSG-2 de masse $m = 2,0 \times 10^3$ kg s'accomplit en deux étapes. Dans un premier temps, il est placé sur une orbite circulaire à vitesse constante v_S à basse altitude $h = 6,0 \times 10^2$ km autour de la Terre et il n'est soumis qu'à la force gravitationnelle exercée par la Terre.

On choisit un repère (S, $\vec{t}$, $\vec{n}$) dans lequel $\vec{t}$ est un vecteur unitaire tangent à la trajectoire dans le sens du mouvement et $\vec{n}$ un vecteur unitaire perpendiculaire à la trajectoire orienté vers le centre de la Terre.

1. [0,5 pt] Donner l'expression vectorielle de la force gravitationnelle $\overrightarrow{F_{T/S}}$ exercée par la Terre sur le satellite en fonction des données.

2. [1 pt] En appliquant une loi de Newton, trouver l'expression du vecteur accélération $\overrightarrow{a_S}$ du centre d'inertie du satellite.

3. [1,5 pt] Déterminer l'expression de la vitesse v_S du centre d'inertie du satellite. Vérifier que sa valeur est de l'ordre de $7,6 \times 10^3$ m.s^{-1} sur son orbite basse.

4. [1 pt] On note T le temps mis par le satellite pour faire un tour autour de la Terre. Comment appelle-t-on cette grandeur ? Montrer qu'elle vérifie la relation :

$$T^2 = \frac{4\pi^2(R_T + h)^3}{G \times M_T}$$

Partie 3. Transfert du satellite en orbite géostationnaire

Une fois le satellite MSG-2 placé sur son orbite circulaire basse, on le fait passer sur une orbite géostationnaire à l'altitude $h' = 3,6 \times 10^4$ km. Ce transit s'opère sur une orbite de transfert qui est elliptique. Le schéma de principe est représenté sur la figure ci-dessous.

Le périgée P est sur l'orbite circulaire basse et l'apogée A est sur l'orbite définitive géostationnaire.

À un moment convenu, lorsque le satellite est au point P de son orbite circulaire basse, on augmente sa vitesse de façon bien précise : il décrit ainsi une orbite elliptique de transfert afin que l'apogée A de l'ellipse soit sur l'orbite géostationnaire définitive. On utilise pour cela un petit réacteur qui émet en P, pendant un très court instant, un jet de gaz donnant au satellite l'impulsion nécessaire.

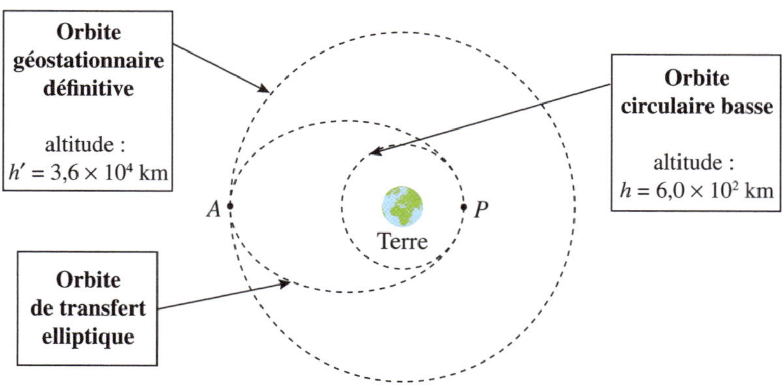

1. **[0,5 pt]** Énoncer la deuxième loi de Kepler, ou « loi des aires ».

2. **[1 pt]** Montrer, en s'aidant éventuellement d'un schéma, que la vitesse du satellite MSG-2 n'est pas constante sur son orbite de transfert. Préciser en quels points de son orbite de transfert sa vitesse est maximale, puis minimale.

3. **[0,5 pt]** Exprimer la distance AP en fonction de R_T, h et h'.

Montrer que $AP = 4{,}9 \times 10^7$ m.

4. **[0,5 pt]** Dans le cas de cette orbite elliptique, la durée de révolution pour faire un tour complet de l'orbite vaut $T' = 10$ h 42 min.

Déterminer la durée minimale Δt du transfert du satellite MSG-2 du point P de son orbite basse au point A de son orbite géostationnaire définitive.

→ *Corrigé p. 127*

CORRIGÉ

Exercice → Énoncé p. 124

Partie 1

1. Les forces sont représentées sur le schéma ci-contre.

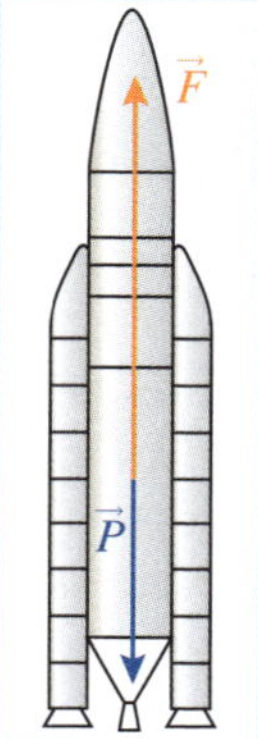

2. La deuxième loi de Newton appliquée à la fusée dans le référentiel galiléen s'écrit : $\vec{P} + \vec{F} = M \times \vec{a}$ qui, en projetant sur l'axe (Oy), donne : $\boldsymbol{a = \dfrac{F - P}{M}}$.

3. $\boldsymbol{a} = \dfrac{1{,}16 \times 10^7 - 7{,}3 \times 10^5 \times 10}{7{,}3 \times 10^5}$ **= 5,9 m.s⁻².**

4. Si l'accélération pendant cette phase reste constante, comme $a = \dfrac{\mathrm{d}v}{\mathrm{d}t}$, on obtient v en intégrant, sachant que la vitesse à l'instant $t = 0$ est nulle : $\boldsymbol{v = a \times t}$.

5. L'équation horaire $y(t)$ est obtenue après une nouvelle intégration :

$\boldsymbol{y(t) = \dfrac{1}{2} a \times t^2}$, en prenant en compte le fait que la fusée se trouve à l'origine à l'instant $t = 0$.

6. À $t_1 = 6$ s, on a $\boldsymbol{y(t_1)} = 0{,}5 \times 5{,}9 \times 6^2 =$ **106 m.**

7. Les frottements ne sont pas pris en compte.

Partie 2

1. $\boldsymbol{\vec{F}_{T/S} = G \times \dfrac{m \times M_T}{(R_T + h)^2}\vec{n}}$.

2. La deuxième loi de Newton appliquée au satellite dans le référentiel géocentrique galiléen s'écrit :

$$G \times \frac{m \times M_T}{(R_T + h)^2}\vec{n} = m \times \vec{a}_S \text{ d'où : } \boldsymbol{\vec{a}_S = G \times \frac{M_T}{(R_T + h)^2}\vec{n}}.$$

3. On écrit les coordonnées de l'accélération dans le repère de Frenet :

$$\vec{a}_S = \frac{\mathrm{d}v}{\mathrm{d}t}\vec{t} + \frac{v^2}{(R_T + h)}\vec{n}.$$

Les composantes sur le vecteur $\vec{n}$ sont égales, soit :

$$\frac{v^2}{(R_T + h)} = G \times \frac{M_T}{(R_T + h)^2}.$$

Ce qui permet d'obtenir $\boldsymbol{v = \sqrt{G \times \dfrac{M_T}{(R_T + h)}}}$.

Application numérique :

$$v = \sqrt{6{,}67 \times 10^{-11} \times \frac{6{,}0 \times 10^{24}}{(6{,}4 \times 10^6 + 6{,}0 \times 10^5)}} = \mathbf{7{,}6 \times 10^3\ m.s^{-1}}.$$

> **Rappel**
> Penser à mettre les distances en mètre.

4. T s'appelle la **période de révolution du satellite**. L'orbite circulaire a pour périmètre $2\pi(R_T + h)$. La vitesse étant constante, la durée pour effectuer un tour est :

$$T = \frac{2\pi(R_T + h)}{v} = \frac{2\pi(R_T + h)}{\sqrt{G \times \frac{M_T}{(R_T + h)}}} = 2\pi\sqrt{\frac{(R_T + h)^3}{G \times M_T}}.$$

Par élévation au carré, on obtient la relation recherchée.

Partie 3

1. Le segment de droite reliant le centre de la Terre à celui du satellite balaie des aires égales pendant des durées égales.

2. Les aires balayées sont les mêmes mais les trajets parcourus sont différents : la vitesse n'est donc pas constante sur cette orbite de transfert.

La vitesse du satellite est maximale en *P* et minimale en *A*.

3.

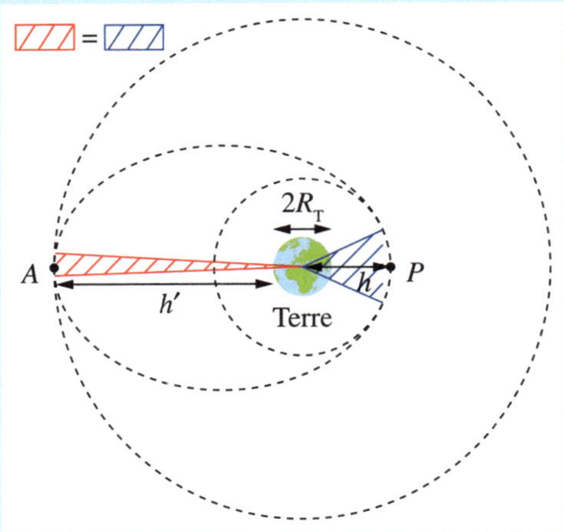

D'après le schéma, $\boldsymbol{AP = 2R_T + h + h'}$.

$\boldsymbol{AP} = 2 \times 6{,}4 \times 10^3 + 6{,}0 \times 10^2 + 3{,}6 \times 10^4 = 4{,}9 \times 10^4$ km $=$ $\boldsymbol{4{,}9 \times 10^7}$ **m**.

4. Le satellite doit faire un demi-tour, soit une durée :

$$\Delta t = \frac{T'}{2} = \mathbf{5\ h\ 21\ min}.$$

Modèle du gaz parfait

CHAPITRE 11

1 Notion de gaz parfait

■ L'**état d'un gaz** est défini par **trois grandeurs physiques** qui sont la **pression *P***, la **température absolue *T*** et le **volume *V***.

La pression d'un gaz sur une paroi est due aux chocs des particules de gaz sur cette paroi. Plus le nombre de chocs par unité de surface et de temps est important, plus la pression est élevée.

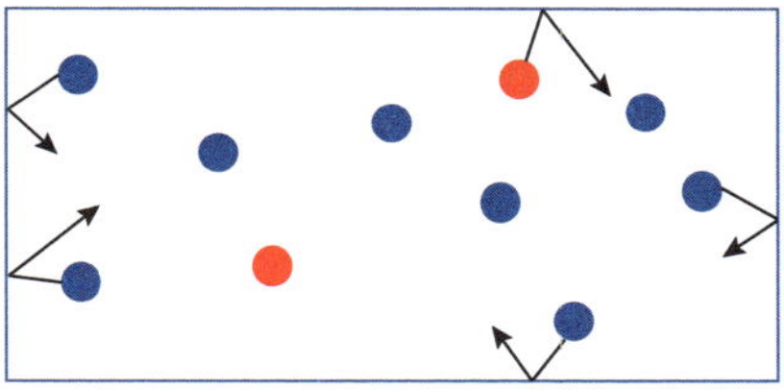

La température renvoie à l'agitation thermique des particules. Plus la température est élevée, plus grande est la vitesse moyenne d'agitation de celles-ci.

■ Lors de l'étude de la **transformation d'un gaz**, c'est-à-dire le **passage d'un état 1 à un état 2** (qui s'accompagne alors de la modification d'au moins deux grandeurs physiques), **le gaz constitue le système et tout le reste le « milieu extérieur »**.

■ Lorsque la **valeur de chaque grandeur ne change plus au cours du temps** et qu'elle est **la même en tout point du système**, on dit que **le gaz est dans un état d'équilibre thermodynamique**. À ce moment-là, les trois grandeurs sont liées entre elles par une relation du type $f(P, T, V) = 0$.

■ **Le nombre de particules par unité de volume peut être caractérisé par la grandeur masse volumique ρ.**

■ **Un gaz est dit parfait si ses particules constitutives** satisfont aux conditions suivantes :
• elles **peuvent être assimilées à des points** (et occupent donc une portion d'espace négligeable dans le volume global de gaz) ;
• **les interactions entre elles sont uniquement des chocs élastiques**.
Le comportement des gaz parfaits est décrit par différentes lois.

2 Des lois historiques…

A. Loi de Boyle-Mariotte (1679)

■ Lors d'une **transformation s'effectuant à température constante** (transformation **isotherme**), le produit de la pression par le volume est constant pour un gaz parfait.

$$PV = \text{cte}$$

État 1 : P_1, $\boldsymbol{T_1}$, V_1 → **Transformation isotherme** → État 2 : P_2, $\boldsymbol{T_2 = T_1}$, V_2

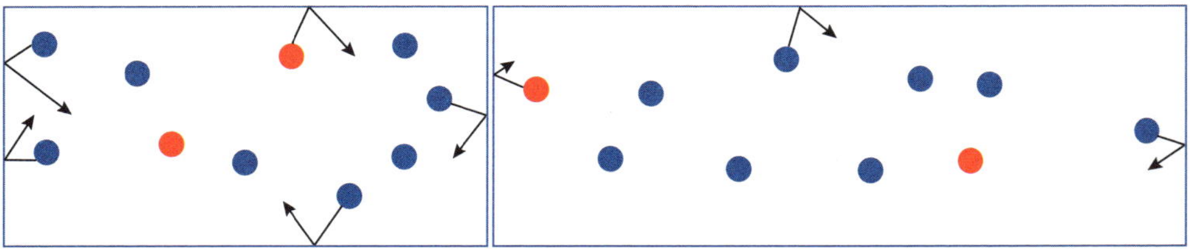

■ **Intuitivement :** l'espace offert aux particules est plus important, mais l'agitation thermique n'a pas varié. Le nombre de chocs par unité de surface et de temps est plus faible : la pression diminue.

Loi de Boyle-Mariotte : $P_1V_1 = P_2V_2$

Si $V_2 > V_1$, nécessairement $P_2 < P_1$.

B. Loi de Charles (1787)

■ Lors d'une **transformation s'effectuant à pression constante** (transformation **isobare**), le rapport du volume par la température est constant pour un gaz parfait.

$$\frac{V}{T} = \text{cte}$$

État 1 : $\boldsymbol{P_1}$, T_1, V_1 → **Transformation isobare** → État 2 : $\boldsymbol{P_2 = P_1}$, T_2, V_2

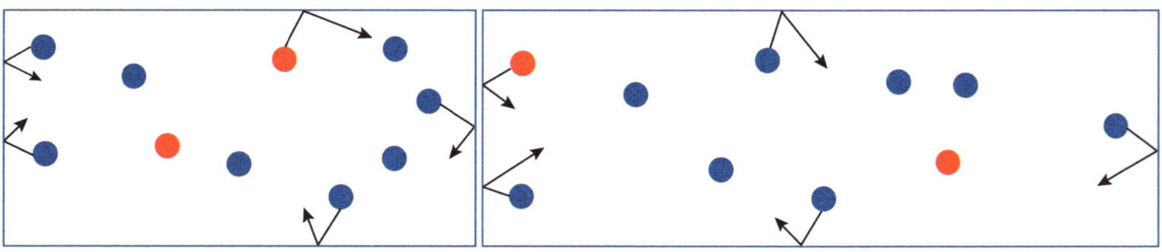

■ **Intuitivement :** l'espace offert aux particules est plus important. Si l'on veut que le nombre de chocs par unité de surface et de temps soit le même, il faut que l'agitation des particules soit plus élevée : la température augmente.

Loi de Charles : $\frac{V_1}{T_1} = \frac{V_2}{T_2}$

Si $V_2 > V_1$, nécessairement $T_2 > T_1$.

C. Loi de Gay-Lussac (1802)

Louis Joseph Gay-Lussac (1778-1850), médaille gravée par Antoine Bovy, 1850 (©Paris Musées/Musée Carnavalet)

■ Lors d'une **transformation s'effectuant à volume constant** (transformation **isochore**), le rapport de la pression par la température est constant pour un gaz parfait.

$$\frac{P}{T} = \text{cte}$$

État 1 : P_1, T_1, $\boldsymbol{V_1}$ → **Transformation isochore** → État 2 : P_2, T_2, $\boldsymbol{V_2 = V_1}$

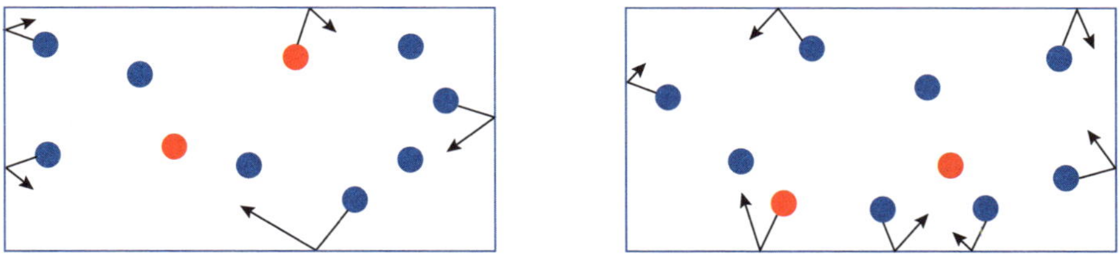

■ **Intuitivement :** le volume étant inchangé, si la température augmente, le nombre de chocs par unité de surface et de temps augmente également. La pression en fait de même.

Loi de Gay-Lussac : $\frac{P_1}{T_1} = \frac{P_2}{T_2}$

Si $T_2 > T_1$, nécessairement $P_2 > P_1$.

3 … à l'équation d'état des gaz parfaits

■ En tenant compte de toutes ces lois, il en résulte **qu'un gaz est parfait s'il vérifie l'équation d'état** :

$$PV = n\text{R}T$$

avec P : pression du gaz, en pascal (Pa) ;
V : volume du gaz, en mètre cube (m^3) ;
n : quantité de matière du gaz, en mole (mol) ;
R : constante universelle des gaz parfaits (R = 8,314 $J.mol^{-1}.K^{-1}$) ;
T : température absolue du gaz, en kelvin (K).

■ **Dans le cas d'un système constitué de plusieurs gaz parfaits, chaque gaz se comporte comme s'il occupait le volume V seul. La pression P_i due à un gaz est appelée pression partielle et la pression totale est la somme des pressions partielles.**
On peut donc écrire que :

- $P_i = \dfrac{n_i \mathrm{R} T}{V}$
- $P = \sum_i P_i = \dfrac{\sum_i n_i \mathrm{R}T}{V} = \dfrac{n\mathrm{R}T}{V}$ où n désigne la quantité de matière de l'ensemble des gaz.

■ **Remarques**

- La **température absolue T et la température θ en degré Celsius sont liées par la relation : $T = \theta + 273$.**
- **Différentes unités de pression sont utilisées dans la littérature scientifique et notamment** :
  - le bar (bar) : 1 bar = 10^5 Pa ;
  - l'atmosphère (atm) : 1 atm = 1,013 bar = 1 013 hPa ;
  - le millimètre de mercure (mm Hg) : 760 mm Hg = 1 atm.
- On parle souvent des **C**onditions **N**ormales de **T**empérature et de **P**ression **(CNTP)** lorsque l'on travaille avec des gaz. Dans ces conditions, **P = 1 atm et T = 273 K**.

4 Comportement des gaz réels

■ **Les gaz ont un comportement de gaz parfait à basse pression**, autrement dit lorsque le nombre de particules par unité de volume est suffisamment faible. **Ce gaz est alors suffisamment dilué pour que les deux conditions énoncées en début de chapitre soient vérifiées.**

■ **Dans le cas contraire, le modèle du gaz parfait n'est plus applicable. On parle alors de gaz réels**. L'équation d'état des gaz parfaits s'en trouve modifiée suivant :

$$(P + \Pi)(V - B) = n\mathrm{R}T$$

Π : Quantification des interactions entre particules

B : Volume occupé par les particules de gaz

Les termes Π et B sont étroitement liés au gaz considéré.

■ Van der Waals a établi une équation tenant compte de ces éléments correctifs :

$$\left(P + \frac{n^2 a}{V^2}\right)(V - nb) = n\mathrm{R}T$$

avec *P* : pression du gaz (kPa) ;
n : quantité de matière du gaz (mol) ;
a : constante de pression de cohésion ($bar.L^2.mol^{-2}$) ;
V : volume du gaz (L) ;
b : constante de covolume ($L.mol^{-1}$) ;
R : constante universelle des gaz parfaits ($R = 8{,}314\ J.mol^{-1}.K^{-1}$) ;
T : température absolue du gaz (K).

Note : Cette dernière équation n'est pas à mémoriser. Elle sera indiquée lorsque nécessaire, les unités et les valeurs tabulées de *a* et de *b* étant également précisées.

EXERCICES TYPES

1 Exploiter l'équation d'état du gaz parfait

EXERCICE TYPE

(extrait d'un sujet de BTS)

Une bombe aérosol neuve, de volume $V = 200$ mL, contient comme propulseur du gaz diazote, considéré comme gaz parfait.

La pression maximale que peut supporter la bombe aérosol, en toute sécurité, est $P_{max} = 10{,}0$ bar.

1. À la température $\theta = 25$ °C, le gaz propulseur occupe 40 % du volume du boîtier et se trouve à la pression $P = 6{,}00$ bar.

Déterminer la quantité de matière n de gaz propulseur présente dans le dispositif.

2. Déterminer la température θ_{max} de la bombe neuve pour atteindre la valeur P_{max} (pour ce calcul, on supposera que le volume du gaz propulseur reste constant).

3. Cette situation peut-elle arriver dans la vie courante ? Indiquer éventuellement comment.

Donnée : constante des gaz parfaits $R = 8{,}314$ J.mol^{-1}.K^{-1}.

CORRIGÉ COMMENTÉ

1. Le diazote étant un gaz parfait, on peut utiliser l'équation d'état

$PV = n\text{R}T$.

Isolons n :

$$n = \frac{PV}{\text{R}T}$$

Effectuons les conversions nécessaires :

- $P = 6{,}00 \text{ bar} = 6{,}00 \times 10^5 \text{ Pa}$;
- $T = \theta + 273 = 25 + 273 = 298 \text{ K}$;
- $V = \frac{40}{100} \times 200 = 80 \text{ mL} = 80 \times 10^{-6} \text{ m}^3$;

> **Rappel**
> Utiliser les unités appropriées pour les différentes grandeurs intervenant dans l'équation d'état d'un gaz parfait.

$$n = \frac{6{,}00 \times 10^5 \times 80 \times 10^{-6}}{8{,}314 \times 298}$$

$\boldsymbol{n = 1{,}9 \times 10^{-2}}$ **mol .**

2. D'après l'énoncé, on serait dans le cas d'une transformation isochore.

On peut donc écrire, d'après la loi de Gay-Lussac, que :

$$\frac{P}{T} = \frac{P_{max}}{T_{max}}$$

$$T_{max} = \frac{P_{max} \times T}{P}$$

$$= \frac{10{,}0 \times 10^5 \times 298}{6{,}00 \times 10^5}$$

$T_{max} = 497$ K.

Soit $\boldsymbol{\theta_{max} = T - 273 = 224}$ **°C.**

Remarque

Il est pratique d'utiliser les lois de Boyle-Mariotte, de Charles ou encore de Gay-Lussac.
Cependant, il est tout à fait possible de répondre à la question en utilisant l'équation d'état :
$P_{max}V = nRT_{max}$, V, n et P_{max} étant connus.

3. Cette température « critique » peut très bien être atteinte si l'aérosol est jeté dans le feu, par exemple.

À RETENIR

- Il faut s'assurer que le gaz étudié a un comportement de gaz parfait pour pouvoir utiliser la loi $PV = nRT$. Sauf indication contraire dans l'énoncé, cela sera toujours le cas.
- Il est indispensable d'exprimer les grandeurs dans les unités appropriées (qui sont ici les unités légales) lors de l'utilisation de l'équation d'état d'un gaz parfait.
- Penser à utiliser les lois de Boyle-Mariotte (lors d'une transformation isotherme), de Charles (transformation isobare) et de Gay-Lussac (transformation isochore) lorsque nécessaire.

2 Identifier les limites d'un modèle

EXERCICE TYPE

On considère une enceinte de volume $V = 10{,}0$ L contenant $n = 20{,}0$ mol d'hélium He et maintenue à une température $\theta = 30$ °C.

1. En considérant que l'hélium a un comportement de gaz parfait, calculer la valeur de la pression P dans le système. Exprimer le résultat en bar.
2. En réalité, la pression dans l'enceinte est de 53 bar. Expliquer l'écart avec la valeur calculée précédemment.
3. En utilisant l'équation d'état de Van der Waals décrivant le comportement des gaz réels, retrouver la valeur de la pression effectivement mesurée.

Données :

- constante des gaz parfaits $R = 8{,}314$ J.mol^{-1}.K^{-1} ;
- équation de Van der Waals : $\left(P + \frac{n^2a}{V^2}\right)(V - nb) = nRT$

avec P en kPa, n en mol, V en L et T en K ;

- pour l'hélium : $a = 0{,}0346$ bar.L^2.mol^{-2} et $b = 0{,}0238$ L.mol^{-1}.

CORRIGÉ COMMENTÉ

1. Appliquons l'équation d'état du gaz parfait :

$PV = n\mathrm{R}T$

$P = \dfrac{n\mathrm{R}T}{V}$

avec $V = 10{,}0\ \mathrm{L} = 10{,}0 \times 10^{-3}\ \mathrm{m^3}$;

$T = \theta + 273 = 30 + 273 = 303\ \mathrm{K}$;

$P = \dfrac{20{,}0 \times 8{,}314 \times 303}{10{,}0 \times 10^{-3}} = 50{,}4 \times 10^5\ \mathrm{Pa}$.

Sachant que 1 bar = 10^5 Pa, **la pression dans le système devrait donc être de 50,4 bar.**

2. La valeur mesurée fait apparaître un écart sensible par rapport à cette valeur théorique. En effet, la pression ici (plusieurs dizaines de bars) ne permet pas de considérer l'hélium comme suffisamment dilué : le volume occupé par les atomes n'est pas négligeable, tout comme les forces s'exerçant entre eux.

3. Calculons la valeur de la pression à l'aide de l'équation d'état de Van der Waals.

$\left(P + \dfrac{n^2a}{V^2}\right)(V - nb) = n\mathrm{R}T$

$P + \dfrac{n^2a}{V^2} = \dfrac{n\mathrm{R}T}{V - nb}$

$P = \dfrac{n\mathrm{R}T}{V - nb} - \dfrac{n^2a}{V^2}$

$= \dfrac{20{,}0 \times 8{,}314 \times 303}{10{,}0 - 20{,}0 \times 0{,}0238} - \dfrac{(20{,}0)^2 \times 0{,}0346}{(10{,}0)^2}$

> **Remarque**
>
> Il s'agit ici d'une « simple » application de formule. Deux points importants cependant :
> - faire preuve d'une grande rigueur pour isoler la grandeur à calculer ;
> - être vigilant au niveau des conversions sur le résultat final.

$\boldsymbol{P = 5{,}29 \times 10^3\ \mathrm{kPa} = 5{,}29 \times 10^6\ \mathrm{Pa} = 52{,}9\ \mathrm{bar}.}$

On retrouve bien la valeur mesurée.

À RETENIR

- Il faut savoir qu'un gaz a un comportement de gaz parfait lorsqu'il est suffisamment dilué.
- On a recours au modèle du gaz réel lorsque les limites du gaz parfait sont éprouvées (particules non ponctuelles et/ou interactions non négligeables entre elles).
- Il faut faire attention aux unités mentionnées dans l'énoncé lors de l'utilisation de l'équation d'état d'un gaz réel.

SUJET DU BAC

Exercice 40 min **10 points**

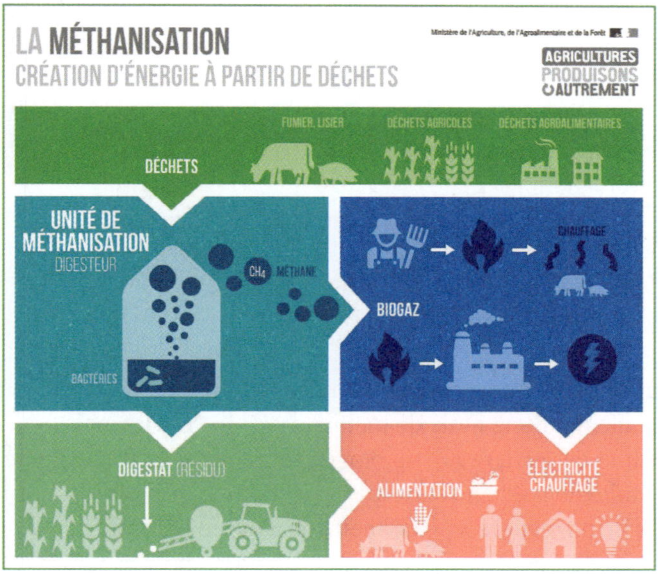

La méthanisation consiste à produire du biogaz à partir de déchets organiques. Réduction des déchets, chauffage domestique, fonctionnement des centrales thermiques, réutilisation agricole : les applications sont nombreuses ! À l'heure où il s'agit de relever de grands défis énergétiques, ce procédé se révèle ainsi très intéressant.

(**Source :** *Ministère de l'agriculture, de l'agroalimentaire et de la forêt*)

Schéma d'une unité de méthanisation

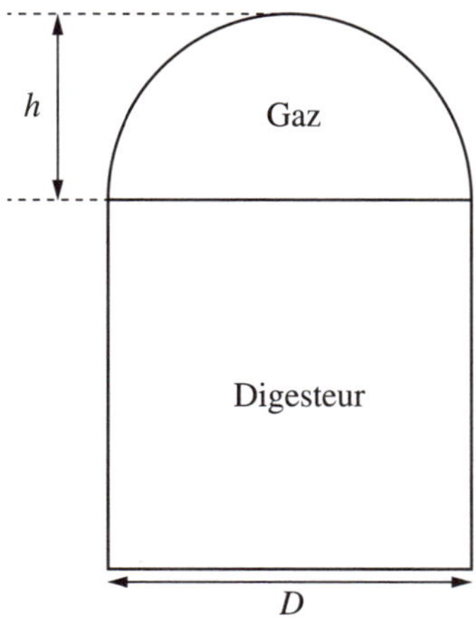

Principe de la méthanisation

Une unité de production se compose d'une cuve cylindrique en béton, le digesteur, contenant la matière organique qui va se décomposer en milieu anaérobie.

La température y est maintenue constante et doit être comprise entre 35 et 40 °C.

Cette décomposition donne un résidu solide, le digestat, et du biogaz, mélange de gaz contenant principalement du méthane et du dioxyde de carbone.

Ce gaz s'accumule dans une poche ayant la forme d'une calotte sphérique et constituée d'une membrane souple.

La mesure du débit de gaz (mesuré en mètre cube par heure, $m^3.h^{-1}$) est corrigée par le calcul pour le ramener à des conditions normalisées de température et de pression (norme DIN 1342). **On parle alors de Normo mètre cube par heure ($Nm^3.h^{-1}$).**

On considère, dans cet exercice, une unité de production telle que D = 10,0 m et h = 2,5 m.

La température y est maintenue constante à θ_U = 38 °C de manière à optimiser la méthanisation et le débit vaut d = 125 Nm³.h⁻¹. Le biogaz produit comporte 60 % en volume de méthane.

Pour simplifier, l'unité de méthanisation est considérée ici comme un système fermé (pas d'échange de matière avec le milieu extérieur) et le méthane comme un gaz parfait.

Données :

- constante des gaz parfaits : $R = 8{,}314$ J.mol⁻¹.K⁻¹ ;
- conditions normalisées de température et de pression : P = 1 013 hPa et θ = 0 °C ;
- température absolue T : $T(\text{K}) = \theta(°\text{C}) + 273$;
- équation de Van der Waals (gaz réels) : $\left(P + \frac{n^2 a}{V^2}\right)(V - nb) = nRT$

avec P en kPa, n en mol, V en L et T en K ;
pour le méthane : $a = 2{,}283$ bar.L².mol⁻² et $b = 0{,}04278$ L.mol⁻¹ ;

- 1 kWh = 3 600 kJ ;
- consommation énergétique annuelle moyenne par habitant : E_{hab}= 1,0 MWh ;
- énergie libérée par la combustion d'une mole de méthane : E_{meth}= 838 kJ.mol⁻¹.

1. a) [1,5 pt] Calculer la quantité de matière n_{gaz} de biogaz formé au bout d'une heure de fonctionnement de cette unité de méthanisation.

b) [0,5 pt] En déduire la quantité de matière n_{meth} de méthane dans ce mélange de gaz.

2. a) [1 pt] Calculer la pression P_{meth} de n_{meth} moles de méthane lorsque V = 125 m³ et θ = 0 °C en considérant que ce gaz a en fait un comportement de gaz réel.

b) [0,5 pt] Déduire du résultat précédent la valeur de la pression P_{biogaz} du biogaz.

c) [0,5 pt] Comparer votre dernier résultat à la valeur de la pression atmosphérique normale. Montrer que cela conforte l'information soulignée dans l'énoncé.

3. On considère dans cette question l'espace permettant de stocker le gaz produit, délimité par le digesteur et la membrane souple.

a) [1 pt] Calculer son volume V_{CS}, à l'aide de la formule ci-après, en supposant qu'il s'agit d'une calotte sphérique.

$$\mathbf{V_{CS}} = \frac{\pi h}{6} \times \left(\frac{3D^2}{4} + h^2\right)$$

b) [1 pt] Calculer la pression P'_{meth} due au méthane dans ce volume au bout d'une heure de fonctionnement.

c) [0,5 pt] En déduire la valeur de la pression P'_{biogaz} du biogaz.

d) [0,5 pt] Justifier la présence de soupapes de respiration dans un méthaniseur.

e) [1 pt] Quel pourrait être l'intérêt d'avoir une température moindre dans le méthaniseur ? Pourquoi cette solution ne peut-elle être retenue ?

4. [1,5 pt] Calculer le nombre d'habitants dont la consommation énergétique serait couverte par cette unité de méthanisation. Commenter votre résultat.

5. [0,5 pt] Certaines voix s'élèvent contre la méthanisation. Expliquer pourquoi.

→ *Corrigé p. 139*

CORRIGÉ

Exercice → *Énoncé p. 137*

1. a) Le débit de cette unité est de 125 $Nm^3.h^{-1}$. D'après les indications sur cette norme de débit, on a au bout d'une heure de fonctionnement, dans les CNTP, un volume de biogaz qui est de 125 m^3.

Utilisons l'équation d'état des gaz parfaits pour déterminer la quantité de matière n_{gaz} de gaz formés :

$$PV = n_{gaz}RT$$

$$n_{gaz} = \frac{PV}{RT} \text{ avec } P = 1\,013 \text{ hPa} = 1\,013 \times 10^2 \text{ Pa}$$

$$T = \theta + 273 = 0 + 273 = 273 \text{ K}$$

$$n_{gaz} = \frac{1\,013 \times 10^2 \times 125}{8{,}314 \times 273}$$

$$\mathbf{n_{gaz} = 5{,}58 \times 10^3 \text{ mol.}}$$

1. b) Le méthane constitue 60 % du biogaz, ce qui représente une quantité de matière :

$$n_{meth} = \frac{60}{100} \times n_{gaz} = \frac{60}{100} \times 5{,}58 \times 10^3$$

$$\mathbf{n_{meth} = 3{,}3 \times 10^3 \text{ mol.}}$$

2. a) On suppose ici que le méthane a en fait un comportement de gaz réel. Calculons la pression de n_{meth} moles à l'aide de l'équation de Van der Waals.

$$\left(P_{meth} + \frac{n_{meth}^2 a}{V^2}\right)\left(V - n_{meth}b\right) = n_{meth}RT$$

Rappel

- Ce terme permet de quantifier les interactions entre les molécules de méthane.
- Ce terme correspond au volume occupé par les molécules de méthane (on parle également de *covolume*).

$$P_{meth} + \frac{n_{meth}^2 a}{V^2} = \frac{n_{meth}RT}{V - n_{meth}b}$$

$$P_{meth} = \frac{n_{meth}RT}{V - n_{meth}b} - \frac{n_{meth}^2 a}{V^2} \text{ avec } V = 125 \text{ m}^3 = 125 \times 10^3 \text{ L}$$

$$P_{meth} = \frac{3{,}3 \times 10^3 \times 8{,}314 \times 273}{125 \times 10^3 - 3{,}3 \times 10^3 \times 0{,}04278} - \frac{(3{,}3 \times 10^3)^2 \times 2{,}283}{(125 \times 10^3)^2}$$

$$\mathbf{P_{meth} = 61 \times 10^3 \text{ Pa.}}$$

2. b) Le méthane représente 60 % du biogaz.

Donc : $P_{meth} = \frac{60}{100} \times P_{biogaz}$

$$P_{biogaz} = \frac{100}{60} \times P_{meth} = \frac{100}{60} \times 61 \times 10^3$$

$$\mathbf{P_{biogaz} = 1{,}0 \times 10^5 \text{ Pa} \approx 1 \text{ atm.}}$$

2. c) La pression du biogaz correspond bien à la pression atmosphérique normale. On peut donc considérer dans cet exercice que le méthane se comporte comme un gaz parfait.

> **Remarque**
>
> On a en effet considéré dans le **1.** que le méthane avait un comportement de gaz parfait, ce qui a permis de calculer la quantité de matière n_{meth}, avec $T = 273$ K et $P = 1$ atm.
>
> On a ensuite « injecté » cette valeur dans l'équation de Van der Waals. On a alors montré que, pour une telle quantité de matière de méthane, à 273 K et avec un comportement de gaz réel, la pression dans le système est bien de 1 atm, ce qui conforte l'information soulignée dans l'énoncé.
> En revanche, un résultat trop éloigné de cette valeur l'aurait invalidée.

3. a) $V_{CS} = \dfrac{\pi h}{6} \times \left(\dfrac{3D^2}{4} + h^2\right) = \dfrac{\pi \times 2{,}5}{6} \times \left(\dfrac{3 \times (10{,}0)^2}{4} + 2{,}5^2\right)$

$\boldsymbol{V_{CS} = 1{,}1 \times 10^2\ \text{m}^3}$**.**

3. b) On en déduit la valeur de la pression P'_{meth} due au méthane dans ce volume.

$P'_{meth}V_{CS} = n_{meth}RT_U$ avec $T_U = \theta_U + 273 = 38 + 273 = 311$ K

$$P'_{meth} = \frac{n_{meth}RT_U}{V_{CS}} = \frac{3{,}3 \times 10^3 \times 8{,}314 \times 311}{1{,}1 \times 10^2}$$

$\boldsymbol{P'_{meth} = 8{,}1 \times 10^4\ \text{Pa} = 0{,}81\ \text{bar}}$**.**

3. c) $P'_{biogaz} = \dfrac{100}{60} \times P'_{meth} = \dfrac{100}{60} \times 0{,}81$

$\boldsymbol{P'_{biogaz} = 1{,}4\ \text{bar}}$**.**

3. d) Les soupapes de respiration permettent de réguler la valeur de la pression dans l'espace de stockage, comme dans un autocuiseur. Sans cela, il y aurait un risque d'explosion.

3. e) Une température moindre permettrait de faire baisser la pression dans le méthaniseur (le nombre de chocs par unité de surface et de temps étant moindre). Cependant, cette solution ne peut être retenue, car cela nuirait à l'efficacité de la méthanisation.

4. L'énergie libérée par la combustion d'une mole de méthane est de 838 kJ.
Pendant une heure de fonctionnement, il se forme n_{meth} moles de méthane. Soit E l'énergie que l'on peut récupérer par combustion.

1 mol $\leftrightarrow$ 838 kJ

$n_{meth} = 3{,}3 \times 10^3$ mol $\leftrightarrow E$

$$E = \frac{3{,}3 \times 10^3 \times 838}{1} = \mathbf{2{,}8 \times 10^6\ kJ.}$$

Pour une année de fonctionnement (24 heures dans une journée et 365,25 jours dans une année), on aurait une énergie $E_{total} = E \times 24 \times 365{,}25 = 2{,}5 \times 10^{10}$ kJ.
Par an, un habitant consomme en moyenne 1,0 MWh soit $1{,}0 \times 10^3$ kWh.
Sachant que 1 kWh = 3 600 kJ, cela représente une énergie $E_{hab} = 3{,}6 \times 10^6$ kJ.

Le nombre d'habitants dont les besoins en énergie seraient couverts est donné par :

$$\frac{E_{\text{total}}}{E_{\text{hab}}} = \frac{2,5 \times 10^{10}}{3,6 \times 10^{6}} = 6,8 \times 10^{3}$$

Le fonctionnement en continu et durant une année de cette unité de méthanisation permettrait de couvrir les besoins en énergie de près de 7 000 personnes !
Évidemment, ce calcul ne permet de donner qu'un ordre de grandeur, mais il montre bien la pertinence du développement des méthaniseurs comme réponse aux enjeux énergétiques.

5. Des aspects négatifs existent : gêne olfactive, pollution visuelle, risques d'incendie et d'explosion, fuites de méthane. Soulignons que, si le méthane est un combustible à fort potentiel, il est aussi l'un des principaux gaz à effet de serre.

CHAPITRE 12

Premier principe de la thermodynamique

1 Les états de la matière

■ On distingue essentiellement trois états de la matière :
• **l'état solide** : les particules constitutives peuvent être des atomes, des ions ou des molécules ; elles sont régulièrement distribuées dans l'espace. Les interactions entre particules sont importantes, ce qui assure rigidité et cohésion au solide.
• **l'état liquide :** l'organisation des particules est désordonnée. Les interactions entre particules sont importantes mais permettent le mouvement des unes par rapport aux autres.
• **l'état gazeux :** les particules sont quasiment libres, elles se déplacent suivant des mouvements désordonnés. Les interactions entre particules sont faibles, car elles sont éloignées les unes des autres, ce qui assure des propriétés de compressibilité importantes.

■ On parle d'**état condensé** de la matière pour les états **solide et liquide** : un système à l'état condensé a un volume qui varie très peu sous l'influence de la température (peu dilatable) et très peu sous l'influence de la pression (peu compressible) : de tels systèmes seront considérés comme des systèmes **incompressibles**.

2 Décrire un système thermodynamique

A. Décrire le système

■ On appelle **système thermodynamique** un corps délimité par une surface fermée (réelle ou fictive). Tout le reste de l'espace constitue le **milieu extérieur**.

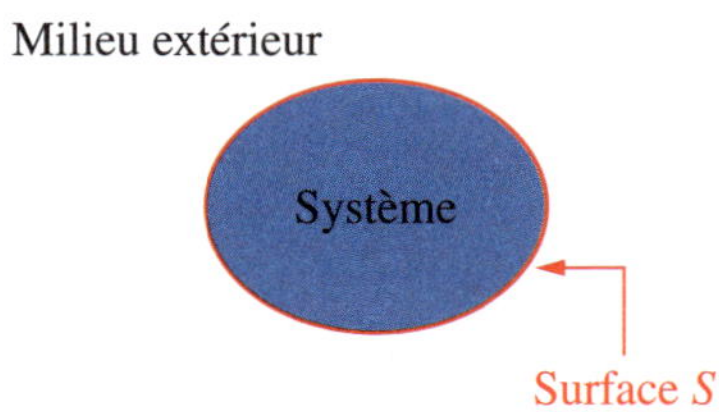

■ Il est important en thermodynamique de bien définir le système étudié et de bien connaître la surface *S* qui le délimite.

B. Grandeurs descriptives du système

■ Pour caractériser un système, on utilise de nombreuses grandeurs caractéristiques, parmi lesquelles on peut citer :
• sa **masse** m, qui s'exprime en kg.
• son **volume** V, qui s'exprime en m^3.

• sa **masse volumique** $\rho = \dfrac{m}{V}$, dans le cas d'une répartition homogène de la matière dans le système, qui s'exprime en kg.m^{-3}.
• sa **température absolue** T, qui s'exprime en kelvin (K). Le lien entre les échelles de température Celsius θ(°C) et kelvin T(K) est : $T(\text{K}) = \theta(°\text{C}) + 273$.

Remarque : un écart de température peut s'exprimer indifféremment en °C ou en K : $\Delta\theta = \Delta T$.
• sa **pression** P, qui s'exprime en pascal (Pa) et qui est définie en un point du système.

■ **L'état du système** est décrit par la connaissance de ces grandeurs qui le caractérisent.

3 Énergie et échanges d'énergie

A. Les formes d'énergie

■ **En mécanique**, l'énergie d'un système est caractérisée par :
• son énergie cinétique E_c ;
• son énergie potentielle E_p.
En l'absence de frottements, l'énergie mécanique $E_m = E_c + E_p$ se conserve (voir le chapitre 10). S'il y a des frottements, de l'énergie se dissipe : cela se traduit souvent par un échauffement du système.

■ **Les particules** (atomes, molécules) qui constituent un système, quel que soit son état physique, **sont en mouvement** désordonné : c'est l'agitation thermique, que l'on mesure à l'échelle macroscopique par la **température**.

■ Plus l'agitation thermique est importante, plus **l'énergie cinétique microscopique** (c'est-à-dire l'énergie cinétique de chaque particule) est grande.

■ Les interactions entre particules (électromagnétiques, forte et faible) et l'interaction gravitationnelle confèrent au système une **énergie potentielle microscopique**.

■ **L'énergie interne *U*** d'un système thermodynamique résulte de la contribution des énergies microscopiques :

$$U = \sum_{\text{particules}} E_{\text{cinétique micro}} + \sum_{\text{particules}} E_{\text{potentielle micro}}$$

Elle s'exprime en joule (J).

■ **L'énergie totale** d'un système est la somme de son énergie interne et de son énergie mécanique :

$$E_{\text{tot}} = U + E_{\text{m}}$$

Elle s'exprime en joule (J).

B. Les échanges énergétiques

■ Le système peut échanger de l'énergie avec le milieu extérieur. Ces échanges d'énergie sont de deux types :

• échange d'énergie sous forme de **travail** (noté W). Par exemple, l'existence d'une force de frottement au niveau de la surface S qui délimite le système peut être la source d'un échange d'énergie de ce type.

• échange d'énergie sous forme de **transfert thermique** ou **chaleur** (noté Q). Par exemple, une source de chaleur au contact du système (plaque électrique) peut être à l'origine d'un tel échange.

■ Ces échanges, appelés aussi transferts d'énergie, peuvent avoir lieu du milieu extérieur vers le système, ou inversement. **Un transfert thermique s'effectue spontanément (ou naturellement) des zones chaudes vers les zones froides.**

■ Il n'est pas interdit d'effectuer un transfert thermique des zones froides vers les zones chaudes, mais cela ne se fera pas spontanément et nécessitera un apport d'énergie.

4 Le premier principe de la thermodynamique

A. Transformation en thermodynamique

■ Un système à l'**équilibre thermodynamique** est tel que les grandeurs qui le caractérisent sont constantes et ne subit aucun échange d'énergie avec l'extérieur.

■ En thermodynamique, un système subit une transformation (ou évolution) lorsqu'il passe d'un état d'équilibre à un autre état d'équilibre.

■ Lors d'une transformation, il peut exister des échanges d'énergie qui entraînent une modification de l'énergie totale du système.

■ **Par convention**, le travail W et le transfert thermique Q sont comptés positivement s'ils sont reçus par le système et négativement s'ils sont cédés au milieu extérieur.

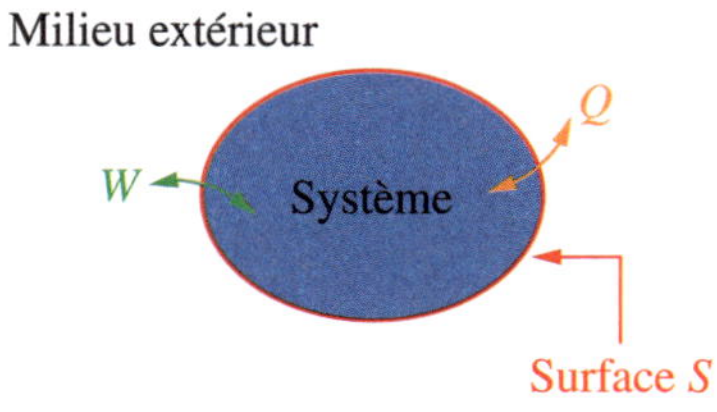

• W ou $Q > 0$: le transfert d'énergie est effectivement reçu par le système, il va du milieu extérieur vers le système.

• W ou $Q < 0$: le transfert d'énergie est effectivement cédé par le système : il va du système vers le milieu extérieur.

B. Énoncé du premier principe

■ Lors d'une transformation entre un état initial (i) et un état final (f), la variation d'énergie totale $\Delta E_{tot} = E_{tot_f} - E_{tot_i}$ d'un système est la conséquence d'échanges d'énergies entre ce système et le milieu extérieur, soit par travail W (mécanique ou électrique par exemple), soit par transfert thermique Q.

■ **Le premier principe de la thermodynamique** donne le bilan d'énergie correspondant :

$$\underbrace{\Delta E_{tot}}_{\text{Variation de l'énergie totale du système}} = \Delta U + \Delta E_m = \underbrace{W + Q}_{\text{Transferts d'énergie entre le système et le milieu extérieur}}$$

avec $\Delta U = U_f - U_i$ et $\Delta E_m = E_{m_f} - E_{m_i}$.

Cas usuel : dans de nombreux cas, le système est au repos et son énergie mécanique est constante. Le premier principe s'écrit alors :

$$\Delta U = U_f - U_i = W + Q$$

C. Cas d'une transformation dite infinitésimale

■ Il arrive que l'on doive faire des bilans d'énergie sur de **très courtes durées**, notées **d*t***. Dans ce cas, les transferts d'énergie entre le système et le milieu extérieur sont très faibles : on les note δW et δQ. Il en résulte une très faible variation de l'énergie totale du système, notée dE_{tot}.
L'écriture du premier principe est alors :

$$dE_{tot} = dU + dE_m = \delta W + \delta Q$$

Petites varations : notation avec un « d » (dE_{tot}, dU, dE_m)

Petits « paquets » d'énergie : notation avec un « δ » (δW, δQ)

Cas usuel : dans le cas où le système est au repos, l'écriture du premier principe devient :

$$dU = \delta W + \delta Q$$

5 Cas d'un système incompressible

A. Capacité thermique

■ Lorsque la température d'un **corps en phase condensée** de masse m (liquide ou solide) passe de la température T_1 à la température T_2, son énergie interne U varie.

Cette variation d'énergie interne, notée ΔU, a pour expression :

$$\Delta U = m \times c \times \underbrace{(T_2 - T_1)}_{\Delta T}$$

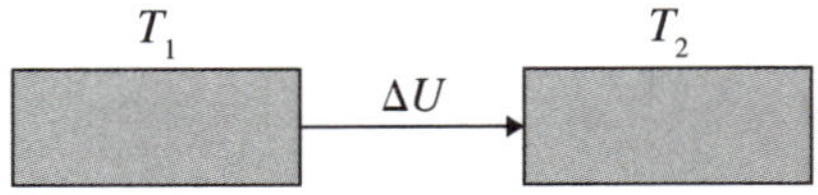

Corps (liquide ou solide) de masse m

avec ΔU en J, ΔT en K, m en kg et c, la **capacité thermique massique du corps**, en $J.kg^{-1}.K^{-1}$.

■ $C = m \times c$ est la **capacité thermique** du système et s'exprime en $J.K^{-1}$. On peut donc aussi écrire :

$$\Delta U = U_2 - U_1 = C \times (T_2 - T_1) = C \times \Delta T$$

■ D'après le premier principe appliqué au système de masse m supposé au repos, cette variation d'énergie interne est due à un transfert d'énergie entre le système et le milieu extérieur. Si $T_2 > T_1$, alors ΔU est positif, donc l'énergie interne du système augmente lors de la transformation car $U_2 > U_1$: c'est donc qu'il a reçu de l'énergie de la part du milieu extérieur. Cette énergie apportée par l'extérieur au système peut l'être :
- uniquement sous forme de travail ;
- ou uniquement sous forme d'un transfert thermique ;
- ou répartie entre travail et transfert thermique.

Interprétation physique : La capacité thermique C représente l'énergie à apporter au système pour voir sa température varier de 1 K (ou 1 °C). Elle dépend de la nature du corps, de sa masse et de son état physique.

B. Variation infinitésimale de température

■ Si l'on fait tendre la température T_2 vers la température T_1, alors la variation de température du corps entre les deux états est dite infinitésimale (très faible) et elle se note dT.

■ Ainsi, lorsque la température d'un **corps en phase condensée** de masse m (liquide ou solide) passe de la température T à la température T + dT, son énergie interne U varie. Cette variation d'énergie interne, notée dU, a pour expression :

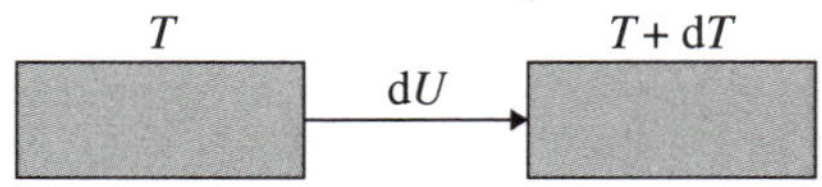

Corps (liquide ou solide) de masse m

$$dU = m \times c \times dT$$

Méthode

Pour effectuer un bilan énergétique :
– définir le système thermodynamique étudié ;
– relever la nature des transferts énergétiques (par travail et/ou par transfert thermique) entre le système et le milieu extérieur ;
– repérer le sens des transferts afin de connaître leur signe ;
– écrire le premier principe de la thermodynamique.

EXERCICES TYPES

1 Interpréter et exploiter les transferts thermiques

EXERCICE TYPE

On fait chauffer 0,5 L d'eau, initialement prise à 20 °C, dans une casserole au moyen d'une plaque électrique de puissance $P = 2\ 000$ W. La température de la plaque électrique en fonctionnement est estimée à 600 °C. La pression extérieure est de 1 bar et la température extérieure de 20 °C.

1. On considère que 85 % de l'énergie délivrée par la plaque électrique est transférée à l'eau. Faire un schéma de la situation en représentant les transferts thermiques mis en jeu.

2. En appliquant le premier principe de la thermodynamique, déterminer la température de l'eau au bout d'une minute.

3. Établir l'équation différentielle vérifiée par la température de l'eau contenue dans la casserole.

4. En déduire la loi $T(t)$ donnant l'évolution de la température en fonction du temps.

5. Combien de temps faut-il pour atteindre l'ébullition ?

Données : capacité thermique massique de l'eau : $c_{eau} = 4{,}18$ kJ.kg^{-1}.K^{-1} ;
température d'ébullition de l'eau sous pression de 1 bar : 100 °C ;
masse volumique de l'eau : $\rho_{eau} = 1{,}0$ kg.L^{-1}.

CORRIGÉ COMMENTÉ

1. Les transferts thermiques se font spontanément du chaud vers le froid. Ici, la plaque électrique est à 600 °C, donc l'énergie thermique va **de la plaque vers l'eau (flèche bleue)** de la casserole (85 %) et **de la plaque vers l'extérieur (flèches orange)** (15 %).

2. Considérons comme système l'eau contenue dans la casserole. Le seul transfert d'énergie mis en jeu ici est un transfert thermique. Le système est au repos, donc le premier principe s'écrit dans ce cas : $\Delta U = U_f - U_i = Q$.

Or l'eau est considérée comme incompressible, donc :
$\Delta U = m \times c_{eau} \times \Delta T = \rho \times V \times c_{eau} \times \Delta T$.
Calculons l'énergie reçue par l'eau en 1 minute :

$$Q = \frac{85}{100} \times 2\,000 \times 1 \times 60 = 1{,}02 \times 10^5 \text{ J} = 102 \text{ k.}$$

$$\text{On obtient } \Delta T = \frac{Q}{\rho \times V \times c_{eau}} = \frac{102}{1 \times 0{,}5 \times 4{,}18} = 49 \text{ K.}$$

La température de l'eau au bout d'une minute est donc :
$T = (273 + 20) + 49 = 342$ K, soit $\boldsymbol{\theta = 69}$ **°C.**

Rappel
L'écart de température peut s'exprimer indifféremment en °C ou en K : $\Delta\theta = \Delta T$. Le résultat est le même.

3. Le premier principe de la thermodynamique appliqué à l'eau entre deux instants très proches t et $t + \mathrm{d}t$ donne :
$\mathrm{d}U = m \times c_{eau} \times \mathrm{d}T = \delta Q = P \times \mathrm{d}t$.

On en déduit l'équation différentielle : $\boldsymbol{\frac{\mathrm{d}T}{\mathrm{d}t} = \frac{P}{\rho \times V \times c_{eau}}}$.

4. Comme $\frac{P}{\rho \times V \times c_{eau}}$ est constant, la loi donnant l'évolution de la température en fonction du temps est une fonction affine du temps : $T(t) = \frac{P}{\rho \times V \times c_{eau}} \times t + \mathrm{A}$.

La constante A est obtenue grâce aux conditions initiales, soit $T(0) = 273 + 20 = 293$ K.

D'où : $\boldsymbol{T(t) = \frac{P}{\rho \times V \times c_{eau}} \times t + 293}$.

5. L'ébullition commence lorsque la température atteint la valeur de 100 °C, soit 373 K. Cela est le cas à l'instant :

$$t = \frac{T_{éb} - T(0)}{P} \times \rho \times V \times c_{eau}$$

$$t = \frac{373 - 293}{2\,000} \times 1{,}0 \times 10^3 \times 0{,}5 \times 4{,}18 = \mathbf{84\ s.}$$

Astuce
Une donnée en J.g^{-1}.K^{-1} est identique à une donnée en kJ.kg^{-1}.K^{-1}.
Par exemple, 4,18 J.g^{-1}.K^{-1} = 4,18 kJ.kg^{-1}.K^{-1}.

À RETENIR

- Les transferts thermiques s'effectuent spontanément du chaud vers le froid.
- Lors des applications numériques, il faut bien regarder les unités à utiliser.
- C'est l'application du premier principe sous sa forme infinitésimale qui permet l'obtention d'équations différentielles.

2 Effectuer l'étude énergétique d'un système thermodynamique

EXERCICE TYPE

La stéatite est une roche qui peut être utilisée sous forme de petits cubes de 2 cm de côté comme alternative aux glaçons : cela permet de refroidir une boisson sans la diluer.
On introduit, dans un verre contenant 10 cL d'une boisson assimilée à de l'eau (liquide incompressible), 4 cubes de stéatite préalablement placés dans le congélateur à la température de $\theta_2 = -18$ °C.
La température initiale de la boisson est $\theta_1 = 16$ °C.
Au bout de quelques minutes, la température de la boisson se stabilise à une valeur θ_3.

1. Sachant que l'état final est un état d'équilibre, quelle est la température des pierres dans cet état ?

2. Exprimer la variation d'énergie interne de la boisson en fonction de son volume V, de la masse volumique de l'eau, de la capacité thermique massique de l'eau et des températures θ_1 et θ_3.

3. Exprimer la variation d'énergie interne des pierres en fonction du volume d'une pierre v, de la masse volumique de la stéatite, de la capacité thermique massique de la stéatite et des températures θ_1 et θ_3.

On suppose que la boisson n'échange de l'énergie qu'avec les pierres, et inversement. Il n'y a pas d'échange énergétique sous forme de travail.

4. Appliquer le premier principe de la thermodynamique à la boisson.

5. Appliquer le premier principe de la thermodynamique aux pierres.

6. En déduire une relation permettant de trouver la valeur de la température finale, puis la calculer.

7. La température réellement obtenue est en réalité légèrement supérieure. Donner un argument permettant d'interpréter ce fait.

Données :

	Eau	Stéatite
Masse volumique ($kg.m^{-3}$)	$1,0 \times 10^3$	$3,0 \times 10^3$
Capacité thermique massique ($kJ.K^{-1}.kg^{-1}$)	4,2	1,0

CORRIGÉ COMMENTÉ

1. Les pierres ont **la même température** que la boisson à l'état final, soit θ_3.

2. L'eau est considérée comme incompressible, donc :

$$\Delta U_{eau} = m_{eau} \times c_{eau} \times \Delta T = \rho_{eau} \times V \times c_{eau} \times (T_3 - T_1) = \boldsymbol{\rho_{eau} \times V \times c_{eau} \times (\theta_3 - \theta_1)}.$$

3. Considérons le système constitué par les quatre cubes de pierre. La variation d'énergie interne des pierres (système incompressible) est :

$\Delta U_{pierres} = m_{pierres} \times c_{stéa} \times \Delta T = 4 \times \rho_{stéa} \times v \times c_{stéa} \times (T_3 - T_2)$

$\boldsymbol{\Delta U_{pierres} = 4 \times \rho_{stéa} \times v \times c_{stéa} \times (\theta_3 - \theta_2)}$

4. Le système considéré est la boisson. Par hypothèse, le seul transfert énergétique qui existe est celui avec les pierres : on le note Q_1 car c'est un transfert thermique. Il n'y a pas de transfert d'énergie par travail, donc : $\boldsymbol{\Delta U_{eau} = Q_1}$.

5. Le système considéré est l'ensemble des pierres. Par hypothèse, le seul transfert énergétique qui existe est celui avec la boisson : on le note Q_2 car c'est un transfert thermique. Il n'y a pas de transfert d'énergie par travail, donc : $\boldsymbol{\Delta U_{pierres} = Q_2}$.

> **Remarque**
> Aux questions **4** et **5**, les systèmes étudiés sont au repos, donc la variation d'énergie mécanique est nulle.

6. Comme les échanges énergétiques se limitent à ceux entre les pierres et la boisson, on peut affirmer que l'énergie reçue par les pierres a été donnée par la boisson. La boisson est plus chaude que les pierres, donc le sens du transfert thermique va de la boisson vers les pierres. Ainsi, Q_2 est positif car l'énergie est réellement reçue par les pierres, alors que Q_1 est négatif car l'énergie est réellement fournie par la boisson.

> **Remarque**
> Un transfert thermique peut être positif ou négatif : cela dépend de quel point de vue on se place.

On obtient $Q_1 = -Q_2$, soit $\Delta U_{eau} = -\Delta U_{pierres}$.

$\rho_{eau} \times V \times c_{eau} \times (\theta_3 - \theta_1) = -4 \times \rho_{stéa} \times v \times c_{stéa} \times (\theta_3 - \theta_2)$

La seule inconnue est θ_3. On obtient :

$$\theta_3 = \frac{\rho_{eau} \times V \times c_{eau} \times \theta_1 + 4\rho_{stéa} \times v \times c_{stéa} \times \theta_2}{\rho_{eau} \times V \times c_{eau} + 4\rho_{stéa} \times v \times c_{stéa}}$$

$$\theta_3 = \frac{1{,}0\times10^3 \times 0{,}1\times10^{-3} \times 4{,}2\times10^3 \times 16 + 4\times3{,}0\times10^3 \times (2\times10^{-2})^3 \times 1{,}0\times10^3 \times (-18)}{1{,}0\times10^3 \times 0{,}1\times10^{-3} \times 4{,}2\times10^3 + 4\times3{,}0\times10^3 \times (2\times10^{-2})^3 \times 1{,}0\times10^3} = \mathbf{9{,}7\,°C}$$

> **Astuce**
> On peut appliquer le premier principe au système global {boisson + pierres}. Ce système n'échange pas d'énergie avec l'extérieur : $\Delta U_{global} = \Delta U_{eau} + \Delta U_{pierres} = 0$, ce qui permet bien sûr d'obtenir la même relation !

7. On peut raisonnablement penser que l'air ambiant est plus chaud que le liquide dans le verre. Il existe donc **un transfert thermique qui n'a pas été pris en compte dans le calcul** : celui de l'air vers la boisson (énergie reçue réellement par la boisson).

À RETENIR

- La relation permettant d'exprimer la variation de l'énergie interne pour un système incompressible est à connaître.
- Faire un bilan d'énergie en thermodynamique, c'est appliquer le premier principe.
- Les transferts énergétiques qui apparaissent dans l'expression du premier principe sont algébriques.

SUJET DU BAC

Exercice 30 min **6 points**

D'après un sujet du Bac

Des chercheurs de l'université de Tokyo ont découvert une céramique capable de stocker de l'énergie. Son principe de fonctionnement est simple : une courte exposition au soleil permet de la « charger » ! Cette énergie peut être stockée pendant une longue durée et restituée selon les besoins.

Sous certaines conditions (élévation de température, exposition à un rayonnement électromagnétique, application d'un courant électrique…), le matériau change de structure cristalline. L'énergie reçue permet le passage du beta-pentoxyde de trititane (β-Ti_3O_5) au lambda-pentoxyde de trititane (λ-Ti_3O_5). Pour réaliser cette transformation, le matériau doit recevoir une énergie volumique $E = 230$ J.cm^{-3}.

Stockage puis restitution de l'énergie

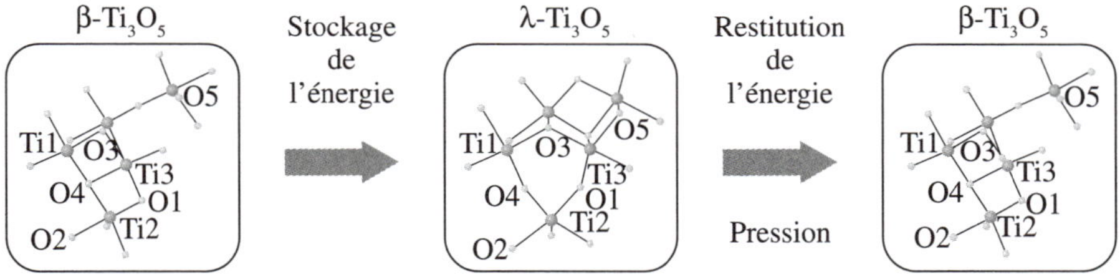

Pour restituer l'énergie, il suffit de soumettre ce matériau à une certaine pression.

Les caractéristiques de la pastille cylindrique de pentoxyde de trititane utilisée dans les expériences présentées dans cet exercice sont :

- diamètre : 13,0 mm ;
- épaisseur : 0,500 mm ;
- masse : 0,265 g.

D'après Tokoro H. *et al.* (2015). *External stimulation-controllable heat-storage ceramics. Nature communications. 6. 7037. 10. 1038/ncomms8037*

Stockage de l'énergie

On expose la pastille au soleil. On suppose qu'il n'y a aucun transfert d'énergie entre la pastille et son environnement proche. La puissance surfacique reçue de la part du Soleil est, ce jour-là, $p = 1\,000$ W.m^{-2}.

1. [1 pt] Vérifier que l'énergie qu'il faut fournir à la pastille utilisée dans l'expérience vaut $E_{past} = 15,3$ J.

2. [1 pt] Sachant que la face supérieure de la pastille est éclairée, calculer le temps d'exposition au soleil, en supposant que la totalité de l'énergie reçue de la part du Soleil est « utile ».

3. [0,5 pt] Que représente l'énergie interne d'un système ?

4. [0,5 pt] Que penser de l'énergie interne de la pastille lors de cette opération ?

Restitution de l'énergie

Pour libérer l'énergie stockée, il suffit d'exercer une pression qui va entraîner la transformation inverse de celle réalisée lors du stockage. Le dispositif utilisé en laboratoire utilise une enceinte avec du diazote dont on peut faire varier la pression.

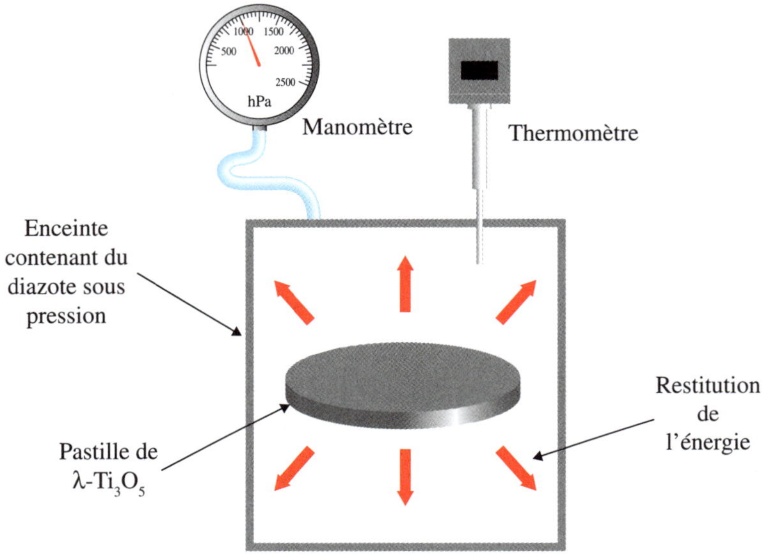

Au cours de l'expérience, l'enceinte utilisée est considérée comme parfaitement isolée thermiquement et elle contient 40,0 mmol de diazote. Lorsque la pression P est exercée, la pastille restitue l'énergie stockée, ce qui entraîne une élévation de la température du gaz de 18,2 K. L'équilibre thermique est alors atteint.

Données :

- la variation d'énergie interne d'un gaz dont la température varie de ΔT, supposé parfait, est donnée par $\Delta U = \frac{5}{2} n_{gaz} \times \mathrm{R} \times \Delta T$, où n_{gaz} est la quantité de matière de gaz (en mol) dans l'enceinte et R la constante des gaz parfaits : $\mathrm{R} = 8{,}31\ \mathrm{J.K^{-1}.mol^{-1}}$;
- capacité thermique massique de l'eau : $c_{eau} = 4\ 180\ \mathrm{J.K^{-1}.kg^{-1}}$;
- masse volumique de l'eau : $\rho = 1{,}0\ \mathrm{kg.L^{-1}}$.

5. [0,5 pt] Appliquer le premier principe de la thermodynamique au gaz. En déduire le transfert thermique reçu par le gaz au cours de l'expérience.

6. [0,5 pt] Comparer à la valeur de l'énergie stockée dans la pastille. Commenter le résultat.

7. [2 pts] En considérant que les échanges thermiques s'effectuent sans perte, calculer la masse de pentoxyde de trititane nécessaire pour chauffer 250 mL d'eau pure depuis la température ambiante jusqu'à 80 °C.

Le candidat est invité à prendre des initiatives et à présenter la démarche même s'il n'a pas abouti.

→ Corrigé p. 153

CORRIGÉ

Exercice → Énoncé p. 151

1. On commence par calculer le volume de la pastille. Ainsi, connaissant l'énergie volumique nécessaire à la transformation, on pourra calculer E_{past}.

On a $V_{past} = \pi \times R^2 \times e$ (volume d'un cylindre) et $E_{past} = V_{past} \times E$.

Application numérique :

$$E_{past} = \pi \times \left(\frac{13{,}0}{2} \times 10^{-1}\right)^2 \times 0{,}500 \times 10^{-1} \times 230 = \mathbf{15{,}3\ J}.$$

> **Remarque**
> On met les mesures en cm, car E est en J.cm^{-3}.

2. La surface exposée au Soleil est πR^2. On en déduit la puissance reçue par la pastille de la part du Soleil :

$P_{past} = p \times \pi \times R^2$ et, comme $P_{past} = \dfrac{E_{past}}{\Delta t}$, on trouve :

$$\Delta t = \frac{E_{past}}{P_{past}} = \frac{15{,}3}{1\,000 \times \pi \times (6{,}5 \times 10^{-3})^2} = \mathbf{115\ s}.$$

3. L'énergie interne U d'un système thermodynamique résulte de **la contribution des énergies microscopiques (cinétique et potentielle d'interaction)**.

4. Sachant que la pastille est au repos et que le seul transfert d'énergie mis en jeu est reçu de la part du Soleil par la pastille, le premier principe permet d'affirmer que **l'énergie interne de la pastille a augmenté pendant l'opération de charge.**

5. Le premier principe appliqué au gaz s'écrit : $\boldsymbol{\Delta U = \frac{5}{2} n_{gaz} \times R \times \Delta T = Q}$.

On peut donc calculer le transfert thermique reçu par le gaz :

$$Q = \frac{5}{2} \times 40{,}0 \times 10^{-3} \times 8{,}31 \times 18{,}2 = \mathbf{15{,}1\ J}.$$

6. On peut calculer un écart relatif pour les deux valeurs obtenues :

$$\text{écart} = \left(\frac{\left|Q - E_{past}\right|}{E_{past}}\right) = 1{,}3 \times 10^{-2}.$$

L'écart est faible (environ 1,3 %), les valeurs sont donc concordantes et la restitution de l'énergie semble excellente.

7. Lors de l'échauffement de 250 mL d'eau, l'énergie interne varie de :

$$\Delta U = m_{eau} \times c_{eau} \times \Delta T = \rho_{eau} \times V \times c_{eau} \times (T_2 - T_1).$$

Prenons pour valeur de la température ambiante 20 °C. L'écart de température est donc de 60 °C. En supposant que toute l'énergie stockée est restituée à l'eau :

> **Remarque**
> La valeur de la température ambiante est à estimer en prenant une valeur raisonnable, entre 15 °C et 25 °C par exemple.

$$\Delta U = m_{eau} \times c_{eau} \times \Delta T = \rho_{eau} \times V_{eau} \times c_{eau} \times \Delta T = Q = V_{trititane} \times E = \frac{m_{trititane}}{\rho_{trititane}} \times E.$$

Connaissant le volume, il faut accéder à la masse. La masse volumique n'est pas fournie, mais il est possible de la calculer, car on connaît la masse et le volume d'une pastille.

Ainsi : $\rho = \dfrac{m_{\text{past}}}{V_{\text{past}}}$. On obtient la relation :

$$m_{\text{trititane}} = \frac{\rho_{\text{eau}} \times V_{\text{eau}} \times c_{\text{eau}} \times \Delta T}{E} \times \rho_{\text{trititane}} = \frac{\rho_{\text{eau}} \times V_{\text{eau}} \times c_{\text{eau}} \times \Delta T}{E} \times \frac{m_{\text{past}}}{V_{\text{past}}}.$$

Application numérique :

$$\boldsymbol{m}_{\textbf{trititane}} = \frac{1 \times 0{,}250 \times 4\ 180 \times 60}{230 \times 10^{6}} \times \frac{0{,}265 \times 10^{-3}}{\pi \times (6{,}5 \times 10^{-3})^{2} \times 0{,}500 \times 10^{-3}} = \mathbf{1{,}09\ kg}.$$

Cela semble assez élevé par rapport à la masse d'eau réchauffée (0,25 kg), donc la technologie n'est pas adaptée à ce genre d'applications.

Les transferts thermiques

CHAPITRE 13

1 Les différents modes de transfert thermique

■ On appelle **transfert thermique** l'échange de chaleur d'un corps chaud vers un corps froid (voir chapitre 12). Cet échange se fait toujours du corps chaud vers le corps froid jusqu'à l'équilibre thermique, c'est-à-dire la même température finale pour les deux corps.

■ Il existe trois types de transferts thermiques : la conduction thermique, la convection et le rayonnement

A. La conduction thermique

Dans ce mode de transfert, l'agitation thermique des atomes passe de proche en proche : chaque atome communique une partie de son énergie cinétique à l'atome voisin. Ce mode de transfert se fait **sans transport de matière** et concerne les solides.

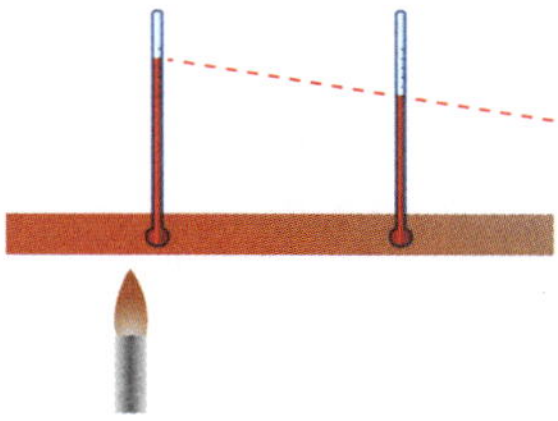

B. La convection

Lorsqu'on chauffe un fluide (liquide ou gaz), on diminue sa densité. Celui-ci va donc monter et, en se mélangeant avec le fluide froid, homogénéiser la température de l'ensemble (courant de convection). Ce mode de transfert se fait donc **avec transport de matière.**

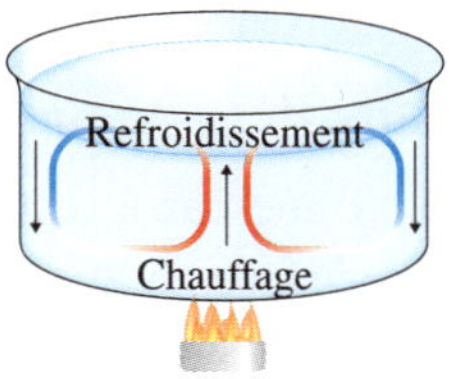

C. Le rayonnement

■ Tout corps à une température T émet un rayonnement électromagnétique pouvant se déplacer dans le vide et susceptible d'être absorbé par un autre corps qui pourra ainsi être chauffé. C'est ainsi que la Terre est chauffée par le Soleil.

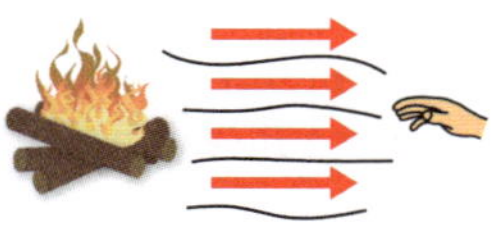

■ La **loi de Stefan-Boltzmann** établit que la puissance P rayonnée par un corps de surface S est liée à la température T par la relation :

$$P = \sigma \times S \times T^4$$

avec P en watt (W) ;
$\sigma = 5{,}67 \times 10^{-8}$ W.m².K⁻⁴ , constante de Stefan-Boltzmann ;
T : température du corps en kelvin (K) ;
S : surface du corps en m².

2 La conduction thermique

A. Conductivité et résistance thermiques

■ La **conductivité thermique** d'un matériau, notée λ, désigne sa capacité à laisser passer la chaleur. Elle s'exprime en $W.m^{-1}.K^{-1}$. Plus cette conductivité thermique est élevée, plus le matériau conduit la chaleur en facilitant le transfert thermique.

■ La **résistance thermique** R_{th} d'une paroi décrit sa capacité à s'opposer au passage de la chaleur. Pour un matériau d'épaisseur e et de conductivité λ, elle est définie par :

$$R_{th} = \frac{e}{\lambda \times S}$$

avec R_{th} : résistance thermique de la paroi (en $K.W^{-1}$) ;
e : épaisseur du matériau (en m) ;
λ : conductivité thermique du matériau (en $W.m^{-1}.K^{-1}$) ;
S : aire de la surface d'échange (en m^2).

Remarques :

• Plus R_{th} est grand, plus le matériau est isolant.
• La résistance d'une paroi composée de différentes couches de matériaux est égale à la somme des résistances thermiques de chacune des couches.

B. Flux thermique

■ Soit une paroi rectangulaire constituée de deux surfaces S et d'épaisseur e. Si les deux parois sont soumises à des températures T_1 et T_2 différentes, un transfert thermique va se faire spontanément du côté le plus chaud vers le côté le plus froid.
On définit alors le **flux thermique** Φ comme la quantité de chaleur Q transférée par unité de temps Δt à travers ce matériau :

$$\Phi = \frac{Q}{\Delta t}$$

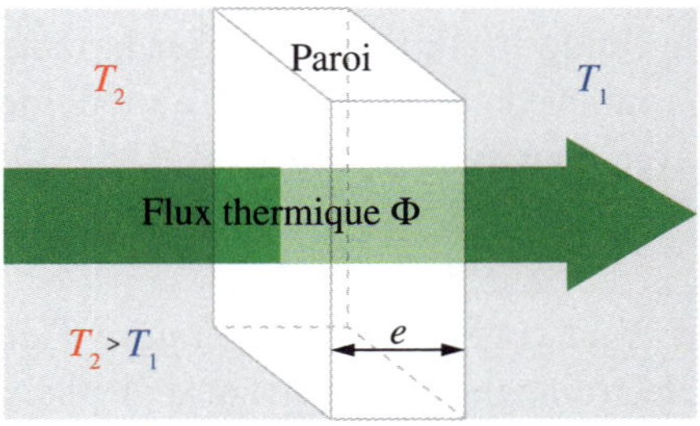

L'énergie est transférée de la pièce chaude vers la pièce froide.

avec Φ : flux thermique (en W) ;
Q : quantité de chaleur transférée par conduction à travers la paroi (en J) ;
Δt : durée du transfert thermique (en s).

■ Lorsque le flux est constant (on parle de régime permanent), Φ est proportionnel à la différence de température $T_2 - T_1$: c'est **la loi de Fourier**.

$$\Phi = \frac{\lambda \times S \times (T_2 - T_1)}{e} = \frac{T_2 - T_1}{R_{th}}$$

avec Φ : flux thermique à travers la paroi (en W) ;
e : épaisseur du matériau (en m) ;
λ : conductivité thermique du matériau (en $W.m^{-1}.K^{-1}$) ;
S : aire de la surface d'échange (en m^2) ;
T_2 et T_1 : températures de part et d'autre de la paroi ($T_2 > T_1$) (en K ou en °C) ;
R_{th} : résistance thermique de la paroi (en $K.W^{-1}$).

C. Loi de refroidissement de Newton

■ La **loi de refroidissement de Newton** s'énonce ainsi : la vitesse du refroidissement d'un corps inerte est proportionnelle à la différence de température entre ce corps $T(t)$ et celle du milieu ambiant T_a. Elle est donnée par la relation :

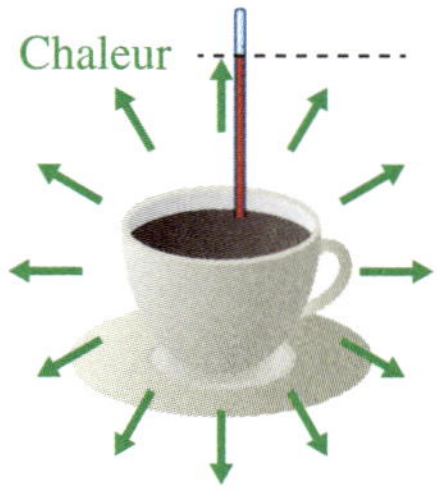

$$\frac{dT}{dt} = -k \times (T(t) - T_a)$$

où T_a est la température du milieu ambiant, *k* une constante positive qui dépend du corps et $\frac{dT}{dt}$ la dérivée de la température par rapport au temps.

■ Après résolution de cette équation différentielle, on trouve :

$$T(t) = \mathbf{T_a} + (\mathbf{T(0)} - \mathbf{T_a}) \times \mathbf{e}^{-k \times t}$$

où $T(0)$ est la température initiale du corps.
La courbe suivante montre l'évolution au cours du temps de la température d'un corps à la température initiale $T(0)$ dans un milieu de température T_a.

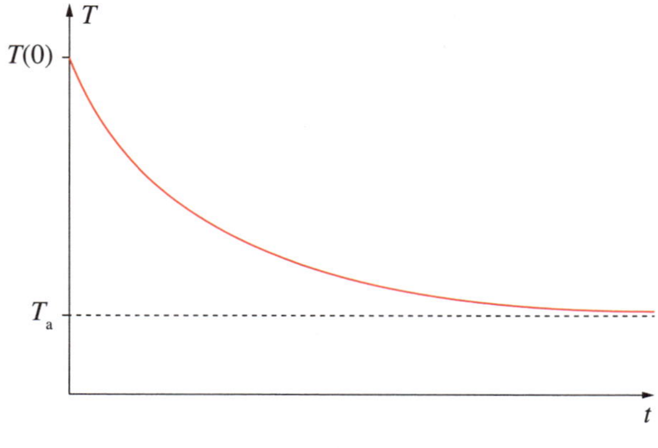

3 Bilan radiatif de la Terre

■ Le Soleil produit plus de 99 % de l'énergie reçue par la Terre. Cette énergie, issue des réactions thermonucléaires à l'intérieur de notre étoile, nous parvient sous forme de **rayonnements électromagnétiques**.

■ Effectuer le **bilan radiatif de la Terre** consiste à faire la différence entre l'énergie reçue par la planète et l'énergie renvoyée vers l'espace.

A. Puissance émise par le Soleil

Pour la puissance émise par le Soleil, on utilise la loi de Stefan-Boltzmann (voir p. 155) : $P = \sigma \times S \times T^4$. La température à la surface du Soleil est $T = 5\,800$ K et son rayon R est de l'ordre de $6{,}96 \times 10^8$ m. On obtient donc : $P = \sigma \times 4\pi \times R^2 \times T^4$ (la surface d'une sphère de rayon R étant donnée par la relation $S = 4\pi \times R^2$), soit :

$P = 5{,}67 \times 10^{-8} \times 4 \times \pi \times (6{,}96 \times 10^8)^2 \times 5\,800^4$

$\mathbf{P = 3{,}91 \times 10^{26}\ W}$

B. Puissance reçue par la Terre

■ La puissance solaire, émise à partir d'une sphère et constante, va se propager sous forme sphérique dans toutes les directions.

On cherche la puissance reçue par unité de surface par la Terre située à une distance moyenne $D = 1{,}50 \times 10^{11}$ m

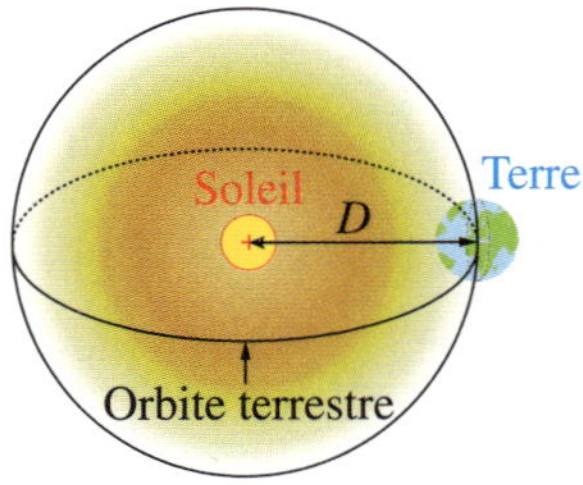

$$P_s = \frac{P}{S_{sphère}} = \frac{P}{4 \times \pi \times D^2} = \frac{3{,}91 \times 10^{26}}{4 \times \pi \times (1{,}50 \times 10^{11})^2}$$

$$= 1{,}38 \times 10^3\ W.m^{-2}$$

■ La puissance ainsi reçue par la Terre correspond à la puissance traversant un disque de rayon équivalent. Cette puissance va être répartie sur toute la surface terrestre :

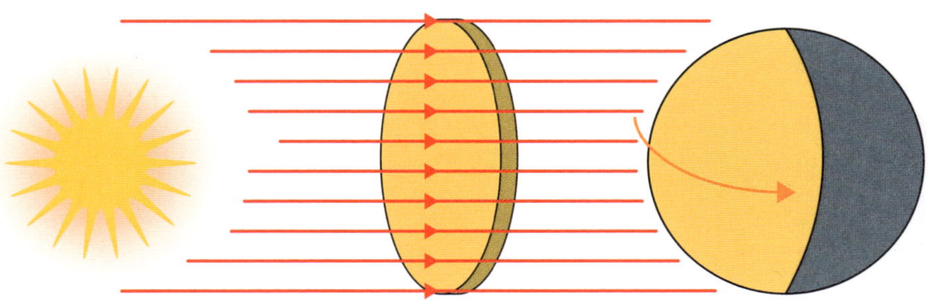

$$P = P_S \times \frac{S_{disque}}{S_{sphère}} = P_S \times \frac{\pi \times R_T^2}{4 \times \pi \times R_T^2} = \frac{P_S}{4} = 345\ W.m^{-2}$$

C. Albédo terrestre, absorption et effet de serre

■ Une partie de la lumière reçue par la Terre est réfléchie par celle-ci. On appelle **albédo** la fraction du rayonnement solaire réfléchie vers l'espace sans être absorbée. Sur Terre, l'albédo moyen est d'environ 30 %.

■ L'énergie solaire parvenant sur Terre est **absorbée** soit par l'atmosphère, soit par la Terre ou les océans. Cela provoque une élévation de leur température et une réémission vers l'espace d'un rayonnement électromagnétique infrarouge.

■ Une partie de ce rayonnement infrarouge est piégée par l'atmosphère qui est ainsi réchauffée : c'est **l'effet de serre**. Sans cet effet de serre, la température de la Terre serait de –18 °C. On estime que, grâce à l'effet de serre, la puissance surfacique émise par la surface de la Terre est de l'ordre de 390 W.m^{-2}.
Grâce à la loi de Stefan-Boltzmann, on peut calculer la température moyenne T à la surface de la Terre :

$P_s = \frac{P}{S} = \sigma \times T^4$, avec P_s la puissance surfacique en W.m^{-2}. D'où :

$$T = \sqrt[4]{\frac{P_s}{\sigma}} = \sqrt[4]{\frac{390}{5,67 \times 10^{-8}}} = 288 \text{ K}$$ soit **15 °C.**

Rappel
La relation entre la température θ en °C et la température T en K est donnée par :
$T = 273 + \theta$

■ L'effet de serre permet d'avoir une température moyenne idéale pour le développement de la vie sur Terre. Mais l'augmentation du taux de dioxyde de carbone dans l'atmosphère entraîne une augmentation de la température moyenne à la surface de la planète.

D. Bilan

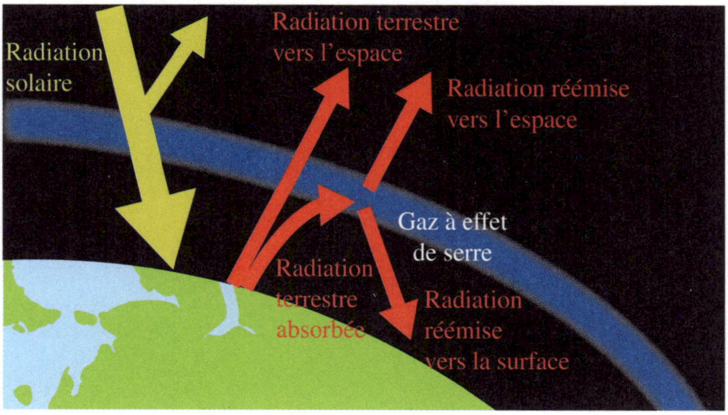

1 Identifier les transferts thermiques et utiliser la loi de Stefan-Boltzmann

EXERCICE TYPE

1. Lorsqu'on utilise une douche solaire, on expose aux rayons solaires un film plastique noir contenant de l'eau. Identifier les trois types de transferts thermiques mis en jeu.

2. Même question avec une tasse de café à 50 °C posée en plein soleil sur une table à 20 °C alors que la température ambiante vaut 25 °C.

3. Pour chauffer une chambre, on utilise un radiateur assimilable à un parallélépipède rectangle de largeur 50 cm, de longueur 80 cm et de 5,0 cm de largeur. Sa puissance est de 1 000 W.
Calculer la température T du radiateur.

CORRIGÉ COMMENTÉ

1. Le Soleil transmet de l'énergie au film plastique par **rayonnement**.
Cette énergie est amenée à l'eau par **conduction** à travers le film, car c'est le seul transfert de chaleur possible dans un solide.
L'eau à proximité du film est chauffée. Cela crée de la **convection** à l'intérieur du liquide.

2. Le Soleil transmet de l'énergie à la tasse par **rayonnement**.
La tasse et son contenu sont à 50 °C, alors que la table sur laquelle la tasse est posée est à 20 °C : il y a donc transfert thermique sous forme de **conduction** entre la tasse et la table, seul mode de transfert possible entre deux solides.
Il y a aussi un transfert thermique sous forme de **convection** entre la surface du café au contact de l'air qui refroidit et le reste du liquide.

3. On utilise la loi de Stefan-Boltzmann :

$$P = \sigma \times S \times T^4$$

$$T = \sqrt[4]{\frac{P}{\sigma \times S}}$$

Point maths

La surface d'un parallélépipède rectangle est donnée par la formule :
$S = 2 \times (L \times \ell + h \times \ell + L \times h)$

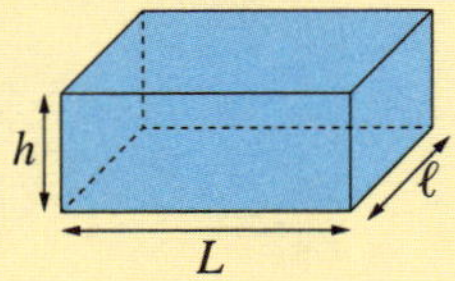

$$\boldsymbol{T} = \sqrt[4]{\frac{1\,000}{5{,}67 \times 10^{-8} \times 2 \times (0{,}50 \times 0{,}80 + 0{,}50 \times 0{,}050 + 0{,}80 \times 0{,}050)}} = \mathbf{371\ K.}$$

À RETENIR

Il existe trois modes de transfert de chaleur :
- la conduction, dans les solides et sans transport de matière ;
- la convection, dans les fluides et avec transport de matière ;
- le rayonnement, qui peut se faire dans le vide. La puissance rayonnée se calcule grâce la loi de Stefan-Boltzmann : $P = \sigma \times S \times T^4$.

2 Étudier la conduction thermique dans les matériaux

EXERCICE TYPE

Un mur, de 6,0 m de longueur sur 3,0 m de hauteur, est constitué d'une épaisseur de 20 cm de parpaings.

1. Quel est le nom du mode de transfert thermique qui a lieu ici ? Expliquer son principe en quelques mots.
2. Calculer la résistance thermique de ce mur.
3. La température extérieure est de 30 °C et la température intérieure est de 16 °C. Calculer le flux thermique à travers ce mur.

On veut isoler ce mur en ajoutant un bardage en bois constitué d'une lame d'air de 3,0 cm et d'une épaisseur de bois de 2,0 cm.

4. Calculer la nouvelle résistance thermique $R_{th(mur)}$.
5. Calculer le nouveau flux thermique.
6. L'isolation du mur est-elle efficace ?

Données : conductivités thermiques en $W.m^{-1}.K^{-1}$:
$\lambda_{parpaing} = 0,90$; $\lambda_{air} = 0,025$; $\lambda_{bois} = 0,040$.

CORRIGÉ COMMENTÉ

1. Le seul transfert thermique possible dans les solides est la **conduction thermique. La chaleur se déplace de proche en proche sans transport de matière.**

> **Rappel**
> Le transfert de chaleur se fait toujours du corps le plus chaud vers le corps le plus froid.

2. Calculons la résistance thermique du matériau :

$$R_{th} = \frac{e}{\lambda_{parpaing} \times S}$$

$$\boldsymbol{R_{th}} = \frac{0,20}{0,9 \times 18} = \mathbf{1,2 \times 10^{-2}\ K.W^{-1}}.$$

3. Utilisons la loi de Fourier :

$$\Phi = \frac{T_2 - T_1}{R_{th}}$$

$$\Phi = \frac{30 - 16}{1{,}2 \times 10^{-2}} = \mathbf{1{,}2 \times 10^3\ W}$$

4. Le mur est maintenant constitué de trois matériaux : le parpaing, l'air et le bois. La résistance totale est la somme des résistances de chacun d'eux.

$$R_{th(mur)} = R_{th(parpaing)} + R_{th(air)} + R_{th(bois)}$$

$$R_{th(mur)} = \frac{e}{\lambda_{parpaing} \times S} + \frac{e'}{\lambda_{bois} \times S} + \frac{e''}{\lambda_{air} \times S}$$

$$R_{th(mur)} = \left(\frac{e}{\lambda_{parpaing}} + \frac{e'}{\lambda_{bois}} + \frac{e''}{\lambda_{air}}\right) \times \frac{1}{S}$$

$$\boldsymbol{R_{th(mur)}} = \left(\frac{0{,}20}{0{,}90} + \frac{0{,}030}{0{,}025} + \frac{0{,}020}{0{,}040}\right) \times \frac{1}{18} = \mathbf{1{,}1 \times 10^{-1}\ K.W^{-1}.}$$

5. Utilisons à nouveau la loi de Fourier :

$$\Phi_2 = \frac{T_2 - T_1}{R_{th}}$$

$$\boldsymbol{\Phi_2} = \frac{30 - 16}{1{,}1 \times 10^{-1}} = \mathbf{1{,}3 \times 10^2\ W.}$$

Rappel

La différence de deux températures exprimées en degré Celsius donne le même résultat que la différence de ces mêmes températures exprimées en kelvin.

6. Calculons le rapport entre les deux flux, avant et après isolation :

$$r = \frac{\Phi}{\Phi_2}$$

$$\boldsymbol{r} = \frac{1{,}2 \times 10^3}{1{,}3 \times 10^2} \approx \mathbf{9{,}2.}$$

Le flux est neuf fois moins important après isolation du mur : l'isolation est donc efficace.

À RETENIR

• La conduction thermique des matériaux dépend :
– de la conductivité thermique λ (en $W.m^{-1}.K^{-1}$) du matériau, qui caractérise la quantité de chaleur se propageant par conduction thermique ;
– de la résistance thermique du matériau (en $K.W^{-1}$), liée à sa conductivité thermique, à sa surface et à son épaisseur.

• Le flux thermique Φ (en W) est la quantité de chaleur Q transférée par unité de temps Δt à travers ce matériau : $\Phi = \frac{Q}{\Delta t}$.

SUJET DU BAC

Exercice 50 min **7 points**

Obligatoire depuis l'année 2006 lors de la vente d'un logement et depuis 2007 lors de la location d'un logement, le diagnostic de performance énergétique (DPE) renseigne sur la performance énergétique d'un logement ou d'un bâtiment, en évaluant sa consommation d'énergie totale annuelle (chauffage, eau chaude, électroménager).

La lecture du DPE est facilitée par une étiquette énergie comportant 7 classes de A à G (A correspondant à la meilleure performance, G à la plus mauvaise, voir ci-contre).

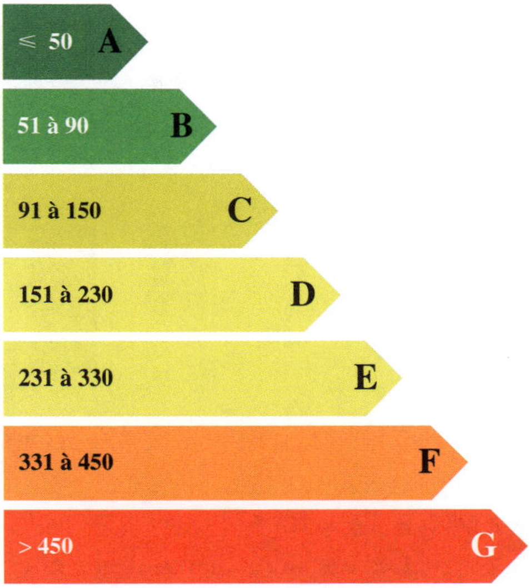

Consommations énergétiques en kWh/an et par m² de surface habitable

Un couple souhaite connaître le DPE d'une maison sans étage de surface habitable 100 m². La maison est construite dans une région où la température de l'air extérieur durant la période de chauffage vaut en moyenne T_e = 4,0 °C. Pendant la période de chauffage, l'intérieur de la maison est maintenu à une température constante T_i = 19 °C grâce au système de chauffage. On estime la durée annuelle de chauffage à 120 jours.

Données :

• Caractéristiques thermiques de la maison :

	Surface (m²)	**Matériau**	**Épaisseur *e* (mm)**	**Conductivité thermique λ (W.m⁻¹.K⁻¹)**	**Résistance thermique R_{th} (K.W⁻¹)**
Toiture	115	Laine de chanvre	100	0,042	$R_{th(toit)}$
		Terre cuite (tuile)	40	0,60	
Murs	91	Plâtre	13	0,46	0,020
		Polystyrène	50	0,036	
		Brique pleine	210	0,50	

• Valeurs des flux thermiques moyens lorsque $T_e = 4{,}0$ °C et $T_i = 19$ °C :

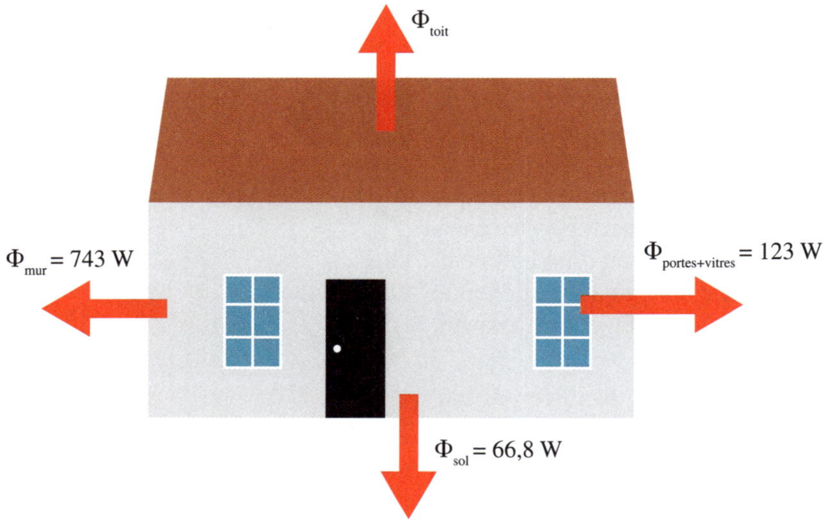

• 1 kWh = $3{,}6 \times 10^6$ J

1. **[1,5 pt]** Les transferts thermiques s'effectuent suivant trois modes.

Associer à chacune des propriétés suivantes le nom du transfert thermique correspondant.

• Propriété 1 : le transfert thermique dans un milieu matériel se fait de proche en proche sans transport de matière.

• Propriété 2 : le transfert thermique ne nécessite pas de milieu matériel et se fait sans transport de matière.

• Propriété 3 : le transfert thermique se fait par déplacement macroscopique de matière, généralement au sein d'un gaz ou d'un liquide.

2. **[2,5 pts]** Calculer la résistance thermique de la toiture, notée $R_{th(toit)}$, et en déduire que le flux thermique moyen à travers le toit en hiver est égal à $\Phi_{toit} = 7{,}1 \times 10^2$ W.

3. **[3 pts]** Afin de conserver une température constante dans la maison, la puissance moyenne du système de chauffage doit être égale au flux thermique moyen sortant de la maison.

En estimant que le chauffage représente 60 % de la consommation d'énergie annuelle, déterminer la classe énergétique de cette maison. → *Corrigé p. 165*

CORRIGÉ

Exercice → Énoncé p. 163

1. Propriété 1 : **conduction**. Propriété 2 : **rayonnement**. Propriété 3 : **convection**.

2. Pour calculer le flux thermique passant par le toit, il faut commencer par calculer la résistance thermique du toit.

Cette résistance thermique est la somme des résistances thermiques de chacun des matériaux le composant :

$R_{th(toit)} = R_{th(laine)} + R_{th(tuile)}$, avec $R_{th} = \dfrac{e}{\lambda \times S}$ et $S = 115$ m^2.

$$R_{th(toit)} = \frac{100 \times 10^{-3}}{0{,}042 \times 115} + \frac{40 \times 10^{-3}}{0{,}60 \times 115} = 2{,}1 \times 10^{-2} \text{ K.W}^{-1}.$$

Nous pouvons maintenant calculer le flux thermique avec la relation :

$$\Phi = \frac{T_i - T_e}{R_{th}}$$

$$\Phi = \frac{19 - 4{,}0}{2{,}1 \times 10^{-2}} = 7{,}0 \times 10^2 \text{ W}.$$

Ce résultat est proche du résultat présenté dans l'énoncé ($\Phi_{toit} = 7{,}1 \times 10^2$ W).

3. Nous allons tout d'abord calculer le flux total sortant de la maison.

$\Phi_{total} = \Phi_{toit} + \Phi_{murs} + \Phi_{sol} + \Phi_{portes+vitres}$

$\Phi_{total} = 7{,}1 \times 10^2 + 743 + 66{,}8 + 123 = 1{,}6 \times 10^3$ W.

Pour garder une température constante dans la maison, ce flux (assimilable à une puissance) doit être compensé par la puissance du chauffage : $P = 1{,}6 \times 10^3$ W.

Calculons maintenant la consommation énergétique du chauffage par m^2 et par an.

La maison de surface $S = 100$ m^2 est chauffée pendant 120 jours.

Convertissons le temps en heure pour pouvoir exprimer l'énergie en kWh :

$\Delta t = 120 \times 24 = 2\,880$ h.

Nous pouvons maintenant calculer la consommation surfacique :

$$E_{surfacique} = \frac{P \times \Delta t}{S}$$

$$E_{surfacique} = \frac{1{,}6 \times 2\,880}{100} = 46 \text{ kWh.m}^{-2}\text{.an}^{-1}.$$

> **Remarque**
> L'énergie E (en joule) se calcule à partir de la puissance P (en watt) et du temps Δt (en seconde) grâce à la relation $E = P \times \Delta t$.

Or, d'après l'énoncé, cette consommation ne représente que 60 % de la consommation totale. Déterminons donc la consommation totale :

$$E = \frac{E_{surfacique}}{0{,}60}$$

$$E = \frac{46}{0{,}60} = 77 \text{ kWh.m}^{-2}\text{.an}^{-1}.$$

La maison a pour classe énergétique B.

Les phénomènes ondulatoires

CHAPITRE 14

1 Caractéristiques d'une onde sonore

■ Une onde mécanique est caractérisée par la propagation d'une perturbation dans un milieu matériel. Il y a transport d'énergie sans transport de matière.
Le son est une onde mécanique ; la perturbation est une alternance de **compressions et de dilatations** du milieu qui se propage dans tout l'espace qui lui est offert.

■ Pour émettre un son, la source va délivrer une certaine puissance, que l'on nomme **puissance acoustique,** exprimée en watt (W).
La puissance reçue par unité de surface est **l'intensité sonore *I*.** L'unité de ***I*** est donc le watt par mètre carré ($W.m^{-2}$).

■ L'être humain peut entendre des sons dont les fréquences s'étalent d'environ 20 Hz à 20 kHz.
Cependant, pour entendre une fréquence appartenant à cette bande passante, il faut que l'intensité sonore associée ait une valeur seuil. Ainsi, l'oreille humaine normale va-t-elle entendre un son de 1 000 Hz si l'intensité sonore vaut au moins **$I_0 = 10^{-12}$ W.m^{-2}. Cette dernière valeur est importante car elle constitue l'intensité sonore de référence de l'acoustique physique.**
Lorsqu'on évalue la capacité auditive d'un individu, on va mesurer cette valeur seuil pour différentes fréquences.

■ La perception de l'oreille n'est pas linéaire. En effet, deux instruments jouant avec la même intensité ne seront pas perçus deux fois plus forts qu'un seul.
On définit donc **le niveau d'intensité sonore *L*** :

$$L = 10 \times \log\left(\frac{I}{I_0}\right)$$

avec $I_0 = 10^{-12}$ W.m^{-2} ;
I : intensité sonore en W.m^{-2} ;
L : niveau d'intensité sonore en dB.

> **Point maths**
> $\log(A \times B) = \log A + \log B$
> $\log\left(\frac{A}{B}\right) = \log A - \log B$
> La fonction **puissance de 10** est la fonction réciproque de la fonction **log** : $10^{(\log x)} = x$;
> de même : $\log(10^x) = x$;
> $\log(1) = 0$.

Le niveau d'intensité sonore se mesure directement avec un **sonomètre.**
Attention : *La suite du cours concerne aussi bien les ondes mécaniques, comme le son, que les ondes électromagnétiques (des rayonnements gamma jusqu'aux ondes radio en passant par la lumière visible).*

2 Diffraction

■ Lorsqu'un faisceau d'ondes (lumière ou sonore) cylindrique (surfaces d'ondes planes, rayons d'ondes parallèles) rencontre une ouverture circulaire dont le diamètre ***a*** est inférieur ou du même ordre de grandeur que **la longueur d'onde λ** du faisceau, il se produit un phénomène physique appelé **diffraction**. Le faisceau cylindrique est transformé en faisceau conique d'angle d'ouverture α.

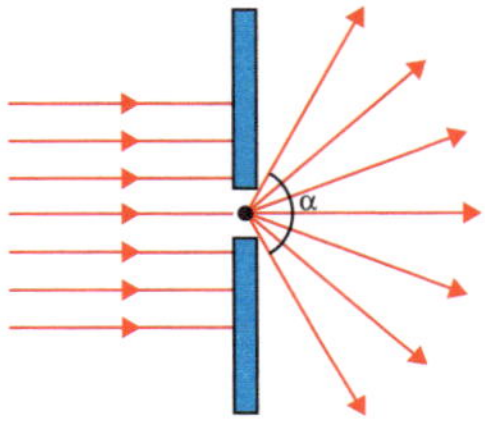

C'est comme si l'onde, en arrivant à l'ouverture ou sur un obstacle, était « repropagée ».

■ L'angle d'ouverture du cône de diffraction est donné par la relation :

$$\alpha = \frac{2 \times \lambda}{a}$$

avec :
λ : longueur d'onde en m ; a : diamètre de l'ouverture circulaire en m.
α est exprimé en rad.

■ En réalité, il se produit plus qu'un étalement, car l'onde produit un phénomène d'interférence que l'on nomme **figure de diffraction**.
Par exemple, lorsqu'une lumière monochromatique issue d'un laser traverse une fente étroite (ou un fil), elle produit sur un écran une figure de diffraction. Cette figure n'a pas la forme de l'ouverture ; elle est perpendiculaire à l'ouverture et se compose d'un maximum d'intensité large et brillant (appelé **tache centrale**) et d'un nombre de maxima d'intensité moins brillants et plus étroits (**taches secondaires**) de chaque côté, ces maxima d'intensité étant séparés par des minima d'intensité (taches sombres appelées **zones d'extinction**).
En optique géométrique, une telle figure serait totalement inattendue…

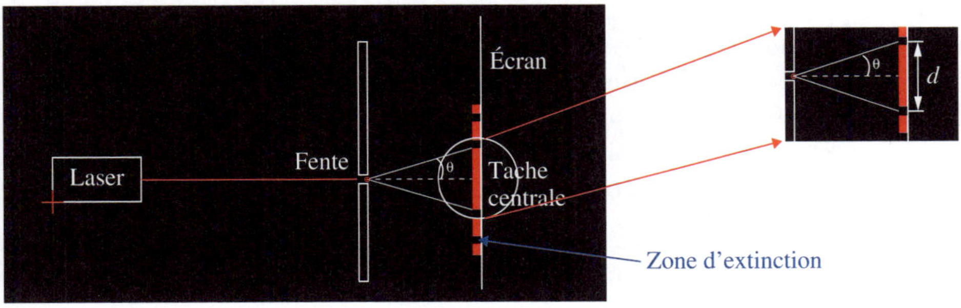

$$\theta \approx \frac{\lambda}{a}$$

avec :
θ : angle de diffraction en rad ;
λ : longueur d'onde en m ;
a : largeur de l'ouverture en m ;
d : dimension de la tache centrale en m.

Remarques

1. L'angle θ est situé entre le milieu de la tache centrale et le milieu du premier minimum de lumière.
2. La mesure de la tache centrale ***d*** se fait entre les milieux des deux premières taches sombres autour de la tache centrale.

■ La longueur d'onde du laser **λ** et la largeur ***a*** de l'ouverture sont du même ordre de grandeur.

Si λ n'est pas du même ordre de grandeur que ***a***, on doit envisager deux cas :
– Si $\lambda \ll a$, alors θ sera proche de 0, c'est-à-dire qu'il n'y a pas de déviation de l'onde.
– Si $\lambda \gg a$, alors θ sera très grand (supérieur à π/2), ce qui signifie que la lumière sera envoyée dans toutes les directions.

■ Dans le cas d'une figure de diffraction, on peut trouver une relation entre la longueur d'onde λ et la dimension de la tache centrale ***d*** en utilisant la distance ***L*** entre la fente et l'écran :

$$\tan\theta = \frac{\text{côté opposé}}{\text{côté adjacent}} = \frac{d/2}{L} = \frac{d}{2L}$$

Pour θ (rad) très petit devant 1, on peut approximer : $\tan\theta \approx \sin\theta \approx \theta$. On a alors :

$$\theta \approx \frac{d}{2L}$$

On a deux approximations de θ que l'on peut rapprocher :

$$\frac{\lambda}{a} = \frac{d}{2L}$$

Point maths

Exprimer une grandeur en fonction des autres paramètres :

$\lambda = \frac{ad}{2L}$ ou $a = \frac{2\lambda L}{d}$ ou $d = \frac{2\lambda L}{a}$

3 Interférences

■ Les bulles d'eau savonneuse et les nappes d'huiles peuvent révéler des couleurs saisissantes lorsqu'elles sont éclairées par le soleil. Ces couleurs sont produites, non pas par la réfraction comme les arcs-en-ciel, mais par un autre phénomène : des **interférences** constructives et destructives de la lumière.
Les ondes se combinent, soit pour supprimer, soit pour accentuer certaines couleurs dans le spectre de la lumière solaire incidente. C'est un phénomène de **superposition**.
Les interférences permettent notamment de réaliser des hologrammes.

■ Une onde monochromatique peut être modélisée par une succession de crêtes et de creux, comme une fonction sinusoïdale :

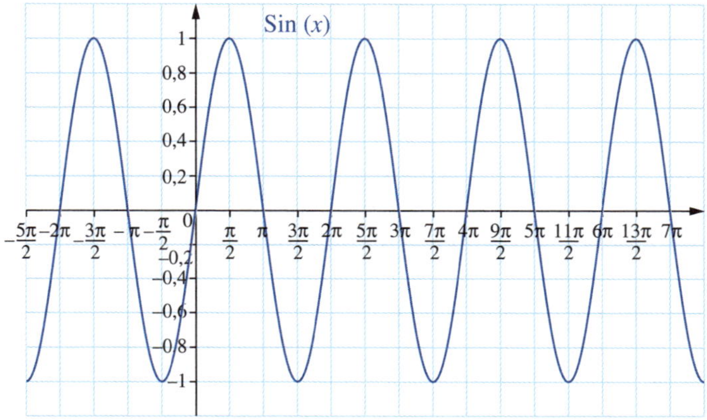

■ On considère d'abord deux ondes monochromatiques de même longueur d'onde se superposant : si les creux et les crêtes coïncident, les ondes se renforcent : elles sont en **phase** ; on parle donc d'**interférences constructives**.

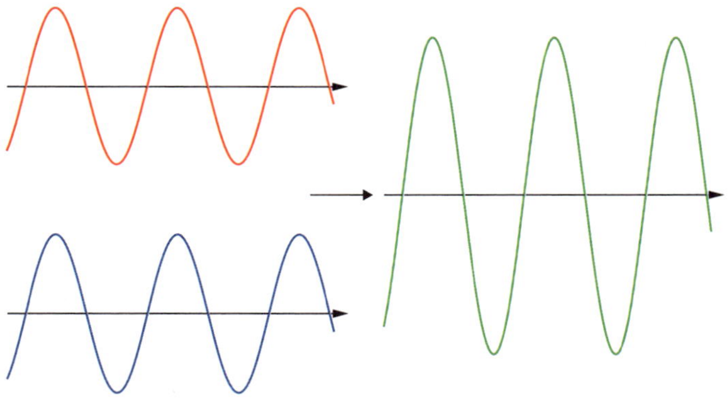

Plusieurs valeurs du déphasage, qui correspond à la différence de phase entre les deux ondes, permettent d'obtenir ce type d'interférences : 0 ; -2π ; 2π ; -4π ; 4π ; etc. soit $2k\pi$ avec $k \in \mathbb{Z}$.

■ Voici un autre cas de superposition :

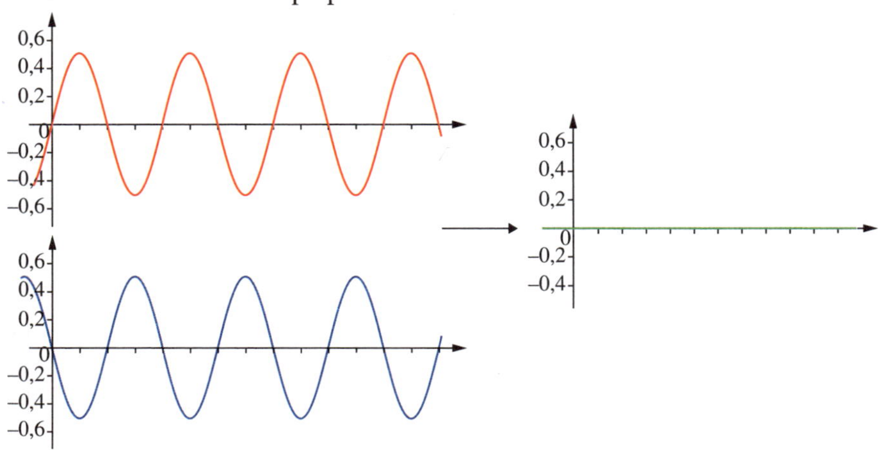

Si un creux de l'une coïncide avec une crête de l'autre, les ondes s'annulent : elles sont en **opposition de phase**, on parle donc d'interférences **destructives.**
Là aussi, plusieurs valeurs du déphasage sont possibles : $-\pi$; π ; -3π ; 3π ; etc. soit $(2k + 1)\pi$ avec $k \in \mathbb{Z}$.

■ Autrement dit, pour voir quels types d'interférences on aura en un point M, il faut donc considérer le déphasage entre les deux ondes qui y interfèrent.
Définissons maintenant la différence de marche δ.
Soient S_1 et S_2 deux sources synchrones (sources ponctuelles émettant des ondes de même fréquence et en phase à l'origine).

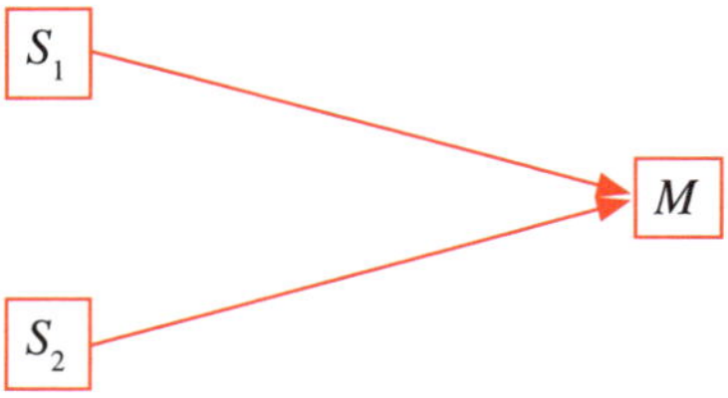

Différence de marche :
$\delta = S_2M - S_1M$
δ peut être positif ou négatif.

Au point M, l'interférence de 2 ondes, issues de 2 sources synchrones et de longueur d'onde λ, sera :
– **constructive** si $\delta = k\lambda$ (avec $k \in \mathbb{Z}$) ;
– **destructive** si $\delta = (k + 1/2)\lambda$ (avec $k \in \mathbb{Z}$).
Remarque : si la différence de marche est quelconque, alors l'amplitude n'est ni nulle, ni maximale.

■ Pour la lumière, on ne peut pas avoir plusieurs sources synchrones ; c'est pourquoi les interférences lumineuses sont créées en divisant l'onde émise par une seule source, de sorte qu'elle prenne deux trajets différents, créant ainsi une différence de marche : c'est le dispositif des fentes d'Young.
Un faisceau laser est envoyé sur une plaque percée de deux fentes fines, proches l'une de l'autre (la distance entre les deux fentes est notée a et elle est inférieure au millimètre) :

Montage des fentes d'Young

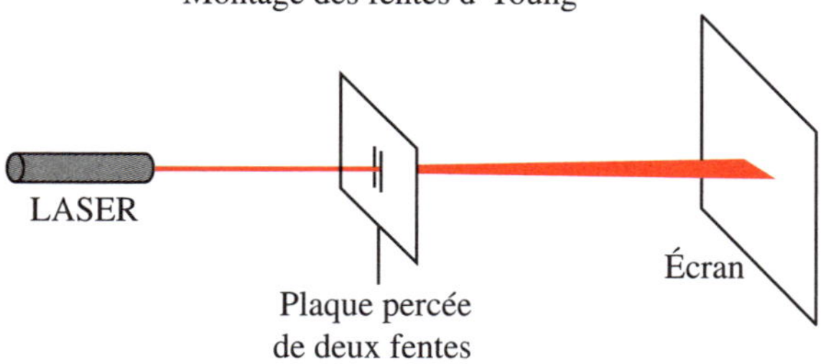

On observe sur l'écran une alternance de franges brillantes et sombres.

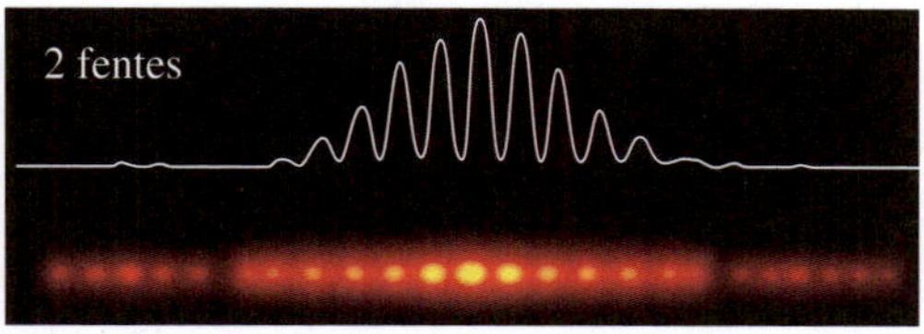

> **Remarque**
> La courbe au-dessus de la tache centrale est le profil d'intensité. On remarque dans la tache centrale une alternance de taches claires et de taches sombres.

(https://phitem.univ-grenoble-alpes.fr/diffraction-interferences/diffraction-interferences-173444.kjsp)

En effet, chaque fente diffracte la lumière. Un point de l'écran reçoit donc 2 ondes, ayant traversé 2 fentes différentes. On observe ainsi une figure de diffraction donnée par une fente fine, avec des franges beaucoup plus fines à l'intérieur de celle-ci : ce sont des **franges d'interférences**.

Les franges sont à égales distances et la distance qui les sépare est **l'interfrange,** notée ***i***.
Expérimentalement, on montre que ***i*** augmente si :
– la distance D entre l'écran et les fentes augmente ;
– la longueur d'onde λ de la source utilisée augmente ;
– la distance a entre les fentes diminue.

On aura donc pour l'interfrange i :

$$i = \frac{\lambda D}{a}$$

avec : l'interfrange ***i*** en m ; la longueur d'onde $\boldsymbol{\lambda}$ dans le milieu en m ; la distance entre l'écran et les fentes ***D*** en m ; la distance ***a*** entre les fentes en m.

■ Démonstration de la formule de l'interfrange

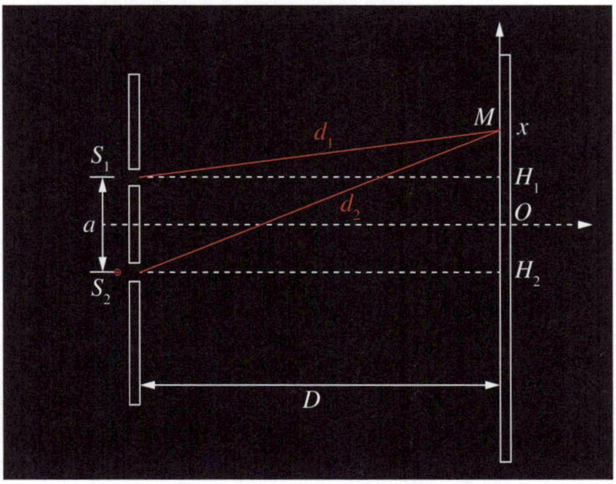

On suppose que $D >> a$ et que $D >> x$. Calculons la différence de marche pour le point M en utilisant le théorème de Pythagore dans les triangles S_1H_1M et S_2H_2M :

$$d_2^2 = D^2 + \left(x + \frac{a}{2}\right)^2 \text{ et } d_1^2 = D^2 + \left(x - \frac{a}{2}\right)^2$$

$$d_2^2 - d_1^2 = 2xa.$$

En utilisant une identité remarquable :

$$d_2^2 - d_1^2 = (d_2 - d_1)(d_2 + d_1) = \delta 2D.$$

En effet, la différence de marche $\delta = (d_2 - d_1)$ et, comme $D >> x$, alors $(d_2 + d_1) \approx 2D$.

En regroupant les deux égalités, on a : $\delta 2D = 2xa$. Donc $\delta = \dfrac{xa}{D}$.

Le point M est au centre d'une frange brillante si la différence de marche $\delta = k\lambda$.

$$k\lambda = \frac{xa}{D} \Rightarrow x = \frac{k\lambda D}{a}$$

La frange brillante après le point M se trouve à : $x' = \dfrac{(k+1)\lambda D}{a}$.

Entre les deux franges, on aura donc : $x' - x = \dfrac{\lambda D}{a} = i$ (interfrange).

4 Effet Doppler*

■ La **fréquence** d'un phénomène périodique est perçue **différemment** par un observateur selon qu'il existe ou non un **déplacement** relatif entre lui et le phénomène.
Cet effet a été démontré en **1842** par le physicien autrichien Johann Christian **Doppler**.
Il a été vérifié expérimentalement en 1845 par Buys Ballot en Hollande « à l'aide d'une locomotive tirant un wagon découvert sur lequel prenaient place plusieurs trompettistes ».
– **La fréquence augmente** si la source et l'observateur **se rapprochent.**
– **La fréquence diminue** si la source et l'observateur **s'éloignent.**

■ L'effet Doppler s'applique non seulement aux ondes sonores, mais aussi aux ondes électromagnétiques (micro-ondes, ondes radio et lumière visible).

A. Démonstration de l'effet Doppler

■ **Premier cas :** soit une source fixe qui émet des ondes périodiques, de période T, se propageant dans le milieu à la célérité c.
Un observateur fixe situé à une distance D de la source reçoit les ondes sonores avec un retard, mais avec la même période.

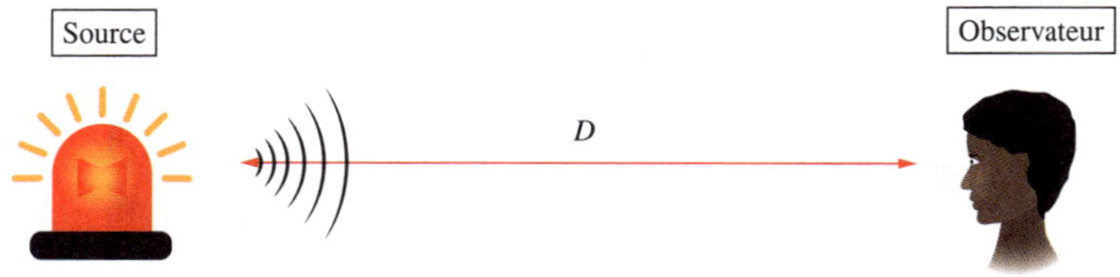

■ **Second cas :** la même source que précédemment se déplace à la vitesse v en direction de l'observateur qui est fixe.
À une date $t_1 = 0$, la première période est émise, lorsque la source est à la distance D de l'observateur.
Celui-ci la reçoit à la date $t_2 = D/c$.

*Ce paragraphe ne pourra pas faire l'objet d'une question à l'épreuve écrite du Bac.

La deuxième période de l'onde est émise à la date $t_3 = T$: la source ayant parcouru la distance vT, elle se trouve à $D - vT$ de l'observateur.

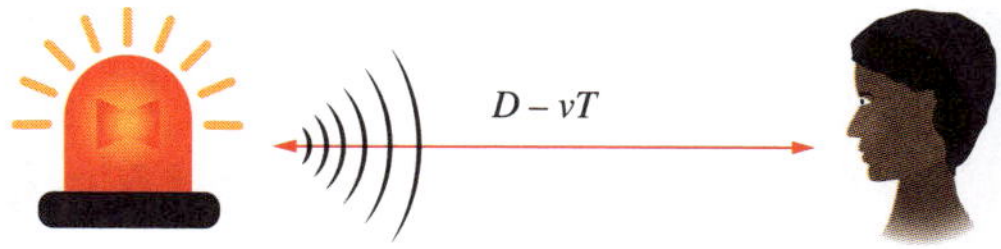

La durée de son trajet jusqu'à l'observateur est $(D - vT)/c$, donc l'observateur la reçoit à la date $t_4 = T + (D - vT)/c$.
Pour l'observateur, la période est alors $T' = t_4 - t_2$ soit $T' = T - vT/c = (1 - v/c)T$.
On remarque que T' est différent de T.

$$T' = T\left(1 - \frac{v}{c}\right)$$

> **Remarque**
> Si la source s'éloigne de l'observateur fixe, on utilise la même méthode, mais on remplace v par $-v$ et on aura $T' = T\left(1 + \frac{v}{c}\right)$.

On peut aussi déterminer la fréquence f' ou la longueur d'onde λ' de l'onde perçue :

$$f' = \frac{1}{T'} = \frac{f}{1 - \frac{v}{c}} = f\left(\frac{1}{1 - \frac{v}{c}}\right) = f\left(\frac{c}{c - v}\right) \qquad \lambda' = cT' = \lambda\left(1 - \frac{v}{c}\right)$$

■ On peut faire des approximations dans le cas où la vitesse de la source v est faible par rapport à la célérité c de l'onde :

– Lorsque la source se **rapproche** de l'observateur :

$$f' = f\left(1 + \frac{v}{c}\right)$$

– Lorsque la source **s'éloigne** de l'observateur :

$$f' = f\left(1 - \frac{v}{c}\right)$$

> **Attention !**
> L'unité de :
> – δf en Hz
> – f (fréquence d'émission) en Hz
> – v (vitesse de la source par rapport à l'observateur) : $m.s^{-1}$
> – c (célérité de l'onde) : $m.s^{-1}$

La différence $f' - f$ est notée δf ; c'est le **décalage Doppler.**

$$\delta f = f\frac{v}{c}$$

– Quand la source se **rapproche** de l'observateur, la fréquence est **plus élevée** : $\boldsymbol{f + \delta f}$.
– Quand la source s'**éloigne** de l'observateur, la fréquence est **plus faible** : $\boldsymbol{f - \delta f}$.

B. Applications

– Déterminer la vitesse, c'est le principe d'un Radar (***RA****dio* ***D****etection* ***A****nd* ***R****anging*).
– En médecine, on peut mesurer la vitesse du sang.
– En astronomie, l'analyse du spectre de la lumière émise par un astre permet de mettre en évidence un décalage en fréquence. Si l'on a un décalage vers le **bleu** (la fréquence augmente), alors l'astre se rapproche de nous. En revanche, si l'on observe un décalage vers **le rouge** (la fréquence diminue), alors l'astre s'éloigne de nous. On peut également étudier le décalage des raies d'absorption du spectre des étoiles.

EXERCICES TYPES

1 Calculer une intensité sonore

EXERCICE TYPE

Lors d'un concert, un trompettiste en jouant de son instrument produit un son d'un niveau sonore de 80 dB.

1. Calculez la valeur de l'intensité sonore correspondante.

2. Calculez la valeur du niveau sonore lorsque deux trompettistes jouent de la même manière et en même temps, sachant que seules les intensités sonores s'additionnent.

CORRIGÉ COMMENTÉ

1. Avant d'effectuer le calcul, il faut donner l'expression littérale de l'intensité sonore :

$$L = 10\log\left(\frac{I}{I_0}\right)$$

$$\frac{L}{10} = \log\left(\frac{I}{I_0}\right)$$

La fonction inverse de log, c'est la puissance de 10 :

$$10^{\frac{L}{10}} = 10^{\log\left(\frac{I}{I_0}\right)}$$

$$10^{\frac{L}{10}} = \frac{I}{I_0}$$

D'où :

$$I = I_0 \times 10^{\frac{L}{10}}$$

Application numérique :

$I = 10^{-12} \times 10^{(80/10)} = 10^{-4}$ W.m^{-2}

$$\boldsymbol{I = 1{,}0 \times 10^{-4}\ \mathrm{W.m^{-2}}}$$

2. Comme les deux trompettistes jouent de manière identique, ils vont avoir la même intensité sonore.

Donc l'intensité sonore finale I_f : $I_f = 2 \times I$.

Le niveau d'intensité sonore final sera :

> **Point maths**
> $\log(A \times B) = \log A + \log B$

$$L_f = 10 \times \log\left(\frac{I_f}{I_0}\right) = 10 \times \log\left(\frac{2I}{I_0}\right) = 10 \times \log(2) + 10 \times \log\left(\frac{I}{I_0}\right)$$

On reconnaît l'expression de L :

$$L_f = 10 \times \log(2) + L$$

On peut calculer : $10 \times \log(2) \approx 3$.

Donc $L_f = 3 + L = 3 + 80 = 83$.

En conclusion, le niveau sonore lorsque deux trompettistes jouent de la même manière et en même temps est de $\boldsymbol{L_f = 83}$ **dB.**

À RETENIR

- La formule du niveau d'intensité sonore : $L = 10 \times \log\left(\frac{I}{I_0}\right)$

L'unité du niveau sonore L est le décibel (dB).
avec I l'intensité sonore en $W.m^{-2}$: c'est une puissance par unité de surface.
$I_0 = 10^{-12}\ W.m^{-2}$: c'est une valeur de référence.

- La fonction puissance de 10 est la fonction réciproque de la fonction logarithme décimal :

$$y = \log(x) \Leftrightarrow x = 10^y$$

- Ne pas oublier les unités et de tenir compte du nombre de chiffres significatifs.
- On peut ajouter les intensités sonores afin de déterminer le niveau sonore final : $I_f = I_1 + I_2 + \ldots$

Attention !
Les niveaux sonores ne s'ajoutent pas, car l'échelle logarithmique a un rapport de 10 entre chaque graduation.

2 Calculer un effet Doppler

EXERCICE TYPE

La sirène d'un camion de pompiers à l'arrêt émet un son sinusoïdal de fréquence $f = 480$ Hz. Lors d'un déplacement d'urgence de ce véhicule, un piéton reste immobile pour le regarder passer toute sirène hurlante. Le piéton perçoit, pour cette sirène, un son de fréquence $f' = 508$ Hz. Quelle est la vitesse v du camion ? La célérité du son dans l'air est $c = 340\ m.s^{-1}$.

CORRIGÉ COMMENTÉ

Déterminons, dans un premier temps, le décalage Doppler entre la fréquence du son à l'arrêt et celle du son perçu par le piéton : $\delta f = f' - f = 508 - 480 = 28$ Hz.
Dans un second temps, utilisons la formule du décalage Doppler à faible vitesse :

$$\delta f = \frac{f \times v}{c}$$

Isolons v : $v = \frac{c \times \delta f}{f}$.

Application numérique : $v = \frac{340 \times 28}{480} = 20\ m.s^{-1}$.

La vitesse du camion est de $v = 20\ m.s^{-1} = 71\ km.h^{-1}$.

Rappel
Vitesse :
$1\ m.s^{-1} = 3{,}6\ km.h^{-1}$
$v(km/h) = v(m/s) \times 3{,}6$
$v(m/s) = v(km/h)/3{,}6$

À RETENIR

Une source se déplaçant à la vitesse v émet une onde de célérité c, dont la fréquence d'émission f est perçue par un observateur fixe avec un décalage Doppler de fréquence :

Remarque

Ne pas confondre δf le décalage Doppler, et δ la différence de marche pour les interférences.

$$\delta f = f' - f = f \times \frac{v}{c}$$

Attention !

Cette formule n'est valable que pour des vitesses v petites par rapport à la célérité de l'onde.

- Si l'observateur et la source se rapprochent l'un de l'autre, la fréquence perçue est $f' = f + \delta f$.
- Si l'observateur et la source s'éloignent l'un de l'autre, la fréquence perçue est $f' = f - \delta f$.

SUJET DU BAC

Exercice 20 min **10 points**

On vous invite à prendre des initiatives et à présenter la démarche suivie, même si elle n'a pas abouti. La démarche est évaluée et nécessite d'être correctement présentée.
Vous êtes en mission secrète pour votre gouvernement dans un pays lointain afin de découvrir si les cristaux fabriqués par ce pays représentent une menace ou pas…

• Première étape [3 pts]

Vous êtes devant le complexe industriel où sont fabriqués ces cristaux ; il est entouré d'une seule route circulaire dont le diamètre est de $d = 7{,}00$ km. Les gardes patrouillent dans une voiturette électrique qui siffle.
À l'arrêt, grâce à votre téléphone qui vous donne la fréquence d'un son enregistré, vous trouvez comme fréquence 1 000 Hz. Quand les gardes se rapprochent de vous dans leur voiturette, vous mesurez un son d'une fréquence de 1 035 Hz.
Déterminer le temps dont vous disposez pour aller fouiller l'usine avant que les gardes ne repassent devant vous.

• Deuxième étape [3 pts]

Vous êtes à l'intérieur de l'usine à la sortie de la chaîne de fabrication des cristaux.
Pour mesurer la taille des cristaux, vous allez utiliser un laser rangé dans votre poche. Malheureusement, à force de courir, les frottements ont effacé les informations inscrites sur le boîtier du laser.
Vous avez à votre disposition une règle graduée, un décamètre et une plaque de métal percée de deux petits trous distants de 0,20 mm.
Expliquer comment déterminer la longueur d'onde de votre laser. Calculer sa valeur.
Voici les données de votre manipulation :
- Distance laser-obstacle : 20,0 cm.
- Distance laser-écran : 3,00 m.
- Distance entre 9 franges sombres : 7,30 cm.

• Troisième étape [3 pts]

Avec le même laser, vous allez mesurer la taille du plus gros cristal.
Avec la même configuration que précédemment, vous trouvez que la tache centrale mesure 4,0 cm.
Si la taille des cristaux dépasse 125 µm, la planète est alors en danger ; sinon, il s'agit juste de cristaux de décoration ! **Montrer comment la tache centrale de la figure de diffraction permet d'évaluer la dangerosité de ces cristaux.**
Vous allez transmettre vos informations à votre hiérarchie.
Faites votre rapport. [1 pt]
Mission accomplie…
Données : Célérité du son dans l'air : $c_{son} = 340$ m.s^{-1}.
Célérité de la lumière dans l'air : $c = 3 \times 10^8$ m.s^{-1}.

→ Corrigé p. 178

CORRIGÉ

Exercice → Énoncé p. 177

Première étape

Grâce à l'effet Doppler, on peut déterminer la vitesse de la voiturette des gardes :

$\delta f = f\dfrac{v}{c} \Leftrightarrow v = \dfrac{\delta f}{f} \times c.$ A. N. : $\boldsymbol{v} = \dfrac{35}{1\,000} \times 340 = \mathbf{12\ m.s^{-1}}$.

La vitesse de la voiturette est de $v = 12$ m.s^{-1} soit $12 \times 3{,}6 = 43$ km.h^{-1}.

La distance à parcourir pour les gardiens est le périmètre du cercle de 7 km de diamètre : $P = \pi \times d$ A. N. : $P = \pi \times 7 \approx 22$ km.

Comme $v = \dfrac{d}{t}$, le temps pour faire un tour est $t = \dfrac{d}{v}$. A. N. : $t = \dfrac{22}{43{,}2} = 0{,}5$ h.

Le temps disponible avant que les gardes ne repassent au point de départ est de **30 min**.

Deuxième étape

On met en place le dispositif des fentes d'Young qui donne des franges d'interférences rectilignes et équidistantes, séparées par un interfrange i, où $i = \lambda \times \dfrac{D}{a}$.

Donc $\lambda = \dfrac{i \times a}{D}$ avec λ la longueur d'onde du laser utilisé en m, i l'interfrange en m, a la distance entre les fentes en m et D la distance entre l'obstacle et l'écran en m.

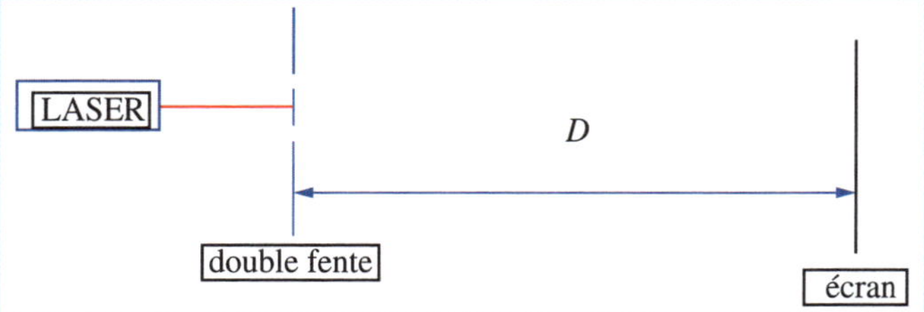

Comme on a mesuré la distance entre 9 franges sombres (pour diminuer les erreurs), c'est qu'il y a 8 interfranges. D'où $i = 7{,}3/8 = 0{,}91$ cm $= 9{,}1$ mm.

Pour la longueur d'onde : $\lambda = \dfrac{9{,}1 \times 10^{-3} \times 0{,}20 \times 10^{-3}}{(3{,}00 - 20 \times 10^{-2})} = 6{,}5 \times 10^{-7}\text{m} = 650$ nm.

La longueur du laser est de 650 nm.

Troisième étape

En utilisant la diffraction, on remplace la double fente par le cristal. On obtient à l'écran un étalement de la lumière avec une tache centrale qui mesure $d = 40$ cm.

Grâce à la relation des petits angles : $\theta = \dfrac{d}{2D} = \dfrac{\lambda}{a}$ avec a : la taille du cristal en m.

D'où $a = \dfrac{\lambda \times 2 \times D}{d}$.A.N.: $\boldsymbol{a} = \dfrac{650 \times 10^{-9} \times 2 \times (3{,}00 - 20 \times 10^{-2})}{4{,}0 \times 10^{-2}} = \mathbf{9{,}1 \times 10^{-5}\ m}$.

La taille du plus gros cristal est d'environ 100 µm. Pour l'instant, aucun danger…

Lunette astronomique

CHAPITRE 15

PHYSIQUE-CHIMIE | SVT | GRAND ORAL | MATHS COMPLÉMENTAIRES

1 Étude de la lunette astronomique

■ Une lunette astronomique est un instrument qui collecte la lumière : l'objet observé est donc vu plus grand et plus lumineux.

■ C'est en 1609 que l'astronome italien Galilée présente la première lunette astronomique (découverte des satellites de Jupiter, des montagnes de la Lune, des nébuleuses, etc.). Son confrère allemand Johannes Kepler en perfectionne le principe, en proposant une formule optique à deux lentilles convergentes.

Galilée (1564–1642)

■ Une lunette astronomique est constituée d'un **objectif** assimilable à une lentille convergente de grande distance focale f_1 (jusqu'à 19 m comme à l'observatoire Yerkes) et d'un **oculaire** constitué d'une lentille convergente de faible distance focale f_2 (quelques cm) jouant le rôle de loupe.
En effet, l'oculaire placé devant l'œil permet d'observer l'image intermédiaire réelle A_1B_1 fournie par l'objectif.
L'oculaire en fournit une image définitive virtuelle renversée : celle-ci ne peut pas être projetée sur un écran et elle est à l'envers.

■ Pour les observations astronomiques, une image renversée ne pose pas de problème. Cependant il existe des redresseurs pour des observations terrestres.

■ Un observateur possédant un œil normal utilise la lunette dans sa configuration **afocale :** le foyer objet $\boldsymbol{F_2}$ de l'oculaire coïncide avec le foyer image $\boldsymbol{F'_1}$ de l'objectif.

2 Construction des images

■ L'astre, objet AB, étant à l'infini (A est dans la direction de l'axe optique), il est vu par l'œil sous un angle α. L'objectif de la lunette donne de cet astre une image réelle A_1B_1.

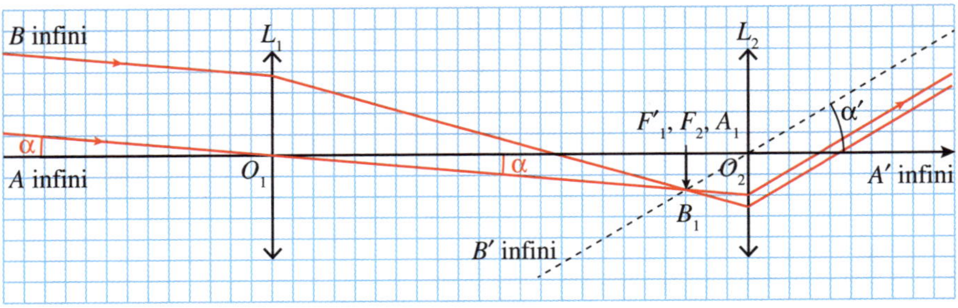

■ L'image intermédiaire A_1B_1 se forme dans le plan passant par F'_1 ; A_1 est confondu avec F'_1 et F_2. $A'B'$, l'image définitive de AB, se trouve à l'infini ; en effet, A' est à l'infini dans la direction de l'axe optique et B' se trouve sur la droite (B_1O_2). Tous les rayons passant par B_1 ressortent de la lentille L_2 parallèles à la droite (B_1O_2).

3 Grossissement de la lunette astronomique

■ Le grossissement de la lunette se définit par $G = \dfrac{\alpha'}{\alpha}$

■ Pour des angles en radian et petits (c'est-à-dire inférieurs à 0,17 rad ≈ 9°), on a :

$$\tan \alpha \approx \alpha = \frac{A_1B_1}{f'_1}$$

$$\tan \alpha' \approx \alpha' = \frac{A_1B_1}{f'_2}$$

$$\text{Donc } G = \frac{\dfrac{A_1B_1}{f'_2}}{\dfrac{A_1B_1}{f'_1}} = \frac{A_1B_1}{f'_2} \times \frac{f'_1}{A_1B_1} = \frac{f'_1}{f'_2}.$$

On retient : $G = \dfrac{f'_1}{f'_2}$

Rappel

• $f'_1 = O_1F'_1$, c'est la distance focale de la lentille L_1.

• $f'_2 = f_2 = O_2F_2$, c'est la distance focale de la lentille L_2.

4 Caractéristiques d'une lunette commerciale

■ En général, sur une lunette, les constructeurs indiquent les **distances focales** de l'oculaire et de l'objectif. Ces distances focales permettent ensuite de calculer **le grossissement** de l'instrument.

■ L'autre donnée importante est le diamètre de l'objectif, car il détermine la quantité de lumière captée par l'instrument. Plus le diamètre est important, meilleure sera la qualité de la lunette.

■ On peut également augmenter le grossissement en rajoutant une **lentille de Barlow**, qui est une lentille divergente. Cependant, on va perdre en qualité d'image.

Exemple : sur un site commercial, on trouve le modèle suivant :
« Sky-Watcher 70/700 avec un système de mise au point à crémaillère de 31,75 mm. Cette lunette astronomique est livrée avec deux oculaires : super 25 mm et super 10 mm. »

Explications :

– L'objectif de cette lunette a un diamètre de 70 mm et une distance focale f'_1 de 700 mm.

– Ce modèle dispose de deux oculaires de f'_2 = 25 mm et 10 mm.

On aura donc deux grossissements possibles : $G_1 = \frac{700}{25} = 28$ et $G_2 = \frac{700}{10} = 70$.

On remarque que plus la valeur de l'oculaire est élevée, moins le grossissement sera grand.

Cependant, un faible grossissement donne davantage de champ visuel et une image plus lumineuse.

– La lunette est équipée d'un système à crémaillère afin de rendre **la lunette afocale**, et ceci pour un plus grand confort d'observation. En effet, l'œil sans défaut est au repos quand il regarde un objet à l'infini.

Une lunette astronomique

EXERCICES TYPES

1 Construire des images à travers une lunette astronomique afocale

EXERCICE TYPE

Soit une lunette afocale dont l'objectif et l'oculaire sont des lentilles minces convergentes L_1 et L_2 d'axe optique commun et de distances focales f'_1 = 34,0 cm et f'_2 = 12,0 cm.

1. Schématiser la lunette à l'échelle 1/4.

2. Le diamètre apparent d'un objet AB à l'infini est $\alpha = 5{,}0°$, A étant dans la direction de l'axe optique de la lunette. L'image définitive $A'B'$ de la lunette est vue à la sortie de la lunette sous un angle α'.
Construire l'image intermédiaire A_1B_1 de AB par L_1, puis l'image définitive $A'B'$ par L_2.

CORRIGÉ COMMENTÉ

1. La distance séparant les deux lentilles est la somme des deux distances focales, car l'énoncé précise que la lunette est afocale, donc F'_1, est confondu avec F_2.
Sur un même axe optique, on représente les deux lentilles séparées d'une distance de 11,5 cm.

> **Remarque**
> Le schéma est demandé à l'échelle 1/4 ; les valeurs réelles seront donc divisées par 4 pour obtenir les mesures du schéma.
> Attention ! les angles restent les mêmes.

2. A_1 et F'_1 sont confondus. Pour construire B_1, on trace un rayon issu de B passant par O_1 et B_1 sera dans le plan focal de F'_1.
La direction de B' est donnée par le rayon B_1O_2.

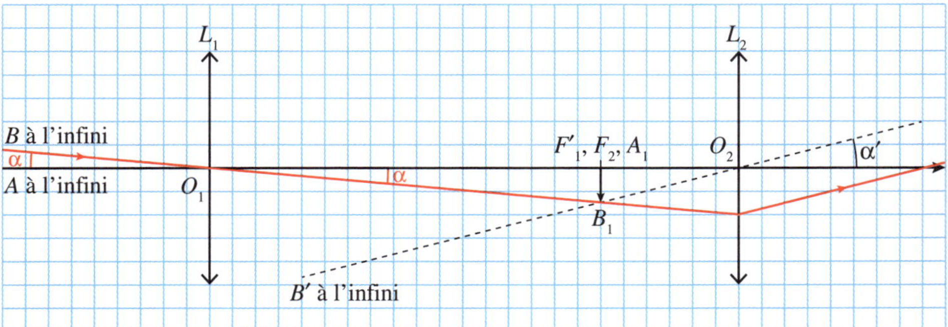

Le schéma n'est pas à l'échelle.

À RETENIR

- L'image d'un objet à l'infini à travers une lentille convergente se forme dans le plan focal image.
- L'image d'un objet se trouvant dans le plan focal objet d'une lentille convergente se forme à l'infini.

2 Étudier les caractéristiques d'une lunette commerciale

EXERCICE TYPE

Sur un site de vente en ligne, on trouve une annonce pour une lunette astronomique : « La lunette astronomique Alien se distingue par un design compact et portable, ainsi qu'une importante performance optique destinée à encourager tout nouvel arrivant dans l'univers des astronomes amateurs !
Caractéristiques : 50/600 ; livrée avec trois oculaires de 20 mm, de 12 mm et 4 mm et d'un renvoi coudé redresseur d'image. »

1. Que signifie l'information 50/600 donnée dans les caractéristiques ?

2. Calculer les grossissements possibles.

3. La notice indique également que cette lunette convient parfaitement aux observations terrestres. Expliquer comment cela est possible.

CORRIGÉ COMMENTÉ

1. 50/600 : 50 est le diamètre du tube en mm, et 600 la distance focale de l'objectif en mm.

2. Les grossissements possibles se calculent à partir de la formule : $G = \frac{f'_1}{f'_2}$, avec $f'_1 = 600$ mm.

Applications numériques : $G_1 = \frac{600}{20} = 30$; $G_2 = \frac{600}{12} = 50$; $G_3 = \frac{600}{4} = 150$.

On aura au choix un grossissement de 30 fois, 50 fois ou 150 fois.

3. La lunette astronomique est constituée de deux lentilles convergentes, donc l'image finale sera renversée. Pour observer le ciel, une image inversée ne pose pas de problème ; en revanche, pour une observation terrestre, une image à l'envers peut perturber. C'est pourquoi on a à disposition un redresseur d'image qu'on pourra installer sur la lunette au niveau de l'oculaire.

À RETENIR

- Les caractéristiques d'une lunette commerciale :
– diamètre du tube en mm ;
– distance focale de l'objectif en mm ;
– distances focales des oculaires en mm ;
– calcul du grossissement :
G = distance focale de l'objectif/distance focale de l'oculaire.

SUJET DU BAC

Exercice 25 min **10 points**

En 1611, Kepler propose le principe de la lunette astronomique, avec des lentilles convergentes pour l'oculaire et l'objectif. Il améliore la lunette de Galilée, mais l'image est renversée. Kepler ne mettra cependant pas son idée en pratique, et il faudra attendre 1617 pour voir apparaître les premières lunettes astronomiques.

Johannes Kepler (1571–1630)

On se propose de modéliser une lunette astronomique à l'aide de deux lentilles convergentes :
– une lentille L_1 de distance focale $f'_1 = 60$ cm ;
– une lentille L_2 de distance focale $f'_2 = 10$ cm.
On se place dans le cas où l'image intermédiaire A_1B_1 est située dans le plan focal objet de la lentille L_2. La distance entre les centres optiques des deux lentilles est fixée à 70 cm.

1. [1 pt] Quel rôle joue A_1B_1 pour la lentille L_2 ?

2. [1 pt] Comment, dans ce système optique, nomme-t-on les lentilles L_1 et L_2 ?

3. [2 pts] Sur un schéma à l'échelle 1/10 pour l'axe horizontal et 1/1 pour l'axe vertical, représenter les deux lentilles L_1 et L_2, les foyers des deux lentilles L_1 et L_2, l'image intermédiaire A_1B_1 de hauteur 1 cm et tracer deux rayons lumineux traversant les deux lentilles en passant par B_1

4. [1 pt] D'après la construction précédente, où se trouve l'objet AB ? où se trouve l'image définitive A_2B_2 ?

5. [1 pt] Définir le diamètre apparent α de l'objet et le diamètre apparent α' de l'image.

6. [1 pt] Indiquer ces deux diamètres apparents sur le schéma.

7. [2 pts] Exprimer le grossissement de la lunette en fonction des distances focales des deux lentilles, puis le calculer.

8. [1 pt] En déduire un moyen d'augmenter le grossissement d'une lunette astronomique.

→ Corrigé p. 185

CORRIGÉ

Exercice → *Énoncé p. 184*

1. A_1B_1 est son objet. **2.** L_1 est l'objectif et L_2 l'oculaire.

3. Schéma d'une lunette astronomique.

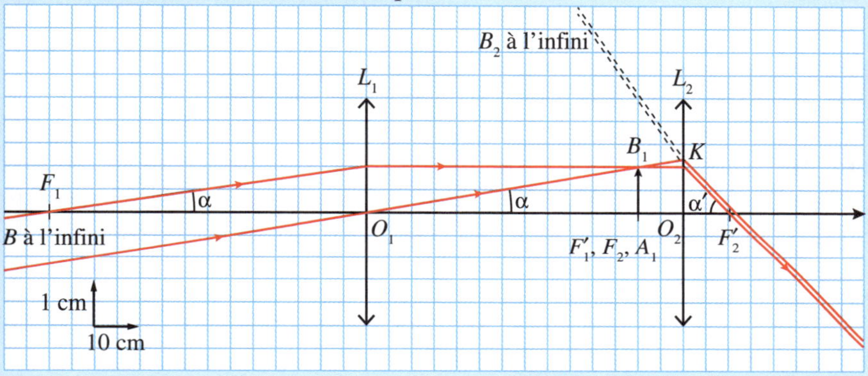

4. L'objet AB est à l'infini, car son image est dans le plan contenant F'_1 et perpendiculaire à l'axe optique.
L'image définitive A_2B_2 est à l'infini, car son objet est situé dans le plan contenant F_2.

5. Le diamètre apparent α de l'objet est l'angle sous lequel on observe l'objet AB à l'œil nu. Le diamètre apparent α' de l'image est l'angle sous lequel on voit l'objet AB à travers l'oculaire. Les diamètres apparents s'expriment en radian.

6. Voir schéma ci-dessus de la lunette astronomique.

7. Dans le triangle $O_2F'_2K$ rectangle en O_2, avec K projeté de B_1 sur L_2, on peut écrire

$$\tan\alpha' = \frac{O_2K}{O_2F'_2} = \alpha' \text{ car est } \alpha' \text{ petit.}$$

Comme $O_2K = A_1B_1$ et $O_2F'_2 = O_2F_2 = f'_2$, on a $\alpha' = \dfrac{A_1B_1}{f'_2}$.

De même dans le triangle $O_1B_1A_1$ rectangle en A_1, on a $\alpha = \dfrac{A_1B_1}{f'_1}$.

Par définition : $G = \dfrac{\alpha'}{\alpha}$.

$$G = \frac{\dfrac{A_1B_1}{f'_2}}{\dfrac{A_1B_1}{f'1}} = \frac{A_1B_1}{f'_2} \times \frac{f'_1}{A_1B_1} = \frac{f'_1}{f'_2}.$$

A.N. : $\boldsymbol{G = \dfrac{60}{10} = 6{,}0}$.

> **Point maths**
>
> Pour des angles petits, c'est-à-dire inférieurs à 10° quand la valeur de l'angle est en degré, ou plus petits que 1 pour des angles en radian, on peut faire l'approximation suivante :
>
> $\tan\alpha \approx \sin\alpha \approx \alpha$
>
> **Attention ! α doit être en radian.**

8. Pour augmenter le grossissement, il suffit d'augmenter la distance focale f'_1 de l'objectif ou de diminuer la distance focale f'_2 de l'oculaire. Cependant, il est plus simple de changer d'oculaire et de lui adjoindre une lentille de Barlow.

CHAPITRE 16

Dynamique d'un système électrique

1 Intensité d'un courant électrique en régime variable

■ Le déplacement ordonné de charges électriques dans un circuit est appelé **courant électrique**. Très souvent, les porteurs de charge sont des électrons. Par convention, le sens du courant est le sens opposé à celui du déplacement des électrons. Dans un récepteur, le courant électrique circule du potentiel (tension) le plus élevé vers le potentiel le moins élevé.

■ On appelle **intensité** d'un courant électrique traversant la section S d'un conducteur la **quantité d'électricité** traversant S par **unité de temps** :

$$i(t) = \frac{\mathrm{d}q}{\mathrm{d}t} \quad (\mathrm{d}q \text{ traversant } S \text{ pendant } \mathrm{d}t)$$

avec $i(t)$ l'intensité en ampère (A) ; $\mathrm{d}q$ en coulomb (C) ; $\mathrm{d}t$ en seconde (s).

2 Le condensateur

■ Un condensateur C est un dipôle électrique formé par l'association de deux conducteurs en regard, appelés **armatures**. Lorsqu'il est soumis à une différence de potentiel u non nulle, des charges opposées $q_A = q$ et $q_B = -q$ s'accumulent sur les deux armatures.

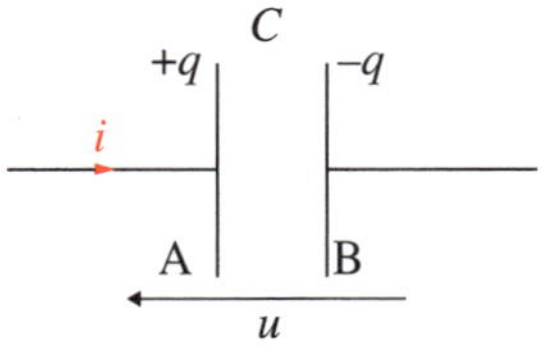

■ Très souvent, les armatures sont deux surfaces conductrices séparées par une faible épaisseur d'un **matériau isolant**, aussi appelé **diélectrique**, comme l'air sec, l'alumine ($A\ell_2O_3$), le polyéthylène, le papier, le papier métallisé, le papier huilé, le verre, la céramique…

■ Historiquement, le premier condensateur est la bouteille de Leyde, inventée au XVIIIe siècle. Une bouteille en verre isolant est remplie à moitié environ d'eau et est tapissée extérieurement par une feuille métallique. La feuille externe et l'eau forment les armatures. Le verre est le diélectrique.

■ Les caractéristiques d'un condensateur dépendent :
– de sa géométrie ;
– de la nature du diélectrique.

La forme géométrique la plus simple est celle du **condensateur plan** dont les armatures sont deux plaques conductrices parallèles distantes de *d*.

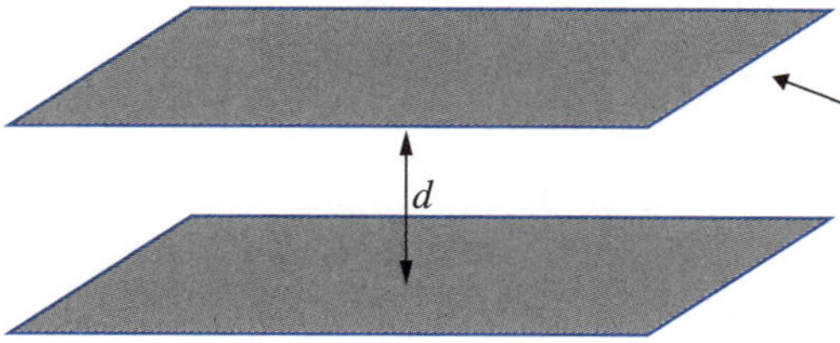

■ Pour chaque condensateur, il existe une tension maximale applicable à ses bornes. Cette tension est dite **disruptive** ou de claquage.

Au-delà de la tension de claquage, une étincelle peut apparaître dans l'isolant et provoquer la destruction du condensateur.

■ La charge Q d'un condensateur est proportionnelle à la tension U appliquée à ses armatures.

$Q = C \times U$ avec Q en coulomb (C) et U en volt (V).

La constante de proportionnalité C est appelée **capacité du condensateur** et s'exprime en farad (F), en hommage à Michael Faraday (1791-1867), physicien et chimiste britannique connu pour ses travaux dans le domaine de l'électromagnétisme.

Le terme de « capacité » se justifie bien. En effet, le condensateur a la capacité d'emmagasiner une charge Q d'autant plus importante que la valeur de C est grande.

■ On peut toujours appliquer cette relation de proportionnalité lorsque la tension u_{AB} appliquée aux bornes du condensateur varie au cours du temps :

$$q(t) = C \times u_{AB}(t)$$

■ Dans la pratique, l'unité de la capacité n'est pas adaptée aux ordres de grandeur usuels. On emploie alors les sous-multiples du farad : 1 picofarad (pF) = 10^{-12} F ; 1 nanofarad (nF) = 10^{-9} F ; 1 microfarad (µF) = 10^{-6} F, etc.

■ On utilise les condensateurs pour stabiliser les alimentations (découplage : quelques centaines de nF), filtrer les signaux électriques (quelques nF), avoir de la mémoire pour quelques bits dans les ordinateurs, servir de temporisateur pour allumer une lampe (quelques centaines de µF à quelques mF), servir d'oscillateur pour un métronome, enlever les parasites hautes fréquences d'un moteur, éviter l'effet rebond d'un interrupteur, etc.

3 Circuit RC série : charge du condensateur

■ On appelle **dipôle *RC*** l'association en série d'un condensateur de capacité C et d'une résistance R.

■ Un échelon de tension est un signal électrique de la forme :
$u(t) = 0$ pour $t < 0$; $u(t) = E$ pour $t \geqslant 0$.

A. Établissement de l'équation différentielle

■ On étudie un circuit RC soumis à un échelon de tension de valeur E.

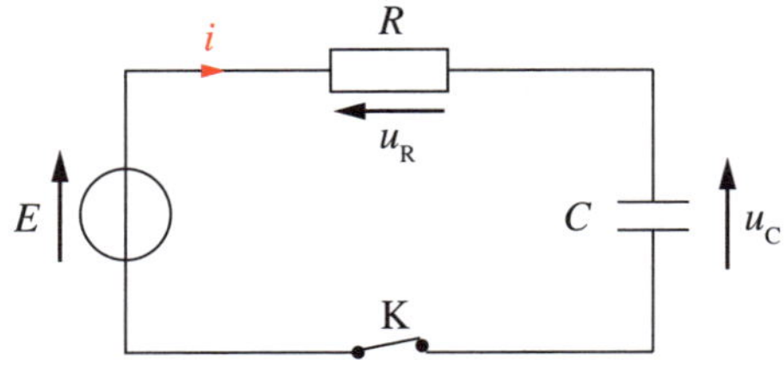

Le condensateur est initialement déchargé. À $t = 0$, on ferme l'interrupteur K. On applique la loi d'additivité des tensions (aussi appelée loi des mailles) :

$$E - u_R - u_C = 0$$
$$\Leftrightarrow u_R + u_C = E$$

Or, d'après la loi d'Ohm, $u_R = R \times i$. D'où :

$$R \times i + u_c = E$$

Comme $i = \dfrac{\mathrm{d}q}{\mathrm{d}t}$ et $q = C \times u_C$, on a : $i = \dfrac{\mathrm{d}(C \times u_C)}{\mathrm{d}t} = C \times \dfrac{\mathrm{d}u_C}{\mathrm{d}t}$ (car C est une constante).

L'équation devient : $$R \times C \times \frac{\mathrm{d}u_C}{\mathrm{d}t} + u_C = E$$

avec R en ohm (Ω) ; C en farad (F) et E en volt (V).

■ On obtient une **équation différentielle** linéaire du premier ordre à coefficients constants et second membre constant.

■ En posant $\boldsymbol{\tau = RC}$, on peut écrire : $$\tau \times \frac{\mathrm{d}u_C}{\mathrm{d}t} + u_C = E \qquad (1)$$

■ On peut également remplacer u_C par $\dfrac{q}{C}$:

$$R \times C \times \frac{1}{C} \times \frac{\mathrm{d}q}{\mathrm{d}t} + \frac{q}{C} = E \Leftrightarrow \frac{\mathrm{d}q}{\mathrm{d}t} + \frac{q}{RC} = \frac{E}{R} \Leftrightarrow \frac{\mathrm{d}q}{\mathrm{d}t} + \frac{1}{\tau}q = \frac{E}{R} \qquad (2)$$

B. Résolution de l'équation différentielle

Pour obtenir la solution la plus générale de l'équation (1), on additionne :
– une solution de l'équation homogène associée (sans second membre) qui correspond à la réponse du circuit *RC* sans excitation : c'est ce que l'on appelle le régime libre ;
– et une solution particulière qui correspond au régime permanent.

■ **Solution de l'équation homogène**

On cherche une solution à l'équation homogène de la forme $u_1 = \mathrm{A} \times \mathrm{e}^{\alpha t}$, avec A et α des constantes. On injecte u_1 dans l'équation homogène : $\tau \times \alpha \mathrm{A}\mathrm{e}^{\alpha t} + \mathrm{A}\mathrm{e}^{\alpha t} = 0$.
Cela donne $\alpha = -\frac{1}{\tau}$.

■ **Solution particulière**

On cherche une solution particulière u_2 constante. On a $\frac{\mathrm{d}u_2}{\mathrm{d}t} = 0$, donc $u_2 = E$.

■ **Solution globale**

$$u_C(t) = u_1 + u_2 = \mathrm{A} \times \mathrm{e}^{-\frac{t}{\tau}} + E$$

■ **Utilisation de la condition initiale pour déterminer *A***

Le condensateur est initialement déchargé. La tension à ses bornes est donc nulle.
À $t = 0$, $u_C(0) = 0$, donc $A + E = 0$ et $A = -E$.
Finalement, la tension aux bornes du condensateur qui se charge est :

$$u_C(t) = E\left(1 - \mathrm{e}^{-\frac{t}{\tau}}\right)$$

■ L'allure de la tension aux bornes du condensateur lors de sa charge est :

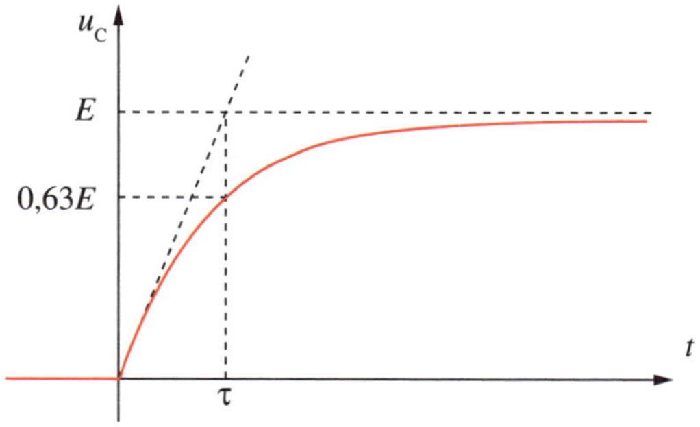

■ La tension $u_C(t)$ aux bornes d'un condensateur ne passe pas instantanément de 0 V à une valeur non nulle lors de la fermeture du circuit : la **tension** $u_C(t)$ est une grandeur **continue**.

■ À partir de l'expression de la tension aux bornes du condensateur, on peut obtenir la fonction donnant la valeur de la charge q de l'armature positive du condensateur :

$$q(t) = C \times u_C(t) = C \times E \times \left(1 - \mathrm{e}^{-\frac{t}{\tau}}\right)$$

■ τ est appelé **constante de temps** et permet de caractériser la vitesse de charge du condensateur. Plus τ est faible, plus le condensateur se charge vite. On peut l'obtenir graphiquement. En effet :

– pour $t = \tau$; $u_C = 0,63 \times E$;

– la tangente à l'origine coupe l'asymptote $u_C = E$ au point d'abscisse $t = \tau$.

■ Pour $0 \leqslant \tau < 5\tau$, le condensateur se charge : le régime est dit **transitoire**.
Pour $t \geqslant 5\tau$, le condensateur est totalement chargé : c'est le régime **permanent**.

■ L'expression de l'intensité $i(t)$ du courant dans le circuit s'obtient en dérivant $q(t)$ par rapport au temps, car $i(t) = \dfrac{\mathrm{d}q}{\mathrm{d}t}$, ou en utilisant la relation $i(t) = C \times \dfrac{\mathrm{d}u}{\mathrm{d}t}$.

Donc, au cours de la charge d'un conducteur par un échelon de tension, l'intensité du courant dans le circuit s'écrit :

$$i(t) = \frac{E}{R}\mathrm{e}^{-\frac{t}{\tau}}$$

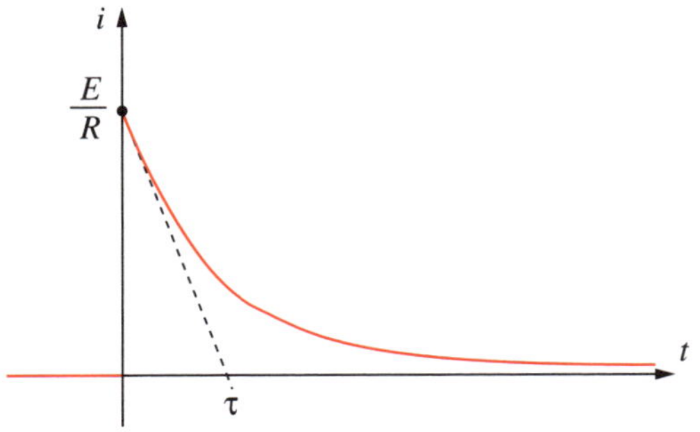

Remarque
La tangente à l'origine coupe l'axe des abscisses au point d'abscisse $t = \tau$.

Contrairement aux courbes de $u_C(t)$ et de $q(t)$, la courbe de $i(t)$ présente une **discontinuité** à l'instant $t = 0$ correspondant à la fermeture du circuit.

4 Circuit *RC* série : décharge du condensateur

A. Établissement de l'équation différentielle

■ On suppose que le condensateur a été complètement chargé. À $t = 0$, on bascule l'interrupteur en position 2 :

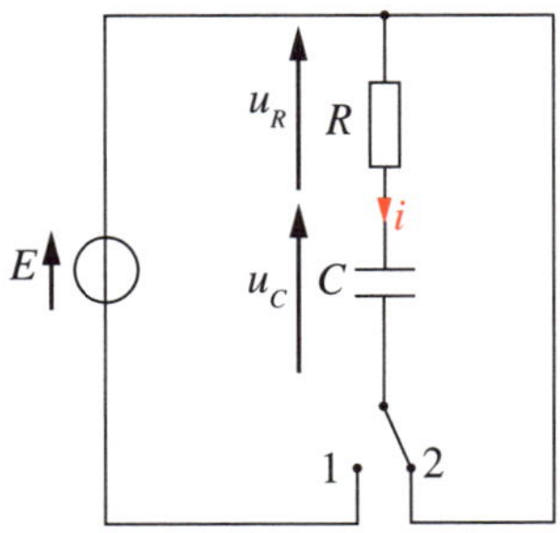

Le condensateur se trouve en série avec uniquement la résistance *R*. En l'absence de générateur dans le circuit, les électrons accumulés sur l'armature négative B lors de la charge du condensateur se déplacent vers l'armature A positive. Un bref courant électrique apparaît dans le circuit.

■ D'après la loi des mailles : $u_C + u_R = 0$; d'après la loi d'Ohm : $u_R = R \times i$.

Comme $i = \dfrac{dq}{dt}$ et $q = C \times u_C$; $i = C\dfrac{du_C}{dt}$.

On obtient donc l'équation différentielle suivante : $RC\dfrac{du_C}{dt} + u_C = 0$.

En posant $\tau = RC$, on a : $$\tau \times \frac{du_C}{dt} + u_C = 0$$

et également : $$\tau \times \frac{dq}{dt} + q = 0$$

B. Résolution de l'équation différentielle

■ Il s'agit une équation différentielle linéaire du premier ordre à coefficients constants sans second membre. La solution est de la forme : $u_C(t) = Ae^{\alpha t}$, avec A et α des constantes. On injecte $u_C(t)$ dans l'équation : $\tau \times \alpha Ae^{\alpha t} + Ae^{\alpha t} = 0$.

Cela donne : $\alpha = -\dfrac{1}{\tau}$. La solution s'écrit donc : $u_C(t) = Ae^{-\frac{t}{\tau}}$.

■ Pour déterminer *A*, on utilise la condition initiale : le condensateur, initialement chargé, **se décharge dans la résistance**. La tension u_C reste positive et diminue pour s'annuler en même temps que le courant. À $t = 0$; $u_C(0) = E$, donc $A = E$.

■ Finalement, la tension aux bornes du condensateur qui se décharge s'écrit :

$$u_C(t) = E \times e^{-\frac{t}{\tau}}$$

On peut vérifier que la fonction $u_C(t)$ est bien **continue**.

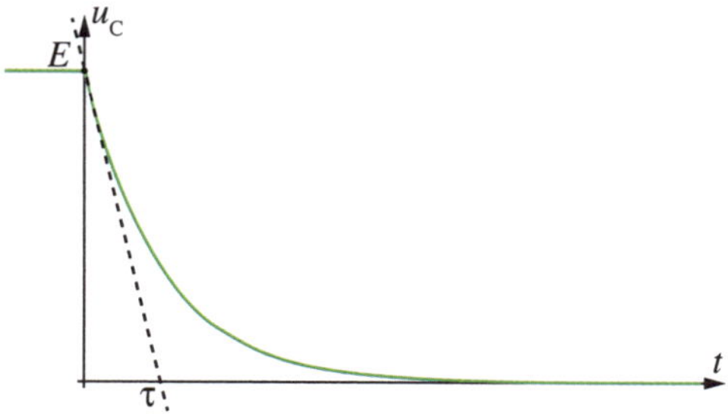

■ Pour l'intensité dans le circuit : $i(t) = C\dfrac{du_C}{dt}$, d'où :

$$i(t) = -\frac{E}{R}e^{-\frac{t}{\tau}}$$

L'inversion du sens du courant entre la fin de la charge et le début de la décharge engendre une **discontinuité** de la fonction $i(t)$.

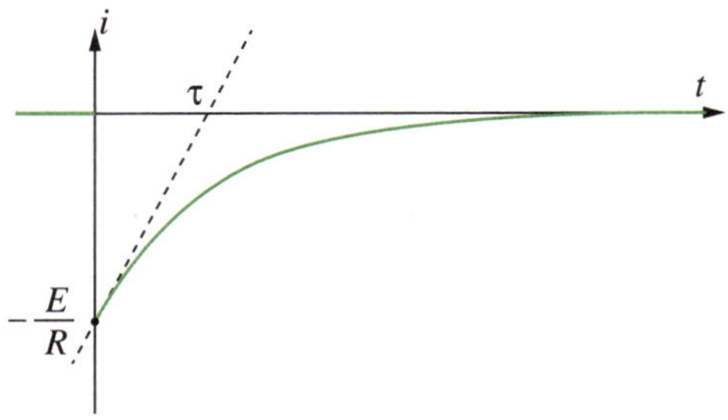

En effet, l'intensité augmente progressivement de la valeur initiale $-\frac{E}{R}$, obtenue après basculement de l'interrupteur en position 2, à la valeur 0 correspondant à l'instant où la décharge du condensateur est terminée et où u_C devient nulle (c'est le **régime permanent**). Là encore, la tangente à l'origine des deux courbes coupe l'axe des abscisses au point d'abscisse $t = \tau$, la constante de temps du dipôle RC.

5 Capteurs capacitifs

■ Afin de mesurer les niveaux des liquides dans un récipient opaque ou de compter des matériaux en vrac, on utilise des **capteurs capacitifs**. Ils ont une grande sensibilité et sont utilisés dans différents domaines comme l'agroalimentaire, la chimie, l'automobile…

On utilise la variation du champ électrique entre les électrodes du capteur. En effet, lorsque les électrodes détectent un objet dans leur champ, des oscillations sont induites, ce qui entraîne une modification de la capacité du condensateur dans le capteur.

Cette variation de capacité est mesurée en continu par l'électronique intégrée. Plus la capacité est grande, plus le niveau est élevé, et inversement. On peut ainsi associer la capacité au niveau correspondant.

■ Ces capteurs fonctionnent **sans contact** et sont très résistants dans des environnements hostiles.

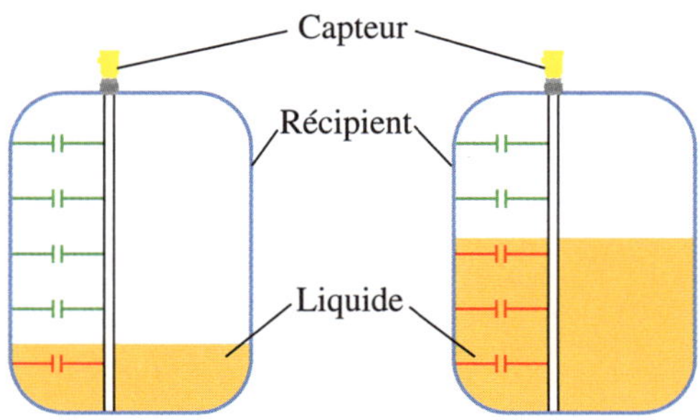

EXERCICES TYPES

1 Étudier la charge du condensateur dans un circuit *RC* série

EXERCICE TYPE

Un circuit électrique (schématisé ci-dessous) comporte, en série, un générateur idéal de tension de force électromotrice $E = 15{,}0$ V, un conducteur ohmique de résistance R inconnue, un condensateur de capacité $C = 150$ µF et un interrupteur K.
Le condensateur est initialement déchargé. À la date $t = 0$ s, on ferme le circuit.

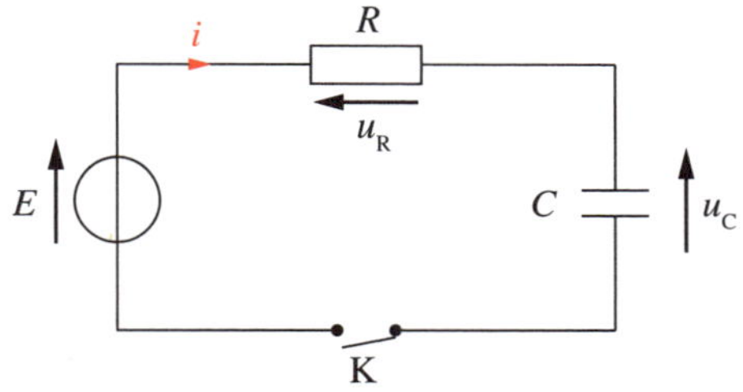

1. Établir l'équation différentielle, notée (1), à laquelle obéit u_C.

2. Vérifier que $u_C(t) = E\left(1 - e^{-\frac{t}{\tau}}\right)$, avec $\tau = RC$, est solution de l'équation (1) et respecte la condition initiale.

3. Par une analyse dimensionnelle, vérifier que τ est bien homogène à une durée.

4. À l'aide de la courbe $u_C = f(t)$ tracée ci-après, déterminer graphiquement la valeur de τ par la méthode de son choix.

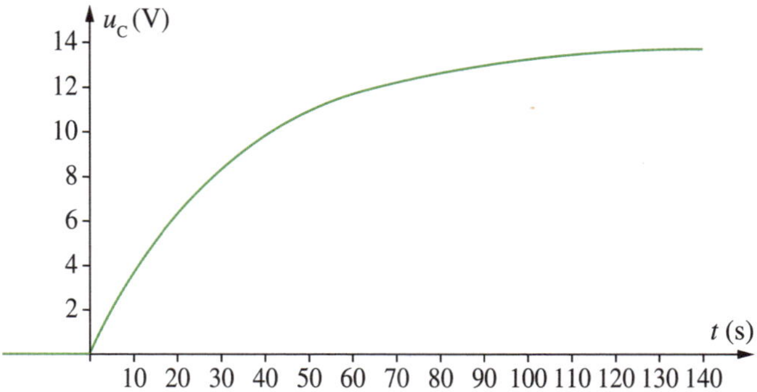

5. En déduire la valeur de la résistance R. Cette valeur sera donnée avec 2 chiffres significatifs.

CORRIGÉ COMMENTÉ

1. Relation entre le courant $i(t)$ et la charge q du condensateur :

$i(t) = \dfrac{dq(t)}{dt}$.

En convention récepteur :

– la charge q du condensateur et la tension u_C à ses bornes sont liées par la relation : $q(t) = C \times u_C(t)$;

– la tension u_R aux bornes du conducteur ohmique et l'intensité i du courant sont liées par la loi d'Ohm : $u_R(t) = R \times i(t)$.

D'où $u_R(t) = R\dfrac{dq(t)}{dt} = RC\dfrac{du_C}{dt}$.

Or, d'après la loi des mailles : $u_C(t) + u_R(t) = E$.

D'où l'équation différentielle (1) :

$$\boldsymbol{u_C(t) + RC\frac{du_C(t)}{dt} = E}.$$

2. Si $u_C(t) = E(1 - e^{-\frac{t}{\tau}})$, alors la dérivée de u_C par rapport au temps est : $\dfrac{du_C}{dt} = \dfrac{E}{\tau}e^{-\frac{t}{\tau}}$.

En reportant dans l'équation différentielle (1), on obtient :

$E\left(1 - e^{-\frac{t}{\tau}}\right) + RC\dfrac{E}{\tau}e^{-\frac{t}{\tau}} = E$, soit $E + E\left(\dfrac{RC}{\tau} - 1\right)e^{-\frac{t}{\tau}} = E$.

Cette relation est donc bien vérifiée quelle que soit la date *t*, si $\tau = RC$.

De plus, $u_C(t = 0) = E(1 - e^0) = 0$: **le condensateur est donc bien initialement déchargé.**

3. D'après la relation charge-tension : $q = C \times u_C$ et $q = i \times t$.

Et, d'après la loi d'Ohm : $u_R = R \times i$.

En faisant une analyse dimensionnelle :

$[C] = \dfrac{[q]}{[u_C]} = \dfrac{[I] \times [T]}{[U]}$ et $[R] = \dfrac{[U]}{[I]}$

Donc $[\tau] = [RC] = \dfrac{[U]}{[I]} \times \dfrac{[I] \times [T]}{[U]} = [T]$.

Le produit RC est **homogène à un temps**. Son unité est la **seconde**.

4. La constante de temps τ est la durée nécessaire pour que, lors de la charge, la tension u_C atteigne 63 % de la valeur finale de E (15,0 V), soit :

$0{,}63 \times E = 0{,}63 \times 15{,}0 = 9{,}5$ V.

Sur le graphe, on lit $u_C = 9{,}5$ V à la date $t =$ **τ = 33 s**.

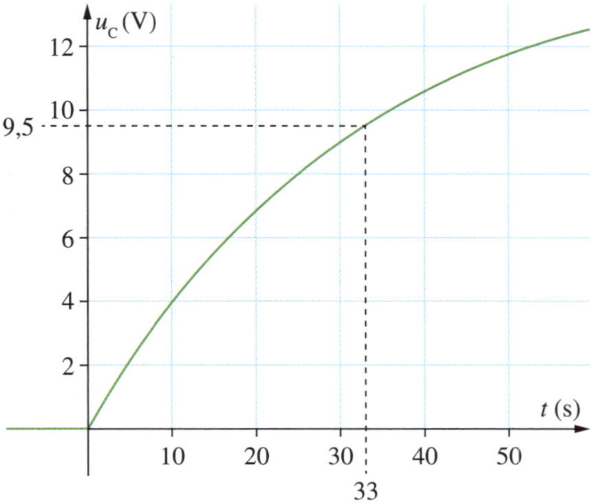

Remarque

On peut tracer la tangente à l'origine mais la méthode est, en général, moins précise.

Point maths

Quand $t = \tau$, $u_C = E(1 - e^{-1}) = E \times 0{,}63$. Donc, quand $t = \tau$, la tension u_C vaut 63 % de E.

5. $\tau = RC$, d'où $R = \dfrac{\tau}{C}$, soit $R = \dfrac{33}{150 \times 10^{-6}} = 220\ 000$.

La valeur de la résistance avec 2 chiffres significatifs est donc : $\boldsymbol{R = 2{,}2 \times 10^5\ \Omega}$.

À RETENIR

• Lorsque le dipôle RC est soumis à un échelon de tension à partir de $t = 0$, l'équation différentielle vérifiée par la tension u_C aux bornes du condensateur est :

$$\tau \frac{\mathrm{d}u_C}{\mathrm{d}t} + u_C = E \text{, avec } \tau = RC.$$

• La solution de cette équation est :

$$u_C(t) = E\left(1 - e^{-\frac{t}{\tau}}\right)$$

• Le produit $\tau = RC$, homogène à un temps, est appelé constante de temps du dipôle. Pour déterminer expérimentalement sa valeur, on peut utiliser la courbe $u_C(t)$ lors de la charge : quand $t = \tau$, la tension aux bornes au condensateur vaut $u_C(\tau) = 0{,}63 \times E$ (63 % de sa valeur finale).

2 Étudier la décharge du condensateur dans un circuit *RC* série

EXERCICE TYPE

On réalise un circuit électrique en branchant en série un condensateur C chargé par un générateur de tension continue $E = 12$ V, une résistance $R = 500\ \Omega$ et un interrupteur K. À l'instant $t = 0$, on ferme le circuit. Le condensateur se décharge dans la résistance.

1. En appliquant la loi d'additivité des tensions lors de la décharge, établir la relation entre les tensions aux bornes des différents dipôles. Montrer que l'on obtient, pour $t > 0$:

$$RC\frac{\mathrm{d}u_C}{\mathrm{d}t} + u_C = 0.$$

2. Vérifier que la solution $u_C(t)$ de l'équation différentielle établie peut être exprimée sous la forme : $u_C(t) = \mathrm{A}\,\mathrm{e}^{-\frac{t}{\tau}}$, avec A constante que l'on exprimera à l'aide des conditions initiales.

3. Établir l'expression $i(t)$. Tracer l'allure de la courbe correspondant à $i(t)$ lors de la décharge.

CORRIGÉ COMMENTÉ

1. Schéma du circuit :

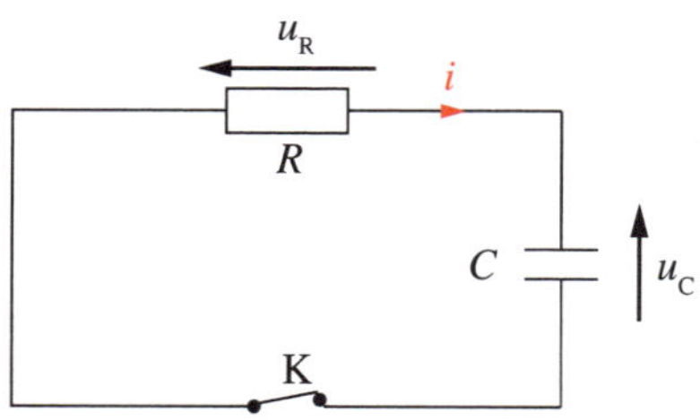

> **Remarque**
> Nous gardons cette convention pour l'orientation du circuit afin d'éviter des signes « – » dans les équations.

Selon la loi d'additivité des tensions : $u_C + u_R = 0$.

Soit $u_C + Ri = 0$ (1). Or, $i = \frac{\mathrm{d}q}{\mathrm{d}t}$ et $q = C \times u_C$; donc $i = C\frac{\mathrm{d}u_C}{\mathrm{d}t}$ en remplaçant i dans l'équation (1). Il vient : $u_C + R\left(C\frac{\mathrm{d}u_C}{\mathrm{d}t}\right) = 0$, d'où $RC\frac{\mathrm{d}u_C}{\mathrm{d}t} + u_C = 0$. **On obtient bien la bonne équation différentielle.**

2. Si $u_C(t) = \mathrm{A}\,\mathrm{e}^{-\frac{t}{\tau}}$, alors $\frac{\mathrm{d}u_C}{\mathrm{d}t} = -\frac{\mathrm{A}}{\tau}\mathrm{e}^{-\frac{t}{\tau}}$.

D'où $RC\frac{\mathrm{d}u_C}{\mathrm{d}t} + u_C = -\frac{ARC}{\tau}\mathrm{e}^{-\frac{t}{\tau}} + \mathrm{A}\mathrm{e}^{-\frac{t}{\tau}} = 0$. **La solution vérifie l'équation différentielle** en posant $\tau = RC$.

Calcul de la constante A : à l'instant $t = 0$, $u_C = E$, soit $u_C(0) = Ae^0 = E$.
D'où A = E. La tension u_C, solution de l'équation différentielle, s'écrit donc :
$\boldsymbol{u_C(t) = E\,e^{-\frac{t}{\tau}}}$.

3. On peut écrire $i(t) = C\dfrac{du_C}{dt}$; d'où $i(t) = -\dfrac{CE}{\tau}e^{-\frac{t}{\tau}}$.

En simplifiant, car $\tau = RC$, on a : $\boldsymbol{i(t) = -\dfrac{E}{R}e^{-\frac{t}{\tau}}}$.

Lors de la décharge du condensateur, l'intensité $i(t)$ a donc l'allure suivante :

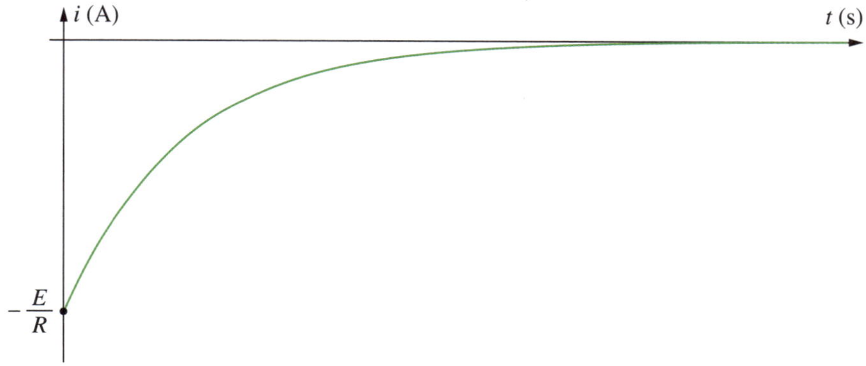

À RETENIR

- Lorsqu'un dipôle RC est soumis à un échelon de tension descendant, le condensateur se décharge et la tension à ses bornes vérifie l'équation différentielle :
$\tau\dfrac{du_C}{dt} + u_C = 0$, en posant $\tau = RC$.
- Lors de la décharge, la tension aux bornes du condensateur ne s'annule pas instantanément : elle décroît selon une loi exponentielle.
- L'inversion de sens du courant entre la fin de la charge et le début de la décharge engendre une discontinuité de la fonction $i(t)$.
- Lors de la décharge du condensateur, la tension u_C atteint 37 % de sa valeur initiale E au bout d'une durée τ.
- Lors de la décharge, la tangente à l'origine de la courbe $u_C = f(t)$ coupe l'axe des temps au point d'abscisse $t = \tau$.

Point maths
On a $e^{-1} = 0{,}37$, donc, quand $t = \tau$,
$i(\tau) = -\dfrac{E}{R} \times 0{,}37$
$u_C(\tau) = E \times 0{,}37$.

SUJET DU BAC

Exercice 30 min **10 points**

D'après un exercice du Bac

1re partie

On réalise le circuit ci-contre (schéma n° 1) constitué d'un générateur de courant, d'un condensateur, d'un ampèremètre et d'un interrupteur. Le condensateur est préalablement déchargé. À la date $t = 0$ s, on ferme l'interrupteur K. L'ampèremètre indique alors une valeur constante pour l'intensité : $I = 12$ µA.

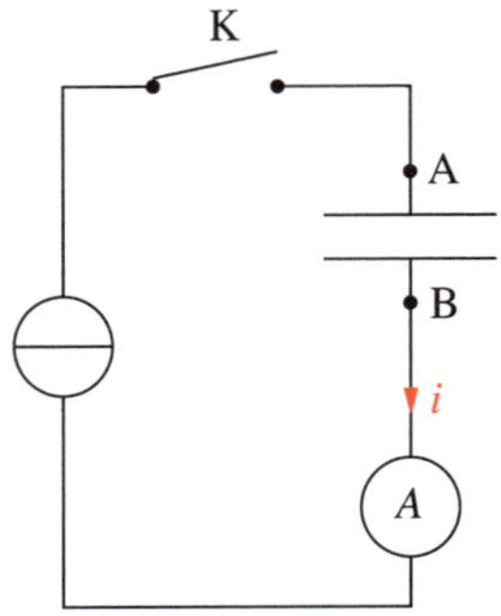

Un ordinateur muni d'une interface (non représentée) relève, à des intervalles de temps réguliers, la tension u_{AB} aux bornes du condensateur. Les résultats sont les suivants :

t (s)	0	0,5	1,0	1,5	2,0	2,5	3,0	3,5	4,0
u_{AB} **(V)**	0,00	1,32	2,64	4,00	5,35	6,70	7,98	9,20	10,6

1. [1 pt] Rappeler la relation permettant de calculer la charge q du condensateur en fonction de I. Calculer q à la date $t = 3,0$ s.

2. [1 pt] On a représenté (graphe n° 1) la courbe donnant la charge q du condensateur en fonction de u_{AB}. Déterminer à partir de cette dernière, par une méthode que l'on explicitera, la valeur de la capacité C du condensateur.

3. [1 pt] La valeur indiquée par le constructeur est $C = 4,7$ µF à 10 % près. La valeur obtenue est-elle en accord avec la tolérance du constructeur ?

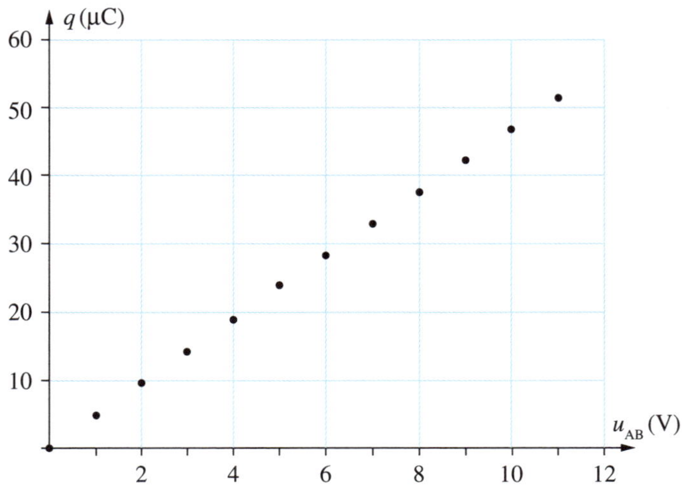

Graphe n° 1

2de partie

On étudie maintenant la charge et la décharge d'un condensateur à travers un conducteur ohmique. Pour cela, on réalise le montage suivant (schéma n° 2).
Le condensateur est initialement déchargé et, à la date $t = 0$ s, on bascule l'interrupteur en position 1.

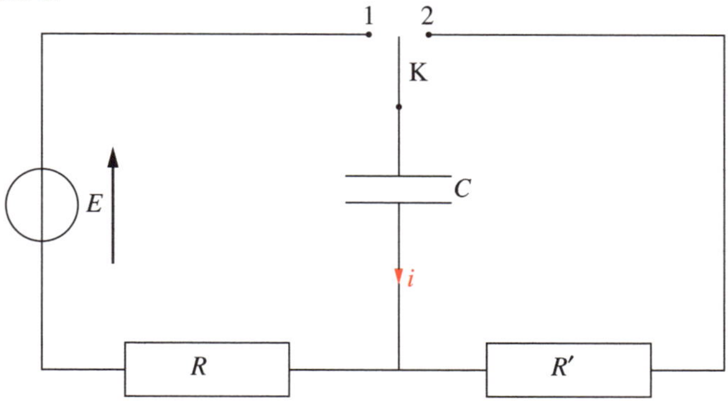

Schéma n° 2

Données : $R = 2{,}2$ kΩ ; $C = 4{,}7$ µF ; $R' = 10$ kΩ.

1. [1 pt] Établir l'équation différentielle $E = RC\dfrac{\mathrm{d}u_C}{\mathrm{d}t} + u_C$ vérifiée par la tension u_C aux bornes du condensateur pendant la phase de charge.

2. [1 pt] La solution analytique de cette équation est de la forme : $u_C = \mathrm{A}(1 - \mathrm{e}^{-\alpha t})$, compte tenu de la condition initiale relative à la charge du condensateur.
En vérifiant que cette expression est solution de l'équation différentielle, identifier A et α en fonction de E, R et C.

3. [0,5 pt] À partir du graphe n° 2 page suivante, déterminer la valeur de E.

4. La méthode d'Euler permet de calculer, pas à pas, les valeurs de u_C et de $\left(\dfrac{\mathrm{d}u_C}{\mathrm{d}t}\right)$ à intervalles de temps réguliers choisis Δt. Si Δt est considéré comme suffisamment petit dans le cadre de l'expérience, on peut écrire :

$$u_C(t + \Delta t) = u_C(t) + \left(\frac{\mathrm{d}u_C}{\mathrm{d}t}\right) \times \Delta t$$

On choisit $\Delta t = 1$ ms.

a) **[0,5 pt]** À l'aide de l'équation différentielle établie à la question **1.**, déterminer la valeur initiale de la dérivée notée : $\left(\dfrac{\mathrm{d}u_C}{\mathrm{d}t}\right)_0$.

b) [1 pt] En appliquant la méthode d'Euler, compléter le tableau suivant :

t (ms)	0	1	2	3
$u_C(t)$ (…)	0			
$\dfrac{\mathrm{d}u_C}{\mathrm{d}t}$ (…)				

5. Sur le graphe n° 2, on a représenté trois courbes :

- Courbe n° 1 : courbe obtenue par la méthode d'Euler avec un pas $\Delta t = 5$ ms.
- Courbe n° 2: courbe obtenue par la méthode d'Euler avec un pas $\Delta t = 2$ ms.
- Courbe n° 3 : représentation de la solution analytique de l'équation différentielle.

a) **[0,5 pt]** Quelle est l'influence du pas Δt utilisé dans la méthode d'Euler ?

b) **[0,5 pt]** Quels sont les avantages et les inconvénients d'avoir un Δt très grand ou très petit ?

c) **[0,5 pt]** Qu'entend-on, à la question **4.**, par « si Δt est considéré comme suffisamment petit dans le cadre de l'expérience » ?

6. **[0,5 pt]** Définir la constante de temps du circuit. Déterminer sa valeur à partir du graphe n° 2 par une méthode que l'on explicitera. En déduire une nouvelle valeur expérimentale de C et la comparer à la valeur nominale donnée dans la première partie.

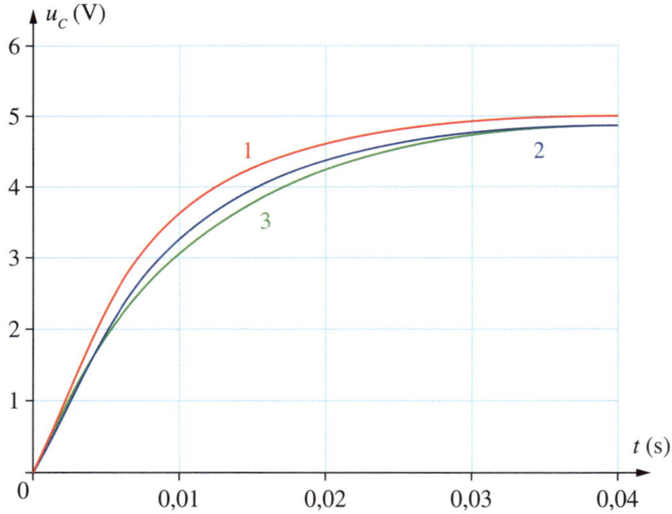

Graphe n° 2

7. On bascule alors l'interrupteur en position 2. En justifiant, indiquer si chacune des propositions suivantes est vraie ou fausse.

a) **[0,5 pt]** La durée de la décharge du condensateur est supérieure à celle de la charge.

b) **[0,5 pt]** La constante de temps du circuit lors de la décharge est égale à $(R + R') \times C$.

→ *Corrigé p. 201*

CORRIGÉ

Exercice → Énoncé p. 198

1re partie

1. $\boldsymbol{q = I \times \Delta t}$, où q est la charge portée par une armature du condensateur exprimée en coulomb, I l'intensité du courant exprimée en ampère et Δt la durée de la charge exprimée en seconde.
À la date $t = 3{,}0$ s, on a $\boldsymbol{q} = 12 \times 10^{-6} \times 3{,}0 = \mathbf{3{,}6 \times 10^{-5}\ C}$.

2. La courbe de $q = f(u_{AB})$ est une droite passant par l'origine. La charge q est donc proportionnelle à la tension u_{AB}. On sait que $q = C \times u_{AB}$.
C est le coefficient directeur de la droite. On prend deux points sur la droite :

$$C = \frac{q(12) - q(0)}{u_{AB}(12) - u_{AB}(0)} = \frac{55 \times 10^{-6} - 0}{12 - 0} = 4{,}6 \times 10^{-6}\ \text{F}$$

> **Remarque**
> On prolonge la droite et on prend les points les plus extrêmes.

La valeur de C est 4,6 µF.

3. Le constructeur indique la valeur de C à 10 % près, soit :

$$4{,}7 - \frac{10}{100} \times 4{,}7\ \mu\text{F} < C < 4{,}7 + \frac{10}{100} \times 4{,}7\ \mu\text{F}.$$

Donc $4{,}2\ \mu\text{F} < C < 5{,}2\ \mu\text{F}$.
La valeur trouvée de 4,6 µF est **en accord** avec la tolérance du constructeur.

2de partie

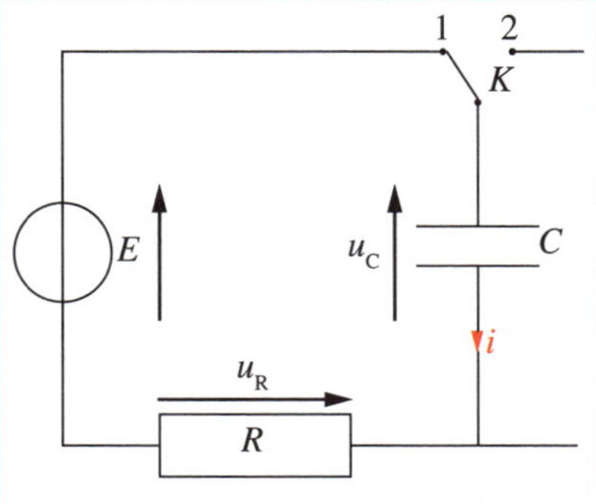

1. D'après la loi d'additivité des tensions, on a :
$E = u_R + u_C$ (1)
D'après la loi d'Ohm : $u_R = R \times i$.
Or, $i = \dfrac{dq}{dt}$ et $q = C \times u_C$.
Comme C est une constante, $i = C\dfrac{du_C}{dt}$.
En remplaçant dans la relation (1) :

$$\boldsymbol{E = RC \times \frac{du_C}{dt} + u_C}.$$

C'est l'équation différentielle que vérifie la tension u_C aux bornes du condensateur pendant la charge.

2. La solution proposée $u_C = A(1 - e^{-\alpha t})$ peut s'écrire $u_C = A - Ae^{-\alpha t}$.
On sait que, quand le condensateur est chargé, la tension à ses bornes est E.
Donc $\mathbf{A} = \boldsymbol{E}$ car, pour t tendant vers $+\infty$, $e^{-\alpha t}$ tend vers 0.
De plus, $\dfrac{du_C}{dt} = \alpha E e^{-\alpha t}$.
En remplaçant dans l'équation différentielle :
$E = R \times C \times \alpha \times E \times e^{-\alpha t} + E - E \times e^{-\alpha t} \Leftrightarrow E = E + Ee^{-\alpha t}(RC\alpha - 1)$

Pour que cette relation soit valable quel que soit t, il faut que :

$RC\alpha - 1 = 0 \Leftrightarrow \boldsymbol{\alpha} = \dfrac{\mathbf{1}}{\boldsymbol{RC}}$.

3. Quand t tend vers $+\infty$, alors u_C tend vers E.
D'après le graphe n° 2, u_C tend vers 5,0 V, donc $\boldsymbol{E} = \mathbf{5{,}0\ V}$.

Point maths

Graphiquement, quand t tend vers l'infini, la courbe se rapproche d'une asymptote horizontale $u_C = E$.

4. a) L'équation différentielle est : $E = RC \times \dfrac{du_C}{dt} + u_C$.

Donc, à la date t : $\left(\dfrac{du_C}{dt}\right)_t = \dfrac{E - u_C(t)}{RC}$.

À la date $t = 0$ s, $u_C(0) = 0$ V :

$$\left(\frac{du_C}{dt}\right)_0 = \frac{E - 0}{RC}$$

$$= \frac{5{,}0}{2{,}2 \times 10^3 \times 4{,}7 \times 10^{-6}} = \mathbf{4{,}8 \times 10^2\ V.s^{-1}}.$$

b)

t **(ms)**	0	1	2	3
$u_C(t)$ **(V)**	0	0,48	0,92	1,3
$\dfrac{du_C}{dt}$ **(V.s⁻¹)**	$4{,}8 \times 10^2$	$4{,}4 \times 10^2$	$3{,}9 \times 10^2$	$3{,}6 \times 10^2$

Calculs :

$$u_C(t + \Delta t) = u_C(t) + \left(\frac{du_C}{dt}\right)_t \times \Delta t$$

- $u_C(0 + 1) = u_C(0) + \left(\dfrac{du_C}{dt}\right)_0 \times \Delta t$

$\boldsymbol{u_C(1)} = 0 + 4{,}8 \times 10^2 \times 1 \times 10^{-3} = \mathbf{0{,}48\ V}.$

- $\left(\dfrac{du_C}{dt}\right)_1 = \dfrac{E - u_C(1)}{R \times C}$

$\left(\dfrac{\mathbf{d}u_C}{\mathbf{d}t}\right)_1 = \dfrac{5{,}0 - 0{,}48}{2{,}2 \times 10^3 \times 4{,}7 \times 10^{-6}} = \mathbf{4{,}4 \times 10^2\ V.s^{-1}}.$

- $u_C(2) = u_C(1) + \left(\dfrac{du_C}{dt}\right)_1 \times \Delta t$

$\boldsymbol{u_C(2)} = 0{,}48 + 4{,}4 \times 10^2 \times 1 \times 10^{-3} = \mathbf{0{,}92\ V}.$

- $\left(\dfrac{du_C}{dt}\right)_2 = \dfrac{E - u_C(2)}{R \times C}$

$\left(\dfrac{\mathbf{d}u_C}{\mathbf{d}t}\right)_2 = \dfrac{5{,}0 - 0{,}92}{2{,}2 \times 10^3 \times 4{,}7 \times 10^{-6}} = \mathbf{3{,}9 \times 10^2\ V.s^{-1}}.$

Remarque

On peut traiter facilement ces calculs soit à l'aide d'un tableur, soit avec une programmation sous Python, par exemple.

- $u_C(3) = u_C(2) + \left(\dfrac{\mathrm{d}u_C}{\mathrm{d}t}\right)_2 \times \Delta t$

$\boldsymbol{u_C(3)} = 0{,}92 + 3{,}9 \times 10^2 \times 1 \times 10^{-3} = \mathbf{1{,}3\ V.}$

- $\left(\dfrac{\mathrm{d}u_C}{\mathrm{d}t}\right)_3 = \dfrac{E - u_C(3)}{R \times C}$

$\left(\dfrac{\mathbf{d}\boldsymbol{u_C}}{\mathbf{d}\boldsymbol{t}}\right)_3 = \dfrac{5{,}0 - 1{,}3}{2{,}2 \times 10^3 \times 4{,}7 \times 10^{-6}} = \mathbf{3{,}6 \times 10^2\ V.s^{-1}.}$

5. a) Sur le graphe n° 2, on constate que, plus le pas Δt choisi est petit, plus la courbe obtenue par la méthode d'Euler se rapproche de la courbe représentative de la solution de l'équation différentielle**. L'approximation effectuée pour le calcul de $u_C(t)$ est meilleure quand le pas Δt est faible**.

b) Lorsque le pas Δt est très grand, il n'y a alors que peu de points pour tracer la courbe représentative de $u_C(t)$. On a donc moins de calculs à faire. Dans ce cas, la courbe est obtenue rapidement, mais elle est éloignée de la courbe réelle. **Lorsque le pas Δt est très faible, il faut effectuer de très nombreux calculs, mais la courbe obtenue est proche de la courbe réelle.**

c) La tension aux bornes du condensateur devient égale à la f.é.m. du générateur au bout d'environ 0,04 s. Pour que la méthode d'Euler donne de bons résultats, **il faut choisir un pas Δt très inférieur à cette durée**. Ainsi, la courbe sera construite avec un nombre de points assez important entre $t = 0$ s et $t = 0{,}04$ s.

6. La constante de temps τ est la durée au bout de laquelle le condensateur est chargé à 63 % : $u_C(\tau) = 0{,}63 \times E = 0{,}63 \times 5{,}0 = 3{,}15$ V.

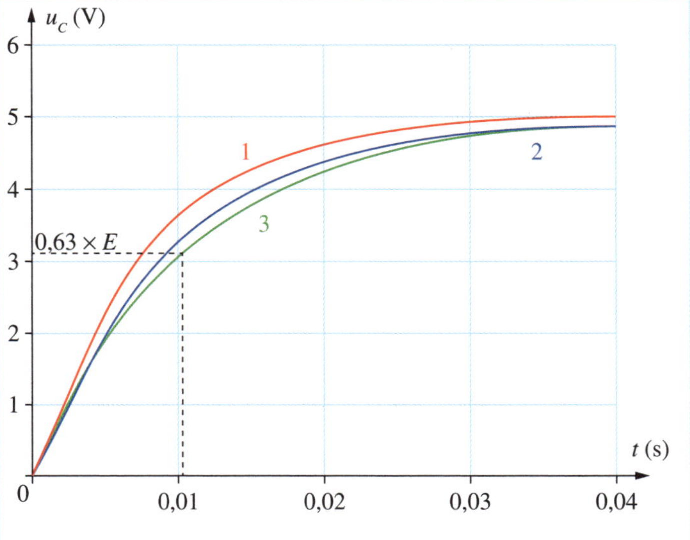

Graphe n° 2

En utilisant la courbe 3, **τ vaut entre 0,010 et 0,011 s.**

$\tau = RC \Leftrightarrow C = \dfrac{\tau}{R}$.

$$C = \frac{0,011}{2,2 \times 10^3} = 5,0 \times 10^{-6}\ \text{F} = 5,0\ \mu\text{F}\ \text{ou}$$

$$C = \frac{0,010}{2,2 \times 10^3} = 4,5 \times 10^{-6}\ \text{F} = 4,5\ \mu\text{F}.$$

À la question **3.** de la **partie 1**, on avait établi que, d'après le constructeur, $4,2\ \mu\text{F} < C < 5,2\ \mu\text{F}$. La valeur obtenue graphiquement reste dans cet intervalle.

7. a) Pour la charge : $\tau = RC = 0,01$ s.

Pour la décharge : $\tau' = R'C = 10 \times 10^3 \times 4,7 \times 10^{-6} = 0,047$ s.

La durée de la décharge du condensateur est supérieure à celle de la charge.

La proposition est vraie.

b) Le condensateur se décharge dans la résistance R'. La résistance R n'est donc pas concernée. $\tau' = R' \times C$.

La proposition est fausse.

Remarque

Le choix de la courbe doit être celui qui se rapproche le plus de la réalité. C'est donc la courbe qui donne la solution analytique de l'équation différentielle.

SCIENCES DE LA VIE ET DE LA TERRE

- Tous les chapitres au programme du Bac
- 15 sujets du Bac et leurs corrigés détaillés

SOMMAIRE

CHAPITRES 1 À 16

COURS / SUJETS DU BAC / CORRIGÉS

LA TERRE, LA VIE ET L'ORGANISATION DU VIVANT

ENJEUX PLANÉTAIRES CONTEMPORAINS

CORPS HUMAIN ET SANTÉ

**Ces chapitres ne pourront pas faire l'objet d'une question à l'épreuve écrite du Bac.*

DÉFINITION DE L'ÉPREUVE

L'épreuve de Spécialité de Sciences de la Vie et de la Terre comporte **deux parties** : une **partie écrite**, comptant pour 15 points sur 20, et une **partie pratique** avec l'évaluation des compétences expérimentales (ECE), comptant pour 5 points sur 20. La note globale de l'épreuve est donnée sur **20 points**. Cette épreuve a pour **coefficient 16**.
Les thématiques des sujets portent sur le programme de terminale et les compétences mobilisées sont celles du cycle terminal (classe de 1re et classe de Terminale).
Les parties suivantes du programme de Terminale ne pourront pas faire l'objet d'une évaluation lors de cette épreuve en raison de la date de l'examen écrit :

- L'évolution du génome au sein des populations
- **La diversification des êtres vivants sans modification du génome**
- **La domestication des plantes**
- La reconstitution de l'histoire géologique de la Terre
- **Le réchauffement climatique**
- **Le stress chronique**

Les parties en gras ne sont pas traitées dans le présent ouvrage.

1. L'épreuve écrite

Durée	3 h 30
Notée sur	15 points

Cette épreuve a pour objectif de valider la maîtrise des connaissances et compétences acquises dans le cadre du programme du cycle terminal.
L'épreuve est constituée de **deux exercices** détaillés ci-dessous.

A Exercice 1 (noté sur 6 ou 7 points) : Maîtrise des connaissances

Dans cette première partie de l'épreuve écrite, le candidat **rédige un texte argumenté répondant à la question scientifique posée**.
Le questionnement peut être accompagné d'un ou plusieurs **documents** qui servent de support à la réflexion.
L'exercice permet d'évaluer la capacité du candidat à mobiliser des connaissances, à les organiser et à les exposer avec la syntaxe, le vocabulaire scientifique et tout mode de communication scientifique appropriés (notamment les schémas). Le candidat appuie son exposé et argumente ses propos à partir d'expériences, d'observations, d'exemples éventuellement issus du ou des documents proposés dans le sujet. Il peut être amené à mobiliser et mettre en relation des connaissances issues de différents chapitres.

B Exercice 2 (noté sur 8 ou 9 points) : Pratique du raisonnement scientifique

Dans cette seconde partie de l'épreuve écrite, le candidat développe un raisonnement scientifique pour **résoudre le problème posé**.

L'exercice permet d'évaluer sa capacité à pratiquer une démarche scientifique, à partir de l'exploitation d'un ensemble de documents et en mobilisant ses connaissances. Le questionnement amène le candidat à choisir une démarche de résolution du problème posé et à l'exposer ; à analyser les documents fournis et à établir des liens entre eux ; à structurer et rédiger correctement son raisonnement.
Ces deux exercices sont notés à l'aide de barèmes curseurs. Ainsi, les points ne sont pas attribués pour chaque notion attendue mais au regard de l'ensemble de la réponse : la construction de l'argumentaire est donc primordiale.

2. L'épreuve pratique : l'ECE

Durée	1 heure
Notée sur	5 points

L'**évaluation des compétences expérimentales** (ECE) se déroule au cours du second trimestre pendant la période de l'épreuve écrite de spécialité.
Dans cette épreuve, le candidat doit proposer une stratégie et mettre en œuvre un **protocole** pour résoudre une situation-problème présentée par le sujet. Il doit ensuite communiquer et exploiter ses résultats pour répondre au problème.
Les sujets peuvent porter sur l'ensemble des acquis du cycle terminal à l'exception des parties précisées page 207.
Le candidat tire son sujet au sort.

CONSEILS GÉNÉRAUX

1. Méthodologie pour l'épreuve écrite

Pour répondre correctement à la question posée, il est conseillé d'opérer en trois temps pour les deux exercices :
– un travail préalable au brouillon ;
– la rédaction de la réponse ;
– une phase finale de relecture.

A Exercice 1 : Maîtrise des connaissances

Le travail préalable au brouillon

Un travail préalable au brouillon est nécessaire pour cerner le sujet.
Il est conseillé :
– de lire attentivement le sujet, et de surligner et définir les mots-clés ;
– de lister et organiser les connaissances en rapport avec le sujet ;
– d'identifier les limites du sujet pour éviter de rédiger des paragraphes hors sujet ;
– de réfléchir au(x) schéma(s) pouvant être réalisé(s).

La rédaction de la réponse

La réponse doit être structurée et organisée.

• **L'introduction** ne doit pas être négligée, car elle permet de montrer la logique du raisonnement.
Elle doit comporter :
– **une accroche** pour amener le sujet et justifier que l'on s'y intéresse : il ne faut pas y passer trop de temps et ne pas hésiter à s'inspirer de l'accroche du sujet ;
– **la définition des termes clés** du sujet ;
– **la problématique** à laquelle on va répondre ;
– **l'annonce du plan :** cela permet de montrer la logique de la démarche de résolution du problème. La structure de l'énoncé peut suggérer une organisation de la réponse.

• **Le développement** est structuré en différents paragraphes dont chacun développe un aspect du sujet de manière cohérente et argumentée.
L'argumentation doit s'appuyer sur des connaissances acquises, des expériences, des observations, des exemples éventuellement issus du ou des documents proposés dans le sujet.
Des **schémas** doivent être présents selon les indications de l'énoncé.
Il est vivement conseillé de faire en sorte que **le plan soit apparent** (numéroter les paragraphes, ajouter des titres informatifs et éventuellement des sous-titres).

• **La conclusion** doit comporter :
– un **résumé des grandes idées** permettant de répondre à la problématique ;

– éventuellement **une ouverture :** il faut montrer en quoi la réponse à ce sujet peut amener à d'autres questions (d'ordre scientifique, social, éthique...). Néanmoins, il ne faut pas y passer un temps excessif.

La phase de relecture

La phase de relecture est une phase importante. Elle permet de corriger les éventuelles erreurs et de s'assurer qu'aucun élément important n'a été omis : il est conseillé de relire attentivement le sujet à plusieurs reprises au cours de la rédaction et avant la phase finale de relecture afin de s'en assurer.

Dans tous les cas, **n'oubliez pas qu'il n'y a pas qu'une seule bonne manière de répondre !** Il faut donc se lancer et ne pas trop tergiverser sur les différentes possibilités. Attention à ne pas passer trop de temps sur le brouillon et en particulier à ne pas rédiger au brouillon : le brouillon ne doit être constitué que de mots-clés reliés entre eux (pourquoi pas sous la forme d'une « carte mentale » ou schéma de synthèse), de définitions ou d'ébauches de schémas.

■ Réaliser un schéma en SVT

Un schéma doit :

– être assez **grand** : une demi-page, voire une page entière. Pour les très grands schémas, on peut même envisager l'intérieur d'une copie double ;
– être en **couleurs** ;
– être **soigné** ;
– être **légendé** ;
– posséder une **échelle** dès que cela est possible (notamment en Sciences de la Terre) ;
– comporter un **titre**.

Attention, il ne s'agit pas toujours de restituer un schéma issu du cours et appris par cœur : il faut parfois l'adapter au sujet.

B Exercice 2 : Pratique du raisonnement scientifique

Le travail préalable au brouillon

Un travail préalable au brouillon est nécessaire pour cerner le sujet.
Il est conseillé :
– de lire attentivement le sujet et de définir les mots-clés ;
– d'identifier dans les documents les différents éléments importants pour construire la réponse ;
– de lister les connaissances nécessaires à l'analyse des documents.

La rédaction de la réponse

La réponse doit être structurée et organisée.

• **L'introduction** ne doit pas être négligée car elle permet de montrer la logique du raisonnement.
Elle doit comporter :
– **une présentation brève du sujet** et justifier que l'on s'y intéresse ;
– **la problématique** à laquelle on va répondre ;
– **l'annonce éventuelle du plan :** la structure de l'énoncé peut suggérer une organisation de la réponse.

• **Le développement** est structuré en différents paragraphes dont chacun développe un aspect du sujet de manière cohérente et argumentée.
L'argumentation doit s'appuyer sur l'**analyse correcte des documents** dans l'ordre choisi par le candidat.
Il est important de faire des **liens entre les documents et les connaissances** dans le but de répondre correctement à la question posée.
Il est possible de faire un **plan apparent** (numérotation des paragraphes, titres informatifs et éventuellement sous-titres).

• **La conclusion** doit comporter :
– un **résumé des grandes idées** permettant de répondre à la problématique ;
– éventuellement **une ouverture** : il faut montrer en quoi la réponse à ce sujet peut amener à d'autres questions (d'ordre scientifique, social, éthique...). Il ne faut pas passer trop de temps sur cela !

Analyser un document ou une expérience en SVT

L'analyse d'un document ou d'une expérience doit comporter :
– des **observations,** c'est-à-dire « ce que j'observe » : valeurs chiffrées, comparaison au témoin ...) ;
– des **apports de connaissances,** c'est-à-dire « ce que je sais » : il s'agit d'apporter les connaissances ou éléments nécessaires à la compréhension et à l'interprétation des observations ;
– une **conclusion,** c'est-à-dire « ce que je déduis » de la mise en relation de mes connaissances avec l'apport du ou des documents pour répondre au problème posé : il est important de bien faire le lien avec le sujet dans la conclusion de l'analyse.

Il n'est pas nécessaire d'utiliser exactement et de façon répétitive les expressions « j'observe que », « je sais que » et « j'en déduis que » dans la copie : c'est le principe de la démarche qui est important (partir d'observations interprétées à la lumière de connaissances pour aboutir à une conclusion en lien avec le sujet).
Attention cependant à **ne pas paraphraser les documents :** cela n'est pas une analyse. Vous pouvez néanmoins citer des extraits des documents entre guillemets. De plus, **il ne faut pas chercher à « tout dire » sur un document :** il faut extraire uniquement les informations pertinentes, en lien avec le sujet.
Il est aussi possible d'analyser un même document à deux moments dans la copie, car l'analyse n'apporte alors pas les mêmes informations.

La phase de relecture

La phase de relecture est une phase importante. Elle permet de corriger les éventuelles erreurs et de s'assurer qu'aucun élément important n'a été omis : il est conseillé de relire attentivement le sujet à plusieurs reprises au cours de la rédaction et avant la phase finale de relecture afin de s'en assurer.

Dans tous les cas, **n'oubliez pas qu'il n'y a pas qu'une seule bonne manière de répondre !** Il faut donc se lancer et ne pas trop tergiverser sur les différentes possibilités. Attention à ne pas passer trop de temps sur le brouillon et en particulier à ne pas rédiger au brouillon.

2. Méthodologie pour l'épreuve pratique

• Avant l'épreuve pratique, **il est important de revoir les différents TP effectués dans l'année**. Il est possible de faire une **liste** présentant les notions, les compétences travaillées, le matériel et les logiciels utilisés. L'objectif n'est pas de les apprendre par cœur, car il y a peu de chance de tomber sur un TP exactement identique. Mettez l'accent sur la démarche, la stratégie, la façon de communiquer et d'interpréter les résultats. Demandez-vous toujours pourquoi une expérience a été réalisée, dans quel contexte et dans quel but, à partir de quelle hypothèse pour répondre à quelle question scientifique.

• **L'épreuve pratique se déroule en deux temps majeurs** :

– **La proposition d'une stratégie de résolution réaliste**, à partir des ressources, du matériel et du protocole d'utilisation proposés : il est important d'identifier ce qui doit être démontré.

Le candidat présente à l'**oral** sa stratégie : il doit rappeler le problème, puis préciser ce qu'il compte faire (il n'est pas attendu un protocole détaillé mais le principe de la méthode utilisée), comment il le fait (quelle expérience/manipulation ? quel paramètre mesuré ? quel(s) outil(s) ?) et ce qu'il attend comme résultat.

– **La mise en œuvre du protocole et la présentation des résultats :** le candidat doit réaliser la manipulation en suivant le protocole fourni. Il doit être vigilant aux consignes de sécurité éventuelles.

Le candidat doit présenter ses résultats pour répondre au problème. La forme de présentation est **libre,** mais il est important de choisir la forme la plus adaptée dans le but de mettre en lumière les informations pertinentes pour répondre au problème posé.

Le candidat doit enfin analyser ses résultats pour répondre au problème.

▪ Présenter les résultats lors de l'épreuve pratique de SVT

Voici une liste non exhaustive des modes de présentation des résultats possibles en fonction de leur nature :

Type de résultats	Valeurs chiffrées	Observations microscopiques	Image anatomique ou modélisation 3D obtenues par un logiciel	Changement de couleur d'un réactif, formation d'un précipité
Mode(s) de présentation possible(s)	– Tableau – Graphique	– Dessin d'observation – Schéma d'observation – Photo annotée grâce à un logiciel	Capture d'écran annotée grâce à un logiciel	– Tableau – Schéma

Un simple texte n'est en aucun cas une forme de réponse satisfaisante. Si la réponse ne comporte pas au moins un schéma, un tableau, etc., des points seront assurément perdus. De plus, n'oubliez pas de donner un titre au document que vous produisez ainsi que d'indiquer les unités dès qu'il y a des valeurs.

CHAPITRE 1

Divisions cellulaires et génotypes individuels

La **mitose** est une reproduction conforme qui permet de multiplier et renouveler les cellules. Au cours de la reproduction sexuée chez les espèces **diploïdes**, les **gamètes haploïdes** sont produits grâce à la **méiose**. Les dommages subis par l'ADN, tout comme les erreurs au cours de sa réplication ou lors des divisions, peuvent être transmis à la descendance de la cellule ou de l'individu.

1 Stabilité génétique et évolution clonale

A. Mitose et stabilité génétique des cellules

■ À partir d'une cellule, la succession de mitoses produit un **clone**, c'est-à-dire un ensemble de cellules, toutes génétiquement identiques.

Ex. : Lors de la réponse immunitaire, un lymphocyte B capable de reconnaître un antigène spécifique sera sélectionné. Ainsi stimulé, il produira par mitoses successives un clone de plasmocytes produisant tous les mêmes anticorps circulants, capables de neutraliser les antigènes.

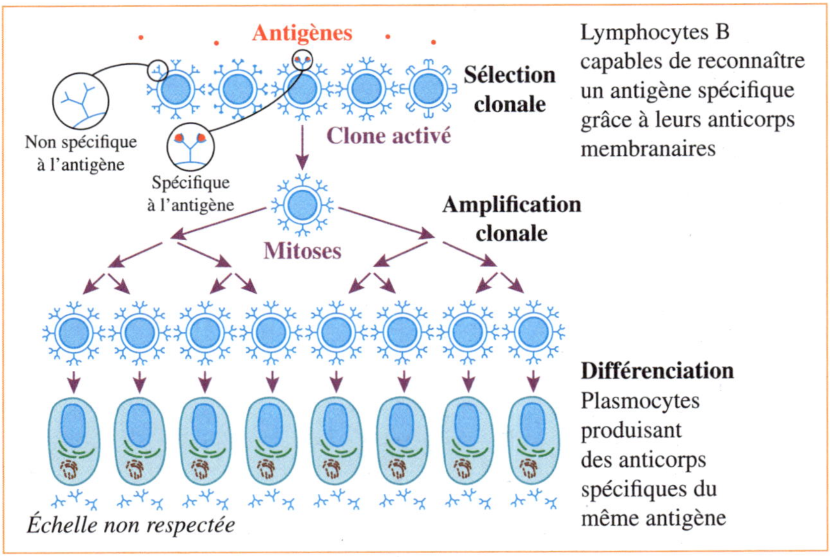

Figure 1 *Exemple de production d'un clone*

Ce schéma présente les cellules sanguines sécrétrices d'anticorps au cours de la réponse immunitaire adaptative. Les cellules immunitaires sont un exemple de « cellules séparées » car elles ne forment pas un tissu solide mais peuvent circuler.

B. Diversité génétique au sein des clones

■ Avant chaque division cellulaire, des erreurs de **réplication** peuvent survenir malgré l'existence de mécanismes de vérification et de réparation de l'ADN. Une cellule dans laquelle apparaît une mutation la transmet ensuite à toute sa descendance par mitoses.

■ Ainsi, toutes les cellules d'un clone sont identiques… aux **mutations** près ! Celles-ci ne sont pas rares, mais elles ne sont pas toutes suivies de conséquences.

■ Lorsqu'une cellule subit une mutation dans un gène impliqué dans le contrôle des divisions cellulaires, cette cellule peut être à l'origine d'une **tumeur**. L'accumulation de ce type de mutations dans les sous-clones successifs peut conduire à l'apparition d'un **cancer**.

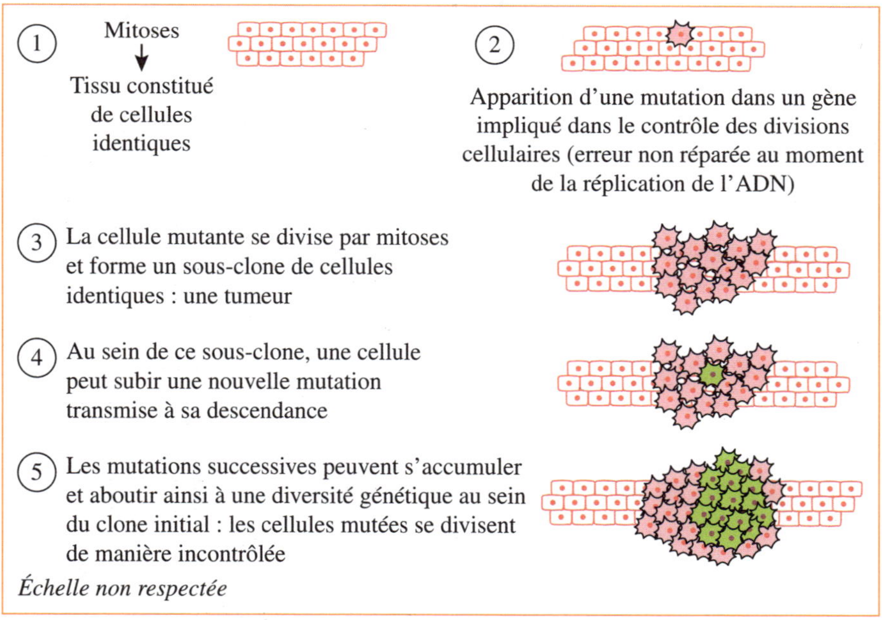

Figure 2 *Premiers stades de l'apparition d'un cancer dans un tissu solide (où les cellules sont associées de façon stable)*

■ Des cassures des deux brins de l'ADN peuvent entraîner la perte d'un fragment de **chromosome** et donc de **gènes** dans une cellule. Ces accidents génétiques sont irréversibles : toutes les cellules du sous-clone seront affectées.

■ Toutes les erreurs affectant l'ADN ne sont pas néfastes. Les mutations (**insertion**, **délétion**, **substitution**) sont des variations de la séquence d'un gène qui peuvent également conduire à l'existence de nouveaux **allèles**. Elles contribuent à la diversité génétique au sein d'une espèce, à condition d'affecter des cellules de la **lignée germinale**, à l'origine des gamètes.

2 Brassage des génomes au cours de la reproduction sexuée

A. Stabilité du caryotype de génération en génération

■ Chez les espèces diploïdes, la méiose mène à la production des gamètes. Elle conduit à la formation de quatre cellules haploïdes, qui ne contiennent plus que la moitié des chromosomes de la cellule diploïde initiale (un chromosome de chaque paire).

■ La **fécondation** réunit les génomes de deux gamètes haploïdes pour former la première cellule diploïde d'un nouvel individu appelée **zygote**.

■ L'alternance entre méiose et fécondation, au fil des générations, permet de garantir la stabilité du **caryotype**, c'est-à-dire le maintien du nombre de chromosomes caractéristique de l'espèce, tout en assurant un brassage génétique.

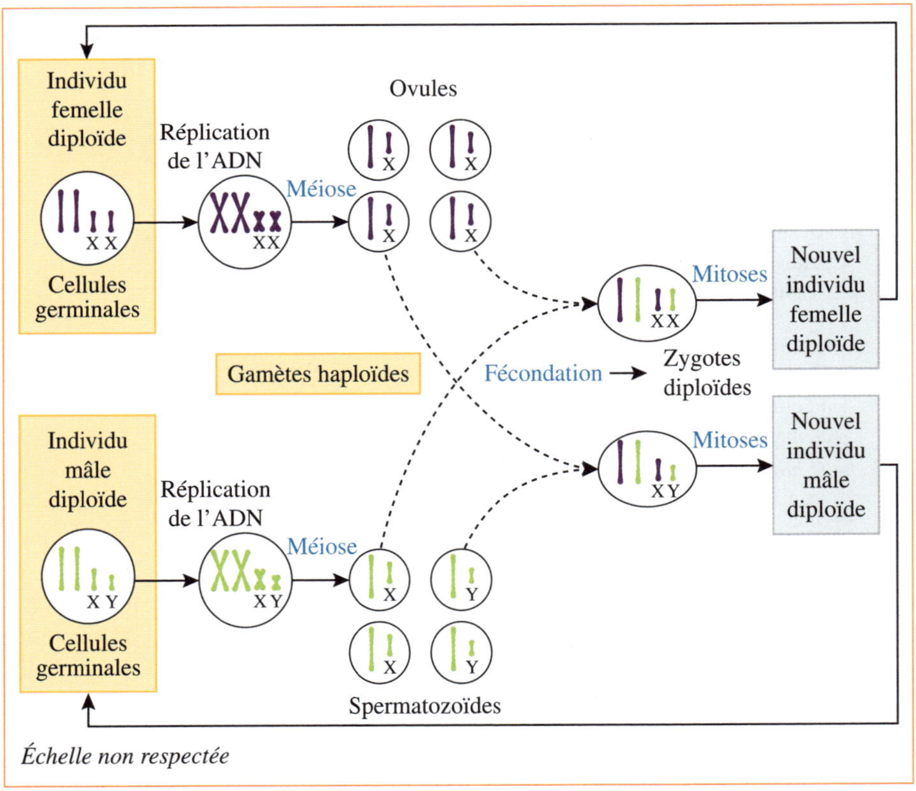

Figure 3 *Cycle biologique d'une espèce diploïde*

Deux paires de chromosomes homologues sont représentées, dont la paire de chromosomes sexuels.

B. Méiose et diversité des gamètes

■ Pour chaque gène, une cellule diploïde peut posséder :
- deux **allèles** identiques, elle est alors **homozygote** pour ce gène ;
- deux **allèles** différents, elle est alors **hétérozygote** pour ce gène.

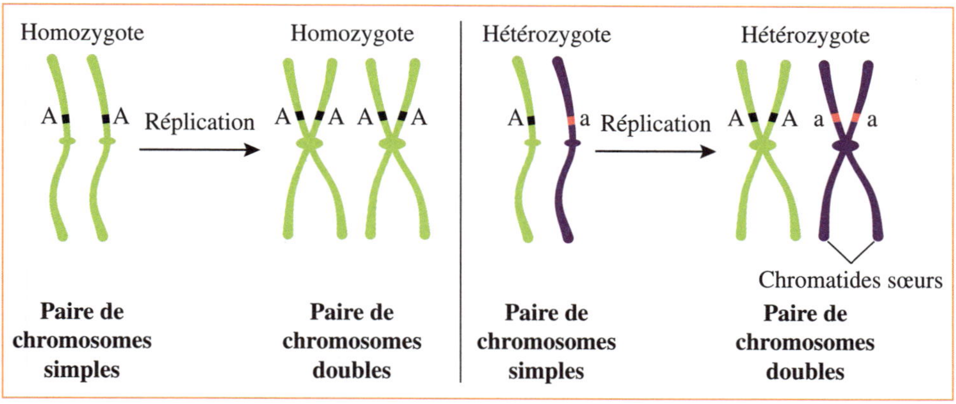

Figure 4 *Deux combinaisons alléliques possibles pour un gène situé sur une paire de chromosomes homologues*

■ Les gamètes haploïdes, issus de la méiose, ne possèdent plus qu'un seul allèle pour chaque gène.

Conventions d'écriture en génétique

Par convention, on écrit les phénotypes entre crochets et les génotypes entre parenthèses.

• Si l'on considère deux gènes A et B indépendants (chacun ayant deux allèles, les allèles dominants étant écrits en majuscules), on écrira pour un individu hétérozygote pour les deux gènes :

Phénotype : **[A, B]** Génotype : $\left(\frac{\mathbf{A}}{\mathbf{a}}, \frac{\mathbf{B}}{\mathbf{b}}\right)$ **ou (A//a, B//b)**

• Si l'on considère deux gènes A et D liés, on écrira par exemple pour un individu hétérozygote pour les deux gènes :

Phénotype : **[AD]** Génotype : $\left(\frac{\mathbf{AD}}{\mathbf{ad}}\right)$ **ou (AD//ad)**

• Dans l'écriture du génotype d'une cellule diploïde, les deux barres représentent les deux chromosomes homologues. Ainsi, on ne mettra qu'une barre pour le génotype d'un gamète haploïde.

Gènes indépendants : **($\underline{\mathbf{A}}$, $\underline{\mathbf{B}}$)** Gènes liés : **($\underline{\mathbf{ad}}$)**

Étude de deux gènes indépendants

■ Deux **gènes indépendants** sont portés par deux paires différentes de chromosomes. Ces deux paires se séparent de façon indépendante en anaphase I de méiose. Pour une cellule hétérozygote pour les deux gènes, deux situations sont ainsi possibles, aboutissant à quatre combinaisons d'allèles équiprobables. On parle de **brassage interchromosomique**.

■ Soit une cellule diploïde hétérozygote pour deux gènes indépendants A et B présentant chacun deux allèles (respectivement A/a, B/b).

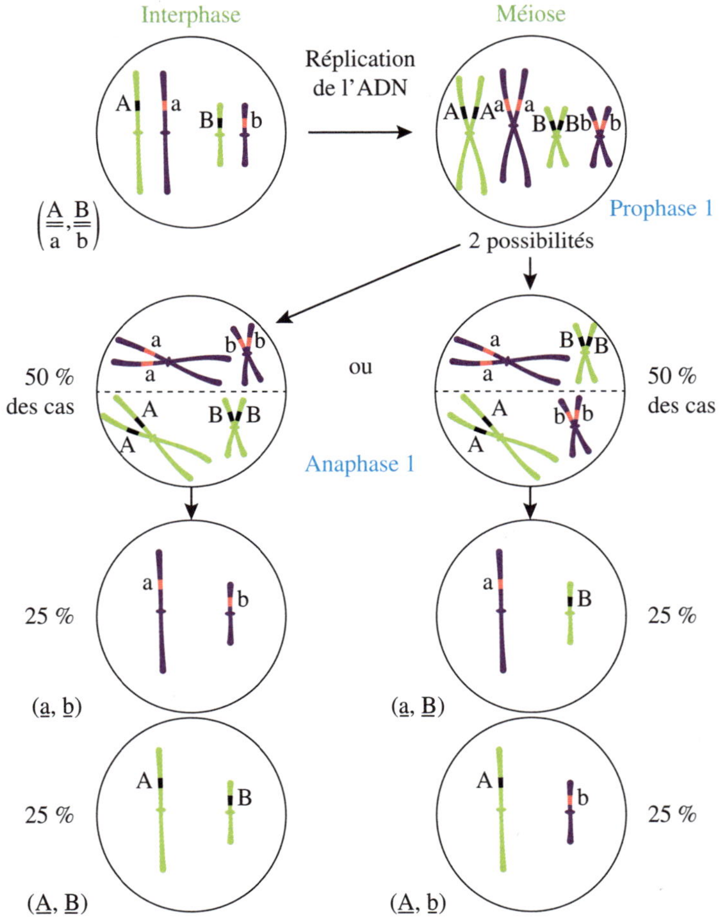

Quatre possibilités équiprobables de combinaisons d'allèles à l'issue de la télophase 2

Échelle non respectée

Figure 5 *Déroulement et résultat de la méiose à partir d'une cellule hétérozygote pour deux gènes indépendants*

Étude de deux gènes liés

■ Soit une cellule diploïde hétérozygote pour deux gènes liés A et D présentant chacun deux allèles (respectivement A/a, D/d).

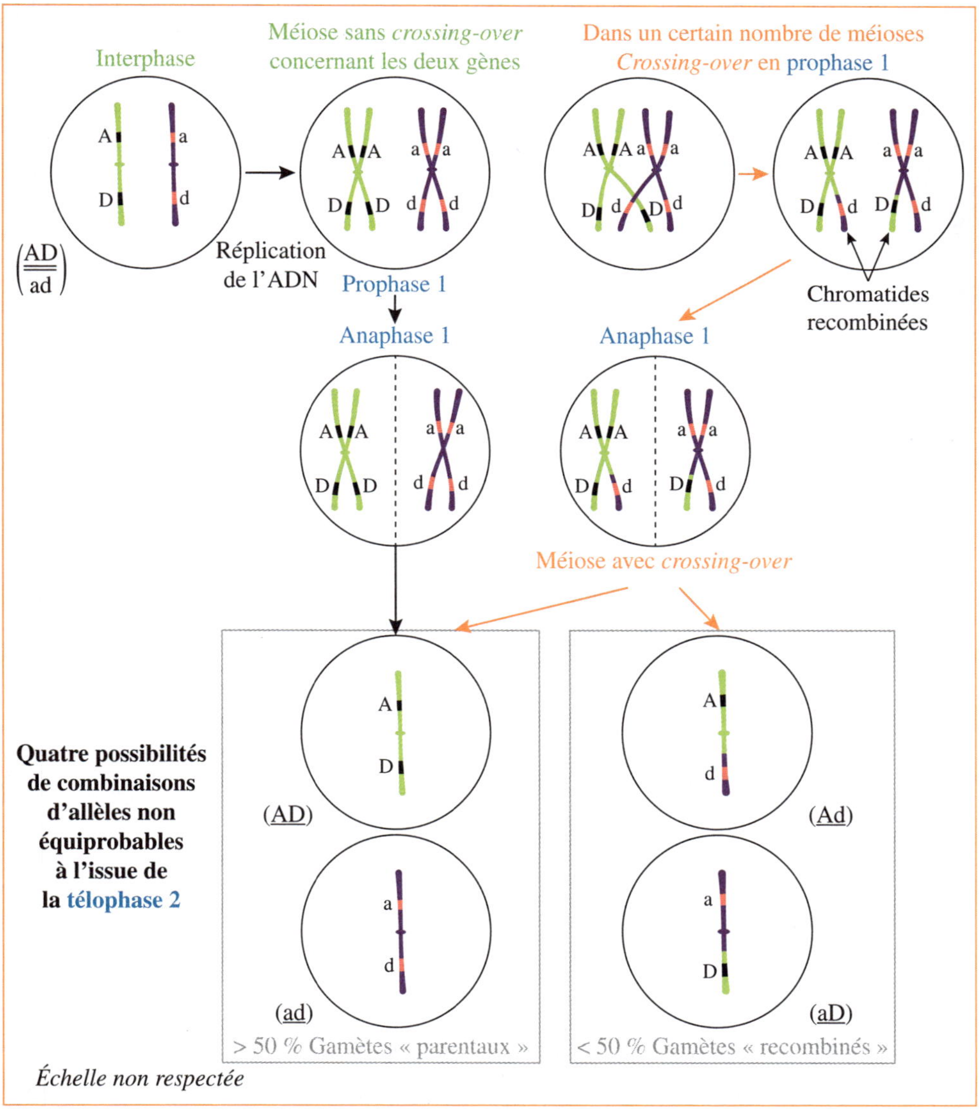

Figure 6 *Déroulement et résultat de la méiose à partir d'une cellule hétérozygote pour deux gènes liés*

Les gamètes « parentaux » sont plus probables car ils sont produits à la fois au cours des méioses avec et sans *crossing-over* concernant les deux gènes étudiés. Le taux de *crossing-over* est variable selon les couples de gènes et dépend de leur position relative sur les chromosomes.

■ Deux **gènes liés** sont portés par la même paire de chromosomes. La méiose permet également de former quatre combinaisons d'allèles, mais elles ne sont pas équiprobables. Les proportions de gamètes « parentaux » (avec des chromosomes qui portent les mêmes associations d'allèles que l'un des parents) et « recombinés » (avec des chromosomes qui associent des allèles qui ne l'étaient pas chez les parents) dépendent de la fréquence de ***crossing-over*** concernant les deux gènes. Les *crossing-over* se produisent au cours de la prophase I de méiose, lorsque les chromosomes homologues sont appariés et qu'ils peuvent échanger des portions de **chromatides**. On parle de **brassage intrachromosomique**.

Bilan

■ En réalité, le **génome** d'une espèce comprend un grand nombre de gènes, répartis sur un nombre n de chromosomes. La probabilité que deux chromosomes homologues présentent les mêmes allèles pour tous les gènes qu'ils portent est très faible. Ainsi, le **brassage interchromosomique** au cours de la méiose permet de former 2^n combinaisons génétiques différentes pour les futurs gamètes.

Ex. **:** Dans l'espèce humaine, qui présente 23 paires de chromosomes, 2^{23} correspond à plus de huit millions de gamètes génétiquement différents pouvant être produits par un même individu.

■ Le nombre de combinaisons génétiques supplémentaires que le **brassage intrachromosomique** est susceptible de former est d'autant plus élevé que le nombre de gènes à l'état hétérozygote est grand.

■ La fécondation amplifie encore le brassage génétique en réunissant au hasard deux gamètes parmi de très nombreuses possibilités.

Ex. **:** Dans l'espèce humaine, un même couple peut produire au moins $2^{23} \times 2^{23} = 2^{46} = 7 \times 10^{13}$ soit 70 000 milliards de zygotes génétiquement différents.

3 Principes de base de l'analyse génétique

A. Transmission héréditaire des caractères

■ Le croisement de deux **lignées pures**, c'est-à-dire homozygotes pour les gènes étudiés, permet d'obtenir une génération « F1 » hétérozygote. L'observation du phénotype de cette génération permet de déterminer les relations de **dominance** et de **récessivité** entre les allèles d'un même gène.

La mouche drosophile est une espèce modèle couramment utilisée dans les analyses génétiques.

Croisement de lignées pures, c'est-à-dire homozygotes pour les deux gènes considérés.
Ces gènes déterminent :
- pour l'un, la longueur des ailes : normales ou vestigiales (réduites) ;
- pour l'autre, la couleur du corps : clair ou noir.

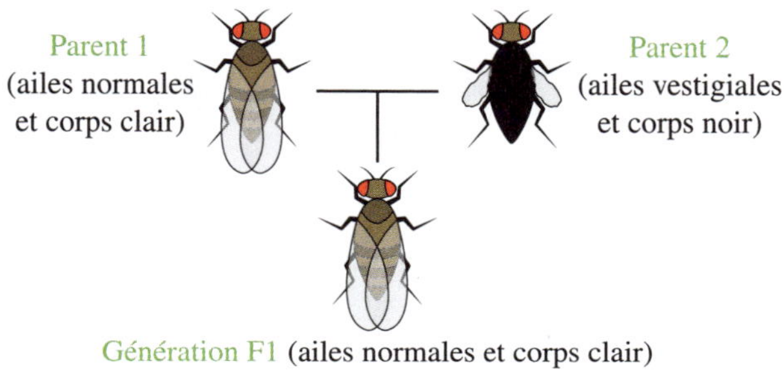

Figure 7 *Un croisement de lignées pures chez la drosophile*

■ La génération F1, ayant hérité d'un allèle de chacun de ses deux parents pour chaque gène, est homogène : tous les descendants sont hétérozygotes pour les gènes considérés.

Le phénotype des individus « F1 » permet de déterminer que :
- l'allèle responsable des ailes normales est dominant, tandis que celui responsable des ailes vestigiales est récessif ;
- l'allèle responsable du corps clair est dominant, tandis que celui responsable du corps noir est récessif.

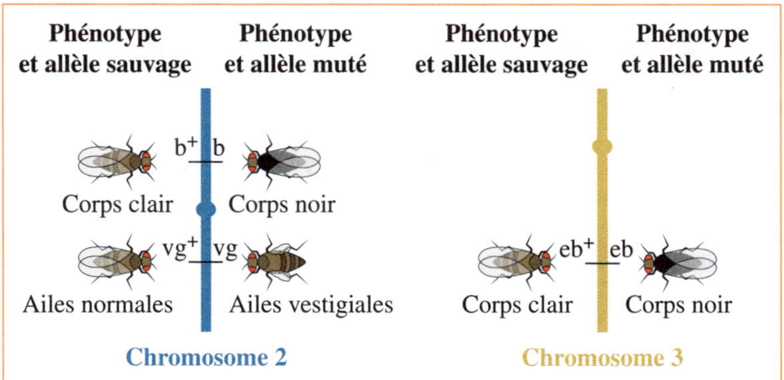

Figure 8 *Carte simplifiée des chromosomes 2 et 3 de la drosophile*

Deux gènes déterminent la couleur du corps b et eb. Ils sont portés par des chromosomes différents. Une mutation sur l'un de ces gènes au moins entraîne la couleur noire.

■ Les **croisements-tests** sont réalisés entre des individus « F1 » hétérozygotes et des individus ne portant que les **allèles récessifs**. Ces croisements permettent de déterminer si deux gènes sont liés ou indépendants. En effet, les proportions des différents phénotypes de la descendance d'un croisement-test reflètent exactement les proportions des différents **génotypes** des gamètes produits par le parent hétérozygote.

Deux résultats de croisement-test différents

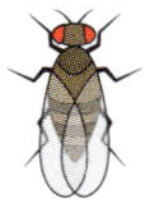

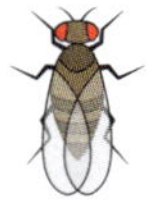

	Cas de 2 gènes indépendants : vg et eb		**Cas de 2 gènes liés : vg et b**	
Phénotypes et génotypes parentaux	F1 × Ailes normales et corps clair (vg$^+$//vg, eb$^+$//eb)	Parent 2 (P2) Ailes vestigiales et corps noir (vg//vg, eb//eb)	F1 × Ailes normales et corps clair (vg$^+$ b$^+$//vg b)	Parent 2 (P2) Ailes vestigiales et corps noir (vg b//vg b)
Type de brassage	Brassage interchromosomique → 4 combinaisons alléliques équiprobables		Brassage intrachromosomique → 4 combinaisons alléliques non équiprobables (selon la fréquence des recombinaisons homologues ou *crossing-over*)	
Échiquier de croisement représentant la fécondation	Gamètes de P2 / Gamètes de F1	100 % (vg/, eb/)	Gamètes de P2 / Gamètes de F1	100 % (vg b/)
	25 % (vg$^+$, eb$^+$)	25 % (vg$^+$//vg, eb$^+$//eb)	> 25 % (vg$^+$ b$^+$)	> 25 % (vg$^+$ b$^+$//vg b)
	25 % (vg, eb)	25 % (vg//vg, eb//eb)	> 25 % (vg b)	> 25 % (vg b//vg b)
	25 % (vg$^+$, eb)	25 % (vg$^+$//vg, eb//eb)	< 25 % (vg$^+$ b)	< 25 % (vg$^+$ b//vg b)
	25 % (vg, eb$^+$)	25 % (vg//vg, eb$^+$//eb)	< 25 % (vg b$^+$)	< 25 % (vg b$^+$//vg b)
Résultat au niveau de la descendance	4 phénotypes équiprobables		4 phénotypes non équiprobables	
	Ailes normales et corps clair 25 % Ailes vestigiales et corps noir 25 %	Ailes normales et corps noir 25 % Ailes vestigiales et corps clair 25 %	Ailes normales et corps clair Ailes vestigiales et corps noir > 50 % parentaux	Ailes normales et corps noir Ailes vestigiales et corps clair < 50 % recombinés

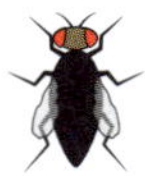

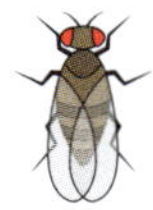
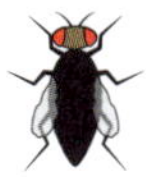
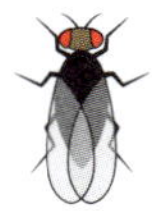

B. L'analyse génétique dans l'espèce humaine

■ En génétique humaine, l'**étude d'un arbre généalogique** permet d'**estimer les risques** de développer une maladie pour un enfant à naître.

Ex. : L'hémophilie A est due à une anomalie d'un facteur de coagulation du sang, le facteur VIII, résultant de l'expression d'un gène situé sur le chromosome X, et absent du chromosome Y. Cette maladie est dite récessive liée à l'X : elle touche préférentiellement les hommes, car ils n'ont qu'un seul chromosome X.

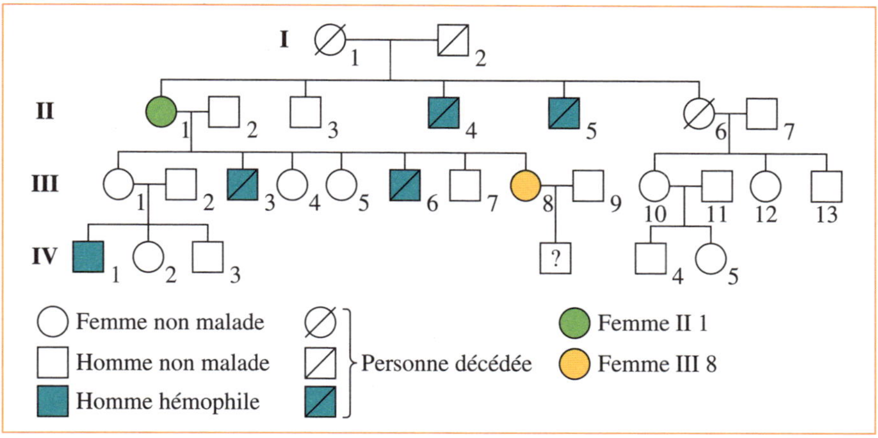

Figure 9 *Arbre généalogique d'une famille où s'exprime l'hémophilie A*

- Dans cette famille, la femme III8 est enceinte. Deux de ses frères ayant été touchés par l'hémophilie, elle cherche à savoir si son futur enfant est malade. Un caryotype du fœtus a permis de déterminer qu'il s'agissait d'un garçon.
- La femme II1, la mère de la femme III8, était forcément porteuse de la mutation puisqu'elle a eu deux fils malades. Elle a 50 % de risque de l'avoir transmise à sa fille, qui serait alors conductrice de la maladie et aurait elle-même dans ce cas 50 % de risque de la transmettre à son fils. Le fœtus a donc un risque sur quatre d'être atteint.

Échiquier de croisement pour un fœtus à naître de sexe masculin

Avec X_H allèle sain et X_h allèle muté.

	Génotype de la mère III8 (inconnu, deux possibilités équiprobables)		
	$(X_H X_H)$ probabilité 0,5	**ou**	**$(X_H X_h)$ probabilité 0,5**
Gamètes de la mère III8 / **Gamètes du père III9 de génotype $(X_H Y)$**	(X_H) probabilité 0,5	(X_H) probabilité 0,25	(X_h) probabilité 0,25
Y	$(X_H Y)$	$(X_H Y)$	$(X_h Y)$
	Garçon non atteint, probabilité : 0,75		Garçon malade, probabilité : 0,25

■ Un diagnostic prénatal sûr n'étant pas permis par la seule analyse de l'arbre généalogique, des tests génétiques peuvent être envisagés. Le gène responsable du facteur VIII présente une grande diversité de mutations ponctuelles. On dispose d'une molécule, appelée sonde, capable de repérer différentes versions du gène en se liant à certaines séquences nucléotidiques spécifiques. Dans cette famille, les allèles 2, 3 et 5 sont présents.

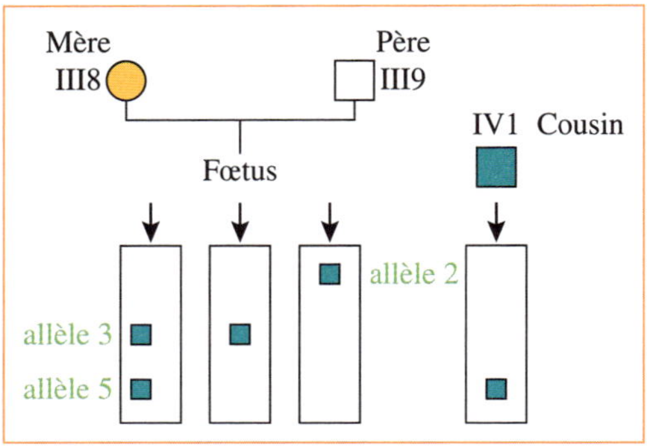

Figure 10 *Autoradiogrammes obtenus avec une sonde radioactive*

Ils permettent de repérer les différents allèles du gène du facteur VIII, pour les parents III8 et III9, le fœtus et son cousin malade IV1.

■ L'analyse de l'ADN du chromosome concerné permet d'affirmer que le fœtus est sain, car il porte l'allèle 3, alors que son cousin malade porte l'allèle 5. La mère III8 est donc porteuse de la mutation mais ne l'a pas transmise à son enfant.

Des progrès récents

■ Le développement des techniques de **séquençage** de l'ADN donne un accès direct au génotype des individus. Le traitement d'un grand nombre de données, grâce aux progrès de la bio-informatique, permet d'associer des mutations précises à certains phénotypes.

Ex. : Dans le cadre de la recherche sur la mucoviscidose, grâce à la coopération entre de nombreux laboratoires dans le monde, plus de 900 mutations du gène CFTR, en cause dans cette maladie, ont ainsi pu être décrites avec précision et associées à des variations des symptômes des malades. Ces progrès ouvrent la perspective de traitements ciblés selon le génotype du patient.

4 Accidents génétiques de la méiose

A. *Crossing-over* inégaux et familles multigéniques

■ Un ***crossing-over* inégal** lors de la prophase I de méiose peut entraîner une **duplication génique**, c'est-à-dire le doublement accidentel d'un gène. Si l'une des paires de chromosomes homologues est mal appariée, l'échange de portions de chromatides n'est plus réciproque. Il en résulte la présence en double exemplaire d'une partie de l'information génétique sur l'une des chromatides, et son absence sur l'autre chromatide.

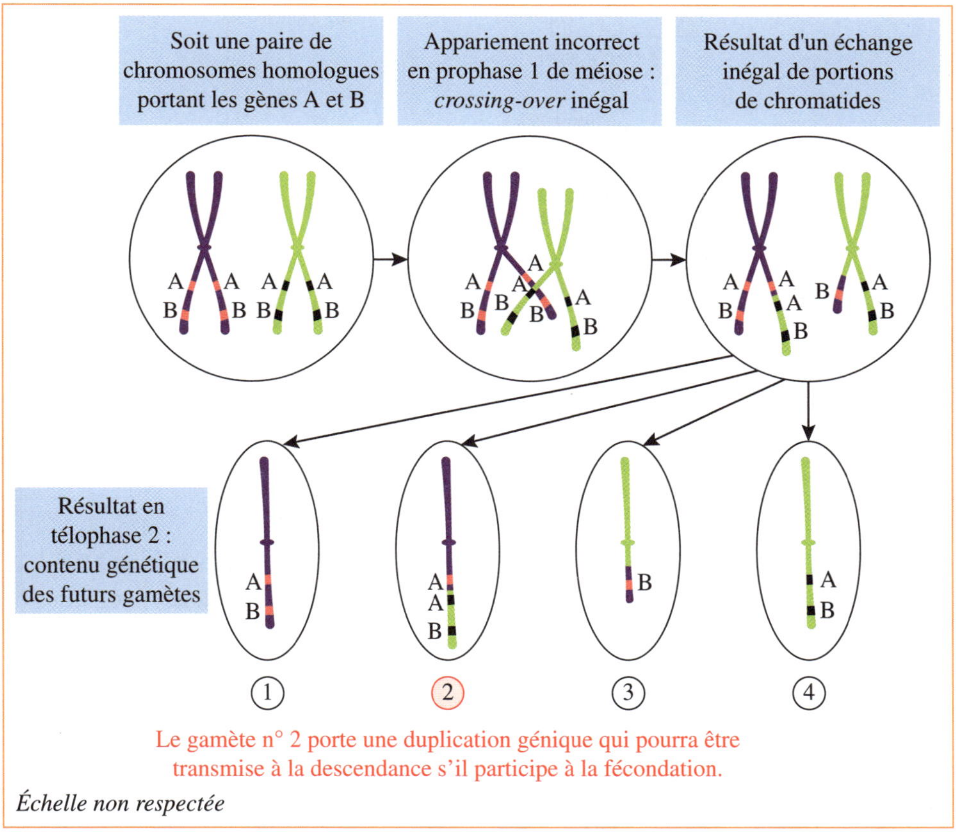

Figure 11 Crossing-over *inégal à l'origine d'une duplication génique*

■ Dans le génome d'une espèce, un ensemble de gènes présentant des séquences ressemblantes, et codant pour des protéines proches, forme une **famille multigénique**. Des *crossing-over* inégaux dans les futurs gamètes pourraient expliquer l'apparition de familles multigéniques au cours de l'évolution. Tous les gènes d'une même famille proviendraient de duplications à partir d'un gène ancestral. Les différentes copies du gène accumulent des mutations au cours du temps, pouvant mener à l'apparition de nouvelles protéines, voire de nouvelles fonctions biologiques.

■ La comparaison des séquences des gènes d'une même famille permet de retracer son histoire : le nombre de mutations accumulées est d'autant plus grand que la duplication est ancienne.

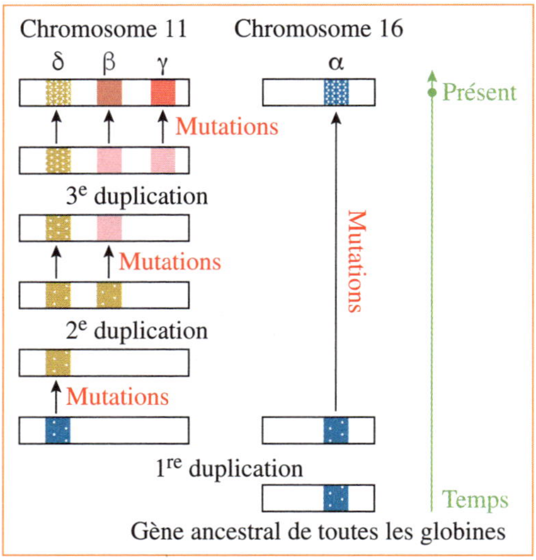

Figure 12 *Histoire de la famille multigénique des globines humaines*
La première duplication a été suivie d'une transposition sur un autre chromosome.

B. Variations du caryotype

■ Dans l'espèce humaine, la plupart des anomalies chromosomiques sont létales et entraînent une interruption de la grossesse. Elles peuvent être liées à des anomalies de la répartition des chromosomes au cours de la méiose.

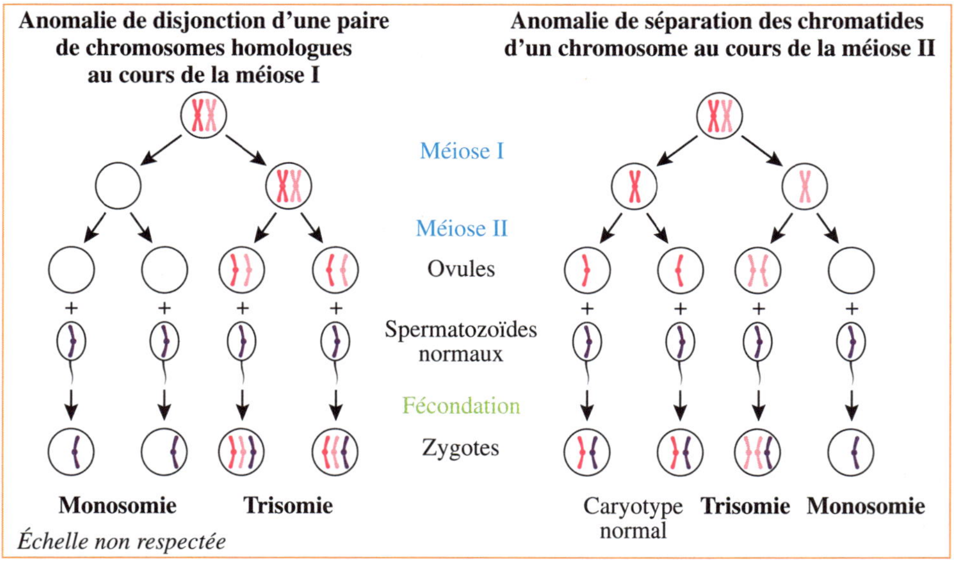

Figure 13 *Origines possibles d'une trisomie ou d'une monosomie dans l'espèce humaine : cas d'anomalies au cours de la méiose chez la mère (NB : également possible chez le père)*

■ L'apparition et la transmission d'une variation non létale du caryotype, au sein d'une population d'une espèce donnée, peuvent constituer une barrière à la reproduction et mener à une **spéciation**, c'est-à-dire à l'apparition d'une nouvelle espèce, sans isolement géographique (*voir chapitre 3*).

■ Chez les végétaux, un doublement accidentel du nombre de chromosomes, en raison d'une non-disjonction de ceux-ci au cours de l'une des phases de la méiose, peut conduire à un changement de **ploïdie** (nombre de lots de chromosomes) et à une spéciation. Ainsi de nombreuses espèces de plantes à fleurs, en particulier des espèces cultivées par l'être humain, sont **polyploïdes** (le bananier est triploïde car il présente trois lots de chromosomes 3n = 33, tandis que la pomme de terre est tétraploïde 4n = 48). Cette variation du caryotype s'accompagne de changements morphologiques et contribue donc à la diversification du vivant.

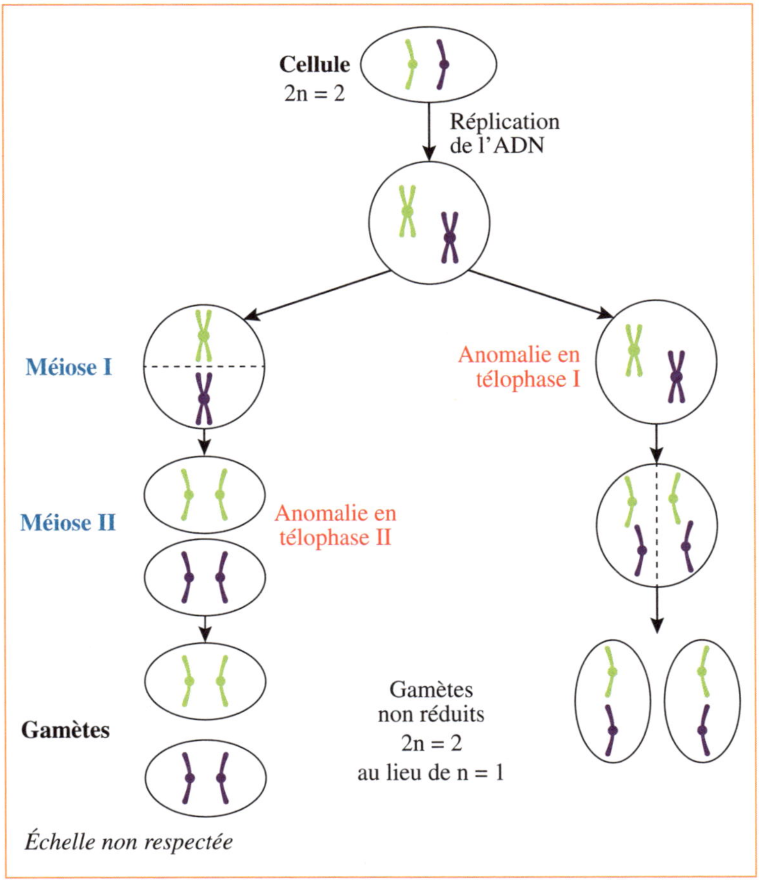

Figure 14 *Des erreurs de la méiose à l'origine de la polyploïdisation*

■ Les mutations qui surviennent lors de la réplication de l'ADN, et les erreurs au cours des divisions cellulaires, peuvent être létales pour un individu, mais elles peuvent également être tolérées et à l'origine d'innovations génétiques au sein d'une espèce (nouveaux allèles, nouveaux gènes), ou contribuer à l'apparition de nouvelles espèces (nouveau caryotype).

■ Ces processus jouent donc un rôle essentiel dans la diversification génomique du vivant au cours des temps géologiques.

LES CONSÉQUENCES DES DIVISIONS CELLULAIRES CHEZ LES ESPÈCES DIPLOÏDES

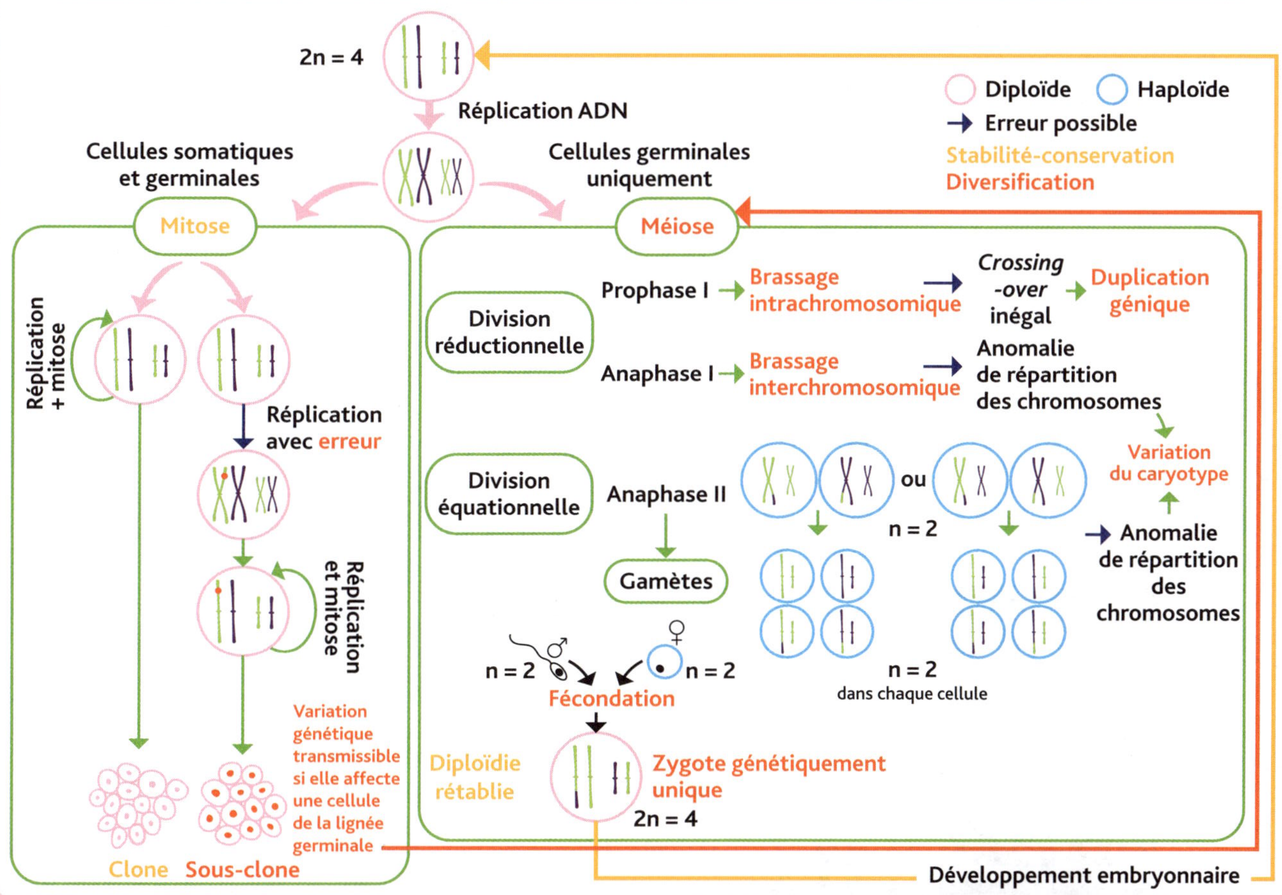

SUJET DU BAC

Exercice 2 : Pratique du raisonnement scientifique — 1 h 45 — 8 points

Le syndrome de Down

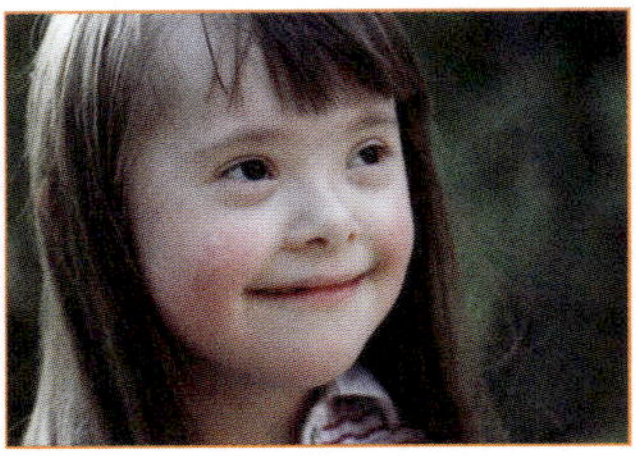

Les personnes atteintes du syndrome de Down présentent diverses caractéristiques : nuque large, visage de forme spécifique, problèmes métaboliques et retard mental plus ou moins important.

Les médecins ont toutefois remarqué que ces personnes ont un risque plus faible de développer un cancer.

Par une étude approfondie des documents et l'utilisation des connaissances, expliquer les origines possibles du syndrome de Down et les conséquences de cette anomalie chromosomique sur le phénotype d'un individu.

Des schémas explicatifs et un schéma-bilan final sont attendus.

Document 1 : Caryotypes d'individus atteints du syndrome de Down

Pourcentage d'individus	Exemples de caryotypes	Explication
92,5 %	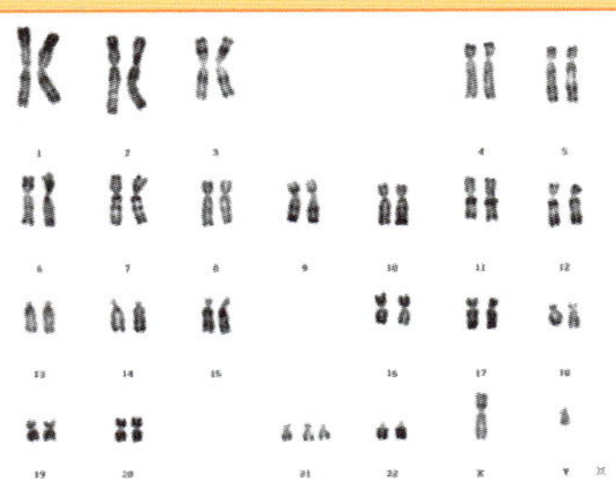	Non-disjonction de la paire n° 21 durant la méiose. Forme de trisomie 21 dont la fréquence dépend de l'âge des parents.
4 %	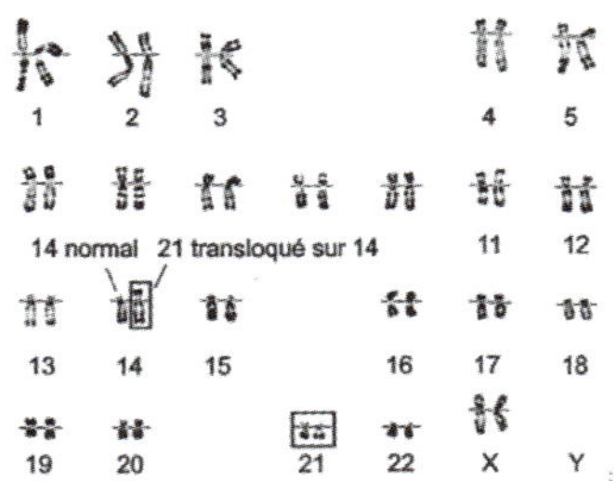	Fusion des chromosomes 14 et 21 (appelée translocation). Forme héréditaire de trisomie 21 dont la fréquence ne dépend pas de l'âge des parents
3,5 %	Autres caryotypes	

D'après le site du laboratoire de cytogénétique, AP/HP – Paris V, consulté en novembre 2017

Document 2 : Un cas particulier d'anomalie chromosomique

Deux chromosomes, dont les centromères sont très proches d'une extrémité, peuvent parfois fusionner. Il s'agit d'un type particulier de translocation chromosomique, qui concerne souvent les chromosomes 14 et 21. Les porteurs de cette translocation présentent un phénotype normal, mais forment des gamètes anormaux.

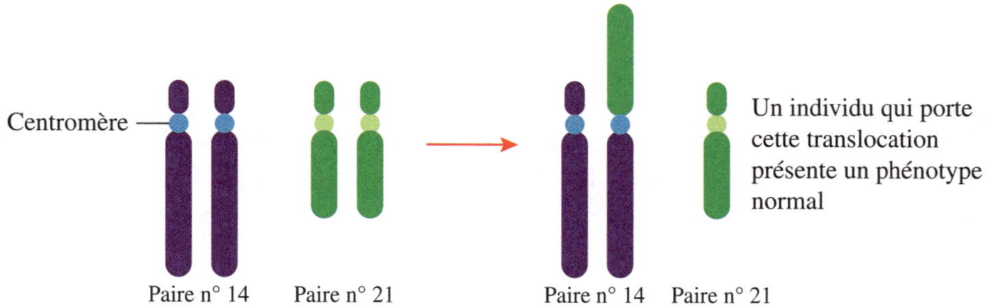

Un type de translocation chromosomique : la fusion d'un chromosome 21 avec le chromosome 14

Document 3 : Dosage de protéines liées au syndrome de Down

Les scientifiques ont comparé des individus atteints du syndrome de Down à des individus témoins. Le document ci-dessous montre les résultats du dosage de deux protéines exprimées à partir des gènes *DYRK1A* et *DSCR1*. Ces deux gènes sont situés sur les chromosomes 21.

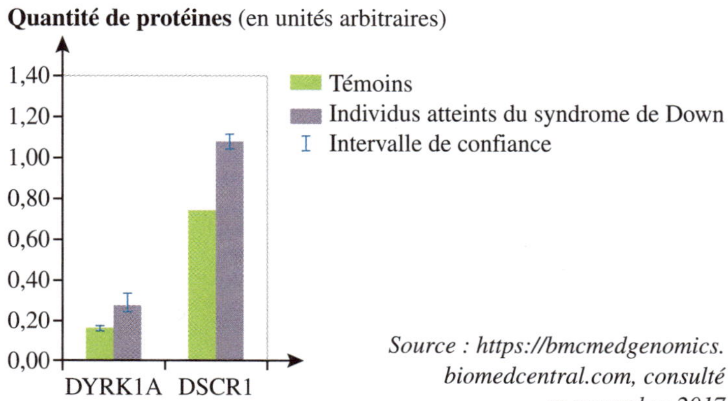

Source : https://bmcmedgenomics.biomedcentral.com, consulté en novembre 2017

Dosage de deux protéines exprimées à partir des gènes DYRK1A et DSCR1 dans deux populations

Document 4 : Étude de l'effet de *DYRK1A* et *DSCR1* sur le développement cérébral chez la souris

Les chercheurs utilisent des souris transgéniques comme modèle animal du syndrome de Down.

On observe chez ces souris transgéniques un développement anormal de certaines parties du cerveau, qui correspond à ce qui est observé chez l'humain trisomique 21. Ces souris possèdent notamment trois exemplaires des gènes *DYRK1A* et *DSCR1*, qui s'expriment en particulier dans le cerveau au cours du développement fœtal.

Des chercheurs ont montré qu'une quantité plus importante des protéines *DYRK1A* et *DSCR1* contribuait à retarder la différenciation des neurones. *DYRK1A* et *DSCR1* agissent en réduisant l'activité d'une molécule régulatrice de l'expression génétique, qui joue un rôle clé dans le développement : NFATc (*Nuclear factor of activated T-cells, cytoplasmic*).

Source : N. Kurabayashi et K. Sanada, 2013

Document 5 : Croissance de tumeurs cancéreuses chez la souris

Les souris Ts65Dn sont l'un des modèles animaux du syndrome de Down et possèdent trois exemplaires des gènes *DYRK1A* et *DSCR1*.

On provoque artificiellement un cancer chez ces souris et des souris témoins. Le volume des tumeurs cancéreuses est ensuite mesuré pendant trois semaines.

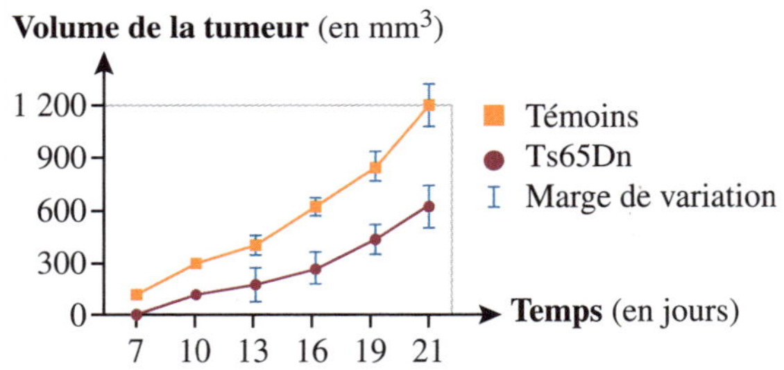

Source : Hesser et al., *2004*

Document 6 : Vascularisation des tumeurs chez la souris

6.a. : Densité des vaisseaux dans les tumeurs cancéreuses chez la souris

Chez les souris Ts65Dn et les souris témoins, on mesure la densité des vaisseaux sanguins dans les tumeurs cancéreuses provoquées artificiellement.

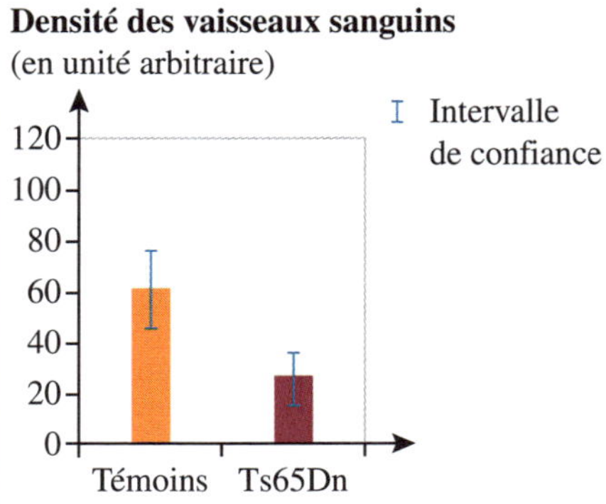

D'après Hesseret et al., *2004*

6.b. : Mutations et vascularisation d'une tumeur

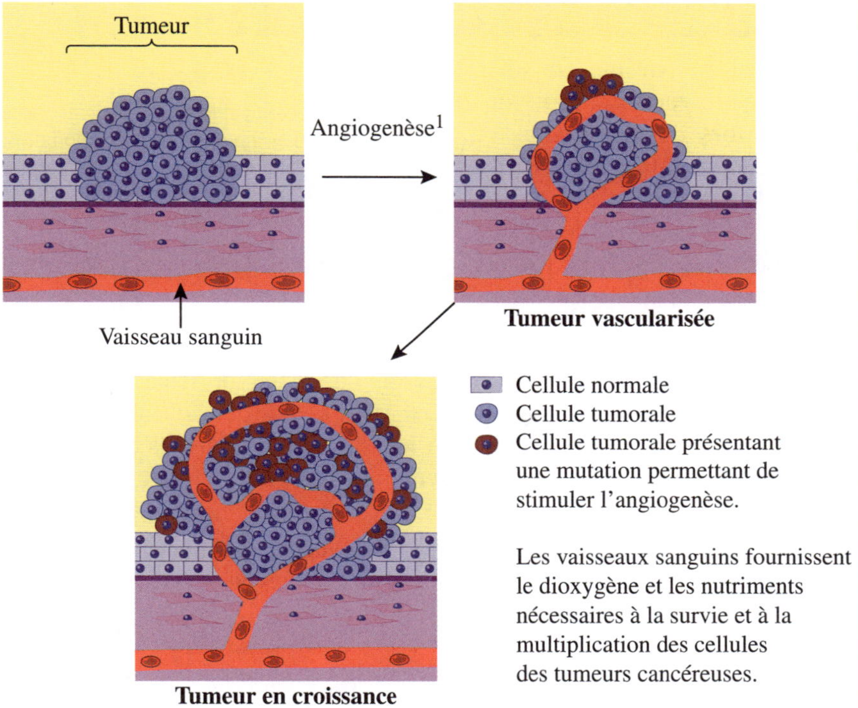

Échelle non respectée [1]Angiogenèse : croissance de nouveaux vaisseaux sanguins

6.c. : Rôles des protéines NFAT

Les protéines NFAT sont des facteurs de transcription qui ont été très étudiés dans le fonctionnement du système immunitaire.

En réalité, ces molécules régulatrices de l'expression génétique ont des rôles très variés, et leur implication dans le processus de cancérisation a été récemment mise en évidence.

En effet, ces protéines ont de multiples fonctions liées à la croissance cellulaire mais aussi à l'angiogenèse.

Source : Mancini et Toker, 2009

→ *Corrigé p. 234*

CORRIGÉ

Exercice : Pratique du raisonnement scientifique → Énoncé p. 230

> **Méthode**
> Dans cet exercice, les différents documents pouvaient être abordés dans l'ordre de présentation du sujet. Cependant cela n'est pas une obligation et **il peut arriver qu'il soit plus pertinent d'exploiter les documents dans un ordre différent.**

Le syndrome de Down impacte notablement le phénotype d'un individu. Il présente alors des anomalies et déficiences, mais aussi un risque plus faible de développer un cancer. L'analyse de caryotypes et des résultats de recherches récentes permettent d'expliquer les origines possibles de l'anomalie chromosomique et ses conséquences.

I – Origines possibles du syndrome de Down

La majorité des personnes atteintes du syndrome de Down présente une trisomie 21, c'est-à-dire trois chromosomes sur la paire n° 21 au lieu de deux. Cette anomalie chromosomique peut s'expliquer par une erreur lors de la répartition des chromosomes en anaphase 1 ou 2 de méiose chez l'un des parents, au moment de la formation des gamètes.

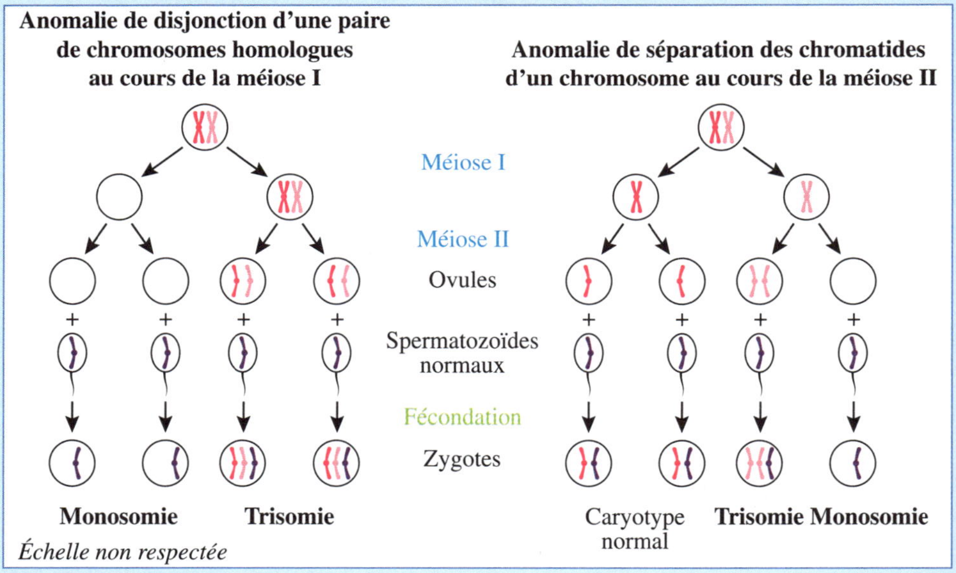

Figure 1 *Origines possibles d'une trisomie ou d'une monosomie dans l'espèce humaine*

Il existe une forme plus rare du syndrome de Down, dans laquelle le troisième chromosome 21 est fusionné avec l'un des chromosomes de la paire n° 14. Il s'agit d'un type de translocation chromosomique. Dans ce cas, l'un des parents est porteur de cette translocation mais présente un

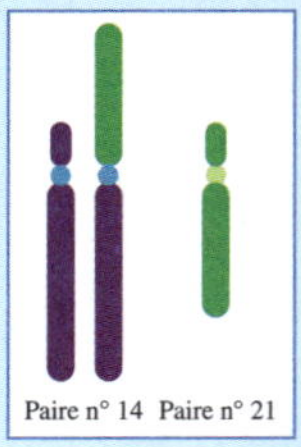

Figure 2 *Paires n° 14 et 21 du caryotype du parent qui a transmis l'anomalie*

phénotype normal, car il possède le bon nombre de chromosomes et la bonne quantité d'information génétique (ce parent ne possède qu'un seul chromosome 21 isolé).

Lors de la méiose, le parent porteur de la translocation va produire 25 % de gamètes qui aboutiront à un enfant trisomique 21 en cas de fécondation.

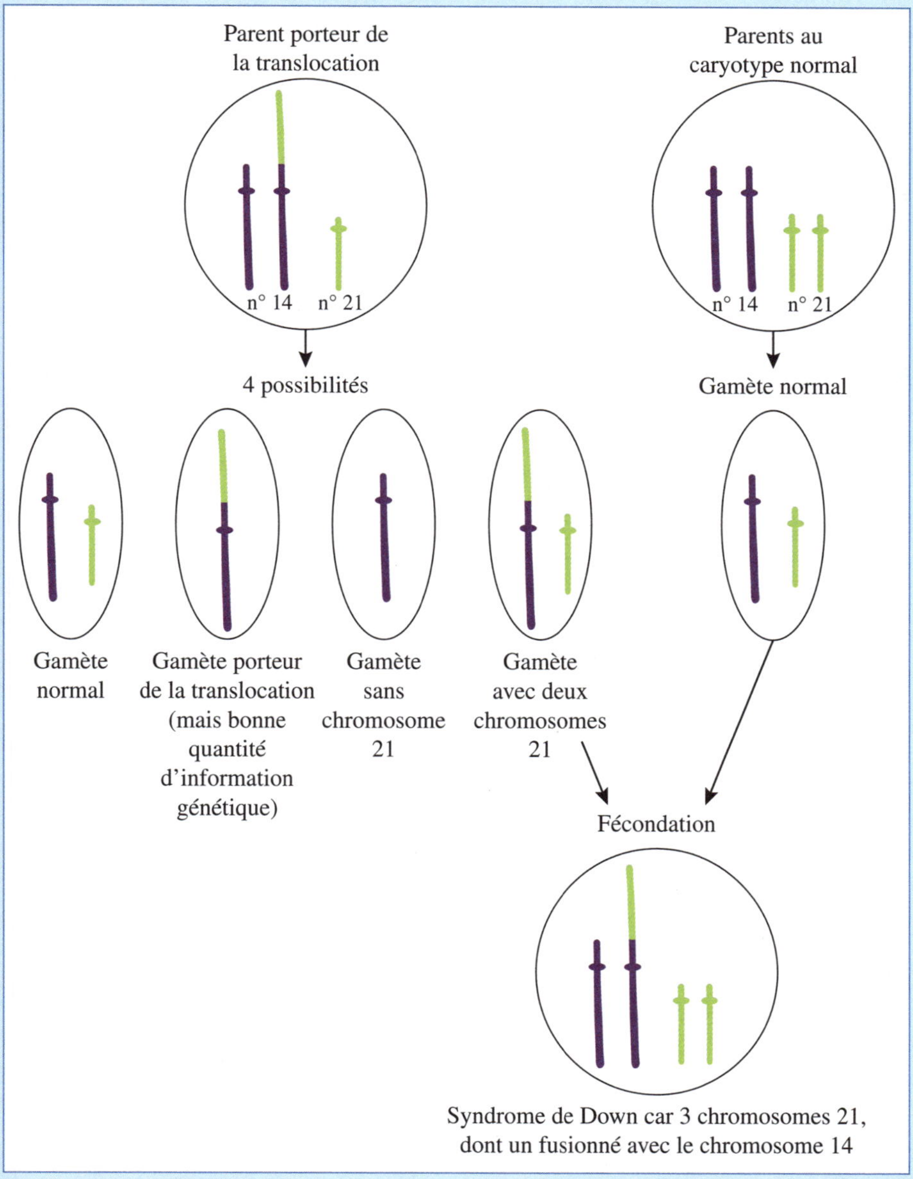

Figure 3 *Gamètes produits par les parents d'un enfant atteint du syndrome de Down en raison d'une translocation chromosomique*

II – Conséquences de la trisomie 21 sur le phénotype de l'individu.

• *Comment peut-on expliquer qu'un surplus d'information génétique puisse avoir des conséquences sur le phénotype ?*

Chez une personne atteinte de trisomie 21, certains gènes sont présents en trois exemplaires au lieu de deux. Ces gènes surnuméraires peuvent s'exprimer, c'est-à-dire être transcrits puis traduits en protéines, qui sont alors présentes en quantités plus importantes dans l'organisme.
C'est en effet le cas pour les protéines codées par les gènes DYRK1A et DSCR1, situés sur le chromosome 21, qui ont été dosées chez différents individus. D'après le graphique du document 3, les individus atteints du syndrome de Down possèdent de façon significative environ 1,5 fois plus de protéines DYRK1A et DSCR1 que les individus témoins (0,25 contre 0,15 U.A. pour DYRK1A et 1,10 contre 0,70 U.A. pour DSCR1).

• *L'origine du retard mental*

D'après le document 4, une quantité plus importante de DYRK1A et DSCR1 au cours du développement fœtal retarde la différenciation des neurones chez la souris (modèle animal du syndrome de Down), en réduisant l'activité d'un régulateur de l'expression génétique (NFATc). Ceci pourrait expliquer le développement anormal du cerveau et le retard mental présenté par la majorité des personnes atteintes du syndrome de Down.

• *Un risque plus faible de développer un cancer*

Cependant, cette surexpression des protéines DYRK1A et DSCR1, observée chez l'adulte humain, pourrait également expliquer un risque plus faible de développer un cancer.
En effet, les souris modèles Ts65Dn qui possèdent trois copies de DYRK1A et DSCR1, et chez lesquelles un cancer a été développé artificiellement, montrent un volume de tumeur deux fois moins important que chez les souris témoins, au bout de 21 jours d'expérience.
Une tumeur cancéreuse est formée de cellules qui ont subi des mutations et se divisent de manière anormale et incontrôlée. Or une nouvelle mutation peut apparaître dans une cellule tumorale et lui permettre de stimuler l'angiogenèse, c'est-à-dire le développement de nouveaux vaisseaux sanguins. La tumeur est alors irriguée et approvisionnée en nutriments et en dioxygène qui lui permettent de continuer à croître.
La vascularisation et la tumeur continuent alors à se développer car, par mitoses successives, la mutation est transmise à toutes les cellules-filles, qui forment un sous-clone.
Le document 6a montre que la densité des vaisseaux sanguins est deux fois moins importante dans les tumeurs cancéreuses des souris modèles Ts65Dn par rapport aux témoins.
Il a été montré précédemment que DYRK1A et DSCR1 pouvaient réduire l'activité de molécules régulatrices NFAT.

Or celles-ci ont de multiples fonctions et sont impliquées dans le processus d'angiogenèse au cours de la cancérisation.

Remarque

Les données issues des découvertes récentes permettent d'effectuer des mises en relation sous la forme d'**hypothèses** qui restent à confirmer par de nouvelles recherches.

Ainsi la surexpression de certains gènes situés sur le chromosome 21 pourrait freiner la vascularisation des tumeurs et limiter leur développement en agissant sur des protéines régulatrices de l'expression génétique, diminuant de cette manière le risque de cancer.

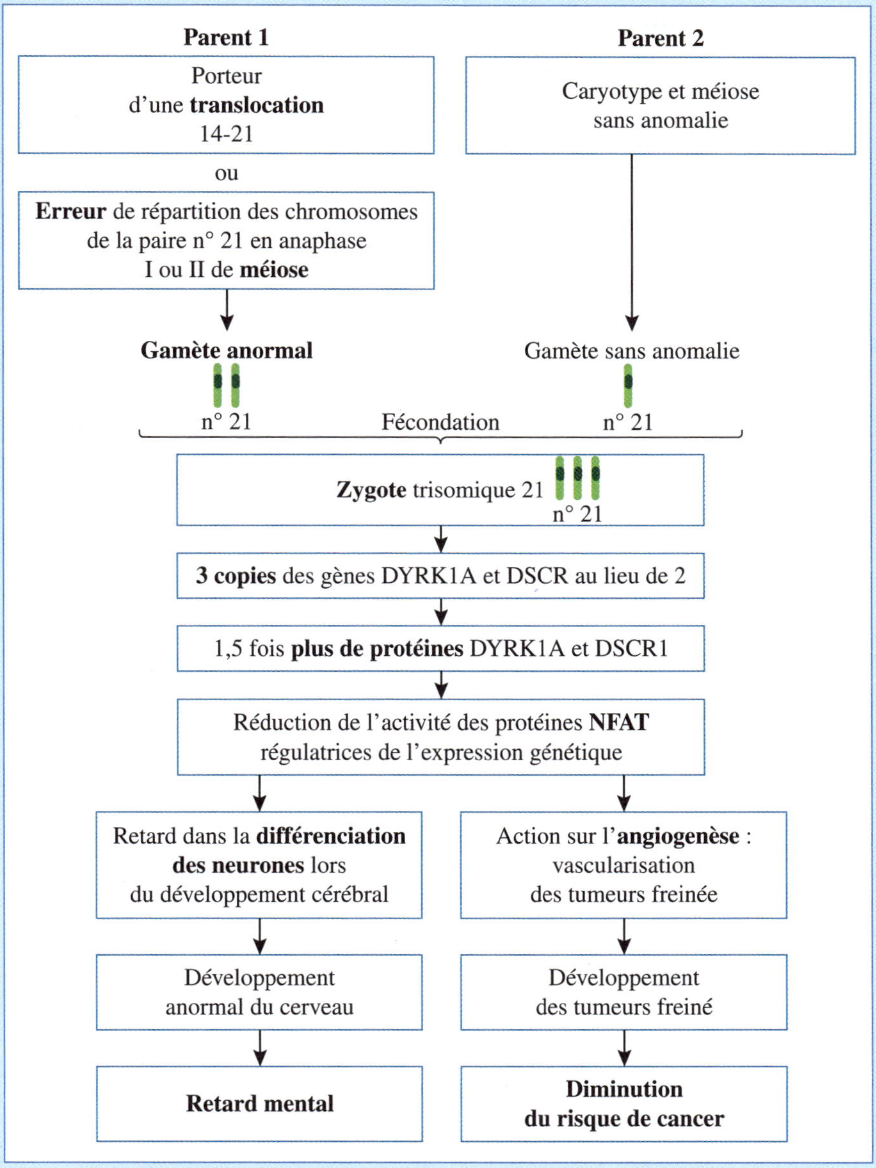

Schéma bilan : origines et conséquences du syndrome de Down

Conclusion

Les recherches concernant les conséquences de la surexpression des gènes situés sur le chromosome 21 permettent de comprendre les conséquences de l'anomalie chromosomique sur le phénotype, et pourraient peut-être permettre d'envisager des pistes thérapeutiques dans le futur, pour atténuer le retard mental tout en veillant à ne pas augmenter le risque de cancer. Ces découvertes pourraient également permettre de progresser dans la recherche contre le cancer.

La diversification des génomes hors reproduction

CHAPITRE 2

Les transmissions de matériel génétique de génération en génération, au cours de la reproduction, sont qualifiées de **transferts verticaux**. Par opposition, les échanges de matériel génétique hors de la reproduction sont appelés **transferts horizontaux**. Ils contribuent à enrichir les **génomes** des êtres vivants. L'unicité de structure de l'ADN, comme support universel de l'information génétique dans le monde vivant, permet ces transferts génétiques entre des organismes d'espèces différentes, qui peuvent même être très éloignées sur l'arbre **phylogénétique** du vivant.

1 Transferts horizontaux

A. Mécanismes de transferts horizontaux

■ La **transformation** est le transfert d'ADN étranger à une cellule receveuse. C'est un processus naturel chez les bactéries, qui peut entraîner l'acquisition de nouveaux caractères transmissibles. La transformation bactérienne a été mise en évidence en 1928 par Frederick Griffith.

Expérience		Interprétation
(1) Bactéries S virulentes	Infection et mort 	Les bactéries S sont létales pour les souris.
(2) Bactéries R (non virulentes)	Pas d'infection, survie 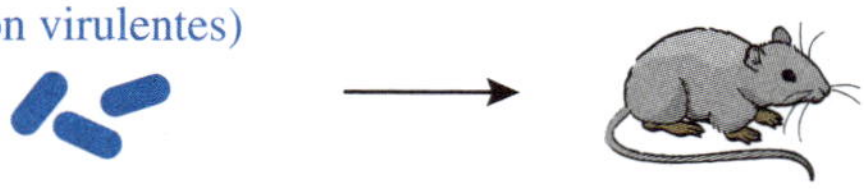	Les bactéries R sont inoffensives pour les souris.
(3) Bactéries S tuées par la chaleur	Pas d'infection, survie 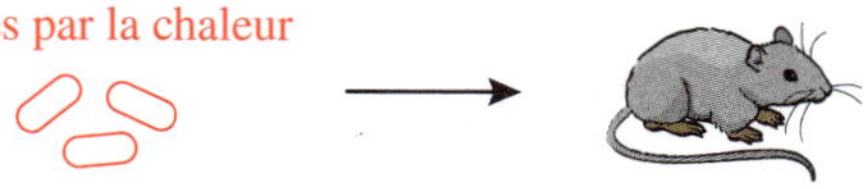	Les bactéries S tuées par la chaleur sont inoffensives pour les souris.

▶▶

Expérience	Interprétation
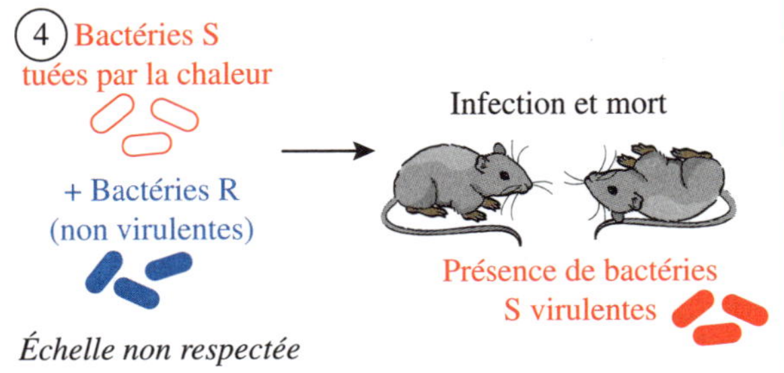	Les bactéries R vivantes ont été « transformées » par un élément provenant des bactéries S tuées. Ainsi les bactéries R sont devenues des bactéries S virulentes.

Figure 1 *Expériences de Griffith vers 1928*

Les bactéries S sont des pneumocoques pathogènes, agents de la pneumonie et létaux pour les souris. Les bactéries R sont des mutants non virulents.

> **Remarque**
>
> En 1928, le facteur transformant n'est pas identifié. C'est en 1944 qu'Oswald Avery montrera qu'il s'agit d'**ADN**. La structure de la molécule d'ADN sera déterminée en 1953.

■ La **conjugaison** est le transfert d'ADN d'une bactérie à une autre par contact direct et formation d'un « pont » cytoplasmique. L'ADN transféré peut être un **plasmide**, molécule d'ADN circulaire distincte de l'ADN chromosomique. Le plasmide peut comporter, par exemple, des gènes de résistance aux **antibiotiques**.

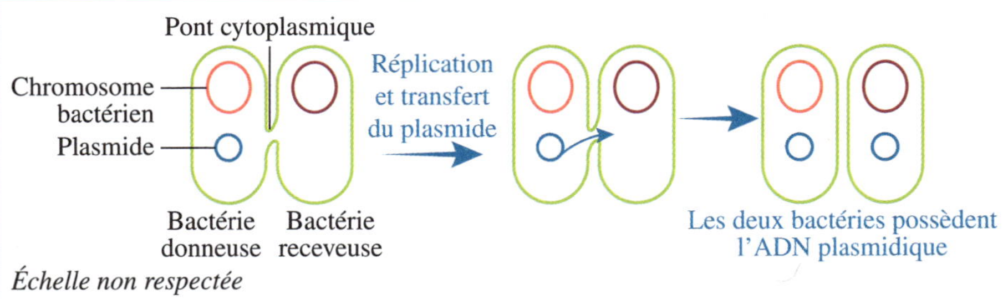

Figure 2 *Transfert d'ADN plasmidique entre deux bactéries au cours de la conjugaison*

■ Certaines bactéries sont capables de transférer de l'ADN plasmidique dans une cellule **eucaryote**. Cette séquence s'intègre alors dans le génome de la cellule. C'est le cas d'*Agrobacterium tumefaciens*, bactérie pathogène à l'origine de **tumeurs** chez certains végétaux. Cette propriété est utilisée en biotechnologie pour produire des plantes **transgéniques**, en incorporant un gène d'intérêt dans le plasmide.

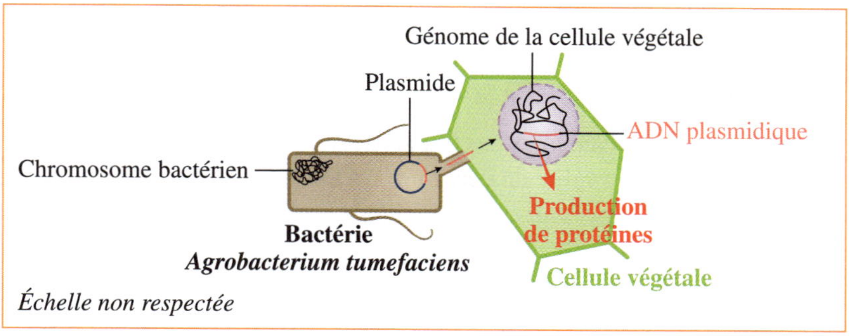

Figure 3 *Transfert d'ADN entre la bactérie* Agrobacterium tumefaciens *et une cellule végétale de plante infectée*

■ Les **virus** peuvent également jouer le rôle de **vecteurs** en intégrant leur matériel génétique dans le génome des cellules qu'ils infectent, qu'elles soient **Procaryotes** ou **Eucaryotes**.

B. Conséquences et applications en santé humaine

■ Les **antibiotiques** sont des substances ayant pour effet de détruire ou d'empêcher le développement des bactéries, susceptibles de causer des maladies.

■ Les bactéries peuvent se transmettre des gènes de résistance aux antibiotiques par transfert horizontal. Ces gènes diffusent particulièrement facilement entre différentes espèces bactériennes par conjugaison au sein des **microbiotes** intestinaux.

■ Les bactéries devenues multirésistantes (c'est-à-dire résistantes à plusieurs types d'antibiotiques) peuvent se répandre dans l'environnement *via* les excréments des animaux.

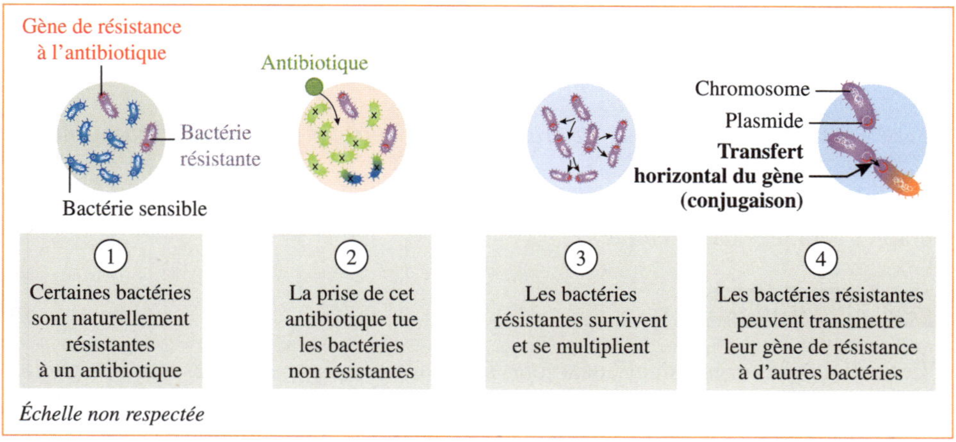

Figure 4 *Sélection et propagation d'un gène de résistance par la prise d'un antibiotique*

■ L'utilisation, parfois abusive, des antibiotiques en santé humaine ou dans les élevages favorise donc la propagation de bactéries résistantes et constitue un problème majeur de santé publique.

■ La connaissance des mécanismes des transferts horizontaux permet des applications biotechnologiques. La possibilité de découper l'ADN au niveau de sites précis grâce à des enzymes permet de concevoir des plasmides portant un gène d'intérêt.

■ Ainsi, la culture de lignées bactériennes transgéniques permet de produire des molécules d'intérêt en grande quantité pour soigner les humains.

Ex. : production d'**hormones** pour traiter le retard de croissance de certains enfants.

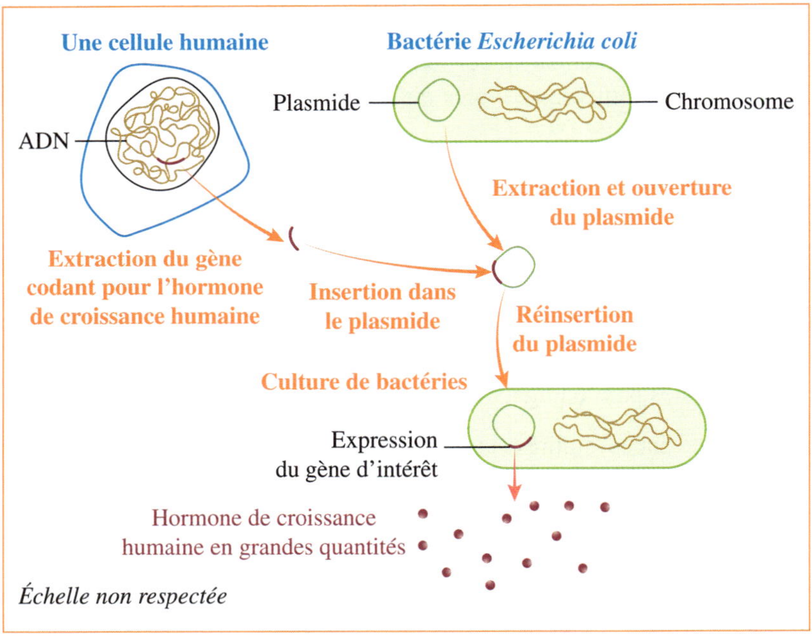

Figure 5 *Production d'hormone de croissance humaine par des bactéries transgéniques*

■ Des virus modifiés peuvent aussi être utilisés en biotechnologie, dans le cadre de thérapies géniques par exemple.

2 Endosymbioses

■ Les cellules des organismes eucaryotes sont caractérisées par la présence d'organites spécialisés tels les **mitochondries** (siège de la respiration cellulaire ; *voir chapitre 14 p. 386*) et les **chloroplastes** (siège de la photosynthèse *; voir chapitre 7 p. 304*).

■ Différents arguments ont conduit à considérer que ces organites énergétiques étaient issus d'**endosymbioses** : des bactéries auraient été ingérées par des cellules primitives dans la lignée des eucaryotes et cette association aurait procuré des bénéfices réciproques aux deux organismes. Au cours de l'évolution, plusieurs endosymbioses successives permettent d'expliquer la diversité au sein des organismes eucaryotes.

■ La taille des mitochondries et des chloroplastes est très comparable à celle des bactéries (1 à 10 µm). Ces organites sont limités par une double membrane dont la partie interne a une composition proche d'une membrane de bactérie. Comme les bactéries, les mitochondries et les chloroplastes se divisent en deux par **scissiparité**, indépendamment des divisions du noyau de la cellule eucaryote qui les héberge.

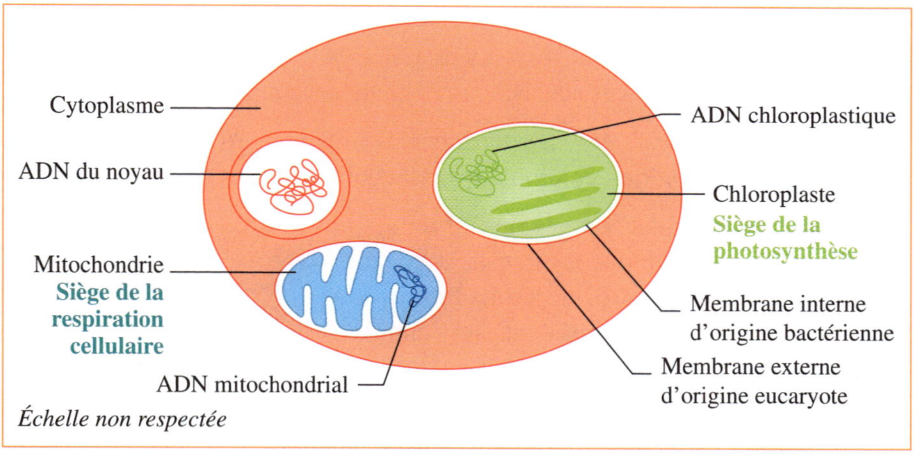

Figure 6 *Structure simplifiée d'une cellule eucaryote végétale*

■ Une cellule eucaryote contient de l'ADN dans son noyau, mais également dans ses organites endosymbiotiques. On parle ainsi de génome mitochondrial et de génome chloroplastique. Comme les bactéries, et contrairement aux cellules eucaryotes, les mitochondries et les chloroplastes comportent de l'ADN nu, non contenu dans un noyau, sous la forme d'un unique chromosome, souvent circulaire.

■ Par comparaison avec des bactéries libres, les mitochondries et chloroplastes ont perdu une grande partie de leur matériel génétique (de 95 à 99 %). Cependant les protéines de ces organites endosymbiotiques sont toujours produites : elles sont en grande partie codées par des gènes du noyau de la cellule eucaryote, puis importées depuis le cytoplasme.

■ En effet, au cours de l'évolution, certains gènes des mitochondries et chloroplastes ont été transférés dans le génome nucléaire. D'autres gènes des endosymbiotes sont devenus inutiles ou leurs fonctions ont pu être assurées par des gènes du noyau : ils ont ainsi pu être perdus sans conséquence. Les organites endosymbiotiques se sont donc étroitement intégrés au fonctionnement de leur cellule-hôte eucaryote.

3 Importance au cours de l'évolution

A. L'acquisition de nouvelles fonctions

■ Les transferts horizontaux et endosymbioses permettent aux êtres vivants d'acquérir de nouvelles fonctions qui affectent leur mode de vie et leurs interactions avec les autres espèces. Ils ont donc des effets très importants sur l'évolution des populations et des écosystèmes.

■ Qu'il s'agisse de transferts horizontaux de gènes ou d'endosymbioses, les cellules et organismes transmettent ces acquisitions au cours de la reproduction.

■ La transmission verticale des caractères héréditaires par l'ADN des plasmides ou des organites (mitochondries, chloroplastes) est qualifiée d'**hérédité cytoplasmique**.

■ Le **séquençage** complet des génomes d'un grand nombre d'espèces montre que les transferts horizontaux sont très fréquents, aussi bien chez les Procaryotes que chez les Eucaryotes, y compris chez les Animaux.

Remarque
Le **mécanisme de transfert** n'est pas toujours connu.

Exemples de transferts horizontaux supposés, tirés du séquençage des génomes

Organismes donneurs	Organismes receveurs	Fonction des gènes transférés
Bactéries	Cnidaires (anémones, méduses, coraux)	– Implication dans le métabolisme – Production de toxines
Bactéries	Nématodes (vers ronds non segmentés)	– Synthèse du groupement hème (fixation de l'O_2) – Implication dans le parasitisme des plantes – Synthèse de vitamines B
Bactéries Champignons	Insectes Arachnides	– Synthèse de caroténoïdes (pigments)
Bactéries Champignons	Crustacés	– Implication dans le métabolisme – Implication dans les mécanismes de défense
Bactéries Rétrovirus	Vertébrés	– Production de protéines antigel

Ces exemples ne sont pas à connaître.

Source : Boto et al., *2014*

■ Les transferts horizontaux peuvent avoir des effets très importants sur l'évolution.

Ex. : Le transfert de gènes entre des **rétrovirus** (virus à ARN) et les ancêtres des Mammifères actuels ont permis l'apparition du placenta au cours de l'évolution. La comparaison entre les séquences de la syncytine humaine, protéine nécessaire à la mise en place du placenta lors du développement embryonnaire, et d'une protéine de l'enveloppe du rétrovirus MPMV montre plus de 80 % d'identité génétique qui ne peuvent pas être dus au hasard.

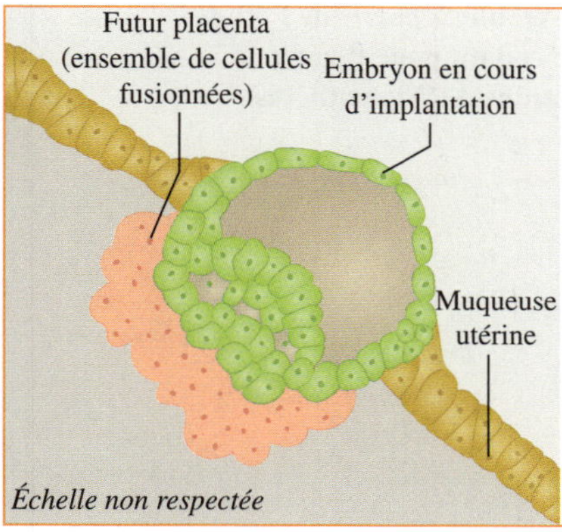

Au cours du développement embryonnaire des Mammifères, le placenta (zone d'échanges avec l'organisme maternel) est obtenu par fusion de cellules, induite par des protéines membranaires appelées syncytines. Or les gènes codants pour ces protéines sont issus de rétrovirus. Ces gènes se sont donc intégrés dans le génome des ancêtres des Mammifères actuels à l'occasion d'une infection virale, ayant touché les cellules germinales (futurs gamètes).

Figure 7 *Des transferts horizontaux expliquent l'apparition du placenta chez les Mammifères*

Syncytine humaine	ThrLeuGlnAspGlnLeuAsnSerLeuAlaAlaValValLeuGlnAsnArg
Protéine de l'enveloppe de MPMV	Asp - - - - ValAsp - - - Glu - - - - - -
Syncytine humaine	ArgAlaLeuAspLeuLeuThrAlaGluArgGlyGlyThrCysLeuPhe
Protéine de l'enveloppe de MPMV	- Gly - - - - - - - Gln - - Ile - - Ala

D'après logiciel Anagène

Figure 8 *Comparaison entre une partie des séquences en acides aminés de la syncytine humaine et d'une protéine de l'enveloppe du rétrovirus MPMV*

Les traits horizontaux indiquent des acides aminés similaires.

Remarque

Les **séquences d'ADN d'origine rétrovirale** ne sont pas négligeables : elles représentent **8 % du génome humain.**

PHYSIQUE-CHIMIE SVT GRAND ORAL MATHS COMPLÉMENTAIRES

B. Conséquences sur les phylogénies

■ En raison des transferts horizontaux et des endosymbioses, des espèces phylogénétiquement très éloignées peuvent présenter des ressemblances, et réciproquement des espèces proches parentes peuvent exprimer des caractères très différents.

■ En raison des transferts horizontaux, les arbres phylogénétiques peuvent être contradictoires selon les gènes considérés.

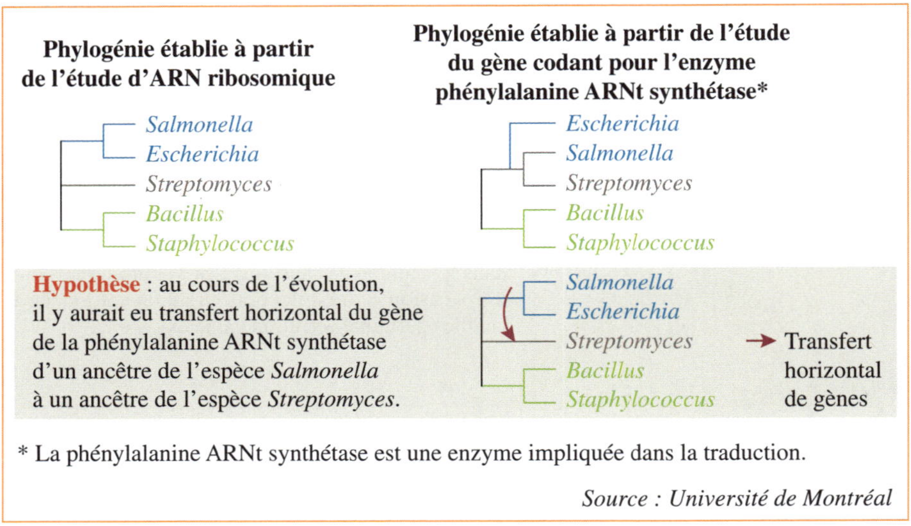

Figure 9 *Transferts horizontaux et phylogénies, exemple chez les bactéries*

> **Remarques**
> - L'**ARN ribosomique** (ARNr) est utilisé comme marqueur de l'évolution des organismes pour construire les arbres phylogénétiques car c'est une molécule très conservée, présente chez toutes les espèces, et peu susceptible de faire l'objet de transferts horizontaux.
> - Les détails sur les séquences utilisées pour construire les arbres ne sont pas à connaître.

■ En raison des endosymbioses, si pour une espèce donnée, par exemple le maïs (*Zea mays*), on considère indépendamment les génomes du noyau, des chloroplastes et des mitochondries pour établir une phylogénie, on obtient un arbre dans lequel cette espèce apparaît trois fois. Les mitochondries et les chloroplastes sont phylogénétiquement proches de bactéries différentes, tandis que l'étude du génome nucléaire du maïs le place bien parmi les autres Eucaryotes.

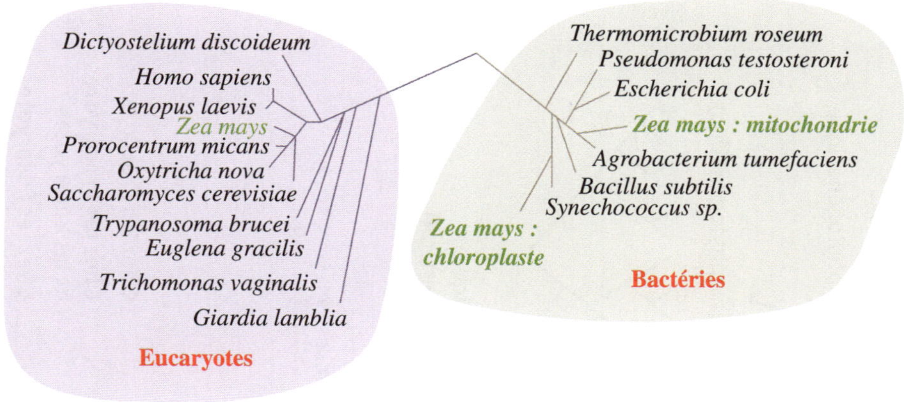

La longueur des branches est proportionnelle au nombre de mutations accumulées.

Source : Lang et al.*, 2000*

Figure 10 *Représentation schématique de l'arbre phylogénétique démontrant les relations évolutives entre des organismes appartenant aux branches des Bactéries et des Eucaryotes*

D'après l'analyse d'un gène codant pour de l'ARN ribosomique. Pour l'espèce *Zea mays* (le maïs), on a étudié indépendamment les génomes du noyau, des mitochondries et des chloroplastes.

■ En raison des transferts horizontaux et des endosymbioses, les relations de parenté entre les organismes sont mieux représentées sous la forme d'un **réseau phylogénétique** que par un arbre, pour traduire la complexité de l'histoire évolutive du vivant.

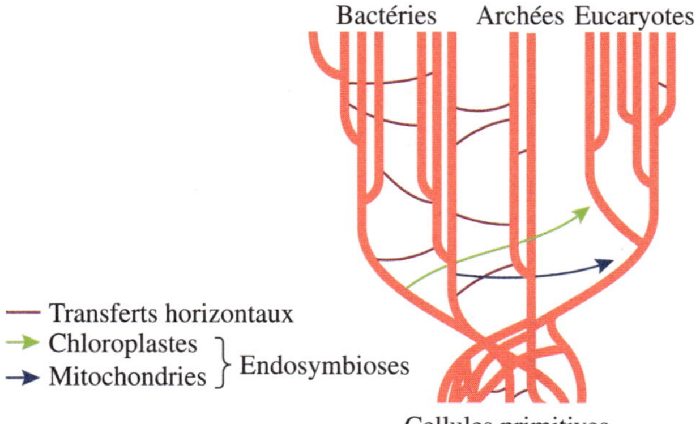

Source : Nature, 2005

Figure 11 *Réseau phylogénétique simplifié du monde vivant, incluant les transferts horizontaux de gènes et les endosymbioses*

Remarque

Les **Archées** sont des **micro-organismes unicellulaires procaryotes**, qui se distinguent des bactéries aux niveaux génétique et métabolique.

CARTE MENTALE

TRANSFERTS DE MATÉRIEL GÉNÉTIQUE HORS DE LA REPRODUCTION

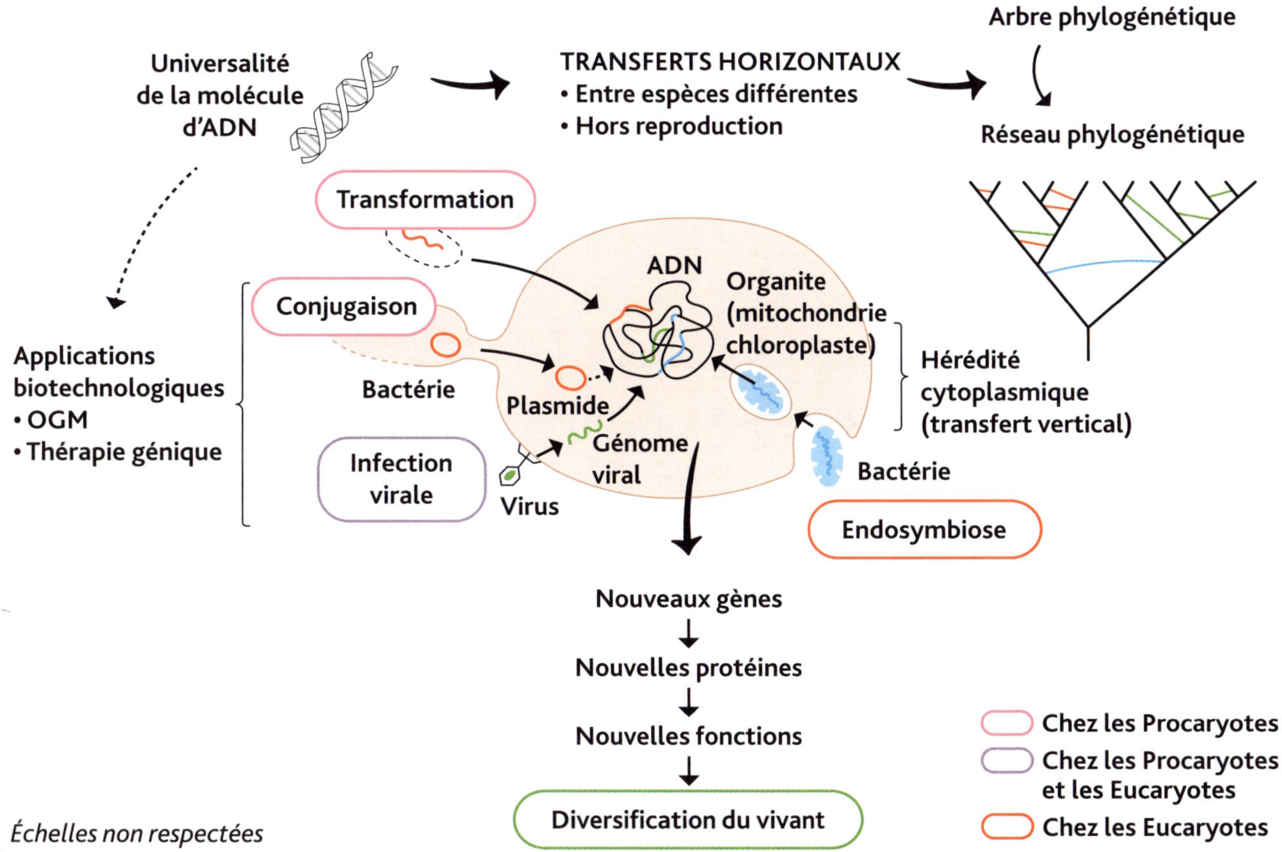

Exercice 2 : Pratique du raisonnement scientifique — 1 h 45 — 8 points

Les nématodes parasites des végétaux

En 2008, une équipe de chercheurs français a coordonné un programme de séquençage du génome du nématode à galles*, *Meloidogyne incognita*, un « ver rond » ravageur des cultures, afin d'ouvrir la voie à de nouvelles solutions de lutte. Les nématodes phytophages sont en effet responsables de 5 % des pertes globales des récoltes mondiales (dégâts estimés à plusieurs dizaines de milliards d'euros par an dans le monde).

Remarque
Ce sujet fait appel à des connaissances du chapitre 1.

** Les galles sont des excroissances ou tumeurs développées par les végétaux sous l'effet de l'infection par un parasite.*

À l'aide des documents et des connaissances, expliquer comment certains nématodes ont pu acquérir de nouvelles fonctions au cours de l'évolution, leur permettant de parasiter les végétaux. Déterminer également par quels processus génétiques ces nématodes parasites des végétaux ont pu développer une telle efficacité (capacité à détruire les plantes, diversité des hôtes) expliquant les dégâts occasionnés sur les cultures de l'ensemble du globe.

Document 1 : Galles sur les racines

1.a. : Galles sur des racines infectées par un nématode

1.b. : *Meloidogyne incognita*, grossi 500 fois, en train de s'introduire dans une racine de tomate (microscopie électronique à balayage)

Le ver nématode *Meloidogyne incognita* est un parasite extrêmement vorace, capable d'attaquer plus de 2 000 plantes hôtes, et particulièrement dommageable pour les cultures maraîchères (tomate, piment, melon…), le café et le coton. Il attaque les plantes en détruisant la paroi des cellules végétales. Il s'introduit dans les racines et y forme des excroissances appelées galles. En se nourrissant des produits de la photosynthèse, le nématode parasite contribue à affaiblir la plante et à diminuer le rendement des récoltes.

Meloidogyne incognita attaque les racines et vit donc dans le sol, au sein des mêmes niches écologiques que de nombreuses bactéries.

Document 2 : Organisation d'un Nématode parasite de végétaux

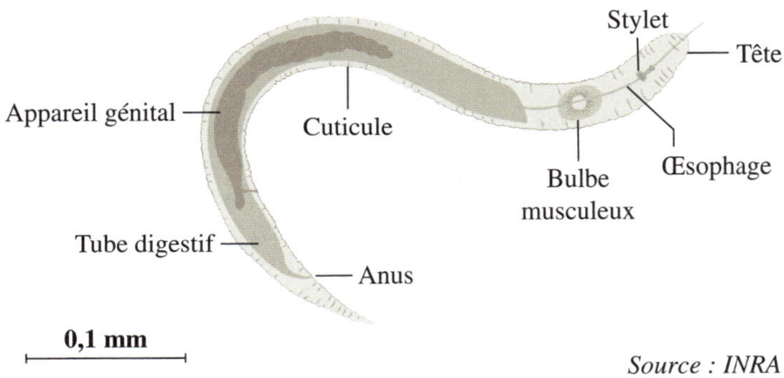

Source : INRA

Les nématodes parasites des végétaux, tel *Meloidogyne incognita,* sont des vers qui possèdent, à la partie antérieure du tube digestif, un stylet perforant suivi d'un œsophage aboutissant à un bulbe musculeux, pompe aspirante et refoulante. Une fois la plante perforée par le stylet, des enzymes digestives produites par les glandes salivaires y sont injectées par cette pompe, laquelle, ensuite, aspire le produit de la digestion et le déverse dans l'intestin.

Document 3 : Génome et équipement enzymatique de *Meloidogyne incognita*

Le génome de *Meloidogyne incognita* contient plus de 20 000 gènes (valeur comparable au nombre de gènes humains). Les scientifiques ont identifié un large éventail d'enzymes (plus de 60) permettant la dégradation de la paroi cellulaire des plantes. Ces enzymes digestives sont cruciales pour pénétrer dans la plante et migrer à l'intérieur des racines.

Lorsque ces gènes sont désactivés, le ver voit sa capacité à parasiter la plante fortement réduite. L'équipement enzymatique du Nématode est donc particulièrement adapté au parasitisme des plantes.

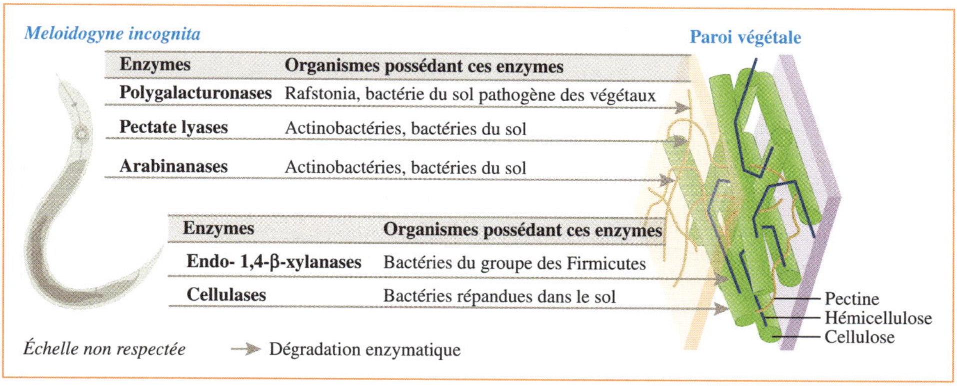

Les enzymes de *Meloidogyne incognita*, qui permettent de dégrader la paroi des cellules végétales, sont également présentes chez des bactéries du sol.

Document 4 : Phylogénie du nématode *Meloidogyne incognita*

4.a. : Arbre phylogénétique simplifié du vivant

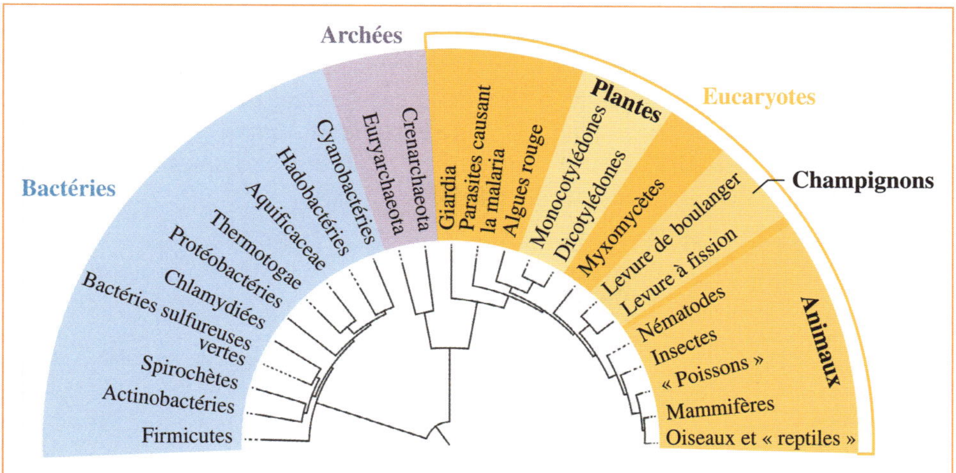

4.b. : Étude comparée des enzymes digestives du nématode à galles

Les 60 enzymes digestives du nématode à galles ont été comparées, *via* une base de données internationale, à ce qui existe dans le monde du vivant.

Ces 60 enzymes, œuvrant entre autres pour la dégradation de la paroi végétale, ne se retrouvent généralement pas dans le règne animal, excepté chez les autres nématodes parasites de plantes. Ces enzymes se trouvent par contre chez différentes bactéries (organismes procaryotes, phylogénétiquement très éloignés des nématodes).

4.c. : Phylogénie réalisée par l'étude de la séquence des arabinases, enzymes dégradant les pectines des parois végétales

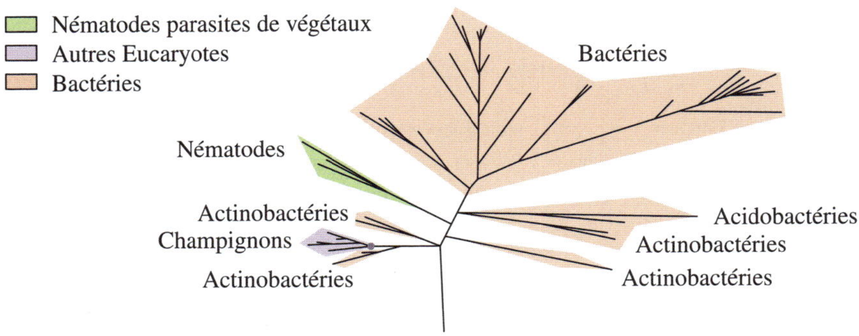

Source : Abad et al., *2008*

Document 5 : Différents processus génétiques pour expliquer le génome de *Meloidogyne incognita*

Chez les Nématodes à galles, les enzymes de dégradation des parois végétales sont codées par des familles multigéniques. Ces enzymes permettent l'infiltration et la migration du parasite à travers la racine. Les gènes codant pour ces enzymes sont présents en de nombreux exemplaires dans le génome de *Meloidogyne incognita*, ce qui permet une production massive d'enzymes. Ces différentes copies des gènes sont issues de duplications géniques au cours de l'évolution.

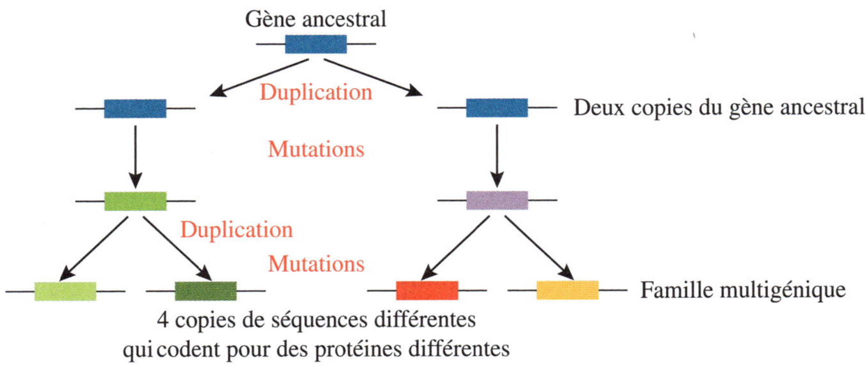

Formation d'une famille multigénique par duplications géniques et mutations

→ Corrigé p. 253

CORRIGÉ

Exercice 2 : Pratique du raisonnement scientifique → *Énoncé p. 249*

Les nématodes à galles *Meloidogyne incognita* sont des vers ravageurs des cultures dans le monde entier. Ils sont capables d'infecter plus de 2 000 plantes hôtes. Or cette infection nécessite d'être capable de dégrader la paroi des cellules végétales, afin de s'introduire dans les tissus végétaux. Comment les nématodes parasites des végétaux ont-ils pu acquérir ces fonctions au cours de l'évolution ? Par quels processus génétiques ont-ils pu développer une telle efficacité pour ravager une grande diversité de végétaux ?

I – Comment les nématodes parasites des végétaux ont-ils pu acquérir les fonctions leur permettant de s'introduire dans les végétaux au cours de l'évolution ?

> **Méthode**
>
> **1. Lire** une première fois l'ensemble des documents dans leur ordre de présentation et surligner les informations qui permettent de répondre à la question.
>
> **2. Organiser** ensuite ces éléments de réponse dans un ordre logique qui ne respectera pas nécessairement l'ordre de présentation des documents dans le sujet.
>
> Le piège serait d'analyser successivement les documents sans faire de lien entre eux.
>
> **Les mots-clés sont indiqués en gras dans le corrigé.**

Documents 1 et 2 :

L'infection d'une plante par un nématode à galles nécessite la capacité de dégrader la paroi des cellules végétales. En effet, pour se nourrir, les nématodes parasites des végétaux perforent la plante puis y injectent des **enzymes digestives** produites par les glandes salivaires.

Les enzymes digestives de *Meloidogyne incognita* ne se retrouvent généralement pas dans le règne animal, excepté chez les autres nématodes parasites de plantes. Ces enzymes se trouvent par contre chez différentes **bactéries**, des organismes procaryotes, phylogénétiquement très éloignés des nématodes.

Document 3 :

Par exemple, les polygalacturonases de *Meloidogyne incognita* sont également présentes chez *Ralstonia*, une bactérie du sol pathogène des végétaux. D'autres enzymes de *Meloidogyne incognita* sont présentes dans d'autres groupes de bactéries : les Actinobactéries, les Firmicutes ou les Bacteroidetes, répandues dans le sol.

Document 4 :

Si l'on établit une **phylogénie** à partir de l'étude des séquences d'arabinases, des enzymes capables de dégrader les pectines de la paroi végétale, on s'aperçoit que les Nématodes parasites de végétaux sont proches de bactéries, en particulier d'Actinobactéries. Cette phylogénie est contradictoire avec l'arbre phylogénétique du vivant, qui place les Nématodes parmi les Eucaryotes et les animaux.

Or, *Meloidogyne incognita* attaque les racines des végétaux et vit donc dans le sol, au sein des mêmes niches écologiques que de nombreuses bactéries (Document 1).

Ainsi, on peut formuler l'hypothèse selon laquelle la proximité de *Meloidogyne incognita* et des bactéries du sol, au sein de mêmes niches écologiques, ait favorisé un **transfert horizontal** de gènes entre les bactéries et les nématodes. Un transfert horizontal correspond à un transfert de matériel génétique entre des espèces différentes hors d'un processus de reproduction. Ainsi, les Nématodes parasites des végétaux auraient pu acquérir des gènes bactériens de dégradation des parois végétales par transfert horizontal.

II – Par quels processus génétiques les nématodes parasites des végétaux ont-ils pu développer une telle efficacité, expliquant leur impact sur différents types de cultures ?

Documents 3 et 5 :

a) Capacité à détruire les plantes et à ravager les cultures

La capacité à ravager les plantes repose sur la production massive d'enzymes. Les gènes codant pour les enzymes digestives sont présents en de nombreux exemplaires dans le génome de *Meloidogyne incognita*, suite à des **duplications géniques** au cours de l'évolution *(voir chapitre 1)*.

b) Diversité des hôtes

Les enzymes produites par les nématodes parasites des végétaux sont très variées (plus de 60 enzymes différentes découvertes chez *Meloidogyne incognita*), ce qui permet de dégrader un grand nombre de molécules différentes, expliquant ainsi la diversité des hôtes des nématodes parasites. Or, chez les nématodes à galles, les enzymes de dégradation des parois végétales sont codées par des **familles multigéniques**. Ainsi, on peut penser que des **mutations** ont affecté indépendamment les nombreuses copies des différents gènes codant pour les enzymes, obtenues par **duplications géniques**.

En conclusion, les **transferts horizontaux** de gènes bactériens, codant pour des enzymes de digestion des parois végétales, auraient été suivis de **duplications géniques** au sein du génome du nématode à galles, puis de **mutations** ayant affecté indépendamment les différentes copies des gènes.

Ces hypothèses permettraient d'expliquer l'**arbre phylogénétique contradictoire** obtenu par l'étude des séquences de certaines **enzymes digestives** de *Meloidogyne incognita,* ainsi que son efficacité en tant que parasite des végétaux, qui en fait un ravageur des cultures sur l'ensemble du globe.

L'évolution des génomes au sein des populations*

CHAPITRE 3

La génétique des populations est une science qui tente d'établir des lois expliquant l'évolution de la diversité génétique des espèces.

On définit une **population** comme un ensemble d'individus d'une même **espèce** vivant dans un même milieu. Au cours de l'évolution, la composition génétique des populations d'une espèce change de génération en génération. Les écarts entre les résultats issus de modèles mathématiques et les observations dans les populations naturelles permettent de mettre en évidence les effets de différentes forces évolutives.

1 Modèle théorique de Hardy-Weinberg

■ Les populations naturelles sont composées d'organismes génétiquement différents pour un grand nombre de **gènes**. Lorsqu'un gène présente différents allèles (en raison de **mutations**), on parle de **polymorphisme**. Dans une population, la **fréquence allélique** correspond, pour un gène et un **allèle** donnés, au nombre d'exemplaires de cet allèle divisé par le nombre total d'allèles dans la population.

Soit une population de 6 individus, dont le génotype est indiqué pour un gène *A* qui présente 3 allèles : *A1*, *A2* et *A3*.

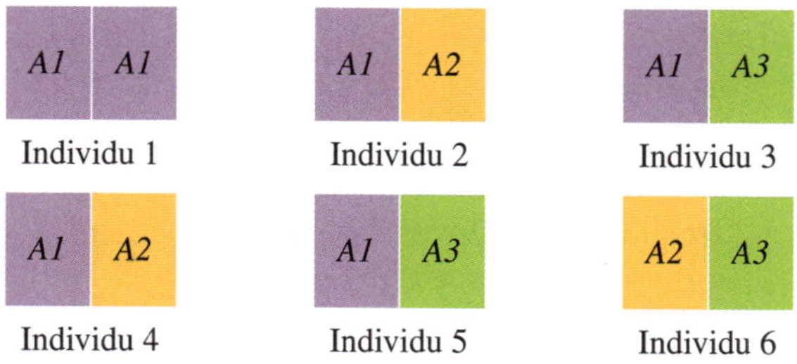

Fréquence de l'allèle $A1 = \frac{6}{12} = \frac{1}{2} = 0{,}5$ soit 50 %

Fréquence de l'allèle $A2 = \frac{3}{12} = \frac{1}{4} = 0{,}25$ soit 25 %

Fréquence de l'allèle $A3 = \frac{3}{12} = \frac{1}{4} = 0{,}25$ soit 25 %

Total des fréquences de l'ensemble des allèles de $A = 1$ soit 100 %

Figure 1 *Calcul des fréquences alléliques pour un gène dans une population d'individus diploïdes*

**Ce chapitre ne pourra pas faire l'objet d'une question à l'épreuve écrite du Bac.*

■ Dans les populations eucaryotes à reproduction sexuée, le modèle théorique de Hardy-Weinberg prévoit la stabilité des fréquences relatives des allèles d'un gène dans une population d'une génération à l'autre. Ce modèle mathématique s'applique uniquement dans des conditions bien définies (*cf. enseignement scientifique de Terminale*). Différents facteurs permettent d'expliquer pourquoi l'évolution des fréquences alléliques dans les populations réelles diffère de l'équilibre prédit par le modèle théorique.

> **Remarque**
>
> La **loi de Hardy-Weinberg** ne peut s'appliquer que dans une **population de dimension infinie**, où les unions des individus et des gamètes se réalisent au **hasard**, où il n'existe **ni migration, ni sélection naturelle** vis-à-vis de certains phénotypes et où le **taux de mutations est considéré comme nul**.

2 Effet de forces évolutives dans les populations réelles

A. Existence de mutations favorables ou défavorables

■ Les mutations ponctuelles sont des variations de la séquence d'ADN qui peuvent conduire à l'existence de nouveaux allèles *(voir chapitre 1)*.

■ Les variations du **phénotype** qui découlent de ces mutations peuvent être neutres, mais aussi favorables ou défavorables dans un environnement donné pour les individus qui les portent. Les individus porteurs des mutations favorables ont plus de chance de survivre et de se reproduire, engendrant ainsi plus de descendants portant les mêmes allèles favorables. La fréquence des allèles favorables augmente donc dans la population au cours des générations : c'est la **sélection naturelle**.

■ Le caractère neutre, favorable ou défavorable des allèles peut être différent d'une population à l'autre, selon l'évolution des caractéristiques du milieu. Cela contribue à la diversité génétique de l'espèce, car ce ne sont pas forcément les mêmes allèles qui sont sélectionnés au cours du temps dans les différentes populations.

■ La sélection naturelle est largement observée dans les populations réelles et permet d'expliquer que l'évolution des fréquences alléliques de certains gènes diffère de l'équilibre de Hardy-Weinberg, lorsqu'on étudie les populations sur de nombreuses générations.

Ex. : Les hiboux à cornes, prédateurs des souris à abajoues de l'Arizona, peuvent plus ou moins bien distinguer leurs proies selon leur couleur (génétiquement déterminée) lorsqu'elles se trouvent sur une roche sombre.

Figure 2 *Une souris à abajoues de l'Arizona à phénotype clair*

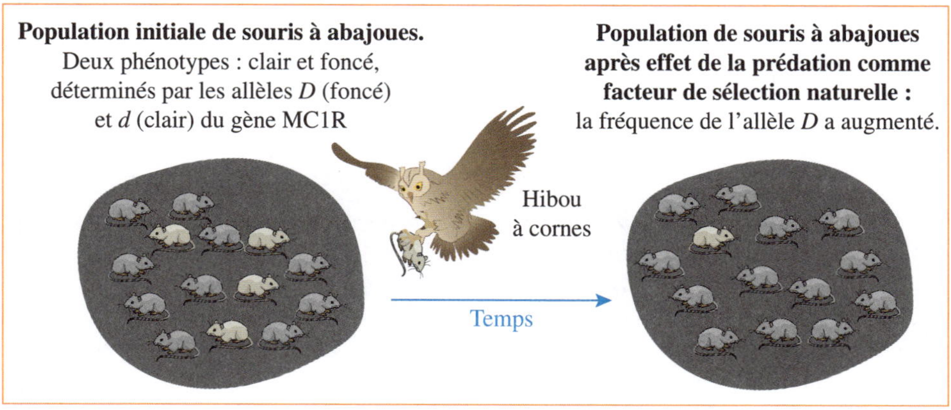

Figure 3 *Exemple de sélection naturelle*

■ La sélection naturelle fait partie des forces responsables de l'évolution du monde vivant.

B. Taille limitée d'une population

■ Contrairement à l'une des conditions de la loi de Hardy-Weinberg, une population n'est jamais de dimension infinie. Or, dans les populations de taille finie, les fréquences alléliques peuvent varier aléatoirement au cours des générations : c'est la **dérive génétique**. Celle-ci est d'autant plus importante que la population est petite.

Ex. : Si l'on considère l'évolution des fréquences alléliques pour un gène au sein d'une population fictive dans un modèle mathématique, et que l'on répète la simulation plusieurs fois à partir de la même population initiale, on obtient des populations génétiquement différentes. En particulier, certains allèles sont amenés à disparaître après un certain nombre de générations.

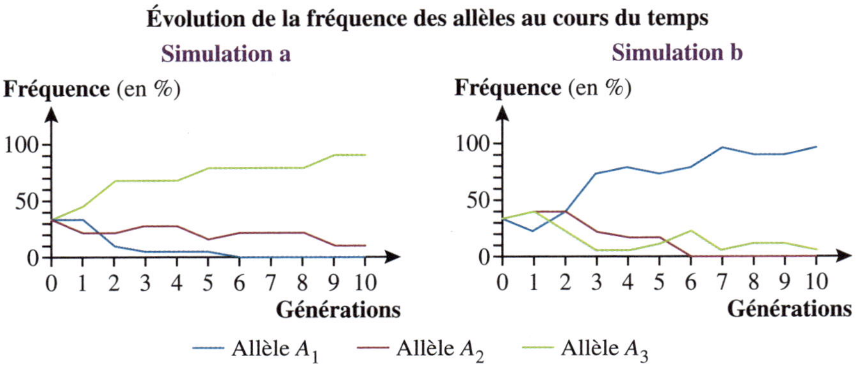

Fréquences pour la génération n° 10 : (Simulation a)

Allèles	Fréquence	Disparu à la génération n°
A_1	0 %	6
A_2	11,1 %	…
A_3	88,9 %	…

Fréquences pour la génération n° 10 : (Simulation b)

Allèles	Fréquence	Disparu à la génération n°
A_1	94,4 %	…
A_2	0 %	6
A_3	5,6 %	…

Figure 4 *Deux simulations à partir d'une même population de départ constituée de 9 individus, pour les allèles* A_1, A_2 *et* A_3 *du gène A, présentant initialement la même fréquence (33,3 %)*

■ La dérive génétique a pour conséquence la perte de diversité génétique au sein de chaque population et l'accentuation des différences génétiques entre des populations à faible **flux génétique** (peu d'échanges génétiques entre des individus issus de différentes populations). Cependant, la diversité génétique de l'espèce n'est pas forcément réduite tant qu'il existe plusieurs populations.

C. Migrations

■ Si des individus migrent, l'**éloignement géographique** empêche leur reproduction avec les autres individus de la population d'origine, même s'ils sont toujours compatibles génétiquement.

■ Les individus qui migrent peuvent alors, selon les cas se reproduire :
- uniquement entre eux ;
- avec les individus d'autres populations de la même espèce, auxquelles ils seront susceptibles d'apporter de nouveaux allèles.

Les migrations peuvent ainsi contribuer à **différencier génétiquement** des populations ou au contraire à **maintenir les flux génétiques** entre ces populations.

Soit des populations d'une même espèce diploïde, composées d'individus dont le génotype est indiqué pour un gène *A* qui présente 4 allèles.

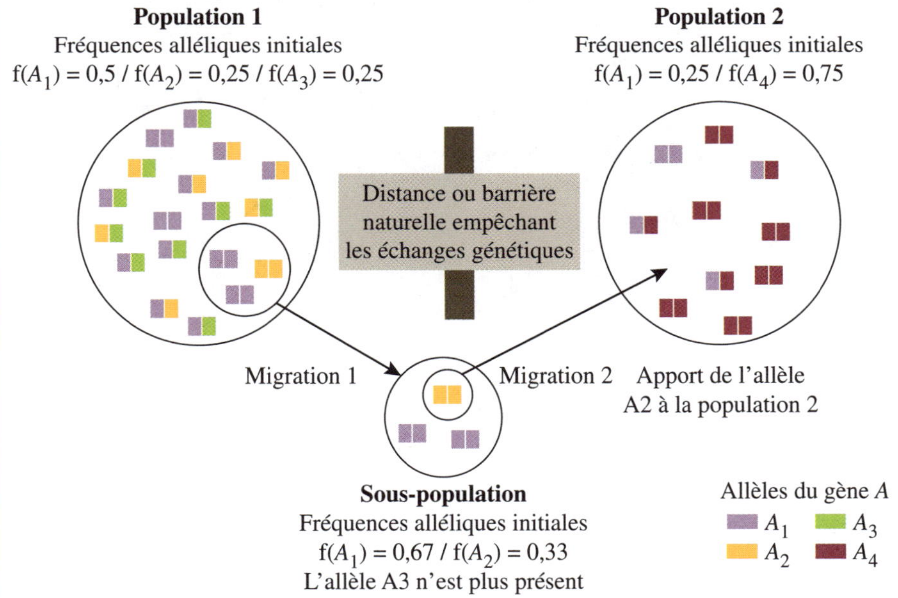

Figure 5 *Conséquences des migrations sur l'évolution des fréquences alléliques au sein des populations*

■ Ainsi, les migrations observées dans les populations réelles déterminent les possibilités de croisements entre certains individus, selon la distance ou l'existence de **barrières naturelles** (océan, montagnes…). Les migrations influencent donc l'évolution de la diversité allélique dans les différentes populations d'une espèce.

Remarque

Lorsqu'un petit groupe d'individus s'isole d'une population, sa composition génétique peut différer fortement de sa population d'origine en raison de son faible effectif. On parle d'**effet fondateur**.

D. Unions non aléatoires

■ La loi de Hardy-Weinberg s'applique dans des populations où les unions se réalisent au hasard. Or, dans une espèce animale, des **préférences sexuelles** ou des **relations hiérarchiques** peuvent conditionner les unions.

Ex. : Chez le rat-taupe (*Heterocephalus glaber*), il existe une hiérarchie au sein des groupes, et seuls les individus dominants se reproduisent. La dominance s'exerce par des comportements agressifs empêchant l'accouplement des autres individus, mais il a également été montré que les processus physiologiques liés à la reproduction étaient inhibés. Les unions ne se réalisent donc pas au hasard au sein de la population.

Figure 6 *Rat-taupe de l'espèce* Heterocephalus glaber

■ Chez l'être humain, des **barrières culturelles** (linguistiques, religieuses…) ou **sociales** peuvent limiter les possibilités de reproduction entre des individus, même s'ils sont géographiquement proches.

■ Chez les végétaux, des **gènes d'incompatibilité** peuvent empêcher la reproduction entre des individus qui se ressemblent trop génétiquement (*voir chapitre 8*).

3 Remise en question de la notion d'espèce

■ Une espèce est un groupe d'individus génétiquement isolés, au sein duquel peut se réaliser la reproduction sexuée. Cependant, toutes les espèces apparaissent comme des ensembles hétérogènes de populations, évoluant continuellement dans le temps. Les différentes populations forment des sous-groupes au sein desquels les échanges génétiques se réalisent effectivement.

■ À cause de l'instabilité de l'environnement, une **différenciation génétique** entre les différentes populations d'une espèce soumises à la **sélection naturelle**, mais aussi à la **dérive génétique**, se produit obligatoirement au cours du temps.

> **Remarque**
> L'**environnement d'une population** se définit par des facteurs abiotiques et biotiques susceptibles de varier au cours du temps.
> - Les **facteurs abiotiques** sont les facteurs physico-chimiques ayant une influence sur les êtres vivants. Ex. : température, humidité, salinité…
> - Les **facteurs biotiques** sont liés aux relations entre les êtres vivants de la même espèce (coopération, compétition…) ou d'espèces différentes (prédation, compétition, parasitisme…).

■ Ainsi, différentes populations d'une même espèce peuvent présenter des allèles différents pour les gènes de l'espèce. Les allèles partagés par les individus au sein de chaque population correspondent à son patrimoine génétique.

■ Grâce au **séquençage** des génomes, la diversité génétique entre les populations d'une même espèce peut être mise en évidence et précisément quantifiée au niveau de séquences non codantes (qui n'aboutissent pas à la production de protéines et, ne déterminant pas le phénotype, ne sont pas soumises à la sélection naturelle). Par exemple, les **microsatellites** sont de courtes séquences d'ADN répétées que l'on trouve dans la plupart des génomes. Les variations du nombre de répétitions de ces séquences selon les individus peuvent être considérées comme des « allèles » et servir de marqueurs dans le suivi de l'évolution de la diversité génétique au sein des populations.

■ La différenciation génétique entre les populations d'une même espèce peut conduire à limiter les échanges réguliers de gènes entre elles, par suite de modifications majeures de leur morphologie ou de leur comportement. Ceci peut mener à la **spéciation**, c'est-à-dire la formation de nouvelles espèces distinctes.

■ Les processus de mutation, sélection naturelle, dérive génétique et migration expliquent l'écart entre l'évolution de la diversité observée dans les populations réelles et celle prédite par le modèle de Hardy-Weinberg. Ces forces évolutives agissent en même temps sur les populations avec des importances relatives que l'on peut déterminer grâce aux données issues du séquençage des génomes.

ÉVOLUTION DES GÉNOMES AU SEIN DES POPULATIONS

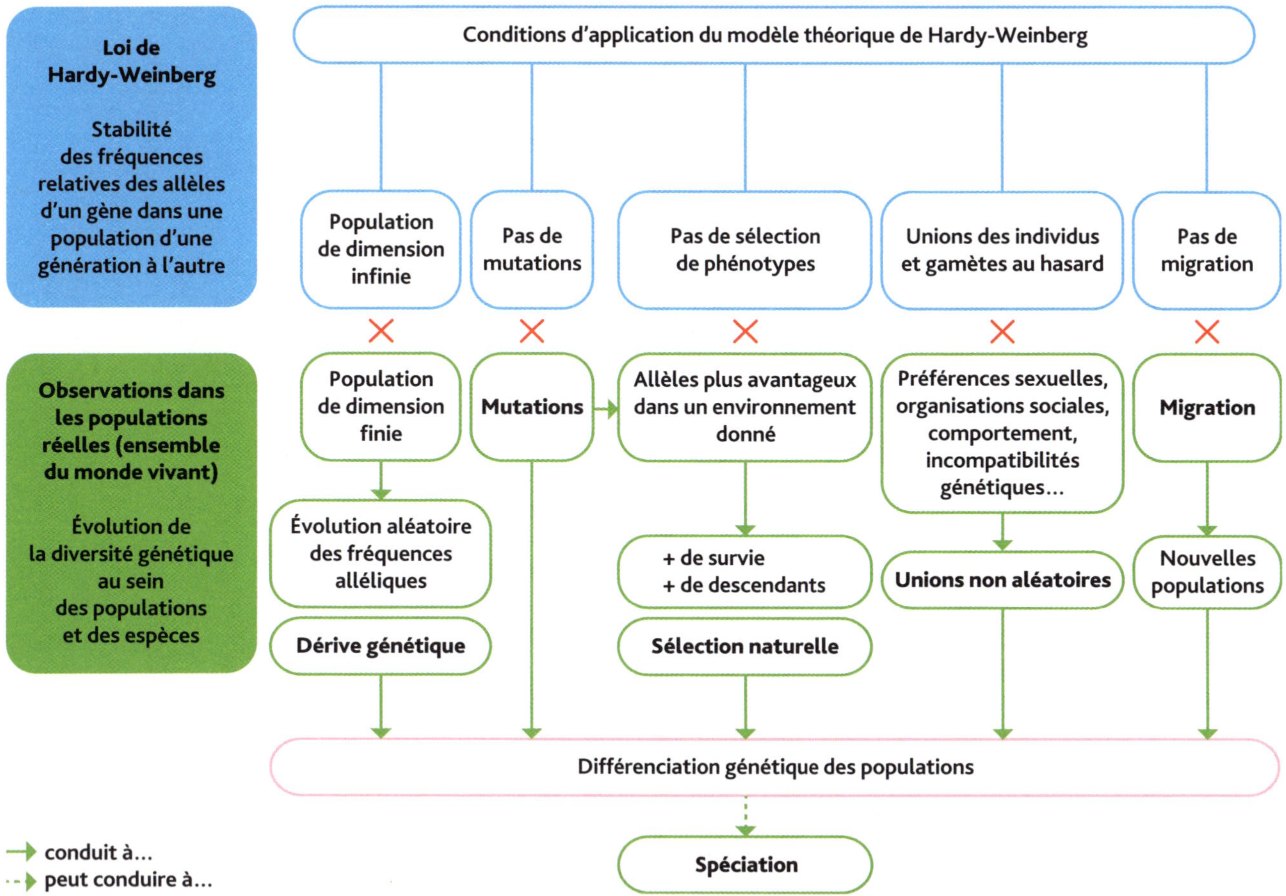

SUJET DU BAC

Exercice 1 : Maîtrise des connaissances — 1 h 30 — 7 points

Modèle théorique de Hardy-Weinberg et populations réelles

Montrer en quoi les mécanismes évolutifs observés dans les populations réelles invalident le modèle théorique de Hardy-Weinberg.

→ *Corrigé p. 264*

CORRIGÉ

Exercice 1 : Maîtrise des connaissances → Énoncé p. 263

Éléments de cours qui doivent être étayés par des exemples.

On définit une population comme un ensemble d'individus d'une même espèce vivant dans un même milieu. Des modèles mathématiques, comme celui de Hardy-Weinberg, ont été établis pour expliquer l'évolution de la composition génétique des populations au cours du temps. Mais l'observation des populations réelles montre des écarts avec les résultats issus des modèles théoriques. Après avoir rappelé la loi de Hardy-Weinberg et ses conditions d'application, nous allons montrer en quoi les mécanismes évolutifs observés dans les populations réelles invalident le modèle théorique de Hardy-Weinberg.

I – La loi de Hardy-Weinberg

a) Évolution des fréquences alléliques au cours du temps

Dans les populations eucaryotes à reproduction sexuée, le modèle théorique de Hardy-Weinberg prévoit la stabilité des fréquences relatives des allèles d'un gène dans une population au cours du temps.

b) Conditions d'application

La loi de Hardy-Weinberg ne peut s'appliquer que dans une population de dimension infinie, où les unions des individus et des gamètes se réalisent au hasard ; où il n'existe ni migration, ni sélection naturelle vis-à-vis de certains phénotypes et où le taux de mutations est considéré comme nul.

> **Remarque**
> L'exercice de mobilisation des connaissances nécessite une **maîtrise précise et rigoureuse du cours et une organisation pertinente des idées.** Il faut s'entraîner régulièrement.

II – Les observations des populations réelles invalident le modèle théorique

a) Les populations sont de dimensions finies

Une population réelle n'est jamais de dimension infinie. Or, dans les populations de taille finie, les fréquences alléliques peuvent varier aléatoirement au cours des générations : c'est ce qu'on appelle la dérive génétique. Celle-ci est d'autant plus importante que la population est petite.

Ainsi, si deux populations présentent initialement le même nombre d'individus et les mêmes fréquences alléliques pour un gène donné, elles vont se différencier génétiquement de génération en génération de manière aléatoire. Certains allèles sont même amenés à disparaître après un certain nombre de générations, mais ce ne sont pas les mêmes qui disparaissent dans les différentes populations d'une même espèce.

b) Des mutations surviennent au cours des générations

Les mutations ponctuelles sont des variations de la séquence d'ADN (insertion, délétion, substitution) qui peuvent conduire à l'existence de nouveaux allèles. L'existence de différents allèles pour un grand nombre de gènes dans toutes les espèces montre que ces mutations ne sont pas rares si l'on considère un grand nombre de générations dans l'étude d'une population.

c) Certains allèles font l'objet de la sélection naturelle

Selon les gènes considérés, les variations du phénotype qui découlent des mutations peuvent être favorables ou défavorables pour les individus qui les portent, dans un environnement donné (avantage par rapport à l'accès aux ressources ou protection vis-à-vis d'un prédateur par exemple). Les individus porteurs des mutations favorables auront plus de chances de survivre et de se reproduire, engendrant ainsi des descendants portant les mêmes allèles favorables. La fréquence des allèles favorables augmentera donc dans la population au cours des générations : c'est ce qu'on appelle la sélection naturelle.

d) Les unions ne se réalisent pas au hasard

Dans une espèce animale, des préférences sexuelles (liées à la morphologie ou au comportement) ou des relations hiérarchiques peuvent conditionner les unions. Chez l'être humain par exemple, des barrières culturelles ou sociales peuvent limiter les possibilités de reproduction entre des individus, même s'ils sont géographiquement proches. Même si les végétaux ne « choisissent » pas leur partenaire sexuel, des gènes d'incompatibilité peuvent empêcher la reproduction entre des individus qui se ressemblent trop génétiquement.

Ainsi, dans une population réelle, les unions ne se réalisent jamais au hasard.

Remarque

Un **plan apparent**, avec des numéros, des titres et des sous-titres, aide le correcteur à comprendre la structuration de l'exposé et valorise l'organisation des idées.

e) Des migrations sont possibles entre les populations

Des individus peuvent quitter leur population d'origine et migrer. L'éloignement géographique et/ou la présence de barrières naturelles (océan, montagnes…) a pour conséquence qu'ils ne peuvent plus se reproduire avec les autres individus de leur population d'origine. Si les individus migrants se reproduisent uniquement entre eux, ils vont constituer une nouvelle population génétiquement différente de leur population d'origine.

Si les individus migrants rencontrent des individus d'autres populations, ils sont susceptibles de leur apporter de nouveaux allèles et de contribuer à mélanger génétiquement les populations de l'espèce (voir figure 4 du cours).

Les migrations influencent donc l'évolution de la diversité allélique dans les différentes populations d'une espèce.

En conclusion, les mécanismes évolutifs mis en évidence par l'observation de populations réelles permettent d'invalider le modèle de Hardy-Weinberg. En effet, les forces évolutives (mutations, sélection, dérive génétique, migrations) s'opposent à une stabilité génétique sur le long terme et expliquent l'évolution des populations et des espèces au cours de l'histoire de la vie, en lien avec les variations des facteurs environnementaux.

Remarque

Chaque **paragraphe** développe une **idée-clé**.
Chaque idée-clé doit être étayée par un **exemple** (observation, expérience ou schéma explicatif).

La chronologie des événements géologiques par l'étude des roches

CHAPITRE 4

Un objet géologique (une faille, une roche, un minéral…), quelles que soient ses dimensions, témoigne d'une histoire que l'on peut reconstituer par l'application de méthodes chronologiques.

1 Chronologie relative

■ La **chronologie relative** ordonne les événements géologiques ou biologiques, les uns par rapport aux autres sans préciser d'âge.

A. Principes de la chronologie relative

■ La chronologie relative s'appuie sur les relations géométriques entre deux structures géologiques ainsi que sur leur contenu en fossiles. Les principes de la chronologie relative s'appliquent à toutes les échelles : paysage, affleurement, échantillon, lame mince.

■ Les couches géologiques ou strates se déposent horizontalement. Lorsque l'on observe deux strates superposées, la strate supérieure est toujours la plus jeune. C'est le **principe de superposition**.

Figure 1 *Falaises d'Étretat en Normandie*

■ Une strate est de même âge sur toute son étendue : c'est le **principe de continuité**.

■ Les strates sont plus anciennes que les failles ou les roches qui les recoupent : c'est le **principe de recoupement**.

Figure 2 *Faille recoupant des strates plus anciennes*

■ Toute roche, ou tout fragment de roche, inclus dans une autre roche est plus ancien : c'est le **principe d'inclusion**.

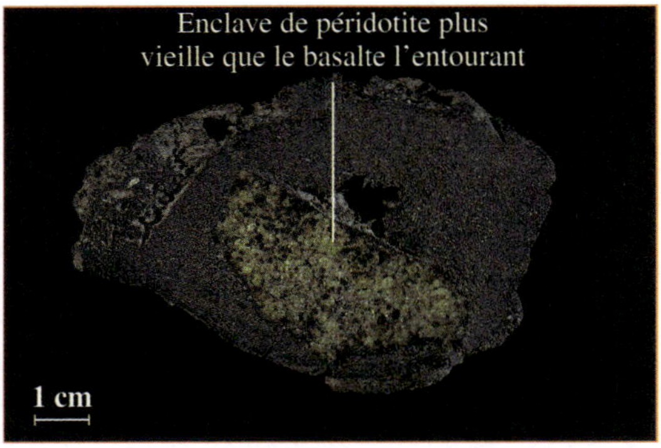

Figure 3 *Enclave de péridotite dans un basalte*

■ Deux couches qui ont le même contenu en fossiles (contenu paléontologique) sont de même âge : c'est le **principe d'identité paléontologique**. Ce principe repose sur l'utilisation d'associations de fossiles stratigraphiques. Les **fossiles stratigraphiques** ont pour caractéristiques d'être des fossiles ayant évolué rapidement (durée d'existence brève de l'espèce, ils caractérisent alors une période « précise »), présentant une aire de répartition vaste (corrélation temporelle possible entre zones éloignées) et abondants. Ils sont alors utilisés pour caractériser des intervalles de temps.

Ex. **:** Les ammonites sont de bons fossiles stratigraphiques et sont caractéristiques du Jurassique et du Crétacé.

B. Limites de la chronologie relative

■ La chronologie relative présente des limites d'utilisation. Par exemple, il est difficile d'appliquer le principe de superposition dans des zones où la tectonique a été importante : l'ordre des strates peut être inversé. Il faut alors avoir recours à des critères de polarité pour définir l'ordre de succession des strates.

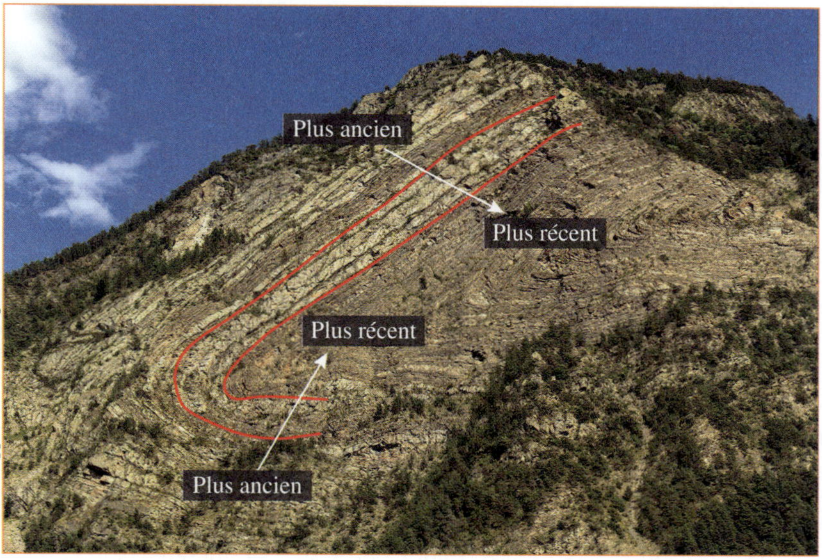

Figure 4 *Pli couché de Saint-Clément dans les Alpes*

2 Chronologie absolue

■ La **chronologie absolue** fournit un âge absolu et mesure la durée de phénomènes géologiques ou biologiques.

A. Principe de la chronologie absolue

■ La chronologie absolue s'appuie sur la désintégration radioactive, un phénomène continu et irréversible.

■ Certains minéraux des roches contiennent des éléments radioactifs (nommés éléments pères) au moment de leur cristallisation. Ces éléments radioactifs se désintègrent progressivement en éléments radiogéniques (nommés éléments fils). Ils sont d'autant plus abondants qu'il s'est écoulé du temps depuis la cristallisation de la roche.

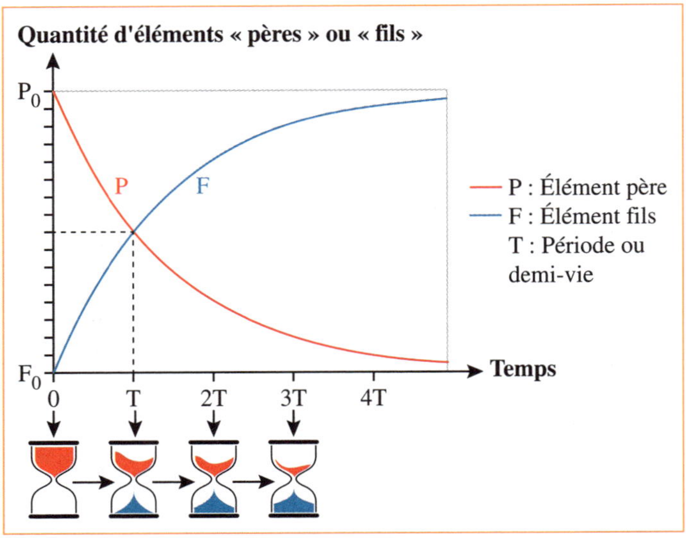

Figure 5 *Courbe de désintégration radioactive*

■ La quantification de l'élément père radioactif et de l'élément fils radiogénique permet de déterminer l'âge des minéraux constitutifs d'une roche à l'aide de courbes de référence.

■ Les datations peuvent s'effectuer sur des **roches magmatiques**, des **roches métamorphiques** (utilisation des roches totales ou de leurs minéraux isolés) ou sur des **restes d'êtres vivants** (os, dent, bois).

■ L'âge obtenu est celui de la **fermeture du système** considéré (formation du minéral ou de la roche, mort de l'être vivant). Cette fermeture correspond à l'arrêt de tout échange entre le système considéré et l'environnement, par exemple quand un cristal solide se forme à partir d'un magma liquide. Des températures de fermeture différentes pour différents minéraux expliquent que des mesures effectuées sur un même objet tel qu'une roche, avec différents chronomètres, puissent fournir des valeurs différentes.

B. Chronomètres utilisés en géologie

■ Différents **chronomètres** (couples père-fils) sont classiquement utilisés en géologie. Ils se distinguent par la période ou demi-vie de l'élément père. La **période ou demi-vie** d'un élément radioactif est caractéristique de cet élément et désigne le temps au bout duquel la moitié des noyaux pères initialement présents se sont désintégrés.

■ Le choix du chronomètre dépend de l'âge supposé de l'objet à dater, qui peut être appréhendé par chronologie relative.

Chronomètres utilisés classiquement en géologie

Couple		Demi-vie	Domaine de datation
Élément père	Élément fils		
^{14}C	^{14}N	5 730 années	< 40 000 ans
^{40}K	^{40}Ar	$1{,}25 \times 10^9$ années	1 à 4 500 Ma
^{238}U	^{206}Pb	$4{,}47 \times 10^9$ années	10 à 4 500 Ma
^{87}Rb	^{87}Sr	$4{,}88 \times 10^{10}$ années	10 à 4 500 Ma

C. Limites de la chronologie absolue

■ Comme la chronologie relative, la chronologie absolue présente aussi des limites d'utilisation.

Ex. : Des roches magmatiques peuvent subir du métamorphisme : le système est alors de nouveau ouvert et la date obtenue sera celle de l'épisode métamorphique et non celle de cristallisation de la roche.

3 Corrélation entre chronologie relative et chronologie absolue

■ La corrélation entre chronologie relative et chronologie absolue aboutit à l'**échelle internationale des temps géologiques** ou **échelle stratigraphique**.

■ L'apparition ou la disparition de groupes fossiles a permis d'établir des coupures dans les temps géologiques.

Ex. : La disparition des Dinosaures (–65 Ma) permet de séparer la période Crétacé de l'ère Cénozoïque.

■ Ces événements permettent de découper les temps géologiques en différents intervalles de temps : ères, périodes, étages.

■ Les méthodes de chronologie absolue permettent de caler temporellement les événements ordonnés par chronologie relative.

Voir l'échelle internationale des temps géologiques page suivante.

Ère	Syst.	Série	Âge	Étage
CÉNOZOÏQUE (Tertiaire + Quaternaire)	QUAT.	PLÉISTOCÈNE / HOLOCÈNE	2,58	
	NÉOGÈNE	PLIOCÈNE	3,4	GÉLASIEN PLACENZEN
			5,3	ZANCLÉEN
		MIOCÈNE	7,3	MESSINIEN
			11	TORTONIEN
			14,3	SERRAVALLIEN
			15,8	LANGHIEN
			20,3	BURDIGALIEN
			23,5	AQUITANIEN
	PALÉOGÈNE	OLIGOCÈNE	28	CHATTIEN
			33,7	RUPÉLIEN
		ÉOCÈNE	37	PRIABONIEN
			40	BARTONIEN
			46	LUTÉTIEN
			53	YPRÉSIEN
		PALÉOCÈNE		THANÉTIEN
				SÉLANDIEN
			65	DANIEN
MÉSOZOÏQUE (Secondaire)	CRÉTACÉ	SUPÉRIEUR	72	MAASTRICHTIEN
			83	CAMPANIEN
			87	SANTONIEN
			88	CONIACIEN
			92	TURONIEN
			96	CÉNOMANIEN
		INFÉRIEUR	108	ALBIEN
			113	APTIEN
			117	BARRÈMIEN
			123	HAUTERIVIEN
			131	VALANGINIEN
			135	BERRIASIEN
	JURASSIQUE	MALM	141	TITHONIEN
			146	KIMMERIDGIEN
			154	OXFORDIEN
		DOGGER	160	CALLOVIEN
			164	BATHONIEN
			170	BAJOCIEN
			175	AALENIEN
		LIAS	184	TOARCIEN
			191	PLIENSBACHIEN
			200	SINÉMURIEN
			203	HETTANGIEN
	TRIAS	SUPÉRIEUR		RHÉTIEN
			220	NORIEN
			230	CARNIEN
		MOYEN	233	LADINIEN
			240	ANISIEN
		INFÉRIEUR		OLÉNÉKIEN
			250	INDUEN

Ère	Syst.	Série	Âge	Étage
PALÉOZOÏQUE (Primaire)	PERMIEN		250	
		LOPINGIEN		CHANGHSIENGIEN
				WUCHIAPIGIEN
		GUADALUPIEN		CAPITANIEN
				WORDIEN
				ROADIEN
		CISURALIEN		KUNGURIEN
				ARTINSKIEN
				SAKMARIEN
			295	ASSÉLIEN
	CARBONIFÈRE	PENNSYLVANIEN		GZHÉLIEN
				KASIMOVIEN
				MOSCOVIEN
				BASHKIRIEN
		MISSISSIPIEN	325	SERPUKHOVIEN
			345	VISÉEN
			355	TOURNAISIEN
	DÉVONIEN	SUPÉRIEUR	370	FAMÉNIEN
			375	FRASNIEN
		MOYEN	380	GIVÉTIEN
			390	EIFÉLIEN
		INFÉRIEUR	400	EMSIEN
				PRAGUIEN
			410	LOCHKOVIEN
	SILURIEN	PRIDOLI	415	
		LUDLOW		LUDFORDIEN
			425	GORSTIEN
		WENLOCK		HOMÉRIEN
			430	SHEINWOODIEN
		LLANDOVERY		TELYCHIEN
				AÉRONIEN
			435	RHUDDANIEN
	ORDOVICIEN	SUPÉRIEUR	455	
		MOYEN	465	DARRIWILIEN
		INFÉRIEUR		
			500	TRÉMADOCIEN
	CAMBRIEN	SUPÉRIEUR		
		MOYEN	520	
		INFÉRIEUR	540	

Éon	Âge
	540
PROTÉROZOÏQUE	2500
ARCHÉEN	

Figure 6 *Échelle internationale des temps géologiques*

CARTE MENTALE

LA CHRONOLOGIE DES ÉVÉNEMENTS GÉOLOGIQUES PAR L'ÉTUDE DES ROCHES

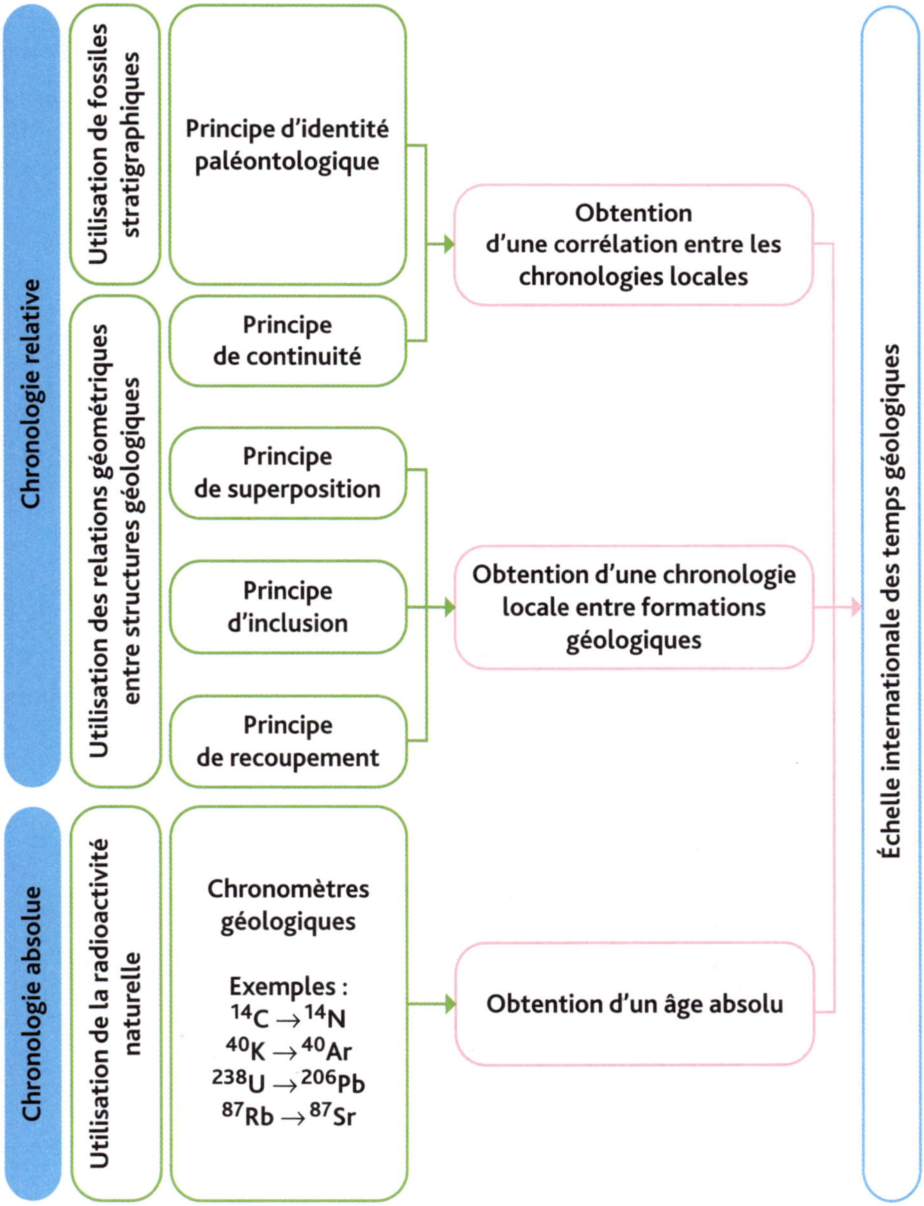

Exercice 2 : Pratique du raisonnement scientifique 1 h 45 8 points

Histoire géologique de Ploumanac'h

Des géologues cherchent à reconstituer l'histoire géologique de la région de Ploumanac'h en Bretagne.

À partir des documents et des connaissances, établir la chronologie de mise en place des trois granites G1, G2, G3 et des roches sédimentaires situées au contact de ces granites.

Document 1 : Croquis du granite G1

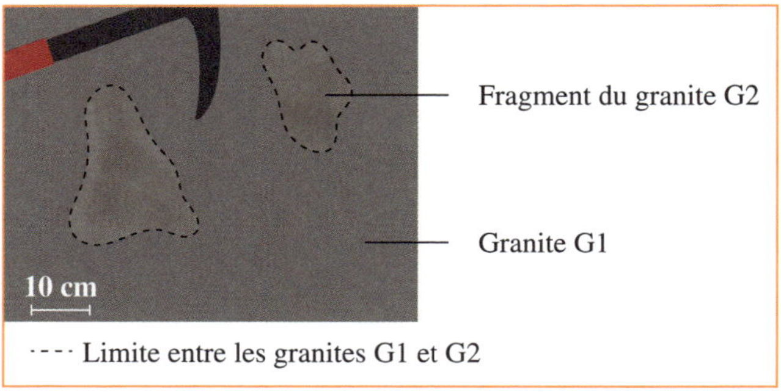

Document 2 : Contact entre le granite G2 et les roches sédimentaires

Les roches sédimentaires des documents 2 et 3 sont les mêmes et sont donc de même âge.

Document 3 : Contact entre le granite G3 et les roches sédimentaires

Les roches sédimentaires des documents 2 et 3 sont les mêmes et sont donc de même âge.

Document 4 : Datation absolue du granite G1 à l'aide du couple rubidium (Rb)/strontium (Sr)

Des mesures des rapports $^{87}Sr/^{86}Sr$ et $^{87}Rb/^{86}Sr$ ont été réalisées sur trois minéraux du granite G1.

On construit une droite à partir des valeurs des couples ($^{87}Rb/^{86}Sr$; $^{87}Sr/^{86}Sr$).

La droite obtenue d'équation $y = ax + b$ est nommée isochrone.

Le temps écoulé depuis la cristallisation peut être connu grâce à la fonction :

temps en millions d'années ⟶ $t = ln\frac{1+a}{\lambda}$ ⟵ coefficient directeur de la droite (a) ; constante de désintégration (λ)

Correspondance âge/coefficient directeur

Coefficient directeur de l'isochrone, noté *a*	Âge du granite (en millions d'années)
0,0039	274
0,0040	281
0,0041	288
0,0042	295
0,0043	302
0,0044	309
0,0045	316
0,0046	323

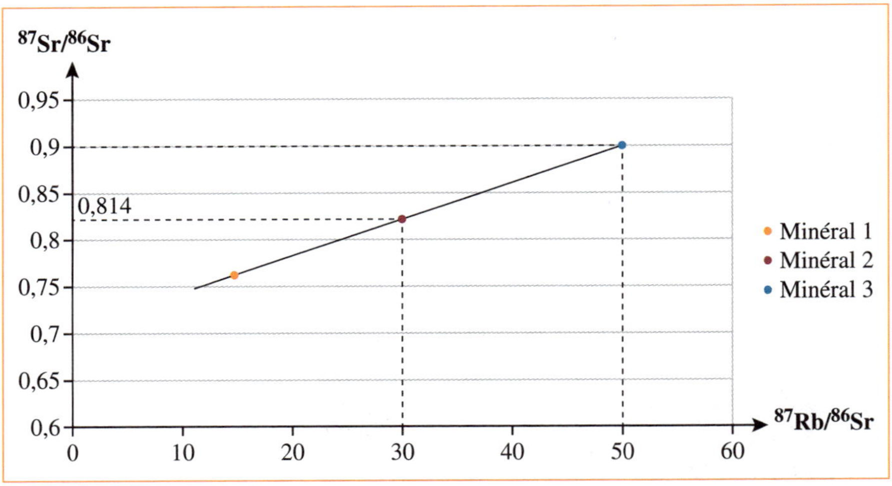

Isochrone obtenue pour le granite G1

Le granite G3 a également été daté par cette méthode. L'âge obtenu est 293 millions d'années.

→ *Corrigé p. 277*

CORRIGÉ

Exercice 2 : Pratique du raisonnement scientifique → *Énoncé p. 274*

> **Conseil**
> Penser à **énoncer les principes utilisés**. Revoir p. 267 du cours.

Il est possible de reconstituer l'histoire géologique de la région de Ploumanac'h en Bretagne en combinant des méthodes de chronologie relative et de chronologie absolue.

La photographie du document 1 montre que le granite G2 est inclus dans le granite G1. D'après le principe d'inclusion, le granite G2 est donc plus ancien que le granite G1.

Les photographies des documents 2 et 3 montrent que le granite G2 et le granite G3 recoupent les mêmes roches sédimentaires. D'après le principe de recoupement, les granites G2 et G3 sont plus récents que les roches sédimentaires à leur contact.

Il est possible de déterminer l'âge du granite G1 en connaissant le coefficient directeur de l'isochrone pour cet échantillon : $a = \dfrac{0{,}9 - 0{,}814}{50 - 30} = 0{,}0043$.

D'après le tableau de correspondance, on en déduit que le granite G1 s'est mis en place il y a 302 Ma.

Ainsi, du plus ancien au plus récent, il y a eu : dépôt des roches sédimentaires, mise en place du granite G2, mise en place du granite G1 (il y a 302 Ma) et finalement mise en place du granite G3 (il y a 293 Ma).

CHAPITRE 5

La reconstitution de l'histoire géologique de la Terre*

L'âge de la Terre est déterminé précisément par les méthodes de datation absolue : la Terre s'est formée il y a 4,57 milliards d'années. Des modélisations numériques récentes suggèrent que les premières **plaques lithosphériques** se seraient constituées assez tôt dans son histoire. Depuis au moins 3 milliards d'années, la tectonique des plaques modèle la surface de la Terre.

1 Des domaines continentaux d'âges variés

- Les continents associent des terrains d'âge et de nature différents.

Ex. : Dans le Massif des Vosges, des formations sédimentaires cénozoïques (g, q1, q2 et q3) côtoient des formations mésozoïques (t1, t2 et t3), des formations sédimentaires paléozoïques (h1, h2...), protérozoïques (bk) et des formations granitiques paléozoïques (15 et 17).

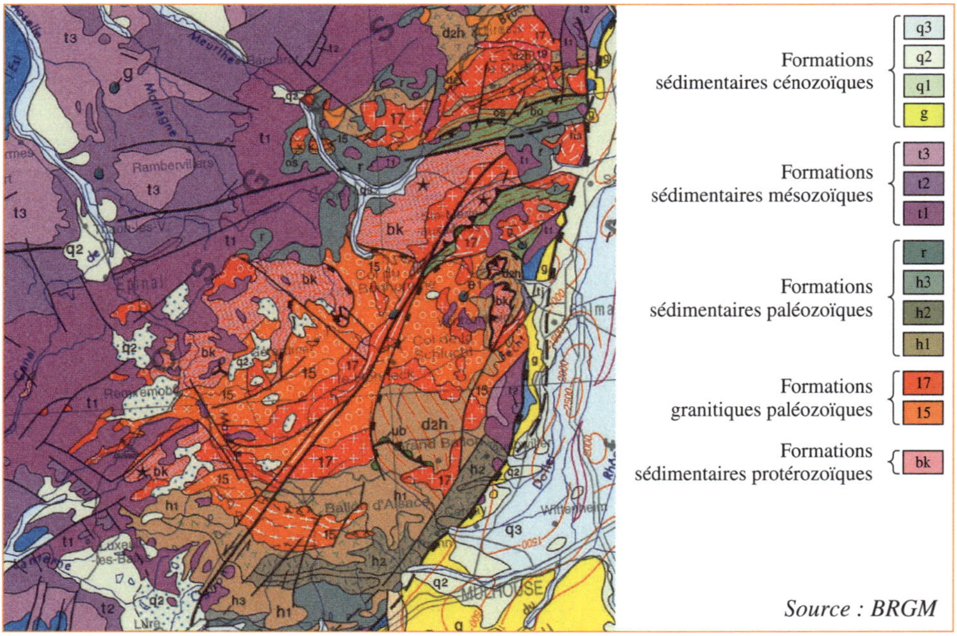

Figure 1 *Extrait de la carte géologique de France ($1/10^6$) au niveau du Massif des Vosges*

**Ce chapitre ne pourra pas faire l'objet d'une question à l'épreuve écrite du Bac.*

■ Les continents présentent des reliquats d'anciennes chaînes de montagnes (aussi appelées **ceintures orogéniques**) issues de cycles orogéniques successifs au cours de l'histoire géologique de la Terre.

■ Ces reliquats sont souvent des granites (au sens large) dont la composition chimique est caractéristique des collisions (réunion de blocs continentaux) à l'origine des chaînes de montagnes.

Ex. : En France métropolitaine, on peut mettre en évidence l'existence de reliquats de quatre anciennes ceintures orogéniques grâce à l'étude des granites.

Remarque

Granitoïdes est la dénomination sur la carte géologique de France des **granites** au sens large.

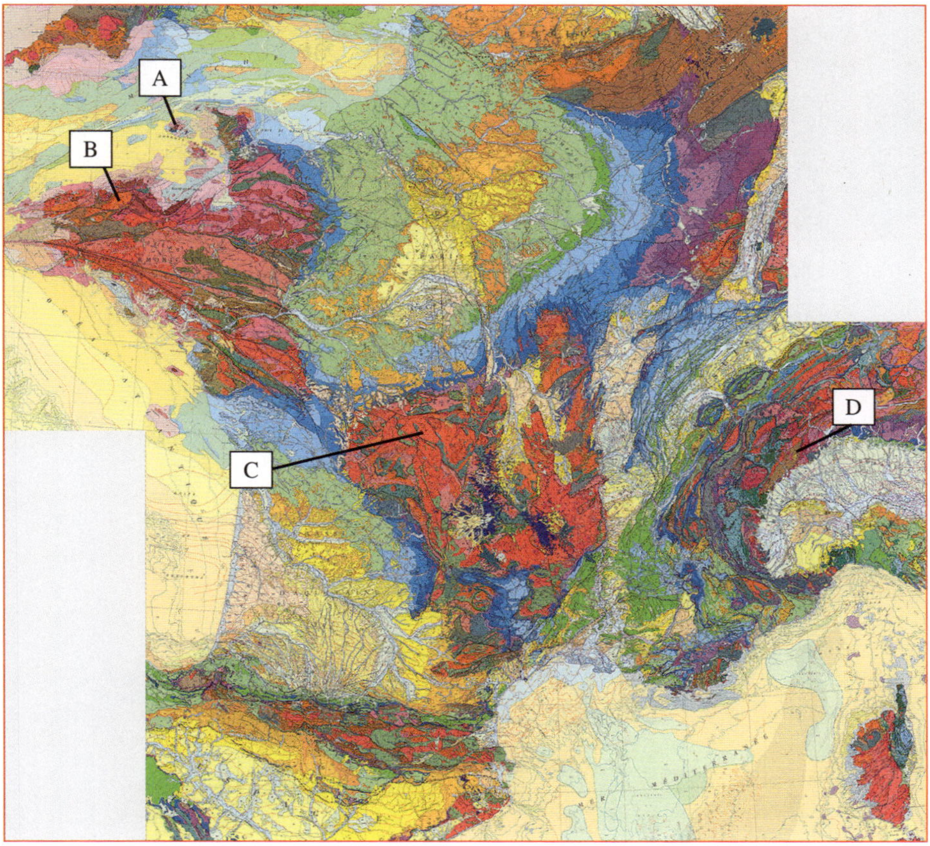

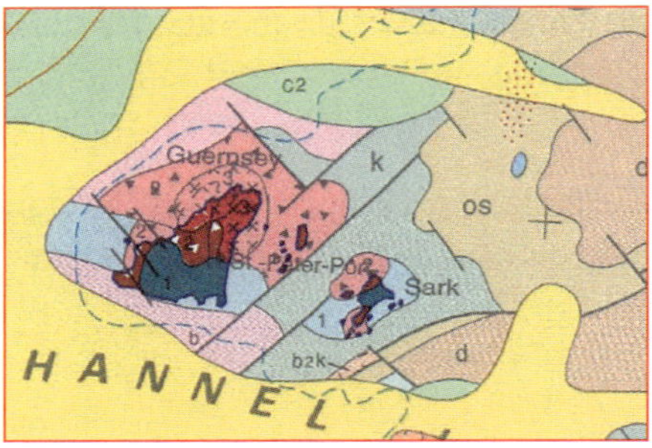

A : Île de Guernesey

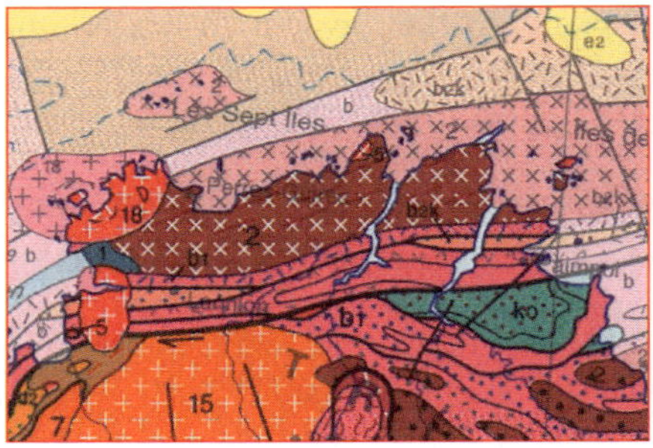

B : Massif armoricain (détail)

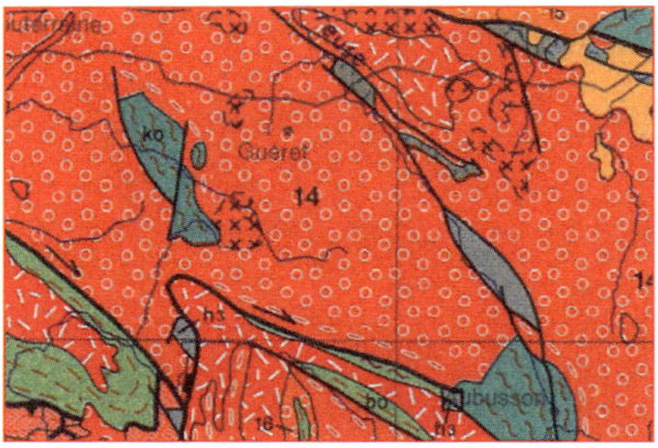

C : Massif central (détail)

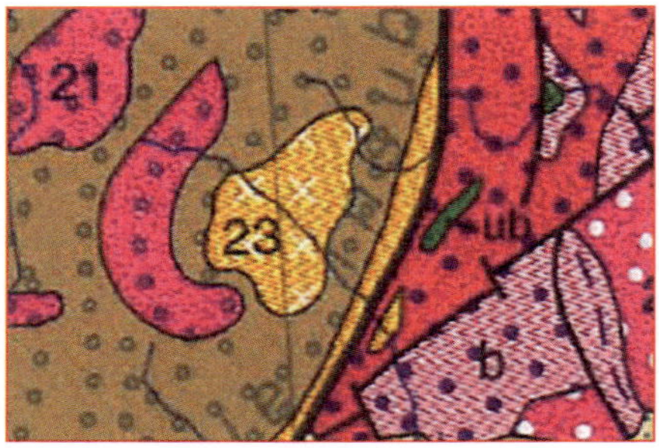

D : Alpes lépontines

Légende simplifiée des principales formations visibles sur les extraits :

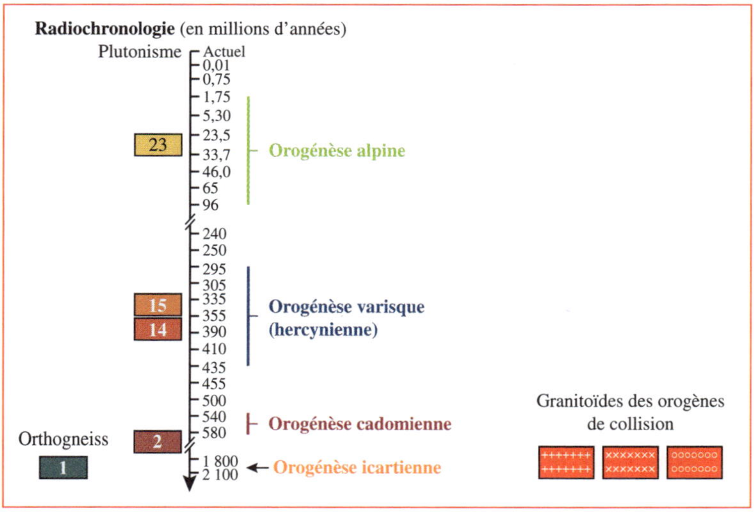

Source : BRGM

Figure 2 *Reliquats d'anciennes ceintures orogéniques à l'aide de la carte géologique de France (1/10⁶)*

■ Les **roches métamorphiques** sont aussi des reliquats d'anciennes chaînes de montagnes.

2 Des traces d'océans disparus

■ Il est possible d'observer sur les continents une succession de roches caractéristiques de la lithosphère océanique (péridotite, gabbro et basalte) : on les nomme **ophiolites**.

Ex. : Dans les Alpes, on observe dans le massif du Chenaillet une succession de péridotite, de gabbro et de basalte qui témoignent de l'océan alpin disparu.

Remarque

Ophiolites vient du grec *ophis* signifiant serpent car les roches ont l'aspect de peau de serpent.

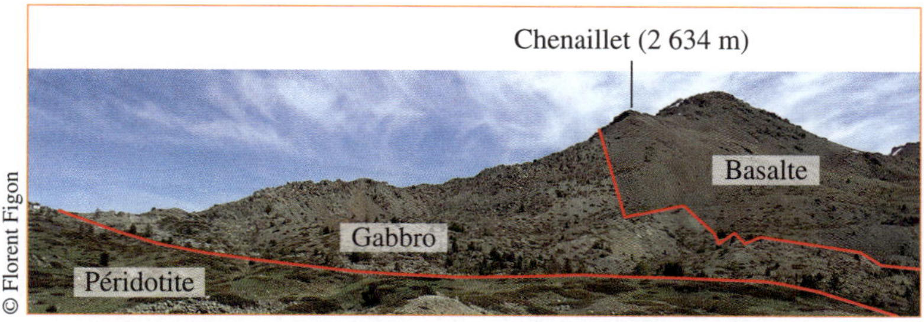

Figure 3 *Panorama au niveau du massif du Chenaillet dans les Alpes*

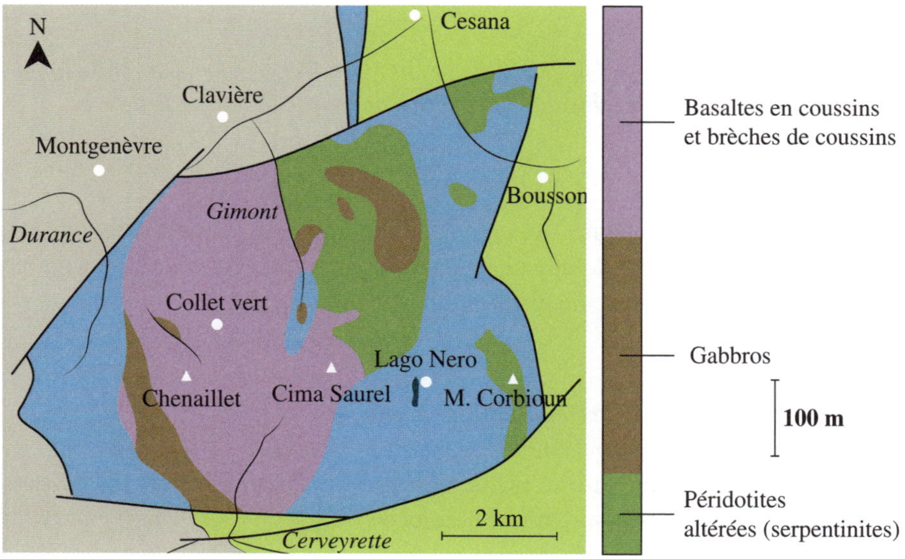

Figure 4 *Carte géologique simplifiée du Massif du Chenaillet et log simplifié associé*

> **Remarque**
> • Une **carte géologique** représente les roches visibles à l'**affleurement**.
> • Un **log** représente la **succession verticale** des roches.

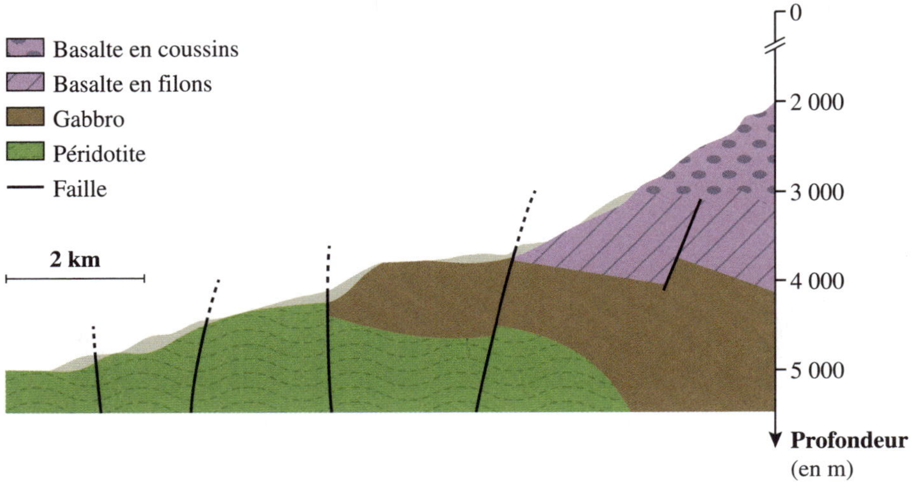

Figure 5 *Coupe géologique au niveau de la faille VEMA (dorsale médio-atlantique) présentant l'organisation de la lithosphère océanique actuelle*

■ Dans les chaînes de montagnes, les complexes ophiolitiques forment des sutures qui témoignent de la fermeture de domaines océaniques, suivie de la collision de blocs continentaux par convergence de plaques lithosphériques.

■ La mise en place d'ophiolites résulte d'une **exhumation** (retour à la surface par mouvements tectoniques) de roches ayant subi le phénomène de **subduction** puis d'**obduction** (lithosphère océanique ne s'enfonçant plus sous la lithosphère continentale, mais au contraire, tendant à la chevaucher).

> **Remarque**
> L'unité mécanique en mouvement lors d'une **subduction** est bien la **lithosphère**.

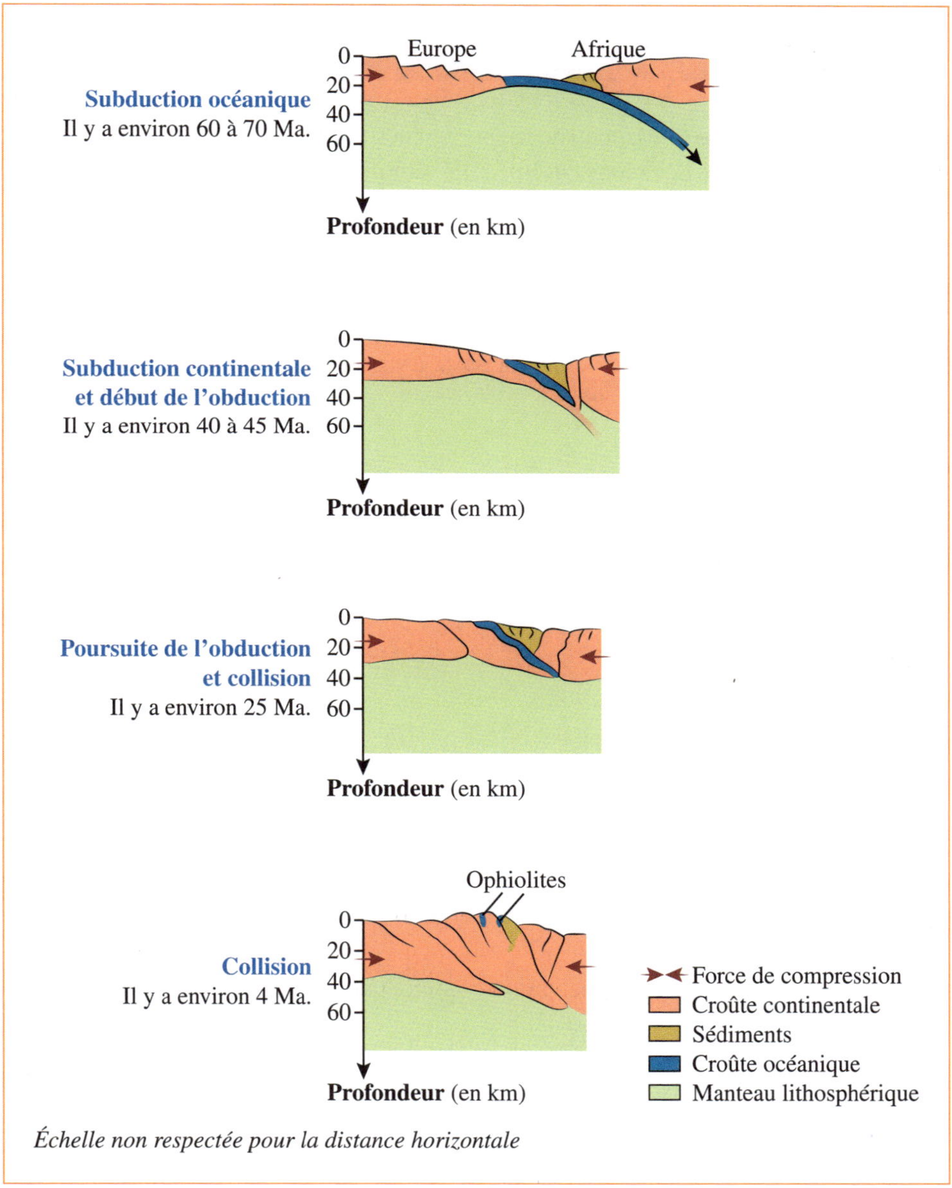

Figure 6 *Scénario possible de mise en place d'ophiolites par obduction dans les Alpes*

3 Des indices d'une fragmentation continentale et d'une ouverture océanique

■ Les **marges passives** bordant un océan portent des marques d'extension : on y trouve des failles normales et des blocs basculés. Ils témoignent de la fragmentation initiale du domaine continental ayant précédé la naissance de l'océan.

> **Définition**
> Les **marges** sont les **zones de transition** entre la croûte continentale et la croûte océanique.

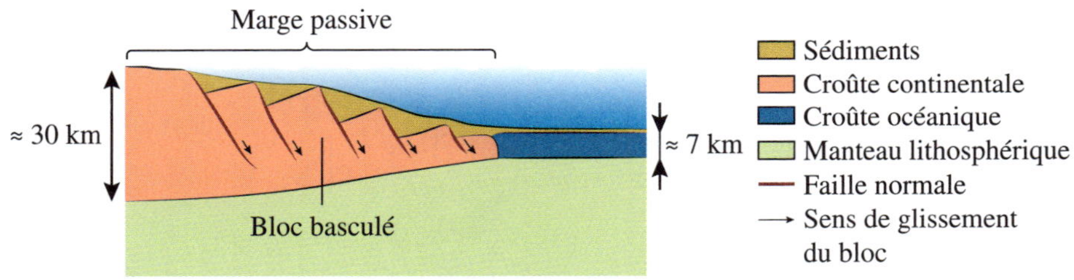

Échelle non respectée pour l'affaissement des blocs et pour la distance horizontale

Figure 7 *Structure d'une marge passive actuelle*

■ La présence de blocs basculés associés à des failles normales en milieu totalement continental est un indice d'une ancienne marge passive.

■ Les stades initiaux de la fragmentation continentale correspondent aux **rifts continentaux**.

Ex. : Dans les Afars (Afrique de l'Est), on observe en domaine continental des blocs basculés et des failles normales : il s'agit d'un rift continental.

■ La **fragmentation continentale** est souvent suivie par la **mise en place de nouvelles dorsales**. Elles produisent alors de la **croûte océanique** (accrétion océanique) conduisant à la formation d'un océan (océanisation).

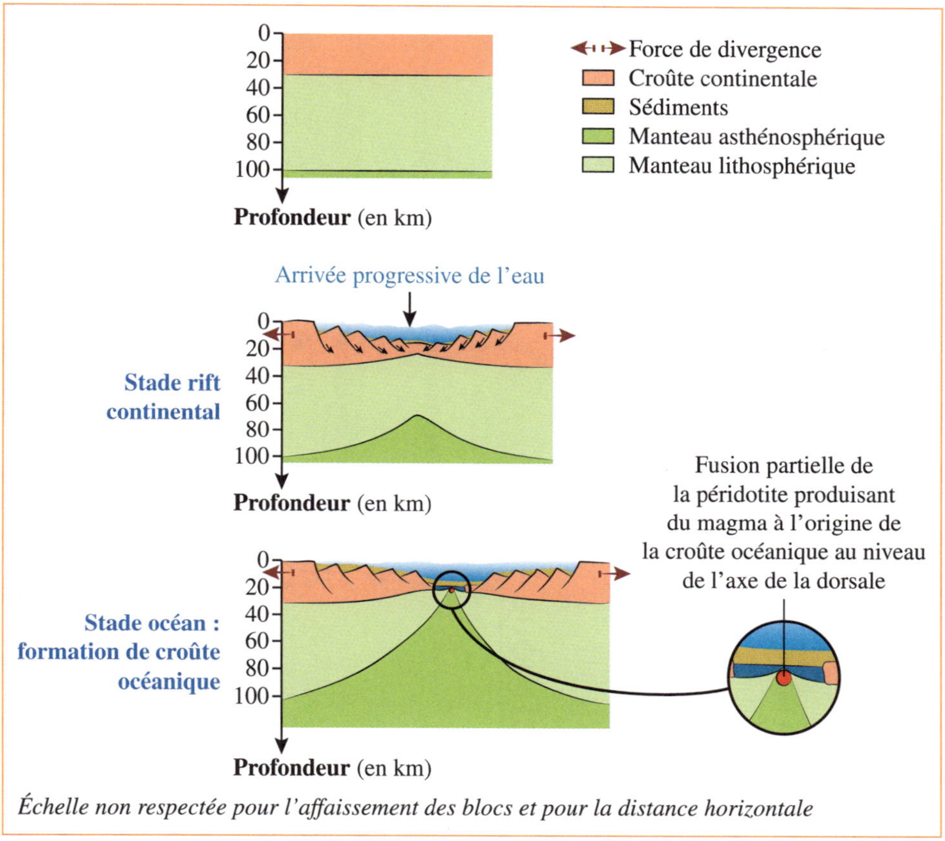

Figure 8 *De la fragmentation continentale à l'ouverture d'un océan*

4 Les reconstitutions paléogéographiques

■ La datation (relative et absolue) des différents indices permet de définir le déroulement d'un **cycle orogénique** : fragmentation d'un domaine continental, formation d'un océan, subduction/obduction puis collision formant la chaîne de montagnes.

Il y a donc des **périodes de réunion de blocs continentaux**, liées àà des collisions orogéniques, et des **périodes de fragmentation** conduisant à la mise en place de nouvelles dorsales.

■ Au cours des temps géologiques, les cycles orogéniques se succèdent et permettent de déterminer différentes **périodes paléogéographiques**.

CARTE MENTALE

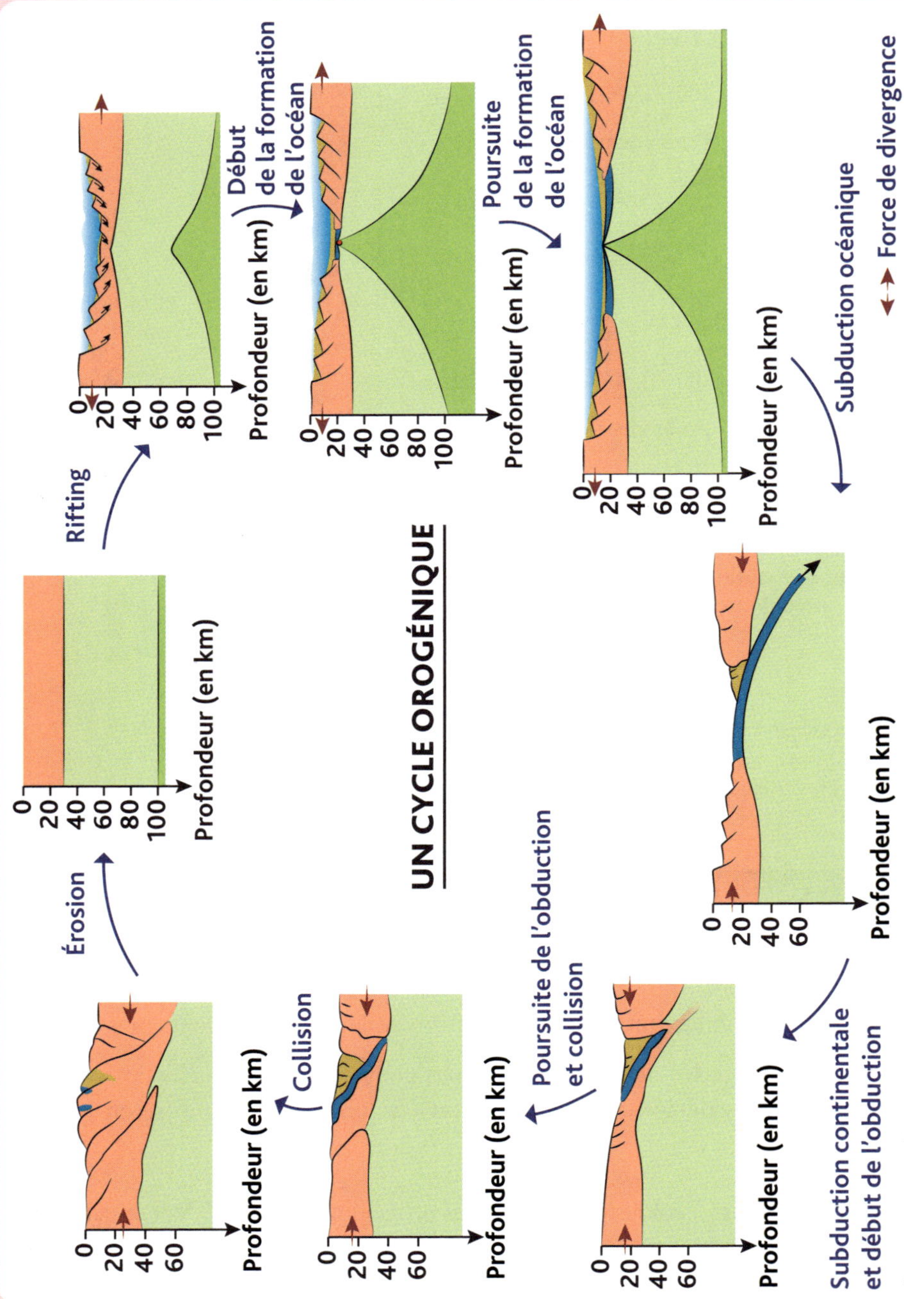

Échelle non respectée pour l'affaissement des blocs et pour la distance horizontale.

SUJET DU BAC

Exercice 1 : Maîtrise des connaissances 1 h 30 7 points

Les ophiolites

Les géologues parviennent à reconstituer la formation des chaînes de montagnes en utilisant de nombreux indices différents. Les ophiolites sont l'un de ces indices.

Après avoir présenté la composition des ophiolites, reconstituer un scénario de la formation d'une chaîne de montagnes expliquant leur présence au sein de celle-ci.

L'exposé comportera une introduction, un développement structuré, une conclusion et sera illustré d'un ou plusieurs schéma(s).

→ Corrigé p. 288

CORRIGÉ

Exercice 1 : Maîtrise des connaissances → *Énoncé p. 287*

Les ophiolites, présentes dans les montagnes, font parties des indices utilisés par les géologues pour reconstituer le scénario de formation d'une chaîne de montagnes.

Que sont les ophiolites ? Comment expliquer leur présence au sein des chaînes de montagnes ?

Méthode

Un travail préalable au brouillon est nécessaire pour construire l'introduction, le développement et la conclusion.
Il ne faut cependant pas rédiger tout le développement au brouillon mais **identifier les notions** clefs et les organiser entre-elles de telle sorte à avoir un **plan cohérant** avec la **problématique**.

I – Les ophiolites, des roches océaniques en milieu continental

Dans le Massif du Chenaillet par exemple, on observe une succession particulière de roches : de la péridotite, des gabbros et des basaltes.

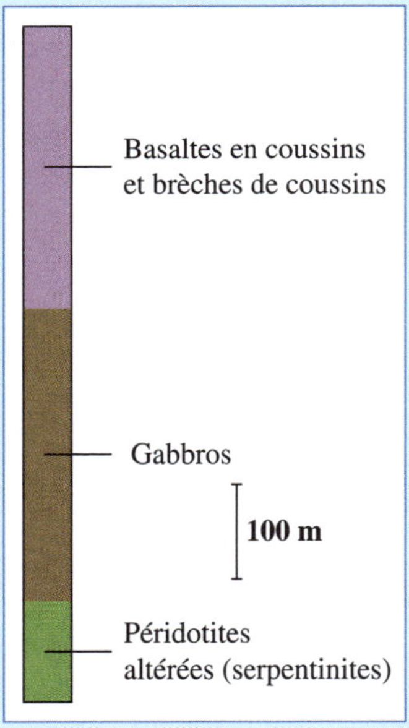

Figure 1 *Log simplifié des ophiolites du Chenaillet*

Figure 2 page suivante.

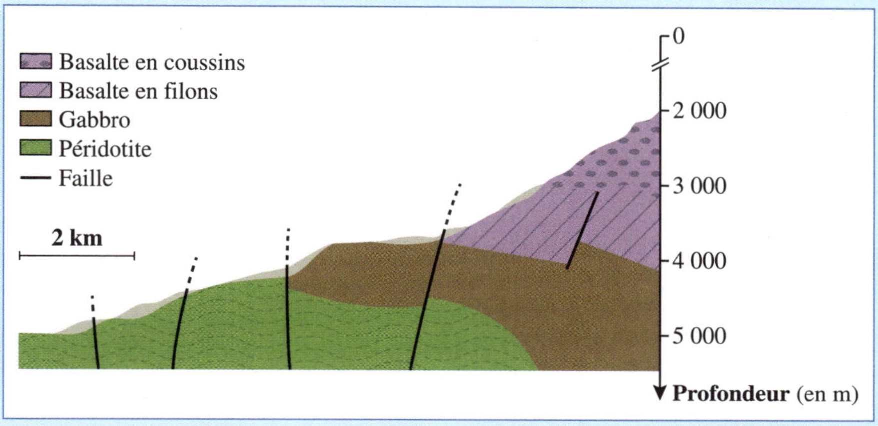

Figure 2 *Coupe géologique au niveau de la faille VEMA (dorsale médio-atlantique) présentant l'organisation de lithosphère océanique actuelle*

En comparant les roches du Massif du Chenaillet avec les roches présentes au niveau de la faille VEMA, on se rend compte que les roches du Chenaillet sont caractéristiques de la lithosphère océanique même si elles sont en plein domaine continental : ce sont des ophiolites. Elles correspondent donc à un morceau de lithosphère océanique charrié sur le continent.

> **Méthode**
> Ne pas oublier de mettre un **titre**, une **légende** et une **échelle** aux schémas.

II – Le scénario de mise en place des ophiolites au sein des chaînes de montagnes

a) La fermeture de l'océan par subduction

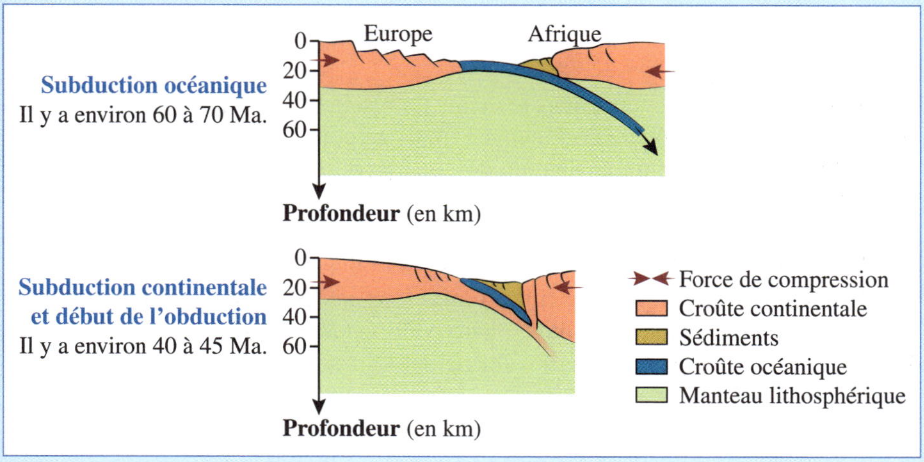

Figure 3 *La fermeture de l'océan*

La lithosphère océanique, à l'origine des ophiolites, se forme au niveau de l'axe de la dorsale dans un contexte de divergence.

Avec le temps, la lithosphère océanique formée refroidit et sa densité finit par devenir supérieure à celle du manteau asthénosphérique sur lequel elle repose. La lithosphère océanique entre en subduction sous la lithosphère continentale et l'océan précédemment formé est en cours de fermeture. Le contexte tectonique global est alors compressif.

> **Méthode**
> Dans la **conclusion**, il faut reprendre les idées fortes du développement permettant de **répondre à la problématique** ; sans chercher à redire tout le développement

b) La collision continentale et l'obduction

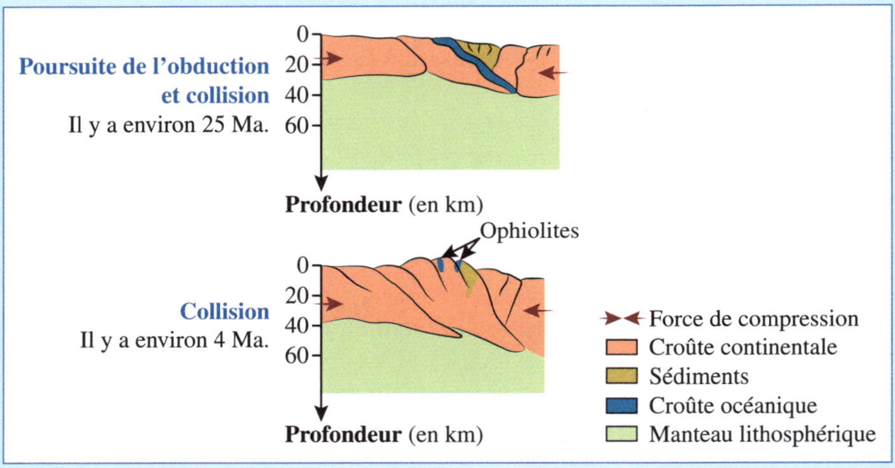

Figure 4 *La collision continentale et la mise en place des ophiolites*

Le terme ultime de la subduction est la collision continentale des domaines continentaux qui bordaient l'océan disparu.

Dans certains cas, il arrive que, dans le même temps, la lithosphère océanique ne s'enfonce plus sous la lithosphère continentale, mais au contraire, tende à la chevaucher : c'est l'obduction. Ce phénomène conduit donc à avoir de la lithosphère océanique en contact avec la lithosphère continentale.

c) L'exhumation du fragment de lithosphère océanique

Des mouvements tectoniques conduisent au retour en surface du fragment de lithosphère océanique chevauchant la lithosphère continentale. Il est accessible en surface, sur le domaine continental : on parle alors d'ophiolites.

Pour conclure, la mise en place d'ophiolites, fragments de lithosphère océanique, résulte d'une exhumation de roches ayant subi le phénomène de subduction puis d'obduction.

L'organisation des plantes à fleurs

CHAPITRE 6

Les plantes à fleurs, aussi appelées plantes **Angiospermes**, représentent la plus grande partie des espèces végétales terrestres. Fixées au sol par leurs racines, elles ne peuvent pas se déplacer pour s'approvisionner en eau et ions minéraux, pour fuir un herbivore ou bien encore pour rencontrer un partenaire parfois éloigné *(voir chapitre 8)*. Au cours de leur évolution, des caractères sont apparus et ont été sélectionnés en lien avec la vie fixée.

> **Remarque**
> **Angiosperme** vient du grec *sperma* « graines » et *angeion* « récipient » : les graines sont enfermées dans les fruits.

1 Organisation générale d'une plante à fleurs

■ Les plantes à fleurs sont à l'interface entre deux milieux très différents : l'un souterrain (le sol) et l'autre aérien (l'atmosphère). Elles puisent les ressources nécessaires à leur développement dans ces deux milieux grâce à deux organes fondamentaux : les racines et les feuilles. La tige fait le lien entre l'**appareil racinaire** et l'**appareil foliaire**.

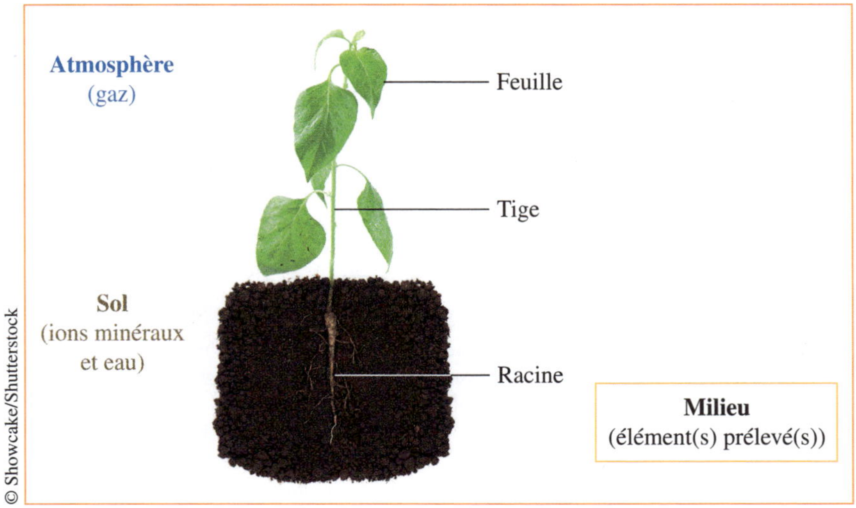

Figure 1 *Plante à l'interface sol/atmosphère*

A. Absorption d'éléments nutritifs et ancrage par les racines

■ Les racines permettent l'absorption de l'eau et des ions minéraux du sol ainsi que la fixation de la plante dans le sol. L'absorption est réalisée par de longues cellules, les **poils absorbants**.

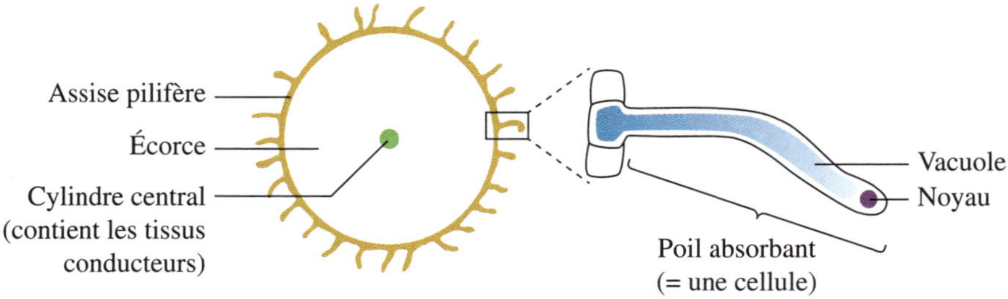

Échelle non respectée.
Par souci de représentation, membrane plasmique et paroi ne sont pas distinguées.

Figure 2 *Structure d'une racine en coupe transversale*

B. Production de matière organique par les feuilles

■ Les feuilles sont des organes généralement aplatis, portés latéralement par les tiges. Elles réalisent la **photosynthèse** : production de matière organique à partir de matière minérale (CO_2) avec la lumière comme source d'énergie.

■ Les feuilles possèdent à la surface de leur épiderme des **stomates**. Les stomates sont formés par deux cellules stomatiques délimitant un orifice, l'**ostiole**. Les échanges gazeux (CO_2, O_2, H_2O) entre la plante et l'atmosphère se réalisent par les ostioles. Ils peuvent être fermés ou ouverts selon les conditions du milieu.

> **Remarque**
> Les **stomates** sont souvent sur la face inférieure de la feuille, limitant les pertes d'eau lors de fortes chaleurs.

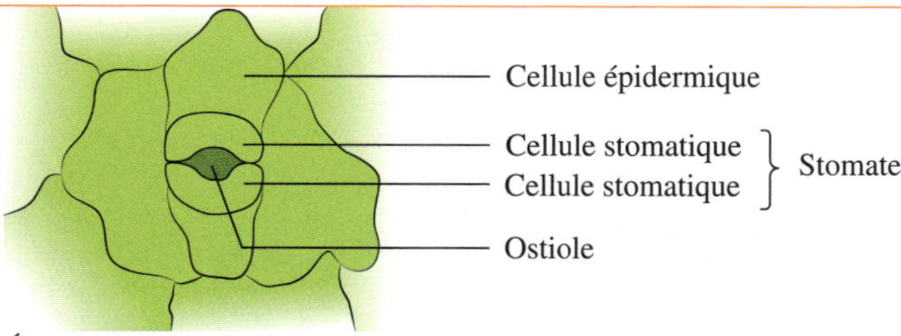

Échelle non respectée.
Par souci de représentation, membrane plasmique et paroi ne sont pas distinguées.

Figure 3 *Stomates au niveau de l'épiderme des feuilles*

C. Port des feuilles et des organes reproducteurs par la tige

■ Les tiges sont la partie aérienne de la plante portant les feuilles à la lumière et, au moment de la reproduction, les organes reproducteurs (fleurs et fruits). Elles font le lien entre les racines et les feuilles. Elles présentent une organisation répétitive de **phytomères**.

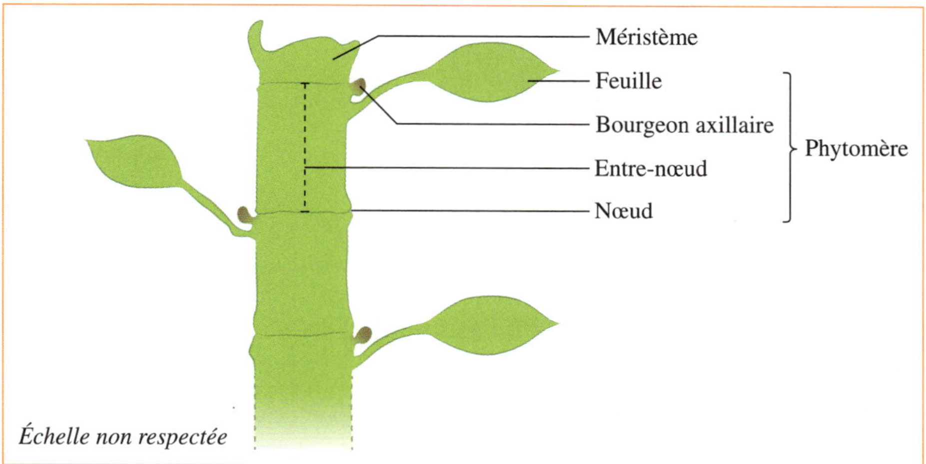

Figure 4 *Organisation répétitive d'une tige*

D. Conduction des sèves par les tissus du xylème et du phloème

■ Des tissus conducteurs canalisent les circulations de matière dans la plante, notamment entre les racines (lieux d'approvisionnement en matière minérale), les feuilles (lieux de synthèse organique) et les lieux de stockage (fruits, graines, tubercules…).

■ Les **tissus du xylème** transportent la **sève brute** (eau et ions minéraux) et les **tissus du phloème** transportent la **sève élaborée** (eau et sucres principalement).

2 Développement d'une plante à fleurs

■ Le développement d'une plante associe croissance et différenciation d'organes à partir de **méristèmes**. Un méristème est un groupe de cellules indifférenciées qui ont la capacité de se diviser un nombre indéfini de fois, formant des tissus et des organes.

> **Remarque**
> Les **méristèmes** ne sont présents que chez les végétaux.

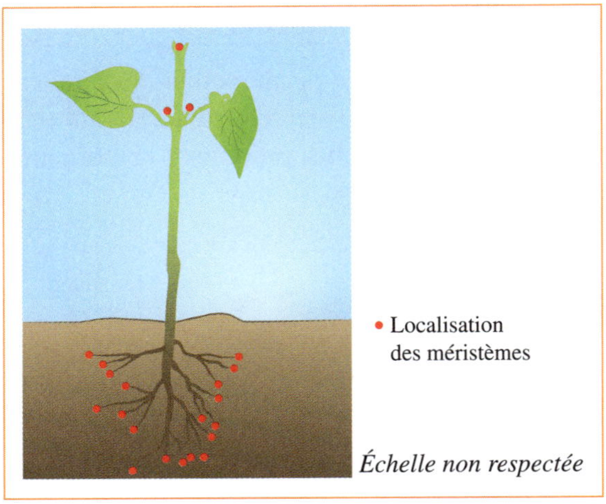

Figure 5 *Localisation des méristèmes dans une plante*

■ La **croissance** consiste en une **multiplication cellulaire par mitoses** dans les méristèmes, suivie d'**élongation cellulaire**.

■ La **différenciation des cellules** formées lors de la phase de croissance permet la mise en place des différents **organes** (tiges, feuilles, racines, fleurs).

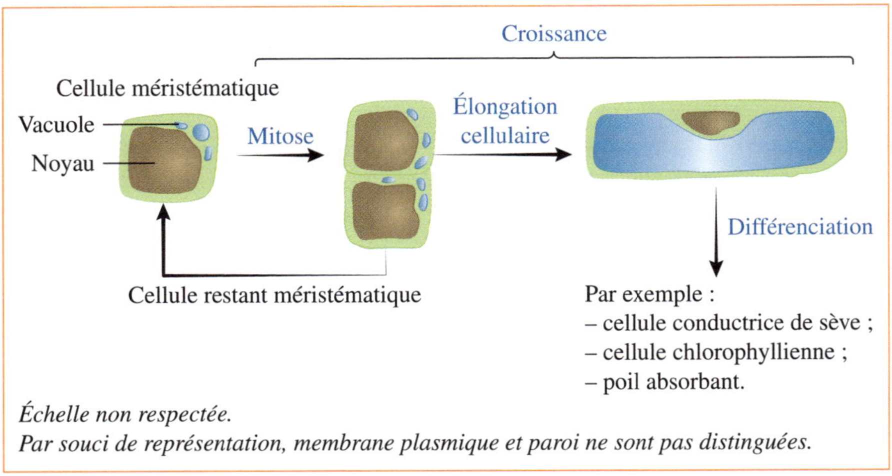

Figure 6 *Principe du développement d'une plante*

■ Le développement d'une plante est contrôlé par des **hormones végétales**.

Ex. : L'auxine stimule la croissance de la tige et les cytokinines stimulent la croissance des racines.

■ Le développement d'une plante est aussi influencé par les **conditions du milieu**.

Ex. : La lumière influence la croissance des plantes : elles croissent dans sa direction, sous l'effet d'une distribution différentielle de l'auxine.

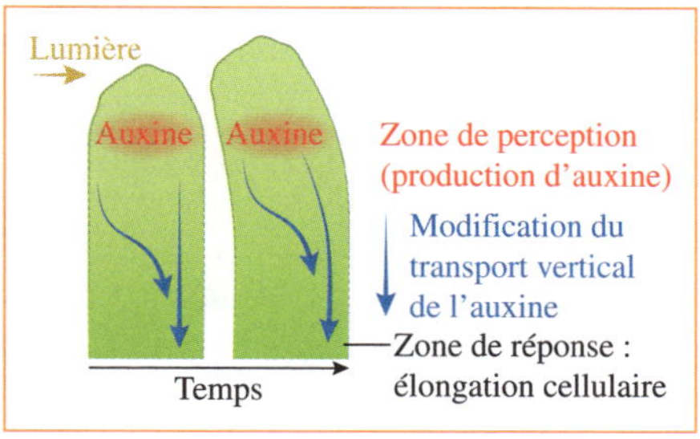

Figure 7 *Croissance de plants de tomates en direction de la lumière et schéma d'interprétation*

3 Adaptations à la vie fixée

■ L'organisation des plantes à fleurs traduit des adaptations à la vie fixée sélectionnées au cours de l'évolution.

■ Les plantes ne peuvent pas fuir les herbivores. Elles présentent des **moyens de lutte** contre ceux-ci.

Ex. : La menthe produit une huile essentielle (le menthol) qui éloigne les herbivores.

■ Les plantes subissent de plein fouet les variations climatiques, qu'elles soient journalières ou saisonnières. Elles possèdent des moyens de lutte contre les variations des conditions du milieu.

Ex. : Moins de stomates sont ouverts aux heures les plus chaudes de la journée permettant de limiter les pertes en eau.

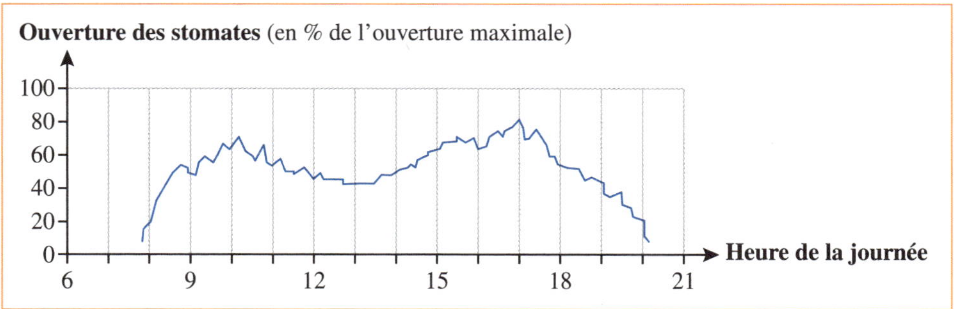

Figure 8 *Variation de l'ouverture des stomates en fonction de l'heure de la journée*

■ La croissance permanente des plantes permet le développement de **grandes surfaces d'échanges** entre la plante et son environnement (sol et atmosphère).

Ex. **:** Pour un pied de seigle (hauteur comprise entre 1 et 2 m), on a pu évaluer la longueur totale des racines à plusieurs dizaines de kilomètres et leur surface absorbante à 470 m^2. Pour un arbre feuillu de 24 mètres de haut, on a pu évaluer la surface foliaire entre 294 et 470 m^2.

> **Remarque**
>
> Les **surfaces absorbantes** calculées pour les deux exemples sont de l'ordre de 400 m^2, à titre de comparaison, un terrain de basket fait environ 420 m^2.

■ Dans la majorité des cas, l'absorption par les racines est facilitée par des **symbioses**. Ces symbioses font souvent intervenir des champignons : ce sont les **mycorhizes**. Elles permettent l'exploration d'une plus grande surface de sol que des racines seules.

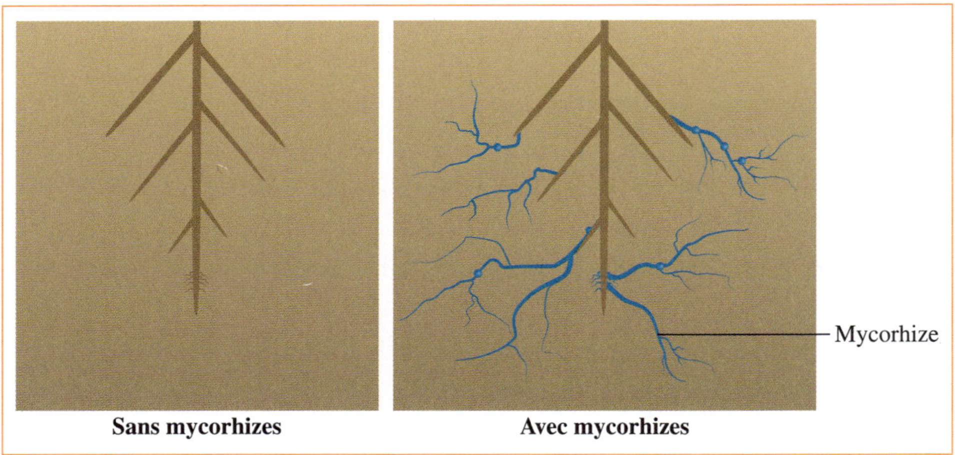

Figure 9 *Surface explorée par des racines sans et avec mycorhizes.*

CARTE MENTALE

L'ORGANISATION D'UNE PLANTE À FLEURS

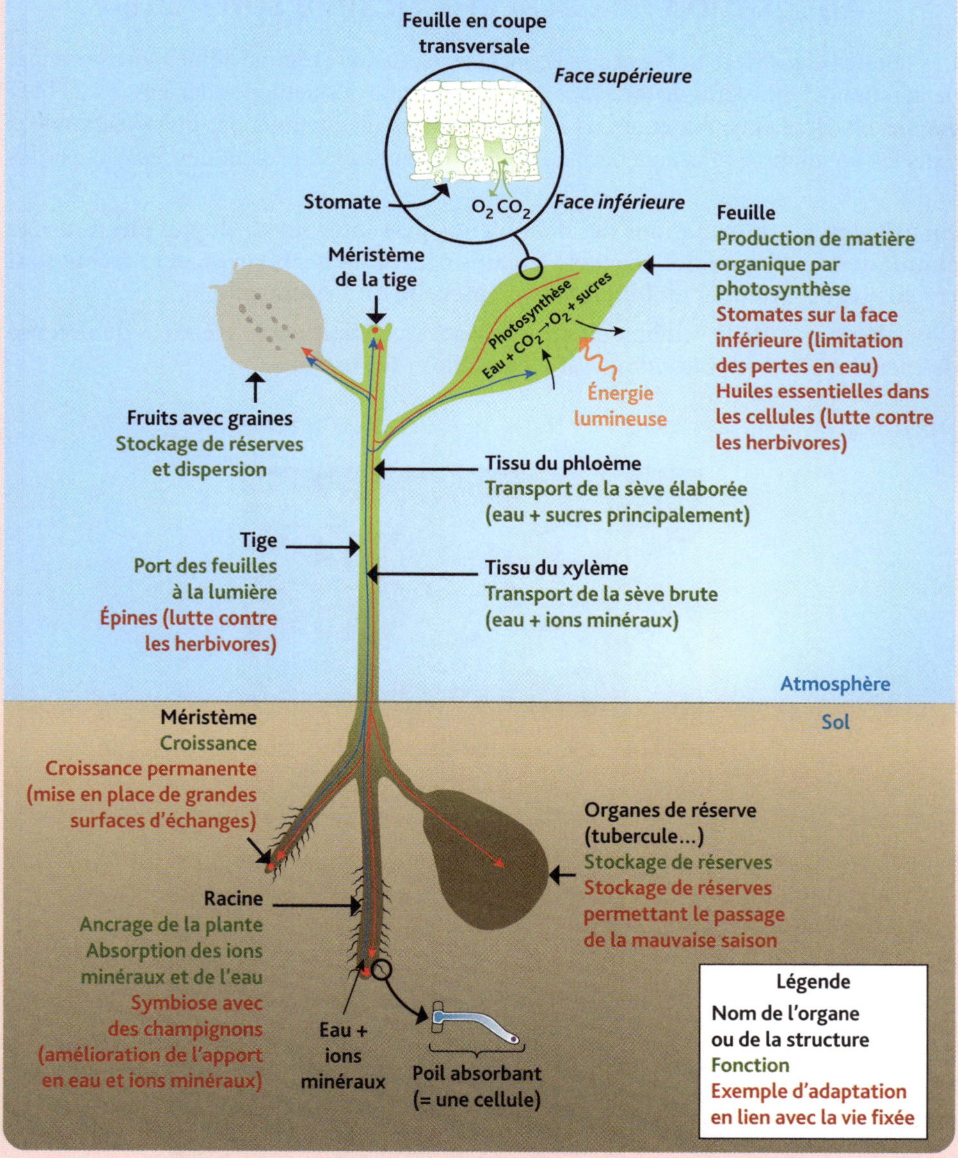

Exercice 2 : Pratique du raisonnement scientifique 1 h 45 8 points

Adaptation de l'acacia africain à son milieu

Les feuilles des différentes espèces d'acacia constituent le régime alimentaire principal de nombreux herbivores de la savane africaine comme les antilopes, les girafes ou bien encore les éléphants. Au cours de l'évolution, des adaptations ont été sélectionnées dans les populations d'acacia permettant de limiter le prélèvement des feuilles par les herbivores.

En utilisant les informations des documents, présenter les stratégies physiques et chimiques de défense des acacias africains contre les herbivores, et la façon dont ces stratégies évoluent en fonction de l'intensité du broutage.

Compléter ensuite le schéma en annexe pour reconstituer le scénario de défense des acacias contre les koudous *via* l'éthylène et les tannins.

Document 1 : Photographie des tiges feuillées d'un acacia

Document 2 : Des fourmis hébergées sur les tiges de certaines espèces d'acacia

Certaines espèces d'acacia entretiennent une relation avec des fourmis. Celles-ci font leurs nids à la base des épines dans des excroissances nommées domaties. Elles consomment le nectar produit par l'arbre.

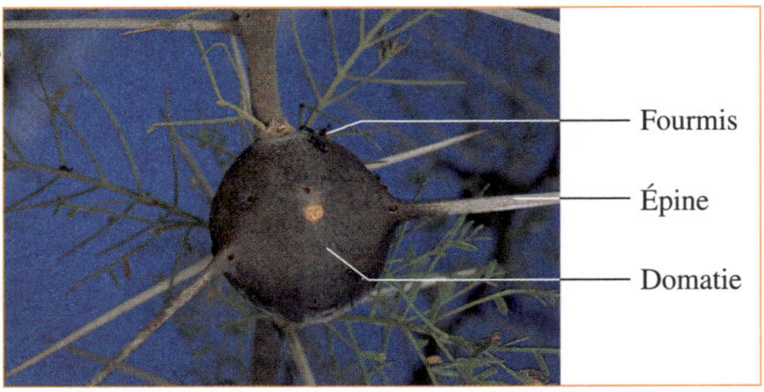

Ces fourmis infligent des piqûres douloureuses à n'importe quel être vivant s'approchant trop près d'elles.

Document 3 : Concentration en cyanure d'hydrogène dans des feuilles d'acacia (*Acacia sieberiana*) en fonction de l'intensité du broutage

L'*Acacia sieberiana* produit du cyanure d'hydrogène dans ses feuilles. Cette molécule, si elle est ingérée, perturbe fortement le fonctionnement de l'organisme.

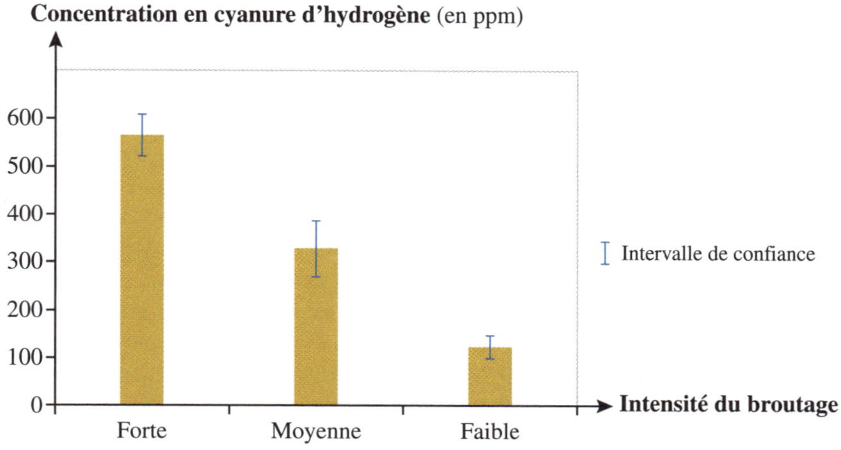

Source : Zinn, Ward et Kirkman, 2009

Document 4 : Évolution de quelques caractéristiques physiques chez l'acacia en fonction de l'intensité du broutage

	Intensité de broutage faible	Intensité de broutage moyenne	Intensité de broutage forte
Longueur moyenne des feuilles nouvellement formées (en cm)	11,00	8,83	6,30
Largeur moyenne des feuilles nouvellement formées (en cm)	5,70	3,76	3,49
Longueur moyenne des épines nouvellement formées (en mm)	0,82	0,87	1,93

Source : Zinn, Ward et Kirkman, 2009

Document 5 : La résistance des acacias aux koudous

« La résistance, qu'opposent les acacias aux koudous a été admirablement décrite par Van Hoven de l'université de Pretoria. Les koudous sont de robustes gazelles qui se nourrissent des feuilles de l'*Acacia caffra*, un arbre des savanes d'Afrique du Sud.

Lorsqu'un koudou affamé s'approche d'un acacia *A* et commence à en brouter les feuilles, tout va bien pour lui au début ; il mange pendant plusieurs minutes, puis, bien avant d'être rassasié, il se détourne de l'acacia *A* pour se diriger vers un acacia *B* appartenant à la même espèce et continue de s'alimenter.

L'analyse des feuilles *A* réalisée par Van Hoven révèle que celles-ci sont chargées en tanins, des composés phénoliques au goût âpre.

Van Hoven fait une autre observation extrêmement curieuse : l'acacia *B* n'est pas dans une situation quelconque par rapport à l'acacia *A* : le koudou va de *A* à *B* en allant dans le sens contraire du vent. Les analyses confirment que dans le sens du vent, tous les acacias sont devenus âpres sans avoir été eux-mêmes attaqués. L'arbre *A* a prévenu de l'arrivée du koudou tous les arbres situés sous son vent. Van Hoven montre que le message des acacias circule sous la forme d'éthylène, un gaz que les feuilles des plantes produisent lorsqu'elles sont blessées et qui peut aussi jouer le rôle de substance de croissance.

Van Hoven indique que si les koudous ne sont pas plus nombreux que 3 pour 100 hectares, les deux partenaires coexistent.

Les fermiers ont découpé dans la savane des ranchs de dimensions variées, clôturés avec du barbelé. Les premiers koudous décédés ont été signalés dans les années 1980, leur état semblait inexplicable : ils étaient excessivement maigres et visiblement morts de faim, mais l'autopsie révélait qu'ils avaient la panse pleine de feuilles d'acacia.

Van Hoven donne de cet apparent paradoxe une explication lumineuse. Ne pouvant remonter le vent à cause des barbelés, les kourous piégés dans un ranch doivent se contenter de feuilles âpres, car les trop rares acacias du ranch n'ont plus le temps de redevenir comestibles entre deux broutages. Se bourrer la panse de feuilles ne nourrit plus les koudous car les tanins ont la propriété d'empêcher la digestion. Ils meurent de faim, le ventre plein, tués par les acacias. »

Source : Halle, 1999

• Annexe

Pour chaque feuille, préciser s'il y a ou non production de tannins et d'éthylène. Indiquer si les koudous broutent ou non les feuilles des différents acacias selon les figurés du schéma.

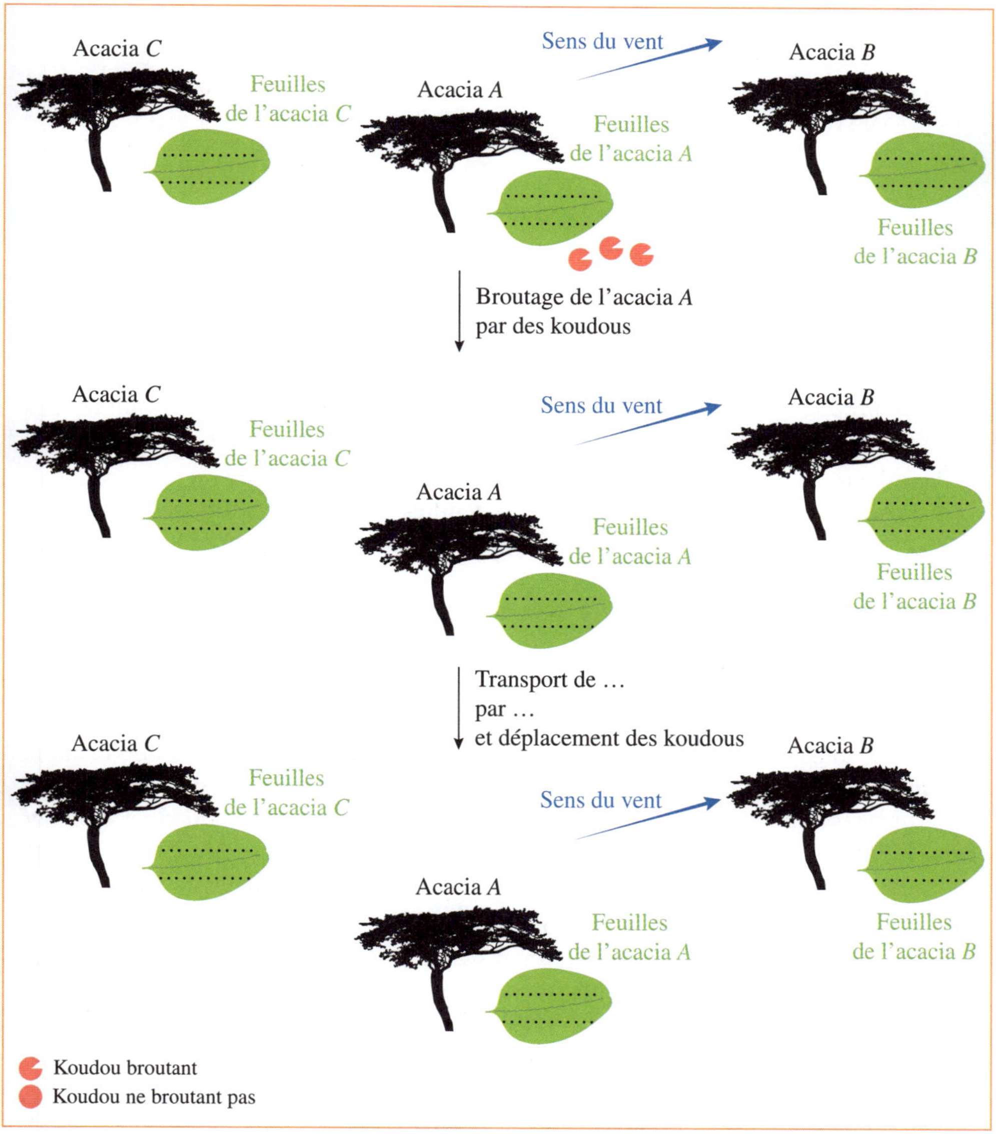

Scénario de défense des acacias contre les koudous via l'éthylène et les tannins

→ Corrigé p. 302

CORRIGÉ

Exercice 2 : Pratique du raisonnement scientifique → Énoncé p. 298

Les herbivores exercent une très forte pression sur les acacias des savanes africaines.

Méthode

- Organiser le développement en **paragraphes** pour structurer la réponse.
- **Citer des valeurs** et **donner des exemples** pour justifier le propos.

Quelles sont les stratégies de défense des acacias, sélectionnées au cours de l'évolution contre les herbivores ?

- Les acacias présentent des stratégies de défense d'ordre physique : présence d'épines sur les tiges, présence de domaties à la base des épines permettant l'accueil de fourmis symbiotiques qui piquent les éventuels herbivores s'approchant trop près (documents 1 et 2). La taille des épines varie en fonction de l'intensité de broutage : plus le broutage est important, plus la taille des épines nouvellement formées est grande. En effet, on constate sur le document 4 que les épines sont plus de deux fois plus grandes lorsque l'intensité de broutage est forte (1,93 mm contre 0,82 mm pour une faible intensité de broutage). Il y a donc une modulation de la défense en fonction de l'intensité du broutage.

  Par ailleurs, la taille des feuilles est aussi impactée par l'intensité du broutage. Plus le broutage est important, plus la taille des feuilles nouvellement formées est réduite. En effet, le document 4 indique que les feuilles sont presque deux fois plus petites lorsque l'intensité de broutage est forte en comparaison avec une faible intensité de broutage : la longueur passe de 11 cm en moyenne à 6,3 cm et la largeur passe de 5,7 cm en moyenne à 3,49 cm. Des feuilles plus petites sont plus difficiles à prélever par les herbivores et cela participe à la protection des acacias.

- En plus des stratégies physiques, des défenses d'ordre chimique ont été sélectionnées au cours de l'évolution. Par exemple, l'*Acacia sieberiana* produit du cyanure d'hydrogène dans ses feuilles (document 3). Cette molécule, si elle est ingérée, perturbe fortement le fonctionnement de l'organisme. Elle permet donc d'éloigner les herbivores. De plus, certains acacias produisent des tanins au niveau de leurs feuilles, des molécules empêchant la digestion comme l'indique le document 5.

  En outre, une communication chimique existe entre les acacias : lorsqu'un acacia est en train d'être mangé, il produit un gaz volatil (l'éthylène) détecté par les autres acacias et conduisant à la stimulation de la production de composés chimiques de défense. Les acacias produisent donc des défenses chimiques avant même d'être broutés (documents 3 et 5). La production de composés chimiques de défense est influencée par l'intensité de broutage. Le document 3 indique que lorsqu'un acacia est soumis à une forte intensité de broutage, il produit dans ses feuilles près de cinq fois plus de cyanure d'hydrogène que lorsque l'intensité de broutage est faible (550 ppm contre 150 ppm).

Pour résumer, les acacias présentent des stratégies à la fois physiques et chimiques permettant une défense contre les herbivores. Ces stratégies ont été sélectionnées au cours de l'évolution et elles évoluent en fonction de la pression des herbivores, c'est-à-dire en fonction de l'intensité du broutage des feuilles.

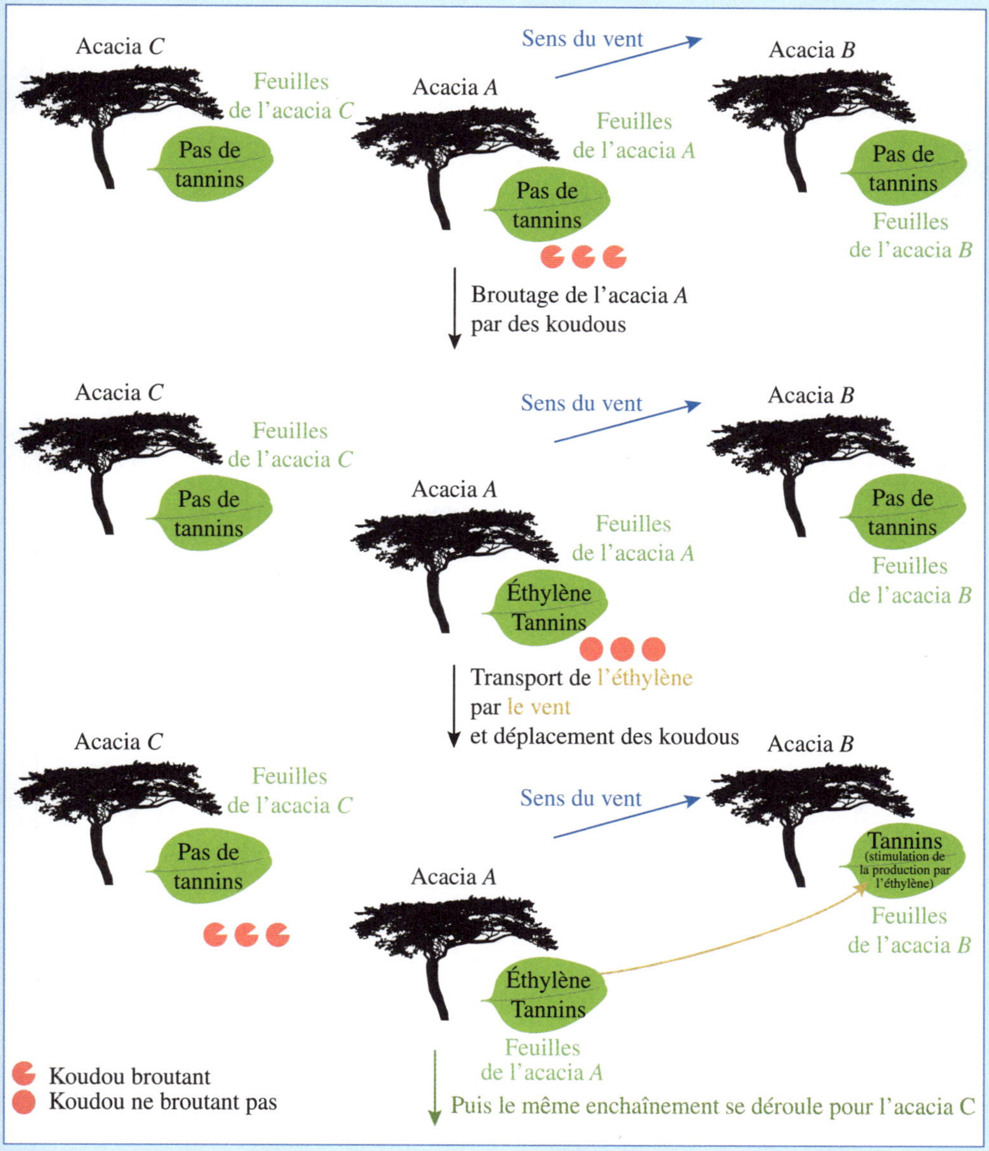

Scénario de défense des acacias contre les koudous via l'éthylène et les tannins

CHAPITRE 7 La production de matière organique par les plantes

Les plantes sont des organismes autotrophes : elles ont uniquement besoin d'eau, de minéraux et d'énergie lumineuse pour produire leur matière organique. Elles produisent cette matière organique par photosynthèse selon l'équation-bilan simplifiée suivante :

$$\underbrace{6\,CO_2}_{\text{dioxyde de carbone}} + \underbrace{6\,H_2O}_{\text{eau}} \xrightarrow{\text{énergie lumineuse}} \underbrace{C_6H_{12}O_6}_{\text{glucose}} + \underbrace{6\,O_2}_{\text{dioxygène}}$$

1 Localisation de la photosynthèse

■ Les feuilles de la plante sont les organes spécialisés dans la production de la matière organique par photosynthèse.

■ Le tissu photosynthétique de la feuille est appelé **parenchyme chlorophyllien**. Il est constitué de plusieurs couches de cellules chlorophylliennes, spécialisées dans la photosynthèse.

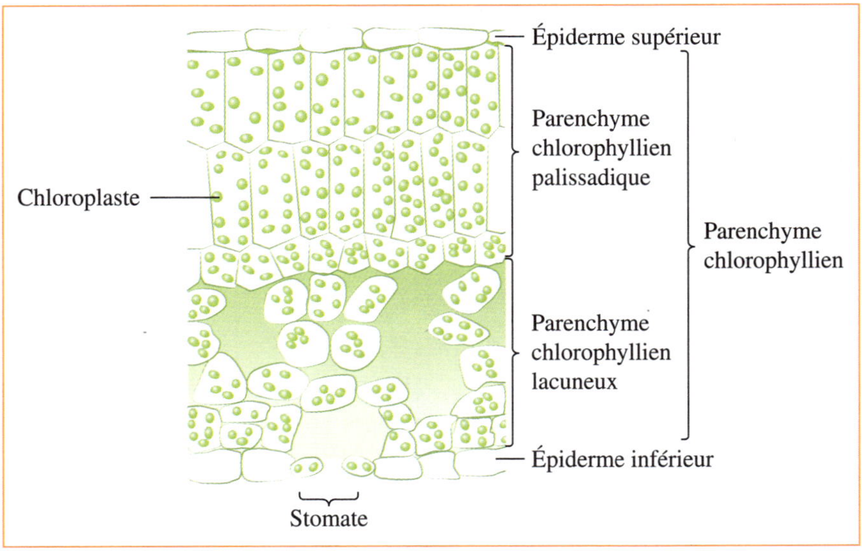

Figure 1 *Coupe transversale de feuille*

■ Chaque cellule chlorophyllienne contient de nombreux **chloroplastes**. Les chloroplastes sont les organites de la photosynthèse.

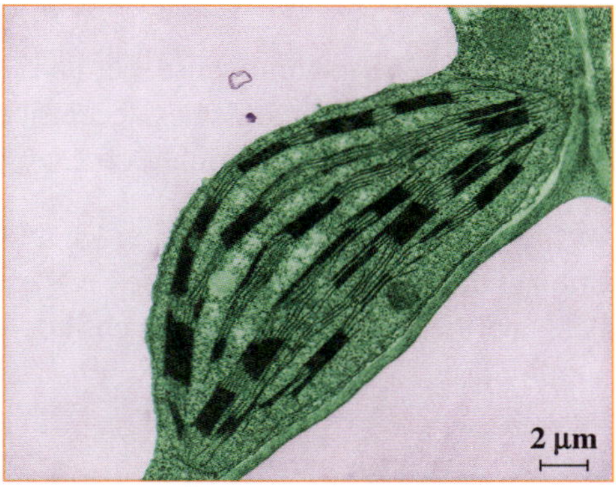

Figure 2 *Chloroplaste observé au microscope électronique (fausses couleurs)*

■ Le chloroplaste est un organite contenant de nombreux compartiments membranaires : les **thylakoïdes**. L'espace délimité par les membranes du chloroplaste et dans lequel baignent les thylakoïdes est le **stroma**.

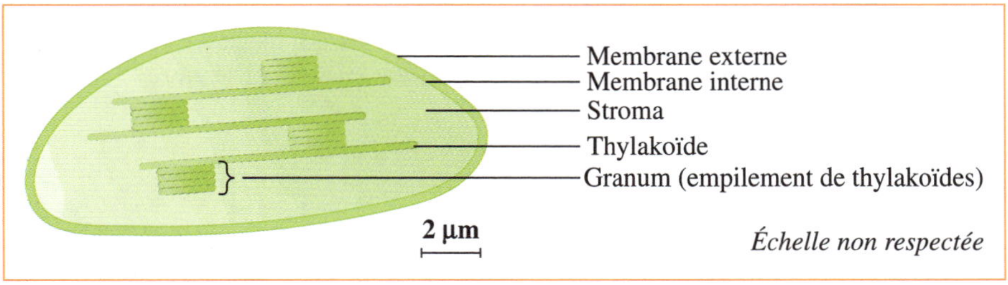

Figure 3 *Structure d'un chloroplaste*

2 Déroulement de la photosynthèse

■ La photosynthèse se réalise en deux étapes dépendantes l'une de l'autre : la **phase photochimique** et la **phase chimique**.

A. Phase photochimique de la photosynthèse

■ La phase photochimique dépend directement de la lumière. Elle se déroule au niveau de la membrane des thylakoïdes.

Remarque

On appelle encore aussi cette phase « **la phase claire** » car elle dépend directement de la lumière.

■ L'énergie lumineuse est captée par des pigments chlorophylliens (notamment la chlorophylle *a*) présents au sein de **photosystèmes** de la **chaîne photosynthétique**, au niveau de la membrane des thylakoïdes.

■ La chlorophylle *a*, excitée par l'énergie lumineuse, perd un électron : celui-ci circule dans la chaîne photosynthétique vers des molécules acceptrices finales des électrons. Ces molécules sont alors à l'état réduit et sont riches en énergie.

■ La chlorophylle *a* oxydée retrouve son état initial grâce à la **photolyse de l'eau** au niveau de la chaîne photosynthétique. La photolyse de l'eau est une réaction d'**oxydation** : les électrons libérés permettent de régénérer la chlorophylle *a*. Cette oxydation est associée à une libération d'O_2.

Définitions

État oxydé : une molécule à l'état oxydé a libéré des électrons.
État réduit : une molécule à l'état réduit a capturé des électrons.
Oxydation : une réaction chimique d'oxydation est une réaction où un ou plusieurs électrons sont libérés par une molécule.

Remarque

L'eau provient de la **sève brute**.

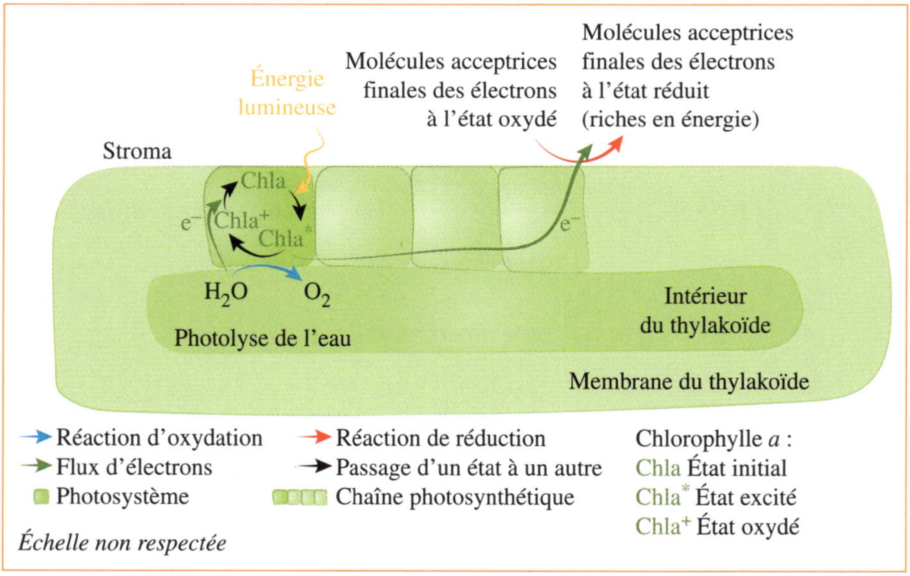

Figure 4 *Déroulement de la phase photochimique de la photosynthèse au niveau des thylakoïdes*

■ Lors de la **phase photochimique**, il y a donc **conversion de l'énergie lumineuse en énergie chimique**.

B. Phase chimique de la photosynthèse

■ La phase chimique de la photosynthèse ne dépend pas directement de la lumière. Elle se déroule au niveau du stroma et correspond à des réactions organisées en un cycle : le **cycle de Calvin-Benson**.

■ Lors du cycle de Calvin-Benson, les molécules riches en énergie, produites lors de la phase photochimique, permettent la réduction du CO_2 aboutissant à la production de glucose et d'autres sucres solubles (matière organique).

Remarque

On appelle encore cette phase la « **phase sombre** » car elle ne dépend pas directement de la lumière.

Définition

Réduction : réaction chimique où un ou plusieurs électrons sont capturés par une molécule.

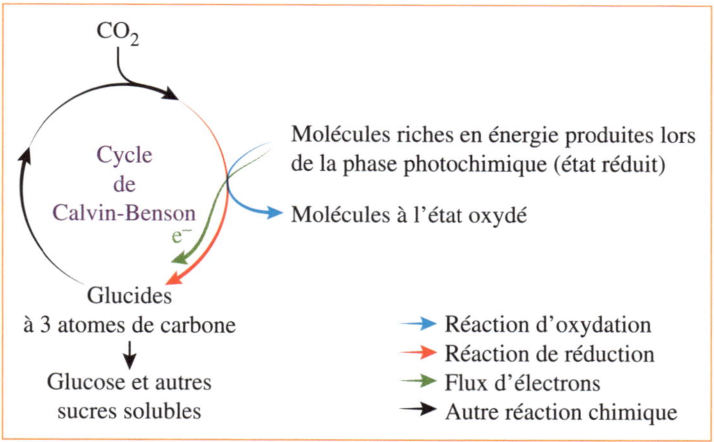

Figure 5 *Déroulement de la phase chimique de la photosynthèse au niveau du stroma des chloroplastes*

3 Devenir des sucres produits lors de la photosynthèse

■ Les sucres produits par la photosynthèse circulent dans toute la plante *via* la **sève élaborée**.

■ Ces sucres sont métabolisés dans les différents organes, grâce à des **enzymes** variées. Les produits de ce **métabolisme** assurent des fonctions biologiques différentes dont notamment :
– la croissance et le port dressé de la plante ;
– le stockage de réserves ;
– les interactions avec d'autres espèces.

■ La **croissance** et le **port dressé** de la plante sont permis grâce à la production de **cellulose** (polymère de glucoses) et de lignine. Ces deux molécules structurent la **paroi végétale** et la **lignine** participe à sa rigidification.

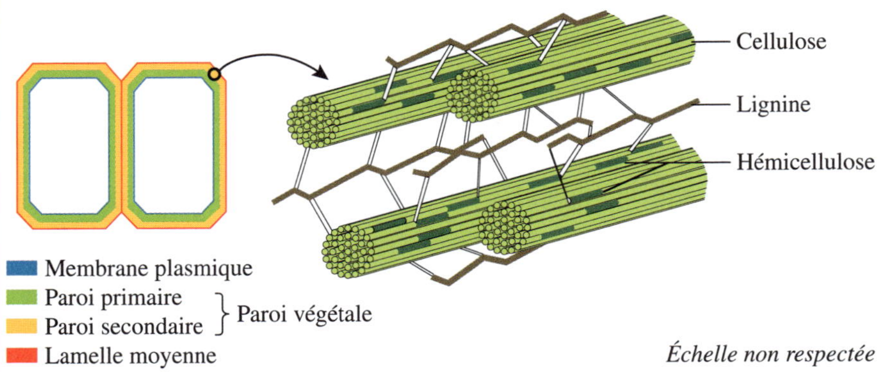

Figure 6 *Structure simplifiée de la paroi végétale secondaire*

■ Le **stockage de réserves** dans différents organes est effectué sous différentes formes : glucides (saccharose, amidon,…), protéines, lipides.

■ Le stockage de réserves peut permettre de résister aux conditions défavorables.

Ex. : La pomme de terre (tubercule) est l'organe du plant de pomme de terre qui passe l'hiver. Le tubercule stocke de l'amidon. Au printemps, cette réserve est utilisée permettant la croissance du nouveau plant de pomme de terre à partir du tubercule.

■ Le stockage de réserves joue aussi un rôle dans la reproduction sexuée.

Ex. : Le grain de blé contient des réserves sous forme de protéines. Ces réserves sont nécessaires à la germination de la graine et à la formation du nouveau plant de blé.

> **Remarque**
> Voir **chapitre 8**.

■ Les produits du métabolisme des sucres photosynthétiques jouent aussi un rôle dans les interactions avec d'autres espèces. Certains interviennent dans des **interactions mutualistes** tandis que d'autres interviennent dans des **interactions compétitives**.

Ex. : Les anthocyanes (pigments retrouvés dans les pétales notamment) permettent d'attirer les pollinisateurs (interaction mutualiste) tandis que les tanins permettent la défense contre les herbivores (interaction compétitive).

CARTE MENTALE

LA PRODUCTION DE MATIÈRE ORGANIQUE PAR LES PLANTES

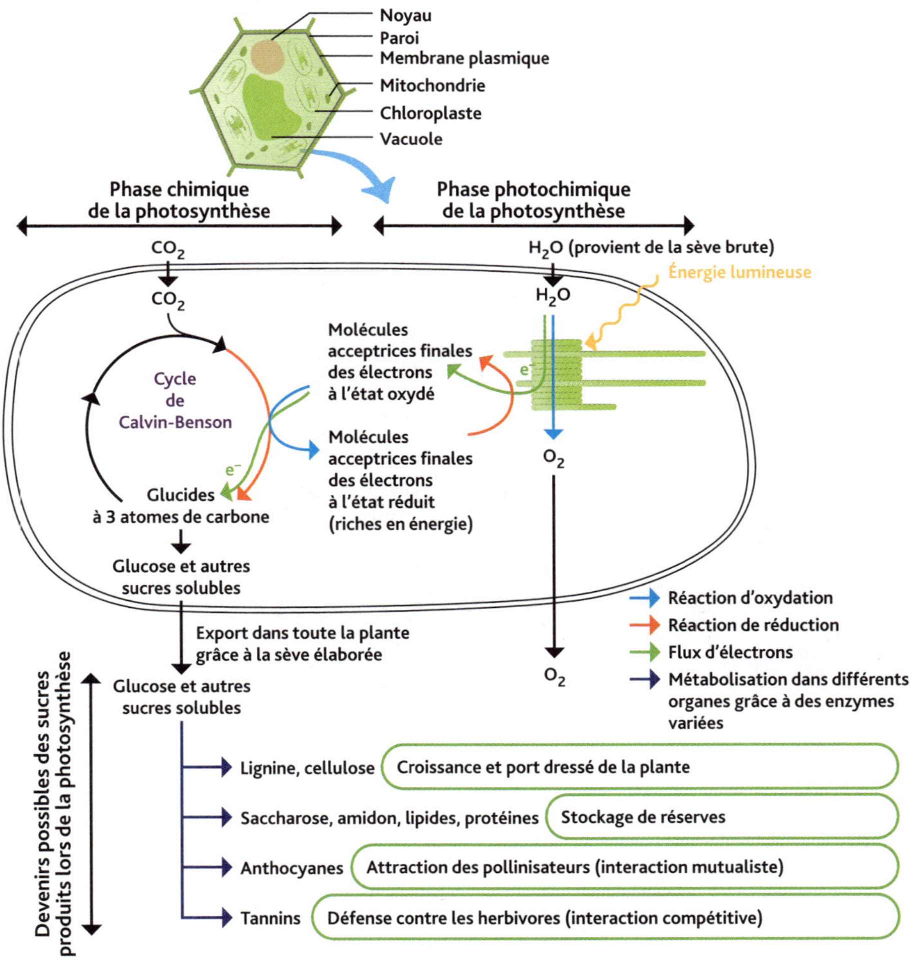

Exercice 2 : Pratique du raisonnement scientifique 1 h 45 8 points

Elysia chlorotica

Elysia chlorotica est un mollusque vivant le long de la côte atlantique nord-américaine. Dans son milieu naturel, il se nourrit presque exclusivement d'une seule espèce d'algue, *Vaucheria litorea*, qui n'est disponible que pendant une courte période. On constate que ceci lui suffit pour survivre, sans se nourrir, durant les 11 mois de sa vie.

À partir de l'exploitation des documents et de la mise en relation avec les connaissances, expliquer dans un premier temps le constat fait chez *Elysia chlorotica*. Dans un deuxième temps, déterminer la durée minimale d'alimentation nécessaire à *Elysia chlorotica* pour ensuite vivre et se développer sans manger.

Document 1 : *Elysia chlorotica* observée à différents stades de sa vie

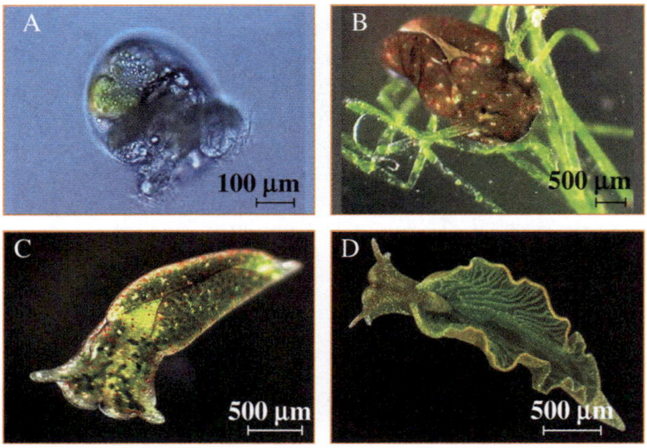

A : Larve
B et C : Jeunes limaces
D : Limace adulte

Document 2 : Électronographie d'une portion de cellule intestinale d'*Elysia chlorotica*

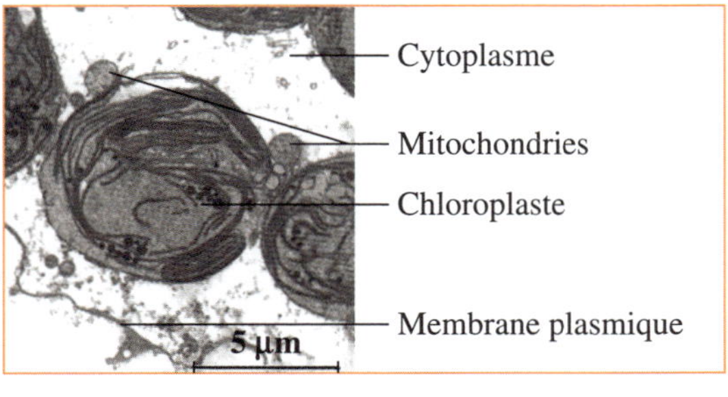

Document 3 : Échanges de dioxygène chez *Elysia chlorotica* adulte, en fonction de l'intensité lumineuse

Des chercheurs ont quantifié les échanges de dioxygène des individus adultes d'*Elysia chlorotica* (âgés de 6 à 7 mois) avec leur environnement, en fonction de l'intensité lumineuse à laquelle ont été soumis les animaux.

Le tableau indique les résultats obtenus :

	Intensité lumineuse (en % de l'intensité maximale)				
	100 %	**50 %**	**25 %**	**10 %**	**0 %**
Échanges d'O_2 (en µL d'O_2 par mg de chlorophylle et par heure)	+ 17	+ 12	+ 6	+ 0,5	– 7

« + » = dégagement de dioxygène
« – » = absorption de dioxygène

Source : acces.ens-lyon.fr/evolution

Document 4 : Cycle de vie d'*Elysia chlorotica*

À leur naissance, les jeunes limaces *Elysia chlorotica* sont brunes. Puis elles consomment l'algue *Vaucheria litorea* et leur corps change de couleur, virant progressivement au vert, couleur qu'elles garderont toute leur vie.

Parallèlement, un phénomène accompagne cette transformation : une fois ce repas terminé, elles peuvent rester plusieurs semaines, voire plusieurs mois, sans manger de nouveau.

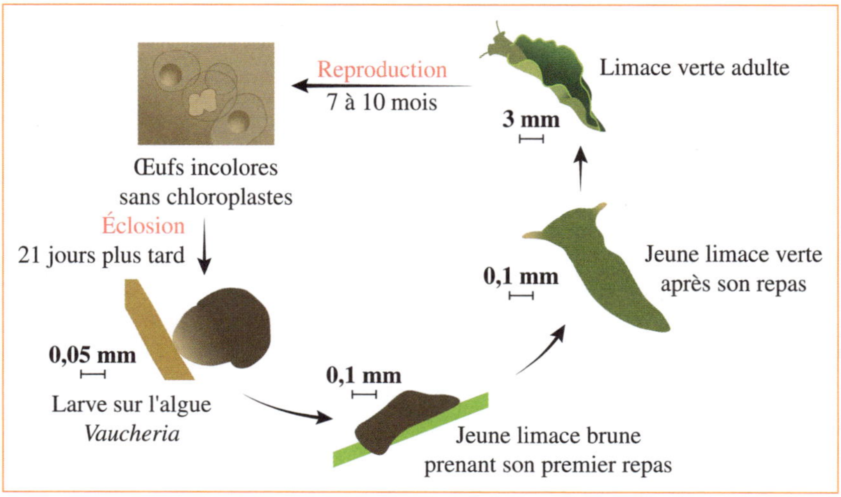

*Cycle de vie d'*Elysia chlorotica

Document 5 : Effet de la durée d'alimentation sur la croissance d'*Elysia chlorotica*

De jeunes larves *Elysia chlorotica* ont été nourries pour la première fois avec des algues (*Vaucheria litorea*) pendant une durée déterminée allant de 1 jour à 8 jours. Une période de jeûne de 14 jours suit la période d'alimentation.

On mesure le pourcentage de diminution de la longueur du mollusque après 14 jours de jeûne par comparaison avec des adultes ayant jeûné aussi 14 jours. Chez les adultes, on sait que l'association entre les chloroplastes et le mollusque est correctement établie.

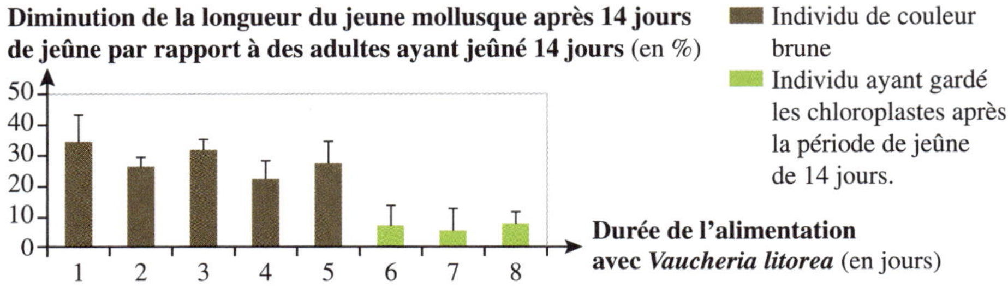

Source : Pelletreau et al., *2012*

Document 6 : Exemples représentatifs de croissance d'*Elysia chlorotica* en fonction de différentes conditions expérimentales

De jeunes *Elysia chlorotica* ont été nourries continuellement (situation contrôle), pendant 5 jours (situation 1) ou pendant 7 jours (situation 2) avec l'algue *Vaucheria litorea*.

	Jour 1	**Jour 5**	**Jour 7**	**Fin de l'expérience**
Situation contrôle **Prise de nourriture pendant 14 jours.**				*Jour 14*  *
Situation 1 **Prise de nourriture pendant 5 jours puis 14 jours de jeûne.**			Absence de données	*Jour 19* 
Situation 2 **Prise de nourriture pendant 7 jours puis 14 jours de jeûne.**		Absence de données		*Jour 21*  *

* *Morphologie semblable.*

La barre d'échelle mesure 100 µm.

Source : Pelletreau et al., *2012*

→ *Corrigé p. 313*

CORRIGÉ

Exercice 2 : Pratique du raisonnement scientifique → Énoncé p. 310

Elysia chlorotica est un mollusque capable de vivre les onze mois de sa vie sans se nourrir s'il s'est alimenté avec des algues disponibles pendant une courte période.

> **Méthode**
> Donner des **valeurs issues des documents** pour justifier les propos.

I – Comment expliquer ce fait étrange pour un animal ?

- Sur l'électronographie du document 2 on observe l'intérieur d'une cellule intestinale d'*Elysia chlorotica* où deux types d'organites sont présents : des mitochondries et des chloroplastes. Les mitochondries sont les organites responsables de la respiration cellulaire, aussi il n'est pas surprenant d'en observer ici. Les chloroplastes, par contre, sont les organites responsables de la photosynthèse : on les trouve habituellement chez les végétaux chlorophylliens, il est donc très étonnant de les retrouver chez un animal.
- Les résultats du document 3 montrent qu'il y a un dégagement d'O_2 par *Elysia chlorotica* en présence de lumière, le dégagement est d'autant plus important que l'intensité lumineuse est forte : il passe de 0,5 à 17 microlitres par milligramme de chlorophylle et par heure lorsque l'intensité lumineuse passe de 10 % à 100 % de l'intensité maximale. En l'absence de lumière, *Elysia chlorotica* absorbe 7 microlitres d'O_2 par milligramme de chlorophylle et par heure.
- Le dégagement d'O_2 en présence de lumière par le mollusque ne peut s'expliquer que par le fait que les chloroplastes contenus dans les cellules intestinales sont fonctionnels. Ces organites réalisent la photosynthèse selon l'équation-bilan simplifiée suivante : $6\ CO_2 + 6\ H_2O \rightarrow C_6H_{12}O_6 + 6\ O_2$. Leur présence permet donc de produire de la matière organique (sucres) nécessaire au développement du mollusque et à sa survie.
- Le cycle de vie d'*Elysia chlorotica* présenté dans le document 4 montre qu'à leur naissance, les jeunes limaces sont brunes. Leur corps change de couleur, virant progressivement au vert, dès lors qu'elles consomment l'algue *Vaucheria litorea*. La mise en lien de cette information avec l'observation du document 2 permet de déduire que le mollusque conserve les chloroplastes de l'algue lorsqu'il la consomme.

Pour conclure, *Elysia chlorotica* est capable de vivre les onze mois de sa vie sans se nourrir si elle a consommé l'algue *Vaucheria litorea* au début de sa vie. Le mollusque internalise à ce moment les chloroplastes de l'algue dans ses cellules intestinales. *Elysia chlorotica* utilise à son profit la photosynthèse : les chloroplastes produisent, à la

> **Méthode**
> Le développement est structuré en différents **paragraphes**, dont chacun développe un aspect du sujet de manière cohérente et argumentée.

lumière, les sucres nécessaires à sa croissance, lui évitant ainsi de manger. *Elysia chlorotica* est donc un mollusque photosynthétique.

II – Quelle est la durée minimale d'alimentation nécessaire à *Elysia chlorotica* pour ensuite vivre et se développer sans manger ?

- Le document 5 montre l'effet d'un jeûne de 14 jours sur la croissance de jeunes mollusques dont la durée d'alimentation avec l'algue a varié avant le jeûne.
  Pour une durée d'alimentation avec l'algue inférieure ou égale à 5 jours, il y a une diminution de la longueur des individus de l'ordre de 25 % en moyenne par rapport au groupe témoin (adultes ayant aussi jeûné 14 jours) tandis que cette diminution n'est que de l'ordre de 10 % quand la période d'alimentation dure de 6 à 8 jours. Par ailleurs, quand la durée d'alimentation avec l'algue est inférieure ou égale à 5 jours, le mollusque ne conserve pas les chloroplastes après la période de jeûne de 14 jours tandis qu'au-delà de 5 jours d'alimentation, le mollusque maintient les chloroplastes dans ses cellules. Il semble donc nécessaire qu'*Elysia chlorotica* se nourrisse pendant au moins 6 jours avec les algues pour vivre et se développer ensuite sans manger.
- La morphologie d'*Elysia chlorotica* en fonction de la durée d'alimentation avec l'algue est présentée dans le document 6. Après la période de jeûne, les jeunes mollusques nourris avec l'algue pendant 7 jours ont une morphologie normale (semblable aux témoins) ce qui n'est pas le cas des mollusques nourris avec l'algue pendant 5 jours. Cela corrobore les faits observés dans le document 5 : la durée minimale d'alimentation avec l'algue doit être supérieure à 5 jours.

Pour conclure, *Elysia chlorotica* doit se nourrir pendant au moins 6 jours d'algues pour ensuite vivre et se développer sans manger.

La reproduction des plantes à fleurs

CHAPITRE 8

Les plantes à fleurs sont appelées **Angiospermes**. Elles ont deux modalités de reproduction : **sexuée** (impliquant des **gamètes** mâles et femelles) et **asexuée**, qui leur permettent de se disséminer dans l'environnement, malgré leur fixation au sol par les racines.

1 Reproduction asexuée

■ Les capacités de reproduction asexuée et de croissance indéfinie des plantes sont exploitées depuis longtemps par les humains pour leurs cultures. Ainsi, la technique du bouturage consiste à obtenir une nouvelle plante à partir d'un fragment d'organe isolé (tige, feuille…).

Figure 1 *La technique du bouturage*

Une tige placée dans l'eau forme des racines, ce qui permet d'obtenir une nouvelle plante.

■ Certaines plantes, comme le fraisier, émettent des tiges à croissance horizontale, les stolons, capables de s'enraciner pour former un nouveau plant.

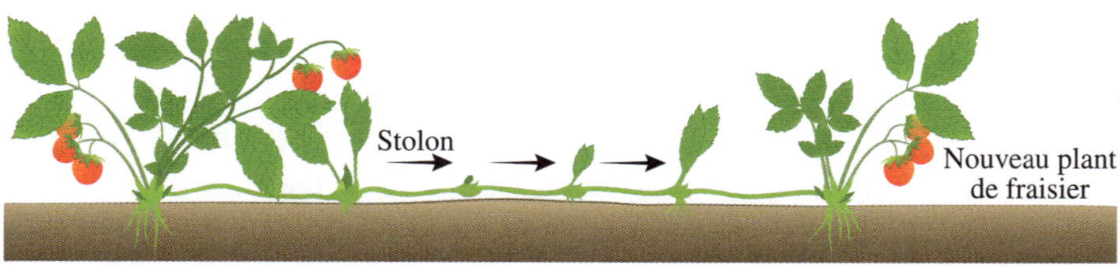

Figure 2 *La reproduction asexuée du fraisier grâce aux stolons*

■ Ces modes de reproduction asexuée montrent que les cellules végétales sont capables de se dédifférencier puis de se redifférencier ensuite en tous les types cellulaires. Cette propriété est appelée la **totipotence**.

2 Reproduction sexuée

A. Organisation de la fleur

■ Chez les Angiospermes, la reproduction sexuée est assurée par la **fleur**.
– Les gamètes femelles, ou **ovules**, sont contenus dans l'ovaire, faisant partie du **pistil**.
– Les gamètes mâles sont contenus dans les grains de **pollen**, produits par les **étamines**.

■ Lors de la **pollinisation**, les grains de pollen d'une fleur se déposent sur le stigmate d'une fleur de la même espèce. Chaque ovule peut ainsi être fécondé par un gamète mâle.

■ Les pétales et les sépales, qui forment les parties stériles de la fleur, peuvent présenter des caractéristiques variées (taille, forme, couleur…) et jouer un rôle important dans la fonction de reproduction, en particulier pour la collaboration avec des espèces animales.

Figure 3 *Coupe longitudinale dans une fleur*

B. Autofécondation

■ La fécondation des gamètes femelles par les gamètes mâles de la même fleur est appelée **autofécondation**. Elle est possible dans certains cas : elle permet ainsi la colonisation d'un milieu par reproduction sexuée, même en l'absence d'autres plantes de la même espèce dans l'environnement proche.

■ Chez de rares espèces, l'autofécondation est obligatoire. C'est par exemple le cas du blé, car la fécondation a lieu alors que les fleurs ne sont pas ouvertes.

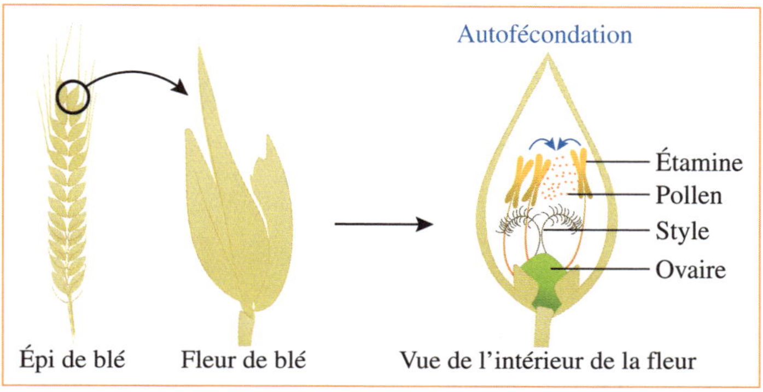

Figure 4 *Autofécondation chez le blé*
Un épi de blé est formé de nombreuses fleurs.

■ Cependant, l'autofécondation limite les possibilités de **brassage génétique** *(voir chapitre 1).*

C. Fécondation croisée

■ Divers **mécanismes d'incompatibilité**, favorisant la **fécondation croisée** entre individus différents, ont été sélectionnés au cours de l'évolution. Ils peuvent être :
– **génétiques** (pas de fécondation possible si le grain de pollen est génétiquement similaire aux cellules de l'ovaire) ;
– **anatomiques** (séparation des parties mâles et femelles) ;
– **temporels** (maturité différée de l'ovaire et des étamines).

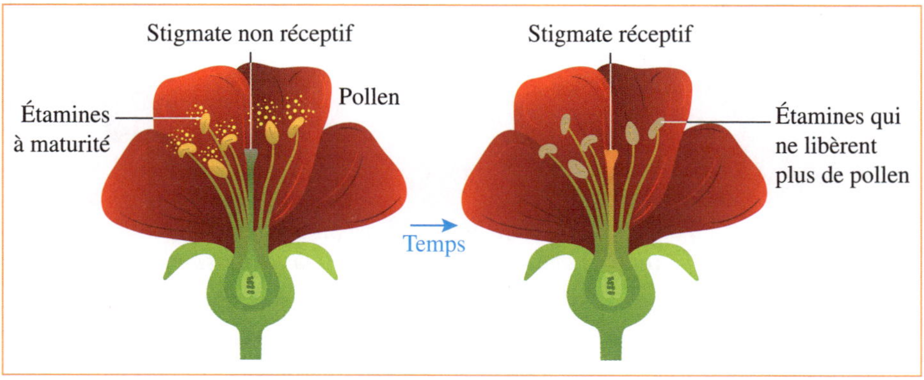

Figure 5 *Exemple de mécanisme empêchant l'autofécondation*
La maturité différée des organes mâles et femelles dans une même fleur favorise la fécondation croisée.

■ Certaines fleurs ou plantes sont **unisexuées** : elles ne portent que des organes mâles ou femelles. L'autofécondation est donc impossible.

■ La fécondation croisée implique la mobilité du pollen et donc son transport par un vecteur. Chez certaines espèces, comme les céréales, le pollen est transporté par le vent, mais pour 90 % des plantes à fleurs, les vecteurs sont des animaux **pollinisateurs**, principalement des insectes.

Figure 6 *La fécondation croisée implique le transport du pollen*

■ Les espèces dont le pollen est transporté par le vent en produisent des quantités massives. Leurs fleurs sont de petite taille et peu colorées, leurs stigmates peuvent être longs et plumeux, ce qui maximise les chances d'intercepter des grains de pollen, qui sont eux de petite taille (en moyenne 30 µm) et légers.

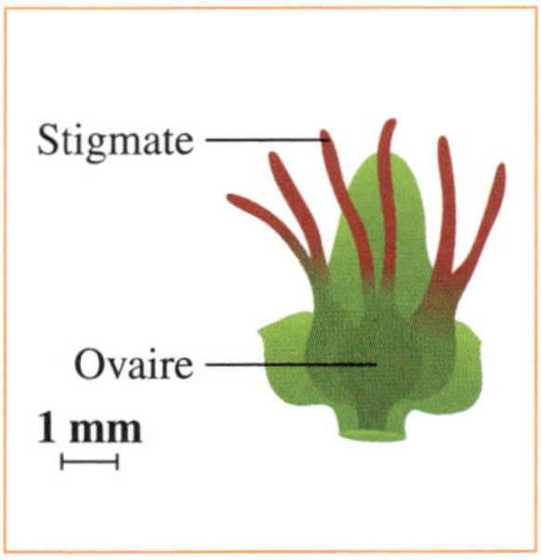

Figure 7 *Chatons de bouleau portant les fleurs et dessin d'une écaille de chaton de bouleau portant trois fleurs femelles*

■ Les espèces dont la pollinisation repose sur une **collaboration avec une espèce animale** présentent des fleurs aux caractéristiques particulières : grands pétales blancs ou colorés (par des pigments comme les anthocyanes), odeur et nectar sucré qui attirent les pollinisateurs.

Lorsque l'animal se nourrit, tout en participant à la reproduction de l'espèce végétale, on peut qualifier l'interaction de **mutualiste** car les bénéfices sont réciproques.

Ex. : L'organisation de la fleur de sauge favorise la pollinisation par les insectes tout en empêchant l'autofécondation. Le pollen ne peut pas atteindre directement le stigmate de la même fleur, mais s'accroche à l'insecte venu se nourrir de nectar, grâce au basculement des étamines. L'insecte dépose ensuite le pollen sur le stigmate d'une autre fleur de la même espèce.

Figure 8 *Une inflorescence de sauge*

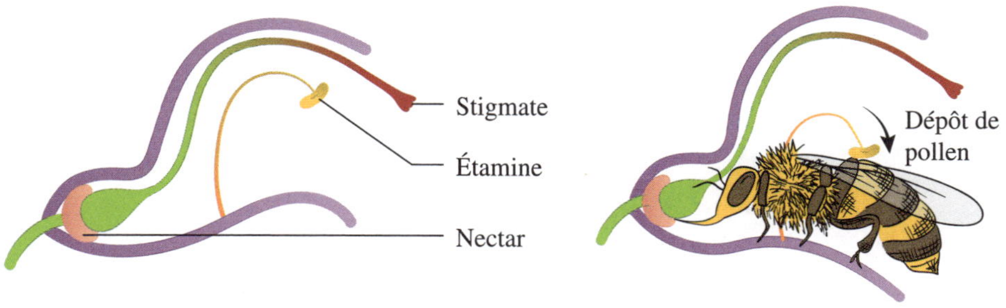

Figure 9 *Collaboration entre la fleur de sauge et son pollinisateur*

■ Certaines espèces d'orchidées présentent la forme, les motifs, la texture, voire l'odeur, caractéristiques de la femelle de leur pollinisateur. Le mâle de cette espèce peut alors être leurré et tenter de se reproduire tout en se couvrant de pollen au passage. Le mâle dépose ensuite ce pollen sur le pistil d'une autre fleur.

Figure 10 *Orchidée du genre Ophrys et abeille pollinisatrice*

■ L'adaptation très spécifique d'une fleur avec son pollinisateur montre que l'évolution des deux espèces s'est faite conjointement : on parle de **coévolution**.

D. De la fleur au fruit

■ Le grain de pollen déposé sur le stigmate émet un tube permettant au gamète mâle d'atteindre l'ovule pour le féconder. À l'issue de la fécondation, chaque ovule se transforme en graine et l'ovaire se transforme en **fruit**.

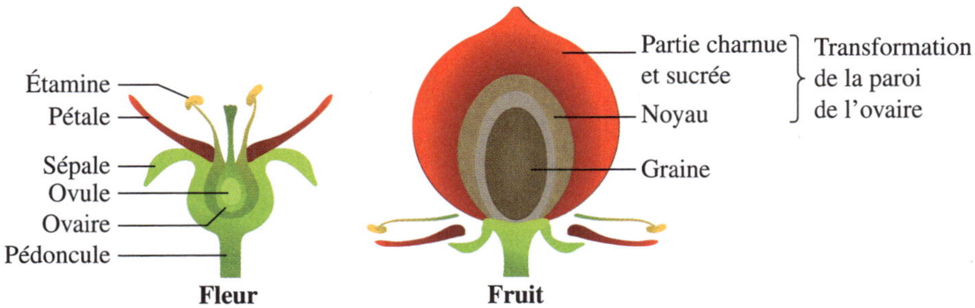

Figure 11 *De la fleur au fruit, l'exemple de la cerise*

■ Une **graine** contient l'**embryon** d'une future plante, qu'elle protège par une enveloppe résistante. Après une certaine durée de vie ralentie, dans un état de déshydratation permettant sa longue conservation, la graine peut entrer en **germination** si les conditions sont favorables (teneur en eau suffisante, température adéquate). L'embryon se développe alors en utilisant les molécules de réserve préalablement accumulées (amidon, lipides, protéines) *(voir chapitre 7)*.

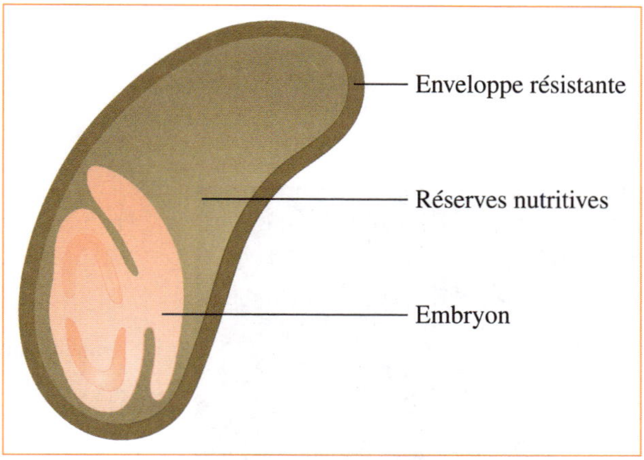

Figure 12 *Coupe longitudinale dans un grain de blé*

Figure 13 *Premières étapes de la germination d'une graine de courge*

E. Dispersion des graines

■ Une espèce d'Angiosperme peut étendre sa zone de répartition géographique, et coloniser de nouveaux milieux, à la condition que ses graines soient disséminées à distance du lieu de formation du fruit. Ainsi, les fruits et/ou les graines peuvent être transportés sur de plus ou moins longues distances et de différentes manières :
– transport par des agents physiques (vent, eau) ;
– transport par des animaux disperseurs (**interaction mutualiste** ou transport passif).

■ Différentes adaptations des fruits et des graines, permettant leur transport, ont été sélectionnées au cours de l'évolution.

Ex. : Chez le pissenlit, dont les petites fleurs sont regroupées en inflorescence, chaque ovaire se transforme en un fruit sec contenant une seule graine, surmonté d'une structure en forme de parapluie, issue de la transformation du stigmate. Cette adaptation favorise la dissémination par le vent.

Stigmate transformé

Fruit sec contenant une graine

Les fruits du pissenlit sont adaptés à la dissémination par le vent.

Figure 14 *Fruit du pissenlit*

Ex. : Les fruits de la bardane sont munis de crochets et s'accrochent facilement au pelage des animaux, qui peuvent les transporter involontairement sur de longues distances.

Figure 15 *Fruits de la bardane*

■ De nombreux fruits, charnus et riches en ressources nutritives, attirent les animaux qui les consomment, grâce à des couleurs ou odeurs. Une fois le fruit avalé, les graines résistent à la digestion et sont évacuées dans les excréments, parfois très loin du lieu de consommation. Certaines graines très dures ont même besoin d'être soumises à la digestion par un animal pour pouvoir germer.

Figure 16 *Oiseau consommant le fruit d'une variété de pommier*

■ Ainsi, l'interdépendance entre certaines plantes à fleurs et certains animaux, pour la dissémination et la germination des graines, montre une **coévolution** entre espèce végétale et animal disperseur.

CARTE MENTALE

LA REPRODUCTION DES PLANTES À FLEURS

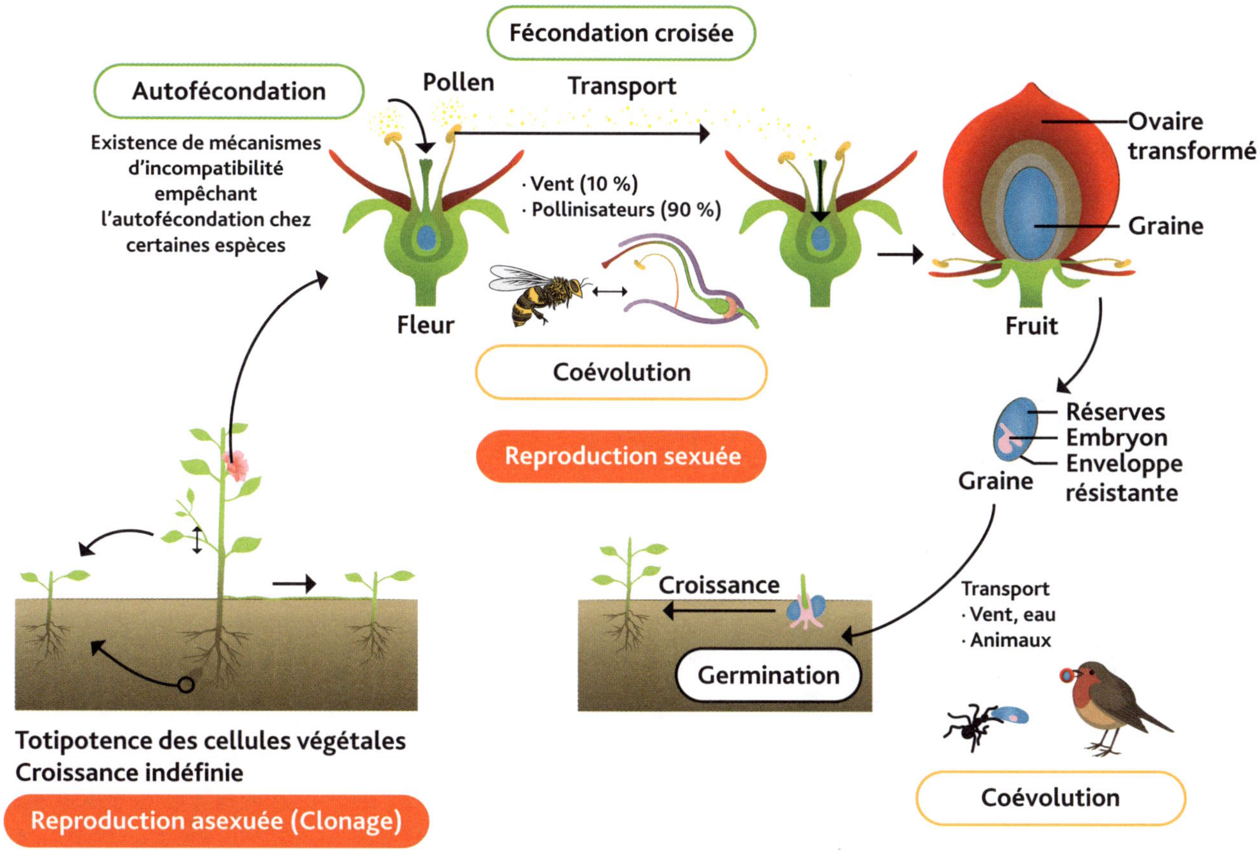

SUJET DU BAC

Exercice 1 : Maîtrise des connaissances 1 h 30 7 points

La reproduction des Angiospermes

Expliquer comment l'organisation et le fonctionnement de la fleur d'Angiosperme, ainsi que la collaboration avec d'autres espèces, permettent de répondre aux contraintes de la vie fixée concernant la reproduction sexuée entre individus génétiquement différents.

On se limitera à l'étude des processus jusqu'à la fécondation. Formation et dispersion des graines et fruits sont exclues du sujet.

L'exposé devra comporter une introduction, un développement structuré, une conclusion et sera illustré par des schémas.

Méthode

Il n'y a pas une seule bonne manière de répondre à une question de synthèse. Un certain nombre de notions sont cependant attendues.

- Commencer par **surligner les mots-clés** du sujet.
- La **structure de l'énoncé** peut suggérer une organisation de la synthèse.
- **Écrire** ensuite, sur un brouillon, **toutes les notions et les schémas essentiels** qui viennent à l'esprit en rapport avec les mots-clés du sujet.
- Essayer enfin de lier ces notions entre elles et de **les regrouper de manière logique pour organiser les idées** en différentes parties qui formeront une synthèse structurée.
- Vérifier au cours de la rédaction de n'oublier aucun point important.
- **Réserver du temps à la réalisation des schémas**, qui doivent être clairs, soignés, titrés et légendés. Ne pas hésiter à utiliser des flèches et des couleurs.

→ Corrigé p. 326

CORRIGÉ

Exercice 1 : Maîtrise des connaissances → Énoncé p. 325

Méthode

Proposition de **plan** à partir des idées clés de l'énoncé.

Introduction : les contraintes de la vie fixée.
I – L'organisation et le fonctionnement de la fleur permettent **la reproduction sexuée.**
II – Les mécanismes empêchant l'autofécondation permettent la reproduction d'**individus génétiquement différents.**
III – La collaboration avec d'autres espèces : la coévolution plante à fleur / animal pollinisateur.

Méthode

Il est important de soigner les **schémas**. Ceux-ci doivent être assez grands et en couleurs. Ils doivent comporter un titre précis et des annotations.

Les plantes sont ancrées dans le sol par leurs racines : elles ont un mode de vie fixé. Contrairement aux animaux, elles ne peuvent pas se déplacer à la recherche d'un partenaire pour la reproduction sexuée (réunion de gamètes mâles et femelles). Des modes de reproduction asexuée existent, mais ils ne permettent pas de maintenir une variabilité génétique. Nous allons montrer dans un premier temps comment la fleur d'Angiosperme (plante à fleur) est organisée et quelles adaptations permettent la rencontre de gamètes entre des partenaires éloignés et génétiquement différents, assurant un brassage génétique à chaque génération. Nous nous pencherons ensuite sur la collaboration avec des espèces animales pour la pollinisation.

I – L'organisation et le fonctionnement de la fleur d'Angiosperme

Une fleur d'Angiosperme en coupe longitudinale

Chez les Angiospermes, la fleur porte les organes reproducteurs qui produisent les gamètes :

– le pistil comporte l'ovaire qui contient les ovules : les gamètes femelles restent associés à la plante fixée ;
– les étamines produisent et libèrent le pollen au niveau des anthères : les gamètes mâles sont mobiles.

Pour que la fécondation puisse se réaliser entre des individus éloignés, le pollen doit ainsi être transporté d'une fleur à l'autre, grâce à un animal pollinisateur ou par le vent. Les grains de pollen peuvent être de taille variable selon les espèces, et plus ou moins légers, lisses, rugueux ou collants, adaptés au mode de pollinisation.

La fécondation ne pourra avoir lieu que si les grains de pollen d'une fleur se déposent sur le stigmate d'une autre fleur de la même espèce.

II – Des mécanismes empêchant l'autofécondation

Certaines fleurs ou plantes sont unisexuées, c'est-à-dire ne portent que des organes reproducteurs mâles ou femelles. Elles ne peuvent donc pas s'autoféconder.

Pour toutes les autres plantes, il pourrait être possible que le pollen féconde le pistil de la fleur dont il est issu. Si cette possibilité d'autofécondation peut être avantageuse dans certains cas, elle ne permet pas d'assurer le brassage génétique à chaque génération et pourrait mener à une uniformisation génétique.

Différents mécanismes tendent à empêcher l'autofécondation :

– les parties mâles et femelles d'une même fleur ou plante peuvent ne pas arriver à maturité en même temps ;

Conseil

Un **schéma** clair et bien légendé peut souvent remplacer avantageusement une explication compliquée.

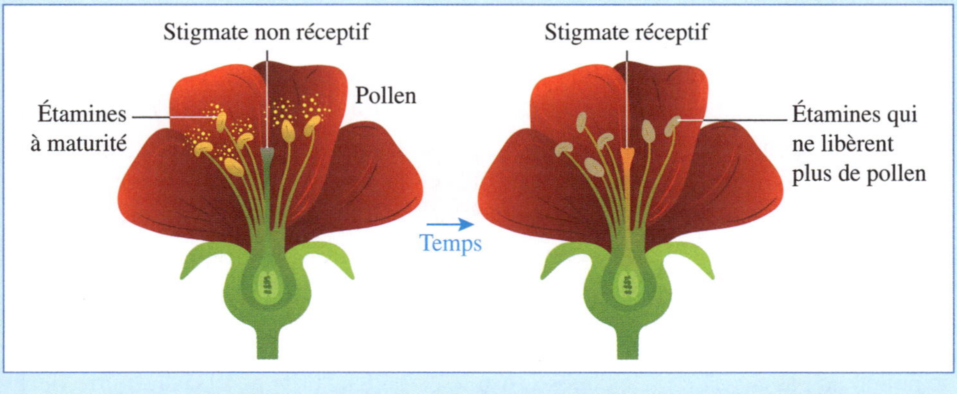

Décalage de maturité entre les parties mâles et femelles d'une fleur

– les parties mâles et femelles peuvent être anatomiquement séparées (cela peut être en lien avec la pollinisation par un insecte) ;

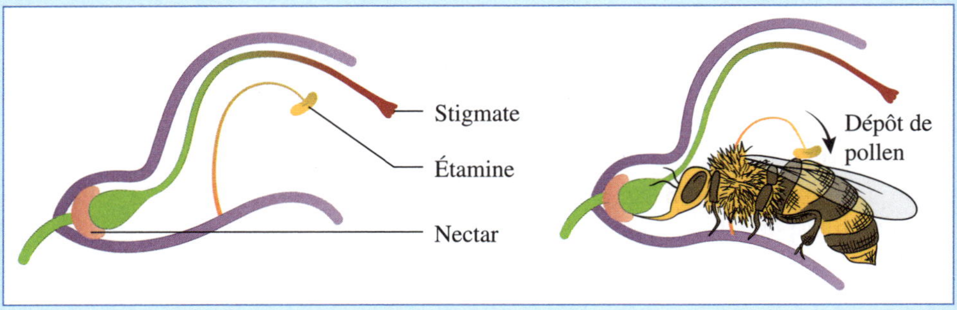

Exemple de la fleur de sauge pollinisée par une abeille

– la fécondation peut être impossible si le grain de pollen est génétiquement similaire aux cellules de l'ovaire (incompatibilité génétique).

Ainsi, la fécondation croisée, entre individus génétiquement différents, est favorisée.

III – Une collaboration avec des pollinisateurs

La fécondation croisée nécessite le transport du pollen entre les fleurs qui se reproduisent. Le transport par le vent implique une production massive de pollen avec des chances faibles pour que celui-ci puisse se fixer sur les stigmates de fleurs de la même espèce.

Pour la majorité des espèces, des animaux jouent le rôle de vecteur du pollen. Ce sont souvent des insectes (abeilles, papillons…) mais aussi parfois des oiseaux (exemple des colibris) ou même des chauves-souris (cas de la pollinisation du baobab).

Conseil

Retenir quelques exemples précis peut être utile pour étayer son argumentation et montrer sa culture scientifique.

Souvent, les animaux assurent cette fonction de pollinisateur tout en se nourrissant d'un nectar sucré produit par la fleur. L'interaction entre l'espèce végétale et l'espèce animale peut alors être qualifiée de mutualiste, c'est-à-dire à bénéfices réciproques.

Les animaux peuvent également être attirés par des odeurs particulières. Les pétales et les sépales, qui forment les parties stériles de la fleur, peuvent aussi jouer un rôle important en présentant des caractéristiques variées (taille, forme, couleur…).

Ainsi, les larges pétales blancs ou vivement colorés attirent un ensemble de pollinisateurs, mais certaines espèces de fleurs (orchidées) présentent la forme, les motifs, la texture voire même l'odeur caractéristiques de la femelle de leur pollinisateur. Le mâle de cette espèce peut alors être leurré et tenter de se reproduire… tout en se couvrant de pollen au passage. Le mâle dépose ensuite ce pollen sur le pistil d'une autre fleur.

D'autres orchidées contiennent du nectar au fond d'un long tube qui peut atteindre 30 cm. Le pollinisateur de ces espèces est un papillon à très longue trompe, le seul à pouvoir atteindre le fond du tube nectarifère.

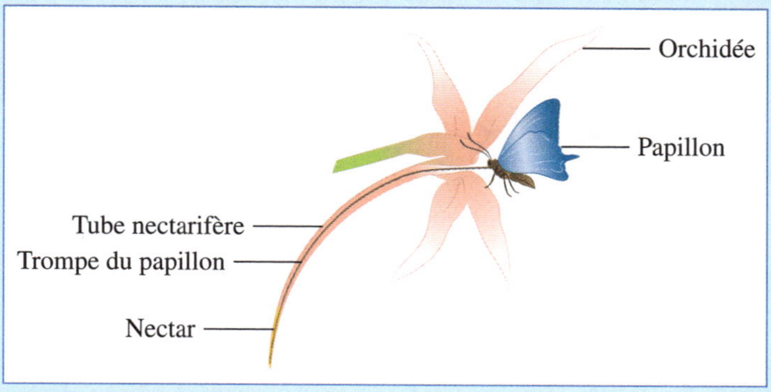

Papillon pollinisateur se nourrissant du nectar d'une orchidée

Ainsi, l'association entre une fleur et son pollinisateur peut être si étroite, voire exclusive, qu'elle permet de mettre en évidence une coévolution, c'est-à-dire une évolution conjointe au cours du temps entre les deux espèces.

En conclusion, ces adaptations de l'organisation et du fonctionnement de la fleur d'Angiosperme, en particulier liées à la coévolution avec des animaux pollinisateurs, permettent la reproduction sexuée de plantes génétiquement différentes, appartenant à la même espèce. Ces adaptations permettent notamment le transport du pollen entre des individus éloignés, palliant ainsi aux contraintes de la vie fixée.

Cependant, la collaboration exclusive entre une espèce de fleur et son pollinisateur les rend interdépendants et vulnérables aux changements de leur environnement : l'extinction de l'un risque d'entraîner l'extinction de l'autre. C'est ainsi que la disparition de certains insectes, ou l'importation d'espèces végétales dans un autre milieu, peut amener les humains à polliniser eux-mêmes certaines plantes cultivées (exemple : la vanille à Madagascar).

CHAPITRE 9

Comprendre les variations climatiques passées

Depuis 150 ans, le climat planétaire présente un réchauffement d'environ 1 °C. Celui-ci est corrélé à la perturbation du cycle du carbone par l'émission de gaz à effet de serre liée aux activités humaines.

> **Remarque**
> Ce chapitre fait appel aux connaissances de l'enseignement scientifique de Première et de Terminale.
> Se référer à l'**échelle internationale des temps géologiques** dans le chapitre 4 p. 272.

D'autres variations climatiques ont eu lieu au cours des temps géologiques : leur connaissance et leur compréhension permettent d'appréhender les enjeux climatiques actuels.

1 Variations climatiques récentes du Quaternaire

A. L'enregistrement des variations climatiques

Indices sédimentaires

■ Des **moraines** datées du Quaternaire (– 2,58 Ma à l'actuel) sont observées par exemple en France. Elles correspondent au relief formé par des amas de débris rocheux transportés par un glacier et témoignent d'un climat froid.

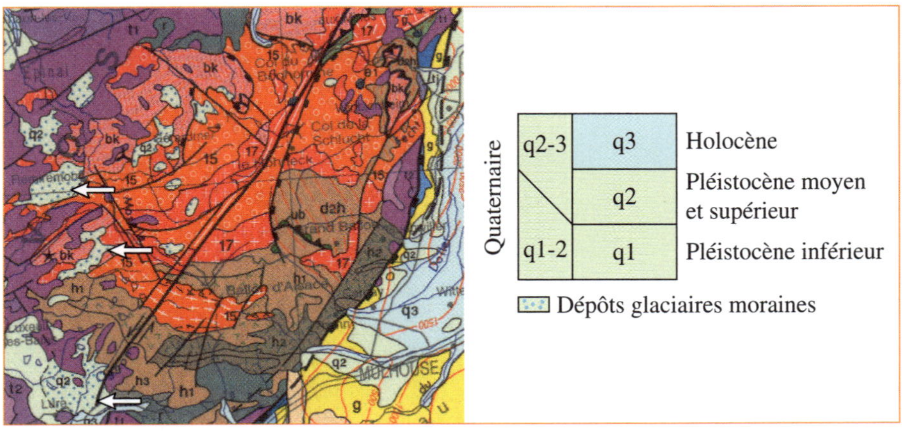

Figure 1 *Moraines quaternaires sur la carte géologique de France (1/10⁶)*

Indices isotopiques

■ Différents isotopes de l'oxygène existent dont notamment le ^{18}O et le ^{16}O (isotope majoritaire). Ils présentent une différence de comportement en raison de leur différence de masse, en fonction de la température : on parle de fractionnement isotopique.

Rappel
Deux **isotopes** d'un élément chimique ne diffèrent que par leur nombre de **neutrons.**

■ L'analyse des variations du rapport $^{18}O/^{16}O$, caractérisées par le $\delta^{18}O$ dans les carbonates des sédiments océaniques ou dans les glaces, renseigne sur les variations de température.

Variations du $\delta^{18}O$ dans les glaces et dans les carbonates

	Dans les glaces	Dans les carbonates des sédiments océaniques
Augmentation de la température	↗ $\delta^{18}O$	↘ $\delta^{18}O$
Diminution de la température	↘ $\delta^{18}O$	↗ $\delta^{18}O$

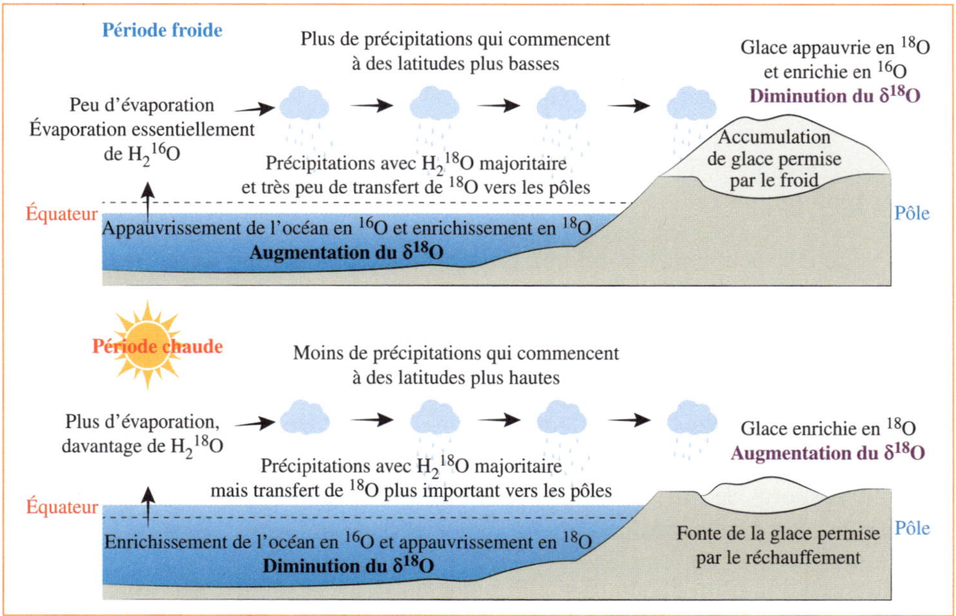

Figure 2 *Fractionnement isotopique de l'oxygène*

Remarque

L'**évaporation du ^{18}O** nécessite plus d'énergie (donc plus de chaleur) car il est « plus » lourd que l'^{16}O mais l'^{18}O « tombe » plus facilement lors des précipitations.

Définition

$$\delta^{18}O = \left[\frac{\left(\frac{^{18}O}{^{16}O}\right)_{\text{échantillon}} - \left(\frac{^{18}O}{^{16}O}\right)_{\text{référence}}}{\left(\frac{^{18}O}{^{16}O}\right)_{\text{référence}}} \right] \times 1000$$

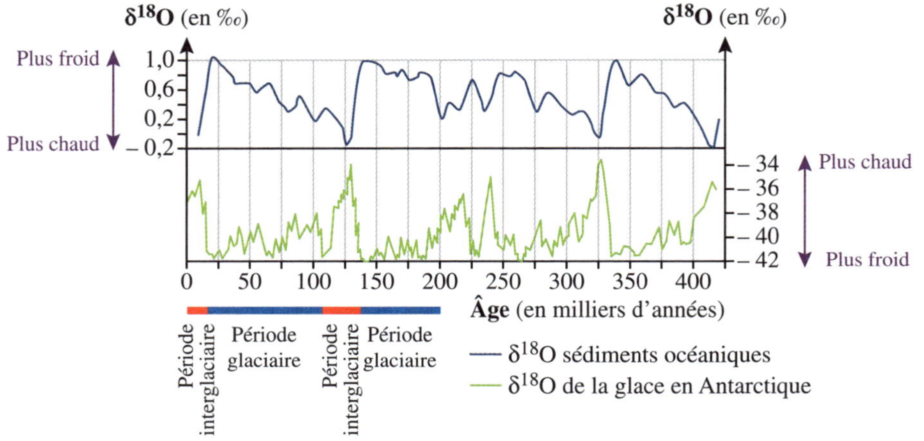

Figure 3 *Variations opposées du $\delta^{18}O$ dans les océans et la glace en Antarctique et interprétation*

Indices biologiques

■ Les végétaux peuplent les milieux continentaux en fonction de leurs exigences climatiques. Lors des périodes de reproduction, ils produisent du **pollen** (cas des Angiospermes et des pins) ou des **spores** (cas des mousses et fougères).

■ Pollens et spores peuvent être piégés et conservés dans des **tourbières** (dépressions humides dans lesquelles s'accumulent des restes de mousses à l'origine de la tourbe). Il est alors possible de construire des **diagrammes polliniques** représentant l'abondance des pollens/spores de différentes espèces au cours du temps : il est alors possible de déterminer la ou les espèces majoritaires à une période donnée.

■ L'interprétation d'un diagramme pollinique en terme de climat nécessite l'utilisation du **principe d'actualisme** : on suppose que les espèces passées ont les mêmes exigences écologiques que des espèces actuelles qui leur sont apparentées.

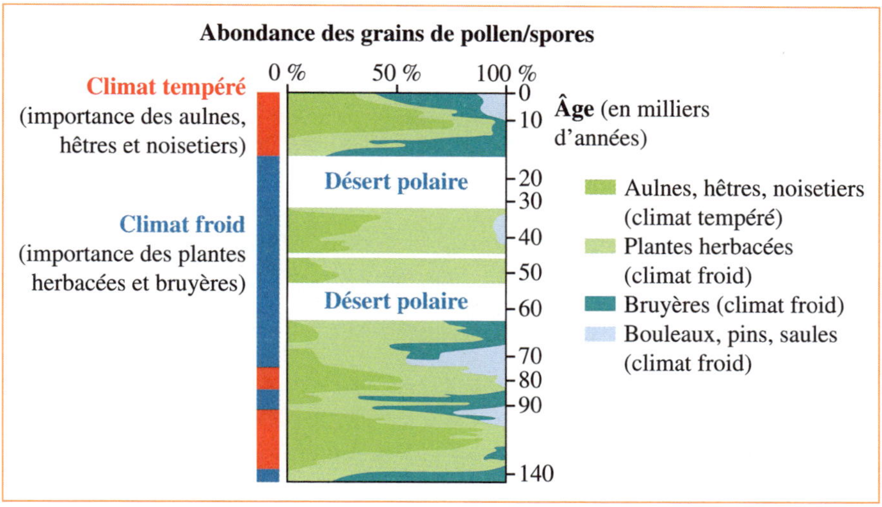

Figure 4 *Diagramme pollinique en Europe du Nord et interprétation*

Alternance de périodes glaciaires et interglaciaires

■ Les différents indices font apparaître une alternance de **périodes glaciaires** (vaste extension des calottes glaciaires) et **interglaciaires** (faible extension des calottes glaciaires) durant les 800 000 dernières années.

Ex. : La période s'étendant entre – 120 000 et – 11 000 ans est une période glaciaire, c'est-à-dire d'une période de temps où la baisse planétaire des températures conduit à une vaste extension des calottes glaciaires tandis que la période qui s'étend de – 11 000 à l'époque actuelle est une période interglaciaire.

B. Origine des variations climatiques

■ La quantité d'énergie solaire reçue par la Terre dépend de trois paramètres orbitaux nommés **paramètres de Milanković** :
- l'**excentricité** : mesure de la différence entre l'ellipse de l'orbite de la Terre et un cercle ;
- l'**obliquité** : angle entre l'axe de rotation de la Terre et le plan de l'orbite terrestre ;
- la **précession des équinoxes** : mouvement très lent de rotation de l'axe de la Terre, elle-même en rotation.

■ Ces paramètres varient selon des cycles, nommés cycles de Milanković, avec chacun leur propre périodicité.

■ Les variations de température déterminés grâce aux rapports isotopiques montrent des variations cycliques coïncidant avec des **variations périodiques des paramètres orbitaux de la Terre**.

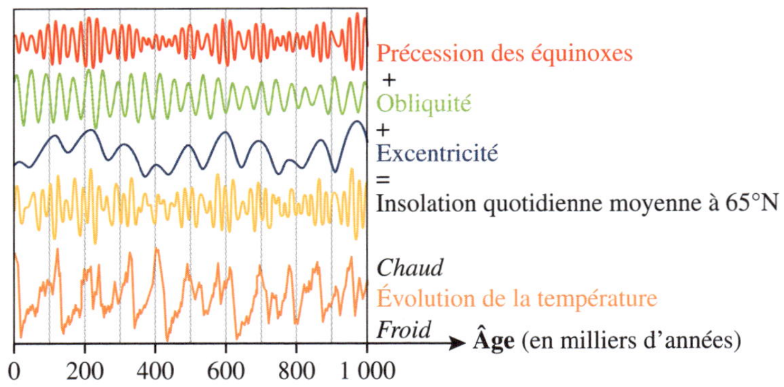

Figure 5 *Variation de la température et variations des paramètres orbitaux sur 1 million d'années*

■ Ces variations ont modifié la puissance solaire reçue et ont été accompagnées de boucles de **rétroactions** positives et négatives (variation de l'**albédo** en fonction des surfaces glacées, variation de solubilité du CO_2 dans les océans en fonction de la température) : la combinaison de ces phénomènes est à l'origine des entrées et des sorties de glaciation.

Remarque

Le CO_2 est d'autant plus soluble dans l'eau que la température de cette dernière est faible.

2 Refroidissement global depuis 30 millions d'années

■ Globalement, à l'échelle du Cénozoïque, et depuis 30 millions d'années, les indices isotopiques des sédiments marins montrent une tendance générale à la baisse de la température moyenne du globe.

■ Ce refroidissement s'explique en partie par une baisse de la concentration atmosphérique de CO_2 en relation avec l'altération des matériaux continentaux, notamment à la suite des **orogénèses** du Cénozoïque (formation des Alpes et de l'Himalaya notamment).

Ex. : L'altération des feldspaths plagioclases (un des minéraux composant le granite) nécessite plus de CO_2 qu'elle n'en produit.

Le transport et le dépôt des produits de l'altération des matériaux continentaux conduit donc à un stockage de CO_2 sous forme de carbonates dans les océans. Or, le CO_2 est un gaz à **effet de serre**. Cela contribue à diminuer l'effet de serre et donc la température.

Altération d'un feldspath plagioclase

$$CaAl_2Si_2O_8 \text{ (feldspath plagioclase)} + 2\ CO_2 + 3\ H_2O$$
$$\downarrow$$
$$Ca^{2+} + 2\ HCO_3^- + Si_2O_5Al_2(OH)_4 \text{ (argile)}$$
(transport des produits de l'altération dans les océans)

Précipitation des carbonates dans les océans

$$Ca^{2+} + 2\ HCO_3^- \rightarrow CaCO_3 \text{ (calcaire)} + CO_2 + H_2O$$

Bilan net

1 CO_2 stocké

Figure 6 *Altération de la croûte continentale et stockage de CO_2*

■ De plus, la variation de la position des continents par la tectonique des plaques a modifié la circulation océanique favorisant la mise en place du refroidissement.

Ex. : Vers 34 Ma, l'Antarctique n'est plus relié à l'Amérique du Sud : un courant autour de l'Antarctique se met en place et ce continent n'est alors plus réchauffé par les eaux chaudes venant de l'équateur. Ceci contribue à la mise en glace de l'Antactique.

3 Une période chaude au Crétacé

■ Au Mésozoïque, pendant le Crétacé (– 135 à – 65 Ma), les indices sédimentaires et paléontologiques montrent une tendance à une hausse de température.

Ex. : On observe des évaporites (roches sédimentaires se formant par évaporation) et des fossiles crocodiliens jusqu'à 60° de latitude Nord (latitude actuelle de Stockholm).

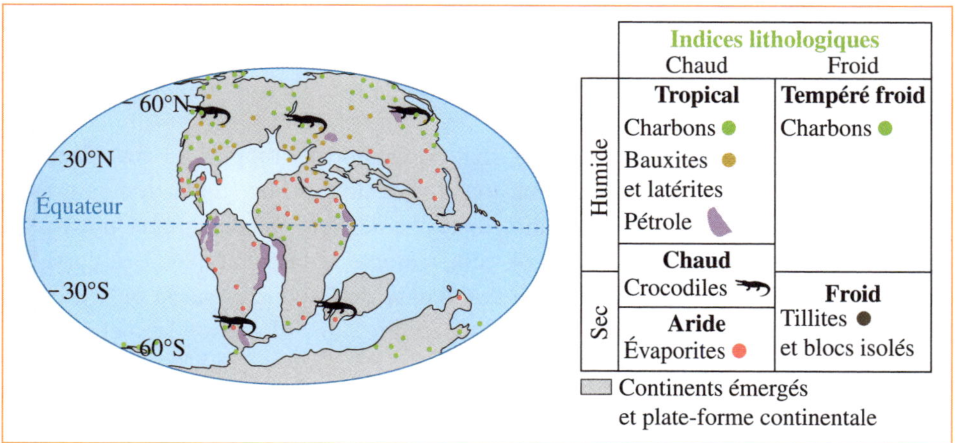

Figure 7 *Carte des indices climatiques au Crétacé*

■ Au cours du Crétacé, l'activité des dorsales augmente : il y a alors une forte production de magma au niveau des dorsales entraînant une forte augmentation des émissions de CO_2. Autrement dit, la géodynamique terrestre interne semble principalement responsable de cette augmentation de température.

4 Une glaciation au Carbonifère-Permien

■ Au Paléozoïque, des indices paléontologiques et sédimentaires, corrélés à l'échelle planétaire et tenant compte de la tectonique des plaques (la position actuelle des continents n'est pas la même que celle au Paléozoïque), révèlent une importante glaciation au Carbonifère-Permien (aux alentours de – 300 Ma).

Ex. : On observe des tillites jusqu'à environ 30° de latitude sud (latitude actuelle de Johannesburg, Afrique du Sud). Les tillites sont des roches formées par l'accumulation et la compaction des produits de l'érosion glaciaire des continents, au niveau des moraines.

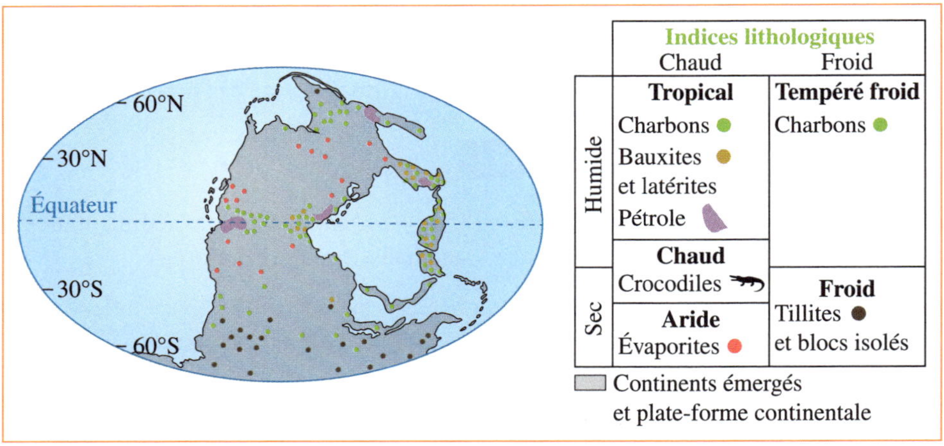

Figure 8 *Carte des indices climatiques au Carbonifère-Permien*

■ Au début du Carbonifère, le climat global est chaud (par rapport à l'actuel) et il y a une séquestration massive de carbone sous forme de charbon (formation de grands gisements carbonés). De plus, l'altération de la chaîne hercynienne entraîne une baisse de la quantité de CO_2 (voir *figure 6*). À cela, s'ajoute la faible activité des dorsales. L'ensemble de ces éléments conduit à une baisse de la concentration en CO_2 dans l'atmosphère et donc à une baisse de la température : une glaciation se met alors en place à la limite Carbonifère-Permien.

LA COMPRÉHENSION DES VARIATIONS CLIMATIQUES DU PASSÉ

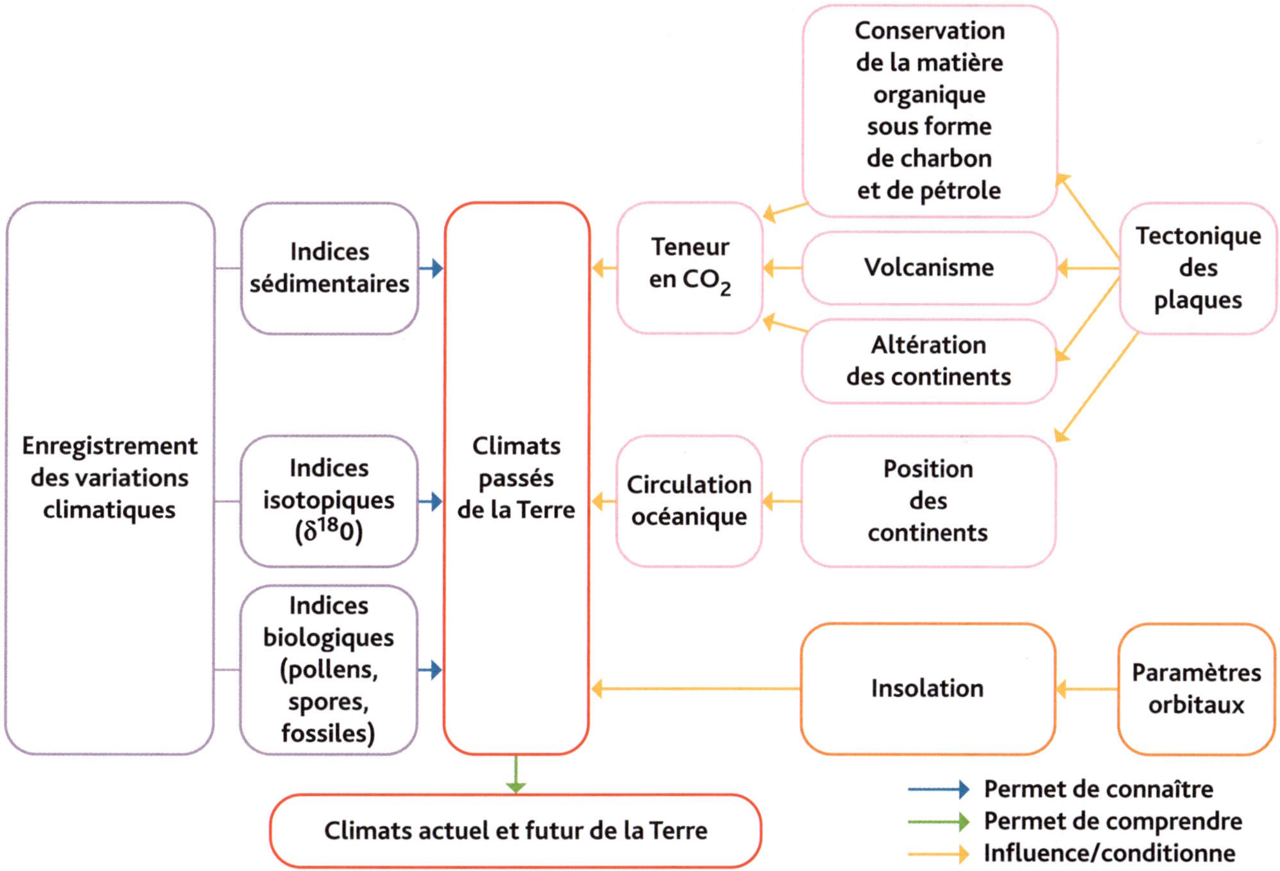

SUJET DU BAC

Exercice 2 : Pratique du raisonnement scientifique — 1 h 45 — 8 points

La disparition des mammouths laineux

Le mammouth laineux (*Mammuthus primigenius*) est une espèce fossile proche des éléphants actuels. Il y a quelques dizaines de milliers d'années, il occupait encore une large partie de l'Eurasie et de l'Amérique du Nord. Mais, il y a environ 10 000 ans, presque toutes ses populations ont disparu.

À l'aide de l'exploitation des documents proposés et des connaissances, montrer que la disparition des mammouths laineux pourrait avoir deux causes différentes.

Document 1 : Variation de l'insolation à 60° de latitude nord durant les derniers 45 000 ans

L'insolation correspond à la quantité d'énergie solaire reçue par mètre carré de surface terrestre (en $W{\cdot}m^{-2}$). Elle dépend largement des paramètres astronomiques de la planète.

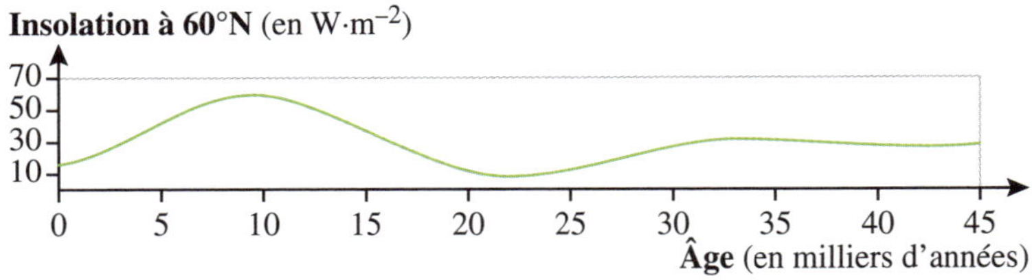

Source : MacDonald et al., *2012*

Document 2 : Informations déduites de la composition isotopique des glaces

2.a. : Relation entre le $\delta^{18}O$ de la glace du Groënland et la température moyenne de l'air dans cette région

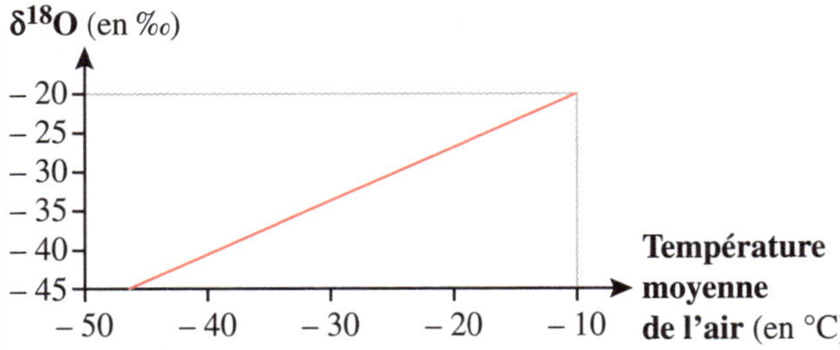

Source : Jouzel et al., *1994*

2.b. : Variation du $\delta^{18}O$ dans une carotte de glace du Groënland durant les derniers 45 000 ans

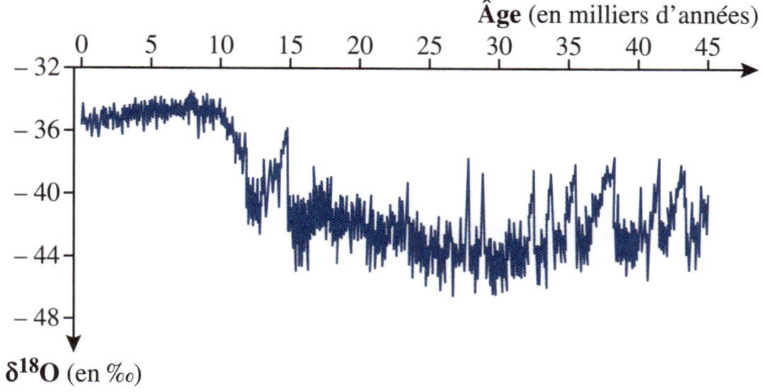

Document 3 : Variation de la teneur en spores de végétaux du genre *Sphagnum* dans une tourbière d'Alaska

Les végétaux du genre *Sphagnum*, caractéristiques des tourbières, présentent la particularité de résister à des températures extrêmement faibles (jusqu'à – 50 °C). Toutefois, ils sont plus abondants lors des périodes chaudes. Pour leur reproduction, les *Sphagnum* produisent des spores.

Selon les paléontologues l'expansion des tourbières en Alaska se faisait, dans le passé, au détriment des plantes dont se nourrissaient les mammouths. Autrement dit, plus les tourbières occupaient d'espaces et moins les mammouths disposaient de nourriture.

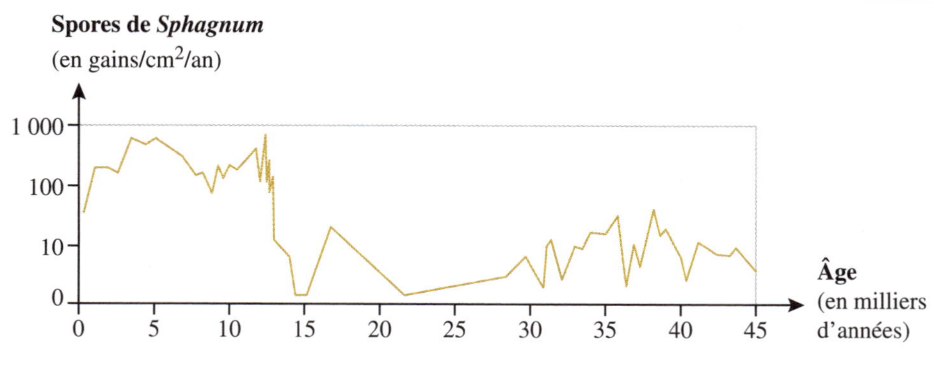

Source : MacDonald et al., *2012*

Document 4 : Territoires occupés par les mammouths laineux et par les êtres humains préhistoriques à différentes périodes

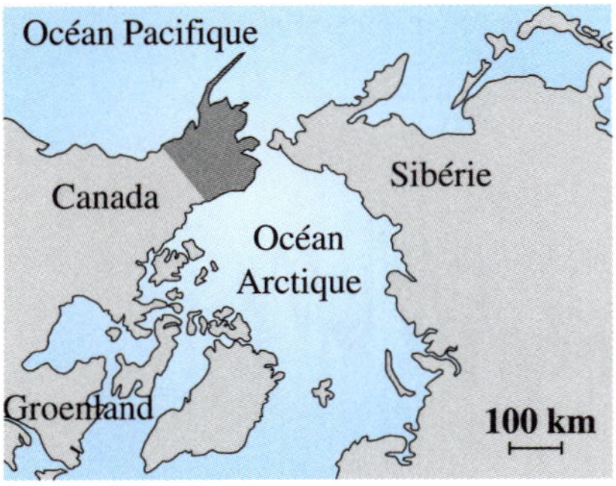

Alaska
60° de latitude nord

Les fouilles archéologiques ont révélé qu'entre – 40 000 et – 10 000 ans, les populations humaines de ces régions chassaient le mammouth laineux.

- Fossiles de mammouths
- Site occupé par des êtres humains préhistoriques

Entre – 40 000 et – 35 000 ans

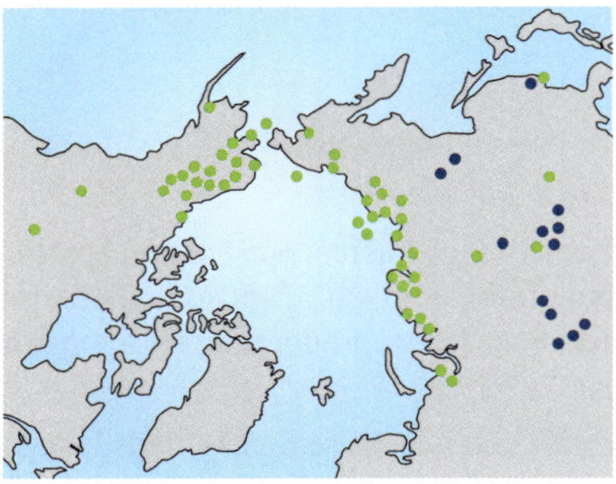

Entre –17 500 et – 15 000 ans

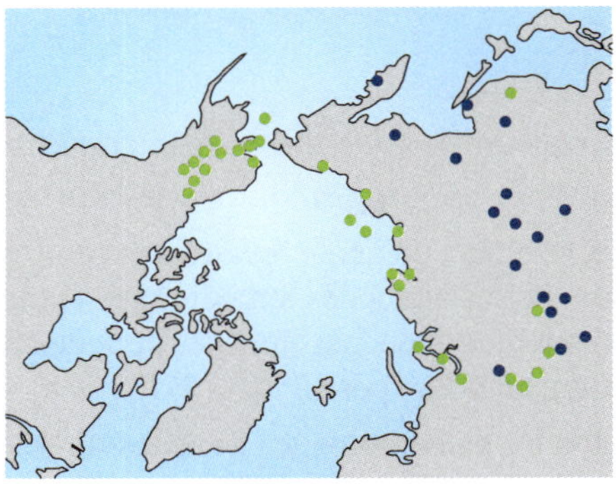

Entre – 15 000 et – 12 500 ans

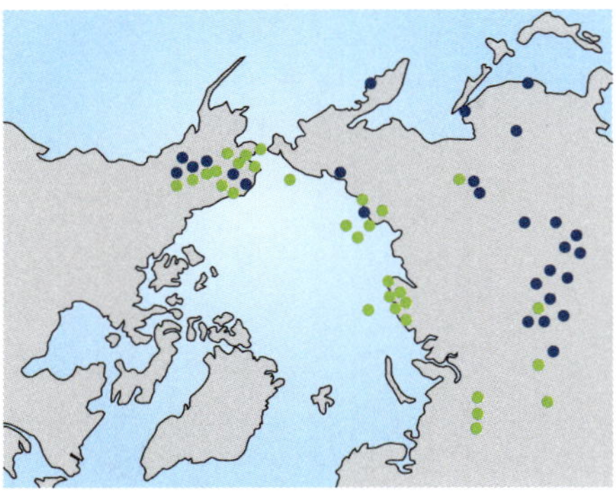

Entre – 12 500 et – 10 000 ans

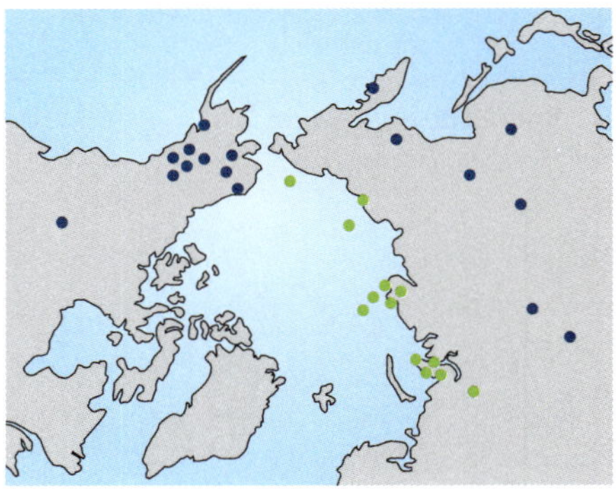

Source : MacDonald et al., *2012*

→ *Corrigé p. 341*

CORRIGÉ

Exercice 2 : Pratique du raisonnement scientifique → Énoncé p. 338

Il y a environ 10 000 ans, presque toutes les populations de mammouths laineux ont disparu. Les scientifiques pensent que leur disparition peut s'expliquer par deux causes différentes.
Quelles sont les deux causes de la disparition des mammouths laineux ?
Quels sont les arguments en faveur de ces deux causes ?

> **Conseil**
> Il ne faut pas vouloir impérativement **analyser les documents** dans l'ordre du sujet mais dans **l'ordre le plus pertinent pour la construction de la réponse.**

> **Méthode**
> La réponse doit être **structurée en paragraphes** et l'analyse doit s'appuyer sur des **valeurs chiffrées**.

I – Une disparition causée par un changement climatique

– Le document 2b montre une augmentation du $\delta^{18}O$ entre – 15 000 ans et – 10 000 ans : il passe de – 44 ‰ à – 36 ‰. Or le document 2a indique qu'une relation linéaire lie le $\delta^{18}O$ et la température de l'air : une augmentation du $\delta^{18}O$ correspond à une augmentation de la température de l'air. Dans ce cas précis, la température au niveau du Groënland passe de – 45 °C à – 32 °C environ entre – 15 000 ans et – 10 000 ans.
– Le document 1 montre une augmentation de l'insolation à 60°N entre – 22 000 ans et – 10 000 ans : de 10 $W \cdot m^{-2}$ à près de 60 $W \cdot m^{-2}$ environ. Cette augmentation de l'insolation est valable sur l'ensemble du globe (même si l'augmentation n'est pas de la même amplitude) et peut expliquer l'augmentation de la température constatée au Groënland entre – 15 000 ans et – 10 000 ans.
– Il y a ainsi une corrélation entre la disparition des mammouths laineux et l'augmentation de la température.

En quoi cette augmentation de température a-t-elle pu conduire à la disparition des mammouths ?

– Le document 3 montre que de – 15 000 ans à – 10 000 ans, le nombre de spores de *Sphagnum* est multiplié par 100. Une augmentation importante du nombre de spores peut laisser penser à une augmentation importante de la population de *Sphagnum.* Or l'expansion des tourbières constituées de *Sphagnum* en Alaska se fait au détriment des plantes dont se nourrissent les mammouths. Ainsi, les tourbières occupant plus d'espaces il y a – 10 000 ans qu'il y a – 15 000 ans, les mammouths disposaient de moins de nourriture.
– Par conséquent, l'augmentation des températures a conduit à la disparition des mammouths laineux car cette augmentation des températures a favorisé le développement des tourbières au détriment des végétaux dont se nourrissaient les mammouths : la raréfaction de la nourriture a provoqué leur disparition.

II – Une disparition causée par la chasse

Le document 4 précise les populations humaines préhistoriques chassaient le mammouth laineux entre – 40 000 ans et – 10 000 ans.

– Globalement, entre – 40 000 et – 15 000 ans, il y a peu de chevauchements entre les territoires occupés par les êtres humains et ceux occupés par les mammouths : la chasse ne devait pas être très importante.

– Entre – 15 000 et – 12 500 ans, de nombreux fossiles de mammouths sont retrouvés au niveau des sites occupés par des humains préhistoriques : ils ont dû chasser activement les mammouths conduisant à une réduction de la taille des populations.

– Entre – 12 500 et – 10 000 ans, moins de fossiles de mammouths sont retrouvés et ils sont localisés sur une aire plus restreinte qu'il y a – 40 000 ans : par exemple, il ne semble plus y avoir de mammouth en Alaska.

On peut alors penser que la chasse des mammouths laineux par les humains préhistoriques a pu conduire à leur disparition.

Pour conclure, il semble possible d'expliquer la disparition des mammouths laineux par deux causes différentes : une augmentation des températures conduisant à une raréfaction de leur nourriture et une chasse par les humains préhistoriques présents sur place. Il ne faut pas nécessairement chercher à trancher : la disparition des mammouths laineux est probablement le résultat de la combinaison de ces deux causes.

Méthode

La **conclusion** reprend les éléments forts qui permettent de répondre au problème posé.

La réalisation d'un mouvement réflexe

CHAPITRE 10

■ Chez un animal, certains comportements sont liés à la réalisation de mouvements involontaires en réponse à des stimulations de l'environnement : on les appelle des **réflexes**. La réalisation d'un mouvement réflexe met en jeu la contraction des muscles, sous l'effet d'une commande nerveuse. Ainsi, lors d'un examen de santé, le test des **réflexes myotatiques** sert d'outil pour apprécier l'intégrité du système neuromusculaire.

1 Éléments de l'arc-réflexe

■ Un réflexe est un mouvement involontaire déclenché par un **stimulus**. Par exemple, le réflexe myotatique correspond à la contraction d'un muscle en réponse à son propre étirement. Le médecin teste habituellement le réflexe rotulien (au niveau du genou) et le réflexe achilléen (extension du pied suite à l'étirement du tendon d'Achille).

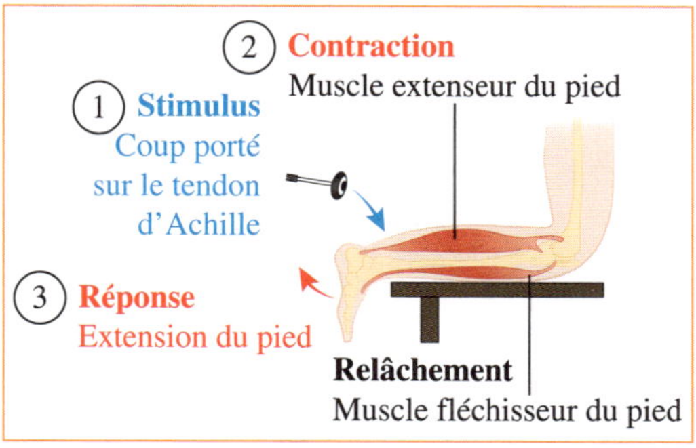

Figure 1 *Test du réflexe achilléen*

■ Le circuit nerveux, de la réception du stimulus à la réponse motrice, se nomme **arc-réflexe**. Il met en jeu un **récepteur sensoriel**, les **neurones** véhiculant les messages nerveux, un **centre nerveux**, qui regroupe les corps cellulaires des neurones, et un **muscle**.

> **Définition**
> Le muscle extenseur et le muscle fléchisseur du pied sont qualifiés de **muscles antagonistes**, car leur contraction produit un effet inverse au niveau de l'articulation.

Un arc-réflexe implique l'élaboration de messages nerveux, leur propagation et leur transmission entre neurones (relais synaptique), puis entre neurone et cellule musculaire (appelée aussi **fibre musculaire**).

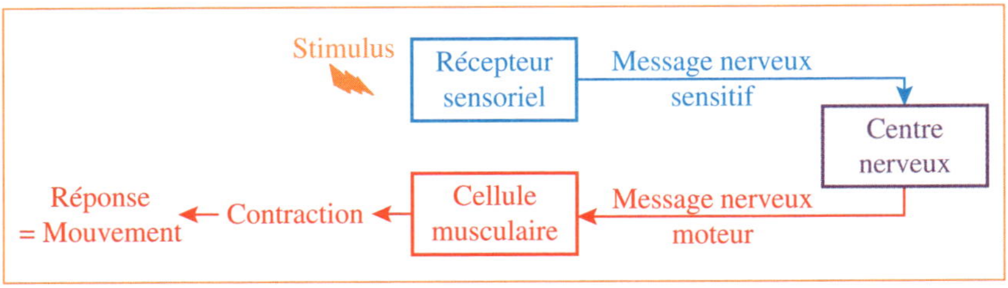

Figure 2 *Principe de l'arc-réflexe dans le cas d'un mouvement réflexe*

■ Les neurones sont des cellules capables de générer des messages nerveux. Les neurones présentent des prolongements cytoplasmiques permettant de recevoir, conduire et transmettre les messages nerveux. Les longs prolongements cytoplasmiques le long desquels se propagent les messages nerveux sont appelés **fibres nerveuses**. L'**axone** est la fibre nerveuse unique qui s'étend du corps cellulaire à l'**arborisation terminale**.

■ Des neurones sensitifs et des neurones moteurs sont impliqués dans un réflexe myotatique.

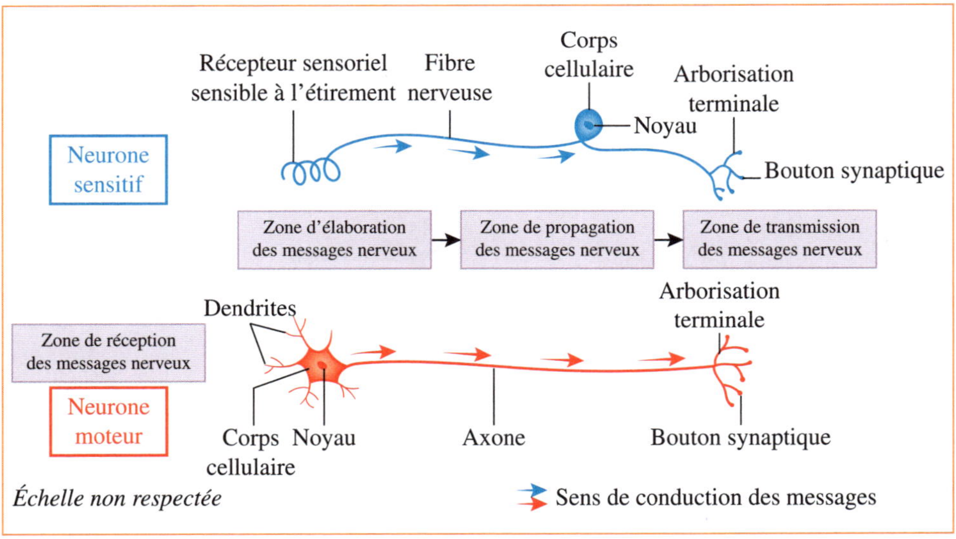

Figure 3 *Structure des neurones impliqués dans le réflexe myotatique*

■ Dans le cas du réflexe myotatique, le récepteur sensoriel fait partie d'une structure appelée **fuseau neuromusculaire**. Sensible à l'étirement du muscle, le fuseau neuromusculaire est constitué de cellules musculaires modifiées et de l'extrémité d'un **neurone sensitif**.

■ La transmission du message nerveux moteur au muscle s'effectue au niveau de la **jonction neuromusculaire**, qui correspond à une **synapse** entre un **neurone moteur** (ou motoneurone) et une cellule musculaire.

■ Le centre nerveux impliqué dans le réflexe myotatique est la **moelle épinière**. Il s'agit donc d'un **réflexe médullaire** (ou réflexe spinal). Le corps cellulaire du neurone sensitif se trouve dans le **ganglion rachidien**. Le message nerveux sensitif est transmis au neurone moteur au niveau d'une synapse dans la **substance grise** de la moelle épinière. La substance grise est la partie de la moelle épinière qui contient les corps cellulaires des neurones.

Définition

Une **synapse** est une zone de contact entre un neurone et une autre cellule, au niveau de laquelle un message nerveux est transmis par la libération de **neurotransmetteurs**.

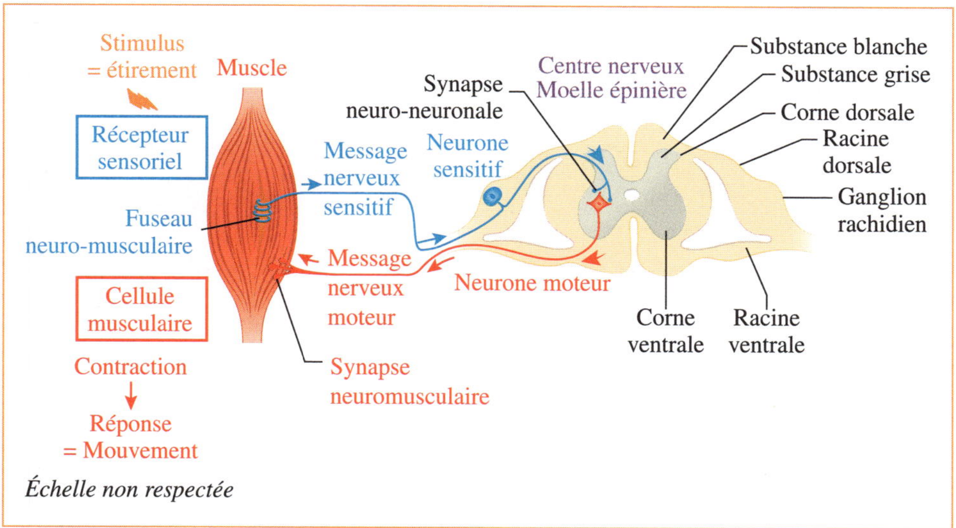

Figure 4 *Principe de l'arc-réflexe dans le cas d'un réflexe myotatique*

■ Les fibres nerveuses sont regroupées au sein des **nerfs**, qui relient les différentes parties du corps aux centres nerveux.

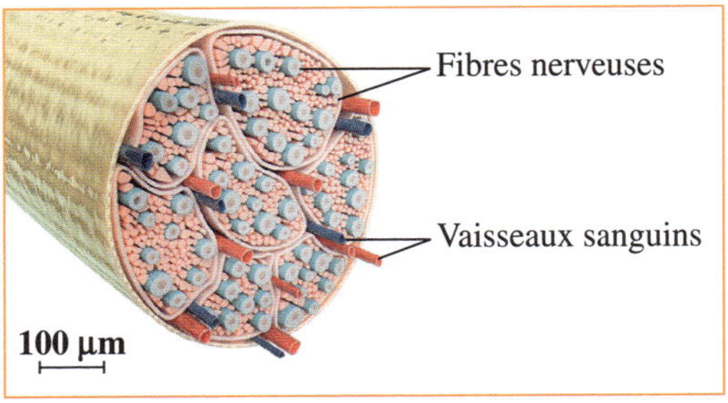

Figure 5 *Structure d'un nerf vu en coupe transversale*

2 Élaboration et propagation des messages nerveux

■ Toute cellule excitable est caractérisée par un **potentiel membranaire de repos** d'environ - 70 mV, qui correspond à la différence de potentiel électrique entre les faces interne (négative) et externe (positive) de la membrane plasmique.

■ Les cellules sensorielles, les neurones et les cellules musculaires sont des cellules excitables : si elles sont suffisamment stimulées, elles peuvent générer des messages nerveux sous la forme de **potentiels d'action**.

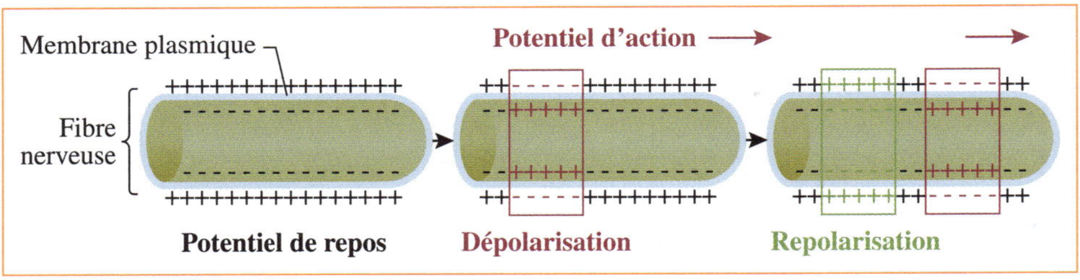

Figure 6 *Potentiel de repos et potentiel d'action*

■ Un potentiel d'action est une inversion transitoire de la polarité de la membrane plasmique, c'est-à-dire une **dépolarisation**, suivie d'un retour au potentiel de repos. Un potentiel d'action est un signal stéréotypé, qui a toujours la même forme et la même amplitude.

Remarque

Le **potentiel d'action** obéit à la loi du « tout ou rien » : il ne peut être généré que si la stimulation entraîne une dépolarisation membranaire supérieure à une **valeur seuil**. Au-delà de cette valeur seuil, le potentiel d'action présente toujours la même amplitude, quelle que soit l'intensité de la stimulation. **L'intensité du message nerveux est codée en fréquence de potentiels d'action.**

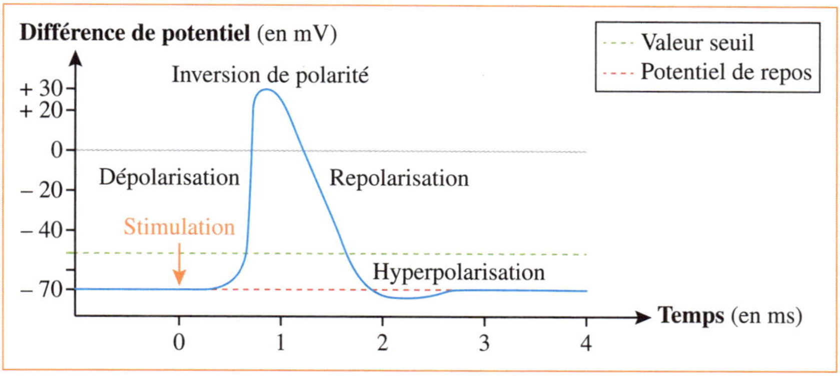

Figure 7 *Le potentiel d'action : un signal stéréotypé*

■ Un récepteur sensoriel élabore un message nerveux sensitif en générant des potentiels d'action lorsqu'il est soumis à un stimulus. L'intensité de la stimulation est **codée en fréquence de potentiels d'action**, qui se propagent ensuite sans atténuation le long de la fibre nerveuse.

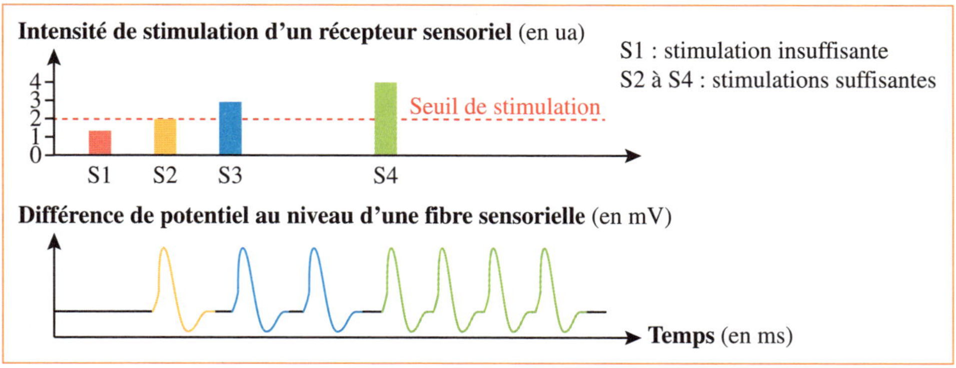

Figure 8 *Codage en fréquence de potentiels d'action selon l'intensité du stimulus au niveau d'une fibre nerveuse sensorielle*

3 Transmission des messages nerveux

A. Relais synaptique dans le centre nerveux

■ Dans le cas du réflexe myotatique, le neurone sensitif transmet le message nerveux au neurone moteur au sein de la moelle épinière : il s'agit d'une synapse neuro-neuronale. **La transmission est chimique** : l'arrivée du message nerveux au niveau de l'arborisation terminale du neurone sensitif déclenche la libération de **neurotransmetteurs**. Ces derniers se fixent sur des **récepteurs** spécifiques situés sur la membrane du neurone moteur, ce qui entraîne la naissance d'un nouveau message nerveux.

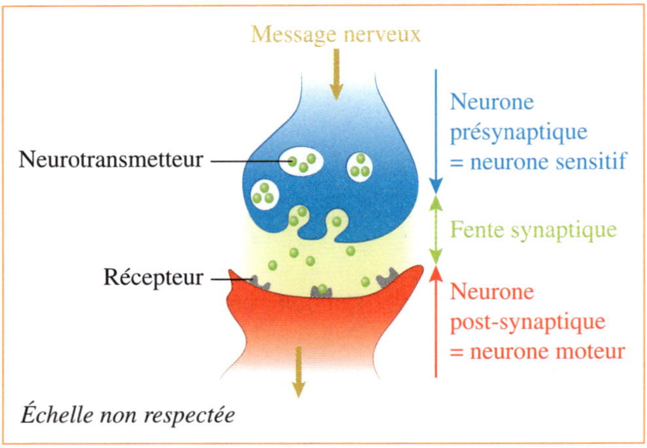

Figure 9 *Structure et fonctionnement d'une synapse neuro-neuronale dans le cas du réflexe myotatique*

■ La fréquence des potentiels d'action qui arrivent au niveau de la terminaison synaptique détermine la quantité de neurotransmetteurs libérés : il s'agit d'un **codage en concentration** de neurotransmetteurs.

B. Synapse neuromusculaire

■ Le message nerveux moteur, arrivé à l'arborisation terminale du neurone moteur, est transmis aux cellules musculaires au niveau de la jonction neuromusculaire. Le neurotransmetteur libéré est l'**acétylcholine**. Les molécules d'acétylcholine se fixent sur leurs récepteurs spécifiques, situés sur la membrane de la cellule musculaire, ce qui entraîne une dépolarisation qui évolue en un **potentiel d'action musculaire**.

4 Contraction de la cellule musculaire

■ Le potentiel d'action musculaire se propage le long de la membrane de la cellule musculaire. Par une cascade de réactions, le potentiel d'action musculaire a pour effet l'ouverture de **canaux calciques** situés au niveau de la membrane d'un organite contenant des **ions calcium (Ca^{2+})** : le **réticulum sarcoplasmique**. Les ions calcium diffusent alors dans le **hyaloplasme** (la fraction liquide du cytoplasme), ce qui entraîne la contraction de la cellule musculaire. *(Voir chapitre 13 p. 372).*

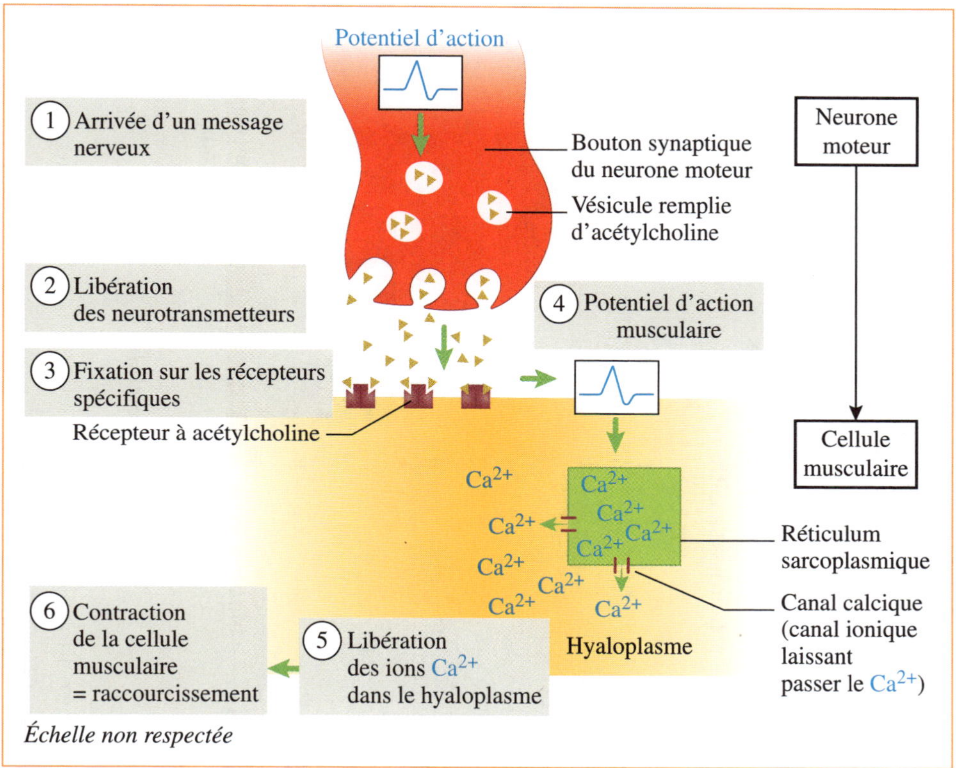

Figure 10 *Fonctionnement de la jonction neuromusculaire*

■ Chaque neurone moteur innerve un ensemble de cellules musculaires formant une unité motrice. La contraction de l'ensemble de ces cellules contribue à la contraction du muscle.

■ Dans le cas du **réflexe myotatique achilléen**, la contraction du muscle extenseur entraîne l'**extension du pied**, ce qui constitue la réponse au stimulus initial (étirement du muscle extenseur au niveau du tendon d'Achille).

> **Remarque**
> Au niveau d'une articulation, les muscles antagonistes sont coordonnés : le muscle fléchisseur est relâché quand le muscle extenseur se contracte. Cette coordination implique l'intervention de **neurones intermédiaires inhibiteurs** *(voir chapitre 12 p. 367)*.

PHYSIQUE-CHIMIE
SVT
GRAND ORAL
MATHS COMPLÉMENTAIRES

CARTE MENTALE

LE RÉFLEXE MYOTATIQUE : UN EXEMPLE DE MOUVEMENT RÉFLEXE

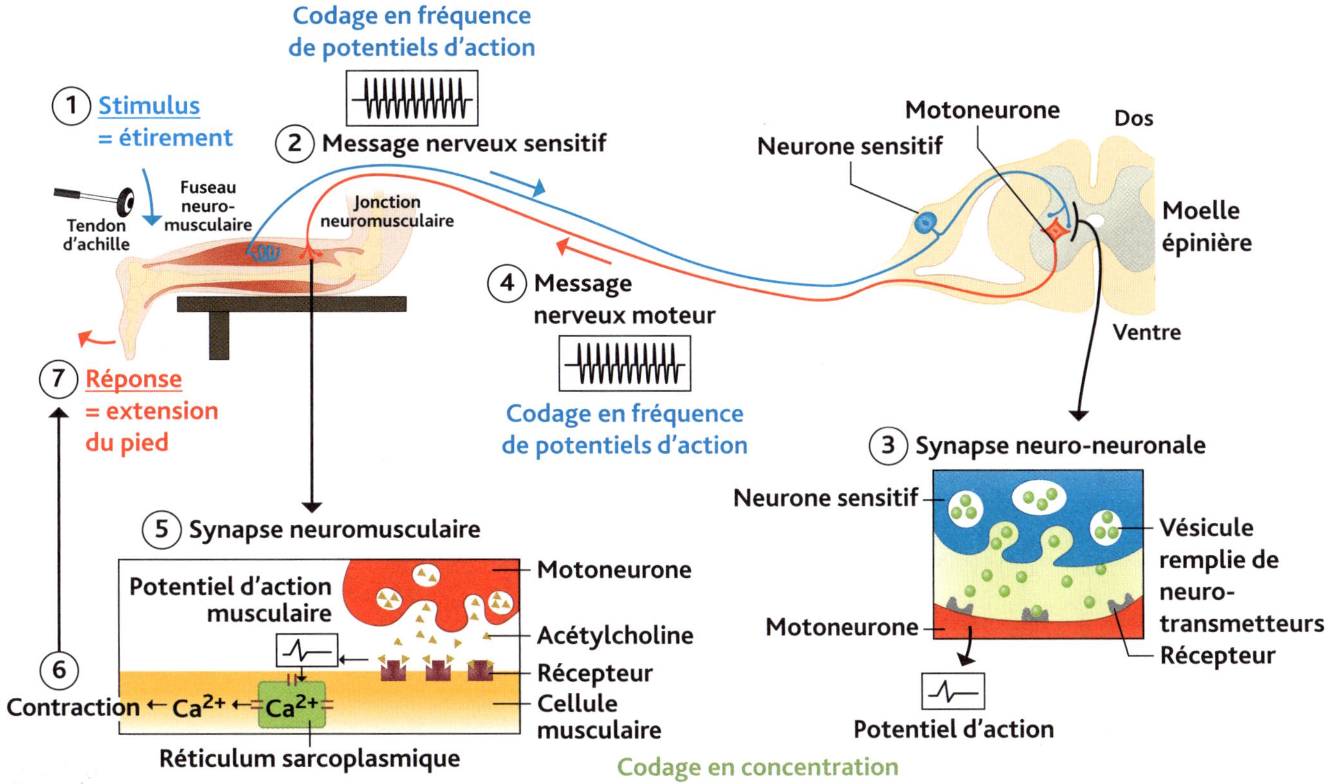

Échelles non respectées

SUJET DU BAC

Exercice 1 : Maîtrise des connaissances — 1 h 30 — 7 points

Le réflexe myotatique, un exemple de commande réflexe du muscle

Le maintien de la position debout nécessite un réajustement permanent et réflexe de la contraction des muscles des jambes.

Par exemple, lorsque le corps penche vers l'avant, les muscles du mollet se trouvent légèrement étirés. Par réflexe, ils se contractent, ce qui permet le retour à une position parfaitement verticale.

Le réflexe myotatique, primordial dans ce maintien, nécessite la mise en jeu de différents éléments constituant un arc réflexe.

Montrer comment, dans le cas du réflexe myotatique, les éléments de l'arc-réflexe entrent en jeu, permettant le maintien de la position verticale.

> **Méthode**
> - Même si le sujet ne le précise pas, il est vivement conseillé d'accompagner l'exposé d'un schéma fonctionnel.
> - Un **schéma fonctionnel** est une représentation simplifiée d'un processus complexe.
> - Un schéma fonctionnel est composé de **cadres** et/ou de **formes simples mises en relation par des flèches**.

Document : Test du réflexe achilléen

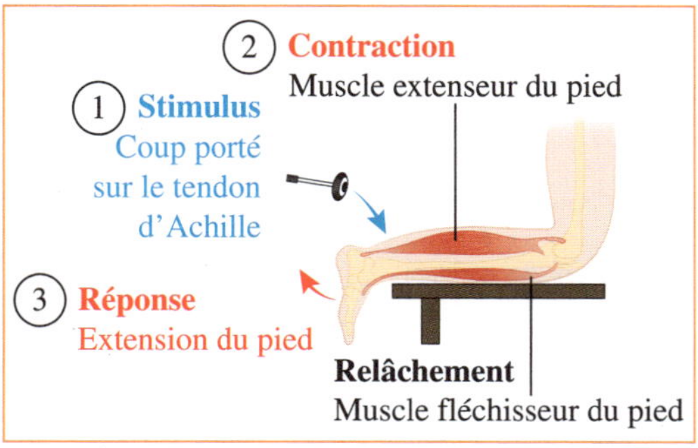

> **Remarque**
> Dans l'exercice 1, un document peut parfois accompagner l'énoncé.
> Ce document est indicatif et son exploitation n'est pas demandée.

→ Corrigé p. 352

CORRIGÉ

Exercice 1 : Maîtrise des connaissances → *Énoncé p. 351*

Le réflexe myotatique, un exemple de commande réflexe du muscle

Un réflexe est un mouvement involontaire en réponse à une stimulation. Le réflexe myotatique correspond à la contraction d'un muscle en réponse à son propre étirement. Comment le réflexe myotatique permet-il le maintien de la position debout suite à l'étirement de certains muscles ?

> **Remarque**
> Il est possible de traiter un **autre exemple** que celui proposé dans le sujet.

Nous verrons, dans une première partie, les éléments mis en jeu dans l'exemple du réflexe achilléen (extension du pied lors d'un coup porté sur le tendon d'Achille). Les relations entre ces éléments constituent un circuit appelé arc-réflexe, qui sera décrit dans une deuxième partie. Enfin, la troisième partie sera consacrée aux caractéristiques des messages nerveux élaborés, propagés et transmis le long de l'arc-réflexe.

> **Méthode**
> L'**introduction** d'une synthèse des connaissances doit comporter la **définition des mots-clés** du sujet, la **problématique** et l'**annonce du plan**.

I – Éléments mis en jeu dans le réflexe myotatique

a) Le fuseau neuromusculaire : un récepteur sensoriel

Le muscle impliqué dans le réflexe achilléen est le muscle extenseur du pied, il est situé au niveau du mollet.

Le fuseau neuromusculaire est un récepteur sensoriel sensible à l'étirement, situé au niveau du muscle. Il est constitué de cellules musculaires modifiées et de l'extrémité d'un neurone sensitif.

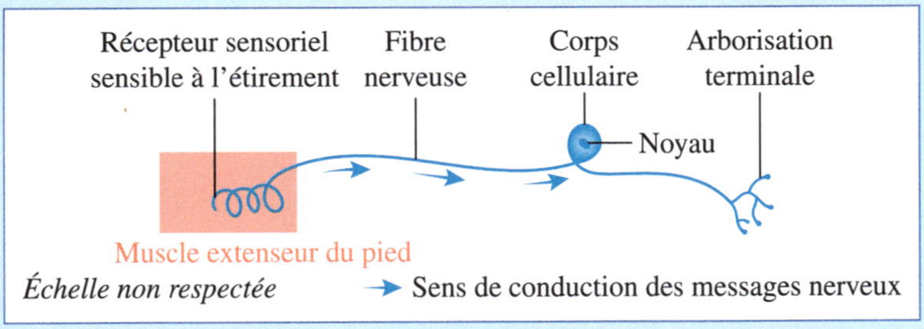

Schéma simplifié d'un neurone sensitif dont l'une des extrémités fait partie du fuseau neuromusculaire

b) Le réflexe myotatique : un réflexe médullaire

Le centre nerveux impliqué dans le réflexe myotatique est la moelle épinière.

Le corps cellulaire du neurone sensitif se trouve au niveau d'un ganglion rachidien relié à la moelle épinière. Le neurone sensitif est relié au neurone moteur, situé dans la substance grise de la moelle épinière, et lui-même relié au muscle extenseur du pied.

Les fibres nerveuses sensitives et motrices sont réunies au sein d'un nerf rachidien émanant de la moelle épinière.

c) La jonction neuromusculaire

L'arborisation terminale du neurone moteur est reliée à un ensemble de cellules musculaires du muscle extenseur du pied.

Méthode

Un **schéma** peut parfois remplacer un long paragraphe descriptif. Il doit cependant être accompagné d'un **titre** et d'une **légende**.

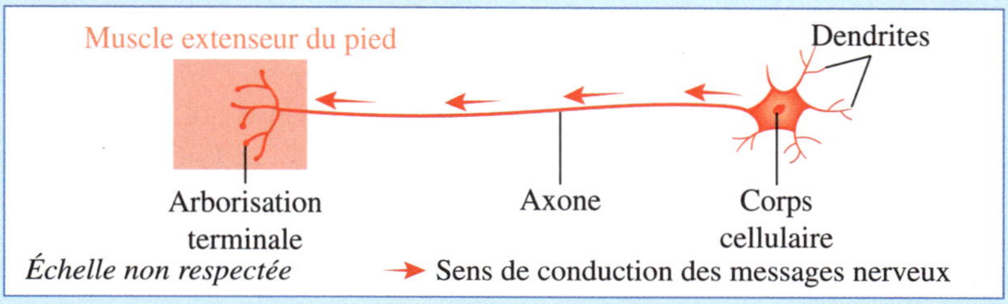

Schéma simplifié d'un neurone moteur dont l'arborisation terminale forme la jonction neuromusculaire

II – L'arc-réflexe : de l'étirement à la contraction musculaire

L'arc-réflexe met en jeu différents éléments, du stimulus à la réponse.

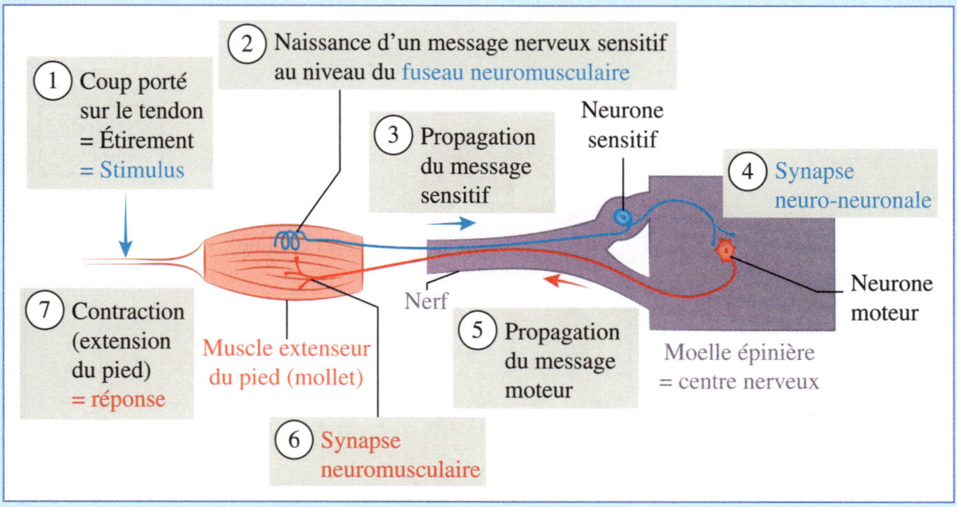

Schéma fonctionnel de l'arc-réflexe pour le réflexe myotatique achilléen

III – Les messages nerveux

a) Élaboration du message nerveux sensitif

Le message nerveux sensitif est élaboré au niveau du fuseau neuromusculaire sous la forme de potentiels d'action dont la fréquence dépend de l'intensité de stimulation.

Les potentiels d'action sont des dépolarisations transitoires de la membrane plasmique (*schéma conseillé : voir figure 7 page 347*).

PHYSIQUE-CHIMIE SVT GRAND ORAL MATHS COMPLÉMENTAIRES

b) Propagation des messages nerveux

Les potentiels d'action se propagent sans atténuation et dans une seule direction le long des fibres nerveuses :
- pour les messages sensitifs, du muscle vers la moelle épinière ;
- pour les messages moteurs, de la moelle épinière vers le muscle.

Conseil

Ne pas oublier d'aérer votre copie en sautant des lignes entre les paragraphes afin de **faciliter la lecture pour le correcteur**.

c) Transmission des messages nerveux

Les messages nerveux sont transmis par les neurones au niveau de zones de contact appelées synapses. L'arrivée de potentiels d'action au niveau de l'arborisation terminale d'un neurone déclenche la libération de neurotransmetteurs dans la fente synaptique.

Dans la moelle épinière, une synapse neuro-neuronale permet de transmettre le message sensitif au neurone moteur.

Au niveau de la jonction neuromusculaire, une synapse entre le neurone moteur et la cellule musculaire permet de transmettre le message moteur.

Un potentiel d'action musculaire est alors généré, ce qui a pour conséquence de libérer les ions calcium (Ca^{2+}) du réticulum sarcoplasmique. En conséquence, la cellule musculaire, et donc le muscle extenseur, se contracte et se raccourcit.

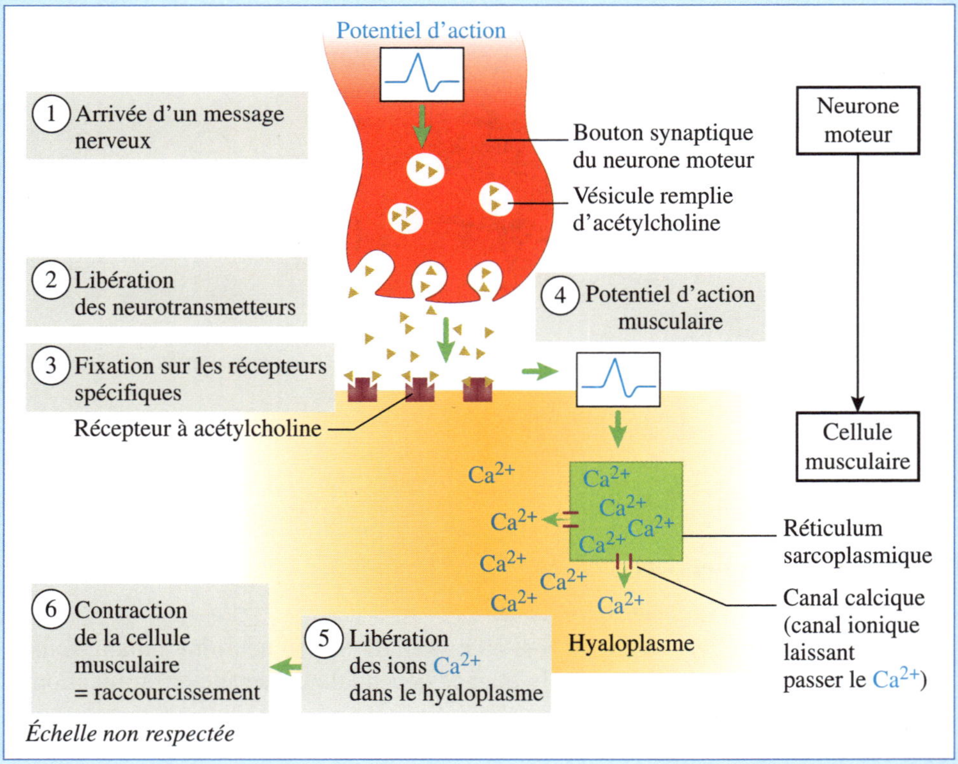

Fonctionnement de la jonction neuromusculaire

Cela conduit à l'extension réflexe du pied lors d'un test achilléen.

L'intensité des messages nerveux (codée en fréquence de potentiels d'action) est traduite en quantité de neurotransmetteurs libérés au niveau de la synapse (codage chimique), qui détermine elle-même l'intensité de contraction du muscle, et donc l'amplitude du mouvement.

> **Conseil**
> Une bonne **conclusion** reprend brièvement quelques **éléments clés de l'exposé** et peut proposer une **ouverture** en lien avec un autre point du programme ou une actualité.

Le réflexe myotatique permet le maintien de la position verticale, lorsque le corps penche vers l'avant et que le muscle extenseur est alors étiré.

IV – Une coordination nécessaire

Pour que la position verticale soit maintenue, il est indispensable que les muscles antagonistes soient coordonnés : la contraction du muscle extenseur doit s'accompagner du relâchement du muscle fléchisseur. Cette coordination est rendue possible par l'implication d'un neurone intermédiaire inhibiteur, situé entre le neurone sensitif et le neurone moteur relié au muscle antagoniste. Le neurone inhibiteur empêche le neurone moteur de générer des potentiels d'action et le muscle fléchisseur reste donc relâché.

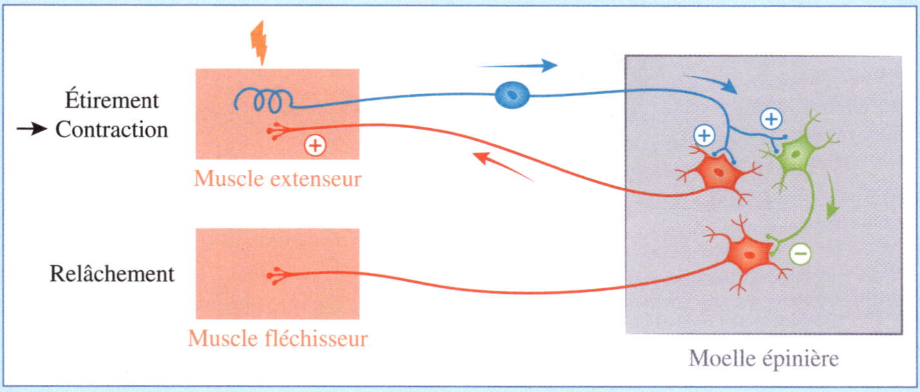

La coordination des muscles antagonistes lors du réflexe myotatique

Ainsi, les réflexes myotatiques contribuent au maintien de la station debout, et le test médical de leur bonne réalisation (réflexe achilléen, réflexe rotulien) permet d'apprécier l'intégrité du système neuromusculaire. Les réflexes myotatiques font intervenir uniquement la moelle épinière, ce qui explique la rapidité de leur exécution et leur caractère involontaire. À contrario, les mouvements volontaires impliquent l'élaboration et la transmission de messages nerveux au sein du cerveau. Ainsi, les neurones moteurs de la moelle épinière génèrent des messages nerveux par intégration des différentes informations en provenance de la périphérie et du cerveau *(voir chapitre 11 p. 358)*.

CHAPITRE 11 La réalisation d'un mouvement volontaire

Le réflexe myotatique aboutit à une contraction automatique des muscles, sans intervention du cerveau. Les muscles peuvent également être contractés volontairement : dans ce cas, la commande nerveuse part du cerveau.

1 Aires cérébrales de la motricité volontaire

■ Le cerveau est composé d'un ensemble de cellules nerveuses : les **neurones**. Les **cellules gliales** forment l'environnement des neurones et assurent leur bon fonctionnement (apport de nutriments et de dioxygène, défense contre les pathogènes).

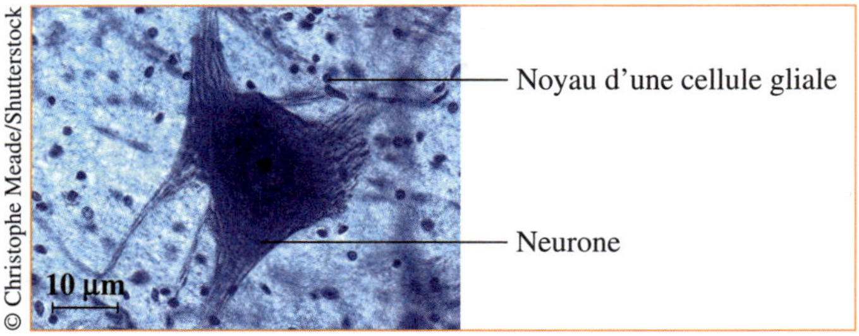

Figure 1 *Neurone entouré de cellules gliales*

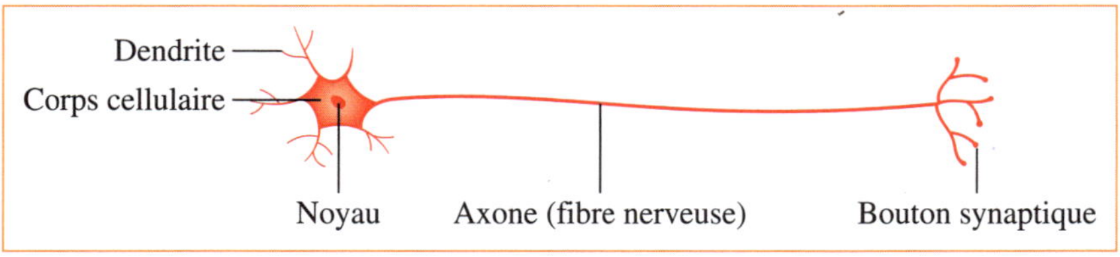

Figure 2 *Structure d'un neurone*

■ L'exploration fonctionnelle du cortex cérébral met en évidence sa spécialisation. La commande du mouvement volontaire est permise par l'**aire motrice primaire**.

■ L'aire motrice primaire collabore avec d'autres aires corticales (**aire pré-motrice** et **aire motrice supplémentaire**) formant le **cortex moteur**. Les aires pré-motrice et motrice supplémentaires permettent la planification et l'organisation du mouvement.

■ L'aire motrice primaire collabore également avec le **cortex pariétal** : les intentions du mouvement y sont élaborées.

■ L'aire motrice primaire contrôle la réalisation des mouvements suite à l'**intégration des messages nerveux** provenant du cortex pariétal, de l'aire pré-motrice et de l'aire motrice supplémentaire.

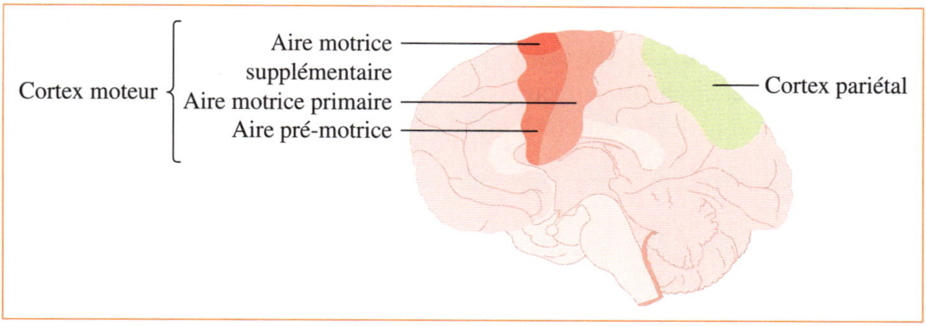

Figure 3 *Localisation des zones cérébrales impliquées dans la motricité volontaire*

■ Les muscles de chaque région du corps sont contrôlés par une zone particulière de l'aire motrice primaire : on représente alors cela sous la forme d'un *Homunculus* moteur, sur lequel chaque région du corps est associée à une zone de l'aire motrice primaire la contrôlant. Plus la surface est grande dans l'aire motrice primaire, plus la précision des mouvements est importante.

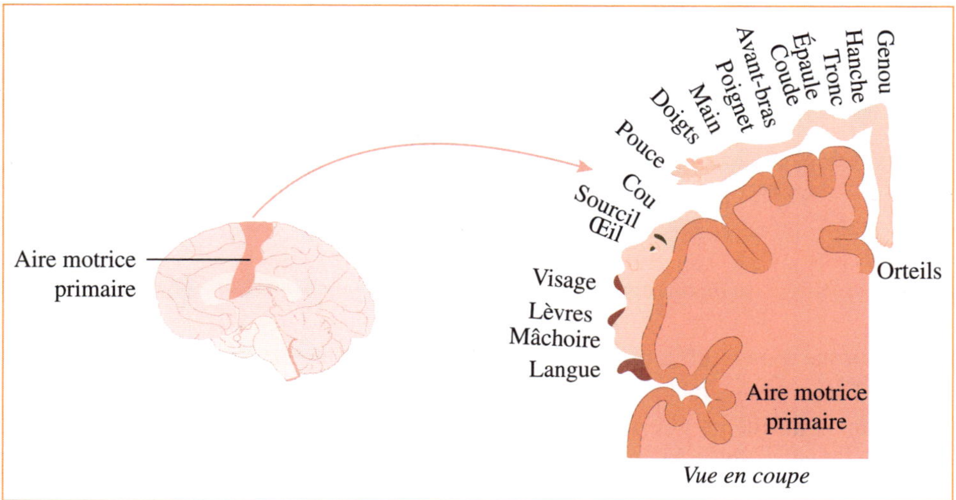

Figure 4 *Homunculus moteur*

2 Organisation des voies motrices

■ Les neurones de l'aire motrice projettent leurs axones dans la moelle épinière et transmettent ainsi les messages nerveux moteurs. Les terminaisons axoniques de ces neurones établissent des **synapses**, avec des **neurones moteurs** (ou motoneurones) de la moelle épinière.

■ À chaque instant, le corps cellulaire d'un neurone moteur est soumis à l'influence de nombreuses synapses. Ces synapses sont mises en place par un neurone de l'aire motrice primaire et des neurones sensoriels. Le neurone moteur intègre tous ces messages nerveux : on parle de **sommation**.

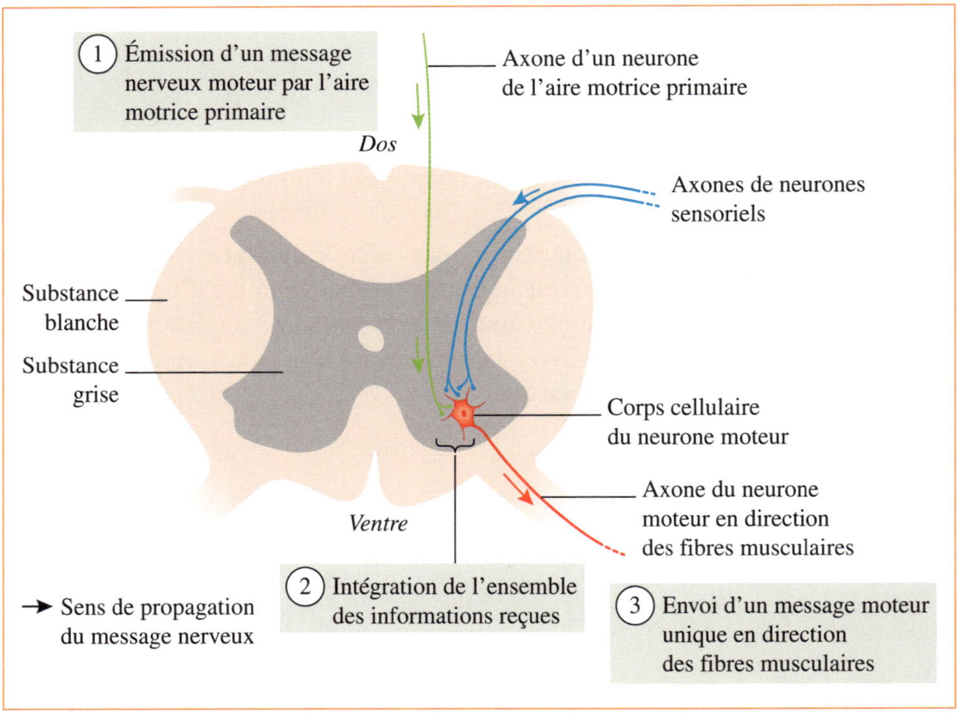

Figure 5 *Intégration des messages nerveux par le neurone moteur*

■ Le neurone moteur effectue une sommation temporelle et spatiale des informations reçues. La **sommation temporelle** consiste à intégrer les informations nerveuses provenant d'un même neurone à différents instants très rapprochés dans le temps. La **sommation spatiale** consiste à intégrer les informations nerveuses provenant de différents neurones à un même instant. Les messages nerveux reçus peuvent être **stimulateurs** ou **inhibiteurs**.

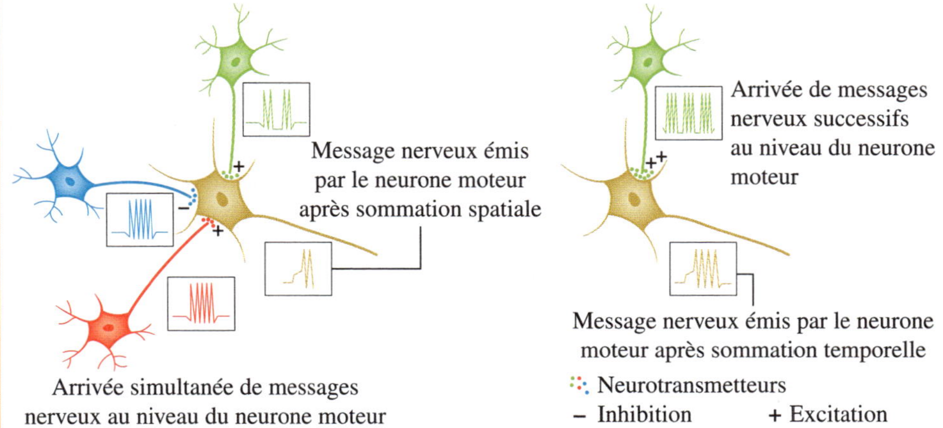

Figure 6 *Intégration des informations reçues par le neurone moteur*

■ L'intégration par le neurone moteur de l'ensemble des informations reçues permet l'envoi d'un message moteur unique en direction des fibres musculaires. Chaque **fibre musculaire** reçoit le message d'un seul neurone moteur.

> **Remarque**
> Un muscle est constitué d'un ensemble de cellules nommées **fibres musculaires**.

3 Plasticité cérébrale

A. Apprentissages

■ L'étude des cartes motrices montre des variations entre les individus. Ces différences sont le résultat d'un apprentissage différent.

Ex. : La zone de l'aire motrice primaire affectée aux mouvements des mains occupe plus de surface chez un ou une pianiste que chez une personne ne jouant pas au piano. Cette différence anatomique s'explique par une différence d'apprentissage.

■ Ainsi, le cerveau n'est pas une structure figée. Il est au contraire capable de modifier son organisation en réponse à une stimulation environnementale : on appelle cela la **plasticité cérébrale**.

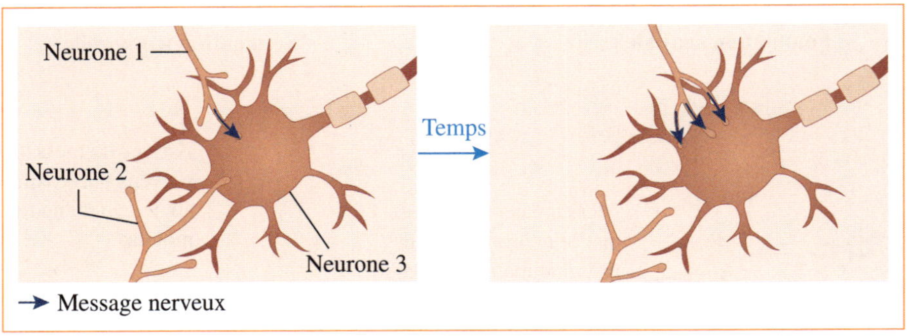

Figure 7 *La plasticité cérébrale*

Les connexions synaptiques peuvent changer avec le temps, en fonction de l'activité des synapses. Une activité intense à la synapse du neurone 1 sur le neurone 3 conduit à l'augmentation du nombre de terminaisons synaptiques du neurone 1 sur le neurone 3. L'absence d'activité à la synapse du neurone 2 sur le neurone 3 conduit à une perte de connexions fonctionnelles avec le neurone 3.

B. Récupération suite à un dysfonctionnement du système nerveux

■ Le système nerveux est un système fragile. Des lésions ou certaines maladies peuvent conduire à des dysfonctionnements du système nerveux. Ces dysfonctionnements modifient le comportement (difficulté voire impossibilité à réaliser certains mouvements) et ont des conséquences sur la santé.

Ex. : Un accident vasculaire cérébral (AVC) peut perturber la réalisation de mouvements. Un AVC correspond soit à l'obstruction, soit à la rupture d'un vaisseau sanguin dans le cerveau, conduisant à un arrêt de l'apport de dioxygène pour la zone concernée.

Remarque

Un **AVC** entraîne une destruction irrémédiable de la partie du cerveau concerné par l'accident.

■ La récupération de la fonction cérébrale après un accident repose aussi sur la plasticité cérébrale.

Ex. : Lors d'un AVC affectant une partie de l'aire motrice primaire, la récupération des fonctions motrices est permise par un remaniement de l'organisation de l'aire motrice primaire. L'aire motrice primaire se réorganise dans les zones non affectées par l'AVC.

LA RÉALISATION D'UN MOUVEMENT VOLONTAIRE

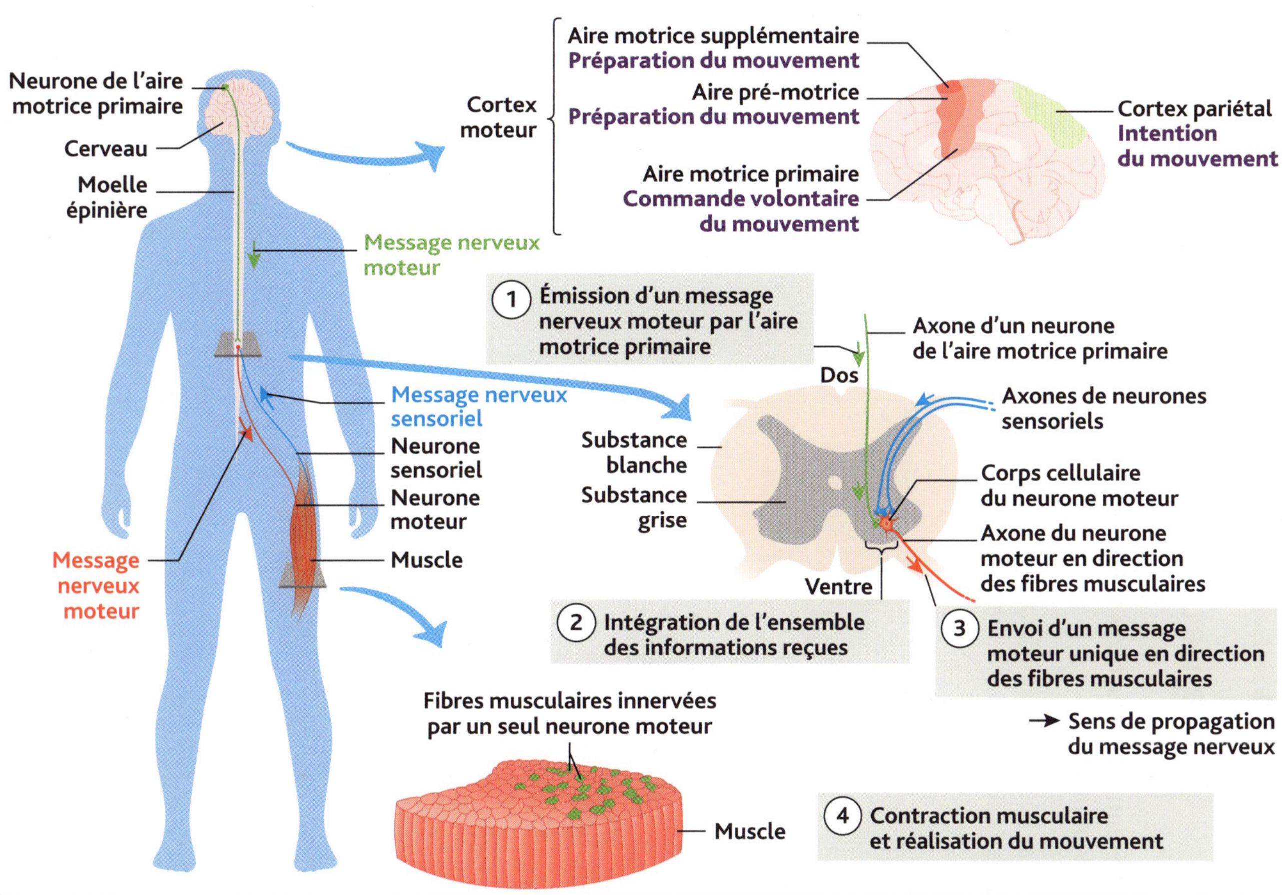

SUJET DU BAC

Exercice 1 : Maîtrise des connaissances 1 h 30 7 points

La réalisation d'un mouvement volontaire

Présenter les structures et les étapes nécessaires à la réalisation d'un mouvement volontaire.

La description des mécanismes à l'origine de la contraction du muscle n'est pas attendue. L'exposé structuré sera illustré et comportera une introduction et une conclusion.

→ *Corrigé p. 363*

CORRIGÉ

Exercice 1 : Maîtrise des connaissances → Énoncé p. 364

La commande volontaire du mouvement fait intervenir le cerveau, ce qui n'est pas le cas des mouvements réflexes.

Quelles sont les structures impliquées dans la réalisation d'un mouvement volontaire ? Comment se réalise-t-il ?

Conseil

Penser à bien structurer la réponse à l'aide d'un **plan logique**.

I – Les structures impliquées dans la réalisation d'un mouvement volontaire

a) Les aires cérébrales spécialisées dans la motricité volontaire

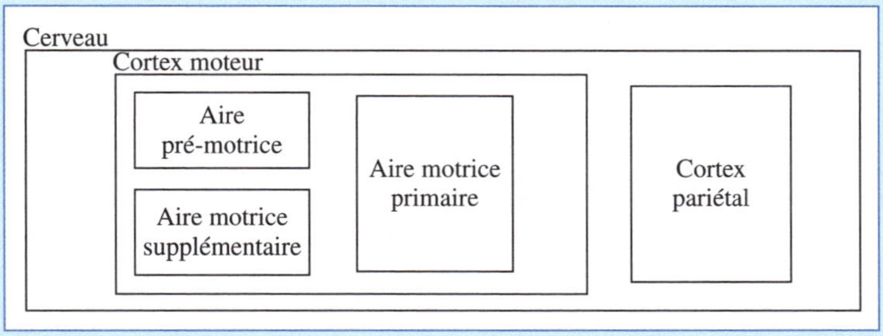

Figure 1 *Les différentes zones cérébrales impliquées dans la motricité volontaire.*

L'exploration fonctionnelle du cortex cérébral met en évidence sa spécialisation.

Les aires pré-motrice et motrice supplémentaires permettent la planification et l'organisation du mouvement. La commande du mouvement volontaire est permise par l'aire motrice primaire reliée aux neurones moteur de la moelle épinière. Ces trois aires forment le cortex moteur.

Le cortex pariétal participe aussi à la réalisation d'un mouvement volontaire : il est le lieu où les intentions du mouvement sont élaborées.

b) Les neurones, les cellules produisant les messages nerveux

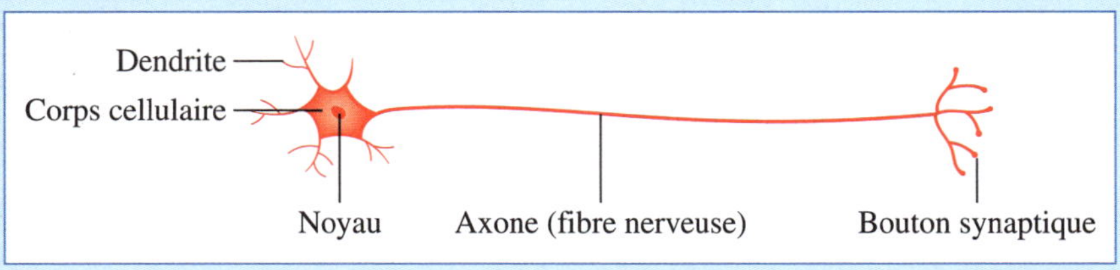

Figure 2 *Structure d'un neurone*

Les neurones sont les cellules nerveuses présentes dans le cerveau et dans la moelle épinière. Ils transmettent le message nerveux du cerveau aux muscles par l'intermédiaire de plusieurs neurones.

Remarque

Illustrer la réponse à l'aide de **schémas** suffisamment grands.
Il ne faut pas oublier le **titre** et la **légende**.

c) Les muscles, effecteurs du mouvement

Les muscles sont les effecteurs du mouvement.
Grâce à la contraction des muscles, l'organisme est mis en mouvement.

Comment se déroule la commande volontaire du mouvement ?

II – La réalisation d'un mouvement volontaire : un processus en plusieurs étapes

a) L'élaboration du message nerveux moteur dans le cerveau

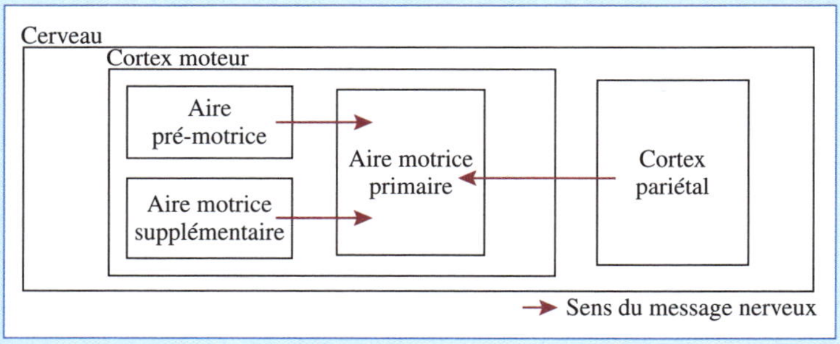

Figure 3 *La collaboration entre les aires cérébrales intervenant dans le mouvement volontaire et la production d'un message nerveux par l'aire motrice primaire*

L'aire motrice primaire collabore avec les aires pré-motrice et motrice supplémentaires ainsi qu'avec le cortex pariétal. Elle procède à l'intégration des messages nerveux provenant du cortex pariétal, de l'aire pré-motrice et de l'aire motrice supplémentaire. Un message nerveux moteur unique est produit par un neurone de l'aire motrice.

b) La propagation du message nerveux moteur le long de la moelle épinière

Le message nerveux en provenance de l'aire motrice primaire circule dans la moelle épinière, le long de l'axone d'un neurone dont le corps cellulaire se trouve dans l'aire motrice primaire. La terminaison axonale de ce neurone fait synapse sur un neurone moteur présent dans la moelle épinière.

c) L'intégration des messages nerveux par le neurone moteur

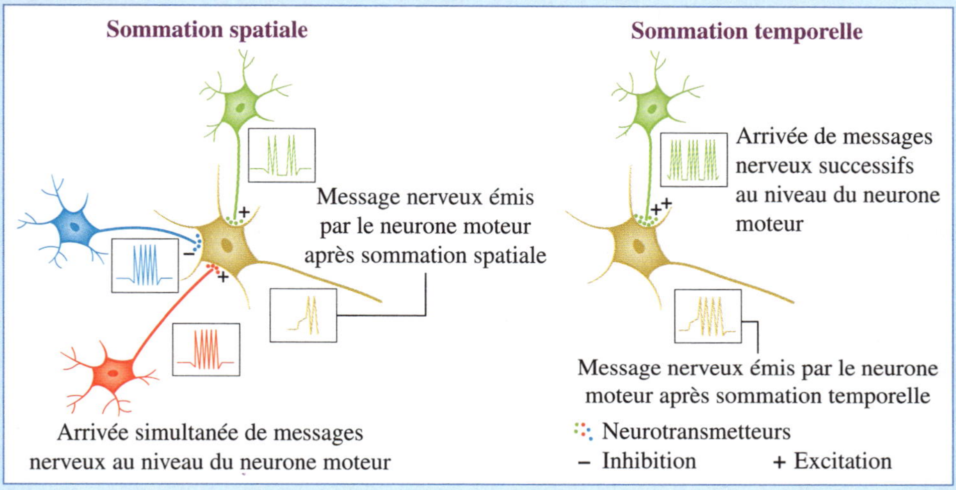

Figure 4 *L'intégration des messages nerveux par le neurone moteur*

Le neurone moteur intègre les informations provenant du neurone de l'aire motrice primaire ainsi que de neurones sensoriels : on parle de sommation.

Le neurone moteur effectue une sommation temporelle et spatiale des informations reçues. La sommation temporelle consiste à intégrer les informations nerveuses provenant d'un même neurone à différents instants très rapprochés. La sommation spatiale consiste à intégrer les informations nerveuses provenant de différents neurones à un même instant.

L'intégration par le neurone moteur de l'ensemble des informations reçues permet l'envoi d'un message moteur unique en direction des fibres musculaires. Chaque fibre musculaire reçoit le message d'un seul neurone moteur.

Rappel

Fibre musculaire ou **cellule musculaire** désignent la même chose.

d) La contraction du muscle

En réponse au message nerveux du neurone moteur, l'ensemble des fibres musculaires innervées par ce neurone se contractent. Cela conduit à la contraduction du muscle et à la réalisation d'un mouvement.

Remarque

Si le sujet ne précise pas le contraire, il est nécessaire de **détailler le mécanisme** à l'origine de la contraction du muscle. Voir chapitre 13.

Pour conclure, la réalisation d'un mouvement volontaire implique des zones particulières du cerveau, dont notamment l'aire motrice primaire. Cette zone élabore un message nerveux unique par sommation de tous les messages nerveux qu'elle reçoit. Ce message nerveux unique circule le long de neurones jusqu'au muscle. L'arrivée du message nerveux entraine la contraction du muscle.

CHAPITRE 12 Le cerveau, un organe fragile à préserver

Le cerveau joue un rôle important dans le fonctionnement de l'organisme humain : régulation du fonctionnement d'autres organes (action sur les muscles, les glandes…) et fonctions cognitives.

1 Transmission des messages nerveux dans le cerveau

A. Propagation électrique le long des neurones

■ Les aires du **cortex cérébral** (aires corticales) communiquent entre elles par des voies nerveuses constituées par des **chaînes de neurones**.

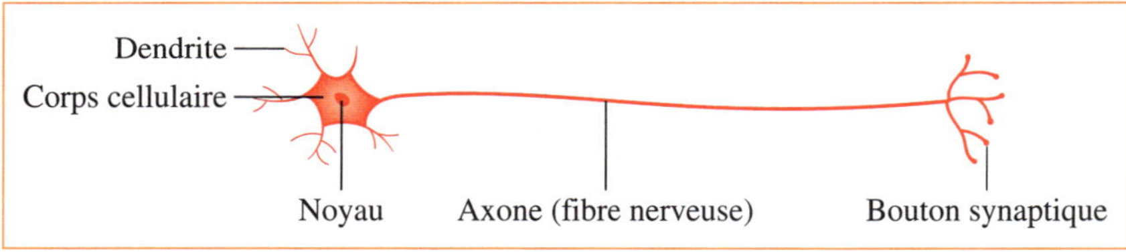

Figure 1 *Structure d'un neurone*

■ Le long d'un neurone, **le message nerveux est de nature électrique** et se propage sous la forme de **potentiels d'action**. Un potentiel d'action est une inversion transitoire de la polarité de la membrane plasmique, c'est-à-dire une **dépolarisation**, suivie d'un retour au potentiel de repos. Un potentiel d'action est un signal stéréotypé qui a toujours la même forme et la même amplitude.

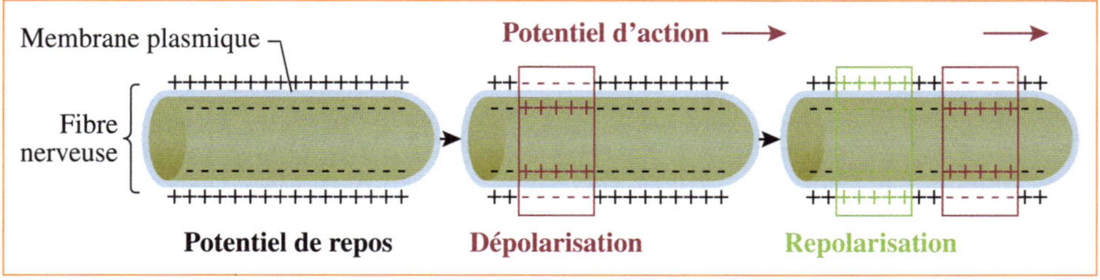

Figure 2 *Potentiel de repos et potentiel d'action*

■ L'information circulant dans les neurones est **codée en fréquence de potentiels d'action** : cela signifie que le message est modifié en fonction du nombre de potentiels d'action par unité de temps.

B. Transmission chimique entre neurones au niveau des synapses

■ La transmission du message nerveux entre les neurones se fait au niveau des synapses par l'intermédiaire de **substances chimiques** nommées **neurotransmetteurs**.

■ La fréquence des potentiels d'action qui arrivent au niveau de la terminaison synaptique du neurone pré-synaptique détermine la quantité de neurotransmetteurs libérés dans la fente synaptique : il s'agit d'un **codage en concentration de neurotransmetteurs**.

■ La fixation des neurotransmetteurs sur des **récepteurs** spécifiques situés sur la membrane du neurone post-synaptique entraîne la naissance d'un nouveau message nerveux.

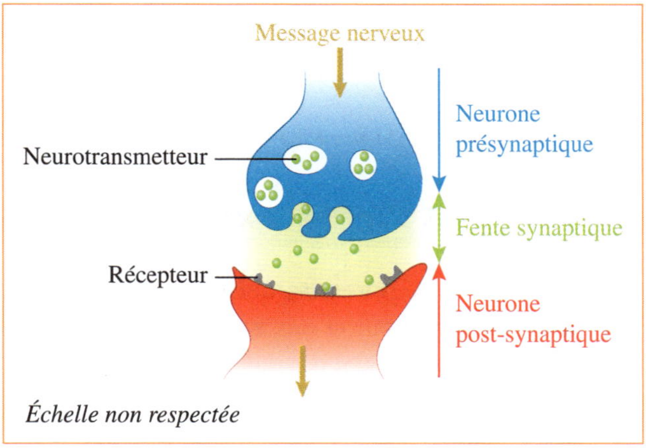

Figure 3 *Structure et fonctionnement d'une synapse neuro-neuronale*

■ La concentration ainsi que le type de neurotransmetteurs module la fréquence des potentiels d'actions du neurone post-synaptique.

Ex. : Le glutamate a un effet stimulateur tandis que le GABA a un effet inhibiteur sur le neurone post-synaptique.

■ Le neurone post-synaptique effectue une sommation temporelle et spatiale des messages nerveux stimulateurs et/ou inhibiteurs reçus.

Remarque

Les neurones utilisant le **GABA** et le **glutamate** comme neurotransmetteurs représentent plus de 80 % des neurones du cerveau et sont respectivement les **systèmes d'inhibition** et **d'excitation** du cerveau les plus importants.

- La **sommation temporelle** consiste à intégrer les informations nerveuses provenant d'un même neurone à différents instants.
- La **sommation spatiale** consiste à intégrer les informations nerveuses provenant de différents neurones à un même instant.

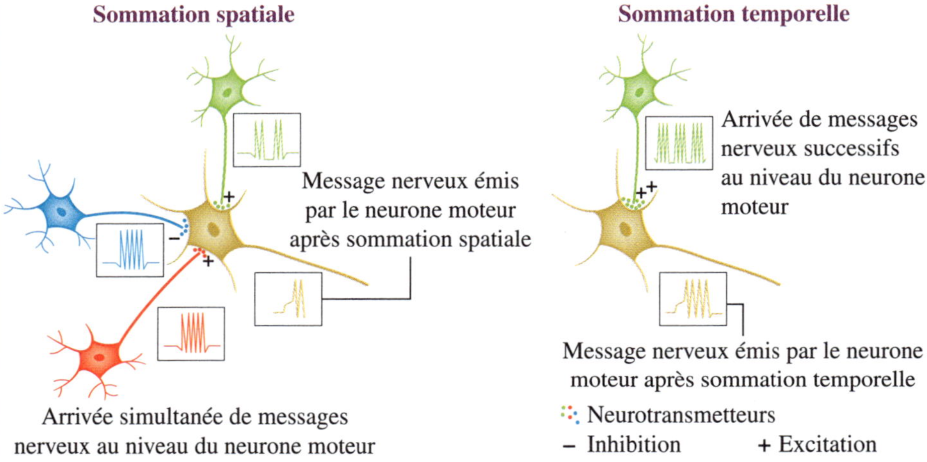

Figure 4 *Intégration des informations reçues par le neurone moteur*

2 Conséquences de la prise de molécules exogènes

■ La prise de **molécules exogènes** (alcool, drogues, certains médicaments,…) peut entraîner la perturbation des messages nerveux dans le cerveau. Toutes les molécules exogènes n'agissent pas de la même façon dans le cerveau.

■ L'action de certaines de ces molécules est due à la **similitude de leur structure moléculaire** avec celle de certains neurotransmetteurs du cerveau auxquels elles se substituent : elles sont donc capables de se fixer sur les récepteurs du neurone post-synaptique.

Ex. : Le LSD est capable de se fixer sur les récepteurs à la sérotonine (neurotransmetteur) et la nicotine sur ceux à l'acétylcholine (neurotransmetteur).

■ Certaines de ces molécules **empêchent la recapture des neurotransmetteurs** sécrétés au niveau de la fente synaptique : cela augmente l'effet des neurotransmetteurs.

Ex. : La cocaïne empêche la recapture de la dopamine (neurotransmetteur) et l'ecstasy celle de la sérotonine.

■ D'autres de ces molécules **empêchent le fonctionnement normal des récepteurs spécifiques** des neurotransmetteurs.

Ex. : L'alcool réduit le pouvoir excitateur du glutamate (neurotransmetteur) sur certains récepteurs.

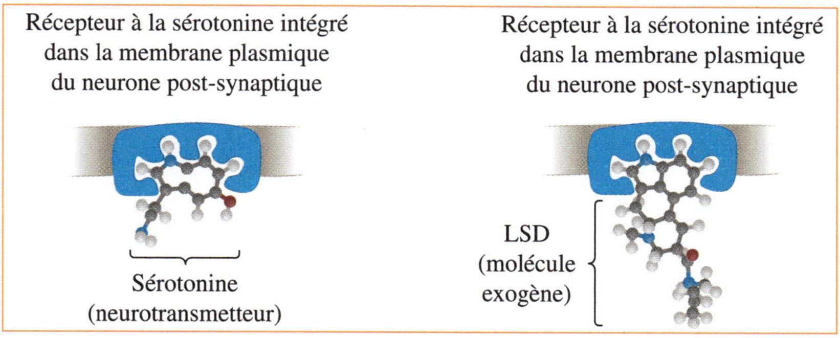

Figure 5 *Comparaison moléculaire entre la sérotonine (neurotransmetteur) et le LSD (molécule exogène) fixé sur le récepteur à la sérotonine*

■ Il existe, dans le cerveau, des neurones faisant partie d'un système nommé « **circuit de la récompense** » : ce circuit est complexe mais le noyau *accumbens* et l'aire tegmentale ventrale, deux zones du cerveau, jouent un rôle important. L'activation des neurones du circuit de la récompense conduit à une **sensation de plaisir**.

■ Les molécules exogènes augmentent l'activité général du circuit de la récompense : cela conduit à un renforcement du comportement (prise de molécules exogènes) et donc à des comportements addictifs. En effet, l'augmentation artificielle d'un neurotransmetteur peut conduire à une diminution de sa production naturelle par le corps. Ainsi, quand l'apport extérieur de la drogue cesse, l'organisme est en état de manque, ce qui conduit à consommer à nouveau.

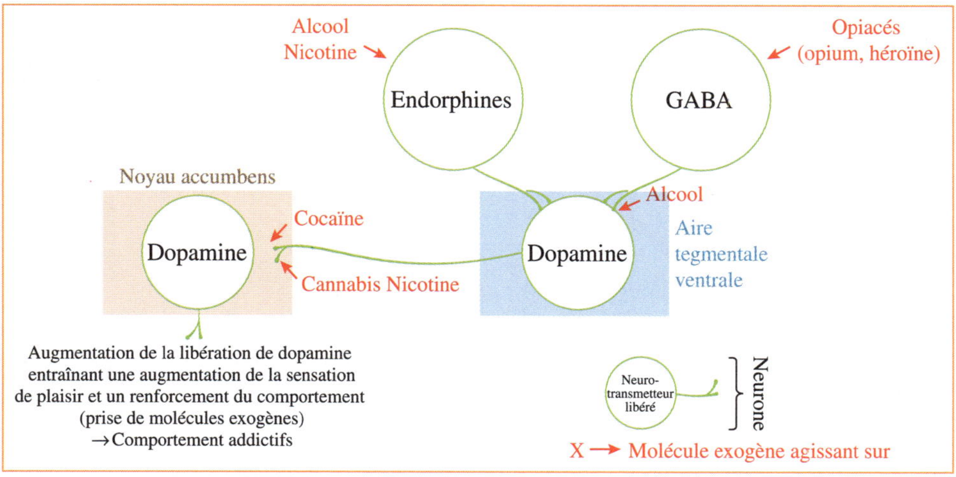

Figure 6 *Niveau d'action de quelques molécules exogènes sur le circuit de la récompense*

CARTE MENTALE

LES MESSAGES NERVEUX DANS LE CERVEAU

Un neurone de cerveau

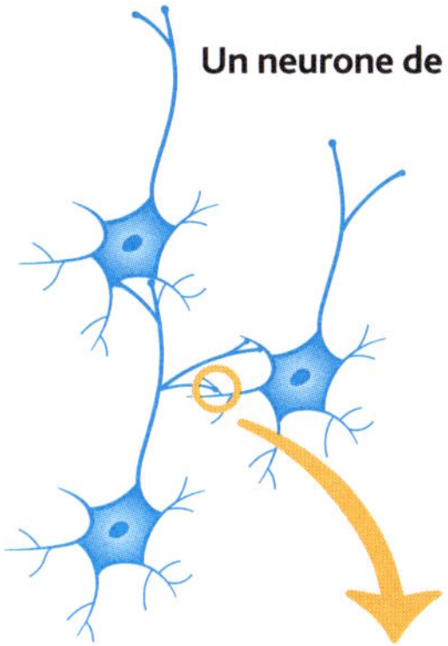

DÉTAIL AU NIVEAU D'UNE SYNAPSE

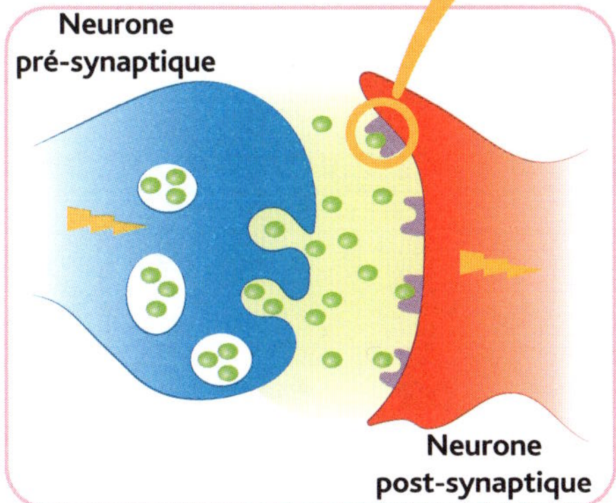

Message nerveux de nature électrique → Message nerveux de nature chimique → Message nerveux de nature électrique

Neurotransmetteurs

Récepteur

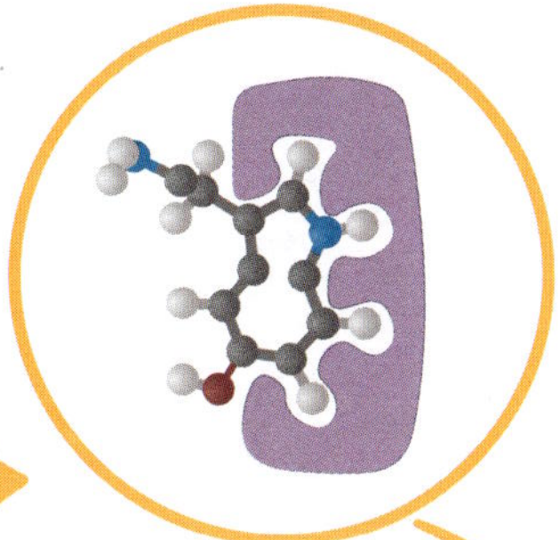

Complémentarité de forme entre le neurotransmetteur et le récepteur du neurone post-synaptique permettant la poursuite du message nerveux

USAGE DE MOLÉCULES EXOGÈNES (EXEMPLE DU LSD)

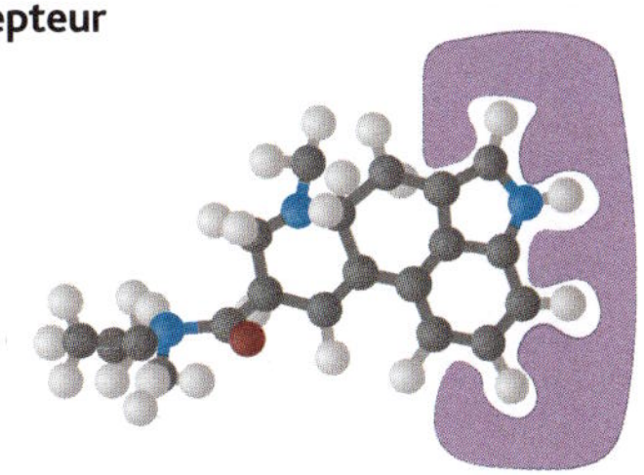

1. Similitude de la structure moléculaire entre molécules exogènes et neurotransmetteurs : substitution du neurotransmetteur par la molécule exogène perturbant les messages nerveux dans le cerveau
2. Consommation de molécules exogènes (drogues, alcool…) dangereuse tant d'un point de vue individuel (comportement dangereux, addiction…) que d'un point de vue sociétal (accidents…)

La contraction musculaire

CHAPITRE 13

La contraction musculaire lors d'un mouvement volontaire ou d'un mouvement réflexe nécessite un travail à l'échelle de la cellule musculaire.

1 Contraction musculaire à l'échelle du muscle

A. Organisation d'un muscle

- Les **muscles striés squelettiques** sont les muscles permettant la mise en mouvement du squelette d'un organisme. Ils sont reliés aux os par des tendons.

- Le muscle strié squelettique est formé d'un ensemble de **faisceaux musculaires**. Chaque faisceau musculaire est formé d'un ensemble de cellules musculaires striées également nommées **fibres musculaires**.

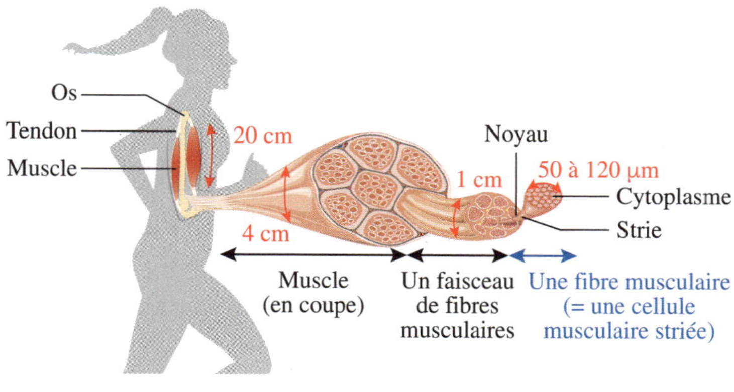

Les valeurs indiquées sont des valeurs moyennes : elles dépendent du muscle considéré.

Figure 1 *Les différents niveaux d'organisation d'un muscle strié squelettique*

> **Remarque**
> Les **fibres musculaires** ont une longueur pouvant atteindre 30 à 35 cm.

B. Mise en mouvement des os par contraction des muscles

■ Lors de sa **contraction**, le muscle raccourcit et s'épaissit.

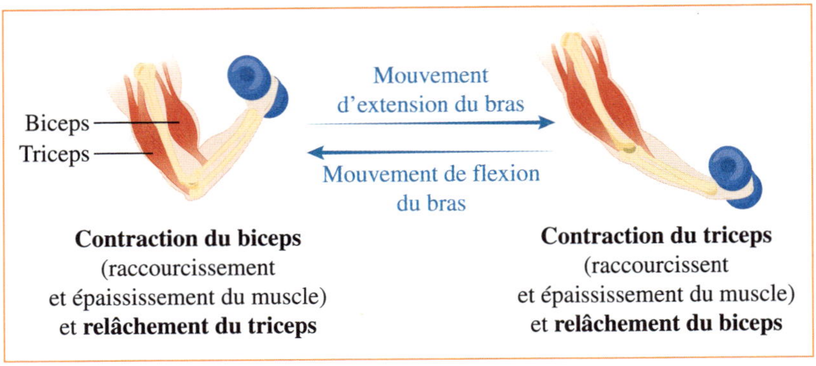

Figure 2 *Contraction et relâchement des muscles antagonistes*

■ L'épaississement et le raccourcissement du muscle permettent le mouvement relatif des deux os auxquels le muscle est relié par les tendons.

2 Contraction musculaire à l'échelle de la cellule musculaire

A. La cellule musculaire : une cellule spécialisée

■ La cellule musculaire est une **cellule spécialisée** permettant son propre raccourcissement.

■ Les cellules musculaires sont des cellules très allongées présentant une striation verticale à cause de leur **cytosquelette**.

> **Remarque**
> Les cellules musculaires contiennent **plusieurs noyaux** car elles sont **issues de la fusion de plusieurs cellules musculaires lors du développement embryonnaire**.

■ Le cytosquelette est le réseau complexe de filaments protéiques à l'intérieur d'une cellule. Dans le cas des cellules musculaires, le cytosquelette a une organisation particulière : il forme de longues fibres striées nommées **myofibrilles**.

■ Les myofibrilles sont organisées en unités répétitives, les **sarcomères**. Les sarcomères sont formés par des filaments d'actine et de myosine.

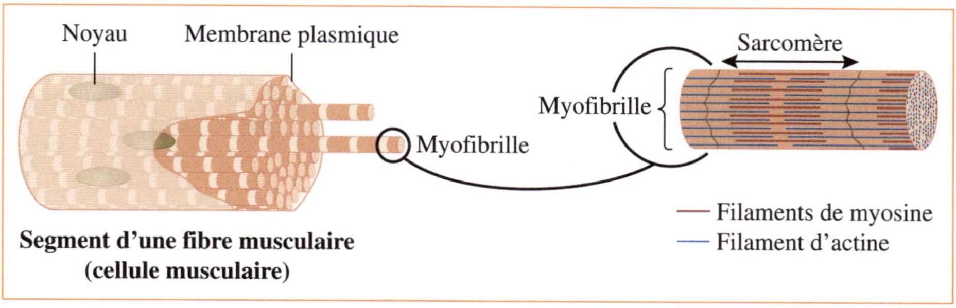

Figure 3 *Organisation de la fibre musculaire*

■ Lors de la contraction, il y a un glissement des filaments de myosine par rapport aux filaments d'actine : les sarcomères se raccourcissent. Cela entraîne le raccourcissement de la cellule musculaire.

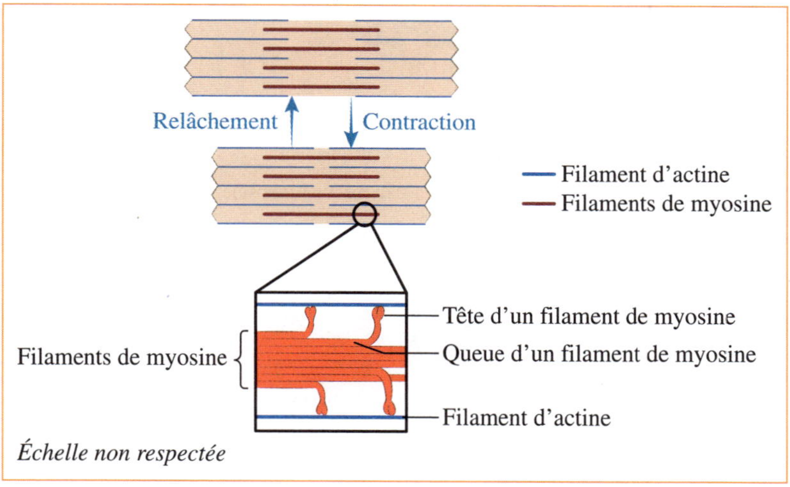

Figure 4 *Contraction et relâchement d'un sarcomère au sein d'une myofibrille de fibre musculaire*

B. Mécanisme de la contraction

■ Le mécanisme de la contraction du sarcomère peut être décrit en cinq étapes avec pour point de départ la myosine fixée à l'actine :

– la tête de la myosine est fixée au filament d'actine : le **pont d'union** actine-myosine est en place ;

– de l'**ATP** se fixe à la tête de myosine : cela entraîne la rupture du pont d'union actine-myosine par détachement de la tête de myosine ;

– l'**hydrolyse de l'ATP** par la tête de myosine fournit l'énergie nécessaire à l'activation de la tête (changement d'orientation). L'ADP et le Pi (phosphate inorganique), issus de l'hydrolyse, restent fixés à la tête ;
– la tête de myosine activée établit le **pont d'union avec l'actine** ;
– la tête de myosine ainsi fixée pivote provoquant le **glissement du filament de myosine sur celui d'actine**. Cela entraîne un raccourcissement du sarcomère. Au cours du mouvement, il y a libération de l'ADP et du Pi (retour à l'étape de départ).

Définition

Hydrolyse : désigne la rupture d'une liaison chimique en présence d'eau.

Remarque

L'ATP est une molécule riche en énergie. **L'hydrolyse de l'ATP en ADP + Pi** libère de l'**énergie chimique**.

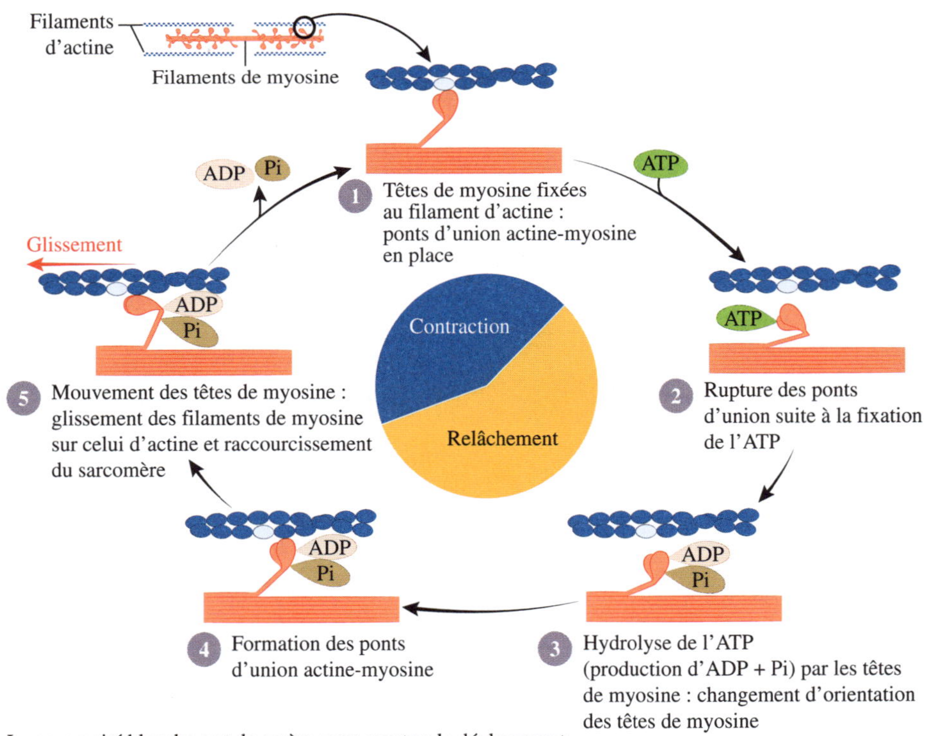

La sous-unité blanche sert de repère pour montrer le déplacement.
Échelle non respectée

Figure 5 *Détail moléculaire du mécanisme de contraction du sarcomère*

Remarques

- Chacune des quelques **350 têtes présentes sur un filament de myosine** forme et reforme environ **cinq ponts d'union par seconde**, ce qui provoque le glissement des myofilaments les uns sur les autres.
- Voir **chapitre 14** p. 385 pour l'origine de l'ATP et **chapitre 10** p. 348 pour l'origine du Ca^{2+}.

■ La contraction du sarcomère nécessite donc de l'ATP mais aussi des ions calcium Ca^{2+}. Ces ions permettent de rendre accessible les sites de fixation de la myosine sur l'actine.

3 Myopathies

■ Des maladies peuvent affecter les muscles : ce sont les **myopathies**. Elles se caractérisent par une dégénérescence des cellules musculaires.

■ Dans certaines myopathies, la dégénérescence des cellules musculaires est due à un défaut dans les interactions entre les protéines membranaires des cellules et la **matrice extra-cellulaire**.

Ex. : Dans le cas de la myopathie de Duchenne, une protéine nommée dystrophine n'est pas fonctionnelle. Elle sert au maintien de l'architecture des cellules musculaires et fait le lien entre l'actine de la cellule et la matrice extra-cellullaire : sans elle, les cellules musculaires se désorganisent et finissent par dégénérer.

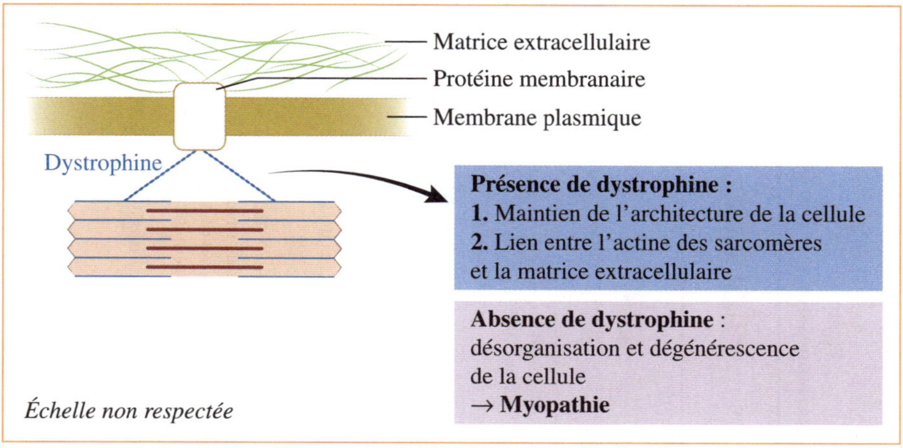

Figure 6 *Localisation et rôle de la dystrophine*

CARTE MENTALE

LA CONTRACTION MUSCULAIRE

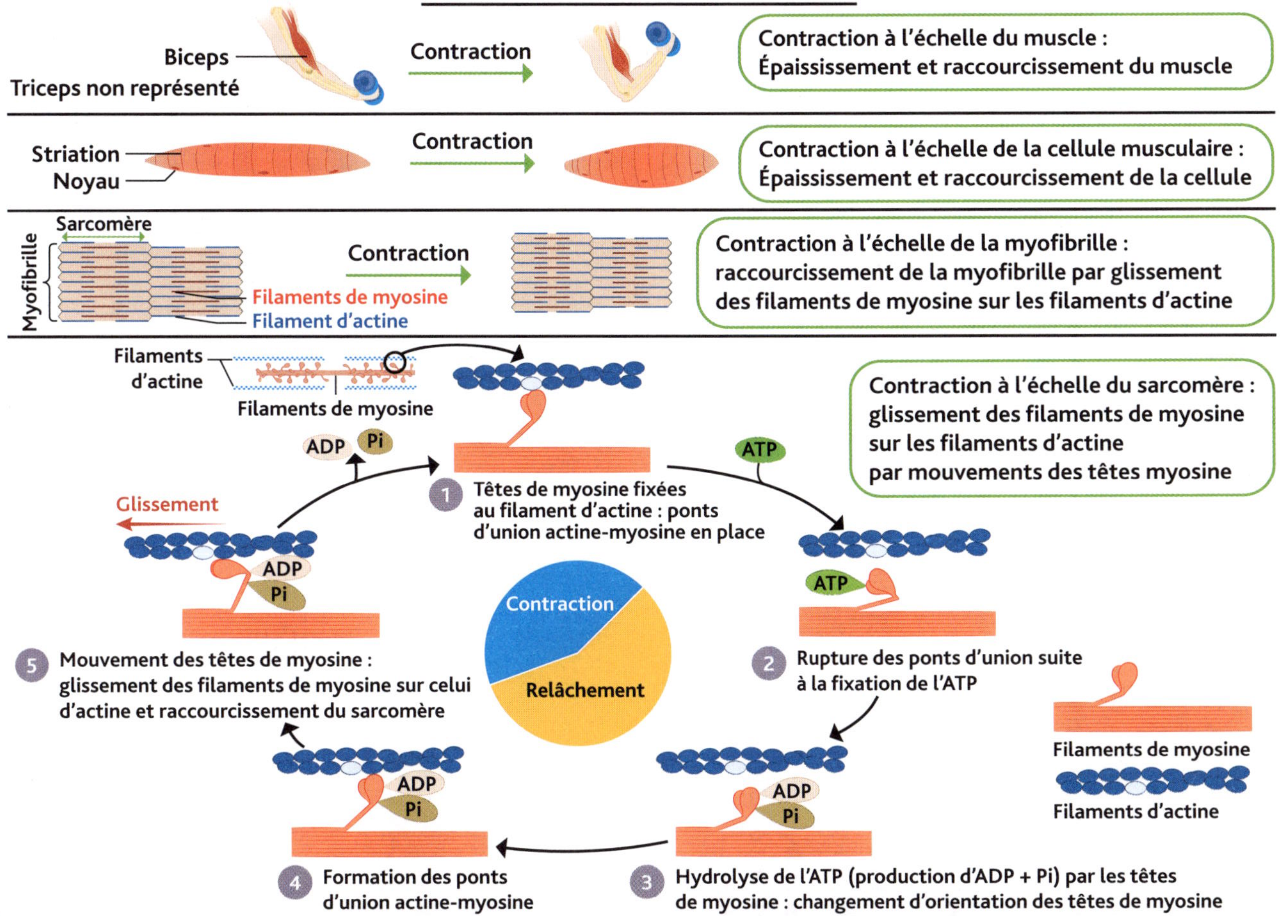

Exercice 2 : Pratique du raisonnement scientifique 1 h 45 8 points

La cyclose

Les nouvelles technologies telles que la vidéomicroscopie permettent de visualiser l'activité à l'intérieur d'une cellule.

À partir de l'exploitation des documents, mis en relation avec les connaissances, proposer un mécanisme expliquant le phénomène mis en évidence par le document 1 et préciser l'influence de la concentration en ions calcium sur ce mécanisme.

Remarque

Un sujet de partie 2 peut très bien porter sur une situation nouvelle non traitée par le programme : il est alors attendu de **réexploiter des connaissances acquises** dans ce contexte nouveau.
Il ne faut pas être destabilisé(e) et faire des liens entre ses connaissances et les documents.

Document 1 : Cellules chlorophylliennes de la feuille d'élodée (videomicroscopie)

Les trois images proposées sont extraites d'une vidéo qui dure 5 secondes.
Elles permettent de suivre le déplacement du chloroplaste repéré par un astérisque.

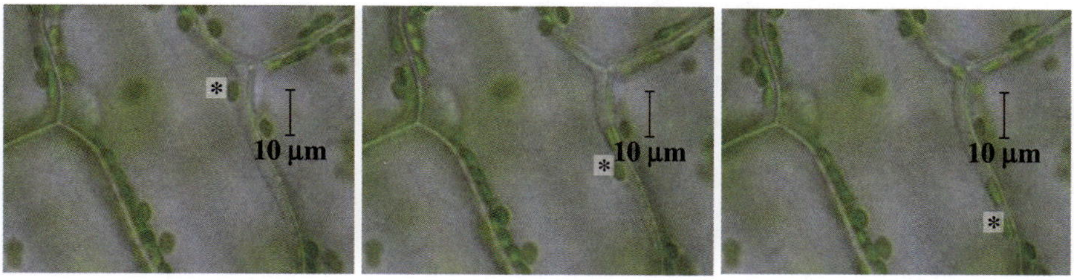

Document 2 : Variation de la vitesse de cyclose des chloroplastes en fonction des conditions énergétiques de la cellule

La cyclose est le mouvement des organites dans le cytoplasme.

La vitesse de la cyclose des chloroplastes de l'élodée a été mesurée en plaçant un fragment de feuille successivement dans trois solutions :
- une solution témoin ;
- puis une solution composée de la solution témoin additionnée d'ATP (10^{-5} mol · L^{-1}) ;
- puis une solution composée de la solution témoin additionnée d'ATP (10^{-5} mol · L^{-1}) et de pC1BA (10^{-5} mol · L^{-1}), une molécule empêchant l'utilisation de l'ATP par la cellule.

Cette expérience a été répétée pour plusieurs concentrations d'ATP et de pC1BA et des résultats comparables sont obtenus à chaque fois.

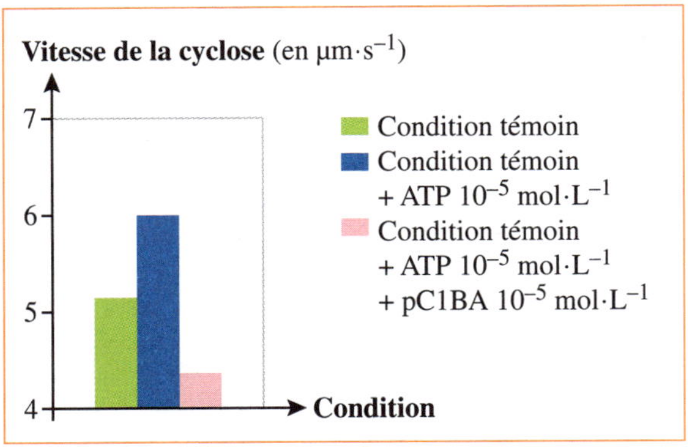

Remarque

Les résultats sont significativement différents.

Document 3 : Schéma d'interprétation de la disposition des chloroplastes dans une cellule chlorophyllienne de *Nitella flexilis* observée en microscopie électronique

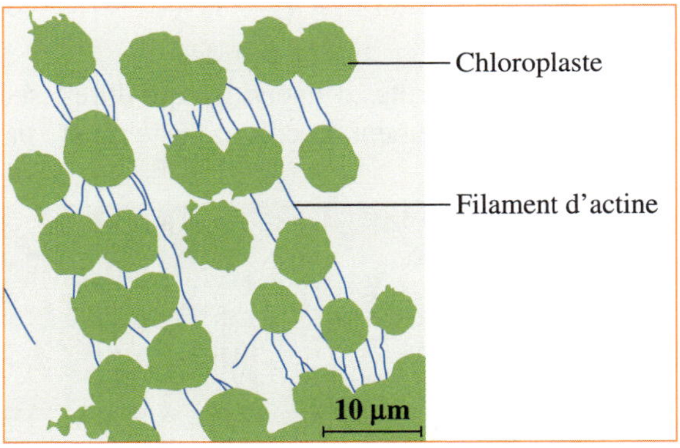

Document 4 : Schéma d'interprétation des interactions entre les chloroplastes et les filaments d'actine à l'origine du déplacement des chloroplastes

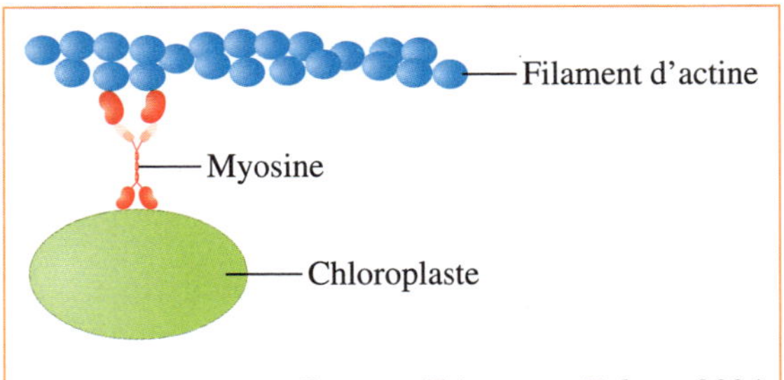

Source : Shimmen et Yokota, 2004

Document 5 : Effet de la concentration en ions calcium sur le déplacement de l'actine par la myosine

Des molécules de myosine ont été expérimentalement fixées sur des lames de microscope. Une solution contenant de l'actine marquée a ensuite été déposée sur la lame et le déplacement de l'actine par la myosine a été suivi.

5.a. : Déplacement des filaments d'actine par la myosine en présence d'EGTA

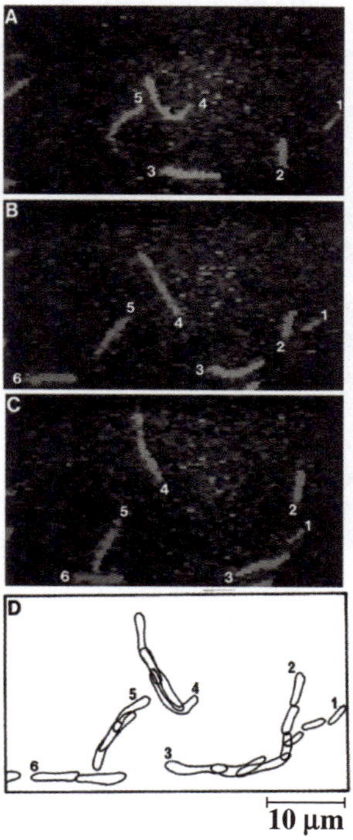

Source : E. Yokota et al.*, 1999*

L'expérience est réalisée en présence d'EGTA, une molécule capable de piéger les ions calcium : ces derniers ne peuvent alors plus agir.

A, B, C : Photographies séquentielles du déplacement des filaments d'actine (intervalle de temps de 0,66 s).

D : Traces surimposées des 6 filaments d'actine des photos A à C.

5.b. : Déplacement des filaments d'actine par la myosine en présence d'ions calcium

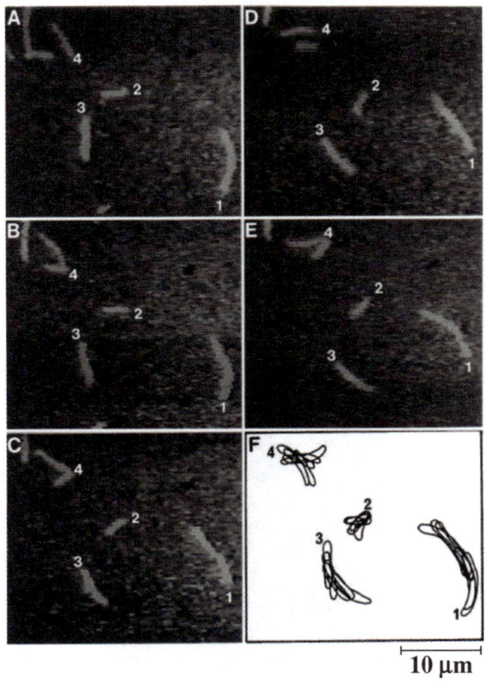

Source : E. Yokota et al., *1999*

L'expérience est réalisée en présence d'une concentration en ions calcium de 10^{-5} mol · L^{-1}.

A, B, C, D, E : Photographies séquentielles du déplacement des filaments d'actine (intervalle de temps de 0,66 s).

F : Traces surimposées des 4 filaments d'actine des photos A à E.

Document 6 : Effet de la concentration en ions calcium sur l'hydrolyse de l'ATP par la myosine

Des molécules de myosine sont mises en solution dans un milieu contenant de l'ATP en quantité suffisante. L'hydrolyse de l'ATP par la myosine est mesurée en fonction de la concentration en ions calcium

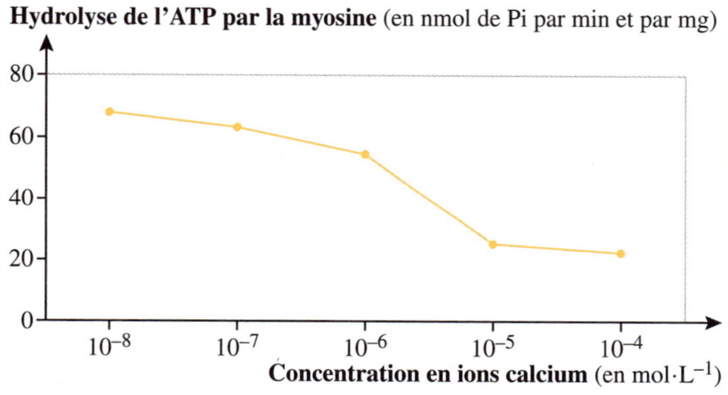

Source : E. Yokota et al., *1999*

→ Corrigé p. 382

CORRIGÉ

Exercice 2 : Pratique du raisonnement scientifique → *Énoncé p. 377*

> **Méthode**
>
> Il est conseillé de **structurer son propos** lorsque l'on analyse une expérience (j'observe que…, je sais que…, j'en déduis que…) et d'**utiliser des valeurs chiffrées et des comparaisons** dès que possible.

Le document 1 montre que les chloroplastes n'ont pas une position fixe : on observe un mouvement de cyclose dans le cytoplasme. Quel est le mécanisme à l'origine de ce phénomène ?

- Le document 2 montre que la cyclose dépend de l'état énergétique de la cellule, c'est-à-dire de la présence ou non d'ATP. En présence d'ATP, la cyclose est de 6 $\mu m \cdot s^{-1}$ contre 5 $\mu m \cdot s^{-1}$ pour la situation témoin. De plus, en présence d'une molécule empêchant l'utilisation de l'ATP par la cellule, la cyclose passe à environ 4,2 $\mu m \cdot s^{-1}$. Ainsi, la cyclose est un phénomène dépendant en partie de la présence d'ATP : plus il y a d'ATP, plus la cyclose est importante (il doit néanmoins exister une vitesse limite).

  La microscopie électronique du document 3 laisse penser que les chloroplastes sont fixés au filament d'actine. Le schéma d'interprétation va dans ce sens et montre que la fixation des chloroplastes sur les filaments d'actine se fait grâce à la myosine. Or on sait que la myosine est une molécule capable de fixer l'ATP et de changer de conformation conduisant à des mouvements (exemple de la cellule musculaire).

  Ainsi, on peut supposer que le mécanisme en jeu est semblable à celui de la contraction musculaire : la fixation puis l'hydrolyse de l'ATP par la tête de la myosine conduit à son changement de conformation, à l'origine d'un mouvement le long du filament d'actine. Par conséquent le mouvement des chloroplastes dans le cytoplasme serait permis par les molécules de myosine qui se déplacent le long des filaments d'actine présents dans la cellule.

- Des expériences ont été réalisées dans le but de montrer l'influence des ions calcium sur le mécanisme de la cyclose.

  Dans le document 5a, on suit le déplacement de filaments d'actine par la myosine en présence d'une molécule piégeant les ions calcium (l'EGTA) : cela revient à avoir un milieu sans ions calcium. Dans cette situation, on observe un déplacement des filaments d'actine par la myosine (environ 5 µm pour chacun des filaments étudiés) : il semble donc que ce mécanisme ne nécessite pas d'ions calcium.

  Dans le document 5b, on suit le déplacement de filaments d'actine par la myosine en présence d'une concentration en ions calcium de 10^{-5} $mol \cdot L^{-1}$. On constate un déplacement très faible des filaments par rapport à la situation du document 5a. Le fonctionnement des myosines ne semble pas amélioré par la présence d'ions calcium, au contraire, il semble y avoir une inhibition de l'activité des myosines par les ions calcium.

Le document 6 présente l'effet de la concentration en ions calcium sur l'hydrolyse de l'ATP par la myosine. L'hydrolyse de l'ATP par la myosine diminue quand la concentration en ions calcium augmente : elle passe d'environ 70 nmol de Pi par min et par mg pour une concentration de 10^{-8} mol · L^{-1} à 20 nmol de Pi par min et par mg pour une concentration de 10^{-4} mol · L^{-1}. Or, l'hydrolyse de l'ATP par la myosine permet le déplacement des chloroplastes lors de la cyclose. Ainsi, une augmentation de la concentration en ions calcium conduit à une inhibition de la cyclose.

Par conséquent, les ions calcium ne semblent pas nécessaires à la cyclose et une trop forte concentration (dès 10^{-6} mol · L^{-1}) à un effet inhibiteur important sur la cyclose.

CHAPITRE 14 Origine de l'énergie nécessaire à la contraction musculaire

La contraction des fibres musculaires nécessite de l'énergie sous forme d'**ATP**.

1 Consommation d'ATP par les fibres musculaires

■ Lors de la **contraction musculaire**, les fibres musculaires consomment de l'ATP. Cet ATP est nécessaire au glissement des filaments de myosine sur les filaments d'actine.

■ Le stock d'ATP dans les cellules est très réduit : il ne peut permettre une contraction que pendant quelques secondes. Il existe donc des **mécanismes qui permettent la régénération en permanence de l'ATP** dans les cellules.

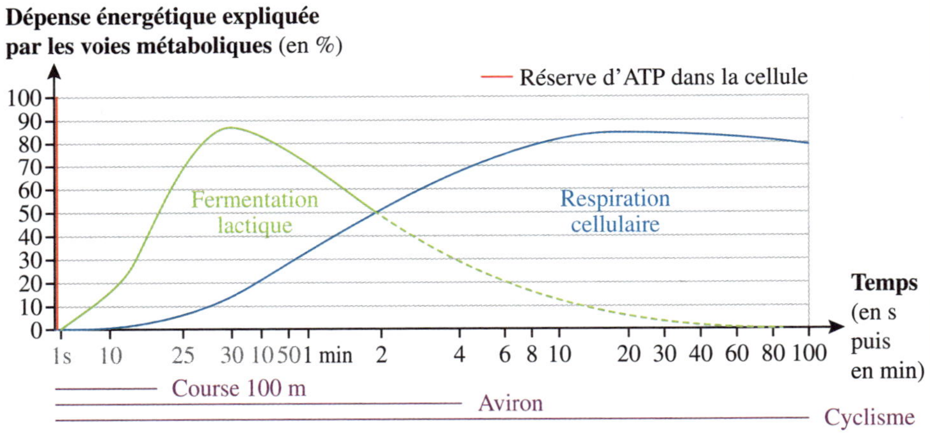

Figure 1 *Mode de production d'ATP par la fibre musculaire en fonction de la durée et du type d'effort*

2 Régénération de l'ATP

A. Oxydation du glucose lors de la glycolyse

■ L'ATP est produit par les cellules grâce à la dégradation de matière organique (glucides, lipides, protéines). Dans la majorité des cas, l'ATP est produit à partir de la dégradation du glucose.

■ Dans les cellules, au niveau du cytoplasme (plus précisément dans l'**hyaloplasme**, fraction liquide du cytoplasme), le glucose est oxydé en pyruvate lors de la **glycolyse**. Ce mécanisme conduit à la formation de deux molécules d'ATP et de **composés réduits** (NADH, H^+) utilisés par la suite. Les composés réduits jouent le rôle de **transporteurs d'électrons**.

Définitions

Une molécule à l'**état oxydé** a libéré des électrons. Une molécule à l'**état réduit** a capturé des électrons.

- Une **oxydation** est une réaction chimique où un ou plusieurs électrons sont libérés par une molécule.
- Une **réduction** est une réaction chimique où un ou plusieurs électrons sont capturés par une molécule.

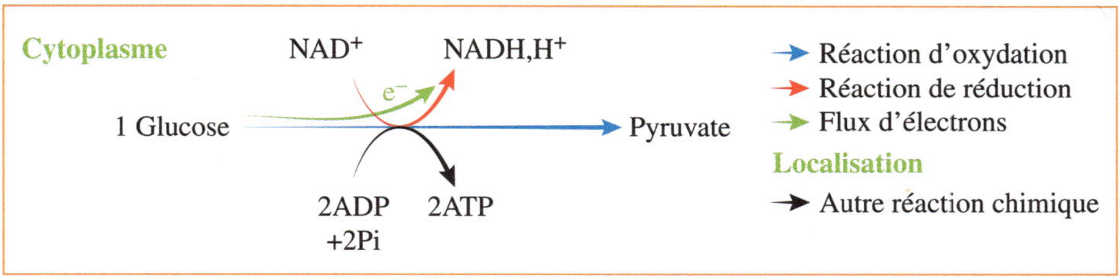

Figure 2 *Bilan de la glycolyse*

Les coefficients stœchiométriques ne sont précisés que pour le glucose et l'ATP car nécessaires au calcul du rendement de la réaction.

■ Le pyruvate est à son tour dégradé. Le mécanisme de dégradation dépend du type d'effort (courte ou longue durée).

B. Production anaérobie d'ATP : la fermentation lactique

■ Les cellules musculaires produisent de l'ATP par **fermentation lactique** lorsque le dioxygène vient à manquer : cette production d'ATP se fait donc sans dioxygène (métabolisme **anaérobie**). Cela arrive notamment lors des efforts brefs mais intenses : la dégradation du glucose se fait plus rapidement que l'apport du dioxygène aux muscles.

■ La fermentation lactique consiste en une **glycolyse** à laquelle s'ajoute la **réduction du pyruvate en acide lactique**. Cette réduction régénère le NAD^+ en transférant les électrons du NADH, H^+, au pyruvate. Le NAD^+ peut alors servir de nouveau pour l'oxydation du glucose dans la glycolyse.

■ La fermentation lactique conduit à la production de deux molécules d'ATP à partir d'une molécule de glucose.

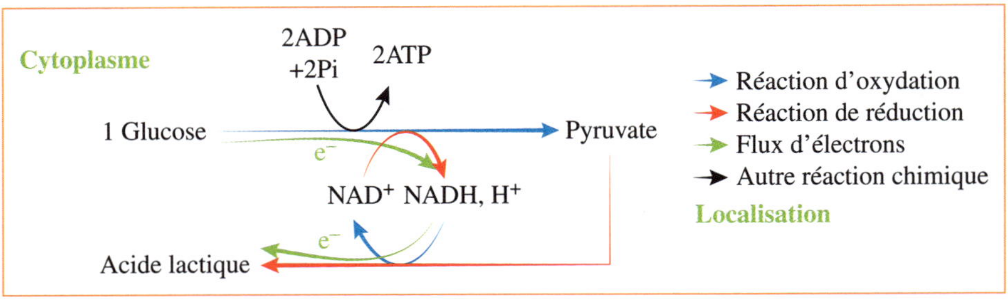

Figure 3 *Bilan de la fermentation lactique*

Les coefficients stœchiométriques ne sont précisés que pour le glucose et l'ATP car nécessaires au calcul du rendement de la réaction.

C. Production aérobie d'ATP : la respiration cellulaire

■ Les cellules musculaires produisent de l'ATP par **respiration cellulaire** lors d'efforts de longue durée : cette production d'ATP se fait en présence de dioxygène (métabolisme **aérobie**).

■ La respiration cellulaire comprend deux étapes.

- **L'utilisation du pyruvate** (produit par la glycolyse) lors du **cycle de Krebs**, dans la matrice mitochondriale. Cela conduit principalement à la formation de CO_2 et de composés réduits (NADH, H^+).
- **La réoxydation des composés réduits** grâce à la réduction de dioxygène en eau au niveau de la **chaîne respiratoire mitochondriale** (membrane interne des mitochondries). Cela conduit à la production d'ATP.

■ Le dioxygène étant indispensable à la production d'ATP par respiration cellulaire, il est **nécessaire d'avoir une bonne oxygénation** durant l'effort physique, d'autant plus quand celui-ci est un effort prolongé.

■ La glycolyse, suivie de la respiration cellulaire, conduisent à la production d'environ 30 molécules d'ATP à partir d'une molécule de glucose.

■ Le rendement de la respiration cellulaire est donc bien supérieur à celui de la fermentation lactique.

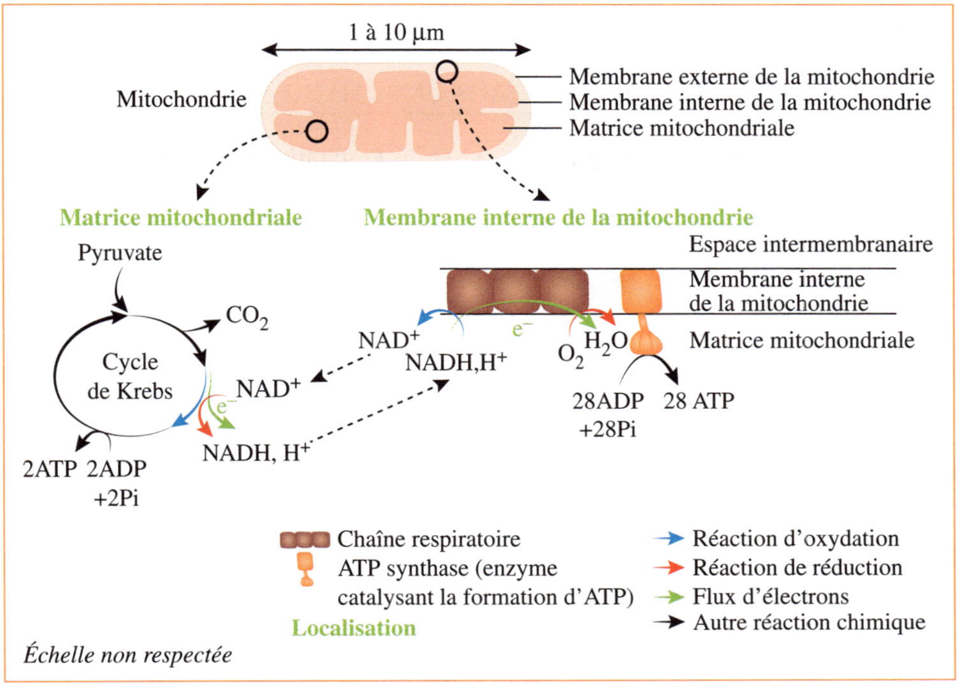

Figure 4 *Localisation et bilan simplifié des étapes de la respiration cellulaire*
Les coefficients stœchiométriques ne sont précisés que pour l'ATP car nécessaires au calcul du rendement de la réaction.

3 Utilisation de produits dopants et performance sportive

■ Certaines substances peuvent être utilisées pour améliorer les performances sportives : ce sont les **produits dopants**. Ils agissent notamment en **améliorant le métabolisme musculaire**.

Ex. : L'EPO (ou érythropoïétine) est une hormone naturellement fabriquée par les reins. Elle agit sur la moelle osseuse en stimulant la fabrication des globules rouges. L'augmentation de la quantité de globules rouges améliore le transport de dioxygène dans le sang. C'est par cette fonction que l'EPO peut favoriser la respiration cellulaire et améliorer les performances. De ce fait, elle est utilisée à des fins dopantes principalement dans les sports d'endurance.

■ Les produits dopants peuvent avoir des effets, parfois graves, sur la santé.

Ex. : À court terme, l'utilisation d'EPO augmente le risque d'infarctus et d'accidents vasculaires cérébraux (AVC). À long terme, cette hormone entraîne des risques d'hypertension artérielle et favorise le cancer de la moelle osseuse.

CARTE MENTALE

RÉGÉNÉRATION DE L'ATP DANS UNE CELLULE MUSCULAIRE

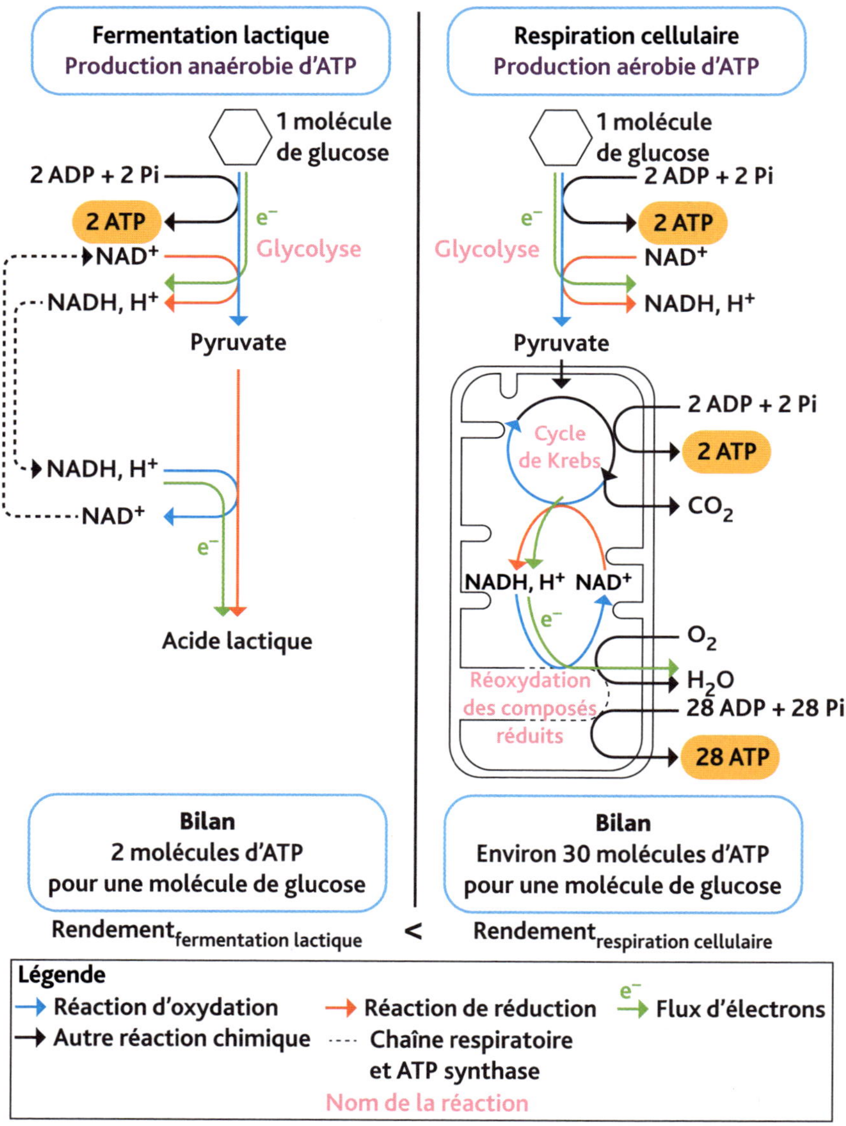

Échelle non respectée

Les coefficients stœchiométriques ne sont précisés que pour le glucose et l'ATP car nécessaires au calcul du rendement de la réaction.

Remarque

Le **glucose** arrive par voie sanguine jusqu'aux cellules.

Exercice 2 : Pratique du raisonnement scientifique 1 h 45 8 points

Effort musculaire et entraînement

On définit deux types d'effort physique :
– l'endurance : l'effort est modéré mais prolongé ;
– la résistance : l'effort est intense mais de courte durée.

Les muscles contiennent deux types de fibres : des fibres de type I et des fibres de type II.

À partir de l'étude des documents et de l'utilisation des connaissances, définir les voies métaboliques et les fibres musculaires impliquées dans chaque type d'effort ainsi que les caractéristiques de ces fibres.

Montrer ensuite quel est l'effet de l'entraînement sur les voies métaboliques impliquées dans la production d'ATP par la cellule musculaire.

Document 1 : Quelques caractéristiques des fibres musculaires

Caractéristiques \ Types de fibres	Fibres de Type I	Fibres de type II
Couleur	Rouge	Blanche
Myoglobine	++++	+
Vitesse de contraction	+	++++
Résistance à la fatigue	++++	+
Mitochondries	++++	+
Irrigation sanguine	+++	+
Métabolisme de dégradation du glucose en présence d'O_2	++++	+
Métabolisme de dégradation du glucose en absence d'O_2	+	++++
Contenu en glycogène	+++	+++

La myoglobine est une protéine musculaire qui fixe le dioxygène.
Le métabolisme d'oxydation du glucose consomme du dioxygène.
Le glycogène est une molécule de mise en réserve du glucose.
Le glucose et l'O_2 sont véhiculés par le sang.
+ : indique l'importance de chaque caractéristique

Document 2 : Électronographies de fibres musculaires

Vues de détail en MET.

2.a. : Fibre de type I

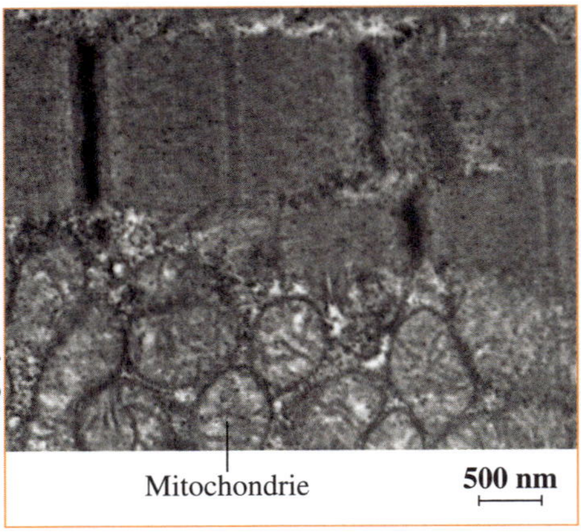

2.b. : Fibre de type II

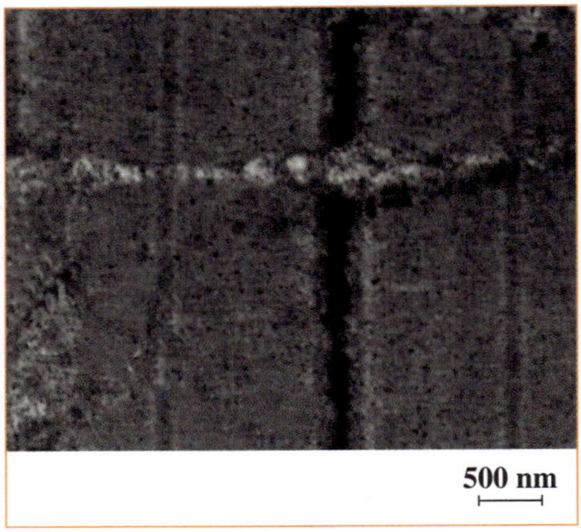

Document 3 : Coupe transversale de cellules musculaires issues d'une biopsie d'un quadriceps chez deux athlètes

Les clichés sont obtenus après utilisation d'une technique faisant apparaître en foncé une forte teneur en enzyme de la fermentation lactique. On reproduit les observations sur le croquis ci-dessous :

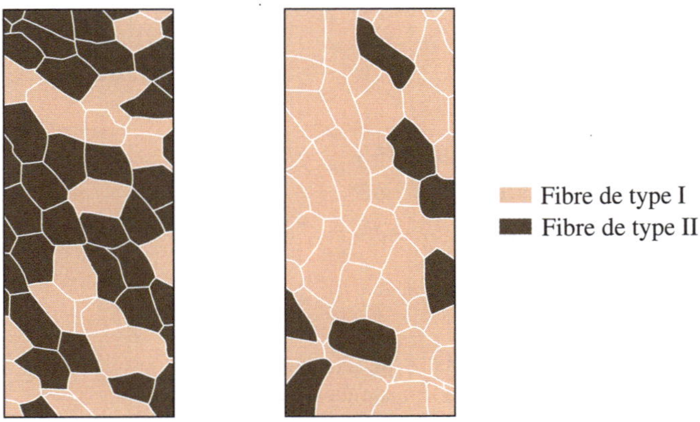

Cellules de sprinter *Cellules de marathonien*

Document 4 : Pourcentage des deux types de fibres chez différents athlètes

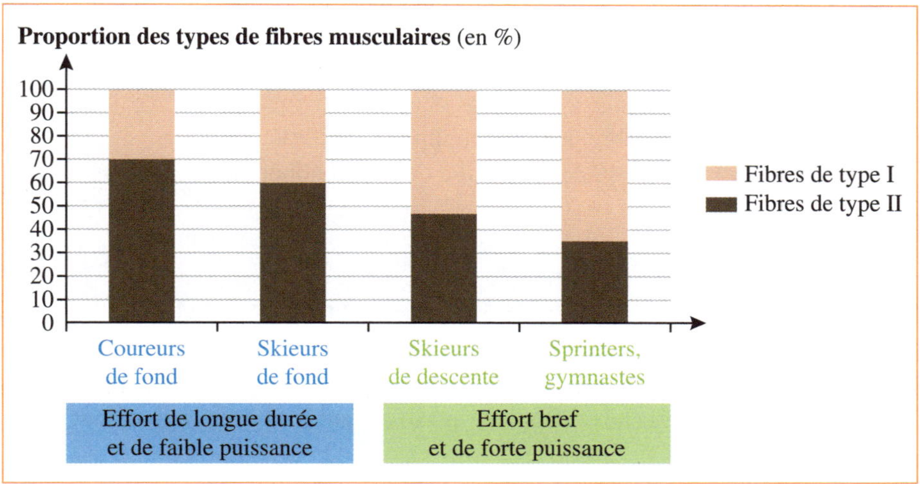

Document 5 : Production d'acide lactique et consommation de dioxygène chez un individu non entraîné et chez un individu entraîné, pour un exercice de puissance donnée

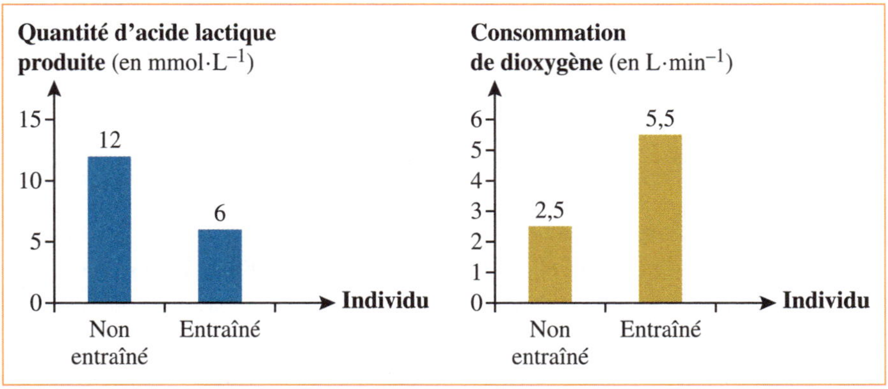

N.B. : On considère que les changements constatés à l'échelle de l'organisme sont dus principalement à l'activité des muscles pendant l'exercice.

Document 6 : Quantité de mitochondries dans les cellules musculaires

Les mitochondries sont des organites présents dans les cellules musculaires. Elles permettent la synthèse d'ATP par oxydation des métabolites.

Un entraînement de 21 semaines à raison de 5 séances par semaine permet d'observer dans les cellules musculaires :

– une augmentation du nombre de mitochondries de 120 % ;

– une augmentation de 14 à 40 % de la taille des mitochondries.

Document 7 : Activité des enzymes du cycle de Krebs en fonction de l'entraînement à un sport d'endurance

Des mesures de l'activité des enzymes du cycle de Krebs sont réalisées à partir d'extraits de muscles prélevés chez différents sportifs avant et après entraînement.

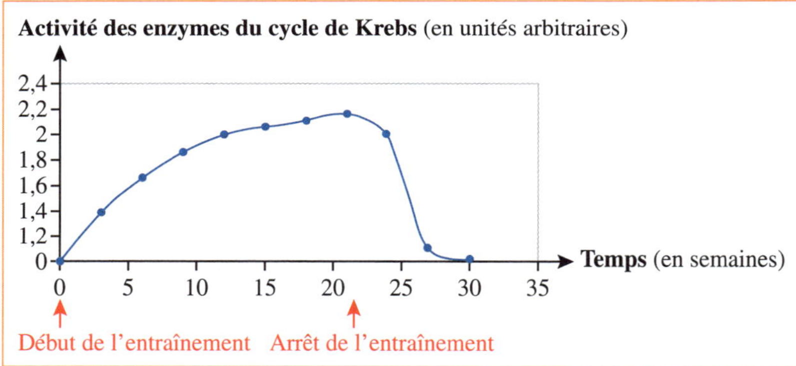

Document 8 : Entraînement et réserves de métabolites

Le glycogène est une forme de stockage du glucose. Le tableau ci-dessous présente les réserves moyennes en glycogène musculaire chez une personne non entraînée et chez une personne entraînée.

	Réserves en glycogène musculaire
Personne non entraînée	13 à 15 $g \cdot kg^{-1}$ de muscle
Personne entraînée	15,5 à 17,5 $g \cdot kg^{-1}$ de muscle

→ *Corrigé p. 393*

CORRIGÉ

Exercice 2 : Pratique du raisonnement scientifique → Énoncé p. 389

Conseils

- Toujours **justifier** ses propos, notamment à l'aide de valeurs.
- Ne pas nécessairement analyser les documents dans l'ordre du sujet : **choisir un ordre logique** permettant une démarche cohérente.

La contraction musculaire lors d'un effort physique nécessite de l'énergie sous forme d'ATP. Il existe deux voies métaboliques principales de production d'ATP par la cellule musculaire : la fermentation lactique et la respiration cellulaire.

De plus, il existe deux types de fibres musculaires : des fibres de type I et des fibres de type II.

Quelles sont les voies métaboliques et fibres musculaires impliquées dans chaque type d'effort ?

I – Voies métaboliques et fibres musculaires impliquées lors d'un effort modéré mais prolongé (endurance)

Le document 4 présente la proportion de chaque type de fibres en fonction de différents athlètes (c'est-à-dire en fonction du type d'effort) : plus l'effort est bref mais intense, plus la proportion de fibres de type II est importante (65 % pour un sprinter) et plus l'effort est long, plus la proportion de fibres de type I est importante (70 % pour un coureur de fond).

Remarque

Il ne faut pas chercher à redonner toutes les valeurs du document. L'important est d'**établir une comparaison pertinente**.

On en déduit donc que les fibres principalement impliquées dans un effort modéré mais prolongé sont les fibres de type I. De plus, le document 1 indique que les fibres de type I ont une forte résistance à la fatigue : elles ont donc bien la capacité de produire un effort prolongé.

Les coupes transversales de cellules musculaires du document 3 abondent dans le sens de la conclusion du document 4 : les marathoniens (effort modéré mais prolongé) possèdent de nombreuses fibres de type I et très peu de fibres de type II contrairement aux sprinters (effort intense de courte durée). En effet, on observe un ratio approximatif, d'après la coupe, d'une fibre de type II pour 5 fibres de type I dans le cas d'un marathonien. De plus, la technique de coloration utilisée donne des informations sur le métabolisme de production d'ATP : elle fait apparaître en foncé une forte teneur en enzyme de la fermentation lactique. La coloration se retrouve dans les fibres de type II. Ainsi, les fibres majoritaires chez un marathonien, celles de type I, ne sont pas colorées : le métabolisme principal de ses muscles n'est pas la fermentation lactique. L'autre voie de production d'ATP étant la respiration cellulaire, on en déduit que les fibres de type I produisent de l'ATP grâce à la respiration cellulaire.

L'électronographie des fibres de type I du document 2 montre la présence de mitochondries dans le cytoplasme des fibres. Le document 1 indique que les mitochondries sont effectivement nombreuses dans ces fibres et que le métabolisme de dégradation du glucose en présence de dioxygène est très actif.

Or, on sait que les mitochondries sont nécessaires à la dégradation du glucose en présence de dioxygène (respiration cellulaire). Cela confirme que les fibres de type I produisent de l'ATP par la respiration cellulaire.

De plus, les fibres de type I possèdent de nombreuses molécules de myoglobine, des « réservoirs » à dioxygène, contrairement aux fibres de type II. Le dioxygène est nécessaire à la production d'ATP par respiration cellulaire. Ce constat conforte l'idée que les fibres de type I produisent de l'ATP par la respiration cellulaire.

II – Voies métaboliques et fibres musculaires impliquées lors d'un effort intense mais de courte durée

Le document 4 présente la proportion de chaque type de fibres en fonction de différents athlètes (c'est-à-dire en fonction du type d'effort). De l'analyse du document dans la partie précédente, on en déduit donc que les fibres principalement impliquées dans un effort modéré mais prolongé sont les fibres de type II. De plus, le document 1 indique que les fibres de type II ont une vitesse de contraction très rapide, cela permet des efforts rapides et intenses mais ont une faible résistance à la fatigue (effort bref).

> **Remarque**
>
> Il peut être pertinent de **faire des comparaisons** (x fois plus grand/petit que, utilisation de proportions).

Les coupes transversales de cellules musculaires du document 3 abondent dans le sens de la conclusion du document 4 : les sprinters (effort intense de courte durée) possèdent de nombreuses fibres de type II et très peu de fibres de type I contrairement aux marathoniens (effort modéré mais prolongé). En effet, on observe un ratio approximatif, d'après la coupe, d'une fibre de type I pour 3 fibres de type II. La technique de coloration utilisée fait apparaître en noir une forte teneur en enzyme de la fermentation lactique dans les fibres de type II. Ces fibres étant majoritaires dans les muscles d'un sprinter, on en déduit que la production d'ATP se fait majoritairement par fermentation lactique.

L'électronographie des fibres de type II du document 2 ne montre pas la présence de mitochondries dans le cytoplasme des fibres. Ce constat est confirmé par les données du document 1 : les mitochondries sont peu nombreuses. Ainsi ces fibres ne réalisent que très peu la respiration cellulaire. En outre, le document 2 indique que le métabolisme de dégradation du glucose en l'absence de dioxygène est très important dans ces fibres. La fermentation lactique ne nécessitant pas de dioxygène, cette information va dans le sens d'une production d'ATP par fermentation lactique dans le cas des fibres de type II.

III – Effet de l'entraînement dans la production d'ATP par la cellule musculaire

Le document 8 indique qu'une personne entraînée possède de plus grandes réserves en glycogène : de 15,5 à 17,5 $g \cdot kg^{-1}$ de muscles contre entre 13 et 15 $g \cdot kg^{-1}$ de muscles pour une personne non entraînée.
Le glycogène est une forme de stockage de glucose et le glucose permet la production d'ATP par la cellule (par fermentation lactique ou respiration cellulaire).
On en déduit donc que les fibres musculaires d'une personne entraînée sont en mesure de produire bien plus d'ATP qu'une personne non entraînée. Par conséquent, les personnes entraînées sont en mesure de faire des efforts plus longs ou plus intenses que des personnes non entraînées.
Le document 5 présente l'importance de la fermentation lactique et de la respiration cellulaire chez une personne entraînée et chez une personne non entraînée.
On observe que la quantité d'acide lactique produite est 2 fois moins importante chez un individu entraîné que chez un individu non entraîné (6 $mmol \cdot L^{-1}$ contre 12 $mmol \cdot L^{-1}$). Or, l'acide lactique est le résultat de la fermentation lactique.
On en déduit donc que le métabolisme de fermentation lactique est moins important chez un individu entraîné.
En outre, on observe que la quantité de dioxygène consommé est environ 2 fois plus importante chez un individu entraîné que chez un individu non entraîné (5,5 $L \cdot min^{-1}$ contre 2,5 $L \cdot min^{-1}$).
Or, la consommation de dioxygène est la conséquence de la respiration cellulaire.
On en déduit donc que le métabolisme de respiration cellulaire est plus important chez un individu entraîné.

Ainsi, l'entraînement conduit à une augmentation de la capacité des cellules à produire de l'ATP grâce à la respiration cellulaire. Cela est « intéressant » car le rendement en ATP est meilleur avec la respiration cellulaire qu'avec la fermentation lactique.

Le document 6 indique que l'entraînement conduit à une augmentation du nombre (+ 120 %) et de la taille des mitochondries (+ 14 à 40 %). Cela conforte l'idée que le métabolisme des fibres musculaires s'oriente vers un métabolisme aérobie (respiration cellulaire via les mitochondries) suite à un entraînement.
À cela s'ajoute le fait que le document 7 montre que l'activité des enzymes du cycle de Krebs double entre le début et la fin d'un entraînement de 21 semaines.
Or, le cycle de Krebs est une des étapes de la respiration cellulaire.
On en déduit donc bien une augmentation de la respiration cellulaire lors d'une période d'entraînement.

Par conséquent, l'entraînement conduit une augmentation de la capacité des cellules musculaires à produire de l'ATP grâce à la respiration cellulaire.

Pour conclure, lors d'un effort modéré mais prolongé, les fibres principalement impliquées sont les fibres de type I tandis que pour un effort intense de courte durée ce sont principalement les fibres de type II. Ces deux types de fibres ne produisent pas l'ATP avec le même métabolisme : les fibres de type I produisent de l'ATP par respiration cellulaire alors que les fibres de type II le produisent par fermentation lactique. Un entraînement prolongé conduit à augmenter la capacité des fibres à produire de l'ATP grâce à la respiration cellulaire.

Méthode

La **conclusion** doit reprendre les idées fortes de la réponse.

Le contrôle des flux de glucose

CHAPITRE 15

PHYSIQUE-CHIMIE
SVT
GRAND ORAL
MATHS COMPLÉMENTAIRES

Les cellules musculaires, comme toutes les cellules, ont besoin de glucose et de dioxygène pour la production d'**ATP**, source d'énergie cellulaire nécessaire à la réalisation des mouvements (*voir chapitre 14*). Le contrôle des flux de glucose permet de garantir l'approvisionnement des cellules musculaires, tout en évitant les dommages sur la santé d'un excès de glucose sanguin.

1 Mise en évidence d'une régulation de la glycémie

La **glycémie** est la concentration de glucose dans le sang (exprimée en $g \cdot L^{-1}$).

A. Des besoins en glucose variables

- Les cellules musculaires puisent le glucose dans le sang.
- Les besoins en glucose des cellules musculaires varient selon que l'organisme est au repos ou fournit un effort, et selon l'intensité de l'activité physique réalisée.

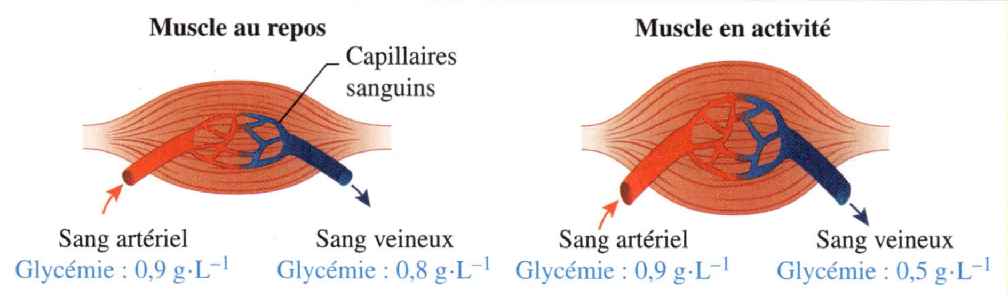

Figure 1 *Consommation en glucose d'un muscle et effort fourni*

B. Des apports en glucose discontinus

- Le glucose puisé dans le sang par les cellules musculaires provient initialement de la **digestion des aliments**. Le glucose entre dans le sang au niveau de l'**intestin grêle**.
- Les apports directs en glucose se réalisent au moment des repas et varient selon le type d'aliments ingérés. Ils sont particulièrement importants lors de la consommation d'**aliments riches en glucides** (sucres, pommes de terre, produits céréaliers…).

C. Régulation de la glycémie

■ La glycémie dépend des apports alimentaires (hausse transitoire de la glycémie) et de l'activité physique (baisse transitoire de la glycémie), mais elle est toujours maintenue dans un intervalle relativement étroit autour d'une valeur d'équilibre proche de 1 $g \cdot L^{-1}$.

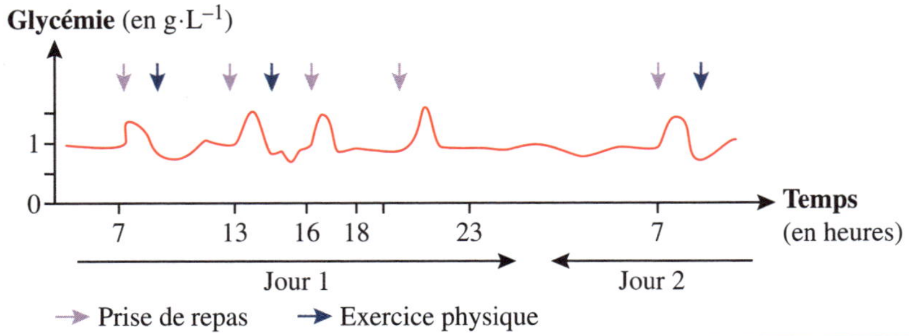

Figure 2 *Évolution de la glycémie au cours d'une journée chez une personne*

■ Une **hypoglycémie** (< 0,5 $g \cdot L^{-1}$) est dangereuse pour l'organisme car le fonctionnement du cerveau est menacé par l'insuffisance en glucose. Elle peut mener au coma voire au décès de la personne.

■ Une **hyperglycémie** (> 1,1 $g \cdot L^{-1}$ à jeun et > 1,4 $g \cdot L^{-1}$ après un repas) n'a pas de conséquence grave à court terme sauf si elle est très élevée (risque de coma au-dessus de 3 $g \cdot L^{-1}$). À long terme, une hyperglycémie, même légère mais en continu, cause des dommages aux reins, aux yeux, aux nerfs et aux pieds et augmente le risque d'accident cardio-vasculaire.

2 Contrôle hormonal de la glycémie

■ La glycémie est contrôlée par un **système de régulation hormonale** impliquant des flux variables entre les sources (intestin et réserves de glucose) et les organes consommateurs de glucose (notamment les muscles).

A. Stockage du glucose

■ Les réserves de glucose se trouvent sous forme de **glycogène** dans les cellules musculaires et dans les cellules hépatiques (cellules du foie). Le glycogène est un polymère de glucose (nombreuses molécules de glucose reliées les unes aux autres).

> **Remarque**
> Les **glucides complexes** qui constituent les formes de stockage du glucose ne sont pas les mêmes chez les animaux et chez les végétaux : le **glycogène** (chez les animaux) et l'**amidon** (chez les végétaux) sont tous les deux des polymères, qui diffèrent par le type de liaisons chimiques entre les molécules de glucose.

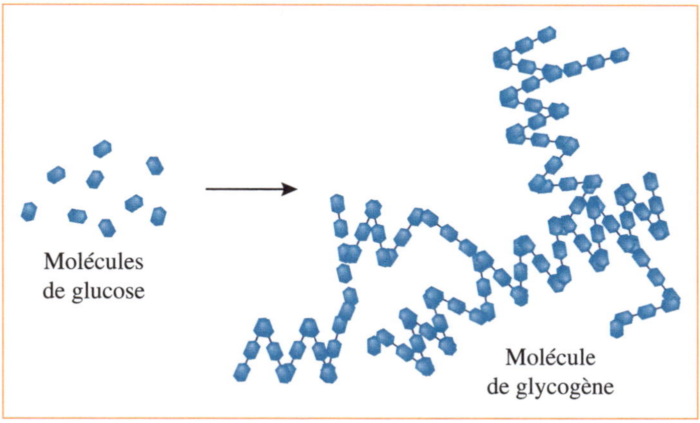

Figure 3 *Le glycogène : une forme de stockage du glucose*

B. Rôle du pancréas

■ Le pancréas a une fonction **endocrine** : il possède des structures nommées îlots de Langerhans, qui produisent et libèrent dans le sang des **hormones**. Les cellules β (bêta) sécrètent **l'insuline** et les cellules α (alpha) sécrètent le **glucagon**. Ces deux hormones permettent de réguler la glycémie.

> **Remarque**
> Une astuce pour mémoriser facilement ! La **sécrétion d'insuline** par les cellules **bêta** permet de faire **baisser** la glycémie. À l'inverse, la sécrétion de glucagon par les cellules **alpha** permet de faire **augmenter** la glycémie.

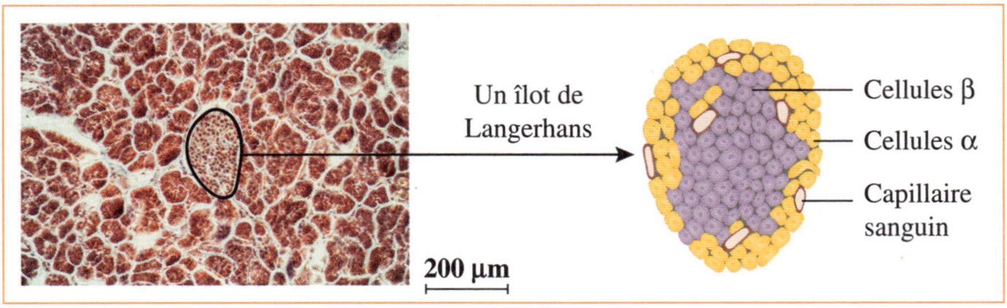

Figure 4 *Coupe de pancréas observée au microscope et schéma d'un îlot de Langerhans*

C. Tissus cibles des hormones pancréatiques

■ Les hormones peuvent agir sur les cellules qui présentent des **récepteurs** spécifiques au niveau de leur membrane plasmique : une reconnaissance entre hormone et récepteur est nécessaire.

■ Les cellules hépatiques (du foie) présentent à la fois des récepteurs à l'insuline et au glucagon. Les cellules musculaires striées squelettiques ne présentent que des récepteurs à l'insuline.

■ La fixation d'insuline ou de glucagon sur leurs récepteurs spécifiques permet de contrôler la production ou la dégradation de glycogène, afin de stocker du glucose ou de le libérer dans le sang.

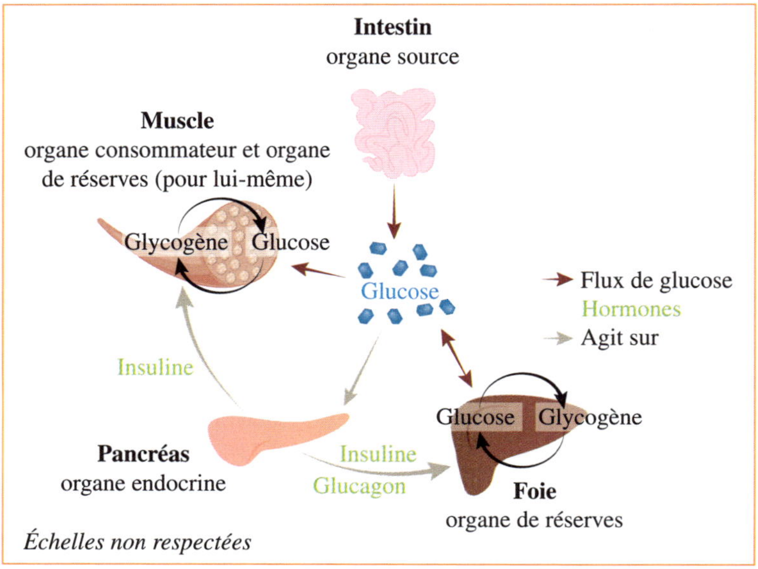

Figure 5 *Contrôle des flux de glucose par les hormones pancréatiques*

D. Déclenchement et effets de la sécrétion d'insuline

■ Après un repas riche en glucides, la glycémie augmente par absorption intestinale de glucose.

■ Du glucose entre dans les cellules β du pancréas grâce à des protéines membranaires, ce qui déclenche la libération d'insuline dans le sang.

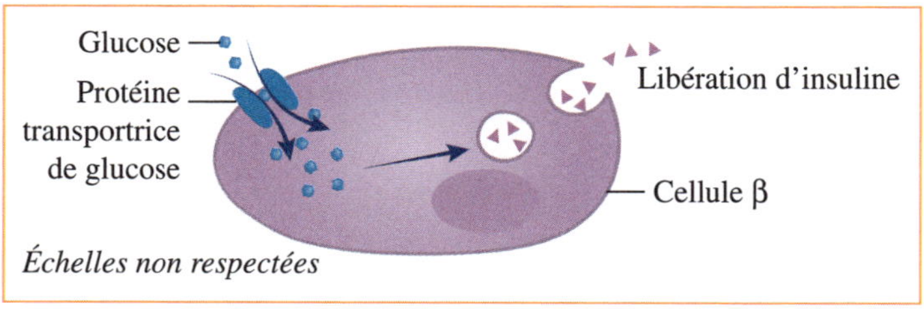

Figure 6 *Déclenchement de la sécrétion d'insuline au niveau d'une cellule β du pancréas*

■ En se fixant sur ses récepteurs spécifiques, l'insuline permet l'entrée de glucose dans les cellules musculaires grâce à des **protéines membranaires**.

■ La synthèse du **glycogène**, stimulée par l'insuline dans les cellules musculaires et hépatiques, permet de stocker le glucose.

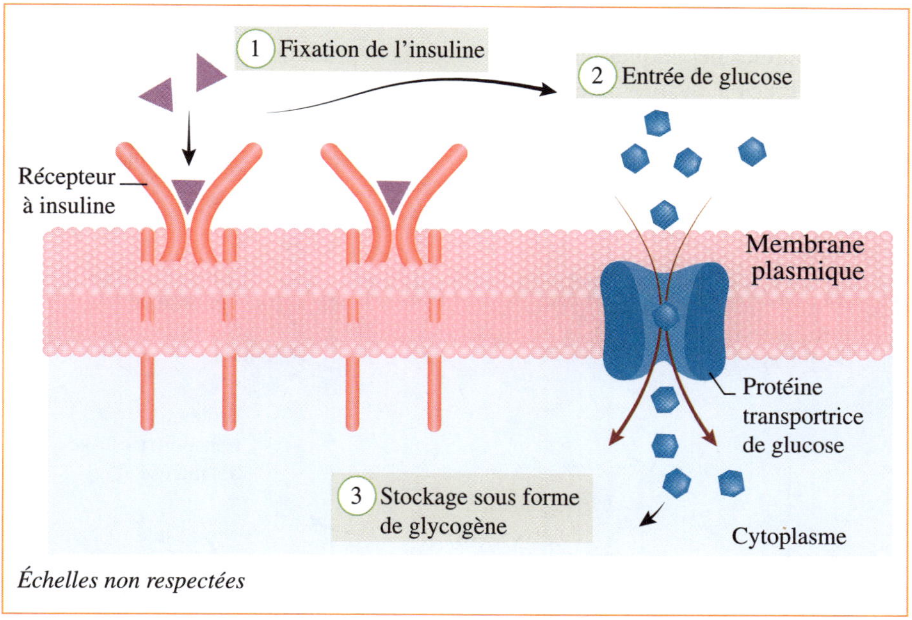

Figure 7 *Effet de l'insuline sur une cellule-cible musculaire*

■ Ainsi, le taux de glucose dans le sang diminue : l'insuline est une hormone **hypoglycémiante**.

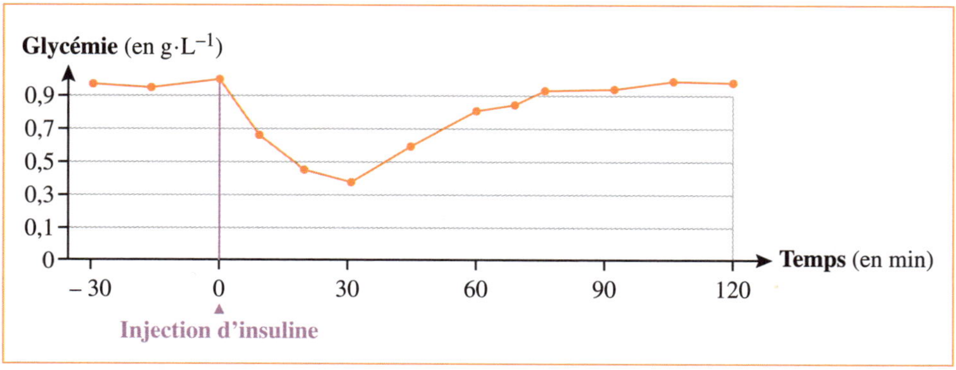

Figure 8 *Évolution de la glycémie d'un sujet sain à la suite d'une injection d'insuline*

E. Déclenchement et effets de la sécrétion de glucagon

■ Entre les repas, ou au cours d'un effort physique, la glycémie diminue car le glucose est consommé par les cellules, en particulier musculaires. Cette hypoglycémie déclenche la libération de **glucagon** dans le sang par les **cellules α du pancréas**.

■ Le glucagon se fixe sur ses **récepteurs spécifiques** au niveau de la membrane plasmique des cellules hépatiques, ce qui provoque la dégradation du glycogène et la sortie du glucose, grâce à des protéines membranaires.

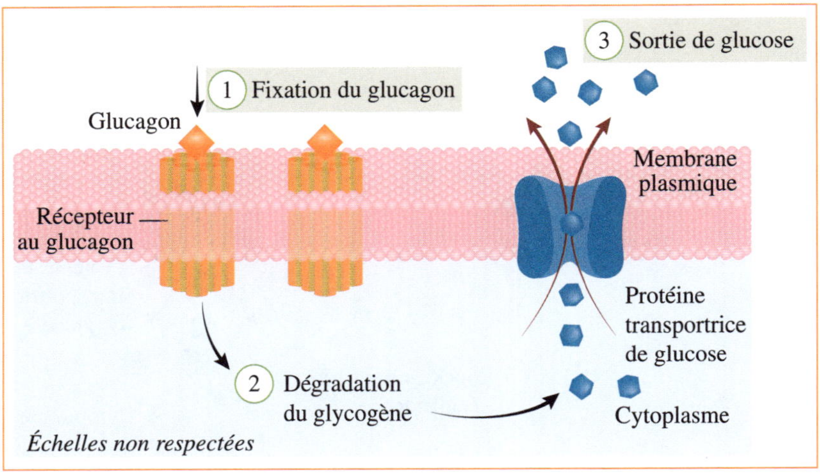

Figure 9 *Effet du glucagon sur une cellule hépatique*

■ Ainsi, le taux de glucose dans le sang augmente : le glucagon est une hormone **hyperglycémiante**.

■ Dans les cellules musculaires, le glucose issu de la dégradation du glycogène n'est pas exporté et est directement consommé pour produire le mouvement.

3 Diabètes

■ Les **diabètes** se caractérisent par une hyperglycémie chronique, c'est-à-dire un taux de glucose sanguin trop élevé de manière continue. Un diagnostic de diabète est posé lorsque la glycémie à jeun est égale ou supérieure à 1,26 $g \cdot L^{-1}$, ou égale ou supérieure à 2 $g \cdot L^{-1}$ à n'importe quel moment de la journée.

■ L'hyperglycémie chronique est dangereuse pour différents organes, surtout à long terme (*voir 1.C*).

■ Il existe deux grands types de dysfonctionnement de la régulation de la glycémie.

A. Déficit de la sécrétion d'insuline

■ Lorsque le pancréas ne produit pas assez ou plus du tout d'insuline, le glucose sanguin en excès n'entre plus dans les cellules musculaires et n'est plus transformé en glycogène dans les cellules musculaires et hépatiques. Ceci entraîne donc une hyperglycémie chronique.

■ Ce dysfonctionnement peut être pallié par la prise d'insuline : on dit qu'il est **insulinodépendant**.

■ Dans le cas du **diabète de type 1** (6 % des cas de diabètes), qui est diagnostiqué chez des personnes jeunes, les cellules β des îlots de Langerhans sont détruites par le système immunitaire : c'est une maladie **auto-immune**.

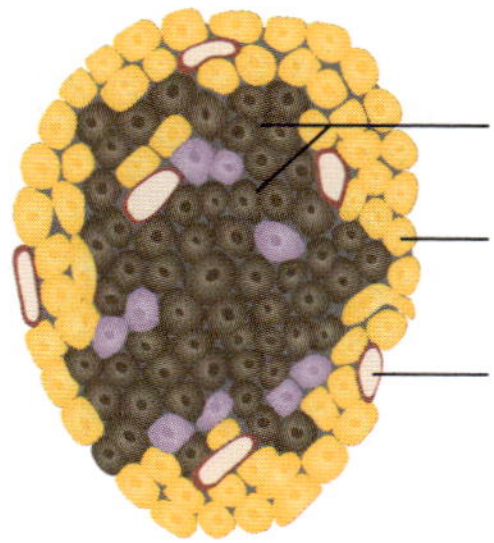

Figure 10 *Coupe dans un îlot de Langerhans chez une personne atteinte de diabète de type 1*

B. Insulino-résistance des tissus cibles

■ Dans le cas du **diabète de type 2** (92 % des cas), qui est diagnostiqué en général chez des personnes plus âgées, les cellules du foie et des muscles ne répondent plus à l'insuline : on dit alors que les tissus-cibles sont devenus insulino-résistants.

■ Cette **insulino-résistance** peut s'expliquer par un déficit en récepteurs à insuline ou la perte de leur fonctionnalité.

■ Ainsi, quelle que soit l'importance de la sécrétion d'insuline, le glucose en excès ne peut plus être stocké sous forme de glycogène dans les cellules hépatiques et musculaires. Le glucose est maintenu à un taux élevé dans le sang. Ce dysfonctionnement est qualité de non-insulinodépendant.

■ Le surpoids, l'obésité et le manque d'activité physique sont des facteurs qui favorisent le déclenchement du diabète de type 2 chez des personnes souvent génétiquement prédisposées.

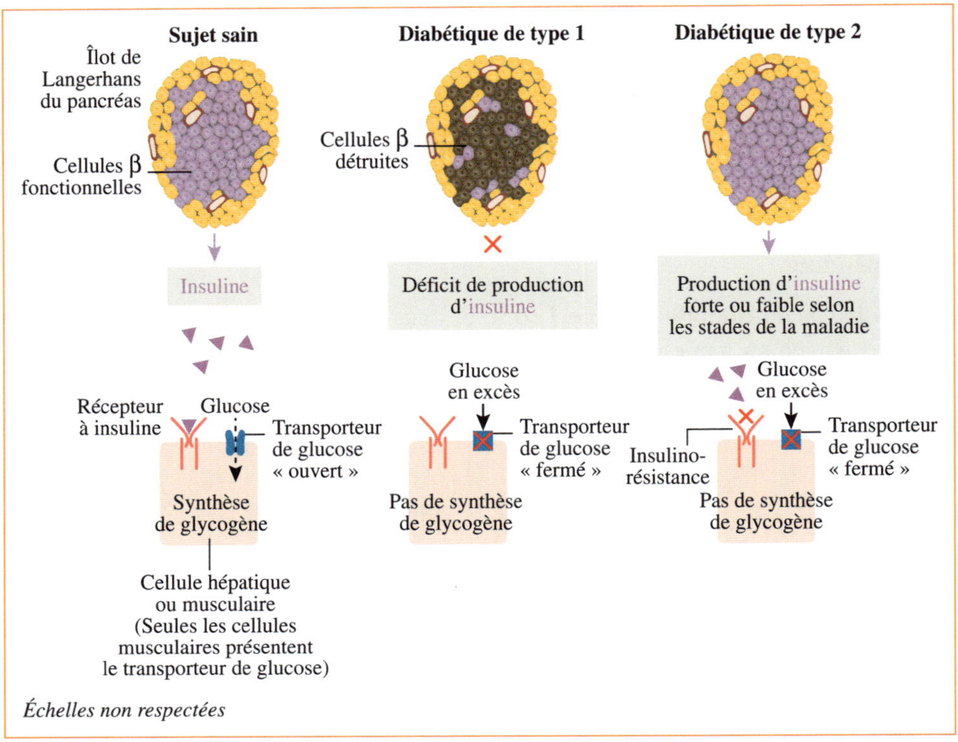

Figure 11 *Les différents types de diabètes*

CARTE MENTALE

LE CONTRÔLE DES FLUX DE GLUCOSE, SOURCE D'ÉNERGIE DES CELLULES MUSCULAIRES

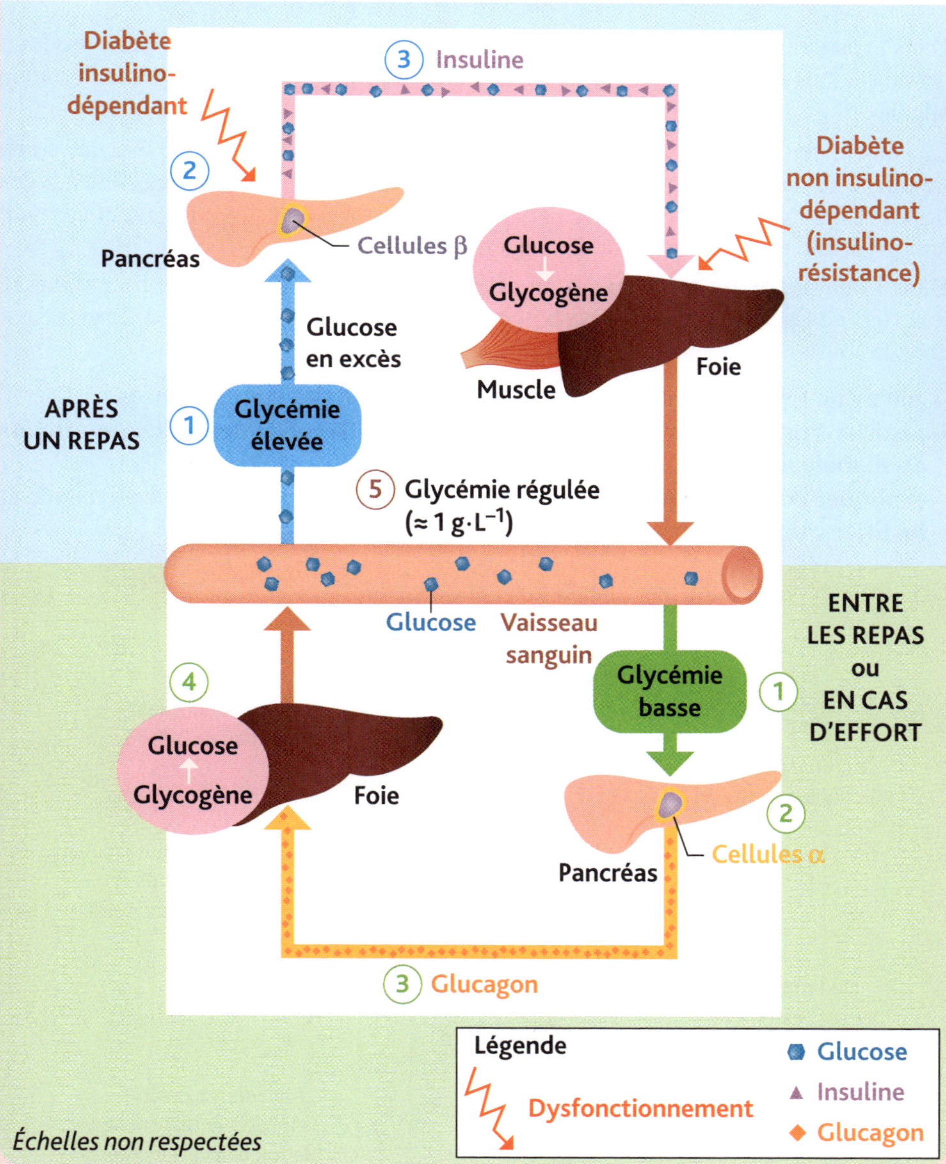

SUJET DU BAC

Exercice 2 : Pratique du raisonnement scientifique — 1 h 45 — 8 points

Le diabète insulino-dépendant

Dans le pancréas, les îlots de Langerhans sont formés de cellules capables de produire des hormones ayant un effet sur la glycémie. Les cellules α produisent une hormone appelée glucagon. L'hormone produite par les cellules β est l'insuline.

Le diabète de type 1 est une maladie caractérisée par une glycémie élevée, liée à une insuffisance de production d'insuline provoquée par la destruction des cellules β des îlots de Langerhans du pancréas. Les patients atteints doivent surveiller régulièrement leur glycémie et sont traités par des injections d'insuline.

Dans l'optique de mettre au point un nouveau traitement, des chercheurs ont étudié les effets de l'acide gamma-amino-butyrique (GABA) sur la régulation de la glycémie chez la souris.

À partir de l'étude des documents et de l'utilisation des connaissances :
- **justifier l'intérêt d'un traitement par injection d'insuline des individus atteints du diabète de type 1 ;**
- **expliquer comment le GABA pourrait permettre de limiter l'hyperglycémie et justifier l'intérêt de ces recherches thérapeutiques.**

Document 1 : Risques associés à l'hyperglycémie.

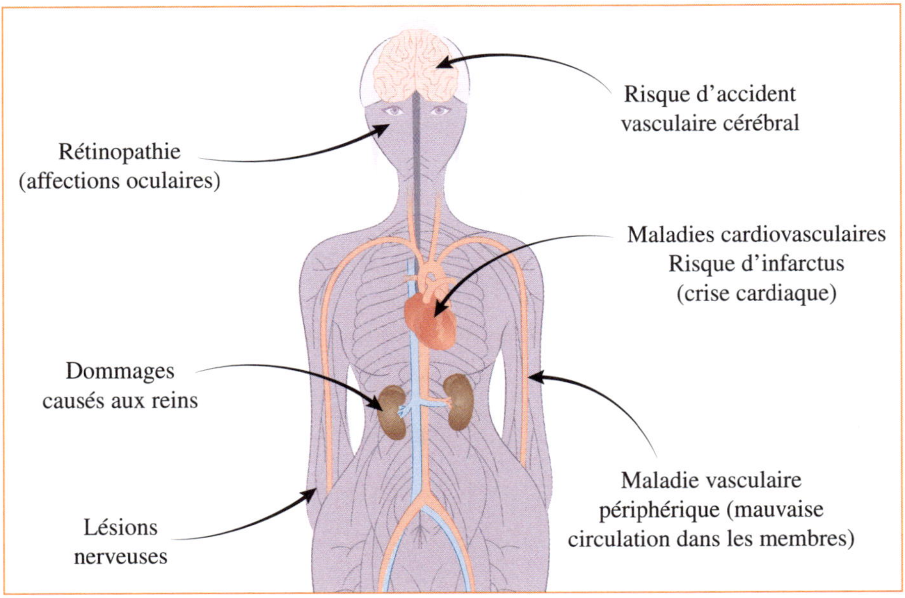

Document 2 : Contraintes et risques du traitement par injection d'insuline (insulinothérapie) chez les patients atteints de diabète de type 1

Pour les patients sous insulinothérapie, il existe un risque d'hypoglycémie entre les repas (glycémie inférieure à la normale) en cas d'injection d'une dose excessive d'insuline ou d'un apport insuffisant en sucres. Ces hypoglycémies peuvent être graves en l'absence de prise rapide de sucre, avec notamment un risque de coma.

Ainsi, les patients doivent constamment surveiller leur glycémie en la mesurant avec précision à l'aide d'un appareil, à partir d'une goutte de sang prélevée au bout du doigt. Au moins 4 mesures par jour doivent être effectuées. La dose d'insuline injectée doit être calculée en fonction des apports alimentaires et des efforts physiques prévus dans les heures qui suivent.

Ceci est particulièrement contraignant à appliquer chez le jeune enfant et constitue une source d'angoisse pour les parents.

Source : INSERM

Document 3 : Effets de l'insuline sur la glycémie chez l'être humain

Pour déterminer le rôle de l'insuline, des mesures de glycémie ont été réalisées chez un sujet sain suite à une injection d'insuline. Les résultats sont présentés dans le graphique ci-dessous.

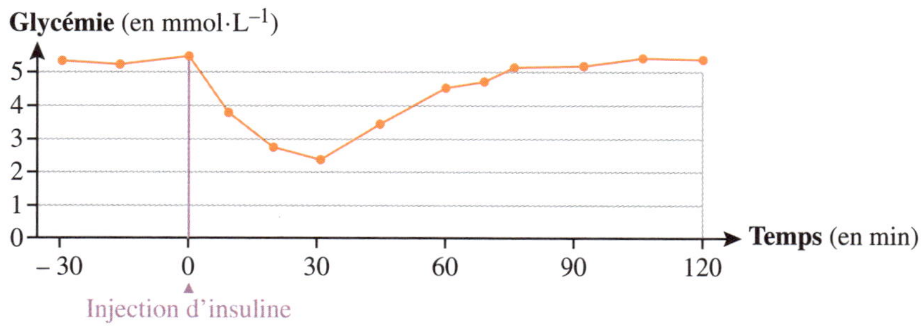

5,56 mmol·L^{-1} correspondent à 1 g·L^{-1} (glycémie normale).

Évolution de la glycémie d'un sujet sain à la suite d'une injection d'insuline

> **Remarque**
>
> L'**insuline** est une hormone également produite chez la souris. Elle a le même effet sur la glycémie des souris que sur celle de l'humain.

Document 4 : Conséquences de l'injection quotidienne de GABA sur des souris diabétiques (type 1)

4.a. : Concentration en glucose mesurée dans le sang de souris diabétiques ayant reçu des injections quotidiennes de GABA ou de solution saline (témoin)

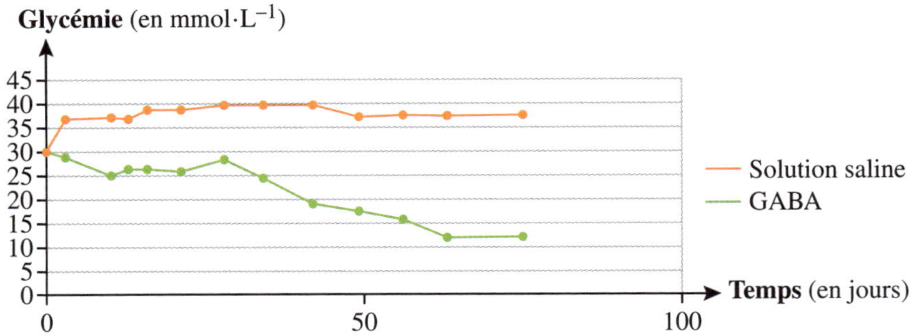

5,56 $mmol \cdot L^{-1}$ correspondent à 1 $g \cdot L^{-1}$ (glycémie normale).

Source : Soltani et al., *2011*

4.b. : Concentrations d'insuline et de glucagon mesurées dans le sang de souris diabétiques ayant reçu des injections quotidiennes de solution saline (témoin) ou de GABA

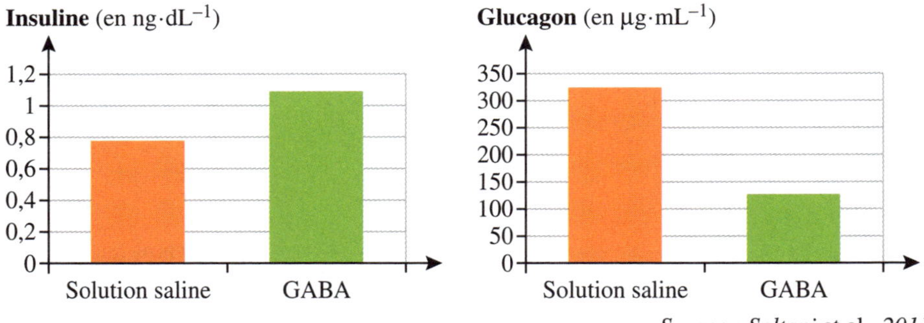

Source : Soltani et al., *2011*

Document 5 : Effet de la destruction des cellules β puis d'un traitement au GABA sur la glycémie chez la souris

5.a. : Expérience 1

Des souris, dont les cellules β des îlots de Langerhans ont été détruites à $t = 0$ jour (① sur le graphique), sont traitées par une injection hebdomadaire de 250 $\mu g \cdot kg^{-1}$ de GABA dans la cavité abdominale à partir de $t = 8$ jours (② sur le graphique). Le graphique page suivante montre l'évolution de la glycémie de ces souris pendant toute la durée du traitement au GABA (80 jours).

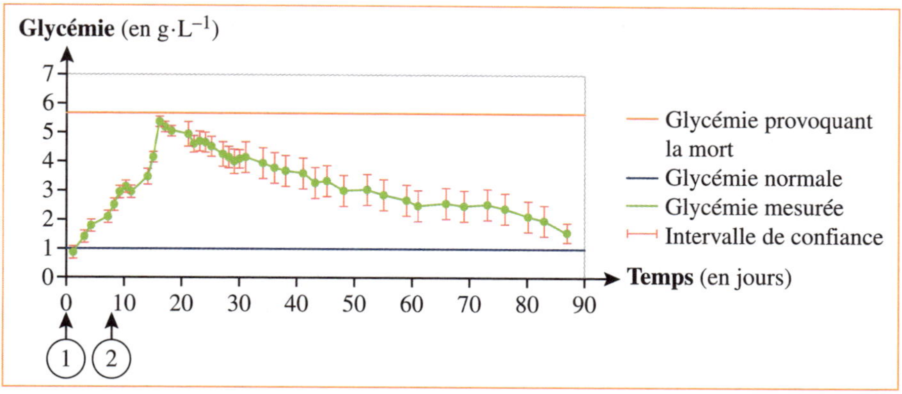

5.b. : Expérience 2

Un autre lot de souris dont les cellules β des îlots de Langerhans ont été détruites, est traité seulement avec une solution saline (témoin). Ces souris décèdent d'hyperglycémie (5,6 g · L^{-1}) environ 16 jours après le début de l'expérience.

Source : Collombat et Combemorel, 2017

Document 6 : Effet du GABA sur les îlots de Langerhans du pancréas de souris

Le pourcentage de cellules β dans le pancréas de souris est évalué dans les conditions suivantes :

– la souris témoin *A* a subi pendant 5 jours un traitement avec une solution saline.

– les souris *B*, *C*, *D* et *E* ont subi une destruction chimique des cellules β du pancréas puis :

  • un traitement de 5 jours avec une solution saline pour la souris *B* ;

  • un traitement avec du GABA pendant 10 jours (souris *C*), 25 jours (souris *D*) et 85 jours (souris *E*).

> **Remarque**
> Une fois détruites, les **cellules β ne peuvent pas se régénérer** seules au sein des îlots de Langerhans.

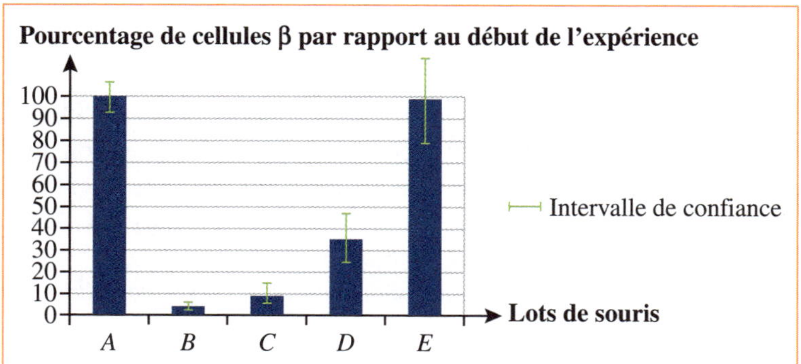

Source : Collombat et Combemorel, 2017

Document 7 : Origine de cellules β nouvellement formées chez des souris en l'absence de traitement au GABA

> **Remarque**
> Les souris de cette expérience ne sont pas diabétiques de type 1, ainsi leur système immunitaire ne détruit pas les cellules β nouvellement formées.

Après une première étape de marquage cellulaire, l'ensemble des cellules pancréatiques β des souris a été détruit par l'administration d'une toxine. Les souris rendues diabétiques sont ensuite maintenues en vie par un traitement à l'insuline.

On étudie la régénération des cellules pancréatiques β à partir de quatre mois dans les deux situations présentées ci-dessous. Les cellules marquées sont figurées en rouge sur le schéma et les cellules non marquées en noir.

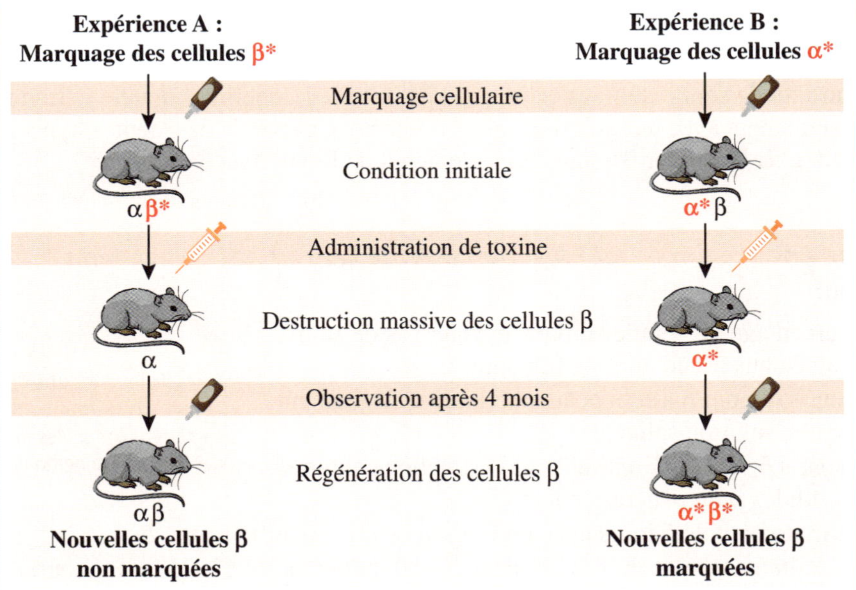

Source : Thorel et Herrera, 2010

Document 8 : Effet du GABA sur l'expression du gène ARX chez la souris

Le gène ARX joue un rôle clé dans la différenciation des cellules α et β du pancréas.

Chez une souris adulte, on peut inhiber expérimentalement l'expression du gène ARX dans une cellule α. Elle se transforme alors en cellule β. Des chercheurs ont observé que dans des cellules α traitées avec des concentrations croissantes de GABA, l'expression du gène ARX est inhibée.

Source : Collombat et Combemorel, planet-vie.ens.fr, consulté en octobre 2017

→ Corrigé p. 411

CORRIGÉ

Exercice 2 : Pratique du raisonnement scientifique → Énoncé p. 406

Le diabète de type 1 est une maladie caractérisée par une glycémie élevée, or l'hyperglycémie est dangereuse pour l'organisme à long terme et peut entraîner des affections au niveau des yeux, des reins et des membres. L'hyperglycémie favorise les accidents vasculaires cérébraux et les crises cardiaques *(document 1)*. Ainsi, il est nécessaire de traiter le diabète de type 1 pour maintenir la glycémie à une valeur normale autour d'1 $g \cdot L^{-1}$.

> **Remarque**
>
> Dans l'exercice 2, il est fondamental de **bien organiser son brouillon** pour une première analyse des documents. Il s'agira ensuite d'organiser les informations issues des documents selon un **plan pertinent**, qui peut être apparent ou non (titres).

I – Intérêt d'un traitement par injection d'insuline des individus atteints de diabète de type 1

Le diabète de type 1 est lié à une insuffisance de production d'insuline provoquée par la destruction des cellules β des îlots de Langerhans du pancréas.

Les mesures de glycémie réalisées chez un sujet sain suite à une injection d'insuline *(document 3)* montrent l'effet hypoglycémiant de cette hormone pancréatique. En effet, la glycémie du sujet chute de 5,3 $mmol \cdot L^{-1}$ (environ 1 $g \cdot L^{-1}$ ce qui correspond à une glycémie normale) à 3,2 $mmol \cdot L^{-1}$ (hypoglycémie) en trente minutes.

Le traitement par l'insuline est donc utile pour les patients atteints de diabète de type 1 pour faire diminuer la glycémie en palliant au déficit de production d'insuline.

II – Intérêt de recherches thérapeutiques alternatives

Le traitement par l'insuline est utile pour les patients atteints de diabète de type 1 *(document 2)*, mais la surveillance régulière de la glycémie et les injections d'insuline sont contraignantes et parfois risquées, en particulier pour les enfants.

En effet, un coma hypoglycémique est possible si les patients s'injectent trop d'insuline par rapport à leur consommation de sucres, ou s'ils effectuent un exercice physique trop intense. Ainsi, quatre mesures de la glycémie doivent être réalisées chaque jour.

III – Comment le GABA pourrait permettre de limiter l'hyperglycémie

Des chercheurs ont étudié les effets de l'acide gamma-amino-butyrique (GABA) sur la régulation de la glycémie chez la souris. L'insuline est une hormone également produite chez la souris avec le même effet sur la glycémie que chez l'humain.

On étudie les conséquences de l'injection quotidienne de GABA sur des souris diabétiques *(document 4a)*. La glycémie des souris ayant reçu les injections de GABA baisse progressivement de 30 $mmol \cdot L^{-1}$ à 12 $mmol \cdot L^{-1}$ en environ 80 jours, alors que

les souris témoins ont conservé une glycémie autour de 38 mmol · L^{-1}, après une augmentation initiale.
Ainsi le GABA a pour effet de faire baisser la glycémie. De quelle manière ?

> **Remarque**
> Ne pas attendre d'avoir tout rédigé pour commencer la réalisation d'un schéma fonctionnel au brouillon.
> Au contraire, le concevoir au fur et à mesure des analyses de documents peut aider à y voir plus clair et à préparer une conclusion pertinente.

Les souris diabétiques ayant reçu des injections quotidiennes de GABA *(document 4b)* montrent une concentration sanguine en insuline plus importante que les souris témoins (1,1 contre 0,8 ng · dL^{-1}). À l'inverse, les souris diabétiques ayant reçu des injections quotidiennes de GABA présentent une concentration sanguine en glucagon plus faible que les souris témoins (125 contre 325 µg · mL^{-1}).

On détruit les cellules ß des îlots de Langerhans du pancréas chez des souris (à $t = 0$) *(document 5)*. Ces cellules sont normalement responsables de la production d'insuline, mais sont détruites chez les personnes diabétiques. La destruction des cellules β entraîne une augmentation de la glycémie, qui est multipliée par plus de cinq et atteint quasiment la valeur mortelle de 580 mg · dL^{-1}. Le traitement de ces souris au GABA à partir de $t = 8$ jours entraîne une baisse progressive de la glycémie à partir de $t = 17$ jours. La glycémie atteint une valeur proche de la normale après 80 jours de traitement au GABA. Les souris traitées seulement avec une solution saline (témoin) décèdent d'hyperglycémie environ 16 jours après le début de l'expérience, ce qui montre que c'est bien le GABA qui est responsable de la baisse de glycémie.
Le GABA permet de faire baisser la glycémie en faisant augmenter la sécrétion d'insuline. Pourtant l'insuline est produite par les cellules β du pancréas, qui sont détruites chez les diabétiques de type 1.

On évalue l'effet du GABA sur les îlots de Langerhans du pancréas de souris en estimant le pourcentage de cellules β *(document 6)*. Par rapport à une souris témoin *A* dont le pancréas est intact (100 % de cellules β) et qui n'a pas reçu de GABA, on constate qu'une souris *B* dont les cellules β ont été détruites chimiquement et qui n'a reçu qu'une solution saline ne présente qu'environ 4 % de cellules β. Les souris *C*, *D* et *E* ont reçu un traitement au GABA pendant respectivement 10, 25 et 85 jours. À la fin de l'expérience, les souris *C*, *D* et *E* présentent respectivement 9 %, 35 % et 98 % de cellules β. Ainsi, plus la durée de traitement au GABA a été longue, plus les cellules β se sont régénérées. Le traitement de 85 jours a permis de retrouver un pourcentage de cellules β comparable à une souris témoin.
Le GABA permet de rétablir la sécrétion d'insuline et une glycémie normale en permettant une régénération des cellules β du pancréas. Or, une fois détruites, les cellules β ne peuvent pas se régénérer seules au sein des îlots de Langerhans. Quelle est alors l'origine des cellules β nouvellement formées chez les souris *C*, *D* et *E* ?

Chez des souris non diabétiques, la régénération spontanée des cellules pancréatiques β est étudiée grâce à des techniques de marquage des cellules β ou α avant destruction des cellules β *(document 7)*. On constate qu'après quatre mois, les souris ont de nouvelles cellules β qui sont marquées si les cellules α avaient été marquées, et non marquées si ce sont les cellules β qui avaient été marquées avant destruction. Ceci permet de démontrer que les nouvelles cellules β sont issues des cellules α. Ceci permet d'expliquer pourquoi les souris traitées au GABA produisent moins de glucagon (*document 4b*). Comment des cellules α peuvent-elles se régénérer en cellules β, en particulier sous l'effet du GABA chez les souris diabétiques ?

Le gène *ARX* joue un rôle clé dans la différenciation des cellules du pancréas *(document 8)*. Si on inhibe expérimentalement l'expression du gène *ARX* dans une cellule α, elle se transforme alors en cellule β. Or, des cellules α traitées avec du GABA montrent une inhibition de l'expression du gène *ARX*.
Donc sous l'effet du GABA, les cellules α du pancréas se transforment en cellules β par inhibition de l'expression du gène *ARX*.

Ainsi, on peut expliquer comment le traitement au GABA de personnes diabétiques pourrait permettre de rétablir une glycémie normale par le schéma fonctionnel suivant :

Traitement au GABA

↓

Inhibition de l'expression du gène ARX dans les cellules α

↓

Transformation des cellules α en cellules β

↓

La production d'insuline augmente en cas d'hyperglycémie

↓

Baisse de la glycémie jusqu'à une valeur normale

Remarque

La destruction des cellules β par le système immunitaire du patient au fur et à mesure de leur régénération pourrait cependant constituer un frein à cette perspective thérapeutique.

CHAPITRE 16

Le stress aigu

■ Face aux perturbations de son environnement, l'être humain dispose de réponses adaptatives impliquant le système nerveux et lui permettant de produire des comportements appropriés à la situation. Il s'agit d'une réponse normale de l'organisme face aux **agents stresseurs** : on parle de **stress aigu**.

> **Remarque**
> Les **perturbations** peuvent être **d'ordre physiologique, mental, social ou émotionnel**.

1 Réponse de l'organisme lors du stress aigu

■ La réponse adaptative de l'organisme lors du stress aigu est extrêmement rapide. Elle emprunte deux axes principaux :
– un axe conduisant à la **production d'adrénaline** ;
– un axe conduisant à la **production de cortisol**.

> **Remarque**
> **Adrénaline** et **cortisol** sont des **hormones**.

■ Temporellement, les agents stresseurs stimulent d'abord la voie de production de l'adrénaline puis la voie de production du cortisol.

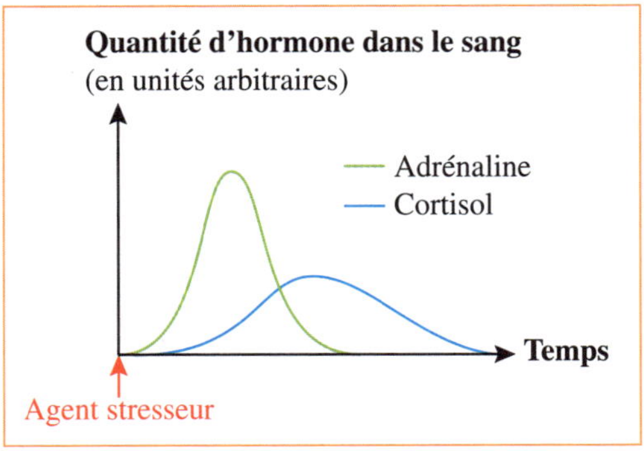

Figure 1 *Quantité d'adrénaline et de cortisol dans le sang d'un organisme soumis à un agent stresseur*

■ Ces différentes voies physiologiques sont coordonnées au sein d'un système, qualifié de complexe. Elles permettent une économie importante de l'énergie (par l'inhibition de certaines fonctions de l'organisme) et augmentent ainsi la disponibilité en substrats énergétiques. Il y a ensuite une redistribution adaptative de ces substrats permettant de faire face à la situation stressante. Autrement dit, ces voies permettent l'**adaptabilité** de l'organisme face aux agents stresseurs.

Ex. : Dans une situation où la réponse aux agents stresseurs est la fuite, le glucose (source d'énergie) est redistribué majoritairement aux muscles dans le but de permettre la fuite, les autres organes reçoivent alors moins de glucose (les fonctions de ces organes sont alors inhibées).

■ De nombreux facteurs (génétiques, psychologiques, sociaux, émotionnels) peuvent intervenir dans la réponse physiologique de l'individu. Ainsi, il existe des variations inter-individuelles lors de la réponse au stress aigu.

Remarque

Si l'action des agents stresseurs est trop intense ou se prolonge dans le temps, **l'organisme peut être débordé** dans ses capacités d'adaptation. Voir chapitre 20 p. 393.

2 Réponse rapide de l'organisme lors du stress aigu via l'adrénaline

■ La réponse rapide de l'organisme lors du stress aigu fait intervenir le **système limbique**. Le système limbique désigne un ensemble de structures du cerveau, dont l'**amygdale** et l'**hippocampe**, intervenant dans le comportement et les émotions.

■ Le système limbique est stimulé par les agents stressants. En réponse à cette stimulation, un message nerveux, en partance du système limbique atteint les **glandes médullo-surrénales**.

Remarque

Les **glandes surrénales** sont situées au-dessus des reins. Elles comportent deux parties :
- la **partie corticale** (glande cortico-surrénale) ;
- la **partie médullaire** (glande médullo-surrénale).

■ La stimulation nerveuse des glandes médullo-surrénales conduit à la production d'**adrénaline** par ces dernières. Cette hormone est libérée dans le sang.

■ L'adrénaline provoque une **augmentation du rythme cardiaque**, **de la fréquence respiratoire** et la **libération de glucose dans le sang par le foie**. Cela prépare l'organisme à la réponse aux agents stresseurs.

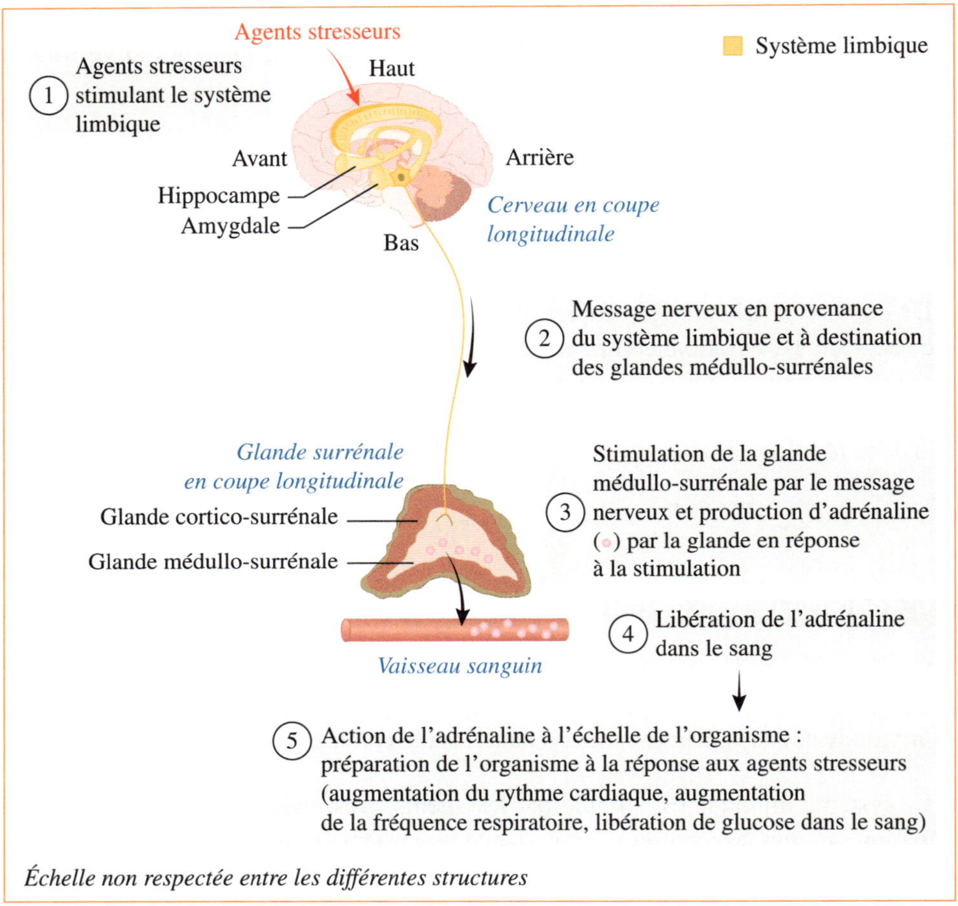

Figure 2 *Déroulement de la réponse rapide de l'organisme lors du stress aigu*

3 Réponse plus lente de l'organisme lors du stress aigu via le cortisol

■ Dans un second temps, les agents stresseurs stimulent dans le cerveau l'**hypothalamus**. En réponse à cette stimulation, l'hypothalamus produit une neuro-hormone, la **CRH** (*Corticotropin Releasing Hormone*). Cette hormone est libérée au niveau de l'hypophyse.

■ En réponse à la CRH, l'**hypophyse** produit une hormone, l'**ACTH** (*Adreno CorticoTrophic Hormone*).

■ L'ACTH agit sur les **glandes cortico-surrénales**. En réponse à cette stimulation, elles produisent du **cortisol**. Ainsi, la libération de cortisol lors du stress aigu fait intervenir l'axe hypothalamo-hypophyso-corticosurrénalien.

■ Le **cortisol favorise la mobilisation du glucose** (libération de glucose dans le sang par le foie). De plus, il **inhibe certaines fonctions** (dont le système immunitaire) : cela permet une économie d'énergie.

■ Le cortisol exerce un **rétrocontrôle** négatif sur l'hypothalamus : il inhibe la production de CRH par l'hypothalamus. Ce mécanisme favorise le rétablissement de conditions de fonctionnement durables : on parle de **résilience**.

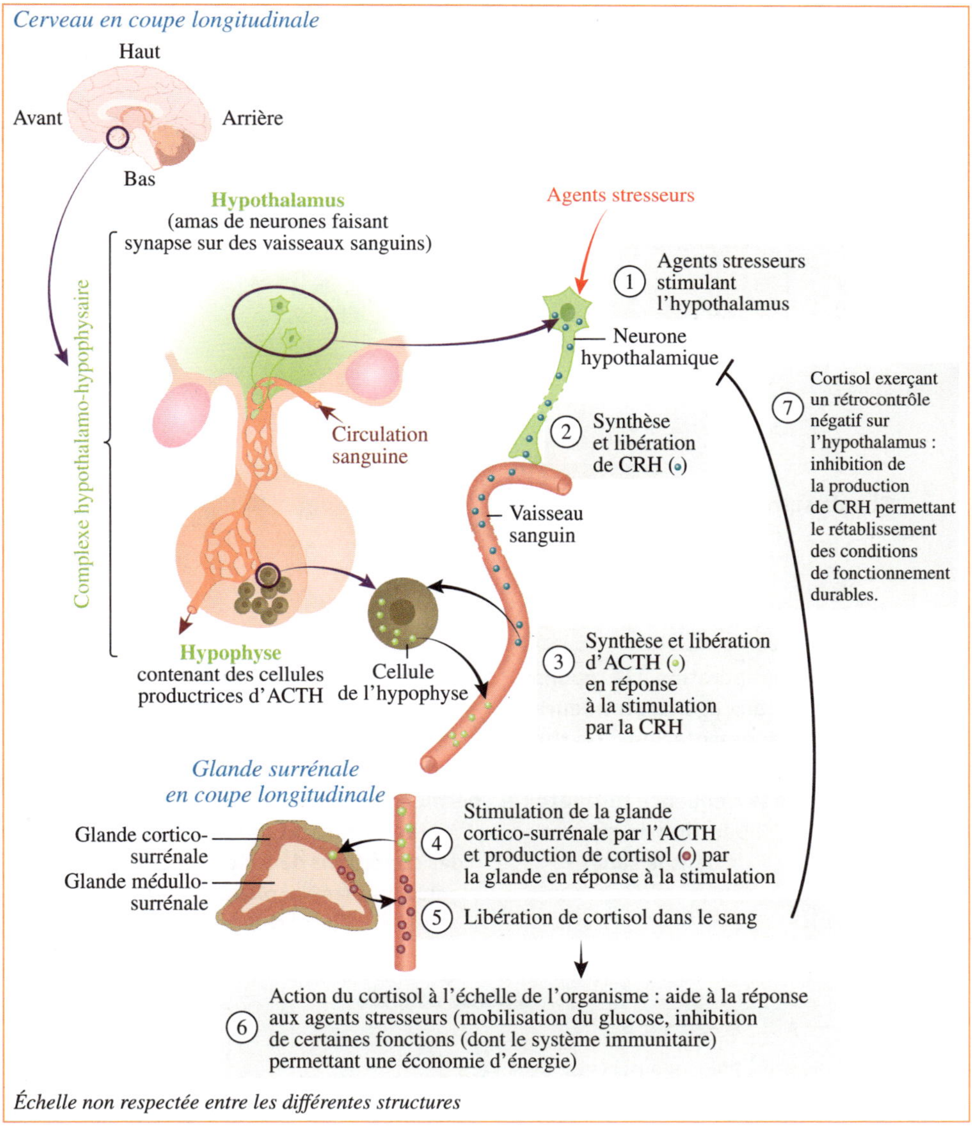

Figure 3 *Déroulement de la réponse plus lente de l'organisme lors du stress aigu*

CARTE MENTALE

L'ADAPTABILITÉ DE L'ORGANISME FACE AUX PERTURBATIONS DE SON ENVIRONNEMENT

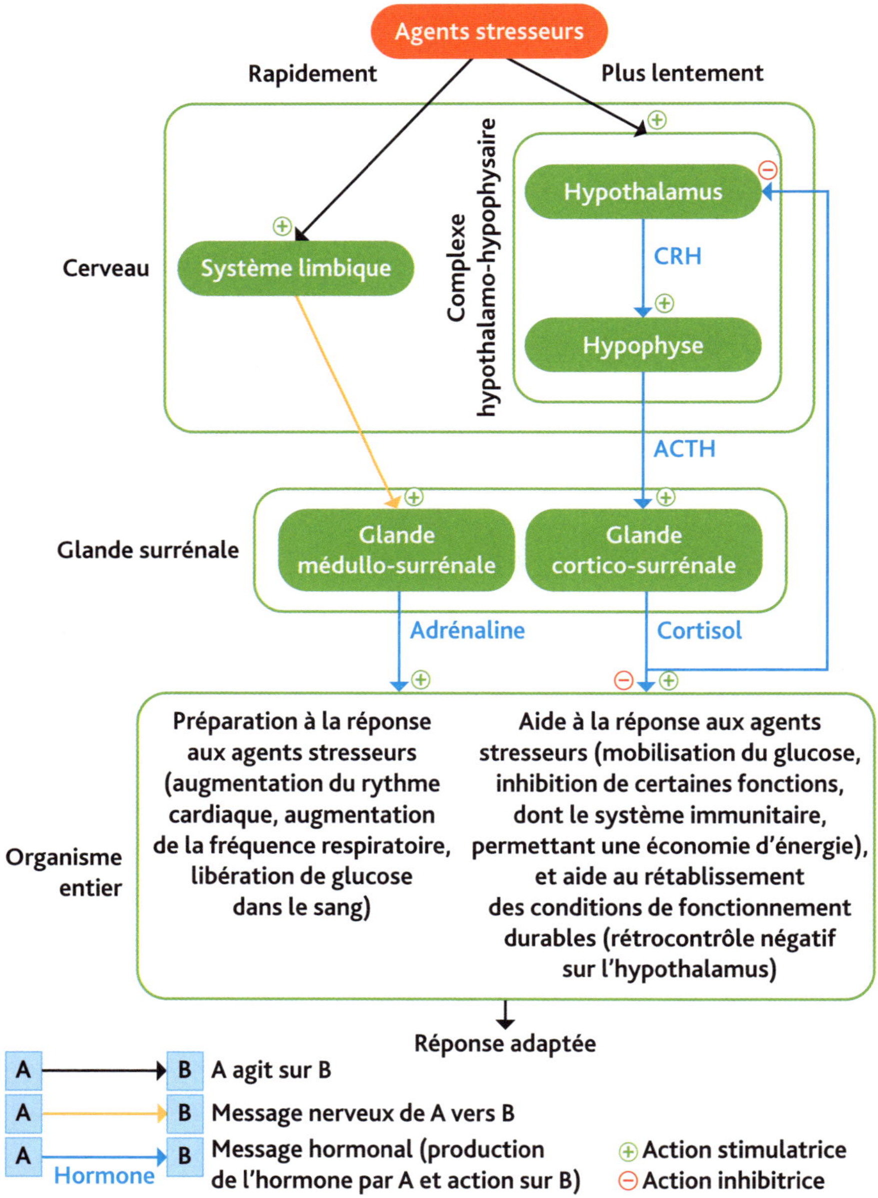

SUJET DU BAC

Exercice 1 : Maîtrise des connaissances — 1 h 30 — 7 points

Le stress aigu

Un examen, ou bien encore une compétition sportive, peuvent conduire à un état de stress aigu chez l'individu. Il s'agit d'une réponse normale de l'organisme soumis à des perturbations de son environnement.

Présenter le fonctionnement du stress aigu chez un individu soumis à des perturbations de son environnement.

L'exposé structuré sera illustré et comportera une introduction et une conclusion. La conclusion prendra la forme d'un schéma de synthèse.

→ Corrigé p. 420

CORRIGÉ

Exercice 1 : Maîtrise des connaissances

→ *Énoncé p. 419*

Ce sujet de synthèse peut correspondre au cours.

Méthode

- Veiller à bien **expliciter toutes les notions** et à faire des **schémas de qualité** : de grande taille, clairs, légendés et avec des titres.
- Pour le **schéma de conclusion** (voir schéma de synthèse du cours), il doit reprendre les informations essentielles. Il faut alors porter son attention sur la **légende** qui doit être présente et compréhensible. Par ailleurs, ce schéma doit être de **grande taille** (A4 ou A3).

Remarque

Lors du **baccalauréat**, il est possible d'utiliser l'intérieur d'une copie double pour réaliser le schéma de conclusion et avoir ainsi la place nécessaire.

GRAND ORAL

- Les méthodes pour réussir son Grand Oral
- 3 questions traitées de Physique-Chimie
- 3 questions traitées de SVT

SOMMAIRE

MÉTHODES ET CONSEILS

EXEMPLES DE QUESTIONS TRAITÉES

PHYSIQUE-CHIMIE

SVT

DÉFINITION DE L'ÉPREUVE

Préparation	20 min		
Exposé	5 min	**Échange sur le projet d'orientation**	5 min
Échange sur l'exposé	10 min	**Coefficient**	10

1. Les deux questions et le jury

- Durant l'année de Terminale, le candidat formule et prépare **deux questions**. Elles portent sur les deux enseignements de spécialité, soit pris isolément, soit abordés de manière transversale.
- Le **jury choisit une des deux questions**. Deux professeurs de disciplines différentes constituent le jury qui évalue le candidat. Seul un des membres du jury enseigne la spécialité correspondant au sujet ; le candidat devra donc veiller à ce que l'autre professeur comprenne aussi son exposé.

2. Les étapes de l'épreuve

- **Choix de la question par le jury** parmi les deux sujets préparés durant l'année par le candidat.
- **Préparation : 20 minutes**
  Le candidat dispose de vingt minutes pour rassembler ses idées et se remémorer le contenu de son exposé. Il a des feuilles de brouillon à sa disposition. Durant ces vingt minutes, le candidat peut, s'il le souhaite, préparer sur une feuille qui lui est fournie un support qui pourra le guider durant son exposé. Ce support ne fera pas l'objet d'une évaluation.
- **Première partie de l'épreuve : un exposé de 5 minutes**
  L'exposé débute par l'explication du choix de la question problématisée par le candidat et se poursuit avec une réponse argumentée et illustrée de cette question. Le candidat se tient debout, sauf aménagement spécifique pour raisons médicales, et montre sa maîtrise de l'expression orale.
- **Deuxième partie de l'épreuve : un échange de 10 minutes** avec le candidat **dans le prolongement de l'exposé**
  Le jury revient sur l'exposé, demande des précisions, des justifications, aborde éventuellement de nouvelles perspectives. Il vérifie la solidité des connaissances, la capacité à argumenter et l'aisance à l'oral.
- **Troisième partie de l'épreuve : un échange de 5 minutes sur le projet d'orientation** du candidat
  Le candidat explique le choix de sa question en lien avec son projet d'études. Il présente les différentes étapes de sa réflexion. Le jury n'évaluera pas le choix lui-même mais la capacité du candidat à l'analyser.

Les compétences évaluées

Le jury valorise la solidité des connaissances du candidat, sa capacité à argumenter et à relier les savoirs, son esprit critique, la précision de son expression, la clarté de son propos, son engagement dans sa parole, sa force de conviction.

CHAPITRE 1

Choisir ses sujets de Physique-Chimie ou de SVT et se documenter

1 Choisir les deux questions

Les critères du choix

– Chacun de vos sujets doit se rattacher à l'une au moins de vos **spécialités de Terminale**.

– Vos sujets doivent avoir un rapport avec votre **projet d'orientation** et vous aurez à expliciter ce lien dans la seconde partie de l'entretien.

La démarche

– Dressez la liste des domaines qui vous intéressent ; pensez aux métiers que vous envisagez. Demandez conseil à votre entourage et vos professeurs, sans oublier les documentalistes.

– Vous pouvez partager un thème avec des camarades et mener conjointement les recherches mais veillez à présenter ensuite un travail personnel.

La formulation des questions

– Vous pouvez proposer une **interrogation totale** (*est-ce que...* → réponses *oui/non*) qui vous permettra d'envisager différents points de vue selon un plan dialectique.

Ex. : Est-il possible de nourrir la planète en préservant l'environnement ?

> **Conseils**
>
> Formulez votre question de façon à ce qu'elle appelle un plan dynamique et non pas descriptif et veillez à ce qu'elle s'inscrive dans une problématique qui vous concerne. Pensez qu'une formulation large ouvrira des voies que l'entretien pourra approfondir.

– Si vous préférez ne développer qu'une perspective, choisissez une **interrogation partielle** introduite par un mot interrogatif *(en quoi, dans quelle mesure...)*.

Ex. : Comment nos agricultures peuvent-elles nourrir la planète tout en préservant l'environnement ?

2 Réunir les connaissances nécessaires

La diversité des sources d'information

– Selon votre sujet, vous pouvez consulter des **articles** ou des **livres** au CDI de votre lycée, à la médiathèque de votre ville. Interrogez les documentalistes et parcourez les **bibliographies** qui accompagnent les articles que vous avez trouvés.

– Certaines **émissions** peuvent vous éclairer ; pensez aux **podcasts** et aux **MOOC** *(Massive Open Online Courses)* qui sont de véritables cours en ligne, souvent gratuits.
– Rencontrez des **spécialistes** et prenez bien note des informations qu'ils vous apportent.
– Élargissez votre recherche à des **documents inattendus** qui pourront piquer la curiosité de votre jury : films, romans, tableaux…

> **Ressources**
> Le site podcastfrance.fr propose une classification thématique des podcasts diffusés en France tandis que le site my-mooc.com/fr répertorie les MOOC.

- **Les recherches sur Internet**

– Internet est un espace de recherche incontournable à condition de bien l'utiliser. Dans certains cas cependant, s'appuyer sur un livre ou un article synthétique dans une revue est plus rapide et efficace.
– **Évitez les pages personnelles** et **privilégiez les sites officiels** (ac-, gouv, edu…) ou reconnus (journaux, universités…). Prêtez attention à la date des articles et pensez à croiser vos sources.

> **Ressources**
> Certains sites vous aideront à détecter les fausses informations. Sur celui du journal *Le Monde* (www.lemonde.fr/verification/), en entrant l'adresse d'une page Web, il est possible de vérifier sa fiabilité.

3 Utiliser les connaissances réunies

- **L'utilisation des informations**

– Le « copier-coller » est à proscrire, d'abord parce qu'il s'apparente à un vol ensuite parce qu'il vous sera préjudiciable.
– Notez précisément les références des ouvrages ou sites consultés ; enregistrez les pages Internet dans un autre format sur votre ordinateur et classez-les dans des dossiers ; tenez un répertoire des documents réunis. Surlignez les passages importants et indiquez en marge ce qui a retenu votre attention dans le document.

> **Attention !**
> Ne présentez jamais au jury des arguments qui vous échappent en imaginant que les professeurs, qui les comprennent, vont penser que vous les maîtrisez aussi. L'entretien aura vite fait de démasquer cette démarche maladroite.

- **La démarche du chercheur**

– Effectuer des recherches suppose des qualités particulières : persévérance, rigueur et méthode. Sans idée préconçue, le chercheur est capable d'admettre ses erreurs et de modifier son point de vue.
– Il réunit une documentation fiable et confronte les analyses existantes avant de bâtir sa propre réflexion.

> **Conseils**
> Dans le cadre du baccalauréat, on attend de vous un exposé sérieux et approfondi mais ne placez pas la barre trop haut. Ne vous acharnez pas sur des articles trop compliqués ; ne vous dispersez pas non plus dans une documentation trop abondante.

CHAPITRE 2 Organiser son exposé

1 Construire un plan cohérent

▪ La progression

– L'exposé doit présenter une **progression** pour être convaincant.
– Chaque partie développe **une idée essentielle** et comprend des sous-parties incluant **les idées secondaires**.
– Le plan le plus équilibré comprend trois parties mais la démarche en deux parties reste possible.
– On présente généralement les arguments du plus simple au plus complexe.

▪ La cohérence

– L'**enchaînement** des parties et sous-parties doit refléter une **logique** d'ensemble.
– À l'oral, vous mettrez en relief cette cohérence en marquant nettement les **articulations de votre progression** : *tout d'abord, ensuite, enfin*. Vous utiliserez aussi des **silences** bien placés.

> **Quelques connecteurs logiques**
> • Pour **ajouter une idée :** *et, de plus, par ailleurs, en outre, de surcroît*
> • Pour introduire une **cause :** *car, en effet, parce que, comme, dans la mesure où*
> • Pour introduire une **conséquence :** *donc, ainsi, alors, de sorte que, c'est pourquoi*
> • Pour introduire une **finalité :** *pour, en vue de, afin de, pour que*
> • Pour exprimer une **concession :** *mais, cependant, pourtant, néanmoins, en revanche, bien que*

– Les **transitions** sont essentielles : elles soulignent la cohérence du discours, en établissant un lien entre deux parties.
– Utilisez des **connecteurs logiques** pour exprimer votre raisonnement. Veillez à bien les choisir et à les varier.

▪ Le lien avec la problématique

– Revenez constamment à la problématique présentée dans l'introduction.
– Traquez le **hors-sujet**.

2 Choisir le type de plan

▪ Le plan classique

On distingue trois grandes parties : l'introduction, l'argumentation, la conclusion. L'argumentation comprend : la narration qui rappelle les faits, la confirmation qui présente des arguments, la réfutation qui désamorce les critiques.

Ex. : Quel avenir pour les panneaux photovoltaïques ?
1. L'histoire du panneau, son fonctionnement
2. Les avantages
3. Le rejet des inconvénients

- **Le plan dialectique**

Le plan dialectique se présente en trois parties : la thèse qui va dans le sens du sujet *(certes...)*, l'antithèse qui conteste ou nuance ce point de vue *(mais...)*, la synthèse qui est un dépassement de la contradiction apparente *(en fait...)*. **Attention lors de la synthèse à ne pas faire un hors-sujet !**

Ex. : Les recherches sur l'embryon sont-elles l'avenir de la médecine ?
1. Les recherches sur l'embryon sont essentielles pour l'avenir de la médecine
2. Mais elles présentent des risques de dérive et il y a d'autres recherches intéressant l'avenir
3. Il faut limiter les risques (rôle des comités d'éthique)

- **Le plan pragmatique**

Il comporte trois étapes : le constat, les causes et les conséquences ou solutions éventuelles.

3 Illustrer ses arguments par des exemples

- **Les différents types d'arguments**

Pour étayer votre réflexion vous présenterez des arguments empruntés à des domaines variés, économiques, culturels, scientifiques...

- **Le choix des exemples**

L'exemple a un rôle essentiel dans la démonstration avec plusieurs visées, argumentative, pédagogique ou émotionnelle. Sélectionnez les exemples significatifs que vous analyserez en évitant tout catalogue.

4 Réussir l'introduction et la conclusion

– L'**introduction** se construit en **trois temps** :
1. l'exorde : il s'agit de capter l'attention de l'auditoire ;
2. l'énoncé du sujet vous permet de justifier le choix de la question ;
3. l'annonce du plan donne le fil directeur de l'exposé.

– La **conclusion** se construit en **deux temps** :
1. la synthèse permet de proposer une réponse à la question ;
2. l'ouverture peut se tourner vers l'avenir ou proposer une nouvelle problématique.

Conseil

Pensez à l'entretien qui va suivre : évoquez une perspective sur laquelle vous aimeriez être interrogé(e).

CHAPITRE 3 Rédiger l'exposé

1 Le vocabulaire

■ Utiliser le mot juste et varier le vocabulaire

– Veillez au bon usage des termes techniques de vos spécialités.

– Évitez les erreurs de vocabulaire.

Ex. : Ne dites pas *voire même, car en effet, comme par exemple* mais *voire* ou *même, car* ou *en effet, comme* ou *par exemple*. Dites *aujourd'hui* et non *au jour d'aujourd'hui*. Évoquez *une alternative* et non *une autre alternative*.

– Évitez les anglicismes *(en live, un challenge, une conf-call...)*.

– Supprimez les répétitions en utilisant un synonyme, un pronom ou un concept plus large.

Ex. : Greta Thunberg est devenue une icône. Cette militante écologiste...

– Remplacez les mots passe-partout par des termes précis et nuancés.

■ Choisir le niveau de langue qui convient

– Proscrivez le registre familier.

– Selon votre personnalité, votre sujet ou les effets requis, utilisez une langue courante ou soutenue. Ne cédez ni à la facilité ni à l'affectation !

2 La syntaxe

■ Éviter les phrases incorrectes

– N'oubliez pas le subjonctif dans les subordonnées introduites par *bien que, afin que, pour que, avant que*...

– Les phrases elliptiques, sans verbe conjugué ou sans proposition principale, sont à éviter.

– Les locutions négatives ou restrictives *(ne... pas, ne... que)* doivent être complètes même à l'oral.

– Veillez à la construction des interrogations directes ou indirectes.

> **L'interrogation indirecte**
>
> Quand vous annoncerez votre problématique ou votre plan, maniez correctement l'interrogation indirecte : *Nous verrons en quoi l'écologie ~~est-elle~~ est une préoccupation avec laquelle les grandes surfaces doivent compter.*

■ Varier la construction des phrases

– L'expression de la cause : *en raison de, à cause de, grâce à, car, parce que, comme, étant donné que*, un participe...

– L'expression de la conséquence : *donc, de sorte que, si bien que*...

– L'expression de la condition : *si, au cas où, en admettant que*, un adjectif ou un participe détachés…

Ex. : Plus ambitieuses, ces mesures pourraient séduire l'électorat.

– L'expression d'une opposition : *en dépit de, mais, cependant, bien que, quoique*… Attention, *malgré que* est incorrect.

3 La rhétorique

Utiliser les figures d'insistance

– Les figures de **répétition** soulignent les mots importants : l'**anaphore**, quand le mot est repris en tête de phrase ou l'**épiphore**, en fin de phrase.

– La **paronomase** (mots aux sonorités voisines) crée des échos sonores.

– Le **parallélisme syntaxique** peut rythmer votre propos.

> **Attention !**
>
> Pour capter l'attention de l'auditoire, il faut manier avec finesse et mesure le lexique, les tonalités, les figures de style. Évitez les excès qui pourraient vous desservir ! Un recours brillant aux figures de style et une aisance devant le jury ne pallieront jamais un contenu défaillant.

Utiliser les figures d'amplification et d'atténuation

– L'**hyperbole** est le procédé de l'exagération qui peut frapper l'auditoire.

– L'**accumulation** permet de discréditer la thèse adverse par un effet de saturation et de désordre.

– L'**euphémisme** (atténuation) au contraire évitera de choquer.

Utiliser les figures d'analogie

La **comparaison** ou la **métaphore,** en donnant des images concrètes, permettent de toucher, voire de surprendre ceux qui vous écoutent.

Utiliser les figures d'opposition et de substitution

– L'**antithèse** entre deux mots ou expressions de sens contraire, le **paradoxe** contraire aux vérités communes marqueront l'auditoire. L'**oxymore** qui réunit audacieusement deux termes antithétiques peut aussi amener à réagir.

– La **périphrase** en se substituant à un mot unique évite la répétition et met l'idée en relief.

> **De l'écrit à l'oral : travailler la mémorisation**
>
> Durant le temps de préparation, il vous sera difficile de rédiger des passages de votre exposé. Rédigez-le à l'avance et entraînez-vous à le présenter à l'oral, en surveillant la posture, la gestuelle, l'élocution.
>
> **Que faut-il mémoriser ?**
>
> Le plan avec l'introduction et la conclusion. Puis la ligne directrice de chaque partie. Enfin le détail de l'argumentation à restituer de manière spontanée.
>
> **Comment y parvenir ?**
>
> Vous avez le choix entre la mémoire visuelle, auditive ou scripturale ou même une approche kinésique qui vous permettra de mettre en scène votre discours en marchant.

CHAPITRE
4 Se présenter devant le jury et tirer parti du temps de préparation

1 Travailler la confiance en soi

Se préparer en amont

– Certain(e)s d'entre vous montrent plus d'assurance que d'autres. Rappelez-vous qu'il est toujours possible, avec de l'entraînement et de la volonté, de **maîtriser sa timidité**. Pensez aussi qu'une aisance excessive peut indisposer.

– Une des causes du manque d'assurance est souvent une **mauvaise représentation de l'épreuve**. Retenez très précisément son déroulement, étape par étape, et soyez certain(e) que **la réussite est liée au travail fourni tout au long de l'année**.

– En **anticipant**, vous pourrez réduire la part d'imprévu et serez plus à l'aise. Si vous maîtrisez votre sujet, le temps de préparation deviendra un simple temps de révision.

Deux films pour vous inspirer

Regardez les films *Le Brio* et *À voix haute* : repérez le manque d'aisance des adolescent(e)s au début de leur entraînement et leur assurance à la fin, lors d'un concours d'éloquence beaucoup plus ambitieux que l'oral de Terminale. Les progrès sont possibles à condition de s'entraîner.

Apprivoiser son stress le jour J

– Le stress peut être un aiguillon, s'il est dominé. Pour **apprivoiser** – et non chasser – **votre stress** avant l'épreuve, **respirez** profondément et régulièrement. Adoptez de préférence une respiration abdominale. L'apport d'oxygène favorise la détente et, en fixant votre attention sur le va-et-vient de l'air, vous éviterez les pensées anxiogènes.

– Une heure avant votre oral, prenez un en-cas, par exemple une barre protéinée.

– Buvez de l'eau durant votre temps de préparation.

Conseils

Faites confiance aux professeurs qui vous écoutent et qui n'attendent pas de vous l'aplomb d'un ténor du barreau. Ils mesurent la difficulté de l'épreuve et se montreront bienveillants, appréciant vos efforts et votre implication.

2 Se présenter devant le jury : respecter les codes de l'examen oral

Les codes vestimentaires

Avant d'être écouté(e), vous êtes vu(e) et votre apparence ne doit pas surprendre. La première impression compte beaucoup, privilégiez une **tenue correcte et soignée**, des vêtements de couleur **sobre** dans lesquels vous vous sentez **à l'aise**. Évitez les coiffures excentriques, le maquillage excessif, les jeans troués, tee-shirts imprimés,...) qui détournent l'attention de l'examinateur et risquent de brouiller le message. Optez pour la discrétion !

Les codes de politesse

Vous vous adressez à des professeurs avec **courtoisie**. En entrant dans la salle d'examen, n'oubliez pas la formule de **politesse** : « Bonjour Madame, bonjour Monsieur/Bonjour Mesdames/Bonjour Messieurs ». Vous ferez de même en sortant. Vous répondrez à la courtoisie que l'on aura manifestée à votre égard.

Les codes de l'échange

– Vous adopterez une **démarche assurée**, une attitude avenante suggérant un **désir d'ouverture**. Maîtrisant votre stress, vous présenterez un visage souriant et expressif.
– Un regard direct et franc instaurera d'emblée des liens et invitera au dialogue.

3 Tirer parti du temps de préparation de 20 minutes

Se remémorer le contenu de son exposé

– Après un temps de pause et de respiration, vous pouvez rassembler sur une feuille **les points essentiels pour répondre au sujet choisi par le jury**.
– Notez votre plan, les idées principales, la phrase d'accroche de l'introduction et l'envol de la conclusion.
– **S'il vous reste du temps, rédigez certains passages pour soutenir votre mémoire, notamment au début de votre prise de parole.**

> **Attention !**
> Vous devrez éteindre votre téléphone. Pensez à apporter une montre pour mesurer votre temps de préparation.

Préparer un document support

– Les **fonctions du document** : préparer cette page vous aide à retrouver l'exposé que vous avez mémorisé. Il ne sera pas question de lire ce que vous avez écrit mais de vous appuyer sur ce document pour garder le fil de votre présentation.
– Entraînez-vous durant l'année à parler avec un support sans perdre de votre spontanéité.

CHAPITRE 5 Présenter l'exposé : première partie de l'épreuve

1 Solliciter l'attention du jury

Des procédés qui interpellent l'auditoire

– L'**apostrophe** détachée par la syntaxe est un procédé de mise en relief. N'en abusez pas !

Ex. : « Nature, il est temps que nous te respections »

– Les **pronoms de première personne** sont utiles également : le pronom **« je »** exprime un investissement personnel. Le pronom **« nous »** peut vous désigner vous-même mais aussi être un moyen habile d'inclure le jury dans votre argumentation.

Ex. : « Nous avons dans le domaine de l'environnement une obligation de résultat. »

– L'**impératif** permet de solliciter énergiquement votre auditoire.

Ex. : « Un homme marchera sur Mars dans les prochaines décennies. Relevons ce défi technologique ! »

– L'**interrogation rhétorique** (question oratoire) n'attend pas de réponse car cette dernière est sous-entendue. En créant l'illusion d'introduire une objection ou une délibération, elle amène le destinataire à adhérer au raisonnement.

> **Créer un lien avec le jury**
>
> Un visage expressif et souriant, un regard direct et franc instaurent d'emblée des liens. Vous pouvez aussi souligner l'importance d'une assertion par un regard soutenu adressé au jury et ponctuer votre discours de quelques gestes mesurés.

Un lien de complicité

– La **prétérition** est une figure par laquelle on feint de taire un propos, afin de mieux le souligner. Elle éveille l'attention et introduit une connivence en insistant sur l'évidence de ce qui va être dit.

Ex. : « Je ne rappellerai pas qui est Steve Jobs, l'inventeur américain visionnaire, le pionnier du numérique, le fondateur de l'entreprise Apple… »

– En laissant entendre autre chose que ce que l'on dit littéralement, l'**ironie** met à distance un énoncé et suggère que le locuteur s'en désolidarise. À manier avec prudence !

Ex. : « C'est bien connu. Le Parti a toujours raison. »

2 Adopter une parole vivante

La qualité de l'élocution

– Un **rythme** posé, ni trop rapide ni trop lent, vous permettra de maîtriser votre stress et d'être mieux compris(e). Évitez une **articulation** négligée. Il faut parler lentement et prononcer toutes les syllabes.

Ex. : les p'tits commerces → les petits commerces

– N'oubliez pas les **liaisons**. Faites entendre les consonnes finales des mots quand le mot qui suit commence par une voyelle ou un *h* muet.

Ex. : Nous avons‿entendu. Ils fleurissent‿en mai.

La fluidité du discours

– **Entraînez-vous** avec de très courtes présentations pour commencer, en veillant au tempo calme de l'énonciation.
– Enregistrez-vous pour repérer vos **tics de langage** *(bon, bien, alors, voilà, donc, euh...)*. On peut remplacer les mots parasites par de brefs silences.

L'utilisation de sa voix

– Le **volume sonore** : vous ne devez parler **ni trop fort ni trop bas**. Adaptez votre voix à la taille de la salle et à la distance qui vous sépare du jury.
Le volume sonore n'est pas constant. Sans exagérer, faites-le varier pour ne pas lasser votre auditoire. Veillez surtout à adapter le volume sonore à vos arguments et exemples afin de suggérer la place qu'ils occupent dans l'argumentation.

> **Conseils**
> En haussant le ton, vous exprimerez aisément votre indignation, en le baissant vous obligerez votre jury à rester attentif et donnerez l'impression de propos confidentiels.

– Les **variations de rythme** : on peut, à des moments choisis, accélérer ou ralentir le rythme pour changer de dynamique et éviter la monotonie. Détachez les phrases qui doivent accrocher le jury.
– On peut aussi **rythmer son propos avec des silences** : une pause avant ou après un mot ou une expression leur donnera du relief ; marquez un temps d'arrêt pour indiquer les articulations de votre exposé : à la fin de l'introduction, avant la conclusion et entre chaque partie.
– La **musicalité de la langue** : L'orateur joue sur la mélodie des phrases, sur les graves et les aigus. Pour varier les intonations, vous pouvez choisir des types de phrases différentes (interrogatives, exclamatives, injonctives).

> **Conseils**
> • Pensez au solfège qui propose des signes pour marquer les silences. L'éloquence, comme la musique, est l'art des silences.
> • Pour faire vivre et vibrer les mots, il faut s'entraîner, travailler l'intensité de sa voix, ses intonations, la vitesse de son débit de parole, jouer de la musicalité de sa voix.

CHAPITRE 6

Réussir les entretiens : deuxième et troisième parties de l'épreuve

1 La préparation du premier entretien durant l'année

Compléter les informations

– Retenez les **références** des articles ou sites que vous citez durant votre exposé afin de justifier précisément votre analyse si nécessaire.

– Effectuez des **recherches sur les auteurs mentionnés**. Cherchez la **définition exacte des termes** techniques utilisés.

– À partir de votre sujet, imaginez les **perspectives voisines** qui pourraient être abordées.

> **Attention !**
> Un des membres du jury enseigne la spécialité à laquelle est rattaché votre sujet : assurez-vous de bien maîtriser les notions au programme.

Préparer les questions

Vous pouvez **anticiper une partie des questions posées**. Dressez-en la liste et préparez les réponses. Attendez-vous à **différentes sortes de questions** :

– un **approfondissement** d'une des perspectives ;

Ex. : Vous avez mentionné... Pourriez-vous préciser ce qu'il en est ?

– un **élargissement** à partir d'une piste esquissée en conclusion ;

– une **rectification** ;

Ex. : Êtes-vous certain(e) que... ? Vos données tiennent-elles compte des dernières mises à jour ?

– une interrogation quant à la **démarche** que vous avez **adoptée**.

Ex. : Pourquoi avoir limité votre étude à ce qui se pratique en France ?

2 Adopter la bonne posture durant les entretiens

Vous avez choisi de rester debout.

– Veillez à vous tenir droit, la tête haute, les jambes ancrées au sol, gage de stabilité.

– Évitez tout mouvement pendulaire d'un pied sur l'autre.

– Gardez les épaules descendues et ouvertes en signe d'accueil de la discussion.

- **Vous avez choisi de vous asseoir.**

– Il convient de s'installer sur le siège sans être avachi, le buste droit, légèrement penché vers votre interlocuteur, prêt à communiquer avec lui.
– Ne croisez pas les jambes, et posez vos pieds à plat.
– Ne croisez pas non plus les bras, autre attitude de repli.
– Maintenez la posture bien droite, ne vous recroquevillez pas au fil de l'entretien !

- **La gestuelle**

Évitez les gestes parasites comme se balancer de droite à gauche, jouer avec son stylo, relever une mèche, se tordre les mains (signe de nervosité)…

3 Bien réagir aux questions

- **L'attitude à adopter**

– Tout d'abord, il est essentiel d'**écouter votre jury sans l'interrompre.** Soyez prêt(e) à entrer dans le dialogue, voire à nuancer certaines de vos positions. Si vous constatez une erreur dans votre démonstration, n'hésitez pas à l'admettre. Vos interlocuteurs apprécieront cette démarche d'autocritique et votre nouvelle capacité d'argumentation.
– Si **vous ne comprenez pas une question, proposez ou demandez une reformulation.**

Ex. : Je suis désolé(e) mais je n'ai pas bien saisi votre question. Voulez-vous dire que… ? Je vous prie de m'excuser mais le sens du mot que vous avez employé m'échappe.

> **N'oubliez pas !**
> Le baccalauréat n'est pas un concours sélectif. Le jury est bienveillant ; il ne cherche pas à vous déstabiliser mais à vous aider.

– Il peut arriver **que vous ne sachiez pas répondre à une question** : admettez honnêtement et sans vous affoler que vous ne connaissez pas la réponse. Vous pouvez toutefois, ensuite, émettre avec prudence différentes hypothèses ou bien aborder une perspective voisine.

Ex. : Je crains de ne pas savoir répondre à cette question concernant cet événement précis mais d'autres faits similaires se sont produits comme…

– Si on conteste votre prise de position, **soyez ferme mais habile**, en prenant en compte les arguments opposés dans un raisonnement concessif : *certes… mais.*
– Si la question concerne votre **démarche personnelle**, optez pour la **spontanéité** et la **sincérité**.

- **La formulation des réponses**

Développez vos réponses en **reprenant les termes de la question** ; argumentez et illustrez votre propos en évitant les exemples déjà proposés dans votre exposé. Soignez votre expression ainsi que votre élocution.

CHAPITRE 7

Éclairer son projet d'orientation : troisième partie de l'épreuve

1 Faire le lien entre les questions choisies et le parcours envisagé

▪ Le choix des questions en fonction du projet d'études

– Les spécialités choisies puis les questions retenues pour le Grand Oral correspondent en principe à vos centres d'intérêt et à vos projets d'avenir.
– Dégagez clairement **le lien entre chacun de vos sujets et les voies envisagées** : ce lien sera sans doute le point de départ de la seconde partie de l'entretien.

▪ Que faire si le lien est fragile, voire inexistant ?

– Certains d'entre vous ont suivi jusqu'au baccalauréat une filière générale alors que le parcours qu'ils envisagent est très différent : ébéniste, cuisinier…
– D'autres parmi vous, en réfléchissant durant leur année de Terminale, s'aperçoivent que les spécialités choisies ne correspondent pas à leurs qualités ou leurs centres d'intérêt.
– Dans ce cas, **soyez honnête et reconnaissez vouloir choisir une voie à laquelle ni vos spécialités ni les sujets retenus ne vous préparent**. Vous pourrez toutefois ajouter que la formation suivie en Terminale, en vous apportant des méthodes et une culture générale, vous a été malgré tout utile.

2 Approfondir la réflexion sur le (ou les) parcours envisagé(s)

▪ Les sources

Pour présenter la façon dont s'est élaboré au fil des mois votre projet, vous pouvez faire référence aux **sources que vous avez rencontrées ou consultées** :
– les fiches disponibles sur le site Parcoursup, dans votre lycée ou au CIO ;
– le stage en entreprise de 3e : a-t-il influencé vos choix d'orientation ?
– les séances consacrées à l'orientation au lycée ;
– les entretiens avec le professeur principal, la conseillère d'orientation ou bien des professionnels du secteur qui vous intéresse ;
– les journées portes ouvertes des différents établissements susceptibles de vous convenir.

▪ La démarche

– Pour nourrir la seconde partie de l'entretien, **notez au fil de l'année les étapes de votre réflexion**.

– Dressez la liste de vos centres d'intérêt, de vos points forts et de vos fragilités. Quels métiers vous attirent particulièrement ? Quelles qualités nécessitent-ils selon vous ? Si ces métiers ne sont pas à votre portée, lesquels s'en approchent ?

– Pensez aux voies que vous avez écartées et notez pour quelles raisons.

– Préparez les questions : nature et durée de la formation envisagée, diversité des débouchés, passerelles éventuelles, étapes de la sélection, métiers possibles…

▪ Le droit de changer d'avis

– Votre recherche ne suit pas obligatoirement une ligne droite et il est possible de changer d'avis. Peut-être vos sujets ne sont-ils plus en adéquation avec vos projets. Les réflexions conduites pour préparer le Grand Oral vous aident justement à choisir votre voie.

– Vous pouvez avoir **plusieurs parcours en tête** ; cette attitude souple est d'ailleurs prudente.

> **Conseil**
>
> Si, à la date du Grand Oral, vos vœux sur Parcoursup n'ont pas été satisfaits, préparez d'autres questions : quel parcours envisagez-vous pour rester dans le domaine qui vous intéresse malgré les refus que vous avez essuyés ? Ou bien quelle autre voie très différente pourriez-vous emprunter ?

3 Proposer une réflexion personnelle sur le parcours envisagé

▪ Mettre en avant la dimension personnelle de la réflexion

– N'hésitez pas à exprimer vos sentiments à condition de ne pas adopter un ton théâtral.

– La réflexion que vous mènerez de manière sincère, personnelle, enthousiaste ou inquiète, éclairera le jury sur votre personnalité, vos expériences, vos attentes.

> **À savoir**
>
> Les examinateurs, s'ils ont pu mesurer le sérieux de votre travail, manifesteront leur bienveillance.
> S'ils vous sentent hésitant(e), l'échange pourra donner lieu à des conseils. S'ils vous découvrent volontaire, ils vous céderont volontiers la parole.

▪ Adapter langage et attitude à cet entretien plus personnel

– En évitant de recourir à un langage familier, optez pour la **spontanéité**. Appuyez-vous, sans exagérer, sur des lectures ou des films que vous avez aimés, sur des projets (humanitaires, artistiques) qui dépassent le cadre des études.

– La **sincérité** mais aussi la **mesure** (absence d'exagération) sont les maîtres-mots de cette seconde partie de l'entretien.

1 Les aurores polaires sont-elles prévisibles ?

Mon exposé (5 minutes)

Introduction : Les raisons de mon choix (1 min)

- Les aurores polaires m'ont toujours fasciné(e). Je souhaitais comprendre les phénomènes physiques qui expliquent leur formation.
- Le programme de spécialité de Première traitant de la dualité onde-corpuscule de la lumière m'a permis d'en amorcer la compréhension.

Développement (3 min)

- Ce sont des protons et des électrons éjectés du Soleil qui en sont à l'origine. La fréquence et l'intensité des aurores sont donc corrélées à son activité ; il n'est pas possible d'anticiper les tempêtes solaires.
- Le vent solaire, qui renferme ces particules élémentaires, est dévié par le champ magnétique terrestre. Une petite partie de ces particules arrive à pénétrer dans la magnétosphère qui est déformée par ce flux de plasma. Il semblerait qu'une reconnexion magnétique se produise, permettant aux protons et aux électrons d'être guidés vers les zones polaires suivant les lignes de champ.
- Des particules sont stockées dans la magnétosphère et subissent une accélération causée par des champs électrique et magnétique, suivant une chaîne de processus qui n'est pas encore totalement comprise.
- Une interaction lumière-matière se produit dans l'atmosphère, principalement entre 80 et 200 km d'altitude, comme dans les tubes à décharge. Si la couleur est prévisible (atome mis en jeu, altitude), la forme de l'aurore ne l'est pas.

Conclusion : Réponse à la question (1 min)

- Si la compréhension du phénomène s'affine, des questions demeurent : les aurores polaires gardent un caractère en partie imprévisible.
- La météorologie de l'espace, discipline récente, devrait permettre d'améliorer les prévisions sur leur formation.

Mon entretien avec jury (10 minutes d'échange)

Quelques questions possibles du jury

- Démontrer qu'une particule chargée peut être accélérée par un champ électrique.
- Expliquer précisément comment l'interaction lumière-matière dans l'atmosphère permet la formation de lumières colorées.
- Des aurores polaires se produisent-elles sur d'autres planètes du système solaire ?

Échange avec le jury sur mon projet d'orientation (5 minutes d'échange)

Quelques questions possibles du jury

- Comment votre sujet de Grand Oral a-t-il nourri votre projet d'orientation ?
- Souhaiteriez-vous vous spécialiser dans l'une des branches de la physique qui étudie les aurores polaires ?

2 Dans quelle mesure la chimie contribue-t-elle à un développement durable ?

Mon exposé (5 minutes)

Introduction : Les raisons de mon choix (1 min)

- Considérant la pollution générée par l'industrie chimique, je voulais voir comment la chimie se positionnait, et éventuellement se repensait, face aux grands enjeux actuels et à venir.
- Je voulais approfondir la notion de synthèses écoresponsables.

Développement (3 min)

- Les bases d'une chimie écoresponsable sont posées dès le début des années 1990 aux États-Unis. La chimie verte repose sur douze principes établis en 1998 dont celui de l'économie d'atomes.
- Les chimistes mettent au point des procédés qui permettent de limiter l'empreinte carbone des synthèses.
- La métathèse, qui consiste en la permutation d'atomes ou de groupes d'atomes entre deux entités chimiques, est un exemple de procédé innovant : réduction du nombre d'étapes, utilisation de solvants non polluants, recyclabilité des catalyseurs…
- Il ne s'agit plus de prélever dans la nature mais de s'en inspirer. La chimie biomimétique cherche à reproduire des réactions enzymatiques se produisant au sein du vivant.

Conclusion : Réponse à la question (1 min)

- Après y avoir contribué, la chimie s'emploie depuis de nombreuses années à lutter contre la pollution et s'inscrit maintenant dans une démarche de développement durable.
- La chimie verte a encore une portée limitée. Les possibilités qui en découlent doivent atteindre le stade de procédé industriel et elle doit faire face à des procédés classiques plus concurrentiels. Les pouvoirs publics ont un rôle à jouer pour la soutenir.

Mon entretien avec jury (10 minutes d'échange)

Quelques questions possibles du jury

- Énoncer quelques principes de la chimie verte.
- Qu'est-ce qu'une synthèse écoresponsable ?
- Quelles sont les quatre catégories de réactions chimiques qui ont été abordées en classe ? De laquelle la métathèse se rapproche-t-elle le plus ?
- Quels sont les avantages et les inconvénients de l'utilisation de l'eau comme solvant lors d'une synthèse organique ?

Échange avec le jury sur mon projet d'orientation (5 minutes d'échange)

Quelques questions possibles du jury

- Souhaiteriez-vous travailler dans le secteur de la chimie ? Si oui, quelle formation envisagez-vous ?
- Quel est le potentiel de développement de la chimie verte en France ?

3 La course aux satellites : quels enjeux pour l'Homme ?

Mon exposé (5 minutes)

Introduction : Les raisons de mon choix (1 min)

- Ces dernières années ont vu une accélération des lancements de satellites artificiels, avec notamment le début du déploiement des constellations de satellites.
- De nombreux articles soulignent cette nouvelle donne spatiale. Je me suis alors intéressé(e) aux avancées scientifiques qui y ont contribué et à ce qui la motive.

Développement (3 min)

- De 1957 (mise en orbite de *Spoutnik*) à 2020, plus de 8 000 satellites ont été lancés. Ce chiffre va augmenter de façon exponentielle avec les constellations de satellites.
- Des progrès technologiques rendent ce déploiement possible : lanceurs réutilisables, miniaturisation des circuits électroniques, batteries et moteurs ioniques de plus en plus performants, etc.
- Il va s'agir notamment d'améliorer la visualisation et la modélisation des changements induits par le réchauffement climatique.
- Les constellations de satellites permettront un accès mondial à Internet depuis l'espace.
- D'une manière générale, ces satellites contribuent au progrès : communications, géolocalisation, Internet des objets (IoT spatial), etc.
- Les risques de collisions en orbite sont de plus en plus élevés et menacent l'activité spatiale. La pollution lumineuse qui émane des satellites inquiète la communauté scientifique.

Conclusion : Réponse à la question (1 min)

- Un « nouvel âge spatial » est en train de voir le jour et vise à répondre à des enjeux majeurs d'aujourd'hui et de demain (éradication des déserts numériques, collecte de données pour des stratégies de développement urbain et de protection des citoyens, lutte contre le réchauffement climatique, etc.).
- L'encombrement de l'orbite basse et les déchets en orbite autour de la Terre doivent inciter à une meilleure régulation de l'espace.

Mon entretien avec jury (10 minutes d'échange)

Quelques questions possibles du jury

- Énoncer la loi de Kepler qui permet de calculer l'altitude d'un satellite géostationnaire. Donner la valeur de cette altitude.
- Qu'est-ce qu'une orbite de transfert ? Comment un satellite passe-t-il d'une orbite de transfert à l'orbite finale ?
- Expliquer le principe de fonctionnement d'un moteur ionique.

Échange avec le jury sur mon projet d'orientation (5 minutes d'échange)

Quelques questions possibles du jury

- Avez-vous considéré les métiers de la data pour définir votre projet d'orientation ?
- Envisagez-vous de devenir ingénieur en aéronautique ?

SVT
Exemples de questions traitées

1 Les connaissances en génétique et les biotechnologies permettent-elles de tout savoir sur un embryon humain avant la naissance ?

Mon exposé (5 minutes)

Introduction : Les raisons de mon choix (1 min)

- Le développement des connaissances en génétique permet d'améliorer la santé humaine mais pose aussi des questions éthiques.
- Les questions éthiques liées au dépistage génétique chez l'embryon humain sont incontournables pour les futurs médecins.

Développement (3 min)

- On peut obtenir des informations sur les caractéristiques génétiques d'un embryon à partir de ses cellules, soit au moment d'un diagnostic préimplantatoire (en cas de fécondation in vitro), soit à l'occasion d'un prélèvement appelé amniocentèse.
- On peut alors réaliser un caryotype pour savoir si le futur enfant présente une anomalie chromosomique.
- On peut également rechercher les allèles mutés associés à certaines maladies génétiques.
- Cependant, on ne réalise pas de séquençage complet de l'ADN de l'embryon, on cible seulement certains gènes. De plus, on ne sait pas quelles séquences sont associées à chaque caractère du phénotype.

Conclusion : Réponse à la question (1 min)

Non, on ne peut pas tout savoir sur un embryon avant la naissance, et même si cela était techniquement possible, des lois de bioéthique encadrent ces pratiques. Les analyses chromosomiques et génétiques ne sont pas systématiques et sont réservées à des cas précis : anomalies constatées lors des examens chez la mère ou cas des maladies héréditaires présentes dans la famille.

Mon entretien avec jury (10 minutes d'échange)

Quelques questions possibles du jury

- Le prélèvement de cellules embryonnaires par amniocentèse est risqué ; dans quels cas décide-t-on de pratiquer cet examen ?
- Comment peut-on évaluer la probabilité qu'un enfant soit porteur d'une maladie génétique sans étudier son ADN ?
- Quelles pourraient être les dérives d'un système de santé autorisant l'analyse complète du génome d'un embryon ?

Échange avec le jury sur mon projet d'orientation (5 minutes d'échange)

Question possible du jury

En quoi une formation pluridisciplinaire (sciences, philosophie, histoire..) sur les implications éthiques des biotechnologies vous paraît-elle importante pour les études que vous envisagez ?

2 Comment améliorer les pratiques agricoles pour nourrir l'Humanité tout en préservant l'environnement ?

Mon exposé (5 minutes)

Introduction : Les raisons de mon choix (1 min)

- L'augmentation de la population mondiale place l'Humanité face au défi de pouvoir nourrir tous les habitants de la planète.
- L'usage de certains intrants (engrais, pesticides) peut avoir des conséquences néfastes sur l'environnement et la santé humaine.
- Les connaissances sur les plantes cultivées, mais aussi sur leurs ravageurs potentiels, permettent d'améliorer les pratiques agricoles.

Développement (3 min)

- La transgenèse et l'édition génomique (CRISPR-Cas9) peuvent permettre de modifier génétiquement certaines espèces pour améliorer leur croissance ou les rendre plus résistantes.
- La réduction de la diversité génétique des plantes cultivées fragilise les cultures.
- Certaines espèces cultivées sont sensibles à des parasites, alors que leurs plantes ancestrales étaient capables de résister.

Conclusion : Réponse à la question (1 min)

La connaissance et la préservation de variétés anciennes permettent d'envisager des hybridations et le maintien d'une biodiversité des plantes cultivées, alors moins fragiles. Les biotechnologies permettent également de cultiver les plantes dans différents types de milieu en limitant l'usage des intrants, à condition que l'innocuité des OGM soit garantie.

Mon entretien avec jury (10 minutes d'échange)

Quelques questions possibles du jury

- Utilisez les connaissances en génétique pour expliquer le principe de l'hybridation dans le but de créer une nouvelle variété de plante cultivée.
- Si la culture d'OGM permet de limiter l'usage de pesticides, pourquoi est-elle controversée ?
- En quoi la diminution de la biodiversité des plantes cultivées est-elle un problème ?

Échange avec le jury sur mon projet d'orientation (5 minutes d'échange)

Question possible du jury

En quoi une réflexion scientifique approfondie sur l'impact des biotechnologies sur l'environnement et la santé vous paraît-elle importante pour la carrière que vous envisagez ?

3 Comment les connaissances sur les synapses permettent-elles d'améliorer la santé humaine ?

Mon exposé (5 minutes)

Introduction : Les raisons de mon choix (1 min)

- Plusieurs problématiques de santé publique sont en lien avec les synapses : les addictions aux drogues, mais aussi l'anxiété liée au stress chronique.
- Les connaissances sur les synapses permettent d'envisager des traitements médicamenteux pour soulager certains troubles psychiques.

Développement (3 min)

- Les synapses sont les zones de contact entre les neurones, où sont transmis les messages nerveux par la libération de neurotransmetteurs.
- Les drogues et les médicaments psychotropes peuvent agir en prenant la place des neurotransmetteurs, en empêchant leur recapture ou en agissant sur le fonctionnement des récepteurs, avec des effets sur le psychisme et les comportements.
- La consommation de drogue peut conduire à une diminution de la production naturelle de neurotransmetteurs, qui conduit à l'état de manque en cas de sevrage.

Conclusion : Réponse à la question (1 min)

Des médicaments qui bloquent les récepteurs (curares utilisés en anesthésie) ou renforcent l'effet de neurotransmetteurs (benzodiazépines contre l'anxiété) ont été mis au point pour améliorer la santé humaine mais ils doivent être utilisés avec prudence.

Mon entretien avec jury (10 minutes d'échange)

Quelques questions possibles du jury

- Expliquer en quoi la consommation de drogue est une problématique à la fois individuelle et collective.
- Quels sont les dangers associés à la consommation de médicaments psychotropes et les alternatives possibles ?
- En quoi consiste le circuit de récompense et comment expliquer qu'il ait été sélectionné au cours de l'évolution ?

Échange avec le jury sur mon projet d'orientation (5 minutes d'échange)

Question possible du jury

Racontez ce qui, dans la (les) spécialité(s) que vous avez choisie(s), vous a donné l'envie de vous engager dans ces études ou cette perspective professionnelle.

MATHS COMPLÉMENTAIRES

- ☑ Toutes les notions du programme
- ☑ Les exercices incontournables entièrement résolus et commentés

SOMMAIRE

CHAPITRES 1 À 10

COURS / EXERCICES / CORRIGÉS

L'ENSEIGNEMENT OPTIONNEL DE MATHÉMATIQUES COMPLÉMENTAIRES

Présentation

- L'option **Mathématiques complémentaires** est recommandée aux élèves qui ont abandonné la Spécialité mathématiques en fin de Première et qui envisagent de poursuivre des études où un niveau de base est nécessaire dans cette matière. En fonction des lycées, cette option peut être accessible aux élèves n'ayant pas suivi la Spécialité en Première mais une remise à niveau sera dans ce cas indispensable.

- Cette option convient, par exemple, à des élèves souhaitant poursuivre des études dans les **filières médicales**, **sciences sociales** ou **sciences économiques**, mais aussi dans les **filières paramédicales** ou en **licence STAPS**.

- L'option Mathématiques complémentaires représente **3 heures par semaine** ; elle est abordée en classe sous forme de 9 thèmes qui mettent en jeu des notions mathématiques. Le travail s'articule autour des **six compétences** : **chercher, modéliser, représenter, raisonner, calculer et communiquer ;** les notions du programme de la Spécialité mathématiques de Première seront donc fortement sollicitées.

- Dans ce livre, nous vous proposons pour chaque notion, un **résumé de cours**, une série d'**exercices de difficulté graduée** et une **correction détaillée** de chaque exercice, assortie de conseils.

Évaluation

- Pour le baccalauréat, il n'y a pas d'épreuve terminale comme c'est le cas pour la Spécialité mathématiques.
L'option Mathématiques complémentaires est évaluée en contrôle continu et, à ce titre, fait partie des notes des bulletins de Terminale et de Première qui comptent pour 10 % de la note finale, soit avec un coefficient 10.

- Ce coefficient 10 se compose de la façon suivante : coefficient 5 pour la moyenne des moyennes de tous les enseignements de Première et coefficient 5 pour la moyenne des moyennes de tous les enseignements de Terminale.

CHAPITRE 1 Suites numériques, modèles discrets

1 Limites et définitions

■ **Limite infinie :** $\lim\limits_{n \to +\infty} u_n = +\infty$ signifie que, pour tout réel $A > 0$, les termes u_n sont supérieurs à A à partir d'un certain rang.

$\lim\limits_{n \to +\infty} u_n = -\infty$ signifie que, pour tout réel $B < 0$, les termes u_n sont inférieurs à B à partir d'un certain rang.

■ **Limite finie :** $\lim\limits_{n \to +\infty} u_n = l$ signifie que tout intervalle ouvert contenant l contient tous les termes de la suite (u_n) à partir d'un certain rang.

■ **Définition :** La suite (u_n) **converge** lorsqu'elle a une limite finie.

La suite (u_n) **diverge** lorsqu'elle a une limite infinie ou lorsqu'elle n'a pas de limite.

■ **Propriété :** La limite d'une suite est **unique** :

si $\lim\limits_{n \to +\infty} u_n$ existe, alors $\lim\limits_{n \to +\infty} u_n = \lim\limits_{n \to +\infty} u_{n+1}$.

2 Limites de référence

$\lim\limits_{n \to +\infty} n = +\infty$	$\lim\limits_{n \to +\infty} n^2 = +\infty$	$\lim\limits_{n \to +\infty} n^3 = +\infty$	$\lim\limits_{n \to +\infty} \sqrt{n} = +\infty$
$\lim\limits_{n \to +\infty} \frac{1}{n} = 0$	$\lim\limits_{n \to +\infty} \frac{1}{n^2} = 0$	$\lim\limits_{n \to +\infty} \frac{1}{n^3} = 0$	$\lim\limits_{n \to +\infty} \frac{1}{\sqrt{n}} = 0$

■ **Limite de (q^n), $q \geqslant 0$.**

$0 \leqslant q < 1$	$q = 1$	$q > 1$
$\lim\limits_{n \to +\infty} q^n = 0$	$\lim\limits_{n \to +\infty} q^n = 1$	$\lim\limits_{n \to +\infty} q^n = +\infty$

3 Limites et opérations

Les 4 opérations sont valables et elles se font intuitivement sauf dans certains cas qu'on appelle les **formes indeterminées** (FI). Il y en a **quatre** et par abus d'écriture, ce sont : $\infty - \infty$, $0 \times \infty$, $\frac{\infty}{\infty}$ et $\frac{0}{0}$.

4 Limites et comparaisons

■ **Théorème de comparaison :** Si $\lim\limits_{n \to +\infty} u_n = +\infty$ et si, à partir d'un certain rang, $u_n \leqslant v_n$, alors $\lim\limits_{n \to +\infty} v_n = +\infty$.

■ **Propriété :** Si $\lim_{n\to+\infty} u_n = l$, $\lim_{n\to+\infty} v_n = l'$ et si, à partir d'un certain rang, $u_n \leqslant v_n$ alors $l \leqslant l'$.

■ **Théorème des gendarmes :** Si $\lim_{n\to+\infty} u_n = l$ et si $\lim_{n\to+\infty} w_n = l$ et si, à partir d'un certain rang, $u_n \leqslant v_n \leqslant w_n$, alors $\lim_{n\to+\infty} v_n = l$.

5 Suites arithmético-géométriques

■ **Définition :** Soit a et b sont deux réels fixés.

Une suite (u_n) est **arithmético-géométrique** de paramètres a et b si, et seulement si :

$$\boldsymbol{u_{n+1} = au_n + b} \quad \textbf{(E)}$$

Si $\boldsymbol{a = 0}$, alors la suite $(\boldsymbol{u_n})$ est une **suite constante**.

Si $\boldsymbol{a = 1}$, alors la suite $(\boldsymbol{u_n})$ est arithmétique de **raison $\boldsymbol{b}$**.

Si $\boldsymbol{a \neq 0}$ et $\boldsymbol{b = 0}$, alors la suite $(\boldsymbol{u_n})$ est géométrique de **raison $\boldsymbol{a}$**.

■ **Méthode :** Déterminer la formule explicite de la suite arithmético-géométrique (u_n) de paramètres a et b se fait en trois étapes.

❶ On détermine la suite constante vérifiant **(E)** en résolvant l'équation d'inconnue l : $l = al + b$.

❷ On démontre que la suite (v_n) définie pour tout naturel n par l'égalité $v_n = u_n - l$ est une suite géométrique de raison a.

❸ On détermine alors la formule explicite pour (v_n) : $v_n = v_0 \times a^n$, puis on en déduit la formule explicite de (u_n) : $u_n = v_n + l = v_0 \times a^n + l$.

EXERCICES

1 5 min ★ QCM

Dans chaque cas, entourer la réponse exacte.

	A	B	C	D
1. Le terme général de la suite arithmétique (u_n) de raison 3 et de 1er terme $u_0 = -2$ est :	$u_n = 3n - 2$	$u_n = 3 \times (-2)^n$	$u_n = -2n + 3$	$u_n = -2 \times 3^n$
2. Le terme général de la suite géométrique (u_n) de raison 3 et de 1er terme $u_0 = -2$ est :	$u_n = 3n - 2$	$u_n = 3 \times (-2)^n$	$u_n = -2n + 3$	$u_n = -2 \times 3^n$

	A	B	C	D
3. La limite de la suite (u_n) définie sur $\mathbb{N}$ par $u_n = \dfrac{1-3n^2}{4n^2+2}$ est :	$-\infty$	$-0{,}75$	0	$\dfrac{1}{2}$
4. La limite de la suite (u_n) définie sur $\mathbb{N}$ par $u_n = \dfrac{1-0{,}5^n}{0{,}5}$ est :	0	$0{,}5$	2	$+\infty$

→ *Corrigé p. 479*

2 10 min ★★ Limite des suites géométriques

Dans chaque cas, calculer la limite de la suite (u_n) définie sur $\mathbb{N}$ par :

1. $u_n = \dfrac{-1}{5} \times \left(\dfrac{5}{3}\right)^n$ **2.** $u_n = \dfrac{3^n}{7^n}$ **3.** $u_n = 1 + 0{,}5 + 0{,}5^2 + \ldots + 0{,}5^n$

→ *Corrigé p. 479*

3 15 min ★★★ Étude d'une suite arithmético-géométrique

(u_n) est la suite définie, pour tout $n \in \mathbb{N}$, par $u_0 = 2$ et $u_{n+1} = \dfrac{1}{5}u_n + \dfrac{3}{5}$ (E).

1. Déterminer la suite constante (c_n) qui vérifie la relation (E).

2. Justifier que, pour tout $n \in \mathbb{N}$, $u_n = \dfrac{3}{4} + \dfrac{5}{4} \times \left(\dfrac{1}{5}\right)^n$.

3. Déterminer la limite de la suite (u_n).

→ *Corrigé p. 479*

4 20 min ★★★ Modéliser un problème par une suite

Depuis 2018, on a constaté que la vente de vélos à assistance électrique (VAE) augmentait en moyenne chaque année de 12 %. En 2018, on a vendu 345 000 VAE.
Pour $n \in \mathbb{N}$, on note (u_n) la vente, en milliers, de VAE dans l'année en France pour l'année $2018 + n$, ainsi $u_0 = 345$.

1. Calculer u_1 et u_2.

2. Exprimer u_{n+1} en fonction de u_n.

3. En déduire que (u_n) est une suite géométrique dont on précisera la raison.

4. Exprimer u_n en fonction de n.

5. On souhaite estimer l'année à partir de laquelle le nombre de VAE vendus dans l'année dépassera le million. Compléter la fonction Python ci-contre pour que cela réponde à la question et indiquer la valeur de m.

```
def seuil(m):
    u=345
    n=0
    while ....:
        n=....
        u=....
    return 2018+n
```

→ *Corrigé p. 480*

Limites de fonctions

CHAPITRE 2

Remarque : Contrairement aux suites, pour les fonctions, les limites peuvent être calculées en l'infini ou pour une valeur. Dans ce chapitre, $\mathscr{C}_f$ désigne la courbe représentative de la fonction f.

1 Limites et définitions

Limite infinie à l'infini

– On dit que la fonction f **admet pour limite +∞ en +∞** si tout intervalle $]A\,;+\infty[$, A réel, contient toutes les valeurs de $f(x)$ dès que x est suffisamment grand et on note : $\lim\limits_{x \to +\infty} f(x) = +\infty$.

– De façon analogue, on définit $\lim\limits_{x \to +\infty} f(x) = -\infty$; $\lim\limits_{x \to -\infty} f(x) = +\infty$ et $\lim\limits_{x \to -\infty} f(x) = -\infty$.

Limite finie à l'infini

– On dit que la fonction f **admet pour limite L en +∞** si tout intervalle ouvert contenant L contient toutes les valeurs de $f(x)$ dès que x est suffisamment grand et on note : $\lim\limits_{x \to +\infty} f(x) = L$.

– La droite $y = L$ est **asymptote horizontale** à $\mathscr{C}_f$ en $+\infty$ si $\lim\limits_{x \to +\infty} f(x) = L$.

– De même, $\lim\limits_{x \to -\infty} f(x) = L'$ signifie que la droite $y = L'$ est **asymptote horizontale** à $\mathscr{C}_f$ en $-\infty$.

Limite d'une fonction en un réel *a*

– On dit que la fonction f **admet pour limite +∞ en *a*** si tout intervalle $]A\,;+\infty[$, A réel, contient toutes les valeurs de $f(x)$ dès que x est suffisamment proche de a et on note : $\lim\limits_{x \to a} f(x) = +\infty$.

– De façon analogue, on définit $\lim\limits_{x \to a} f(x) = -\infty$.

– La droite $x = a$ est **asymptote verticale** à $\mathscr{C}_f$ si $\lim\limits_{x \to a} f(x) = -\infty$ ou $\lim\limits_{x \to a} f(x) = +\infty$.

– On dit que la fonction f **admet pour limite un réel l en *a*** lorsque que $f(x)$ est aussi proche que l'on veut de l lorsque x est suffisamment proche de a et on note : $\lim\limits_{x \to a} f(x) = l$.

2 Limites de fonctions de référence

Fonction carré	Fonction cube	Fonction inverse	Fonction racine carrée	Fonction exponentielle
$D_f =]-\infty\,;+\infty[$	$D_f =]-\infty\,;+\infty[$	$D_f =]-\infty\,;0[\cup]0\,;+\infty[$	$D_f = [0\,;+\infty[$	$D_f =]-\infty\,;+\infty[$
$\lim\limits_{x\to-\infty} x^2 = +\infty$ $\lim\limits_{x\to+\infty} x^2 = +\infty$	$\lim\limits_{x\to-\infty} x^3 = -\infty$ $\lim\limits_{x\to+\infty} x^3 = +\infty$	**en l'infini :** $\lim\limits_{x\to-\infty} \frac{1}{x} = 0$ et $\lim\limits_{x\to+\infty} \frac{1}{x} = 0$ (La droite $\boldsymbol{y = 0}$ est **asymptote horizontale** à $\mathscr{C}_f$.) **en 0 :** $\lim\limits_{x\to0^-} \frac{1}{x} = -\infty$ et $\lim\limits_{x\to0^+} \frac{1}{x} = +\infty$ (La droite $\boldsymbol{x = 0}$ est **asymptote verticale** à $\mathscr{C}_f$.)	$\lim\limits_{x\to0} \sqrt{x} = 0$ $\lim\limits_{x\to+\infty} \sqrt{x} = +\infty$	$\lim\limits_{x\to-\infty} e^x = 0$ (La droite $\boldsymbol{y = 0}$ est **asymptote horizontale** à $\mathscr{C}_f$ en $-\infty$.) $\lim\limits_{x\to+\infty} e^x = +\infty$

3 Limites et opérations

Comme pour les suites, les quatre opérations sont valables et elles se font assez naturellement sauf dans certains cas qu'on appelle les **formes indéterminées** (FI), il y en a **quatre** et par abus d'écriture, ce sont : $\infty - \infty$, $0 \times \infty$, $\dfrac{\infty}{\infty}$ et $\dfrac{0}{0}$.

4 Limites et compositions

a, b et c désignent $-\infty$ ou $+\infty$, ou un nombre réel.

Si $\lim\limits_{x\to a} f(x) = b$ et si $\lim\limits_{y\to b} g(y) = c$ alors $\lim\limits_{x\to a} g(f(x)) = c$.

EXERCICES

1 15 min ★ Interpréter un tableau de variations

On donne ci-dessous le tableau de variations d'une fonction f.

x	$-\infty$	-2	$+\infty$
$f(x)$	1 ↘ $-\infty$	‖	$+\infty$ ↘ $-\infty$

1. Donner le domaine de définition D_f de la fonction f.

2. Donner les limites de la fonction f aux bornes de D_f et préciser, s'il y a lieu, les asymptotes.

3. Est-ce que la fonction f a une limite en -2 ? Justifier.

4. Donner une représentation graphique susceptible de représenter la fonction f.

→ Corrigé p. 480

2 10 min ★ Conjecturer une limite

On considère la fonction f définie par $f(x) = \dfrac{2-x}{x-1}$.

1. Déterminer le domaine de définition de la fonction f.

2. a) À l'aide de la calculatrice, compléter le tableau de valeurs ci-contre.

b) Conjecturer alors la valeur de $\lim\limits_{x \to +\infty} f(x)$.

x	10	100	1 000	10 000
$f(x)$	....			

3. a) Compléter de même le tableau de valeurs ci-contre.

b) Conjecturer alors la valeur de $\lim\limits_{x \to 1^-} f(x)$.

x	0,9	0,99	0,999	0,9999
$f(x)$				

4. De manière analogue, conjecturer les valeurs de $\lim\limits_{x \to 1^+} f(x)$ et de $\lim\limits_{x \to -\infty} f(x)$.

→ Corrigé p. 480

3 15 min ★★ Opérations et limites

Dans chacun des cas ci-dessous, calculer la limite et préciser, s'il y a lieu, l'équation de l'asymptote.

a) $\lim\limits_{x \to -\infty} 2 - 3x - x^3$ b) $\lim\limits_{x \to +\infty} (x-2)(3-2x)$ c) $\lim\limits_{x \to 2^-} \dfrac{x^2+3x+1}{2-x}$

→ Corrigé p. 481

4 20 min ★★ Opérations et limites avec FI

1. Dans chacun des cas, prouver en calculant la limite qu'elle présente une forme indéterminée (FI), puis conjecturer sa valeur à la calculatrice comme à l'exercice 2.

a) $\lim\limits_{x \to +\infty} x^2 - 100x$ b) $\lim\limits_{x \to -\infty} xe^x - 1$ c) $\lim\limits_{x \to -\infty} \dfrac{x^2 - x + 1}{3 - 2x^2}$

2. L'objectif est de calculer la limite du 1. c) en levant la FI.

a) Sur l'intervalle $]-\infty\,; -2[$, on pose $f(x) = \dfrac{x^2 - x + 1}{3 - 2x^2}$;

démontrer que : $f(x) = \dfrac{1 - \dfrac{1}{x} + \dfrac{1}{x^2}}{\dfrac{3}{x^2} - 2}$.

b) En déduire la valeur $\lim\limits_{x \to -\infty} f(x)$.

→ Corrigé p. 481

CHAPITRE 3 Dérivation et convexité

1 Dérivée d'une fonction et dérivée seconde

	$f(x)$	$f'(x)$	Intervalle	$f(x)$	$f'(x)$	Intervalle
Les usuelles	$ax,\ a\in\mathbb{R}$	a	$\mathbb{R}$	$\sqrt{x}$	$\dfrac{1}{2\sqrt{x}}$	$]0\,;+\infty[$
	x^2	$2x$	$\mathbb{R}$	$\dfrac{1}{x}$	$\dfrac{-1}{x^2}$	$]-\infty\,;0[$ ou $]0\,;+\infty[$
	x^3	$3x^2$	$\mathbb{R}$	e^x	e^x	$\mathbb{R}$
	$x^n,\ n\in\mathbb{N}$	nx^{n-1}	$\mathbb{R}$	$\ln x$	$\dfrac{1}{x}$	$]0\,;+\infty[$
Les composées	$u^n,\ n\in\mathbb{N}$	$nu'u^{n-1}$		e^u	$u'e^u$	
	$\dfrac{1}{u}$	$\dfrac{-u'}{u^2}$	$u\neq 0$	$\ln u$	$\dfrac{u'}{u}$	$u>0$
	$u(ax+b)$	$au'(ax+b)$		$\sqrt{u}$	$\dfrac{u'}{2\sqrt{u}}$	$u>0$
Les opérations	$u+v$	$u'+v'$		ku	ku'	
	uv	$u'v+uv'$		$\dfrac{u}{v}$	$\dfrac{u'v-uv'}{v^2}$	$v\neq 0$

■ **Définition :** Soit f une fonction deux fois dérivable sur un intervalle I.
On note f' sa fonction dérivée et f'' **sa dérivée seconde** *(c'est la dérivée de la dérivée).*

2 Dérivée et sens de variation

■ **Sens de variation :** I est un intervalle. f est croissante sur I si $f'\geqslant 0$ sur I. f est décroissante sur I si $f'\leqslant 0$ sur I et f est constante sur I si $f'=0$ sur I.

■ **Équation de la tangente à $\mathscr{C}_f$** au point d'abscisse a de I : $y=f'(a)(x-a)+f(a)$

3 Dérivée et convexité

■ **Définition :** Une fonction dérivable sur un intervalle I est **convexe** si, et seulement si, sa courbe est entièrement située au-dessous de chacune de ses sécantes ; elle est concave si, et seulement si, sa courbe est entièrement située au-dessus de chacune de ses sécantes.

■ **Propriétés :** f est définie et deux fois dérivable sur un intervalle I.
Sur l'intervalle I, les quatre propositions suivantes sont équivalentes :

1. f est **convexe** ;	**1.** f est **concave** ;
2. $\mathscr{C}_f$ est au-dessus de ses tangentes ;	**2.** $\mathscr{C}_f$ est au-dessous de ses tangentes ;
3. f' est **croissante** ;	**3.** f' est **décroissante** ;
4. f'' est **positive**.	**4.** f'' est **négative**.

4 Point d'inflexion

■ **Définition :** Un **point d'inflexion** est un point de la courbe où il y a un changement de convexité : la fonction convexe devient concave ou inversement en ce point.

■ **Propriété :** $\mathscr{C}_f$ admet **un point d'inflexion** au point d'abscisse a si, et seulement si, f'' **s'annule en changeant de signe en** a.

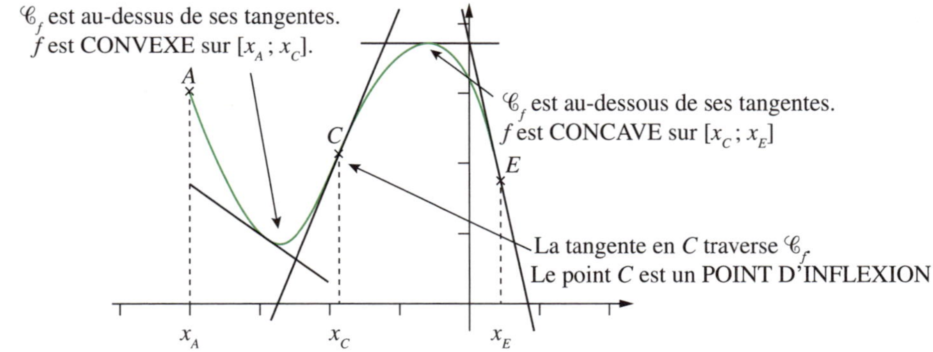

EXERCICES

1 10 min ★ Lecture graphique

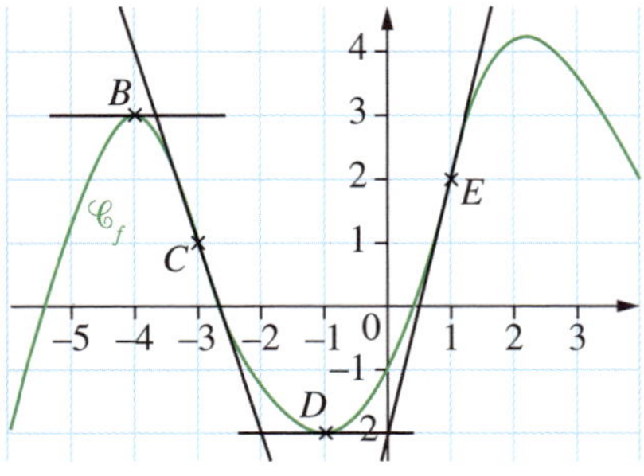

On a tracé ci-contre la représentation graphique $\mathscr{C}_f$ d'une fonction f définie sur son ensemble de définition et quelques-unes de ses tangentes.

Répondre aux questions par lecture graphique.

1. Lire $f(-4)$, $f(-3)$, $f(-1)$, $f(0)$ et $f(1)$.

2. Lire $f'(-4), f'(-3), f'(-1)$ et $f'(1)$.

3. Sur l'intervalle $[-5 ; 3]$, donner les intervalles où f semble concave ou convexe.

4. Conjecturer les coordonnées des points d'inflexion de f.

→ Corrigé p. 482

2 15 min ★★ QCM

Choisir la bonne réponse et justifier.

1. f une fonction définie et deux fois dérivable sur $[0 ; +\infty[$. La courbe représentative de la fonction f'', dérivée seconde de la fonction f, est donnée ci-dessous. Le point de coordonnées $(1 ; 0)$ est le seul point d'intersection de cette courbe et de l'axe des abscisses.

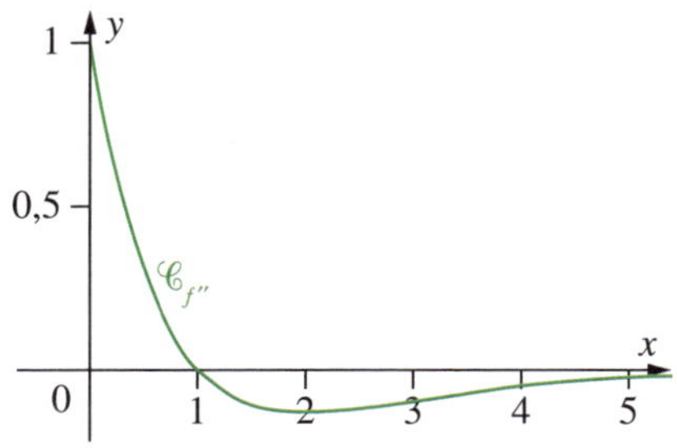

A	B	C
f est concave sur $[1 ; 4]$.	f est décroissante sur $[0 ; 1]$.	$I(1 ; 0)$ est un point d'inflexion de $\mathscr{C}_f$.

Pour les questions **2.** à **5.**, on considère la fonction f définie sur $\mathbb{R}$ par :

$f(x) = x^4 - \frac{5}{3}x^3 - x^2 + 1$ et on note $\mathscr{C}_f$ sa courbe représentative.

	A	B	C
2. La dérivée f' de f est définie par :	$4x^3 - 5x^2 + 2x$	$4x^3 - 5x^2 - 2x$	$3x^3 - 5x^2 + 2x + 1$
3. La dérivée seconde f'' de f est définie par :	$12x^2 - 10x - 2$	$12x^2 - 10x + 2$	$9x^2 - 10x + 2$
4. La fonction f est :	convexe sur $\mathbb{R}$	concave sur $[1 ; +\infty[$	convexe sur $[1 ; +\infty[$
5. $\mathscr{C}_f$ admet un point d'inflexion au point d'abscisse :	-1	$-\frac{1}{6}$	0

→ Corrigé p. 482

3 30 min ★★ Calculs de dérivées

Pour chaque fonction f définie sur l'intervalle I, calculer sa dérivée f' et sa dérivée seconde f''.

1. Sur $I = \mathbb{R}$, $f(x) = (x^3 - 2)^4$

2. Sur $I = \mathbb{R}$, $f(x) = \frac{3}{x^2 + 3}$

3. Sur $I =]-\infty ; 1[$, $f(x) = \ln(1 - x)$

→ Corrigé p. 483

Continuité et applications

CHAPITRE 4

1 Fonction continue

■ **Définition :** Soit f une fonction définie sur un intervalle I.

– Soit $a \in$ I. On dit que ***f* est continue en *a*** lorsque $\lim_{x \to a} f(x) = f(a)$, autrement dit la limite de f en a est égale à l'image de a par f.

– La fonction ***f* est continue sur I** si, pour tout réel a de I, f est continue en a.

– Graphiquement, la courbe représentative d'une fonction continue se trace sans lever le crayon.

■ **Propriétés : continuité des fonctions usuelles**

– Les fonctions affines, polynômes, racine carrée, exponentielle et logarithme népérien sont continues sur leur ensemble de définition.

– Les sommes, produits, quotients et composées de fonctions continues sont continues sur chacun des intervalles formant leur ensemble de définition.

■ **Propriété : continuité et dérivabilité**

Soit $a \in$ I. Si ***f* est dérivable en** a alors elle est **continue en *a*.**

2 Théorème des valeurs intermédiaires et résolution d'équations

■ **Cas des fonctions non monotones**

Soit f une fonction **continue** sur un intervalle I, a et b sont deux réels de I avec $a < b$. Pour tout réel k compris entre $f(a)$ et $f(b)$, l'équation $f(x) = k$ admet **au moins** une solution comprise entre a et b.

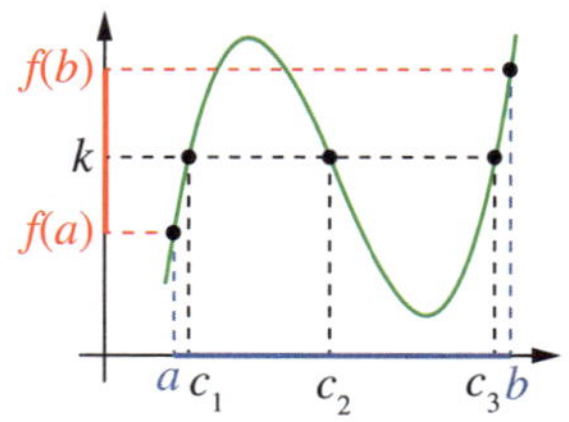

■ **Le corollaire : cas des fonctions monotones**

Soit f une fonction **continue** et **strictement monotone** sur un intervalle $[a\,;b]$; pour tout réel k compris entre $f(a)$ et $f(b)$, l'équation $f(x) = k$ admet une **unique** solution sur $[a\,;b]$.

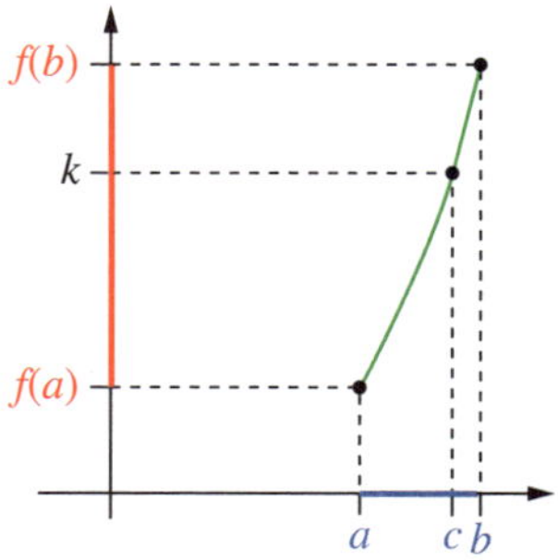

■ Le théorème des valeurs intermédiaires (TVI) et son corollaire sont valables pour des intervalles **semi-ouverts ou ouverts, bornés ou non**.

PHYSIQUE-CHIMIE SVT GRAND ORAL MATHS COMPLÉMENTAIRES

3 Fonction réciproque

■ **Définition :** f est une fonction **continue** et **strictement monotone** sur l'intervalle $I = [a\,;b]$; il **existe une unique fonction** définie sur l'intervalle $J = [f(a)\,;f(b)]$ (ou $[f(b)\,;f(a)]$) et à valeurs dans I, appelée **fonction réciproque de** f, et notée f^{-1},

telle que : $\begin{cases} y = f(x) \\ x \in I \end{cases} \Leftrightarrow \begin{cases} x = f^{-1}(y) \\ y \in J. \end{cases}$

Exemples : – Sur $[0\,;+\infty[$, x^2 et $\sqrt{x}$ sont des fonctions réciproques :

$\begin{cases} y = x^2 \\ x \in [0\,;+\infty[\end{cases} \Leftrightarrow \begin{cases} x = \sqrt{y} \\ y \in [0\,;+\infty[. \end{cases}$

– Dans le chapitre 5, on verra que les **fonctions <u>exponentielle</u> et <u>logarithme népérien</u>** sont aussi des fonctions réciproques.

■ **Propriété :** Dans un repère orthonormé, <u>les représentations graphiques</u> des fonctions f et f^{-1} sont **symétriques** par rapport à la droite d'équation $y = x$.

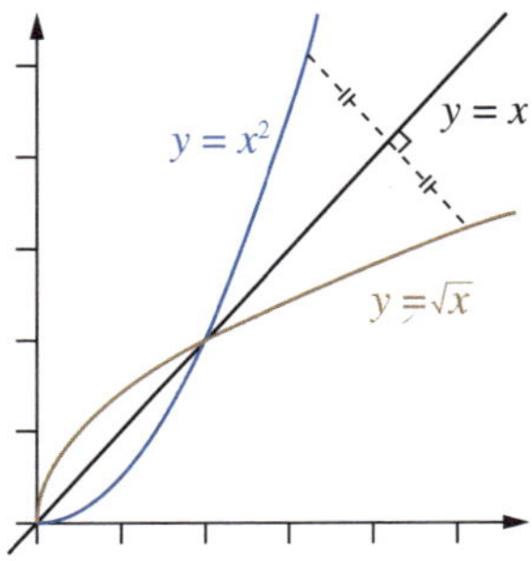

EXERCICES

1 5 min ★ Lecture graphique

Dans chaque cas, on donne ci-dessous la représentation graphique $\mathscr{C}_f$ d'une fonction f. Pour chacune d'elles :

– Préciser si la fonction f est continue en 2.

– Préciser sur quel(s) intervalle(s) la fonction f est continue.

– Préciser si la fonction f est dérivable en 2. Justifier.

1.

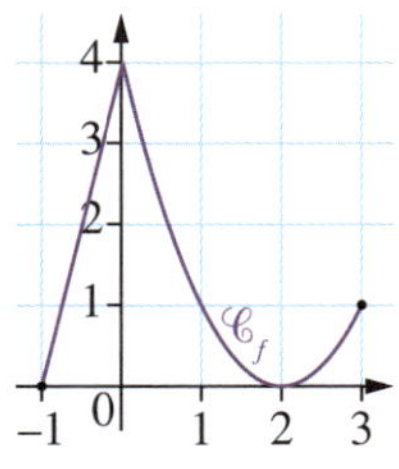

2.

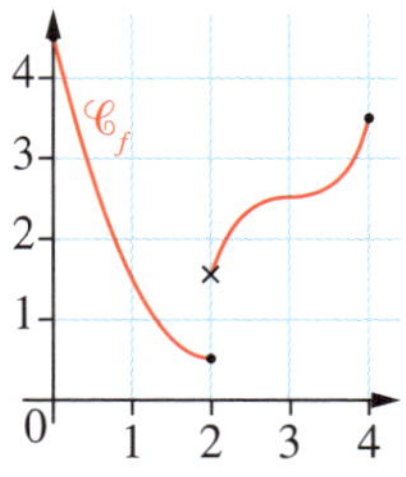

3.

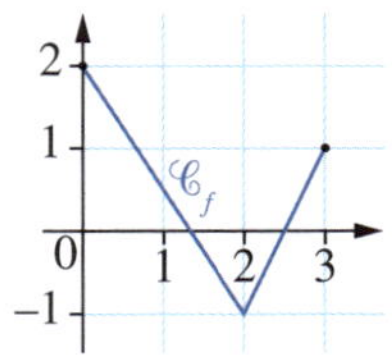

→ Corrigé p. 484

2 10 min ★ Exploiter un tableau de variations

On donne ci-dessous le tableau de variations d'une fonction f définie et dérivable sur $\mathbb{R}$.

x	$-\infty$		1		$+\infty$
$f'(x)$		+	0	−	
$f(x)$	$-\infty$	↗	3	↘	-2

1. Dénombrer, sans justifier, le nombre de solutions de l'équation $f(x) = 0$ sur $\mathbb{R}$.

2. En déduire le tableau de signes de la fonction f sur $\mathbb{R}$.

➔ *Corrigé p. 484*

3 30 min ★★★ TVI et fonction dichotomie

Soit la fonction f définie sur $\mathbb{R}$ par $f(x) = x^3 - 3x^2 + 5$.

1. Pourquoi la fonction f est-elle continue sur $\mathbb{R}$?

2. a) Calculer la dérivée f' de f.

b) En déduire les variations de f sur $[-2 ; 3]$.

3. Démontrer que l'équation $f(x) = 0$ admet une solution unique α sur l'intervalle $[-2 ; 3]$.

4. On procède par dichotomie pour déterminer un encadrement de α à 10^{-1} près et on considère la fonction Python ci-contre.
Que renvoie dicho(−2,0) ?

```
def f(x):
    return x**3-3*x**2+5
def dicho(a,b):
    while b-a>=10**(-1):
        c=(a+b)/2
        if f(a)*f(c)<0:
            b=c
        else:
            a=c
    return a,b
```

➔ *Corrigé p. 484*

CHAPITRE 5

Logarithme népérien

1 Définitions et propriété

Définitions

– Le **logarithme népérien d'un réel strictement positif *a*** est l'unique solution de l'équation $e^x = a$; on la note $x = \ln(a)$ ou $x = \ln a$.

– La **fonction logarithme népérien** est la fonction qui a tout réel x de $]0\,;+\infty[$ associe le réel $\ln(x)$.

– La fonction logarithme népérien est notée **ln** et elle est la **fonction réciproque** de la fonction exponentielle.

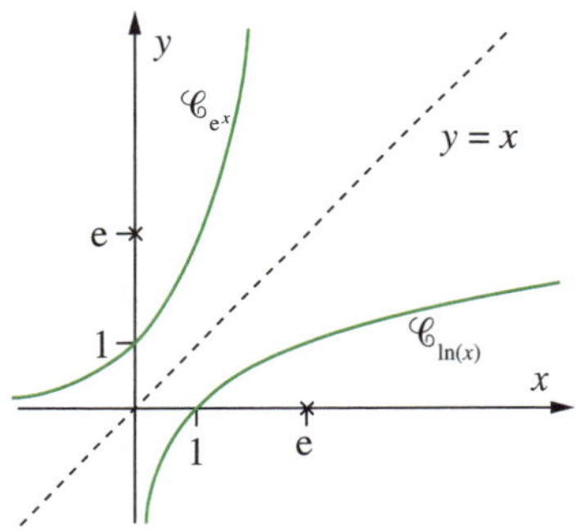

Conséquences : Pour tout réel a, $\ln\left(e^a\right) = a$ et pour tout réel $a > 0$, $e^{\ln(a)} = a$.

Propriété : Dans un repère orthonormé, **les courbes représentatives** des fonctions $\ln(x)$ et e^x **sont symétriques par rapport à la droite d'équation $y = x$.**

2 Propriétés algébriques

Valeurs particulières : $\ln(1) = 0$; $\ln(e) = 1$; $\ln\left(\frac{1}{e}\right) = -1$.

Opérations : Pour tous réels $a > 0$, $b > 0$ et $p \in \mathbb{Z}$:

$$\ln(a \times b) = \ln(a) + \ln(b) \qquad \ln\left(\frac{1}{a}\right) = -\ln(a) \qquad \ln\left(\frac{a}{b}\right) = \ln(a) - \ln(b)$$

$$\ln\left(a^p\right) = p\ln(a) \qquad \ln\left(\sqrt{a}\right) = \frac{1}{2}\ln(a)$$

3 Limites de référence

$\lim\limits_{x \to 0^+} \ln(x) = -\infty$: la droite $x = 0$ est asymptote verticale à $\mathscr{C}_{\ln(x)}$ et **$\lim\limits_{x \to +\infty} \ln(x) = +\infty$.**

■ **Croissances comparées : $n \in \mathbb{N}^*$**

$$\lim_{x \to 0^+} x \ln(x) = 0 \qquad \lim_{x \to 0^+} x^n \ln(x) = 0$$

$$\lim_{x \to +\infty} \frac{\ln(x)}{x^n} = 0 \qquad \lim_{x \to +\infty} \frac{\ln(x)}{x} = 0$$

(Autrement dit, les fonctions polynômes l'emportent sur la fonction ln.)

■ **Limite particulière :**

$$\lim_{x \to 0} \frac{\ln(x+1)}{x} = 1$$

4 Dérivées et variations

■ La fonction logarithme népérien est dérivable sur $]0\,;+\infty[$ et sa dérivée est :

$$(\ln x)' = \frac{1}{x}$$

■ La fonction $\ln x$ est strictement croissante sur $]0\,;+\infty[$.

■ Si u est une fonction dérivable et strictement positive sur un intervalle I, alors la fonction $\ln u$ est dérivable sur I et :

$$(\ln u)' = \frac{u'}{u}$$

5 Équations et inéquations

■ Pour tout réel $a > 0$, on a :
– **équations :** pour $b > 0$, $\ln(a) = \ln(b) \Leftrightarrow a = b$ et pour tout réel b, $\ln(a) = b \Leftrightarrow a = e^b$;
– **inéquations :** pour $b > 0$, $\ln(a) < \ln(b) \Leftrightarrow a < b$ et pour tout réel b, $\ln(a) < b \Leftrightarrow a < e^b$.

■ **Méthode de résolution :** Pour résoudre une équation du type $\ln(u) = \ln(v)$ (resp. $\ln(u) < \ln(v)$) :
❶ on détermine les domaines de définition de u et de v (dans ce cas l'équation est bien définie) ;
❷ **on résout dans cet ensemble** l'équation $u(x) = v(x)$ (resp. l'inéquation $u(x) < v(x)$).

EXERCICES

1 5 min ★ **QCM**

Dans chaque cas, entourer la réponse exacte.

		A	B	C
1.	$e^{3\ln(2)} - 4 =$	2	$e^{\ln(6)-4}$	4
2.	$3\ln\sqrt{8} - \ln 4 =$	$\ln\left(\frac{3\sqrt{8}}{4}\right)$	$\frac{3}{2}\ln 4$	$\frac{5}{2}\ln 2$
3.	$\ln\left(4 - x^2\right)$ est définie sur :	$\mathbb{R} - \{-2\,;2\}$	$]-2\,;2[$	$]-\infty\,;-2[\cup]2\,;+\infty[$
4.	$\lim\limits_{x\to-\infty} \ln\left(x^2 - 1\right) =$	$-\infty$	$+\infty$	-1
5.	L'équation de la tangente en 1 de $f(x) = \ln(x)$ est :	$y = 1$	$y = x - 1$	$y = e^x + 1$

→ Corrigé p. 485

2 5 min ★ Propriétés algébriques

1. Dans chaque cas, exprimer en fonction de ln P, où P est un réel positif et le plus petit possible.

a) $A = \ln\left(\dfrac{1}{27}\right)$

b) $B = \ln\ 4 \times \ln\ e^{-5}$

c) $C = \ln\sqrt{2} - \ln\ 8 + 2\ \ln\ 4$

d) $D = \dfrac{e^{3\ln 3 + \ln 2}}{e^{\ln 3 - \ln 2}} + \ln\ 25$

2. x est un réel positif ; dans chaque cas, simplifier le plus possible l'expression.

a) $A = \ln\ x + \ln\left(\dfrac{1}{x}\right)$

b) $B = 2\ln\ x + \dfrac{1}{2}\ln\left(x^2\right)$

c) $C = \ln\left(\dfrac{1}{e}\right) + e^{-\ln x}$

d) $D = \ln\left(x^3\right) - \ln(2x)$

→ Corrigé p. 486

3 20 min ★★ Calculer des dérivées et équations de tangentes

Dans chaque cas, calculer la dérivée de fonction f sur l'intervalle I indiqué.

a)) Sur $I =]0\,;+\infty[,\ f(x) = 3\ln(x) + 2\ln(3x)$

b) Sur $I =]0\,;+\infty[,\ f(x) = x^2\ln(x)$

c) Sur $I =]-\infty\,;0[,\ f(x) = \ln\left(1 - e^x\right)$

→ Corrigé p. 486

4 20 min ★★ Résolutions d'équations et d'inéquations

Résoudre les équations et les inéquations suivantes ; on notera S l'ensemble des solutions.

a) $\ln(2x - 3) = 0$

b) $\ln\left(x^2 + 2\right) = \ln(3x)$

c) $\ln(-2x + 1) - 1 \leqslant 0$

d) $n \in \mathbb{N}\,; 1 - \left(\dfrac{7}{10}\right)^n > 0{,}99$

→ Corrigé p. 486

Primitives et équations différentielles

CHAPITRE 6

1 Primitives d'une fonction

■ **Définitions**

– Une **équation différentielle** est une équation liant une fonction inconnue y à ses dérivées $\boldsymbol{y', y''}$**...**

– Résoudre l'**équation** différentielle $y' = f$ d'inconnue la fonction y sur l'intervalle I, c'est **déterminer toutes les fonctions** y qui vérifient l'équation sur I.

– Une primitive de f sur I est une **solution** de l'équation différentielle $y' = f$; on la note F.

2 Primitives

■ **Propriétés**

Toute fonction f continue sur un intervalle I admet une primitive F sur I.

Soit F une primitive de f sur un intervalle I ; **toute primitive** de f sur I est de la forme $F + c$, où c est une constante.

■ **Primitives usuelles et opérations**

	$f(x)$	$F(x)$	Intervalle	$f(x)$	$F(x)$	Intervalle
Les usuelles	$a, a \in \mathbb{R}$.	ax	$\mathbb{R}$	$\dfrac{1}{x^2}$	$\dfrac{-1}{x}$	$]-\infty\,;0[$ ou $]0\,;+\infty[$
	x	$\dfrac{x^2}{2}$	$\mathbb{R}$	$\dfrac{1}{x}$	$\ln x$	$]0\,;+\infty[$
	$\dfrac{1}{\sqrt{x}}$	$2\sqrt{x}$	$]0\,;+\infty[$	e^x	e^x	$\mathbb{R}$
	$x^n, n \in \mathbb{N}$	$\dfrac{x^{n+1}}{n+1}$	$\mathbb{R}$	$\dfrac{1}{x^n}, n \in \mathbb{N}$ et $n \neq 1$	$\dfrac{-1}{(n-1)x^{n-1}}$	$]-\infty\,;0[$ ou $]0\,;+\infty[$
Les opérations	$u' + v'$	$u + v$		ku'	ku	
Les composées	$u'e^u$	e^u		$\dfrac{u'}{u^2}$	$-\dfrac{1}{u}$	$u \neq 0$
	$u'u$	$\dfrac{u^2}{2}$		$\dfrac{u'}{u}$	$\ln u$	$u > 0$

3 Équation différentielle du type $y' = ay$

■ **Théorème :** Soit a un réel fixé ; l'équation différentielle $\boldsymbol{y' = ay}$ <u>admet</u> **pour solutions** sur $\mathbb{R}$, les fonctions f_k définies par : $\boldsymbol{f_k(x) = ke^{ax}}$ où k est un réel.

■ **Conditions initiales :** Pour tous réels x_0 et y_0, il existe une unique fonction f solution telle que $f\left(x_0\right) = y_0$.

4 Équation différentielle du type $y' = ay + b$

■ **Théorème :** Soient a et b deux réels tels que $a \neq 0$; l'équation différentielle $\boldsymbol{y' = ay + b}$ <u>admet</u> **pour solutions** sur $\mathbb{R}$, les fonctions f_k définies par :

$\boldsymbol{f_k(x) = ke^{ax} - \dfrac{b}{a}}$ où k est un réel.

■ **Conditions initiales :** Pour tous réels x_0 et y_0, il existe une unique fonction f solution telle que $f(x_0) = y_0$.

EXERCICES

1 10min ★ Encore des dérivées !

Soient f et g les fonctions définies sur $]0\,;+\infty[$ par $f(x) = \ln(x)$ et $g(x) = x\ln(x) - x$.

a) Démontrer que g est **une** primitive de la fonction f sur $]0\,;+\infty[$.

b) En déduire **toutes** les primitives de f.

c) En déduire **l'unique** primitive H de la fonction f sur $]0\,;+\infty[$ qui s'annule en 1.

→ *Corrigé p. 487*

2 10 min ★★ Lecture graphique

Soit f une fonction définie et dérivable sur $\mathbb{R}$ et $\mathscr{C}_f$ la courbe représentative de la fonction f dans le plan muni d'un repère. On note F une primitive de la fonction f sur $\mathbb{R}$.

1. Donner par lecture graphique :

a) les valeurs de $F'(0)$ et $F'(3)$;

b) le tableau de variations de $F(x)$ suivant les valeurs de x.

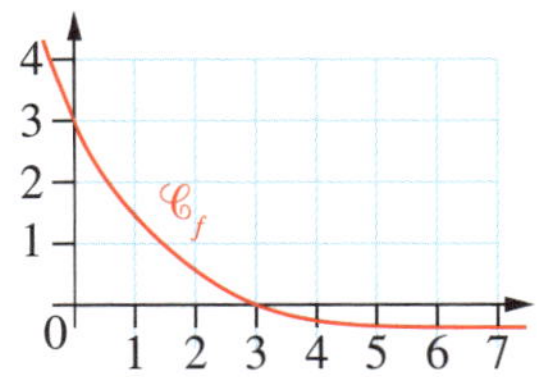

2. On a représenté ci-dessous trois courbes $\mathscr{C}_1$, $\mathscr{C}_2$, $\mathscr{C}_3$ avec la tangente en leur point A d'abscisse 0 et celle au sommet C.
L'une d'elles est la représentation graphique de F ; laquelle ? Justifier la réponse.

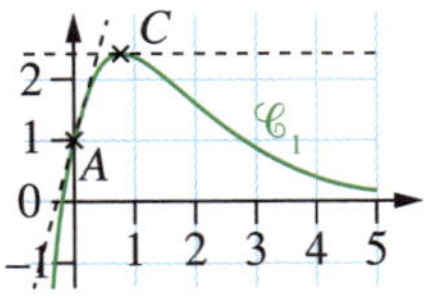

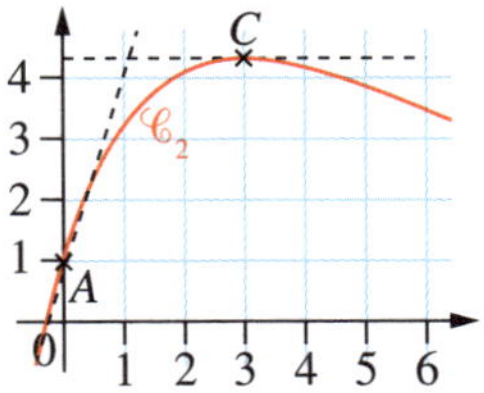

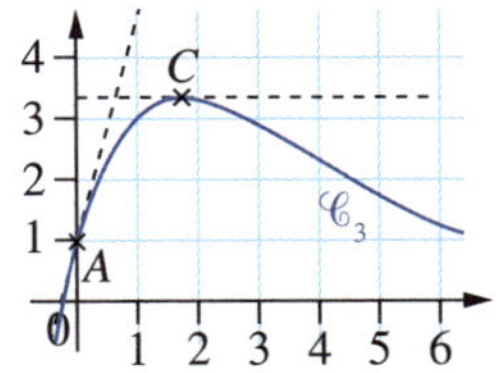

→ Corrigé p. 488

3 5 min ★★ Primitives des fonctions usuelles

Pour chaque fonction f donnée ci-dessous, déterminer une primitive F sur l'intervalle indiqué.

a) $f(x) = 3x^2 - x + 2$ sur $\mathbb{R}$

b) $f(x) = 2\,\mathrm{e}^x - \dfrac{3}{x^2}$ sur $]0\,;+\infty[$

→ Corrigé p. 488

4 15 min ★★ Primitives des fonctions composées

Pour chaque fonction f donnée ci-dessous, déterminer une primitive F sur l'intervalle indiqué.

a) $f(x) = \left(3x^2 - 2x\right)\left(x^3 - x^2 + 1\right)$ sur $\mathbb{R}$

b) $f(x) = 2\mathrm{e}^{1-2x} - \dfrac{3}{(2x+1)^2}$ sur $[0\,;+\infty[$

→ Corrigé p. 488

5 20 min ★★ Résoudre une équation différentielle

1. Résoudre, sur $\mathbb{R}$, chaque équation différentielle ci-dessous **puis** déterminer l'unique solution f telle que $f(1) = \mathrm{e}$.

a) $y' = 3y$ **b)** $5y - 3y' = 0$

2. Résoudre, sur $\mathbb{R}$, chaque équation différentielle ci-dessous **puis** déterminer l'unique solution f telle que $f(0) = 1$.

a) $y' = 3y - 4$ **b)** $5y' + 2y = 5$

→ Corrigé p. 489

PHYSIQUE-CHIMIE SVT GRAND ORAL MATHS COMPLÉMENTAIRES

CHAPITRE 7

Intégration

Notations : $\mathscr{C}_f$ est la courbe représentative de la fonction *f* dans un repère orthogonal ; I est un intervalle de $\mathbb{R}$.

1 Intégrale d'une fonction continue et positive

■ **Définition : unité d'aire**
Soit un repère orthogonal $\left(O;I,J\right)$; l'aire du rectangle *OIKJ* est l'unité d'aire notée en abrégé u.a. On a : $\boldsymbol{OI \times OJ = 1}$ **u.a.**

■ **Définition :** Soit *f* une fonction **continue et positive** sur l'intervalle $[a\,;b]$ $(a<b)$. **L'intégrale de *a* à *b* de *f*** est **l'aire en u.a.** de la surface délimitée par $\mathscr{C}_f$, l'axe des abscisses et les droites d'équations $x=a$ et $x=b$. **Cette aire** se note et vaut :

$$\int_a^b f(x)\,\mathrm{d}x$$

■ **Propriété :** Soit *f* une fonction **continue et positive** sur un intervalle $[a\,;b]$. La fonction *F* définie sur $[a\,;b]$ par $F(x)=\int_a^x f(t)\,\mathrm{d}t$ est **la primitive** de *f* qui s'annule en *a*.

La fonction *F* est dérivable sur $[a\,;b]$ et $F'(x)=\left(\int_a^x f(t)\,\mathrm{d}t\right)'=f(x)$.

2 Intégrale d'une fonction continue de SIGNE QUELCONQUE

■ **Définition :** Soit *f* une fonction **continue** sur un intervalle $[a\,;b]$ et de **signe quelconque,** et *F* une primitive de *f* sur $[a\,;b]$. **L'intégrale de *f* sur $[a\,;b]$** est :

$$\int_a^b f(x)\,\mathrm{d}x=\left[F(x)\right]_a^b=F(b)-F(a)$$

■ **Propriétés :** Soient *f* et *g* deux fonctions **continues** sur I ; *a*, *b* et *c* trois réels de I.

$$\int_a^a f(x)\,\mathrm{d}x=0 \qquad \int_a^b f(x)\,\mathrm{d}x=-\int_b^a f(x)\,\mathrm{d}x$$

Si $f\geqslant 0$ sur $[a\,;b]$ alors $\int_a^b f(x)\,\mathrm{d}x\geqslant 0$. Si $f\leqslant 0$ sur $[a\,;b]$ alors $\int_a^b f(x)\,\mathrm{d}x\leqslant 0$.

Si $f\leqslant g$ alors $\int_a^b f(x)\,\mathrm{d}x\leqslant\int_a^b g(x)\,\mathrm{d}x$.

Relation de Chasles :

$$\int_a^b f(x)\,dx = \int_a^c f(x)\,dx + \int_c^b f(x)\,dx$$

Linéarité :

$$\int_a^b (f(x)+g(x))\,dx = \int_a^b f(x)\,dx + \int_a^b g(x)\,dx$$

■ **Propriété : lien intégrale et aire**

Soit f une fonction **continue** sur un intervalle et **négative** sur $[a\,;b]$, l'aire **en u.a.** de la surface délimitée par $\mathscr{C}_f$, l'axe des abscisses et les droites d'équations $x = a$ et $x = b$ est :

$$-\int_a^b f(x)\,dx$$

■ **Propriété : aire entre deux courbes**

Soient f et g deux **fonctions continues** sur I telles que, pour tout x de I, $f(x) \geqslant g(x)$.
L'aire comprise entre $\mathscr{C}_f$, $\mathscr{C}_g$ et les droites d'équations $x = a$ et $x = b$ est :

$$\int_a^b [f(x)-g(x)]\,dx$$

3 Valeur moyenne d'une fonction continue sur [*a* ; *b*]

■ **Définition :** Soit f une fonction **continue** sur un intervalle $[a\,;b]$. La **valeur moyenne** m de la fonction f sur $[a\,;b]$ est le nombre réel $m = \dfrac{1}{b-a}\displaystyle\int_a^b f(x)\,dx$.

■ **Propriétés : encadrement de la valeur moyenne et interprétation**

Soit f une fonction **continue** sur un intervalle $[a\,;b]$ de valeur **moyenne** m.
Si, pour tout x de $[a\,;b]$, $\min \leqslant f(x) \leqslant \text{Max}$ alors :

$$\min(b-a) \leqslant \int_a^b f(x)\,dx \leqslant \text{Max}(b-a) \text{ et } \min \leqslant m \leqslant \text{Max}.$$

Si f est **positive** sur $[a\,;b]$, le **rectangle** de côtés m et $b-a$ a même aire que le domaine situé sous $\mathscr{C}_f$.

4 À la calculatrice

TI-82 : math 9 :intégrFonct saisir les valeurs et Calculer **TI-83 :** même démarche **ou** 2nd $\frac{\square}{\square}$ et choisir	**Casio 35+ :** **Run EXE OPTN (CALC) F4** saisir les valeurs	**NumWorks :** paste "Calcul 4 int(f(x),x,a,b) saisir les valeurs

1 ⏱ 5 min ★ QCM Évaluer une aire

f est une fonction continue sur $\mathbb{R}$ et $\mathscr{C}_f$ est sa courbe dans un repère orthonormé d'unité 0,5 cm.

	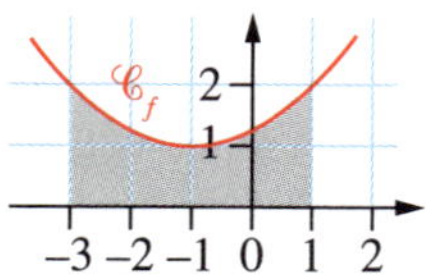	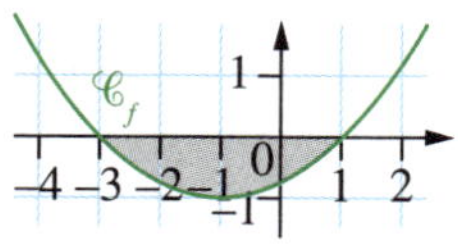	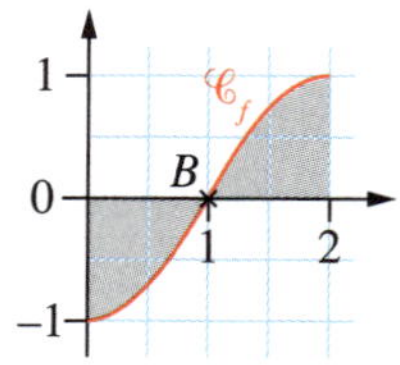 $\mathscr{C}_f$ est symétrique par rapport à B
	1. L'aire A du domaine hachuré est :	**3.** L'aire A du domaine hachuré est :	**5.** L'intégrale du domaine hachuré vaut :
A	$\int_0^2 f(x)\,\mathrm{d}x$	$\int_{-1}^0 f(x)\,\mathrm{d}x$	$\int_{-1}^1 f(x)\,\mathrm{d}x$
B	$-\int_{-3}^1 f(x)\,\mathrm{d}x$	$-\int_{-3}^1 f(x)\,\mathrm{d}x$	0
C	$\int_{-3}^1 f(x)\,\mathrm{d}x$	$\int_{-3}^3 f(x)\,\mathrm{d}x$	$2\int_1^2 f(x)\,\mathrm{d}x$
	2. Le nombre A appartient à l'intervalle :	**4.** Le nombre A appartient à l'intervalle :	**6.** L'aire du domaine hachuré vaut :
A	[4 ; 8]	[–1 ; 0]	$\int_0^2 f(x)\,\mathrm{d}x$
B	[–3 ; 1]	[–4 ; –2]	$2\int_1^2 f(x)\,\mathrm{d}x$
C	[0 ; 2]	[2 ; 4]	$-8\int_1^2 f(x)\,\mathrm{d}x$

→ Corrigé p. 490

2 ⏱ 10 min ★★ Intégrale d'une fonction de signe quelconque et aire

Soit f la fonction définie sur $\mathbb{R}$ par :

$$f(x) = \frac{1}{6}x^3 - \frac{7}{6}x + 1.$$

On donne ci-contre sa courbe représentative $\mathscr{C}_f$ dans un repère orthonormé d'unité 2 cm.

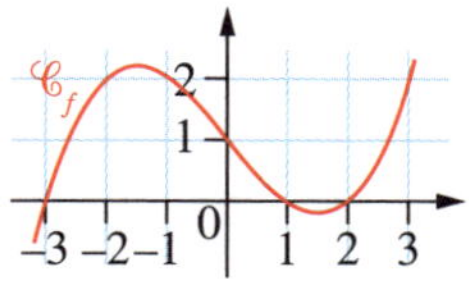

1. Vérifier que $A(-3\ ;\ 0)$, $B(1\ ;\ 0)$ et $C(2\ ;\ 0)$ sont des points de $\mathscr{C}_f$.

2. a) Représenter graphiquement $\int_{-3}^{3} f(x)\,\mathrm{d}x$.

b) Calculer la valeur exacte de $\int_{-3}^{3} f(x)\,\mathrm{d}x$.

3. a) Calculer, en u.a., l'aire $\mathscr{D}$ comprise entre la courbe $\mathscr{C}_f$, l'axe des abscisses et les droites d'équations $x = -3$ et $x = 3$.

b) En déduire la valeur de cette aire en cm².

→ Corrigé p. 490

3 15 min ★★ Aire entre deux courbes

On considère les fonctions f et g définies sur $\mathbb{R}$ par $f(x) = x^2 - 2x + 1$ et $g(x) = 1 - x^2$, et on donne ci-contre leurs représentations graphiques $\mathscr{C}_f$ et $\mathscr{C}_g$.

L'objectif est de calculer l'aire du domaine $\mathscr{D}$ limité par les courbes $\mathscr{C}_f$ et $\mathscr{C}_g$ et les droites d'équations $x = 0$ et $x = 1$.

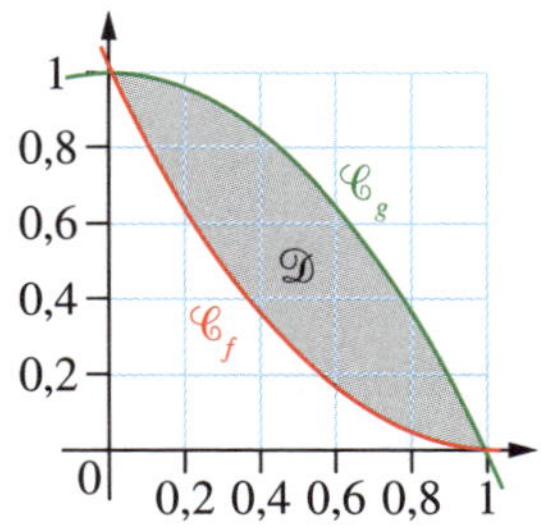

1. Déterminer les positions relatives de $\mathscr{C}_f$ et $\mathscr{C}_g$ en étudiant, sur $\mathbb{R}$, le signe de la différence $h(x) = f(x) - g(x)$.

2. a) En déduire l'écriture de l'aire du domaine $\mathscr{D}$ sous forme d'intégrale.

b) Calculer cette aire.

→ Corrigé p. 491

4 20 min ★★★ Valeur moyenne

On considère la fonction f définie sur $]0\,;+\infty[$ par $f(x) = x + 1 - x\ln x$.

1. a) Démontrer que, sur $]0\,;+\infty[$, la fonction G définie par $G(x) = \dfrac{x^2}{2}\left(\ln x - \dfrac{1}{2}\right)$ est une primitive de $g(x) = x\ln x$.

b) En déduire une primitive F de la fonction f sur $]0\,;+\infty[$.

2. a) On admet que, sur $[1\,;\mathrm{e}]$, $f(x) > 0$. Interpréter le nombre $I = \int_{1}^{\mathrm{e}} f(x)\,\mathrm{d}x$.

b) Calculer la valeur exacte de $\int_{1}^{\mathrm{e}} f(x)\,\mathrm{d}x$, puis en donner une valeur arrondie à 0,01 près.

3. a) En déduire la valeur moyenne de f sur $[1\,;\mathrm{e}]$, puis en donner une valeur arrondie à 0,01 près.

b) Interpréter le résultat.

→ Corrigé p. 491

CHAPITRE 8

Statistiques à deux variables quantitatives

Soit $n \in N^*, (x_i\ ;\ y_i)_{1 \leq i \leq n}$ une série statistique à deux variables quantitatives.

1 Définitions

■ **Définition :** Dans le plan muni d'un repère orthogonal, l'ensemble des points $M_i(x_i\ ;\ y_i)$ représentant la série s'appelle le **nuage de points de la série.**

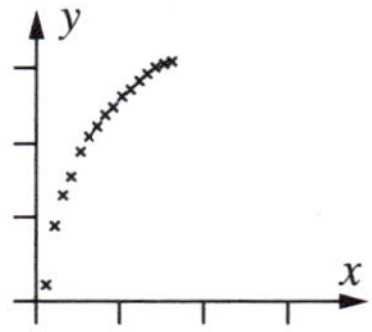

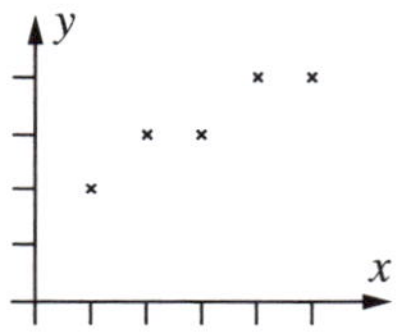

■ **Définition :** Si $\overline{x}$ est la moyenne des x_i et $\overline{y}$ est la moyenne des y_i alors le point $G(\overline{x}\ ;\overline{y})$ s'appelle le **point moyen** de la série.

■ **Définition et propriété**

On appelle **variance** de la série des x_i, le nombre noté **V(*x*)** et défini par :

$$\mathrm{V}(x) = \frac{(x_1 - \overline{x})^2 + (x_2 - \overline{x})^2 + \ldots + (x_n - \overline{x})^2}{n} = \frac{x_1^2 + x_2^2 + \ldots + x_n^2}{n} - \overline{x}^2$$

Interprétation de V(*x*) : La variance mesure la dispersion des données à leur moyenne. Plus elle est grande, plus la dispersion par rapport à la moyenne est grande.

L'écart-type de la série des x_i est le nombre $\sigma(x) = \sqrt{\mathrm{V}(x)}$.

■ **Définition et propriété**

On appelle **covariance** de la série des $(x_i\ ;\ y_i)$, le nombre noté $\mathbf{cov}(x\ ;\ y)$ et défini par :

$$\mathrm{cov}(x\ ;y) = \frac{(x_1 - \overline{x}) \times (y_1 - \overline{y}) + (x_2 - \overline{x}) \times (y_2 - \overline{y}) + \ldots + (x_n - \overline{x}) \times (y_n - \overline{y})}{n}$$
$$= \frac{x_1y_1 + x_2y_2 + \ldots + x_ny_n}{n} - \overline{x}\,\overline{y}$$

Interprétation de $\mathbf{cov}(x\ ;\ y)$: La covariance mesure la dispersion des points autour du point moyen $G(\overline{x}\ ;\ \overline{y})$. Plus elle est grande, plus les points sont dispersés autour de $G(\overline{x}\ ;\overline{y})$.

2 Ajustement d'un nuage de points

■ **Définition :** Un **ajustement affine** est la détermination d'une droite approchant au mieux un nuage de points dans le plan.

■ **Propriété : ajustement affine et droite de régression**

Il existe une droite unique associée au nuage de points $M_i(x_i\,;\,y_i)_{1\leqslant i\leqslant n}$ telle que la somme S des $A_iM_i^2$ soit minimale. On l'obtient par la méthode des moindres carrés. Cette droite s'appelle **droite de régression de *y* en *x*.**

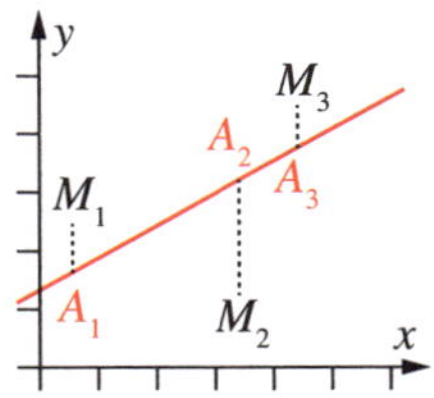

Son équation est $y = ax + b$ avec $a = \dfrac{\text{cov}(x\,;\,y)}{\text{V}(x)}$ et $b = \overline{y} - a\overline{x}$

Cette droite passe par le **point moyen** $G(\overline{x}\,;\overline{y})$.

■ **Propriété : ajustement non affine –** Dans le cas où **un ajustement par une courbe** (parabole, hyperbole, fonction ln ou exp) est plus approprié, un changement de variable sera proposé afin de se ramener à un ajustement affine.

3 Corrélation

■ **Définition et propriété :** On appelle coefficient de corrélation linéaire le nombre noté r et défini par : $r = \dfrac{\text{cov}(x\,;\,y)}{\sigma(x)\times\sigma(y)}$ et $-1 \leqslant r \leqslant 1$.

Interprétation de *r* : plus r est proche de 1 ou de –1, plus la corrélation est forte, et meilleur est l'ajustement affine, mais l'interprétation d'un coefficient de corrélation dépend du contexte.

EXERCICES

1 15 min ★ Lecture graphique

La série statistique suivante $(x\,;\,y) = (x_i\,;\,y_i)_{0\leqslant i\leqslant 5}$ donne l'évolution du nombre d'avocats y_i (en dix milliers) en France selon l'année x_i entre 2014 (année de rang 0) et 2019.

Année	2014	2015	2016	2017	2018	2019
x_i	0	1	2	3	4	5
y_i	6,02	6,21	6,39	6,55	6,7	6,85

Source : Ministère de la justice

1. Dans un repère orthogonal, représenter le nuage de points $M_i(x_i\,;y_i)$ de la série statistique.

2. Calculer les coordonnées du point moyen $G(\overline{x}\ ;\overline{y})$ et le placer dans le repère (arrondir à 0,01 près).

3. On décide d'ajuster ce nuage par la droite (d) passant par les points M_0 et M_4.

a) Déterminer l'équation de (d).

b) Si l'évolution reste la même, en quelle année la France comptera au moins 75 000 avocats ?

→ *Corrigé p. 492*

2 10 min ★★ Ajustement affine avec les fonctions STATS de la calculatrice

La série statistique suivante $(x\ ;p)=(x_i\ ;p_i)_{1\leqslant i\leqslant 10}$ donne l'évolution démographique de la population française p_i (en milliers) selon l'année x_i entre 2008 (année de rang 1) et 2017.

Année	2008	2009	2010	2011	2012	2013	2014	2015	2016	2017
x_i	1	2	3	4	5	6	7	8	9	10
p_i	63 962	64 305	64 613	64 933	65 241	65 565	66 131	66 422	66 603	66 768

Source : Insee

1. À l'aide de la calculatrice, déterminer :

a) les coordonnées du point moyen $G(\overline{x}\ ;\overline{p})$;

b) l'équation de la droite de régression de p en x (arrondir à 0,01 près) ;

c) le coefficient de corrélation linéaire entre p et x (arrondir à 0,001 près).

2. a) Utiliser cette droite pour estimer la population française en 2020.

b) Utiliser cette droite pour estimer en quelle année la population française pourrait dépasser 69 000 000 d'habitants.

→ *Corrigé p. 492*

3 15 min ★★★ Ajustement non affine avec les fonctions STATS

On considère la série statistique suivante $(x\ ;y)=(x_i\ ;y_i)_{1\leqslant i\leqslant 8}$.

x_i	1	2	3	4	5	6	7	8
y_i	7,1	7,4	7,7	7,9	8,1	8,2	8,5	8,2

On peut envisager pour ce nuage de points un ajustement autre qu'affine ; on effectue un changement de variable en posant $z_i=\ln(y_i)$.

1. Compléter les six valeurs de $z_i=\ln(y_i)$ (arrondir à 0,01 près).

2. Afficher sur la calculatrice les nuages de points $M_i(x_i\ ;y_i)$ et $M_i(x_i\ ;z_i)$.

3. À l'aide de la calculatrice, déterminer l'équation de la droite de régression de z en x.

4. En déduire la relation entre y et x.

→ *Corrigé p. 493*

Lois discrètes

CHAPITRE 9

Notations : X désigne une variable aléatoire, n et k sont des entiers naturels, $p \in [0\,;1]$ et $q = 1 - p$.

1 Première loi usuelle : loi UNIFORME sur {1 ; … ; *n*}

■ Si X suit **une loi UNIFORME sur** $\{1\,;\ldots;n\}$, $P(X=k)=\dfrac{1}{n}$ et $E(X)=\dfrac{n+1}{2}$

plus généralement, si X suit **une loi UNIFORME sur** $\{a\,;\ldots;b\}$:

$$P(X=k)=\frac{1}{b-a+1} \text{ et } E(X)=\frac{a+b}{2}$$

2 Deuxième loi usuelle : loi de BERNOULLI de paramètre *p*

Si X suit une **loi de BERNOULLI de paramètre** p, $X \in \{0\,;1\}$ alors :

$$P(X=0)=q \quad P(X=1)=p \quad E(X)=p \quad V(X)=pq \quad \sigma(X)=\sqrt{pq}$$

3 Troisième loi usuelle : loi BINOMIALE de paramètres *n* et *p* : $\mathcal{B}(n\,;p)$

■ X est associé au nombre de succès, $X \in \{0\,;1\,;\ldots;n\}$. Si X suit la **loi BINOMIALE de paramètres** n **et** p, $\mathcal{B}(n\,;p)$, alors, pour tout k entier naturel tel que $0 \leqslant k \leqslant n$,

$$P(X=k)=\binom{n}{k}\times p^k \times q^{n-k} \quad E(X)=np \quad V(X)=npq \quad \sigma(X)=\sqrt{npq}$$

■ **Propriétés des coefficients binomiaux :** pour tous entiers naturels n et p tels que

$0 \leqslant p \leqslant n$: $\binom{n}{0}=\binom{n}{n}=1$ et $\binom{n}{p}=\binom{n}{n-p}$; $\binom{n-1}{p-1}+\binom{n-1}{p}=\binom{n}{p}$

(triangle de Pascal)

PHYSIQUE-CHIMIE SVT GRAND ORAL MATHS COMPLÉMENTAIRES

■ **Intervalle de fluctuation**

– X suit la loi binomiale $\mathcal{B}(n\,;p)$; **l'intervalle de fluctuation** au seuil de $1-\alpha$ (ou au risque de α) associé à X est l'intervalle $\left[\frac{a}{n}\,;\frac{b}{n}\right]$ où a et b sont tels que :

a est le plus petit entier tel que $P(X \leqslant a) > \frac{\alpha}{2}$ et b est le plus petit entier tel que $P(X \leqslant b) \geqslant 1-\frac{\alpha}{2}$.

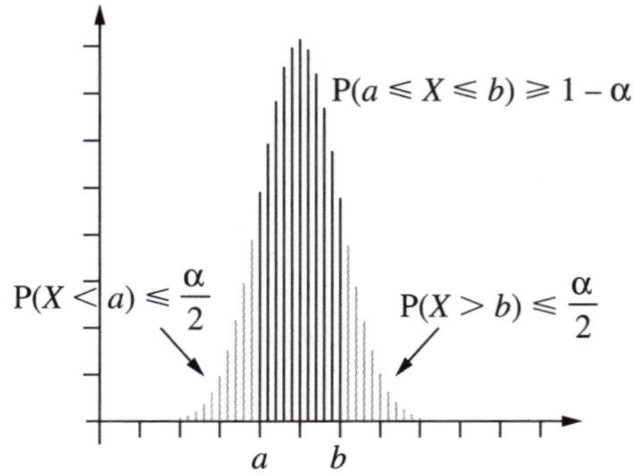

– Si $I=[a\,;b]$, on a alors $P(X\in I)\geqslant 1-\alpha$, ce qui signifie que, dans au moins $(1-\alpha)$ % des cas, la fréquence observée f appartient à l'intervalle I.

4 Quatrième loi usuelle : loi GÉOMÉTRIQUE de paramètre p : G(*p*)

■ X est associé au nombre d'épreuves pour avoir un premier succès, $X\in\mathbb{N}^*$.
Si X suit une **loi GÉOMÉTRIQUE de paramètre *p*, G(*p*),** alors pour tout k entier naturel non nul :

$$P(X=k)=p\times q^{k-1} \qquad P(X\leqslant k)=1-q^k \qquad E(X)=\frac{1}{p}$$

■ **Propriété caractéristique : loi sans mémoire**

X suit la **loi géométrique de paramètre *p*** si, et seulement si, pour tous t, h entiers naturels non nuls $P_{X>t}(X>t+h)=P(X>h)$.

EXERCICES

1 15 min ★ QCM

Dans chaque cas, donner la (ou les) bonne(s) réponse(s).

	A	B	C	D
1.[1] $\binom{7}{1}\times\binom{10}{9}+\binom{79}{0}=$	79	77	71	63
2.[1] On a $\binom{11}{3}=165$ et $\binom{11}{4}=330$ donc :	$\binom{11}{7}=495$	$\binom{11}{5}=495$	$\binom{12}{5}=495$	$\binom{12}{4}=495$

[1] Les questions **1.** et **2.** doivent se faire sans calculatrice.

	A	B	C	D
3. X suit la loi uniforme sur $\{1 ; \ldots ; 16\}$ alors :	$P(X=7)=\dfrac{1}{17}$	$P(X=7)=\dfrac{1}{16}$	$E(X)=\dfrac{15}{2}$	$E(X)=8{,}5$
4. X suit $\mathcal{B}(6 ; 0{,}2)$ alors $P(X=2)=$	$\binom{6}{2}\times 0{,}8^4\times 0{,}2^2$	$\binom{4}{2}\times 0{,}8^2\times 0{,}2^6$	$\binom{6}{2}\times 0{,}8^2\times 0{,}2^4$	$\binom{4}{2}\times 0{,}8^6\times 0{,}2^2$
5. X suit la loi géométrique de paramètre 0,15 alors :	$E(X)=\dfrac{1}{15}$	$E(X)=\dfrac{20}{3}$	$P(X\leqslant 3)=1-0{,}85^3$	$P(X>2)=0{,}85^2$

→ Corrigé p. 494

2 10 min ★ Reconnaître une loi de probabilité

Dans chacun des cas suivants, X est une variable aléatoire ; préciser la loi de probabilité de X et son espérance.

1. Une urne contient 20 boules identiques numérotées de 1 à 20. On prélève une boule au hasard de l'urne et X est la variable aléatoire donnant le numéro de la boule tirée.

2. Une urne contient vingt boules identiques. Neuf boules sont noires, six boules sont rouges et les autres sont blanches. On prélève trois boules au hasard avec remise de l'urne et X est la variable aléatoire donnant le nombre de boules noires.

→ Corrigé p. 494

3 15 min ★★ Loi géométrique

À la sortie d'un théâtre, quand on appelle un taxi, on a une chance sur trois qu'un chauffeur vous prenne en charge. On considère que la prise en charge est indépendante d'un taxi à l'autre. Soit X la variable aléatoire qui représente le nombre de taxis que l'on doit appeler pour en obtenir un. Pour chaque calcul, on donnera le résultat exact, puis la valeur arrondie au centième près.

1. Justifier que X suit une loi géométrique dont on précisera le paramètre.

2. Calculer la probabilité que ce soit exactement le 3e taxi qui vous prenne en charge.

3. Calculer $P(X \leqslant 3)$.

4. Une personne a déjà appelé trois taxis. Quelle est la probabilité qu'elle doive appeler quatre taxis de plus avant d'être prise en charge ?

5. Calculer $E(X)$ et interpréter le résultat.

→ Corrigé p. 494

4 15 min ★★★ Intervalle de fluctuation

X suit la loi binomiale $\mathcal{B}(100 ; 0{,}3)$; déterminer le plus « petit » intervalle I tel que $P(X \in I) \geqslant 0{,}95$.

→ Corrigé p. 494

CHAPITRE 10 Lois à densité

X désigne une variable aléatoire continue sur un intervalle I. On s'intéresse maintenant à des variables aléatoires qui prennent toutes les valeurs d'un intervalle (temps d'attente...).

1 Lois à DENSITÉ : cas général

■ **Définition :** Soit f une fonction définie sur un intervalle I et $\mathscr{C}_f$ sa courbe dans un repère. f est une densité de probabilité ou fonction de densité sur I :

– si f est **continue et positive** sur I ;

– et si **l'aire** située sur I entre $\mathscr{C}_f$ et l'axe des abscisses vaut 1, soit $\int_I f(x)\,\mathrm{d}x = 1$.

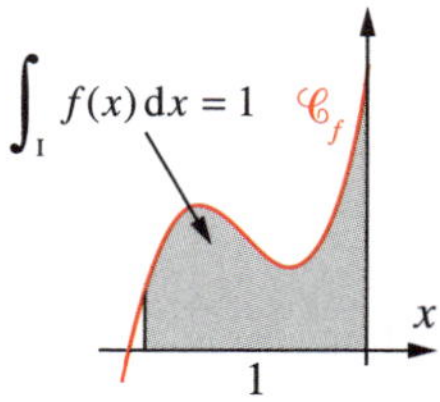

■ **Définition :** Soit f une densité de probabilité sur I.
X **suit la loi de densité** f si, pour tous réels c et d de I avec $c \leqslant d$, la probabilité de l'événement « $c \leqslant X \leqslant d$ » est $\mathrm{P}(c \leqslant X \leqslant d) = \int_c^d f(x)\,\mathrm{d}x$.

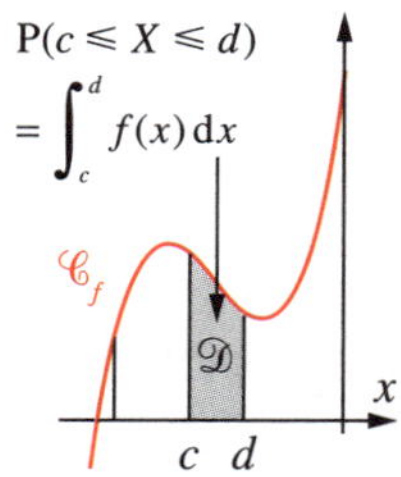

L'espérance de X : $\mathrm{E}(X) = \int_I x f(x)\,\mathrm{d}x$

et sa **variance** $\mathrm{V}(X) = \int_I (x - \mathrm{E}(X))^2 f(x)\,\mathrm{d}x$

■ **Définition et propriété : La fonction de répartition de X** est la fonction F définie pour tout réel x de I par $\boldsymbol{F(x) = P(X \leqslant x)}$ et, pour tous réels c et d de I, on a :
$\boldsymbol{P(c \leqslant X \leqslant d) = F(d) - F(c)}$.

Remarque :
$\mathrm{P}(X = c) = 0$ et $\mathrm{P}(c \leqslant X \leqslant d) = \mathrm{P}(c \leqslant X < d) = \mathrm{P}(c < X \leqslant d) = \mathrm{P}(c < X < d)$.

2 Première loi usuelle : loi UNIFORME sur I = [a ; b]

■ X suit une **loi UNIFORME sur** $[a\,;b]$ avec a, b réels et $a < b$; **sa densité de probabilité** f est définie sur $[a\,;b]$ par $f(x) = \dfrac{1}{b-a}$

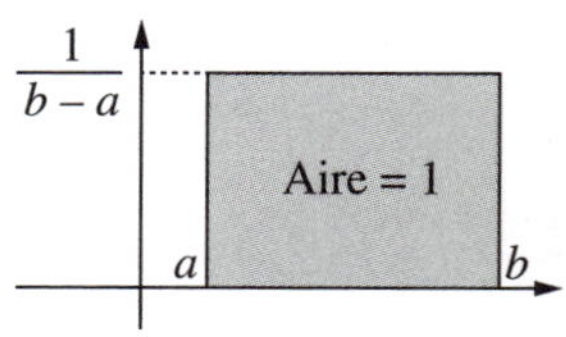

Pour tous réels c et d de $[a\,;b]$,
$\mathrm{P}(c \leqslant X \leqslant d) = \dfrac{d-c}{b-a} = \dfrac{\text{largeur de}[c\,;d]}{\text{largeur de}[a\,;b]}$.

■ Sa **fonction de répartition** est définie sur $[a\,;b]$ par $F(x)=\dfrac{x-a}{b-a}$ (*F* est une primitive de *f* sur [*a* ; *b*]).

■ Son **espérance** $\mathrm{E}(X)=\dfrac{a+b}{2}$ et sa **variance** $\mathrm{V}(X)=\dfrac{(b-a)^2}{12}$.

3 Deuxième loi usuelle : loi EXPONENTIELLE DE PARAMÈTRE λ, λ réel strictement positif

■ *X* suit **une loi EXPONENTIELLE DE PARAMÈTRE λ, sur** $\mathbf{I=[0\,;+\infty[,\ \lambda>0}$ **;** sa **densité de probabilité** *f* est définie sur $[0\,;+\infty[$ par $f(x)=\lambda e^{-\lambda x}$

Pour tous réels *c* et *d* de $[0\,;+\infty[$,
$\boldsymbol{P(c\leqslant X\leqslant d)=e^{-\lambda c}-e^{-\lambda d}}$ et
$\boldsymbol{P(X\leqslant c)=P(0\leqslant X\leqslant c)=1-e^{-\lambda c}}$.

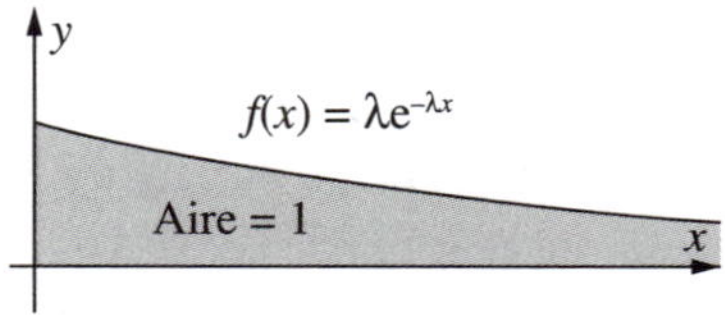

■ Sa **fonction de répartition** est définie sur $[0\,;+\infty[$ par $F(x)=1-e^{-\lambda x}$ et son **espérance** $\mathrm{E}(X)=\dfrac{1}{\lambda}$

■ **Propriété caractéristique : loi sans mémoire ou antivieillissement**
X suit une **loi exponentielle de paramètre λ** si, et seulement si, pour tous *t*, *h* réels positifs : $\mathrm{P}_{X\geqslant t}(X\geqslant t+h)=\mathrm{P}(X\geqslant h)$.

EXERCICES

1 10 min ★ Vrai ou faux ?

Dans chaque cas, répondre par *vrai* ou *faux* et justifier la réponse.

1. *f* est une fonction de densité sur l'intervalle I :

a) $\mathrm{I}=[-4\,;3]$ et $f(x)=\dfrac{1}{4}-\dfrac{x^2}{36}$ **b)** $\mathrm{I}=[-3\,;3]$ et $f(x)=\dfrac{1}{4}-\dfrac{x^2}{36}$

2. *X* suit la loi uniforme sur [2 ; 15] : **a)** $\mathrm{P}(X>3)=\dfrac{13}{15}$ **b)** $\mathrm{E}(X)=7{,}5$

3. *X* suit la loi exponentielle de paramètre $\dfrac{1}{3}$:

a) $\mathrm{P}(X=1)\approx 0{,}283$ **b)** $\mathrm{P}_{(X>2)}(X>5)\approx 0{,}368$

→ Corrigé p. 495

2 15 min ★ Loi uniforme

Jean est un élève sérieux mais il est toujours en retard le lundi matin. En effet, les cours commencent à 7 h 30 et il arrive au portail du lycée aléatoirement entre 7 h 30 et 7 h 40. On désigne par *X* la variable aléatoire donnant le nombre de minutes de retard de Jean le lundi.

1. Donner la fonction densité de probabilité f de X.

2. Quelle est la probabilité que Jean ait plus de 5 minutes de retard ?

3. Quelle est la probabilité que Jean ait entre 2 et 5 minutes de retard ?

4. En moyenne, sur un grand nombre de lundis, quel est le nombre de minutes de retard de Jean ?

→ *Corrigé p. 495*

3 15 min ★★★ Loi exponentielle

On admet que la durée de vie sans panne, exprimée en années, d'un chargeur de batterie pour un vélo à assistance électrique (VAE) est une variable aléatoire X qui suit une loi exponentielle de paramètre λ, où λ est un réel strictement positif.

1. Le service après-vente a pu établir que la probabilité qu'un chargeur tombe en panne pendant la première année d'utilisation est égale à 0,11. En déduire la valeur de λ (arrondir à 0,001 près).

2. Pour la suite de l'exercice, on prendra $\lambda = 0{,}117$ (les valeurs seront arrondies à 0,001 près).

a) Quelle est la probabilité qu'un chargeur dure plus de 2 ans ?

b) Quelle est la probabilité qu'un chargeur dure plus de 3 ans sachant qu'il a duré plus d'un an ?

3. Calculer la durée de vie moyenne d'un chargeur de batterie de VAE (arrondir à 0,1 près).

→ *Corrigé p. 496*

4 15 min ★★★ Loi à densité

1. La variable aléatoire X suit la loi de densité f sur $[1\,;9]$ dont la courbe $\mathscr{C}_f$ est donnée ci-dessous.

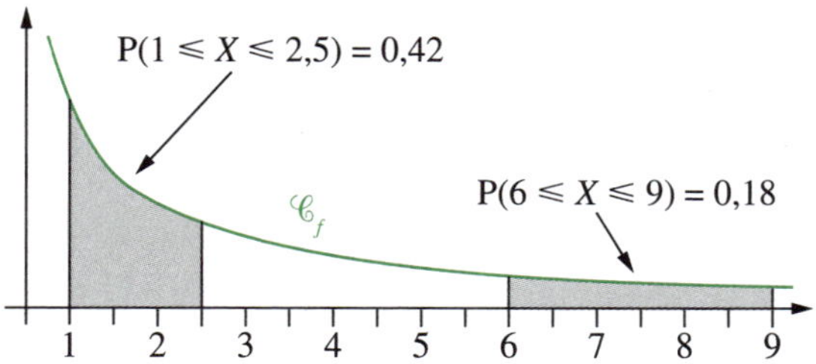

En utilisant le graphique, déterminer les valeurs de $P(X > 2{,}5)$ et de $P(2{,}5 \leqslant X \leqslant 6)$.

2. On sait que sur $[1\,;9]$ la fonction de densité f est définie par $f(x) = \dfrac{a}{x}$ avec a réel.

a) Déterminer la valeur exacte de a, puis l'expression de $f(x)$.

b) Calculer la valeur exacte de $P(2{,}5 \leqslant X \leqslant 6)$ et comparer cette valeur à celle trouvée en **1.**

c) Calculer, à 0,01 près, l'espérance et la variance de X.

→ *Corrigé p. 496*

CORRIGÉS

CHAPITRE 1

1 → *Énoncé p. 449*

1. A **2.** D **3.** B **4.** C

2 → *Énoncé p. 450* (Voir Cours **1** et **2**)

1. $\frac{5}{3} > 1$ donc $\left(\frac{5}{3}\right)^n$ tend vers $+\infty$ et $\lim\limits_{n \to +\infty} u_n = -\infty$ car $\frac{-1}{5} < 0$.

2. $3 > 1$ et $7 > 1$ donc 3^n et 7^n tendent vers $+\infty$ et la limite du quotient est une FI du type $\frac{\infty}{\infty}$.

Pour lever la FI, une transformation d'écriture est nécessaire : $\frac{3^n}{7^n} = \left(\frac{3}{7}\right)^n$.

$\frac{3}{7} < 1$ donc $\left(\frac{3}{7}\right)^n$ tend vers 0 et $\lim\limits_{n \to +\infty} u_n = 0$.

3. $u_n = 1 + 0,5 + 0,5^2 + ... + 0,5^n = \frac{1-0,5^{n+1}}{1-0,5} = \frac{1-0,5^{n+1}}{0,5}$

car u_n est la somme des termes d'une suite géométrique

$0,5 < 1$ donc $0,5^{n+1}$ tend vers 0 et $\frac{1-0,5^{n+1}}{0,5}$ tend vers $\frac{1}{0,5} = 2$ d'où $\lim\limits_{n \to +\infty} u_n = 2$.

3 → *Énoncé p. 450* (Voir Cours **5**)

(u_n) est la suite définie, pour tout $n \in \mathbb{N}$, par $u_0 = 2$ et $u_{n+1} = \frac{1}{5}u_n + \frac{3}{5}$ (E).

1. Pour déterminer la suite constante (c_n) vérifiant la relation (E), on résout l'équation d'inconnue l : $l = \frac{1}{5}l + \frac{3}{5}$. On obtient $l = \frac{3}{4}$. (▶ c'est **l'étape ❶**)

Ainsi, la suite constante (c_n) est définie, pour tout $n \in \mathbb{N}$, par $c_0 = \frac{3}{4}$ et $\boldsymbol{c_{n+1} = \frac{1}{5}c_n + \frac{3}{5}}$ (E).

2. Considérons la suite (v_n) définie, pour tout $n \in \mathbb{N}$, par $v_n = u_n - \frac{3}{4}$.

Étape ❷ : Vérifions que la suite (v_n) est une suite géométrique :

$v_{n+1} = u_{n+1} - \frac{3}{4} \Leftrightarrow v_{n+1} = \frac{1}{5}u_n + \frac{3}{5} - \frac{3}{4} \Leftrightarrow v_{n+1} = \frac{1}{5}u_n - \frac{3}{20} \Leftrightarrow v_{n+1}$

$= \frac{1}{5}\left(u_n - \frac{3}{4}\right) \Leftrightarrow v_{n+1} = \frac{1}{5}v_n$

Ce qui prouve que la suite (v_n) est géométrique de raison $\frac{1}{5}$ et de 1er terme $v_0 = u_0 - \frac{3}{4} = \frac{5}{4}$.

Étape ❸ : Ainsi, pour tout $n \in \mathbb{N}$, $v_n = \frac{5}{4} \times \left(\frac{1}{5}\right)^n$ et comme $v_n = u_n - \frac{3}{4}$ on a $u_n = v_n + \frac{3}{4}$.

En conclusion, on a, pour tout $n \in \mathbb{N}$, $u_n = \frac{3}{4} + \frac{5}{4} \times \left(\frac{1}{5}\right)^n$.

3. $\frac{1}{5} < 1$ donc $\left(\frac{1}{5}\right)^n$ tend vers 0 et $\lim\limits_{n \to +\infty} u_n = \frac{3}{4}$.

4 → *Énoncé p. 450*

Méthode

Augmenter de t % = multiplier par $\left(1+\frac{t}{100}\right)$.

Pour $n \in \mathbb{N}$, on note (u_n) la vente, en milliers, de VAE en France pour l'année $2018 + n$, ainsi $u_0 = 345$.

1. $\boldsymbol{u_1} = u_0 \times 1{,}12 = \mathbf{386{,}4}$ et $\boldsymbol{u_2} = u_1 \times 1{,}12 = \mathbf{432{,}768}$.
2. On a $\boldsymbol{u_{n+1} = 1{,}12\, u_n}$.
3. Par définition, (u_n) est la suite géométrique de **raison 1,12** et de 1er terme $\boldsymbol{u_0 = 345}$.
4. Pour tout $n \in \mathbb{N}$, $\boldsymbol{u_n = 345 \times 1{,}12^n}$.
5.

```
def seuil(m):
   u=345
   n=0
   while u<m:
      n=n+1
      u=345*pow(1.12,n)
   return 2018+n
```

La valeur de m est 1 000, on exécutera seuil(1000) et pour information, la fonction retourne 2028.

CHAPITRE 2

1 → *Énoncé p. 452* (Voir Cours **1**)

1. $\mathbf{D}_f =]-\infty\,;-2[\, \cup\,]-2\,;+\infty[$.
2. $\lim\limits_{x \to -\infty} f(x) = 1$, donc la droite d'équation $y = 1$ est asymptote **horizontale** à $\mathscr{C}_f$ en $-\infty$.
$\lim\limits_{x \to -2^-} f(x) = -\infty$ et $\lim\limits_{x \to -2^+} f(x) = +\infty$, donc la droite d'équation $x = -2$ est **asymptote verticale** à $\mathscr{C}_f$ et $\lim\limits_{x \to -\infty} f(x) = -\infty$.
3. $\lim\limits_{x \to -2} f(x)$ n'existe pas, car les limites à droite et à gauche de -2 (-2^- et -2^+) sont différentes.
4. Voici une représentation graphique susceptible de représenter la fonction f :

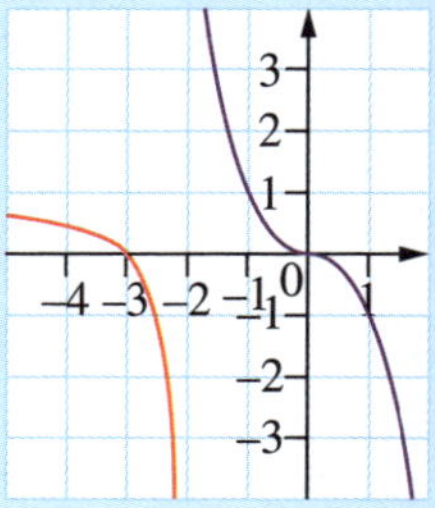

2 → *Énoncé p. 453*

1. $f(x) = \dfrac{2 - x}{x - 1}$ existe si $x - 1 \neq 0$, soit $x \neq 1$, d'où $\mathbf{D}_f =]-\infty\,;1[\, \cup\,]1\,;+\infty[$.
2.

Méthode

Pour afficher le tableau de valeurs :

TI82 ou 83 : (pour x:x,t,q,n)	**Casio 35+ :** (pour écrire x:X,N,T)	**Numworks :** (pour écrire x:x,n,t)
Mode fonction f(x) y1=expression de f(x) 2nd Graph Pour des valeurs particulières 2nd fenêtre Indpnt : Auto Demande	 MENU GRAPH EXE y1=expression de f(x) TABL (Touche F6) Saisir les valeurs souhaitées	 MENU Fonctions OK Ajouter une fonction OK f(x)= expression de f(x)OK Afficher les valeurs OK Saisir les valeurs souhaitées

2. a) et **3. a)**

x	10	100	1 000	10 000
$f(x)$	**–0,89**	**–0,99**	**–0,999**	**–0,9999**

x	0,9	0,99	0,999	0,9999
$f(x)$	**–11**	**–101**	**–1 001**	**–10 001**

2. b) On peut conjecturer que $\lim\limits_{x\to+\infty} f(x) = -1$.

3. b) On peut conjecturer que $\lim\limits_{x\to1^-} f(x) = -\infty$.

4. On peut conjecturer que $\lim\limits_{x\to-\infty} f(x) = -1$ et que $\lim\limits_{x\to1^+} f(x) = +\infty$, en effet :

x	–10	–100	–1 000	–10 000
$f(x)$	–1,1	–1,01	–1,001	–1,0001

1,1	1,01	1,001	1,0001
9	99	999	9 999

3 → *Énoncé p. 453* (Voir Cours **2** et **3**)

a) $\lim\limits_{x\to-\infty} 2-3x-x^3$: quand $x\to-\infty$, $2-3x\to+\infty$ et $-x^3\to+\infty$ donc par somme : $\lim\limits_{x\to-\infty} \mathbf{2-3x-x^3=+\infty}$.

b) $\lim\limits_{x\to+\infty}(x-2)(3-2x)$: quand $x\to+\infty$, $x-2\to+\infty$ et $3-2x\to-\infty$ donc par produit : $\lim\limits_{x\to+\infty} \mathbf{(x-2)(3-2x)=-\infty}$.

c) $\lim\limits_{x\to2^-}\dfrac{x^2+3x+1}{2-x}$: quand $x\to2^-$, $x^2+3x+1\to11$ et $2-x\to0^+$ donc par quotient :

$$\lim_{x\to2^-}\frac{x^2+3x+1}{2-x}=+\infty.$$

4 → *Énoncé p. 453* (Voir Cours **2**, **3** et **4**)

1. a) $\lim\limits_{x\to+\infty} x^2-100x$: quand $x\to+\infty$, $x^2\to+\infty$ et $-100x\to-\infty$ donc, par somme, on a une forme indéterminée (FI) de la forme $\infty-\infty$.
À l'aide de la calculatrice, on peut conjecturer que $\lim\limits_{x\to+\infty} \mathbf{x^2-100x=+\infty}$.

b) $\lim\limits_{x\to-\infty} xe^x-1$: quand $x\to-\infty$, $e^x\to0$ et $x\to-\infty$ donc, par produit, on a une FI de la forme $0\times\infty$. À l'aide de la calculatrice, on peut conjecturer que $\lim\limits_{x\to-\infty} \mathbf{xe^x-1=-1}$.

c) $\lim\limits_{x\to-\infty}\dfrac{x^2-x+1}{3-2x^2}$: quand $x\to-\infty$, $x^2-x+1\to+\infty$ et $3-2x^2\to-\infty$ donc, par quotient, on a une FI de la forme $\dfrac{\infty}{\infty}$.
À l'aide de la calculatrice, on peut conjecturer que : $\lim\limits_{x\to-\infty}\dfrac{x^2-x+1}{3-2x^2}=\dfrac{-1}{2}$.

2. a) Sur l'intervalle $]-\infty\,;-2[$,

$$f(x)=\frac{x^2-x+1}{3-2x^2}=\frac{x^2\left(1-\frac{1}{x}+\frac{1}{x^2}\right)}{x^2\left(\frac{3}{x^2}-2\right)}=\frac{1-\frac{1}{x}+\frac{1}{x^2}}{\frac{3}{x^2}-2}$$

car $x^2\neq0$.

b) Quand $x\to-\infty$, $1-\dfrac{1}{x}+\dfrac{1}{x^2}\to1$ car $\dfrac{1}{x}$ et $\dfrac{1}{x^2}$ tendent vers 0, de même $\dfrac{3}{x^2}-2\to-2$ donc, par quotient, $\lim\limits_{x\to-\infty} f(x)=\dfrac{-1}{2}$.

Méthode

Pour lever une FI de la forme $\dfrac{\infty}{\infty}$ en l'infini, on met le terme de plus haut degré en facteur, on simplifie l'expression et on recommence le calcul de la limite.

1 → Énoncé p. 455 (Voir Cours 2 à 4)

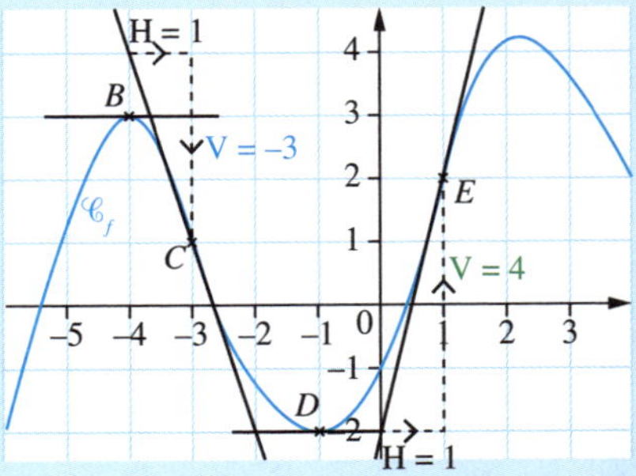

1. $f(a)$ est l'image de a par la fonction f. $\boldsymbol{f(-4)=3}$, $\boldsymbol{f(-3)=1}$, $\boldsymbol{f(-1)=2}$, $\boldsymbol{f(0)=-1}$ et $\boldsymbol{f(1)=2}$.

2. $f'(a)$ est le coefficient directeur de la tangente à $\mathscr{C}_f$ au point d'abscisse a.

• En B et D, les tangentes sont horizontales, donc $\boldsymbol{f'(-4)=0}$ et $\boldsymbol{f'(-1)=0}$.

• En C, la tangente a un coefficient directeur négatif (« la droite descend ») : $\boldsymbol{f'(-3)}=\dfrac{-3}{1}=\boldsymbol{-3}$.

• En E, la tangente a un coefficient directeur positif (« la droite monte ») : $\boldsymbol{f'(1)}=\dfrac{4}{1}=\boldsymbol{4}$.

3. • **Sur $[-5\,;-3[$**, f semble être **concave** car elle est au-dessous de ses tangentes.

• **Sur $[-3\,;1[$**, f semble être **convexe** car elle est au-dessus de ses tangentes.

• **Sur $[1\,;3[$**, f semble être **concave** car elle est au-dessous de ses tangentes.

4. Le point $\boldsymbol{C(-3\,;1)}$ est un **point d'inflexion** à $\mathscr{C}_f$ car il y a un changement de convexité ; en effet, la tangente en ce point traverse la courbe.
Il en est de même pour le point $\boldsymbol{E(1\,;2)}$.

2 → Énoncé p. 456 (Voir Cours 1, 3 et 4)

1. Réponse A : f est concave sur [1 ; 4] ; en effet, d'après le graphique, $\mathscr{C}_{f''}$ est au-dessous de l'axe des abscisses à partir du point d'abscisse 1, ce qui signifie que $f''(x)\leqslant 0$ sur l'intervalle $[1\,;+\infty[$, donc *a fortiori* sur $[1\,;\,4]$ aussi.

> **Remarque**
> Le B ne convient pas car on ne connaît pas le signe de $f'(x)$ sur cet intervalle, et cette courbe indique que c'est f'' qui est décroissante sur [0 ; 1].
> Le C ne convient pas non plus car s'il y avait point d'inflexion au point d'abscisse 1, ses coordonnées seraient $(1\,;f(1))$.

2. Réponse B : si $f(x)=x^4-\dfrac{5}{3}x^3-x^2+1$,

on a $f'(x)=4x^3-\dfrac{5}{3}\times 3x^2-2x+0$, d'où : $\boldsymbol{f'(x)=4x^3-5x^2-2x}$.

3. Réponse A : on a $f''(x)=4\times 3x^2-5\times 2x-2\times 1=12x^2-10x-2$.

4. Réponse C : on a $f''(x)=12x^2-10x-2$. C'est un trinôme du second degré.
On calcule ses racines : on remarque que 1 est une racine évidente, en effet $12\times 1^2-10\times 1-2=0$ donc $x_1=1$. On utilise le produit des racines pour déterminer x_2.

> **Méthode**
> Étudier la convexité de f revient à étudier le signe de f''.

On a $x_1x_2=\dfrac{c}{a}$, donc $1x_2=-\dfrac{2}{12}$, ce qui donne $x_2=-\dfrac{1}{6}$.

On en déduit son tableau de signes :

x	$-\infty$		$-\frac{1}{6}$		1		$+\infty$
$f''(x)$		$+$	0	$-$	0	$+$	
$f(x)$		convexe		concave		convexe	
			point d'inflexion		point d'inflexion		

5. **Réponse B,** d'après le tableau précédent.

3 → *Énoncé p. 456* (Voir Cours **1**, le formulaire)

1. Sur $\mathrm{I}=\mathbb{R}$, $f(x)=\left(x^3-2\right)^4$.

• **Calcul de $f'(x)$:** $f(x)$ est de la forme u^n et $\left(u^n\right)'=nu'u^{n-1}$.

On pose $u=x^3-2$ donc $u'=3x^2-0=3x^2$.

On en déduit $f'(x)=4\times 3x^2\times\left(x^3-2\right)^3$ d'où $\boldsymbol{f'(x)=12x^2\left(x^3-2\right)^3}$.

• **Calcul de $f''(x)$:** $f'(x)$ est un produit $u\times v$ et $(u\times v)'=u'v+uv'$.

On pose $\begin{cases} u=12x^2 \\ v=\left(x^3-2\right)^3 \end{cases}$ donc $\begin{cases} u'=12\times 2x=24x^2 \\ v'=9x^2\left(x^3-2\right)^2 \end{cases}$ comme précédemment. On en déduit que $f''(x)=24x\times\left(x^3-2\right)^3+12x^2\times 9x^2\left(x^3-2\right)^2$. En factorisant par $12x\left(x^3-2\right)^2$, on obtient $f''(x)=12x\left(x^3-2\right)^2\left(2(x^3-2)+9x^3\right)$ et finalement $\boldsymbol{f(x)=12x\left(11x^3-4\right)\left(x^3-2\right)^2}$.

2. Sur $\mathrm{I}=\mathbb{R}$, $f(x)=\dfrac{3}{x^2+3}$.

• **Calcul de $f'(x)$:** $f(x)$ est de la forme $k\times\dfrac{1}{u}$ et $k\times\left(\dfrac{1}{u}\right)'=k\times\dfrac{-u'}{u^2}$.

On pose $u=x^2+3$ donc $u'=2x$. On en déduit $f'(x)=3\times\dfrac{-2x}{\left(x^2+3\right)^2}$ d'où

$$\boldsymbol{f'(x)=\frac{-6x}{\left(x^2+3\right)^2}}.$$

• **Calcul de $f''(x)$:** $f'(x)$ est un quotient $\dfrac{u}{v}$ et $\left(\dfrac{u}{v}\right)'=\dfrac{u'v-uv'}{v^2}$.

On pose $\begin{cases} u=-6x \\ v=\left(x^2+3\right)^2 \end{cases}$ donc $\begin{cases} u'=-6 \\ v'=4x\left(x^2+3\right) \text{(comme en 1.)} \end{cases}$. On en déduit que

$$f''(x)=\frac{-6\left(x^2+3\right)^2-(-6x)4x\left(x^2+3\right)}{\left(\left(x^2+3\right)^2\right)^2}.$$

En factorisant par $6\left(x^2+3\right)$, on obtient :

$$f''(x)=\frac{6\left(x^2+3\right)\left[-\left(x^2+3\right)+4x^2\right]}{\left(x^2+3\right)^4},$$

soit après réduction du numérateur :

$$f''(x)=\frac{6\left(x^2+3\right)\left(3x^2-3\right)}{\left(x^2+3\right)^4}.$$

En mettant 3 en facteur dans $3x^2-3$ et en simplifiant par x^2+3, on a finalement :

$$f''(x)=\frac{\mathbf{18}(x^2-1)}{(x^2+3)^3}.$$

3. Sur $I=]-\infty\,;1[$, $f(x)=\ln(1-x)$.

• **Calcul de $f'(x)$:** $f(x)$ est de la forme $\ln u$ et $(\ln u)'=\frac{u'}{u}$.

On pose $u=1-x$ donc $u'=0-1=-1$. On en déduit $f'(x)=\frac{-1}{1-x}$ d'où $f'(x)=\frac{\mathbf{1}}{\mathbf{x-1}}$.

• **Calcul de $f''(x)$:** $f'(x)$ est de la forme $\frac{1}{u}$ et $\left(\frac{1}{u}\right)'=\frac{-u'}{u^2}$.

On pose $u=x-1$ donc $u'=1$. On en déduit que $f''(x)=\frac{\mathbf{-1}}{(\mathbf{x-1})^2}$.

CHAPITRE 4

1 → *Énoncé p. 458* (Voir Cours 1)

1. La fonction *f* est continue en 2, elle est continue sur l'intervalle [–1 ; 3] et elle est dérivable en 2, car $\mathscr{C}_f$ admet une tangente au point d'abscisse 2.

2. La fonction *f* n'est pas continue en 2, elle est continue sur les intervalles [0 ; 2] et]2 ; 4].
La fonction *f* n'est pas dérivable en 2, car $\mathscr{C}_f$ n'admet pas une tangente au point d'abscisse 2.

3. La fonction *f* est continue en 2, elle est continue sur l'intervalle [0 ; 3].
La fonction *f* n'est pas dérivable en 2, car $\mathscr{C}_f$ n'admet pas une tangente au point d'abscisse 2.

2 → *Énoncé p. 459* (Voir Cours 2)

1. • Sur l'intervalle $]-\infty\,;1[$, 0 est compris entre $\lim_{x\to-\infty} f(x)=-\infty$ et $f(1)=3$, donc l'équation $f(x)=0$ admet une solution unique α dans $]-\infty\,;1[$.
• Sur l'intervalle $[1\,;+\infty[$, 0 est compris entre $f(1)=3$ et $\lim_{x\to+\infty} f(x)=-2$, donc l'équation $f(x)=0$ admet une solution unique β dans $[1\,;+\infty[$.
En conclusion, **l'équation $f(x)=0$ admet deux solutions dans $\mathbb{R}$.**

2. On en déduit le tableau de signes de la fonction *f* sur $\mathbb{R}$:

x	$-\infty$		α		β		$+\infty$
$f(x)$		$-$	0	$+$	0	$-$	

3 → *Énoncé p. 459*

Soit la fonction *f* définie sur $\mathbb{R}$ par $f(x)=x^3-3x^2+5$.

1. La fonction *f* est continue sur $\mathbb{R}$, car c'est une **fonction polynôme de degré 3**.

2. a) La fonction *f* est dérivable sur $\mathbb{R}$ et la dérivée $f'(x)=3x^2-3\times 2x+0=3x^2-6x$ et, en factorisant par $3x$, on obtient $f'(x)=\mathbf{3x(x-2)}$.

b) Les variations de f sur $[-2\,;3]$ se déduisent du signe de la dérivée f'.

$f'(x)$ est un trinôme du second degré et admet pour racines $x_1 = 0$ et $x_2 = 2$. On en déduit le signe :

x	-2		0		2		3
$f'(x)$		$+$	0	$-$	0	$+$	
$f(x)$	-15	↗	5	↘	1	↗	5

3. • Sur l'intervalle $[-2\,;0[$, la fonction f est strictement croissante et continue.
0 est compris entre $f(-2) = -15$ et $f(0) = 5$, donc, d'après le corollaire du théorème des valeurs intermédiaires, l'équation $f(x) = 0$ admet une solution unique α dans $]-2\,;0[$.
• Sur l'intervalle $[0\,;3]$, $f(x)$ est minorée par 1, donc l'équation $f(x) = 0$ n'admet pas de solution.
• En conclusion, **l'équation $f(x) = 0$ admet une solution unique α dans $[-2\,;3]$.**

4. dicho(-2,0) renvoie (-1.125, -1.0625), ce qui signifie que $\mathbf{-1{,}125 < \alpha < -1{,}0625}$.
Le tableau ci-dessous donne les étapes du programme.

a	–2		–1,5	–1,25	–1,125	
b	0	–1				–1,0625
$b - a$	2	1	0,5	0,25	0,125	0,0625
$b - a$>=0.1 ?	oui	oui	oui	oui	oui	non
c=(a+b)/2	–1	–1,5	–1,25	–1,125	–1,0625	
$f(a)$	–15	–15	–5,125	–1,640625	–0,220703	
$f(c)$	1	–5,125	–1,640625	–0,220703	0,413818	
$f(a)$*$f(b)$<0 ?	oui	non	non	non	oui	
sortie						–1,125 ; –1,0625

CHAPITRE 5

1 → *Énoncé p. 461* (Voir Cours 1 à 4)

1. Réponse C car $e^{3\ln(2)} - 4 = e^{\ln 8} - 4 = 8 - 4 = 4$.

2. Réponse C car :

$$3\ln\sqrt{8} - \ln 4 = \frac{3}{2}\ln 8 - \ln\left(2^2\right) = \frac{3}{2}\ln(2^3) - 2\ln 2 = \frac{9}{2}\ln 2 - 2\ln 2 = \frac{5}{2}\ln 2.$$

3. Réponse B car $\ln\left(4 - x^2\right)$ existe si $4 - x^2 > 0$, donc pour $x \in]-2\,;2[$.

4. Réponse B car quand $x \to -\infty$, $x^2 - 1 \to +\infty$, donc par composition $\lim\limits_{x \to -\infty} \ln\left(x^2 - 1\right) = +\infty$.

5. Réponse B car $f'(x) = \dfrac{1}{x}$ et l'équation de la tangente en 1 est $y = f'(1)(x-1) + f(1)$, soit $y = \dfrac{1}{1}(x-1) + \ln 1 = x - 1$.

2 → *Énoncé p. 462* (Voir Cours **2**)

1. On exprime en fonction de ln P, où P est un réel positif et le plus petit possible.

a) $A = \ln\left(\frac{1}{27}\right) = -\ln(27) = -\ln(3^3)$ d'où $\boldsymbol{A = -3\ln 3}$.

b) $B = \ln 4 \times \ln e^{-5} = \ln(2^2)\times(-5) = 2\ln(2)\times(-5)$ d'où $\boldsymbol{B = -10\ln 2}$.

c) $C = \ln\sqrt{2} - \ln 8 + 2\ln 4 = \frac{1}{2}\ln 2 - \ln(2^3) + 2\ln(2^2) = \frac{1}{2}\ln 2 - 3\ln 2 + 4\ln 2$, $\boldsymbol{C = \frac{3}{2}\ln 2}$.

d) $D = \frac{e^{3\ln 3+\ln 2}}{e^{\ln 3-\ln 2}} + \ln 25 = e^{3\ln 3+\ln 2-(\ln 3-\ln 2)} + \ln 5^2$ d'où $D = e^{2\ln 3+2\ln 2} + \ln 5^2 = e^{\ln(3^2\times 2^2)} + 2\ln 5$,

donc $D = e^{\ln(36)} + 2\ln 5$ et enfin $\boldsymbol{D = 36 + 2\ln 5}$.

2. x est un réel positif ; dans chaque cas, on simplifie le plus possible l'expression.

a) $A = \ln x + \ln\left(\frac{1}{x}\right) = \ln x - \ln x$ d'où $\boldsymbol{A = 0}$.

b) $B = 2\ln x + \frac{1}{2}\ln(x^2) = 2\ln x + \frac{2}{2}\ln x$ d'où $\boldsymbol{B = 3\ln x}$

c) $C = \ln\left(\frac{1}{e}\right) + e^{-\ln x} = -\ln e + e^{\ln\left(\frac{1}{x}\right)}$ d'où $\boldsymbol{C = -1 + \frac{1}{x}}$.

d) $D = \ln(x^3) - \ln(2x) = \ln\left(\frac{x^3}{2x}\right)$; $D = \ln\left(\frac{x^2}{2}\right) = \ln(x^2) - \ln 2$ d'où $\boldsymbol{D = 2\ln(x) - \ln 2}$.

3 → *Énoncé p. 462* (Voir Cours **4**)

a)) Sur $I =]0\,;+\infty[$, $f(x) = 3\ln(x) + 2\ln(3x)$. On simplifie $f(x)$ comme à l'exercice 2 ; on a : $f(x) = 3\ln(x) + 2(\ln(3) + \ln(x)) = 5\ln(x) + 2\ln(3)$ d'où $f'(x) = 5\times\frac{1}{x} + 0$

et enfin $\boldsymbol{f'(x) = \frac{5}{x}}$.

b) Sur $I =]0{,}5\,;+\infty[$, $f(x) = x^2\ln(x)$. $f(x)$ est un produit $u\times v$ et $(u\times v)' = u'v + uv'$.

On pose $\begin{cases} u = x^2 \\ v = \ln x \end{cases}$ donc $\begin{cases} u' = 2x \\ v' = \frac{1}{x}. \end{cases}$

On en déduit que $f'(x) = 2x\times\ln x + x^2\times\frac{1}{x} = 2x\ln x + x$.

En factorisant par x, on a $\boldsymbol{f'(x) = x(2\ln x + 1)}$.

> **Remarque**
> On factorise pour étudier le signe.

c) Sur $I =]-\infty\,;0[$, $f(x) = \ln(1 - e^x)$. $f(x)$ est de la forme $\ln(u)$ et $(\ln u)' = \frac{u'}{u}$.

On pose $u = 1 - e^x$ donc $u' = 0 - e^x = -e^x$. On en déduit que $\boldsymbol{f'(x) = \frac{-e^x}{1 - e^x}}$.

4 → *Énoncé p. 462* (Voir Cours **5**)

a) $\ln(2x-3)$ est définie si $2x - 3 > 0 \Leftrightarrow x > \frac{3}{2}$.

La résolution de l'équation $\ln(2x-3) = 0$ se fera sur l'intervalle $I = \left]\frac{3}{2}\,;+\infty\right[$.

Pour tout x de I, $\ln(2x-3) = 0 \Leftrightarrow 2x - 3 = 1 \Leftrightarrow 2x = 4 \Leftrightarrow x = 2$ d'où $\boldsymbol{S = \{2\}}$.

b) $\ln(x^2+2)$ est définie si $x^2+2>0$, ce qui est toujours vrai et $\ln(3x)$ est définie si $3x>0 \Leftrightarrow x>0$.
La résolution de l'équation $\ln(x^2+2)=\ln(3x)$ se fera sur l'intervalle $\mathrm{I}=]0\,;+\infty[$.
Pour tout x de I, $\ln(x^2+2)=\ln(3x) \Leftrightarrow x^2+2=3x \Leftrightarrow x^2-3x+2=0$.
C'est une équation du second degré avec une racine évidente $x_1=1$; à l'aide de la formule de la somme des racines $\left(x_1+x_2=\dfrac{-b}{a}\right)$, on a $1+x_2=\dfrac{-(-3)}{1}=3$ d'où $x_2=2$ puis $\mathbf{S}=\{\mathbf{1}\,;\mathbf{2}\}$.

c) $\ln(-2x+1)$ est définie si $-2x+1>0 \Leftrightarrow x<\dfrac{1}{2}$. La résolution de l'inéquation $\ln(-2x+1)-1\leqslant 0$ se fera sur l'intervalle $\mathrm{I}=\left]-\infty\,;\dfrac{1}{2}\right[$ (en rouge ci-dessous). Pour tout x de I,
$\ln(-2x+1)-1\leqslant 0 \Leftrightarrow \ln(-2x+1)\leqslant 1 \Leftrightarrow \ln(-2x+1)\leqslant \ln \mathrm{e} \Leftrightarrow -2x+1\leqslant \mathrm{e} \Leftrightarrow -2x\leqslant \mathrm{e}-1$
$\Leftrightarrow x\geqslant \dfrac{\mathrm{e}-1}{-2} \Leftrightarrow x\geqslant \dfrac{1-\mathrm{e}}{2}$ (en vert ci-contre).

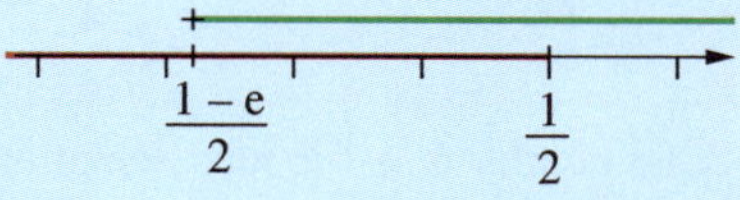

Un axe gradué permet de visualiser $\mathbf{S}=\left[\dfrac{\mathbf{1-e}}{\mathbf{2}}\,;\dfrac{\mathbf{1}}{\mathbf{2}}\right[$.

d) $n\in\mathbb{N}\,;1-\left(\dfrac{7}{10}\right)^n>0{,}99 \Leftrightarrow 1-0{,}99>(0{,}7)^n \Leftrightarrow 0{,}01>(0{,}7)^n$
$\Leftrightarrow \ln 0{,}01>\ln(0{,}7)^n \Leftrightarrow \ln 0{,}01>n\ln(0{,}7) \Leftrightarrow \dfrac{\ln 0{,}01}{\ln(0{,}7)}<n$,
car $\ln(0{,}7)<0 \Leftrightarrow 13\leqslant n$. $\mathbf{S}=\{\mathbf{0\,;1\,;2\,;\ldots\,;13}\}$.

CHAPITRE 6

1 → *Énoncé p. 464* (Voir Cours **1** et **2**)

Soient f et g les fonctions définies sur $]0\,;+\infty[$ par $f(x)=\ln(x)$ et $g(x)=x\ln(x)-x$.

a) Pour tout x de $]0\,;+\infty[$, $g(x)$ est de la forme $U+V$ et $(U+V)'=U'+V'$, avec $U=x\ln(x)$ et $V=-x$.
On a immédiatement $V'=-1$.
$U=x\ln(x)$ est un produit $u\times v$ et $(u\times v)'=u'v+uv'$.

> **Méthode**
> Pour démontrer qu'une fonction g est une primitive de la fonction f sur I, il suffit de prouver que, pour tout x de I, $g'(x)=f(x)$, ainsi pour tout x de I, $g(x)=F(x)$.

On pose $\begin{cases} u=x \\ v=\ln(x) \end{cases}$ donc $\begin{cases} u'=1 \\ v'=\dfrac{1}{x}. \end{cases}$ On en déduit $U'=1\times\ln(x)+\dfrac{1}{x}\times x$ d'où $\boldsymbol{U'=\ln(x)+1}$.
On a donc $g'(x)=\ln(x)+1-1=\ln(x)$ et on a bien $g'(x)=f(x)$, ce qui prouve que g est **une** primitive de f.

b) **Toutes** les primitives G de f sont de la forme $F(x)+c$, avec c réel, pour tout x de $]0\,;+\infty[$, $\boldsymbol{G(x)=x\ln(x)-x+c}$.

c) H est **la** primitive de la fonction f sur $]0\,;+\infty[$ telle que $H(1)=0$.
D'après la question précédente, il existe un réel c tel que $H(x)=x\ln(x)-x+c$.

On a $H(1) = 0 \Leftrightarrow 1 \times \ln(1) - 1 + c = 0 \Leftrightarrow c = 1$; ainsi **l'unique** primitive H de la fonction f sur $]0 ; +\infty[$ qui s'annule en 1 est $\boldsymbol{H(x) = x\ln(x) - x + 1}$.

2 → Énoncé p. 464 (Voir Cours 1)

1. a) Comme F une primitive de la fonction f sur $\mathbb{R}$, on a, pour tout x de $\mathbb{R}$, $F'(x) = f(x)$. Ainsi $\boldsymbol{F'(0)} = f(0) = \mathbf{3}$ et $\boldsymbol{F'(3)} = f(3) = \mathbf{0}$.

b) Les variations de $F(x)$ se déduisent du signe de sa dérivée $F'(x) = f(x)$.

D'après le graphique, on a le signe de $f(x)$ et on déduit le tableau de variations de F.

x	$-\infty$		3		$-\infty$
$F'(x) = f(x)$		+	0	−	
$F(x)$		$\nearrow$		$\searrow$	

2. La courbe $\mathscr{C}_2$ est la représentation graphique de F, car on a bien $F'(3) = 0$; en effet, c'est la seule courbe avec une tangente horizontale au point d'abscisse 3 et la tangente au point A a bien son coefficient directeur $F'(0) = \dfrac{\text{3 carreaux verticaux}}{\text{1 carreau horizontal}} = \dfrac{3}{1} = 3$ (voir schéma, p. 482).

De plus, la fonction associée à la courbe $\mathscr{C}_2$ est strictement croissante sur $]-\infty ; 3]$ et strictement décroissante sur $]3 ; +\infty[$.

3 → Énoncé p. 465 (Voir Cours 2)

Le formulaire des primitives **des fonctions usuelles** donne immédiatement, à une constante près, la solution.

a) Sur $\mathbb{R}$, $f(x) = 3x^2 - x + 2$. On a $\boldsymbol{F(x) = x^3 - \dfrac{x^2}{2} + 2x}$; la formule utilisée : $x^n \to \dfrac{x^{n+1}}{n+1}$.

b) Sur $]0 ; +\infty[$, $f(x) = 2\,\mathrm{e}^x - \dfrac{3}{x^2}$. On a $F(x) = 2\mathrm{e}^x - 3 \times \dfrac{-1}{x}$ d'où $\boldsymbol{F(x) = 2\mathrm{e}^x + \dfrac{3}{x}}$;

les formules utilisées : $\mathrm{e}^x \to \mathrm{e}^x$ et $\dfrac{1}{x^2} \to \dfrac{-1}{x}$.

4 → Énoncé p. 465

Le formulaire des primitives **des fonctions composées** donne immédiatement la solution à une constante près.

a) Sur $\mathbb{R}$, $f(x) = (3x^2 - 2x)(x^3 - x^2 + 1)$. La formule la plus adaptée est : $u'u \to \dfrac{u^2}{2}$.

Posons $u = x^3 - x^2 + 1$; on a $u' = 3x^2 - 2x$ (voir formulaire des dérivées, chapitre 3).

Ainsi $u'u = (3x^2 - 2x)(x^3 - x^2 + 1) = f(x)$ donc $\boldsymbol{F(x) = \dfrac{u^2}{2} = \dfrac{(x^3 - x^2 + 1)^2}{2}}$.

b) Sur $[0 ; +\infty[$, $f(x) = 2\,\mathrm{e}^{1-2x} - \dfrac{3}{(2x+1)^2}$.

Les formules les plus adaptées sont : $u'\mathrm{e}^u \to \mathrm{e}^u$ et $\dfrac{v'}{v^2} \to \dfrac{-1}{v}$.

Posons $u = 1 - 2x$ donc $u' = -2$ et $u'e^u = -2e^{1-2x}$.

Posons $v = 2x + 1$ donc $v' = 2$ et $\dfrac{v'}{v^2} = \dfrac{2}{(2x+1)^2}$.

En **adaptant les coefficients** intervenant dans $f(x)$ afin de mettre en évidence $-2e^{1-2x}$ et $\dfrac{2}{(2x+1)^2}$, on obtient $f(x) = -\left(-2e^{1-2x}\right) - \dfrac{3}{2} \times \dfrac{2}{(2x+1)^2} = -u'e^u - \dfrac{3}{2} \times \dfrac{v'}{v^2}$

donc $F(x) = -\,e^u - \dfrac{3}{2} \times \dfrac{-1}{v} = -e^{1-2x} - \dfrac{3}{2} \times \dfrac{-1}{2x+1}$; en conclusion :

$\boldsymbol{F(x) = -e^{1-2x} + \dfrac{3}{2(2x+1)}}$.

5 → *Énoncé p. 465* (Voir Cours **3** et **4**)

1. On doit résoudre, sur $\mathbb{R}$, chaque équation différentielle ci-dessous, **puis** déterminer l'unique solution f telle que $f(1) = e$.

a) Désignons par (E) l'équation différentielle $y' = 3y$.

– (E) admet **pour solutions** sur $\mathbb{R}$ les fonctions f_k définies par : $\boldsymbol{f_k(x) = ke^{3x}}$, où k est un réel.

– On cherche k tel que $f_k(1) = e$. On a $f_k(1) = e \Leftrightarrow ke^{3\times 1} = e \Leftrightarrow ke^3 = e \Leftrightarrow k = e^{-2}$.

En conclusion, l'unique solution f de (E) telle que $f(1) = e$ est définie sur $\mathbb{R}$ par :

$\boldsymbol{f(x)} = e^{-2}e^{3x} = \boldsymbol{e^{3x-2}}$.

b) Désignons par (E) l'équation différentielle $5y - 3y' = 0$ et (E) $\Leftrightarrow y' = \dfrac{5}{3}y$.

– (E) admet **pour solutions** sur $\mathbb{R}$ les fonctions f_k définies par : $\boldsymbol{f_k(x) = ke^{\frac{5}{3}x}}$, où k est un réel.

– On cherche k tel que $f_k(1) = e$. On a $f_k(1) = e \Leftrightarrow ke^{\frac{5}{3}} = e \Leftrightarrow k = e^{\frac{-2}{3}}$.

En conclusion, l'unique solution f de (E) telle que $f(1) = e$ est définie sur $\mathbb{R}$ par :

$\boldsymbol{f(x)} = e^{\frac{-2}{3}}e^{\frac{5x}{3}} = \boldsymbol{e^{\frac{5x-2}{3}}}$.

2. Résoudre, sur $\mathbb{R}$, chaque équation différentielle ci-dessous, **puis** déterminer l'unique solution f telle que $f(0) = 1$.

a) Désignons par (E) l'équation différentielle $y' = 3y - 4$.

– (E) **admet** pour solutions sur $\mathbb{R}$ les fonctions f_k définies par : $\boldsymbol{f_k(x) = ke^{3x} + \dfrac{4}{3}}$, où k est un réel.

– On cherche k tel que $f_k(0) = 1$. On a $f_k(0) = 1 \Leftrightarrow ke^{3\times 0} + \dfrac{4}{3} = 1 \Leftrightarrow k = -\dfrac{1}{3}$.

En conclusion, l'unique solution f de (E) telle que $f(0) = 1$ est définie sur $\mathbb{R}$ par :

$\boldsymbol{f(x) = -\dfrac{1}{3}e^{3x} + \dfrac{4}{3}}$.

b) Désignons par (E) l'équation différentielle $5y' + 2y = 5$ et (E) $\Leftrightarrow y' = \dfrac{-2}{5}y + 1$.

– (E) **admet** pour solutions sur $\mathbb{R}$ les fonctions f_k définies par : $\boldsymbol{f_k(x) = ke^{\frac{-2}{5}x} + \dfrac{5}{2}}$, où k est un réel.

– On cherche k tel que $f_k(0)=1$. On a $f_k(0)=1 \Leftrightarrow ke^{\frac{-2}{5}\times 0}+\frac{5}{2}=1 \Leftrightarrow k+\frac{5}{2}=1 \Leftrightarrow k=\frac{-3}{2}$.

En conclusion, l'unique solution f de (E) telle que $f(0)=1$ est définie sur $\mathbb{R}$ par :

$\boldsymbol{f(x)=\frac{-3}{2}e^{\frac{-2}{5}x}+\frac{5}{2}}$.

CHAPITRE 7

1 → *Énoncé p. 468*

1. C **2.** A **3.** B **4.** C **5.** B **6.** B

2 → *Énoncé p. 468* (Voir Cours 2)

f est la fonction définie sur $\mathbb{R}$ par : $f(x)=\frac{1}{6}x^3-\frac{7}{6}x+1$.

1. On a $f(-3)=\frac{1}{6}(-3)^3-\frac{7}{6}(-3)+1=\frac{-27}{6}+\frac{21}{6}+1=0$, donc $A(-3\,;0)\in\mathscr{C}_f$.

On a $f(1)=\frac{1}{6}(1)^3-\frac{7}{6}(1)+1=\frac{1}{6}+\frac{-7}{6}+1=0$, donc $B(1\,;0)\in\mathscr{C}_f$.

On a $f(2)=\frac{1}{6}(2)^3-\frac{7}{6}(2)+1=\frac{8}{6}+\frac{-14}{6}+1=0$, donc $C(2\,;0)\in\mathscr{C}_f$.

2. a)

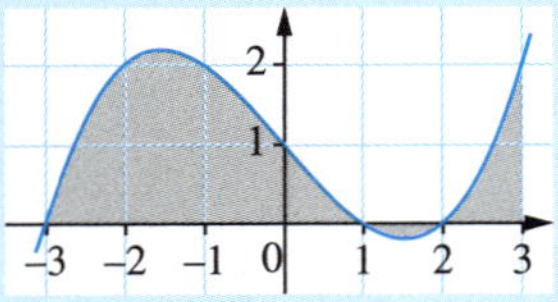

b) $\int_{-3}^{3}f(x)\,dx=\int_{-3}^{3}\left(\frac{1}{6}x^3-\frac{7}{6}x+1\right)dx=\left[\frac{1}{6}\times\frac{x^4}{4}-\frac{7}{6}\times\frac{x^2}{2}+x\right]_{-3}^{3}=\left[\frac{x^4}{24}-\frac{7x^2}{12}+x\right]_{-3}^{3}$

d'où $\boldsymbol{\int_{-3}^{3}f(x)\,dx}=\left(\frac{3^4}{24}-\frac{7\times 3^2}{12}+3\right)-\left(\frac{(-3)^4}{24}-\frac{7\times(-3)^2}{12}+(-3)\right)=\mathbf{6}$.

3. a) L'aire du domaine $\mathscr{D}$ est $\int_{-3}^{1}f(x)\,dx-\int_{1}^{2}f(x)\,dx+\int_{2}^{3}f(x)\,dx$. On a

$\int_{-3}^{1}f(x)\,dx=\left(\frac{1^4}{24}-\frac{7\times 1^2}{12}+1\right)-\left(\frac{(-3)^4}{24}-\frac{7\times(-3)^2}{12}+(-3)\right)=\frac{11}{24}-\frac{-117}{24}=\frac{128}{24}=\frac{16}{3}$.

On a $\int_{1}^{2}f(x)\,dx=\left(\frac{2^4}{24}-\frac{7\times 2^2}{12}+2\right)-\left(\frac{1^4}{24}-\frac{7\times 1^2}{12}+1\right)=\frac{8}{24}-\frac{11}{24}=\frac{-3}{24}=\frac{-1}{8}$.

On a $\int_{2}^{3}f(x)\,dx=\left(\frac{3^4}{24}-\frac{7\times 3^2}{12}+3\right)-\left(\frac{2^4}{24}-\frac{7\times 2^2}{12}+2\right)=\frac{27}{24}-\frac{8}{24}=\frac{19}{24}$.

En conclusion, $\boldsymbol{\int_{-3}^{1}f(x)\,dx-\int_{1}^{2}f(x)\,dx+\int_{2}^{3}f(x)\,dx}=\frac{16}{3}-\frac{-1}{8}+\frac{19}{24}=\frac{150}{24}=\mathbf{6{,}25\ u.a.}$

b) L'unité du repère orthonormé est 2 cm, donc 1 u.a. $=2\times 2=4$ cm^2.
L'aire de $\mathscr{D}$ vaut $4\times 6{,}25=\mathbf{25\ cm^2}$.

3 → *Énoncé p. 469* (Voir Cours **2**)

Sur $\mathbb{R}$, $f(x) = x^2 - 2x + 1$ et $g(x) = 1 - x^2$.

1. On a $h(x) = f(x) - g(x) = x^2 - 2x + 1 - (1 - x^2) = 2x^2 - 2x = 2x(x-1)$.

Pour $x \in]-\infty\,;0[\cup]1\,;+\infty[$, $h(x) > 0 \Leftrightarrow f(x) > g(x)$; on en déduit que $\mathcal{C}_f$ **est au-dessus de** $\mathcal{C}_g$.

Pour $x \in [0\,;1]$, $h(x) \leqslant 0 \Leftrightarrow f(x) \leqslant g(x)$; on en déduit que $\mathcal{C}_f$ **est au-dessous de** $\mathcal{C}_g$.

2. a) Sur $[0\,;1]$, $f(x) \leqslant g(x)$, donc l'aire du domaine $\mathcal{D}$ est : $\int_0^1 [g(x) - f(x)]\,\mathrm{d}x = \int_0^1 -h(x)\,\mathrm{d}x$.

b) On a :

$$\int_0^1 -h(x)\,\mathrm{d}x = \int_0^1 (2x - 2x^2)\,\mathrm{d}x = \left[x^2 - 2 \times \frac{x^3}{3}\right]_0^1 = \left(1 - \frac{2 \times 1^3}{3}\right) - \left(0^2 - \frac{2 \times 0^3}{3}\right) = 1 - \frac{2}{3} = \mathbf{\frac{1}{3}}.$$

4 → *Énoncé p. 469* (Voir Cours **3**)

On considère la fonction f définie sur $]0\,;+\infty[$ par $f(x) = x + 1 - x\ln x$.

1. a) Montrons que $G'(x) = x \ln x$.

$G(x) = \frac{x^2}{2}\left(\ln x - \frac{1}{2}\right)$ est de la forme d'un produit $u \times v$ et $(u \times v)' = u'v + uv'$.

On pose $\begin{cases} u = \dfrac{x^2}{2} \\ v = \ln x - \dfrac{1}{2} \end{cases}$ donc $\begin{cases} u' = x \\ v' = \dfrac{1}{x} - 0 = \dfrac{1}{x}. \end{cases}$

> **Méthode**
> Pour choisir la formule de dérivation, déterminer, à l'aide des priorités de calculs, la dernière opération à effectuer.

On en déduit $G'(x) = x\left(\ln x - \frac{1}{2}\right) + \frac{1}{x} \times \frac{x^2}{2} = x \ln x - \frac{1}{2}x + \frac{x}{2} = x \ln x$ et $\mathbf{G(x)}$ **est bien une primitive de $x \ln x$.**

b) Sur $]0\,;+\infty[$, une primitive F de la fonction f est $F(x) = \frac{x^2}{2} + x - \frac{x^2}{2}\left(\ln x - \frac{1}{2}\right)$

d'où $\mathbf{F(x)} = \frac{x^2}{2} + x - \frac{x^2}{2}\ln x + \frac{x^2}{4} = \mathbf{x - \frac{x^2}{2}\ln x + \frac{3x^2}{4}}$.

2. a) Comme f est positive sur $[1\,;\mathrm{e}]$, $\int_1^{\mathrm{e}} f(x)\,\mathrm{d}x$ est l'aire du domaine $\mathcal{D}$ compris entre $\mathcal{C}_f$, l'axe des abscisses et les droites d'équations $x = 1$ et $x = \mathrm{e}$.

b) $\int_1^{\mathrm{e}} f(x)\,\mathrm{d}x = [F(x)]_1^{\mathrm{e}} = \left(\mathrm{e} - \frac{\mathrm{e}^2}{2}\ln \mathrm{e} + \frac{3\mathrm{e}^2}{4}\right) - \left(1 - \frac{1^2}{2}\ln 1 + \frac{3 \times 1^2}{4}\right)$

d'où $\int_1^{\mathrm{e}} \mathbf{f(x)\,\mathrm{d}x} = \left(\mathrm{e} - \frac{\mathrm{e}^2}{2} + \frac{3\mathrm{e}^2}{4}\right) - \left(1 + \frac{3}{4}\right) = \mathbf{\mathrm{e} + \frac{\mathrm{e}^2}{4} - \frac{7}{4} \approx 2{,}82}$.

3. a) La valeur moyenne de f sur $[1\,;\mathrm{e}]$ est $m = \frac{1}{\mathrm{e}-1} \times \int_1^{\mathrm{e}} f(x)\,\mathrm{d}x = \frac{1}{\mathrm{e}-1}\left(\mathrm{e} + \frac{\mathrm{e}^2}{4} - \frac{7}{4}\right)$.

Soit $m \approx$ **1,64.**

b) L'aire du domaine $\mathcal{D}$ défini à la question **2. a)** est la même que l'aire du **rectangle** de côtés $m(\approx 1{,}64)$ et $\mathrm{e} - 1(\approx 1{,}72)$.

CHAPITRE 8

1 → *Énoncé p. 471*

1.

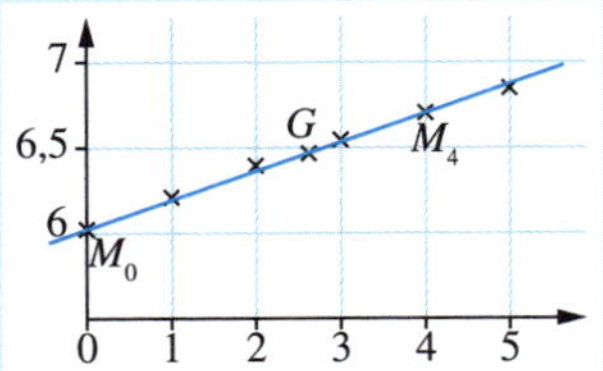

2. $\overline{x} = \dfrac{0+1+2+3+4+5}{6} = 2{,}5$ et

$$\overline{y} = \dfrac{6{,}02 + 6{,}21 + 6{,}39 + 6{,}55 + 6{,}7 + 6{,}85}{6} \approx 6{,}45$$

d'où $\boldsymbol{G(2{,}5\ ;\ 6{,}45)}$.

3. a) La droite (d) a une équation de la forme $y = ax + b$ et passe par le point $M_0(0\,;6{,}02)$, donc $\boldsymbol{b = 6{,}02}$. (d) passe par $M_4(4\,;6{,}7)$, donc $6{,}7 = a \times 4 + 6{,}02 \Leftrightarrow \boldsymbol{a} = \dfrac{6{,}7-6{,}02}{4} = \boldsymbol{0{,}17}$.
L'équation de (d) est $\boldsymbol{y = 0{,}17x + 6{,}02}$.

b) Si l'évolution reste la même, on doit résoudre l'équation $0{,}17x + 6{,}02 \geqslant 7{,}5$.

$$0{,}17x + 6{,}02 \geqslant 7{,}5 \Leftrightarrow x \geqslant \dfrac{7{,}5\ -\ 6{,}02}{0{,}17} \Leftrightarrow x \geqslant 8{,}70\,.$$

La France comptera au moins 75 000 avocats à partir de 2023.

2 → *Énoncé p. 472*

Méthode

TI-82 ou 83 :
Par prudence, on vide les listes que l'on souhaite utiliser, par exemple L1 , L2
Effacer les listes
stats (menu Edit)
4 EffListe L1 , L2

Pour obtenir le graphique :
2nde f(x),
1 : Graph1 Aff
Xliste : L1 Yliste : L2
graphe

Pour tous les paramètres de la série :
stats (menu Edit)
1 : Modifier
(on saisit les listes)
stats (menu CALC)
2 : Stats 2 var
Xliste : L1 Yliste : L2
et Calculer

Pour la droite de régression de y en x et r :
stats (menu CALC)
4 : RégLin(ax+b)
Xliste : L1 Yliste : L2
et Calculer
La calculatrice affiche a, b et r.

Casio 35+ :
Effacer les listes
MENU STAT EXE
Sélectionner la liste F6 et F4
répondre oui

MENU STAT EXE
Saisir les List1 et List2
(pour régler)
SET F6 XList: List1
YList: List2

Pour obtenir le graphique :
Appuyer sur F1 Graph 1

Pour tous les paramètres de la série :
Appuyer sur F1 CALC
puis encore F1 2VAR

Exit pour revenir

Pour la droite de régression de y en x et r :
Appuyer sur F1 CALC
Appuyer sur F2 X
puis sur ax+b

NumWorks :
Appuyer sur ⌂
Sélectionner le menu
Regression
Dans l'onglet :Données
Saisir les listes X1 et X2
Appuyer sur ↩ (pour revenir aux onglets)
Pour obtenir le graphique :
choisir l'onglet : Graphique

Pour tous les paramètres de la série :
choisir l'onglet : Stats

Pour la droite de régression de y en x et r :
choisir l'onglet : Stats
ou l'onglet : Graphique

1. La calculatrice donne :

a) les coordonnées du point moyen $G(\bar{x}\,;\bar{p})$: $\mathbf{G(5{,}5\,;65\ 454{,}3)}$.

b) l'équation de la droite de régression de p en x : $\mathbf{p = 329{,}11x + 63\ 644{,}2}$.

c) le coefficient de corrélation linéaire entre p et x : $\mathbf{r \approx 0{,}995}$.

2. a) L'année 2020 correspond à $x_{13} = 13$, d'où $p = 329{,}11 \times 13 + 63\ 644{,}2 = 67\ 922{,}63$ soit une population estimée à **67 922 630.**

b) Comme 69 000 000 = 69 000 milliers, on doit résoudre $329{,}11x + 63\ 644{,}2 \geqslant 69\ 000$;

$$329{,}11x + 63\ 644{,}2 \geqslant 69\ 000 \Leftrightarrow x \geqslant \frac{69\ 000 - 63\ 644{,}2}{329{,}11}\text{, soit } x \geqslant 16{,}27.$$

La population française pourrait dépasser 69 000 000 d'habitants **dans le courant de l'année 2024.**

3 → *Énoncé p. 472*

x_i	1	2	3	4	5	6	7	8
y_i	7,1	7,4	7,7	7,9	8,1	8,2	8,5	8,2
$z_i = \ln(y_i)$	**1,96**	**2,00**	**2,04**	**2,07**	**2,09**	**2,10**	**2,14**	**2,10**

1. Voir tableau ci-dessus.

2. Voir exercice 2 ; pour l'affichage des nuages, un ajustement affine se justifie plus pour les points $M_i(x_i\,;z_i)$ que pour les points $M_i(x_i\,;y_i)$.

3. La calculatrice donne comme équation $z = \mathbf{0{,}02x + 1{,}96}$.

4. $z = 0{,}02x + 1{,}96 \Leftrightarrow \ln(y) = 0{,}02x + 1{,}96 \Leftrightarrow y = \mathrm{e}^{0{,}02x + 1{,}96} \Leftrightarrow y = \mathrm{e}^{1{,}96}\mathrm{e}^{0{,}02x}$.

La relation attendue est $\mathbf{y = e^{1{,}96}e^{0{,}02x}}$.

CHAPITRE 9

Méthode

Calculer des probabilités avec la loi binomiale ou géométrique

Pour exactement k succès : $P(X = k)$ se calcule de la façon suivante		
TI : 2nd distrib A:binomFdp(*n*,*p*,*k*) F:géomFdp(*p*,*k*)	**Casio 35+ :** DIST F5 BINM F5 BpD F1 Data: Variable puis var F2 saisir *k*, *n*, *p*	**Numworks :** Menu Probabilité OK (choisir le graphique) Binomiale - saisir *n*, *p*, *k* Géométrique – saisir *p*
Pour au plus k succès : $P(X \leqslant k)$ se calcule de la façon suivante		
TI : 2nd distrib B:binomFrép(*n*,*p*,*k*) F:géomFRép(*p*,*k*)	**Casio 35+ :** DIST F5 BINM F5 BcD F2 Data: Variable puis var F2 saisir *k*, *n*, *p*)	**Numworks :** Menu Probabilité (choisir le graphique) Binomiale - saisir *n*, *p*, *k* Géométrique – saisir *p*
Lecture inverse : on cherche *a* tel que $P(X \leqslant a) > \beta$, avec *X* suivant une loi binomiale $\mathscr{B}(n\,;p)$ et $\beta \in [0;1]$		
TI : 2nd distrib C:invBinom(β, *n*, *p*)	**Casio 35+ :** MENU STAT DIST F5 BINM F5 InvB F3 Data: Variable puis var F2 saisir β, *n*, *p*	**Numworks :** Menu Probabilité (choisir le graphique) Binomiale - saisir *n*, *p*, β

1 → *Énoncé p. 474*

1. C **2.** D **3.** B et D **4.** A **5.** B, C et D

2 → *Énoncé p. 475*

1. X prend ses valeurs dans $\{1 ; \dots ; 20\}$; les boules étant identiques, chaque boule a la même probabilité d'être tirée : on a donc $P(X = k) = \frac{1}{20}$, avec $1 \leqslant k \leqslant 20$.
En conclusion, **X suit la loi uniforme sur $\{1 ; \dots ; 20\}$** et $\mathbf{E(X) = \frac{21}{2} = 10,5}$.

2. Épreuve de Bernoulli : succès : S = « la boule est noire » ; échec : $\overline{S}$ = « la boule n'est pas noire » ; $P(S) = p = \frac{9}{20}$ et $q = 1 - p = \frac{11}{20}$.
Cette épreuve est répétée 3 fois et de façon indépendante, car il y a remise.
X est la variable aléatoire donnant le nombre de boules noires, donc X suit la loi binomiale de paramètre 3 et $\frac{9}{20}$: **X suit $\mathcal{B}\left(3 ; \frac{9}{20}\right)$** et $\mathbf{E(X) = 3 \times \frac{9}{20} = \frac{27}{20}}$.

3 → *Énoncé p. 475* (Voir Cours **4**)

1. Épreuve de Bernoulli : succès : S = « prise en charge » ; échec : $\overline{S}$ = « non prise en charge » ; $P(S) = p = \frac{1}{3}$ et $q = 1 - p = \frac{2}{3}$. On répète cette épreuve jusqu'au premier succès et de façon indépendante d'après le texte. X est la variable aléatoire qui représente le nombre de taxis que l'on doit appeler pour en obtenir un, donc X suit la loi géométrique de paramètre $\frac{1}{3}$:
X suit $G\left(\frac{1}{3}\right)$.

2. $\mathbf{P(X = 3) = \frac{1}{3} \times \left(\frac{2}{3}\right)^{3-1} = \frac{4}{27} \approx 0,15}$.

3. $\mathbf{P(X \leqslant 3) = 1 - \left(\frac{2}{3}\right)^{3} = \frac{19}{27} \approx 0,70}$.

Remarque
Dans une succession d'épreuves identiques et indépendantes, la loi géométrique modélise le temps d'attente du 1er succès, alors que la loi binomiale modélise le nombre de succès obtenus.

4. $\mathbf{P_{X>3}(X > 3 + 4)} = P(X > 4) = 1 - P(X \leqslant 4) = 1 - \left(1 - \left(\frac{2}{3}\right)^{4}\right) = \frac{16}{81} \approx \mathbf{0,20}$.

5. $\mathbf{E(X) = \frac{1}{1/3} = 3}$ **; en moyenne, la prise en charge est assurée au bout de 3 taxis.**

4 → *Énoncé p. 475* (Voir Cours **3**)

X suit la loi binomiale $\mathcal{B}(100 ; 0,3)$; on détermine le plus « petit » intervalle I tel que $P(X \in I) \geqslant 0,95$.
Notons $I = [a ; b]$; on cherche a et b tel que $P(a \leqslant X \leqslant b) \geqslant 0,95$ c'est-à-dire au seuil de 95 %, soit avec un risque de $\alpha = 0,05$.
On a $\frac{\alpha}{2} = \frac{0,05}{2} = 0,025$ et $1 - \frac{\alpha}{2} = 0,975$; on cherche a tel que $P(X \leqslant a) > 0,025$ et b tel que $P(X \leqslant b) \geqslant 0,975$. En utilisant les fonctions de la calculatrice (voir page 467), on obtient respectivement $a = 21$ et $b = 39$. L'intervalle I cherché est $\mathbf{I = [21 ; 39]}$ et on a $\mathbf{P(21 \leqslant X \leqslant 39) \geqslant 0,95}$.

CHAPITRE 10

1 → *Énoncé p. 477*

1. a) FAUX : sur $I = [-4\,;3]$, $f(x) = \frac{1}{4} - \frac{x^2}{36} = \left(\frac{1}{2} - \frac{x}{6}\right)\left(\frac{1}{2} + \frac{x}{6}\right)$;
les racines sont $x_1 = -3$ et $x_2 = 3$.
On en déduit le signe de f sur $[-4\,;3]$: si $x \in [-4\,;-3[$, $f(x) < 0$ et si $x \in [-3\,;3]$, $f(x) \geqslant 0$.
En conclusion, sur $I = [-4\,;3]$, f n'est pas positive, **donc f n'est pas une fonction de densité sur I.**

b) VRAI : sur $I = [-3\,;3]$ et $f(x) = \frac{1}{4} - \frac{x^2}{36} = \left(\frac{1}{2} - \frac{x}{6}\right)\left(\frac{1}{2} + \frac{x}{6}\right)$; d'après **a)**, sur $[-3\,;3]$, f est positive et continue, car c'est une fonction du second degré. Reste à prouver que $\int_{-3}^{3} f(x)\,dx = 1$ (voir chapitres 6 et 7 pour le calcul intégral).

- Par le calcul : une primitive de $\frac{1}{4} - \frac{x^2}{36}$ est $\frac{1}{4}x - \frac{1}{36} \times \frac{x^3}{3} = \frac{x}{4} - \frac{x^3}{108}$.

On en déduit $\int_{-3}^{3} f(x)\,dx = \int_{-3}^{3}\left(\frac{1}{4} - \frac{x^2}{36}\right)dx = \left[\frac{x}{4} - \frac{x^3}{108}\right]_{-3}^{3} = \left(\frac{3}{4} - \frac{3^3}{108}\right) - \left(\frac{-3}{4} - \frac{(-3)^3}{108}\right) = 1.$

- La calculatrice donne directement $\boldsymbol{\int_{-3}^{3} f(x)\,dx = 1}$.

> **Remarques**
> – La loi uniforme modélise le choix aléatoire d'un nombre dans un intervalle.
> – La loi exponentielle modélise la durée de vie sans vieillissement comme la loi géométrique, mais dans le cas continu.

2. X suit la loi uniforme sur [2 ; 15].

a) FAUX : $P(X > 3) = P(3 < X \leqslant 15) = \frac{15 - 3}{15 - 2} = \frac{12}{13} \neq \frac{13}{15}$.

b) FAUX : $\mathbf{E(X) = \frac{2 + 15}{2} = 8{,}5 \neq 7{,}5}$.

3. X suit la loi exponentielle de paramètre $\frac{1}{3}$.

a) FAUX : $\mathbf{P(X = 1)} = \int_{1}^{1} f(x)\,dx = \mathbf{0 \neq 0{,}283}$.

b) VRAI : $\mathbf{P_{(X>2)}(X > 5)} = P_{(X>2)}(X > 2 + 3) = P(X > 3) = 1 - P(X \leqslant 3) = e^{-\frac{1}{3}\times 3} = e^{-1} \approx \mathbf{0{,}368}$.

2 → *Énoncé p. 477* (Voir Cours **1**)

On désigne par X la variable aléatoire donnant le nombre de minutes de retard de Jean le lundi.

1. X est la variable aléatoire donnant le nombre de minutes de retard de Jean à partir de 7 h 30, donc X suit la loi uniforme sur [0 ; 10] et sa fonction densité de probabilité est $\boldsymbol{f(x) = \frac{1}{10}}$.

2. $\mathbf{P(X > 5)} = P(5 < X \leqslant 10) = \frac{10 - 5}{10 - 0} = \frac{5}{10} = \mathbf{0{,}5}$ donc la probabilité que Jean ait plus de 5 minutes de retard est 0,5 soit 50 %.

3. $\mathbf{P(2 \leqslant X \leqslant 5)} = \frac{5 - 2}{10 - 0} = \frac{3}{10} = \mathbf{0{,}3}$ donc la probabilité que Jean ait entre 2 et 5 minutes de retard est 0,3 soit 30 %.

4. $E(X) = \frac{10 + 0}{2} = 5$. **Sur un grand nombre de lundis, Jean est en retard de 5 min en moyenne.**

3 → *Énoncé p. 478* (Voir Cours **3**)

1. La probabilité qu'un chargeur tombe en panne pendant la première année d'utilisation est égale à 0,11 et se traduit par $P(X \leqslant 1) = 0,11$ et, de plus, $P(X \leqslant 1) = 1 - e^{-\lambda}$, d'où l'équation à résoudre :
$1 - e^{-\lambda} = 0,11 \Leftrightarrow e^{-\lambda} = 0,89 \Leftrightarrow -\lambda = \ln(0,89) \Leftrightarrow \lambda = -\ln(0,89)$ soit $\boldsymbol{\lambda = 0,117}$.

2. a) $P(X > 2) = 1 - P(X \leqslant 2) = e^{-2\lambda}$, donc la **probabilité qu'un chargeur dure plus de 2 ans est** $e^{-2\lambda} = e^{-2\times 0,117} \approx \mathbf{0,791}$.

b) $P_{(X>1)}(X > 3) = P_{(X>1)}(X > 1 + 2) = P(X > 2) \approx 0,791$ donc **la probabilité qu'un chargeur dure plus de 3 ans sachant qu'il a duré plus d'un an est 0,791**.

3. $E(X) = \dfrac{1}{\lambda} = \dfrac{1}{0,117} \approx 8,5$ donc **la durée moyenne de fonctionnement d'un chargeur de batterie est de 8,5 années**.

4 → *Énoncé p. 478* (Voir Cours **1**)

1. Comme f est une fonction de densité sur $[1\,;9]$, par définition, l'aire entre $\mathscr{C}_f$, l'axe des abscisses et les droites d'équations $x = 1$ et $x = 9$ vaut 1.
On a donc $\mathbf{P(X > 2,5)} = 1 - P(1 \leqslant X \leqslant 2,5) = 1 - 0,42 = \mathbf{0,58}$ et
$\mathbf{P(2,5 \leqslant X \leqslant 6)} = 1 - P(1 \leqslant X \leqslant 2,5) - P(6 \leqslant X \leqslant 9) = 1 - 0,42 - 0,18 = \mathbf{0,4}$.

2. On sait que sur $[1\,;9]$ la fonction de densité f est définie par $f(x) = \dfrac{a}{x}$, avec a réel.

a) Par définition, $\displaystyle\int_1^9 f(x)\,\mathrm{d}x = 1$.

On a : $\displaystyle\int_1^9 \frac{a}{x}\,\mathrm{d}x = 1 \Leftrightarrow a \times \int_1^9 \frac{1}{x}\,\mathrm{d}x = 1 \Leftrightarrow a[\ln x]_1^9 = 1 \Leftrightarrow a(\ln(9) - \ln(1)) = 1 \Leftrightarrow a\ln(9) = 1$,

d'où $\boldsymbol{a = \dfrac{1}{\ln(9)}}$ et $\boldsymbol{f(x)} = \dfrac{1/\ln(9)}{x} = \boldsymbol{\dfrac{1}{x\ln(9)}}$.

b) $\displaystyle P(2,5 \leqslant X \leqslant 6) = \int_{2,5}^6 \frac{1}{x\ln(9)}\,\mathrm{d}x = \frac{1}{\ln(9)}\int_{2,5}^6 \frac{1}{x}\,\mathrm{d}x = \frac{1}{\ln(9)}[\ln x]_{2,5}^6 = \frac{1}{\ln(9)}(\ln(6) - \ln(2,5))$,

soit $\displaystyle\mathbf{P(2,5 \leqslant X \leqslant 6)} = \frac{1}{\ln(9)}\ln\left(\frac{6}{2,5}\right) = \boldsymbol{\frac{\ln(2,4)}{\ln(9)}}$. On a bien $P(2,5 \leqslant X \leqslant 6) \approx 0,4$.

c) • **Espérance de X :** $\displaystyle E(X) = \int_1^9 xf(x)\,\mathrm{d}x = \int_1^9 x \times \frac{1}{x\ln(9)}\,\mathrm{d}x = \int_1^9 \frac{1}{\ln(9)}\,\mathrm{d}x$.

La calculatrice donne directement : $\mathbf{E(X) \approx 3,64}$ (voir page 467).
Par le calcul,

$$E(X) = \int_1^9 xf(x)\,\mathrm{d}x = \int_1^9 x \times \frac{1}{x\ln(9)}\,\mathrm{d}x = \int_1^9 \frac{1}{\ln(9)}\,\mathrm{d}x = \left[\frac{x}{\ln(9)}\right]_1^9 = \frac{9}{\ln(9)} - \frac{1}{\ln(9)},$$

soit $\mathbf{E(X)} = \dfrac{8}{\ln(9)} \approx \mathbf{3,64}$.

• **Variance de X :** $\displaystyle V(X) = \int_1^9 \left(x - \frac{8}{\ln(9)}\right)^2 \left(\frac{1}{x\ln 9}\right)\mathrm{d}x$: la calculatrice donne $\mathbf{V(X) \approx 4,95}$.